Kerstin Groeper

Im Eissturm der Amsel

Für meine Söhne Marcel und Marco-Luca

Im Eissturm der Amsel

Historischer Roman
von
Kerstin Groeper

Impressum

Im Eissturm der Amsel, Kerstin Groeper
TraumFänger Verlag Hohenthann, 2020

ISBN 978-3-941485-75-4
Lektorat: Michael Krämer
Satz und Layout: Janis Sonnberger, merkMal Verlag
Druck und Bindung: CPI
Titelbild: James Ayers
1. Auflage Februar 2020
Copyright by TraumFänger Verlag GmbH & Co. Buchhandels KG,
Hohenthann
Printed in Germany

Inhalt

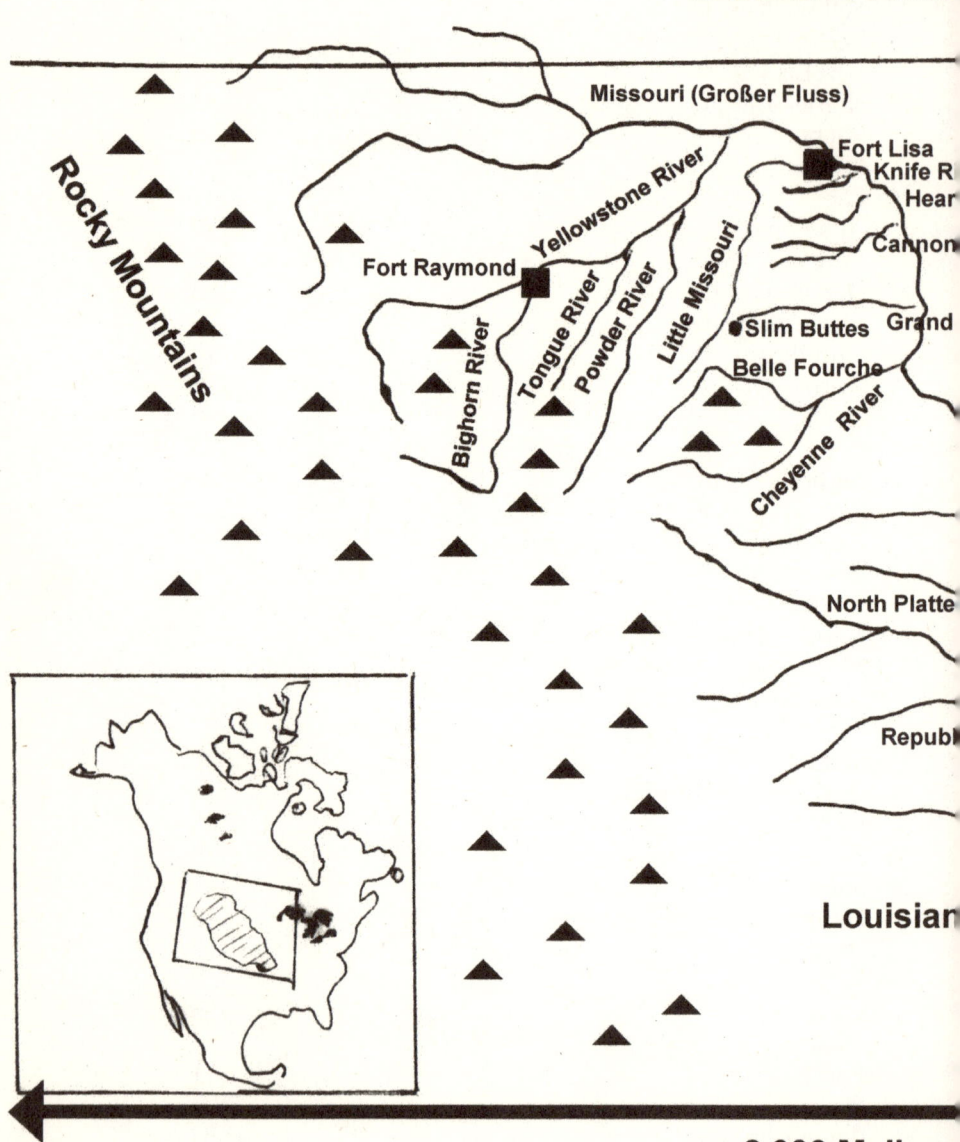

Britische Kolo[nie]

Missouri (Großer Fluss)

Rocky Mountains

Yellowstone River

Fort Lisa
Knife R[iver]
Hear[t]

Cannon[ball]

Fort Raymond

Bighorn River

Tongue River

Powder River

Little Missouri

Slim Buttes

Grand

Belle Fourche

Cheyenne River

North Platte

Repub[lican]

Louisian[a]

2 000 Meilen

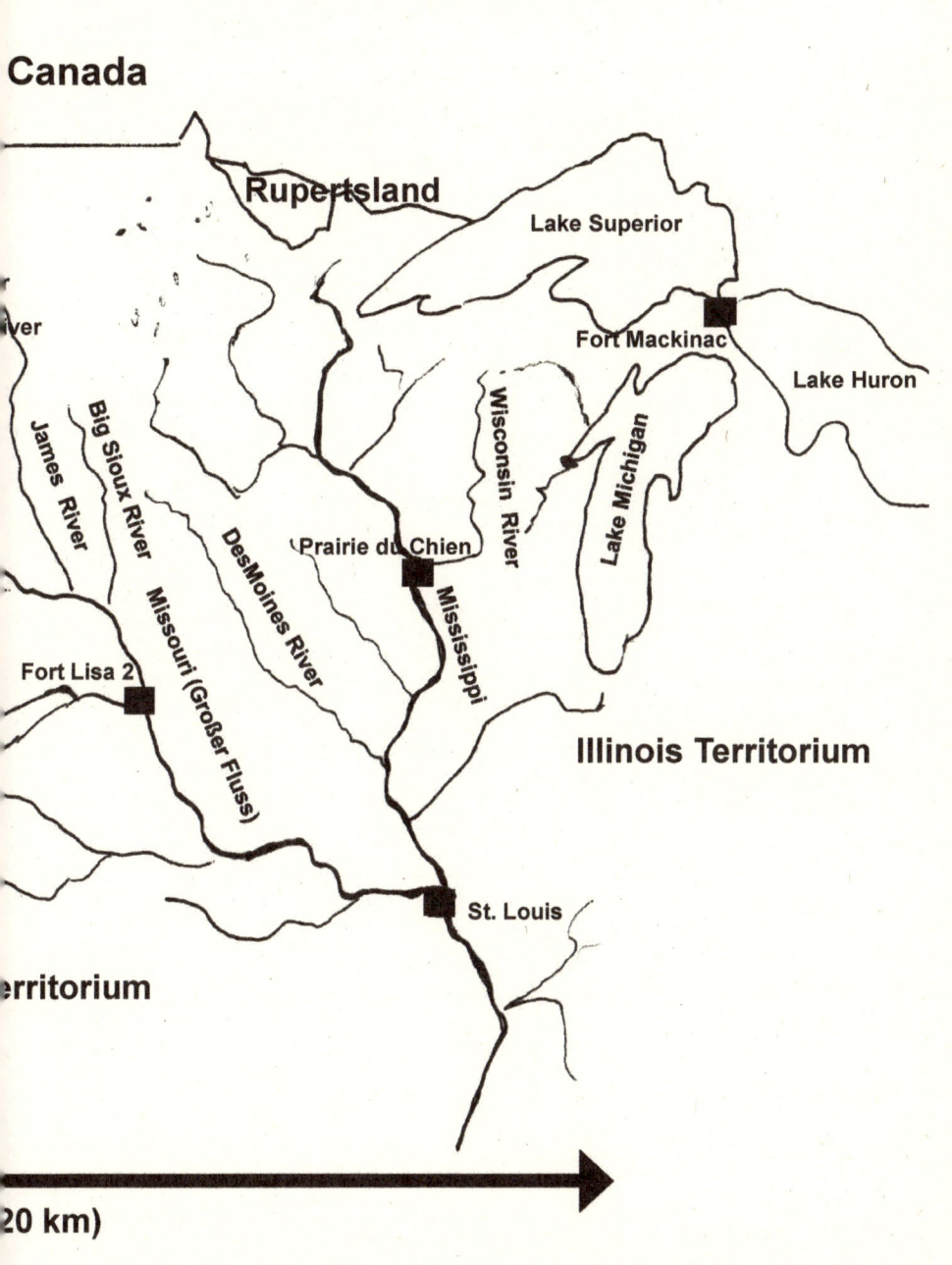

Canada

Rupertsland

Lake Superior

Fort Mackinac

Lake Huron

James River

Big Sioux River

Wisconsin River

Lake Michigan

DesMoines River

Prairie du Chien

Mississippi

Missouri (Großer Fluss)

Fort Lisa 2

Illinois Territorium

St. Louis

erritorium

0 km)

Fort Raymond

Louisiana Territorium im Winter 1808/1809

Pierre DuMont lag in seinem Versteck zwischen den tiefhängenden Ästen einer Fichte und beobachtete die beiden Indianer, die ganz in seiner Nähe vorbeischlichen. Er sah schwarz und rot bemalte Gesichter, Hauben mit hoch aufgerichteten Adlerfedern und nach unten hängenden Hermelinstreifen, hemdenähnliche einfache Gewänder mit langen Fransen und griffbereite Waffen. Sie hatten ihre Bisonroben abgelegt, um für den Kampf beweglicher zu sein. Pekuni! Er wusste, dass sie – verteufelt noch mal – etwas gegen seine Anwesenheit hier hatten. Die Pekuni waren erbitterte Feinde der Trapper oder auch Waldläufer, die es wagten, den Missouri entlang in ihre Jagdgründe vorzustoßen. Pierre zog ein Tuch vor seinem Mund, damit die Rothäute nicht seine Atemwölkchen sahen, die in der klirrenden Kälte von seiner Nase aufstiegen. Zur Sicherheit nahm er Schnee in den Mund, um den Atem zu kühlen. In den Händen hielt er sein Gewehr. Es war geladen und der Hahn gespannt. Aber Pierre wusste, dass allein das Klicken, wenn er das Gewehr entsicherte, in der Wildnis weit zu hören sein würde. Obwohl die Kälte langsam in seine Glieder kroch, sammelte sich auf seiner Stirn der Schweiß. Mit einer langsamen Bewegung schob er die Biberfellmütze etwas nach oben und wischte sich die Stirn trocken. Er konnte unmöglich einen genauen Schuss abfeuern, wenn ihm der Schweiß in die Augen lief. Sein braunes lockiges Haar klebte am Haaransatz und juckte unangenehm. Eine Schweißperle lief an der Nase entlang und sammelte sich an seinem gestutzten Oberlippenbart. Mit seiner Zunge leckte er sie weg, mehr Bewegung wagte er nicht. Die beiden Indianer unterhielten sich leise in ihrer Sprache und folgten einem Pfad zum Ufer des schmalen Baches. Pierre atmete tief durch. Dort hatte er noch keine Spuren hinterlassen! Er war über den Hügel gekommen und hatte den Bach, eigentlich ein kleiner Nebenarm des breiten Yellowstone-Flusses, noch nicht erreicht. Das war vielleicht sein Glück, denn im Schnee konnte man seine Spuren nicht verwischen. Unter der Fichte lag kaum

Schnee, sodass die ledernen Leggins und der warme Mantel aus dem Wollstoff der Hudson's Bay Company ihn etwas vor dem Frost schützten, der vom Boden aufstieg. Der Mantel war weiß und hatte im unteren Bereich und an den Ärmeln einen breiten roten Streifen. Er hatte ihn von einem französischen Trapper eingetauscht, der sonst weiter im Norden Handel mit den Assiniboine trieb. Im Moment wurden der untere Streifen verdeckt, weil er auf ihm lag, aber die Ärmel hätten ihn verraten können. Er hielt die Arme tief und hoffte, dass die Inyuns das Rot nicht sahen. Mit seinen dunkelbraunen Augen beobachtete er die Indianer, dabei flogen seine Gedanken. Als fast mittelloser Sohn eines französischen Farmers in St. Louis hatte er mit sechzehn die Chance ergriffen, sich einer Brigade Trapper anzuschließen. Anfangs war ihm alles wie ein großes Abenteuer erschienen, doch das Leben hatte ihm gezeigt, dass das Fallenstellen seine Tücken hatte: Indianer und unberechenbare Wildnis. Inzwischen war er vierundzwanzig, und irgendwie hatte er noch immer keine Reichtümer ansammeln können. Er war ein Voyageur, ein Angestellter, der vertragsmäßig für einen Pelzhandelsposten arbeitete. Dieses Mal war er von Manuel Lisa, einem spanischen Bourgeois, wie die Bosse genannt wurden, angeheuert worden, der den Pelzhandel am Oberen Missouri etablieren wollte. Lisa finanzierte das Unternehmen und hatte Voyageure, Führer, aber auch erfahrene Soldaten angeworben, um in der Wildnis Handelsposten zu errichten. Der Pelzhandel brachte viel ein! Pierre schickte das meiste Geld seinen Eltern, die inzwischen außerhalb von St. Louis eine größere Farm bewirtschafteten, die er mal übernehmen sollte. Im Moment hoffte er nur, dass er hier lebend wieder rauskam. Vielleicht hätte er doch auf seine Mutter hören sollen, die ihn gebeten hatte, endlich sesshaft zu werden.

Die Stimmen kamen wieder näher, und Pierre wusste, dass er dem Kampf nicht ausweichen konnte. Mit seiner Hand tastete er an die Seite seines Gürtels und zog das Beil hervor. Er hatte vielleicht noch den Vorteil der Überraschung! Er legte das Beil griffbereit und schob vorsichtig das Gewehr an seine Schulter. Wenn er mit dem ersten Schuss traf, hätte er gegen den zweiten Mann eine Chance. Zum Laden der Pistole blieb keine Zeit mehr. Jede weitere Bewegung, jedes Klicken oder Spannen würde ihn nur verraten. Merde! Wo kamen die beiden überhaupt her? Waren vielleicht noch mehr Rothäute in der Umgebung? Dann stand es schlecht um ihn. Die Pekuni waren nicht zimperlich, wenn sie einen weißen Trapper erwischten. Oft genug wurde aus den armen Kerlen Wolfsfutter gemacht. Pierre knirschte mit den Zähnen, als er kurz die Lage einschätzte. War das Pulver trocken? Würde das Gewehr schießen? Bisher hatte er sich auf seine „Dicky", wie er seine Dickert Rifle liebevoll nannte, verlassen können. Es regnete nicht, und es blies auch kein heftiger Wind, der den Schuss hätte beeinflussen können. Die Waffe war in gutem Zustand. Er brauchte nur ein wenig Glück!

Die beiden Indianer näherten sich langsam den Fichten, unter denen Pierre in Deckung gegangen war. Spätestens jetzt würden sie seine Spuren sehen! Er wusste, dass der Moment der Überraschung gleich vorbei wäre. Mit einem Satz richtete er sich in eine kniende Stellung auf, entsicherte das Gewehr und drückte den Abzug. Der Hahn hämmerte auf die Pfanne, Funken stoben und in die Stille dröhnte ein ohrenbetäubender Schuss. Rauch stieg auf, und für einen winzigen Moment konnte Pierre nichts mehr erkennen. Er ließ das Gewehr fallen, das nun nichts mehr nützte, griff nach dem Beil, rollte sich zur Seite und sprang auf. Erst jetzt konnte er erkennen, dass er einen der Indianer getroffen hatte. Stöhnend wälzte sich dieser im Schnee, während der andere überrascht, aber durchaus schnell, zu seinen Waffen griff. Auch er hatte ein Gewehr in den Händen, das er nun zum Schuss anhob. Pierre hechtete zur Seite, fühlte einen Luftzug an seinem Kopf, dann rollte bereits das Echo des zweiten Schusses durch das Tal. Ehe der Indianer zum Denken kam, ging Pierre mit erhobenen Beil auf ihn los. Rücksichtslos hieb er auf den Kopf des Mannes ein und spaltete ihm den Schädel. Blut spritzte in den Schnee und traf auch Pierre, der mitleidlos zusah, wie der Mann zusammenbrach. Das Beil steckte so fest, dass er es steckenließ und lieber seinen Dolch zog. Mit gezückter Klinge ging er zu dem verletzten Indianer, setzte ihm das blanke Metall an die Kehle und schnitt sie durch. Der Mann gurgelte und fasste sich mit den Händen an den Hals, während sein Blick die Augen von Pierre traf. Er erwartete kein Mitleid, so wie er selbst kein Mitleid empfunden hätte. Der weiße Trapper hatte ihm den Tod gebracht. Seine Augen brachen, als der Körper kraftlos in den Schnee sackte.

Pierre richtete sich auf, zog das Tuch von seinem Mund und atmete tief durch. Sein Blut rauschte, und er hörte sein Herz in seiner Brust pochen. Kurz ließ er seinen Blick durch das Tal schweifen, doch bis auf ein paar aufgeschreckte Krähen blieb es still. Er wartete, bis die schwarzen Vögel sich wieder in den Wipfeln der Bäume niedergelassen hatten, dann sammelte er seine Waffen ein und wischte das Blut ab. Er nahm sich die Zeit, sein Gewehr nachzuladen, ehe er sich den beiden Körpern zuwandte, die regungslos im Schnee lagen. Dieses Mal zog er sein Messer und nahm ihnen die Skalpe. Dann schleifte er die Körper unter die Zweige der Fichten, brach einige Äste ab und legte sie über die Leichen. Wolfsfutter!

Zufrieden barg er das Gewehr des Indianers und sammelte die anderen Habseligkeiten ein. Er fand einen Köcher mit Pfeilen und einem Bogen, zwei schöne Messerscheiden samt Messern, Proviantbeutel und eine kleine Tasche mit Munition. Kaltblütig kehrte er zu den Leichen zurück und holte sich noch das Pulverhorn des einen Mannes. Er konnte sich Verschwendung nicht leisten. Dann überlegt er, wie die beiden hierhergekommen waren. Vielleicht fand er Pferde, wenn er die Spuren zurückverfolgte? Er musste vorsichtig sein, denn die alte Regel hieß: Wo ein Indianer war, konnten die anderen nicht weit sein!

Wachsam machte er sich an die Verfolgung der Spuren. Es beunruhigte ihn, dass die Rothäute aus der Richtung des Forts gekommen waren. Es stand an der Mündung des Bighorn in den Yellowstone-Fluss, wo es von Manuel Lisa, erbaut worden war. Sie trieben dort Handel mit den Apsalooke, den Apsalooke-Indianern, die den Weißen gegenüber wohlgesonnen waren, doch die Pekuni machten ihnen das Leben schwer. Sie hatten schon mehrmals das Fort angegriffen und lauerten den Trappern auf, die in der einsamen Wildnis ihre Fallen aufstellten. Lisa zahlte die Männer nicht schlecht, wobei ein großer Teil des Verdienstes dazu verwendet wurde, die Schulden zu tilgen und neue Ausrüstung zu überhöhten Preisen einzukaufen. Pierre liebte das Abenteuer, aber irgendwann wollte er als gemachter Mann in die Zivilisation zurückkehren. Auf jeden Fall wollte er sich nicht von Indianern massakrieren lassen. Es war nur eine Gruppe aus dreißig Männern über den Winter im Fort geblieben. Doch nach den vielen Angriffen waren die Männer mürbe geworden und hofften auf die Verstärkung im Frühjahr.

Vorsichtig stapfte Pierre durch den Schnee und fluchte über die Schneeverwehungen, die manchmal über ruhendem Wasser lagen, sodass man plötzlich in eiskaltes Wasser trat. Das war gut für die Jagd, weil man Biber nur jagen konnte, solange die Flüsse nicht zugefroren waren, aber schlecht für die Ausrüstung. Es dauerte ewig, Stiefel oder gefütterte Mokassins zu trocknen. Der Blick über das Tal war frei, und Pierre erkannte, dass die beiden Indianer wohl allein gekommen waren. Er fand auch keine weiteren Spuren. Er selbst musste sich darüber keine Gedanken mehr machen, denn die Lage des Forts war bekannt. Es hatte keinen Sinn, etwa zu verbergen, was alle Welt inzwischen kannte. Abgesehen davon, dass das Fort ja gerade diesen Zweck hatte: mit den hiesigen Indianern Handel zu treiben. Pierre verließ die Spur, die die Pekuni hinterlassen hatten, und kürzte den Weg zum Fort ab. Aus der Ferne war leichtes Donnergrollen zu hören, ganz wie ein entferntes Gewitter, doch Pierre wusste, dass es sich um Gewehrfeuer handelte. Das Fort lag unter Beschuss!

Er hastete über den sanften Hügel und warf sich zu Boden, um sich einen Überblick zu verschaffen. Der Handelsposten, auch Factory genannt, lag in einer Biegung des Bighorn-Flusses, kurz ehe er in den Yellowstone mündete. Auf einigen sanften Anhöhen wuchsen dunkle Fichten, doch im weiteren Umkreis um die Gebäude bis zum Ufer des Flusses standen nur wenige dürre Laubbäume, deren kahle Zweige sich gespenstisch in den Himmel erhoben. Der Handelsposten stand somit auf der großen Lichtung, die durch das Abholzen der Bäume zum Bau der Gebäude und Palisaden entstanden war. Ein größeres Gebäude diente als Handelsraum; die anderen Hütten waren für die Trapper und Händler bestimmt. Die Lage war günstig, weil der Posten von fast drei Seiten durch den Fluss geschützt war, der sich dort wie eine Schlange durch das Land wand. Jetzt stieg Qualm aus den Schießscharten der Palisade auf, hinter der sich die Bewohner dem Kampf stellten. Pierre schätzte, dass vielleicht zwanzig Indianer mit wütenden Kriegsrufen gegen das Fort zogen. Er brauchte kein Fachmann zu sein, um sie als Pekuni zu identifizieren. Merde! Er fluchte leise vor sich hin.

Pierre überlegte, wie er seine Kumpel unterstützen konnte, ohne dass er selbst in Gefahr geriet. Er blickte auf die Gewehre und grinste. Beide waren Waffen für die Jagd und daher gut geeignet, Schüsse aus der Distanz abzugeben. Problematisch war nur, dass er seine Position verriet, sobald er schoss. Außerdem kannte er die erbeutete Waffe nicht. Sie hatte einen kürzeren Lauf als seine Rifle und schien neuwertig zu sein. Wahrscheinlich hatte dieser Sous-Merde, dieser Haufen Scheiße, wie er die Hudson's Bay Company im Norden verächtlich nannte, die Stämme mit neuen Waffen ausgestattet und sie gegen die Amerikaner aufgehetzt. Seit die Amerikaner das Louisiana Territorium und somit auch den Oberlauf des Missouri von den Franzosen abgekauft hatten, schien sich die britische Regierung nicht damit abfinden zu können, dass sich hier nun amerikanische Händler niederließen.

Pierre musterte kurz das neue Gewehr. Wahrscheinlich würde es zuverlässig schießen; nur die Treffsicherheit wäre fraglich. Aber mit seiner Pistole käme ein weiteres Überraschungsmoment hinzu. Pierre hatte wenig Lust, ein zweites Mal an diesem Tag einen Kampf durchzustehen, aber er konnte seine Freunde auch nicht im Stich lassen. Wenn die Männer im Fort Unterstützung von außerhalb bekamen, würde das die Angreifer verwirren. Außerdem konnten diese nicht wissen, um wie viele Männer es sich handelte. Wenn er die Position wechselte, dann würden sie glauben, dass mehrere Trapper zurückkamen, um ihren Freunden zu helfen. Methodisch prüfte Pierre die beiden Gewehre, lud die Pistole und schaute sich dann das Gelände an, um zu entscheiden, wo er verschwinden und wieder zuschlagen würde. Die Gegend war zerklüftet und bot ausreichend Möglichkeiten, um unterzutauchen. Leider lag Schnee, sodass man seine Bewegungen nachverfolgen konnte. Das musste er einkalkulieren. Wieder war

Gewehrfeuer zu hören, und die Indianer antworteten mit wütendem Gebrüll. Pierre konnte sehen, wie sie sich im Schutz einiger Felsen und größerer Steine der Palisade näherten. Sie griffen nicht blindlings an, sondern nutzten geschickt die Deckung des Geländes.

Auch Pierre näherte sich dem Fort, um eine bessere Schussdistanz zu haben. Er wählte eine kleine Anhöhe, kroch dort unter die Fichten und suchte sich sein Ziel. Geduldig wartete er auf die beste Möglichkeit: ein Krieger, der hinter einem Stein hockte und sich nicht bewegte. Pierre zielte auf den Körper, weil der das größte Ziel bot. Der Schuss wäre vielleicht nicht tödlich, würde den Mann aber kampfunfähig machen. Der Oberkörper war nackt und dick mit Fett eingeschmiert, um für den Kampf mehr Bewegungsfreiheit zu haben. Der Knall des Schusses rollte über das Tal, und der Mann sackte zusammen. Pierre wartete nicht ab, ob und wie schwer er den Mann getroffen hatte. Flink rutschte er außer Sichtweite, rannte im Windschatten der Felsen in südöstlicher Richtung – froh darum, dass hier nicht viel Schnee lag – und stürzte sich dann schnaufend unter einige Fichten. Vorsichtig kroch er bis an den Rand der Anhöhe und besah sich den Schaden, den er angerichtet hatte.

Wagh! Drei Indianer bewegten sich auf die Stelle zu, wo der Pulverdampf immer noch in der Luft schwebte. Je näher sie kamen, desto deutlicher waren ihre Gesichter zu erkennen: Männer mit grimmigen Mienen, die unter der schwarzen und roten Kriegsbemalung noch furchterregender wirkten. Auch sie hatten die Kleidung abgelegt und sich mit Fett eingeschmiert; ob noch mehr Indianer in der unmittelbaren Nähe waren, konnte er nicht erkennen. Dazu blieb auch keine Zeit, denn die Krieger hatten den Platz erreicht, erkannten, dass er verlassen war und machten sich auf die Suche nach dem Feind. Im Tal ging der Angriff indessen weiter: Zwei Krieger versuchten die Palisade zu überwinden, doch ein Pistolenschuss verhinderte dies im letzten Moment. Einer der Krieger stürzte innerhalb der Palisade stöhnend zu Boden, während der andere die Flucht ergriff. Von drinnen war triumphierendes Geschrei zu hören – dann krachte ein weiterer Schuss, und alle wussten, was dies zu bedeuten hatte. Die Blackfeet schrien wütend, während die Stimmen hinter den Palisaden nun zuversichtlicher wurden. „Hey, ihr Rothäute! Kommt nur her, wenn ihr euch traut!"

Pierre grinste schief, als er dies hörte. Anscheinend funktionierte sein Ablenkungsmanöver. Vorsichtig schob er sich an den Fichten entlang und wartete auf den nächsten Feind. Er hatte sein Gewehr inzwischen nachgeladen, sodass ihm wieder drei Schüsse zur Verfügung standen. Die Chancen standen nicht schlecht. Aus der sicheren Deckung nahm er den ersten Krieger, der witternd wie ein Wolf seiner Spur folgte, ins Visier. Er zögerte keine Sekunde, sondern schoss, sobald er freie Sicht hatte. Der Krieger griff sich erschrocken an die Brust und stürzte dann nach vorne. Die beiden anderen Krieger gingen sofort zum Angriff über. Wahrscheinlich dachten sie, dass der weiße Mann nun Zeit brauchte, um sein Gewehr zu laden. Weit gefehlt! Pierre riss das andere Gewehr hoch, zielte und schoss.

Die Kugel pfiff an dem Angreifer vorbei, der jedoch völlig verwirrt war und kurz inne hielt. Pierre fackelte nicht lange. Er ließ das Gewehr fallen, riss die Pistole hoch und gab einen zweiten Schuss auf den Mann ab. Dieses Mal traf er ihn in den Kopf. Das Gesicht platzte auf, und der Mann wurde durch den Schuss rückwärts zu Boden geworfen. Der dritte Mann hechtete zur Seite und entschloss sich zur Flucht. Ein Mann, der dreimal schießen konnte, war ihm wohl zu gefährlich. Pierre wechselte sofort seine Position und rannte geduckt zur nächsten Anhöhe. Wachsam sah er sich um, dann kniete er sich hin und lud seine Waffen nach. Der Schweiß lief ihm den Rücken hinunter und tropfte von seiner Stirn. Er nahm die Mütze ab, wischte sich die Stirn trocken und wechselte wieder die Position. Im Dauerlauf umrundete er einen kleinen Hügel und ging dann hinter zwei Birkenstämmen in Deckung. Wieder legte er seine Rifle an und wartete in Ruhe ab. Er war im Vorteil, denn er bestimmte, wo der Kampf ausgetragen wurde. Dann wurde es ruhig. Weder vom Fort noch aus der näheren Umgebung waren irgendwelche Geräusche zu hören. Am Himmel kreisten ein paar Krähen, ließen sich dann auf einigen kahlen Ästen nieder und stießen ihre krächzenden Rufe aus.

Pierre DuMont wartete gute zwanzig Minuten, dann wagte er

sein Glück: Im Dauerlauf rannte er einen Pfad entlang in Richtung des Forts, rief schon von weitem, dass er ein Freund sei, und änderte dann seinen Lauf in einen Zickzackkurs. „Ami, Ami!", rief er mit überschnappender Stimme. „Ouvrez la porte!"

Keuchend erreichte er das Tor, das sich einen Spalt breit öffnete, und quetschte sich hindurch. Sein zweites Gewehr blieb hängen, doch eine Hand griff danach und zerrte es ebenfalls hindurch, während zwei andere Hände ihn packten, nach innen zogen und ihn sofort aus dem Schussfeld in die Sicherheit hinter dem Palisadenzaun schubsten.

„Êtes-vous complètement dans l'erreur? " – Bist du völlig irre? Pierre blickte in die wütenden Augen von Louis, einem der französischen Trapper im Fort. Dann fing er aus vollem Hals an zu lachen. „Aber nein …!", keuchte er nach Atem schnappend. „Ich glaube, die Injuns sind weg! Habe bestimmt vier von denen erwischt. Die sind über alle Berge!"

„Vraiment?" Louis drehte sich zu den anderen Männern um und winkte ihnen zu. „Les Indians sont partis!"

Aus mehreren Ecken des Forts schauten ein paar Gesichter hervor, doch eine scharfe Stimme hielt sie zurück. „Jeder bleibt auf seinem Posten! Kann auch eine Finte sein!" Es war „Colonel" Menard, ein erfahrener Trapper und gleichzeitig unangefochtener Anführer, solange der Boss nicht da war. Er sprach die Sprache der Apsalooke und war somit von unschätzbarem Wert. Er war als „Guide", als Führer, angeheuert worden, da er die Gegend von früheren Expeditionen her kannte. Vom Aussehen unterschieden sich die Männer kaum. Gleichgültig, welchen Rang sie bekleideten, trugen alle indianische Leggins, gefütterte Mokassins oder Stiefel und die warmen Mäntel der Hudson's-Bay-Company. Ihre Köpfe waren entweder mit roten Wollmützen oder Biberfellmützen bedeckt, und alle hielten ihre Rifles schussbereit in den Händen. Die Männer waren meist zwischen zwanzig und dreißig Jahre alt, doch das Leben in der Wildnis hatte sich bereits in die Gesichtszüge eingebrannt. Einige trugen kurze Bärte, die anderen hatten kurze Stoppeln, was auf ein regelmäßiges Rasieren hindeutete. Das war auch besser so, denn gegen Nissen und Läuse gab es nur ein Mittel: Haare und Bärte abschneiden.

Pierre richtete sich auf und atmete tief durch. „Mann, das war knapp!"

Er sprach „Bungee", ein Gemisch aus Französisch, Englisch und Spanisch, das hier alle verstanden. Wenn nichts mehr half, dann wechselte man in die Zeichensprache der Indianer. Mit Händen und Füßen konnte man irgendwie alles ausdrücken.

„Bist du sicher, dass die Injuns weg sind?", vergewisserte sich Arnel, ein junger Trapper mit hellbraunen Augen, die in dem braungebrannten Gesicht deutlich hervorstachen. Er war ein Halbblut und so wurde er wegen seiner Kenntnisse als „Guide" oder als einfacher Engagé, als angeheuerter Arbeiter, eingesetzt.

„Ich glaube schon. Ich habe zwei in den Hügeln erwischt und zwei weitere hinten am Yellowstone. Sie waren wohl auch auf dem Weg hierher." Pierre zuckte gelassen mit den Schultern.

„Was ist denn in die gefahren? Wollen die Pekuni keinen Handel?"

Menard näherte sich und stemmte die Hände in die Hüften. „So ein Scheiß! Mit jedem Toten wird es schwieriger, die Factory zu halten!"

Pierre schnaufte empört. „Was soll ich denn machen, wenn ich angegriffen werde?"

Menard hob begütigend die Hände. „War kein Vorwurf! Hier haben diese miesen Blackfeet ja auch angegriffen! Einfach so …! Zum Glück hatten wir Wachen aufgestellt, sonst wären sie im Fort gewesen, ohne dass wir etwas gemerkt hätten. Augen auf und Kehle durch …!"

Pierre nickte betreten. Sie hatten Glück gehabt! Immer wieder hatten die Männer gemurrt, wenn Menard auf den Wachdienst bestanden hatte.

„Hier ist doch alles friedlich!", hatte es geheißen. Doch Menard traute dem Frieden nicht. Er hatte schon öfter erlebt, dass Verbündete plötzlich die Seiten wechselten oder Freunde über Nacht zu Feinden wurden. „Injuns kann man nicht trauen!"

Menard grinste freundlich und schlug Pierre auf die Schulter. „Komm erst einmal ins Warme! Du musst ja halb erfroren sein!"

Pierre nickte ergeben. „Eher verschwitzt. Puh, das war knapp. Mon dieu!"

Er ließ sich zum großen Handelsraum führen, der wie immer beheizt war. Ein Mann stand am Feuer und bereitete das Essen zu. Er war der Einzige, der nicht an der Palisade gekämpft hatte – wohl auch, um ein mögliches Feuer zu melden, falls die Indianer Brandpfeile schossen.

Menard deutete auf die Haare von Pierre, die über dem Ohr etwas versengt waren. „Was ist denn hier passiert?"

Pierre fasste sich an die Schläfe und riss erstaunt die Augen auf. „Wagh, das war aber knapp! Da hätte mich die Rothaut fast erwischt!" Dann schaute er an seinen blutbefleckten Mantel hinunter. „Merde, den muss ich wohl waschen!"

Der Koch schüttelte den Kopf. „Die Flecken kriegst du nicht mehr raus. Brauchst wohl einen neuen!"

„Mist!" Pierre blickte enttäuscht an sich herunter. Er hätte doch die Mäntel der Pekuni mitnehmen sollen. Aber da waren ja auch Blutflecken dran. „Ich versuch's trotzdem!", meinte er entschlossen.

„Nimm kaltes Wasser", schlug der Koch vor und grinste breit. Das braune Gesicht seiner wohl spanischen Herkunft wirkte wie ein lederner Ball, der zu lange in Wind und Wetter gelegen hatte. „Ist ohnehin egal … dein Mantel steht vor Dreck, und du sorgst dich um ein paar Blutflecken!"

Pierre lächelte freundlich. „Hast du jetzt endlich was zu essen für mich?"

„Klar!" Der Koch schöpfte eine große Schüssel Eintopf aus dem Kessel und stellte sie Pierre vor die Nase. „Bon appetit!"

„Merci!", knurrte Pierre dankbar. Dann schlürfte er die heiße Suppe von einem Löffel, der auch gut als Schöpflöffel hätte durchgehen können. Mit etwas Warmem im Bauch sah die Welt schon wieder besser aus.

Nach dem Essen verließ Pierre das Fort und half den anderen beim Aufräumen. Sie suchten nach toten Indianern, doch die Indianer hatten ihre Toten geborgen und mitgenommen. Pierre fand seine Biberfellmütze und setzte sie mit einem Seufzen auf. Die Stelle, wo seine Haare versengt worden waren, juckte leicht, und er kratzte sich. Dann kehrte er ins Fort zurück und versuchte die Flecken zu entfernen. Er war da ein bisschen heikel … es war nicht sein eigenes Blut, und er ekelte sich davor. Bei Tieren machte es ihm nichts aus … aber bei Menschen. Geduldig weichte er die blutbefleckten Stellen seines Mantels in Wasser ein und rubbelte das Blut heraus. Es ging ganz gut. Bis auf ein paar leicht bräunliche Flecken war nichts mehr zu sehen. Pierre hängte den Mantel in der Nähe des Feuers auf und ging dann in den hinteren Raum, wo mehrere Betten standen. Auch hier stand ein kleiner Ofen, der den Raum notdürftig wärmte. Aber es war besser als nichts. An den Wänden glitzerten die Tautropfen, die zeigten, dass der Frost sogar die Innenwand erreicht hatte. Der Raum war dunkel und rauchig, und es roch nach feuchtem Leder und den Ausdünstungen der Männer. Wer hier lebte, hatte keine Ansprüche. Die anderen Hütten standen im Moment leer, weil es einfacher war, nur das Haupthaus zu beheizen. Manche Trapper blieben ohnehin in der Wildnis bei ihren kleinen Hütten oder Zelten, weil sie ihre Fallen nicht alleine lassen wollten. Manche waren so weit weg, dass es zu viel Zeit kostete, jeden Abend ins Fort zurückzukehren. Pierre warf sich auf eine Pritsche und dachte an die armen Teufel, die jetzt vielleicht allein in der Wildnis saßen und keine Ahnung hatten, dass kriegerische Pekuni unterwegs waren.

Neben ihm lag Arnel, der sich auf den Ellbogen stützte. „So ein Mist! Was machen wir, wenn noch mehr solche kriegerische Inyuns hier auftauchen?" Seine braunen Augen richteten sich sorgenvoll auf seinen Freund. Er hatte immer noch die schlaksige Figur eines Jugendlichen und wirkte naiv und unerfahren. Er strich sich eine Strähne seines schwarzen Haars, das bis auf seine Schultern fiel, nach hinten.

Pierre runzelte die Stirn. „Keine Ahnung! Als Lewis und Clark hier unterwegs waren, dachten sie eigentlich, dass man hier friedlich Handel treiben kann. Ich weiß auch nicht, warum diese Pekuni so aufgebracht sind. Jedenfalls möchte ich ihnen nicht lebend in die Hände fallen."

„Oje!" Arnel schluckte schwer. Er war ein Abenteurer, ein Tausendsassa, der schon mit vierzehn Jahren von zuhause ausgebüxt war. Hier bei den Trappern hatte er gefunden, was er schon immer gesucht hatte: eine freie Gemeinschaft, die keine Fragen stellte, welche Herkunft jemand hatte. Arnel war ein Halbblut, und in zivilisierteren Gegenden war das ein Makel. Seine Mutter war eine Dakotafrau der Yankton gewesen. Sie war früh gestorben, und so war Arnel mit seinem Vater, einem trunksüchtigen Händler, unterwegs gewesen, der den Jungen hart arbeiten ließ. Irgendwann hatte Arnel die Beschimpfungen und Misshandlungen nicht mehr ausgehalten und war bei Nacht und Nebel verschwunden. Trotz seiner Jugend war er bereits ein geschickter Jäger, und so war er von den Pelzhändlern aufgenommen worden. Pierre hatte ihn unter seine Fittiche genommen, wobei die Beziehung auch für ihn Vorteile hatte: Durch Arnel sprach er inzwischen ein ganz passables Englisch.

Mato-wea

Dorf der Mandan am Knife-Fluss

Mato-wea, was Bärenfrau bedeutete, stand außerhalb der Palisaden ihres Dorfes und besuchte den heiligen Schädelkreis ihrer Vorfahren. Irgendwo hier lagen auch die Schädel ihrer Mutter und ihres Vaters, aber die waren schon vor einiger Zeit gestorben, sodass die Erinnerung an sie verblasste. Ihr Vater war vor zwei Wintern gestorben und so, wie es Sitte war, von den männlichen Angehörigen der Sippe aufgebahrt worden. Inzwischen war das Gerüst verfallen, der Körper verwest, und man hatte den Schädel in den Kreis der Ahnen gelegt. Der Schädelkreis war heilig, und sie wagte sich dort nicht hin. Aber es war schön, in der Nähe zu stehen und seine Gedanken an die „Große Alte" zu schicken. Sie wickelte das Bisonfell fester um ihren schmalen Leib und trotzte dem eisigen Wind, der um die Palisaden pfiff. „Große Alte!", murmelte sie liebevoll. „Ich muss dir etwas erzählen."

So begann sie stets das Gespräch mit den Geistern. Hier konnte sie all ihre Sorgen und geheimen Gedanken hintragen. „Ich bin zur Frau gereift, und Onkel wird nun einen guten Mann für mich suchen." Sie seufzte tief, und nur der Wind konnte ahnen, ob aus Sorge oder Vorfreude. Mato-wea knabberte an ihren Lippen. War sie schon bereit für einen Mann? Zu gerne erinnerte sie sich an das Gelächter, wenn sie von den anderen Mädchen mit dem Bisonfell hochgeworfen wurde. Sie war gut darin! Zehnmal war es ihr gelungen, das Gleichgewicht zu halten. Sie kicherte bei dieser Erinnerung. Es hatte so viel Spaß gemacht, mit ihren Freundinnen das alte Spiel zu spielen: Die Mädchen nahmen ein großes Bisonfell, schoben stabile Äste durch die Löcher, die entstanden, wenn man das Fell zum Gerben spannte, und erhielten so einfache Griffe. Die Mädchen hielten das Fell an den Griffen, und ein Mädchen kletterte hinauf und wurde von den anderen Mädchen hochgeworfen. Wenn sie mit den Füßen aufkam, wurde sie wieder hochgefedert. Wenn sie stürzte, wurde sie von dem weichen Fell und einen riesigen Haufen Gras, der darunter aufgeschüttet worden war, weich aufgefangen. Es gab immer viel Gelächter, wenn die Mädchen „Hochwerfen" spielten. Mato-wea hatte damals schon die langen Zöpfe gehabt, und nicht mehr die kurze Frisur mit den beiden Büscheln über den Ohren, die kleine Kinder vor Gefahren schützen sollte.

„Große Alte, bin ich denn schon bereit? Onkel sagt, dass ich ein gutes Mädchen bin und ein Ehemann bestimmt Gefallen an mir finden wird." Sie senkte den Blick und bohrte mit dem Mokassin im weichen Pulverschnee, der sich über das Land gelegt hatte. „Onkel ist sehr gut zu mir", fuhr sie fort. „Und Tante auch …! Aber sie wollen mich vielleicht einem dieser Trapper zur Frau geben. Onkel möchte eine dieser Donnerwaffen haben."

Sie zögerte, denn sie wollte nicht ungehorsam sein. „Onkel sagt, dass die weißen Männer sehr großzügig zu ihren Frauen sind. Ich könnte froh ein, wenn ich so eine wichtige Aufgabe bekomme. Der Handel mit den Weißen ist wichtig."

Sie warf einen Blick zum Dorf zurück und senkte dann ihre Stimme zu einem Flüstern. „Aber ich kenne doch die Weißen nicht. Was, wenn ich ihre Sprache nicht spreche? Oder wenn sie böse Geister mitbringen? Die Älteren reden noch von der Zeit, als so viele Menschen wegen einer geheimnisvollen Krankheit gehen mussten. Was, wenn diese Weißen wieder Tod und Verderben bringen? Darf ich diese Sorgen mit meinem Onkel teilen?"

Hoffnungsvoll blickte sie in den Himmel, doch sie konnte kein Zeichen erkennen. Langsam hob sie die Hände und streckte sie der „Alten Frau" entgegen. „Wache über mich! Lass mich bereit und eine gute Ehefrau sein!"

Sie erhob sich und lief wieder zum Dorf zurück. Sie huschte durch das Tor und wandte sich dem Erdhaus zu, in dem ihre Sippe lebte. Vor dem Eingang hing ein schweres Fell, das sie beiseiteschob, um durch den engen Eingangstunnel ins Innere zu treten. Das Erdhaus war aus vier starken Stützpfosten errichtet, auf denen weitere Balken das Gerüst stellten. Gedeckt war die Hütte aus Ästen und Zweigen, auf denen Schichten von Grassoden und Erde verteilt wurden. Das schützte vor Regen und Kälte. In der Mitte brannte das Feuer, dessen Rauch durch eine Öffnung in der Decke abziehen konnte. Es war ziemlich dunkel im Inneren. Eine Frau saß am Feuer und schnitt Fleisch in einen Topf. Im hinteren Bereich war der erhöhte Bereich des Onkels. Er war verlassen. Wahrscheinlich traf sich der Onkel mit anderen Männern. An den Seiten der Hütte standen erhöhte Betten, die mit Fellen belegt waren. Die Hütte war so groß, dass leicht zehn bis zwölf Menschen Platz hatten. Mato-wea wunderte sich, wo die anderen Familienmitglieder waren. Die Tante hatte eine Tochter, die etwas jünger als Mato-wea war, und noch zwei kleinere Kinder. Außerdem lebten eine Großmutter und eine verwitwete Cousine mit ihrem Sohn bei ihnen. Mato-wea fragte nicht, sondern setzte sich zu ihrer Tante ans Feuer. Sie zog ihr Messer und half der Tante, das Fleisch zu schneiden. Die Tante lächelte freundlich und nickte in Richtung einiger Körbe. „Bringe mir noch etwas Kürbis und Zwiebeln. Dann schmeckt es besser."

Mato-wea erhob sich und holte das Gemüse. Sie hatten viele Vorräte, und es schien, als würde das Volk gut über den Winter kommen. Die Ernte des letzten Jahres war gut gewesen. Trotzdem war das Leben schwerer geworden. Normalerweise bezogen die Menschen im Winter kleine Hütten, die leichter zu beheizen waren, doch anhaltende Angriffe der Cha-rúwak, wie die Tituwan Suane von ihnen genannt wurden, zwangen sie auch im Winter, in ihren befestigten Dörfern zu bleiben. Cha-rúwak bedeutete Gras-Leute, denn wenn die Tituwan angriffen und dann von den Mandan verfolgt wurden, verschwanden sie einfach im hohen Gras. Seit dem Großen Sterben vor gut 25 Wintern war ihr Volk dezimiert worden und machte es den Feinden leichter, über sie herzufallen. Sie nannten sich die Numahkahke – die Mandan. Ihr Dorf hieß Mitutanka und war erst vor einigen Wintern an der Mündung des Knife-Flusses in den Missouri auf einer Anhöhe errichtet worden. Hier gab es wenig Holz, sodass die Frauen weite Wege gehen mussten oder angeschwemmtes Holz sammelten. Ihr Häuptling Sheheke shote war vor drei Wintern mit den weißen Händlern aufgebrochen, um den Großen Vater der Weißen zu treffen. Noch immer war er nicht zurückgekehrt, und das führte zu Unruhen unter den anderen Häuptlingen. Die Mandan wollten ihre Position als Handelspartner stärken und suchten damit den friedlichen Kontakt zu den Weißen. So, wie sie es in der

Vergangenheit nicht nur zu Weißen, sondern auch zu anderen Stämmen schon erfolgreich getan hatten.

„Holst du mir Holz?", fragte die Tante. Sie hieß Hohes-Wasser und hatte ihre Blütezeit schon lange überschritten. Die drei Geburten und die harten Winter hatten sie schnell altern lassen. Der Onkel hieß Shut-haska, was Puma bedeutete, und auch er war schon älter. Der Name war eindrucksvoll und zeigte, dass er mal ein gewandter Krieger gewesen war. Doch diese Zeiten waren vorbei. Sie nannte die beiden Mutter und Vater – aus Respekt, aber auch, weil sie es nie anders gekannt hatte.

Mato-wea nickte gehorsam und erhob sich. Sie legte sich wieder die Robe um die Schultern und nahm ein Beil, um Äste und Stämme zu einem handlichen Bündel hacken zu können. Die Tante gab ihr noch ein geflochtenes Seil aus gedrehter Bisonwolle mit, mit dem sie das Bündel schultern konnte. „Nimm deine Schwester mit, wenn du sie siehst!"

Mato-wea lächelte verschmitzt. Tante nannte die Cousine immer „Schwester" – so wie sie die Nichte mit „Tochter" anredete. Seit dem Tod der Mutter hatte sie die Mutterrolle übernommen, und Mato-wea war dankbar dafür. Sisohe-wea, Falkenfrau, war etwas jünger als sie und spielte vermutlich in einer anderen Hütte mit ihren Freundinnen.

„Ich nehme sie mit!", versprach sie. Auch Sisohe-wea ließ ihre Haare inzwischen wachsen und musste sich auf ihre Rolle als Ehefrau und Mutter vorbereiten. Doch sie entwischte nur allzu gerne ihren Pflichten und verließ sich darauf, dass die ältere Schwester die Arbeiten erledigte. Mehrfach hatte Mato-wea ihre Schwester im Herbst ermahnen müssen, die Arbeit auf den Maisfeldern nicht zu vernachlässigen. „Die Krähen fressen uns den ganzen Mais weg, wenn wir sie nicht verjagen!", hatte sie geschimpft. Aber wenn Sisohe-wea sie mit großen braunen Augen anhimmelte, dann konnte sie nie wirklich böse sein.

Mato-wea sah sich in dem Dorf um, dessen Hütten um einen großen freien Platz gebaut waren. Die Dächer waren mit Schnee bedeckt, und aus den Rauchlöchern stiegen feine Säulen in den Himmel. Niemand hockte auf den Dächern, weil es einfach zu kalt war. Nur in der Richtung zum Fluss stand einsam eine Wache auf einem Dach und lehnte schläfrig gegen einen langen Ast gestützt. Besonders aufmerksam sah er nicht aus. Mato-wea schlüpfte in das Erdhaus einer benachbarten Familie und fand ihre Schwester bei einem Würfelspiel mit anderen Mädchen. „Wir brauchen Holz!", bat sie auffordernd.

„Hohch!", stöhnte das Mädchen und erntete einen überraschten Blick der Matrone dieses Hauses. Nichts war schlimmer als ein faules Mädchen! Sofort bemerkte Sisohe-wea ihr ungezogenes Betragen und legte die Spielsteine beiseite. „Spielen wir nachher weiter?", hoffte sie.

Die anderen Mädchen kicherten und erhoben sich ebenfalls. „Wir gehen mit! Unsere Mütter brauchen sicherlich auch Holz!"

Sisohe-wea klatschte in die Hände vor Begeisterung. „Ja, das ist schön! Und dann wärmen wir uns wieder auf." Sie glühte vor Stolz, als sie den wohlwollenden Blick der Matrone sah. Sie hatte ihre unbedachte Gemütsäußerung wieder ausgemerzt.

Mato-wea lächelte ebenfalls. So würde es viel mehr Spaß machen! Sie wartete, bis sich alle Mädchen in ihre warmen Umhänge gewickelt hatten, und führte sie dann in Richtung des breiten Flusses. Dort gab es immer Schwemmholz, das man neben dem Feuer trocknen und dann verwenden konnte. Der Fluss war noch nicht ganz zugefroren, und so musste man auch an den Stellen, die mit Eis bedeckt waren, gut aufpassen, wenn man sie betrat. Zwei Kinder waren beim Spielen bereits eingebrochen und wären fast unter die Eisdecke geraten. Es war ein seltsamer und gefährlicher Winter.

Die Mädchen gingen am Ufer entlang und plauderten kichernd über die letzten Neuigkeiten. Mato-wea erfuhr, dass eine junge Frau wohl ihr erstes Baby erwartete und es Streit zwischen zwei Eheleuten gegeben hatte. „Stellt euch vor", erzählte Waschbären-Frau, „Guter-Habicht" wohnt jetzt bei einem Freund. Seine Frau hat ihn einfach vor die Tür gesetzt."

„Warum?", wollte Mao-wea wissen.

„Er hat eine jüngere Frau als zweite Frau zu sich genommen, und nun ist seine erste Ehefrau wohl eifersüchtig."

Mato-wea schüttelte den Kopf. „Hat er sie denn nicht gefragt?"

Waschbären-Frau zuckte mit den Schultern. „Anscheinend nicht."

Mato-wea sah sie unsicher an. „Aber es ist doch gut, wenn sie Unterstützung bekommt."

Waschbären-Frau wechselte einen wissenden Blick mit den anderen Mädchen und musterte Mato-wea dann streng. „Aber doch nicht, wenn er nur noch Augen für die Jüngere hat!"

„Hmh!" Mato-wea runzelte die Stirn. Da hatte sie natürlich recht. Die Mädchen fanden schließlich einen großen Haufen angetriebenes Holz und machten sich daran, die Äste und Stämme auseinanderzuziehen. Mit ihren Beilen hackten sie das Holz in armlange Stücke und banden es zu tragbaren Bündeln zusammen. Ein eisiger Wind wehte, der ihnen die Arbeit erschwerte. Sie hatten keine Handschuhe an und machten immer wieder Pause, um die Hände unter dem Umhang zu wärmen. „Huh, kalt!", rief Mato-wea vor Kälte zitternd.

Auch die anderen sahen auf und schienen für heute genug zu haben. „Lasst uns zurückkehren! Die Sonne geht schon unter!", schlug Sisohe-wea vor.

Mato-wea nickte nur, denn auch sie fror. Sie schulterte ihr Bündel und trat dann in die Spur, die sie auf dem Hinweg hinterlassen hatten. Es war einfacher, dem kleinen Trampelpfad zu folgen, den sie in den Schnee getreten hatten. Es ging den Hügel wieder hinauf, und es war rutschig. Als sie die Ebene erreicht hatten, konnten sie schemenhaft den Palisadenzaun sehen und darüber den Wächter, der immer noch seinen Blick über das Land schweifen ließ. Hier und da lugte ein Dach über die Palisaden empor, sonst war von dem Dorf dahinter nichts zu sehen. Stattdessen standen westlich davon einige Totengerüste, und an der Seite des Flusses – dort, wo im Sommer die Felder zu sehen waren – standen die kleinen Plattformen, auf denen die Kinder und Mädchen saßen, um die Vögel zu vertreiben. Mato-wea beugte sich gegen den Wind, der nun von Westen her blies. Ein Warnruf schreckte sie auf, und sie verharrte, um nach dem Grund zu sehen. Oben auf dem Dach winkte der Wächter mit dem Speer hin und her und stieß Warnrufe aus. „Wiradar!"- Feinde! Ganz deutlich war das

Wort über die Entfernung zu hören. Mato-wea ließ vor Schreck das Holz fallen und sah sich um. Tatsächlich! Über die Ebene galoppierte eine Gruppe feindlicher Krieger genau auf sie zu. Sie erkannte bei einigen bemalte Gesichter, die auf keine freundlichen Absichten hindeuteten. „Lauft!", schrie sie den Mädchen zu. „Lasst das Holz liegen und lauft!"

Die anderen Mädchen waren vor Schreck wie versteinert. Mit weit aufgerissenen Augen blickten sie auf das Unheil, das dort auf gescheckten Ponys auf sie zu galoppiert kam. Energisch schob Mato-wea die Mädchen vor sich her. „Nun lauft doch endlich!", schrie sie aus Leibeskräften. Sie konnte erkennen, dass sich vom Dorf her bewaffnete Männer aufmachten, die ihnen helfen wollten.

„Schneller!", herrschte sie die Mädchen an. Sie ließen die Bündel fallen, wickelten sich aus ihren Roben und rannten mit fliegenden Zöpfen in Richtung des Dorfes. Ihnen kam zugute, dass sie jung waren. Einige Pfeile zischten knapp an ihnen vorbei, sodass die Mädchen ins Stocken gerieten und vor Angst schrien. „Weiter!", herrschte Mato-wea sie an. Verzweifelt rafften sie sich auf und rannten weiter. Einige Reiter versuchten ihnen bereits den Rückweg zum Dorf abzuschneiden.

Mato-wea lief als Letzte und erkannte, dass sie es nicht schaffen würde. Der erste Krieger hatte sie fast erreicht, und so sauste sie einen Abhang hinunter und wich auf die Felder aus. Ihre Lungen brannten bereits von der Kälte, und ihre Knie waren weich vor Furcht. Im letzten Moment rutschte sie unter eine Plattform, während der Krieger sein Pferd parieren musste, wenn er nicht in das Gerüst preschen wollte. Schnaubend stieg das Pferd in die Höhe, und Mato-wea konnte den Mann kurz erkennen: Schwarze Augen in einem bemalten Gesicht, schwarze Zöpfe, eine einfache Robe und mit roten Streifen verzierte Beinkleider. Er grinste übermütig, als er seine Beute unter dem Gerüst hocken sah. Mato-wea wusste, dass er sie gleich als Gefangene mitzerren würde und entschloss sich zu einem verzweifelten Schritt. Kurz konnte sie erkennen, dass die anderen Krieger abgedreht hatten, als die Mandan wie aufgeschreckte Hornissen aus dem Tor strömten. Die anderen Mädchen hatten das Dorf inzwischen sicher erreicht und schrien erschrocken, als sie sahen, in welcher Gefahr Mato-wea schwebte.

Mato-wea hechtete mit einem Schrei unter dem Gerüst hervor, packte den Mann am Arm und zog ihn mit einem Ruck herunter. Völlig überrumpelt stürzte der junge Mann in den Schnee, und ehe er sich hochrappeln konnte, rannte Mato-wea davon. Sie war schnell! Aber sie wusste, dass er sie vermutlich einholen würde, sobald er sich von dem Schreck erholte. Stolpernd und keuchend erklomm sie die Böschung, dann hatte sie die Ebene wieder erreicht und hastete weiter. Sie rechnete jeden Augenblick damit, dass sein Totschläger sie treffen würde. Ihre Sprünge waren weit vor Angst, als sie in Richtung des Dorfes hechtete. Aber nichts geschah. Als sie die Männer erreicht hatte und sich umdrehte, stand der Krieger immer noch neben seinem Pferd und starrte ihr mit seinen dunklen Augen hinterher. Dann grinste er, hob grüßend sein Kriegsbeil und sprang mit einem eleganten Satz auf sein Pferd. Herausfordernd ließ er das Pferd steigen und tänzeln und forderte damit die Mandan zum Kampf heraus. Sein Kriegsschrei hallte über die Ebene und ließ Mato-wea frösteln. Ihr Herz schlug ihr bis zum Hals, als sie von ihren Freundinnen umringt wurde, die sie in ihre Mitte nahmen und ins Dorf zurückzerrten. „Du bist so mutig!", schwärmte Sisohe-wea. „Ohne dich hätten wir es nicht geschafft!"

Mato-wea klapperten so die Zähne aufeinander, dass sie keine Antwort geben konnte. Sie war nicht mutig gewesen! Sie hatte einfach keine andere Wahl gehabt. Willenlos ließ sie sich in ihre Hütte ziehen, während im Hintergrund das Geschrei der Männer leiser wurde. Anscheinend hatten die Tituwan ihren Angriff abgebrochen und zogen sich zurück. Mato-wea brach am Feuer fast zusammen, und die Tante legte ihr einen Umhang um den zitternden Körper. „Was ist denn geschehen?", erkundigte sie sich besorgt.

„Feinde haben uns aufgelauert, und Mato-wea hat uns alle gerettet!", erzählte Sisohe-wea aufgeregt.

„Wirklich?" Die Tante blickte entsetzt auf ihre Töchter.

Sisohe-wea nickte heftig. „Sie hätten uns fast erwischt, aber Mato-wea hat einen von ihnen vom Pferd gezogen!"

Die Tante maß die Nichte mit anderen Augen. „Du hast was?"
„Wirklich!", beteuerte Sisohe-wea. „Sie hat ihn einfach vom Pferd
gezogen und ist dann weggerannt." Plötzlich musste sie laut kichern, als die Anspannung von ihr abfiel. „Der war so erschrocken, dass er ihr nicht einmal gefolgt ist!"
Das Fell vor dem Eingang wurde geöffnet, und der Onkel trat ein.
Er war ein stattlicher Krieger mittleren Alters, der sich nun auf
seinen Ehrenplatz setzte. Aufmerksam musterte er seine Nichte. „Du warst tapfer!", sagte er bewundernd. „Du hast deine
Schwester und die anderen Mädchen gerettet! Ohne dich hätten
sie das Dorf wahrscheinlich nicht erreicht und wären entführt
worden."
Mato-wea machte eine verlegene Handbewegung. „Ich bin eigentlich nur weggerannt!"
Der Onkel lächelte. „Nein, es war eine Ablenkung. Der Krieger ist
dir gefolgt und nicht den anderen. Ich dachte, dass er dich rauben
würde, aber du hast ihn besiegt!"
Mato-wea senkte verlegen den Blick. Sie hatte sich gewehrt. Das
war alles. Immer noch klopfte ihr Herz, und sie legte die Hand
auf ihre Brust, um es zu beruhigen. „Ich habe meine Robe fallen
lassen!", merkte sie an.
Der Onkel brach in Gelächter aus. „Zum Glück! Sonst hätte dieser Krieger dich nämlich erwischt. Lasst uns gehen und die Umhänge und das Holz bergen! Aber dieses Mal begleiten wir euch."
Die Tante wehrte dies energisch ab. „Lass das Kind am Feuer sitzen! Ich werde gehen und die Sachen holen. Ich sage den anderen
Müttern Bescheid, ehe es zu dunkel wird, und es wäre wirklich
gut, wenn uns ein paar Männer begleiten würden. Man kann ja
nie wissen, ob diese Halsabschneider nicht noch mehr Beute wollen."

Ohne Widerspruch erhob sich der Onkel, nahm seine Waffen und
machte sich auf, auch die anderen zum Mitgehen zu bewegen.
Kurze Zeit später kehrten er und die Tante mit den geborgenen
Sachen zurück. Sorgsam hing die Tante den Umhang neben Ma-
to-weas Bett und legte dann das Holz zum Trocknen neben das
Feuer. Dann schenkte sie die warme Suppe in Schüsseln aus und

reichte sie ihrem Mann und anschließend den beiden Mädchen. Hungrig schlürfte Mato-wea die leckere Suppe und seufzte genießerisch. „Danke!" Sie hatte noch nie in ihrem Leben so einen Hunger gehabt!

Neugierig näherten sich die beiden kleineren Kinder und ließen sich die Geschichte erzählen, wie Mato-wea den feindlichen Krieger besiegt hatte. Sisohe-wea schmückte die Geschichte aus, sodass es Mato-wea bald peinlich war. „Ich habe ihn nur vom Pferd gezogen!", meinte sie bescheiden.

„Ja, und er war so überrascht, dass er dir nicht gefolgt ist", prahlte die Schwester.

„Wirklich?" Die Augen der Kinder hingen an Mato-weas Lippen. Mato-wea senkte ratlos den Blick. „Er hätte mir leicht folgen können, aber er hat es nicht getan. Ich weiß nicht, warum!"

„Haha! Weil er Angst vor dir hatte!" In Sisohe-weas Stimme klang Bewunderung.

„Sicher nicht!" Mato-wea dachte an die funkelnden schwarzen Augen, die fast übermütig auf sie heruntergesehen hatten. Angst hatte dieser Krieger ganz bestimmt nicht gehabt!

In der Nacht wälzte sie sich ruhelos hin und her. Immer wieder sah sie das Gesicht des Mannes vor sich, der sie fast niedergeritten hatte. Dann fuhr sie schweißgebadet hoch, sah sich um und erkannte, dass sie nur geträumt hatte. Zweimal stand sie auf und legte Scheite ins Feuer, weil sie die Dunkelheit nicht aushielt. Die anderen Bewohner lagen in ihren Betten und schliefen tief und fest. Der Onkel schnarchte leise und hatte sich an seine Frau gekuschelt. Es sah friedlich aus. Ob auch sie einst so einen liebevollen Ehemann bekam? Mato-wea hoffte, dass ihr Onkel einen guten Ehemann für sie suchte. Ihre Wünsche hatten sich ein wenig verändert: Nach dem heutigen Tag wollte sie einen Ehemann, der sie auch beschützen konnte!

Wambli-luta

Dorf der Tituwan am Heart-Fluss

Als Wambli-luta, der Rote-Adler, nach zwei Tagen wieder das Winterdorf erreichte, war er froh, im warmen Tipi seiner Eltern verschwinden zu können. Ihr Einzug, angekündigt von einem Späher, war eindrucksvoll gewesen. Sie hatten sich geschmückt und mit ihren Farben bemalt und waren in einer Parade durch das Dorf geritten. Sie hatten keine Toten zu beklagen, sodass der Raubzug ein voller Erfolg gewesen war.

Ihr Dorf lag in diesem Winter weiter im Norden als üblich. Sie hatten einen klaren Fluss gefunden, den sie Canté Wakpa, Herz-Fluss, nannten, an dessen Lauf in der sonst eher öden Gegend viele Bäume und Büsche wuchsen. Im Sommer hatten sie auf der Ebene zusammen mit den Gruppen der Sihasapa und Itazipco Bisons gejagt, doch für die Wintermonate war es leichter, in kleineren Gruppen geeignete Lagerstellen zu suchen, damit die Gegend nicht überjagt wurde oder das Holz ausging. Ihre Gruppe nannte sich die „Tinazipe Sica", die Schlechten Bögen, eine Untergruppe der Hunkpapa, und ihr Häuptling war Mato-ska-cikala, Kleiner-Weißer Bär. Wambli-luta gehörte zu seinem Tiyospaye, denn Mato-ska-cikala war als jüngster Bruder der Großmutter sein Großonkel. Tatsächlich nannte er ihn aber „Lekshi" – Onkel. Wambli-luta hängte den Bogen und den Schild an eine Tipistange, zog die Mokassins von den Füßen und ließ sich von seiner Mutter eine Schale Essen geben. Seufzend hockte er sich auf sein Backrest, eine Lehne aus Weidenzweigen, und streckte die nackten Füße in Richtung des Feuers, das in der Mitte des Zeltes brannte. Noch hatte er das mit Fransen besetzte Lederhemd an, das ihn gegen die Kälte schützte. Im Haar trug er noch die Federn, die ihn als Krieger und Späher auszeichneten. Kurz strich er sich fahrig einige Strähnen aus dem Gesicht, die sich aus seinen Zöpfen gelöst hatten. Er wirkte müde, und seine Gesichtszüge zeigten die Anstrengung der letzten Tage. Seine Lippen waren schmal und seine Augen leicht zusammengekniffen. Er seufzte tief, als er seine langen Beine ausstreckte und sich langsam entspannte. An ihm war kein Gramm Fett zu viel. Er war jung, und sein Körper zeigte die Spannkraft eines Menschen, der zu Fuß oder zu Pferd weite Strecken zurücklegte. Dann veränderte sich sein Gesichtsausdruck, als er seiner Schwester einen liebevollen Blick zuwarf. Die Augen zeigten ein lustiges Blitzen, und kleine Grübchen um die Augen verschönerten sein ernstes Gesicht. Er grinste seine Schwester an, die auf ihrem Lager saß und an etwas stickte, und futterte hungrig das Essen. Er wurde wieder ernst, als sein Vater sich ihm gegenüber setzte und höflich wartete, bis sein Sohn seinen Hunger gestillt hatte, ehe er ihn mit einer Handbewegung einlud, über seinen Raubzug zu sprechen. „Habt ihr viel Beute gemacht?"

Wambli-luta nickte erfreut. „Wir fanden ein Dorf der Miwatani und raubten ihnen ein paar Pferde." Er lachte vor Begeisterung. „Wir erschreckten ein paar Mädchen, während einige andere sich die Pferde holten. Es war ein guter Coup!"

„Und niemand wurde verletzt?", erkundigte sich der Vater.

„Niemand!", betonte der junge Mann. „Die Miwatani schwärmten aus ihrem Dorf heraus, um den Mädchen zu helfen, aber folgten uns nicht. Wir haben ein paar Pfeile verschossen und sie auch. Einige hatten sogar Gewehre, aber sie kamen nicht dazu, auf uns zu schießen; so schnell waren wir wieder weg."

„Und die Mädchen?", erkundigte sich die Mutter aus dem Hintergrund.

Wambli-luta machte eine verächtliche Handbewegung. „Ich habe nur ihre langen, dürren Beine gesehen, als sie weggerannt sind."

Die Schwester kicherte hinter ihrer vorgehaltenen Hand, während die Mutter den Kopf schüttelte. „Dürre Beine! Die konntest du doch gar nicht sehen."

„Doch! Ganz genau! Sie hatten die Kleider hochgezogen, um schneller zu rennen. Und ihre Roben haben sie auch fallen lassen. Ich hätte ganz einfach eins von ihnen rauben können."

„Und warum hast du es nicht? Solange du bei Mädchen nur dürre Beine siehst, wirst du nie eine Ehefrau finden." Deutlich war der Vorwurf zu hören.

„Hohch. Ein Mädchen hätte ich fast erwischt. Sie versteckte sich unter einem seltsamen Gerüst. Es sah aus wie ein Gestell, das wir für unsere Toten bauen, aber es stand inmitten ihrer Felder."

„Dort vertreiben sie die Vögel, wenn die Ernte naht", erklärte der Vater. Dann blinzelte er belustigt. „Und was hat das Mädchen dort gemacht?"

„Nichts!" Der junge Mann verschwieg, dass die Frau mutig genug gewesen war, um ihn anzugreifen und vom Pferd zu ziehen. Das war wohl die unrühmlichste Situation in seinem ganzen Leben gewesen! Er hoffte, dass niemand seiner Freunde es gesehen hatte.

„Nichts?", wunderte sich der Vater.

Wambli-luta nickte. „Nichts. Ihre Leute kamen, und ich ließ sie laufen. Sie war sehr hübsch."

„Ahhh, also doch nicht nur dürre Beine!", meinte die Mutter triumphierend.

„Nein!", gab Wambli-luta offenherzig zu. „Das nächste Mal hole ich sie mir!" Seine Stimme klang entschlossen.

Die Eltern lachten über diesen Scherz, ahnten aber, dass ihr Sohn vielleicht erneut dorthin gehen würde. So ein hübsches Miwatani-Mädchen spukte ihm offensichtlich im Kopf herum.

„Wo sind die Pferde, die ihr erbeutet habt?"

Mit seinen Lippen, die er mit dem typischen „Entengesicht" vorschob, deutete Wambli-luta auf den Eingang des Zeltes. „In der Mitte des Dorfes. Wir entscheiden später, wer sie erhält."

Der junge Mann beugte sich vor und knetete seine Füße durch. Dann schlüpfte er in die warmen Mokassins. Gedankenverloren begann er damit, seine Haare zu entflechten. Es wurde Zeit, sich für den Abend herzurichten. Die Mutter nahm eine Bürste aus dem Schwanz des Stachelschweins und bürstete vorsichtig durch das lange Haar, dann legte sie es in drei Zöpfe. Zwei davon flocht sie seitlich am Kopf und umwickelte sie mit Otterfell-streifen. Den dritten, der über den Scheitel des Mannes gebunden wurde, fiel einfach hinten in den Nacken. Stolz musterte sie ihre Kinder. Wambli-luta zählte um die achtzehn Winter, während seine Schwester höchstens zwölf Winter zählte. Auch sie war hochgewachsen und schlank und ihre schwarzen Augen hatten einen weichen schein. Ihr Bruder hatte ein markantes Kinn, das er gerne trotzig vorstreckte, und eine leicht gebogene Nase.

Seine Schwester hatte ein weicheres Gesicht, das eindeutig nach der Mutter geriet, nur dass bei dem jungen Mädchen die vielen Runzeln fehlten. Einst musste die Mutter eine wahre Schönheit gewesen sein, aber die vielen Hungerwinter hatten ihre Spuren hinterlassen. Die Mutter hieß Phazu-washté-win, Hübsche-Nase, und die Tochter Anpao-win, Morgendämmerung. Der Vater zählte bereits über fünfzig Winter und wurde Wahukheza-ksaheya, Gebrochene-Lanze, genannt. Er trug eine kleine Narbe unter dem rechten Auge, sodass sein Gesicht immer leicht zusammengekniffen wirkte. Viele Lachfalten deuteten aber auf ein freundliches Wesen hin. Gebrochene-Lanze lachte gern und viel. Die Zeit der Kriegszüge war für ihn vorbei, und so saß er gern mit den anderen Männern bei einem Wettspiel beisammen. Er war von den Häuptlingen als Wakincun gewählt worden, einer von vier Männern, denen die Verwaltung des Dorfes unterlag. Er hatte also eine wichtige Aufgabe zu erfüllen. Fast täglich saß er mit den anderen im Tipi, beriet über anstehende Maßnahmen und ließ die Entscheidungen über einen Herold verkünden.

Wambli-luta erhob sich und verließ das Tipi. Seine Eltern, die Großmutter und die Schwester folgten ihm. Sie hatten schöne Kleidung angelegt, um die siegreiche Rückkehr gebührend zu feiern. Eine gewisse Aufregung machte sich bei allen bemerkbar. In der Mitte des Dorfes hatten sich schon viele Menschen versammelt. Frauen standen in ihre Roben gehüllt in einem weiten Kreis, dazwischen huschten Kinder hin und her. Zwei Akicitas der Canté-tinza-Gesellschaft, die mit der Ordnungsfunktion über das Dorf betraut waren, hielten die Neugierigen zurück und ließen genügend Platz für die folgende Darbietung. Wambli-luta stellte sich zu den anderen Kriegern, die prächtig geschmückt darauf warteten, ihre Heldentaten zu erzählen. Sie hatten niemanden getötet, also verzichteten sie auf die schwarze Bemalung und den Waktegli, den Siegestanz. Stattdessen wurden die erbeuteten Pferde in den Kreis geführt. Thimahel-okile, Den-man-im-Zelt-sucht, ein bewährter Krieger und Anführer des Kriegstrupps, machte eine große Geste mit der Hand. „Seht, was wir erbeutet haben! Die Miwatani haben sich in ihren Hütten verkrochen wie

Feiglinge. Erst als wir ihre Pferde raubten, kamen sie aus ihren Löchern hervor. Sie schossen auf uns, doch unsere Medizin war stärker! Nun besitzen wir ihre Pferde!" Stolz saß er auf seinem Pferd, ganz und gar der Anführer und Krieger. Er zählte dreimal zehn und fünf Winter, und sein Körper war sehnig und kraftvoll. Er hatte eine hohe Stirn mit tiefliegenden Augen, und sein Gesicht wurde dominiert von einer Nase, die wie der Schnabel des Adlers gebogen war. Er flößte schon durch sein Aussehen Respekt ein, doch jetzt – im vollem Kriegsschmuck und mit den Federn, die hinten im Haar hingen, wirkte er geradezu respekteinflößend.

Die Frauen antworteten mit einem hohen Trällern auf die kleine Schmährede, während die Männer und Jungen laut jubelten. „Ich habe entschieden, wer diese Pferde erhält!", fuhr Thimahel-okile mit der natürlichen Autorität des Anführers fort. Er nahm zwei Pferde an ihren Stricken und führte sie zu einem einfach gekleideten Mann. „Diese sind für die Ohunkeshni – für unsere Alten und Schwachen, die nicht mehr für sich selbst sorgen können. Bestimme du, wer sie am nötigsten braucht." Zum ersten Mal lächelte er kurz, und sein Antlitz zeigte nun ein ausgeglichenes Gemüt und wahre Zuneigung zu den Menschen, die er beschützte.

Ein wohlwollendes Gemurmel folgte dieser Großzügigkeit. Der angesprochene Mann nickte bescheiden und nahm die beiden Pferde in seine Obhut. Er sah sich kurz um und trat dann zu einer Frau mittleren Alters, deren kurz geschnittene Haare darauf hindeuteten, dass sie erst vor kurzem ihren Mann verloren hatte. An ihrer Seite standen ein Junge von vielleicht zwölf Wintern und ein kleineres Mädchen. Ohne Worte drückte er der Frau den Strick in die Hand, die sich mit einem Nicken bedankte und dann mit dem Pferd verschwand. Das andere Pferd gab er einem älteren Krieger, der ein lahmes Bein hatte und mit einem Stock gehen musste. Wieder antwortete ein beifälliges Murmeln, dann wandte sich die Aufmerksamkeit wieder dem Geschehen zu. Thimahel-okile zerrte ein weiteres Pferd herbei, das nervös tänzelte. Es war eine hübsche, junge Stute.

„Dieses Pferd ähnelt einem mutigen Mädchen, auf das einer unserer Krieger stieß. Sie hätte ihn fast überrumpelt."

Wambli-luta ahnte, was ihm blühte, und senkte machtlos den Blick. Wahrscheinlich würde das ganze Volk in Zukunft über ihn spotten. Er trug es mit Fassung und zuckte mit einem schiefen Grinsen mit den Schultern.

Thimahel-okile aber empfand Wohlwollen mit dem jungen Mann, denn er wandte sich mit erhobener Stimme an ihn. „Wambli-luta hat Mitleid gezeigt und das Mädchen laufen lassen. Vielleicht wäre es besser gewesen, sie mitzunehmen, denn er würde sie ganz sicher besser beschützen als diese Erdlochbewohner! Also gebe ich ihm diese Stute, damit er in Zukunft ein hübsches Mädchen mitbringen kann!"

Wambli-luta warf dem Redner einen Blick tiefster Dankbarkeit zu. Erhobenen Hauptes, sodass niemand seine Erleichterung bemerkte, schritt er in den Kreis und nahm das Pferd in Empfang. Seine Ohren rauschten immer noch, als er sich an den Rand stellte, dem Pferd beruhigend den Hals klopfte und dann die Zeremonie verfolgte. Alle Krieger wurden erwähnt und ihre Taten mit blumigen Worten gepriesen. Auch Krummes-Bein, ein guter Freund von Wambli-luta und entfernter Cousin, wurde für seine Tapferkeit geehrt. Er zählte etwa so viele Winter wie Wambli-luta, war aber von gedrungenem Körperbau. Er hatte einen leichten Bauchansatz, was für junge Männer eher ungewöhnlich war. Sein Gesicht war rund wie der Vollmond, und er hatte geschwungene fleischige Lippen. Er hatte meist ein ausgeglichenes Wesen und liebte es, seine Freunde zu necken und darüber zu lachen. Seine Augen blitzten meist lustig. Diese Anerkennung freute Wambli-luta besonders, denn eine Verletzung hatte dem jungen Mann schwer zu schaffen gemacht. Es war gut, dass Krummes-Bein seine Kraft wiedergefunden hatte! Ein Pferd nach dem anderen wurde verteilt, bis zum Schluss nur noch zwei Pferde übrig blieben, die Thimahel-okile für sich behielt. Das war ausgesprochen großzügig, und die Beliebtheit dieses Kriegers stieg. Als Sohn eines der Häuptlinge würde er wohl in dessen Fußstapfen treten, und alle vermuteten, dass er ebenfalls zum Häuptling ernannt werden würde.

Als es dunkel wurde, verschwanden die Menschen in ihren Zelten, wo bereits ein gutes Essen auf sie wartete. Geschichten wurden erzählt, und Wambli-luta musste mehrmals von seinem Abenteuer berichten. Er schmückte es etwas aus und verschwieg, dass dieses Mädchen ihn vom Pferd gezogen hatte. Aber irgendwo kam die Geschichte auf, dass er vom Pferd gesprungen war und sie mit seinem Beil fast getötet hätte. Anscheinend hatte man ihn doch beobachtet, aber nicht gesehen, dass er nicht ganz freiwillig vom Pferderücken abgestiegen war. Auch gut! Er hütete sich, etwas zu sagen, denn dass er nun als großzügig dastand, war ihm nur recht.

Die Zeit des Winters war hart, und so brach niemand mehr zu einem Raubzug auf. In den Zelten wurden Geschichten erzählt, die Waffen erneuert und neue Kleidung hergestellt. Die Männer, Frauen und Kinder erfreuten sich an Wettspielen, und so mancher Wetteinsatz wechselte den Besitzer. Auch Wambli-luta blieb im Zelt, obwohl er darauf brannte, seinen Mut zu beweisen. Manchmal zog er seine Schneeschuhe über und brach auf, um seinen Eltern ein wenig frisches Fleisch zu bringen. Die Tiere hatten ihr dichtes Winterfell, das gerne für Umhänge, Mützen und einfache Handschuhe verwendet wurde. Kinder bauten sich Schlitten aus Knochen und rutschten die vereisten Hänge am Flussufer hinunter oder balgten sich in Schneeballschlachten.
Wambli-luta war froh, als die ersten warmen Winde den Schnee schmelzen ließen und die Zugvögel in ihrer Formation nach Norden flogen. Gänse, Enten, selbst Kraniche und Kormorane kehrten zurück und bauten ihre Nester. Längst waren die gepunkteten Prärieläufer zu sehen, die in dem weiten Grasland ihre Nester im Gras versteckten, oder Blauhäher, die mit frechem Kreischen auf andere Vögel losgingen. Die Hunkpapa wollten südwärts bis zum Inyan-wakachapi-Wakpa, dem Cannonball-Fluss, ziehen. Ihre Abreise hatte sich verzögert, denn ein später Eissturm hatte sie überrascht. Anschließend mussten erst einige Tipis geflickt und neue Stangen geschlagen werden, weil einige durch den Sturm zu Bruch gegangen waren. Die Jahreszeiten konnten in diesem Land tückisch sein. Bald darauf brachen die Familien auf und zogen nach Süden, um sich mit den anderen Gruppen zu treffen. Das Dorf wurde größer, als immer mehr Gruppen ein-

trafen und sich die Familien gegenseitig begrüßten. In der Mitte des Dorfes wurde ein Ratstipi aufgeschlagen, und im Umkreis standen die Tipis der Kriegergesellschaften. Überall wimmelte es und dazwischen kläfften die Hunde, bis sie sich schließlich zu einer großen Meute vereinten. Interessiert beobachtete Wambli-luta, wie auch die Tokala-Gesellschaft in der Dorfmitte ihr Zelt aufschlug und eine Gruppe ihrer Mitglieder von Zelt zu Zelt ging und um Material für die Instandsetzung ihrer Regalia bat. Bei manchen Zelten, in denen ein kleines Kind lebte, das sie mochten, riefen sie ihr Sprüchlein: „Enkelkind, ich möchte etwas ausbessern, aber ich habe die Materialien nicht. Kannst du uns etwas geben?" Es war selbstverständlich, dass die Eltern das Kind dann mit dem, was sie entbehren konnten, zum Zelt der Tokala schickten. Manchmal waren es gefärbte Stachelschweinborsten, Messingteile zum Verzieren, Sehnen zum Nähen, Felle oder anderes Zierrat. Manche Familien waren aber auch so großzügig, dass sie ein Pferd stifteten. Nur einem Kind war es gestattet, das Zelt der Tokala zu betreten. Für erwachsene Nicht-Angehörige war es tabu.

Die Gruppe der Männer kam auch am Zelt von Gebrochene-Lanze vorbei, und die Mutter suchte einige Dinge heraus, die für die Männer von Wert sein könnten. Sie fand einige Otterfelle, die benutzt wurden, um die Tokala-Lanzen, die Banner der Gesellschaft, einzuwickeln. Sie gab die Geschenke ihrer Tochter, die eifrig zum Zelt der Tokala lief, um sie dort abzugeben. Sie galt als Kind, weil sie ihre Pubertätsriten noch nicht erfahren hatte.

Wambli-luta wusste, dass die Tokala-Gesellschaft die Zeit im Frühjahr nutzte, um die Mitglieder in Versammlungen einzuberufen und auf ihre Aufgaben vorzubereiten. Er war noch von keiner Gesellschaft eingeladen worden, und so versuchte er, tapfere Taten zu vollbringen, um von ihnen endlich wahrgenommen zu werden. Auch der Angriff auf das Miwatani-Dorf war ein solcher Versuch gewesen. Er war immerhin der Erste gewesen, der auf das Dorf zugeprescht war. Es war sein Glück gewesen, dass die Verteidiger so überrascht gewesen waren, dass sie nicht gefeuert hatten. Thimahel-okile hatte seinen Mut lobend erwähnt. Ob das jemanden beeindruckt hatte?

Manchmal saß Wambli-luta an der Außenseite des Tipis, nutzte die Wand als Rückenlehne, schnitzte an einem neuen Pfeil und beobachtete heimlich das Treiben im Dorf. Jungen übten mit ihren Kinderbögen das Zielen auf rollende Reifen aus Weidenzweigen, kleine Mädchen verschwanden an den Händen ihrer Mütter zum Holzsammeln, Krieger übten mit ihren Pferden, Männer und Jungen kehrten mit Fischen vom Fluss zurück oder hatten die ersten Gänse erlegt. Wenn das Wetter es zuließ, verbrachte man die Zeit außerhalb des Tipis. Selbst die Kochstellen wurden nach draußen verlegt. Wambli-luta beobachtete, wie die Mutter zusammen mit der Tochter die Felle ausschüttelte und über einem Busch ausklopfte. Es staubte, und die beiden husteten unter Kichern.

Einige Tage später hielten die Tokala ihre erste Versammlung ab. Zwei Tipis wurden zusammengelegt, sodass ein großes Versammlungstipi entstand, in dem alle Mitglieder Platz fanden. Diese wurden zusammengerufen, und Wambli-luta beobachtete voller Sehnsucht, wie die Männer in ihrer Regalia herbeiströmten. Viele trugen ein Fuchsfell um die Schultern, sodass der Kopf nach vorne und der Schwanz nach hinten fiel. Manche hatten das erste Drittel eines Fuchskiefers mit einem Band aus Otterfell an der Stirn befestigt. Am Hinterkopf trugen die Männer einige Krähenfedern, die nach unten hingen, und zwei aufrecht stehende Adlerfedern. Aus dem Zelt klang die zeremonielle Trommel, und die Lieder der Gesellschaft wurden gesungen. Dann erklang leises Gemurmel, als über wichtige Dinge gesprochen wurde. Nach einer gefühlten Ewigkeit verließen schließlich zwei Peitschenträger das Zelt und sahen sich suchend um. Wambli-luta stockte der Atem, als er sah, wie die beiden auf ihn zukamen. Unsicher erhob er sich von seiner Position und blickte den beiden entgegen. Die beiden Peitschenträger blieben vor ihm stehen und nickten ihm zu. „Die Tokala laden dich ein!"
Wambli-luta schluckte schwer. Endlich! Endlich würde er ein Mitglied dieses Bundes werden. Es gab auch andere Bünde, aber sein Herz schlug nur für diese Kriegergesellschaft. Seit er Knabe war, hatte er sich zuerst in den Jugendgesellschaften hervor-

getan, war als Wasserträger mitgeritten und hatte seine ersten Kämpfe bestanden. Er war nicht unbekannt, und nun wurde seine Geduld belohnt.

Die beiden Peitschenträger nahmen ihn in ihre Mitte und führten ihn zum Versammlungszelt. Auch seine Eltern nahmen nun wahr, dass etwas Besonderes geschah, und folgten ihrem Sohn. In der Nähe des Zeltes versammelten sich immer mehr Schaulustige, die darauf warteten, welcher Kandidat nun eingeführt wurde. Frauen trällerten ihre Zustimmung, als sie Wambli-luta erblickten. Dieser hob stolz das Haupt, als er langsam und feierlich zu dem Zelt geleitet wurde. Er würde sich dieser Ehre würdig erweisen. Dann duckte er sich und betrat das Versammlungszelt. Alle Mitglieder der Gesellschaft waren bereits anwesend: die beiden Anführer, unter ihnen Thimahel-okile, zwei Männer, die das Essen verteilten, ein Pfeifenträger, die vier Lanzenträger, ein Herold, vier Männer an der Trommel und dahinter vier Sängerinnen sowie ungefähr zwanzig weitere Mitglieder, unter ihnen Krummes-Bein. Die beiden Peitschenträger blieben hinter ihm stehen, als müssten sie verhindern, dass er aus dem Zelt flüchtete. Im Zelt erhob sich der Pfeifenträger, musterte ihn von oben bis unten und erhob schließlich seine Stimme. „Ich sehe hier einen mutigen jungen Mann, den wir als Tokala aufnehmen wollen. Unsere Ziele und Tugenden, die wir von unseren Mitgliedern fordern, sind hoch gesteckt. Wir weichen niemals zurück und stellen uns zwischen den Feind und unsere Angehörigen. Wir haben erlebt, dass auch du diese Anforderungen erfüllst; deshalb nehmen wir dich als einen der Unseren auf."

Wambli-luta blieb still. Sein Blut rauschte vor Aufregung, und er fühlte sich, als würde er erneut gegen dieses Dorf reiten. Dann blinzelte er, denn mit der Ehre kam auch die Verantwortung. Man erwartete von ihm, dass er ohne zu zögern sein Leben gab, wenn es die Situation erforderte. Er senkte den Blick und hörte auf die Stimme des Herolds, der laut seine Vorzüge und bisherigen Heldentaten aufzählte. Er hatte sie fast vergessen: Wie er todesmutig sein Dorf verteidigt hatte, als er noch im Knabenalter gewesen war; wie er einige Bisons von den Frauen weggetrieben hatte, die der Herde beim Beerensammeln in die Quere gekommen waren;

wie er mit anderen Männern ein Gegenfeuer gelegt hatte, als ein Präriefeuer ausgerechnet auf das Dorf zuraste. Dann erzählte der Herold, wie er todesmutig gegen die Miwatani geritten war und es seinen Kampfgefährten ermöglicht hatte, die Pferde zu stehlen. Wambli-luta staunte, dass der Herold so genau über ihn Bescheid wusste! Dann lauschte er aufmerksam, als der Herold von den tapferen Taten der anderen Männer erzählte. Viele von ihnen waren bereits im Kampf gefallen, ganz so, wie es ihre Bestimmung gewesen war. War es auch seine Bestimmung, sein Leben zu geben? Er war so in Gedanken versunken, dass er nicht bemerkte, wie der Pfeifenträger ihn ansah und auf eine Antwort wartete. „Hast du gehört, was ich gesagt habe?", wiederholte der Mann.

„Ja!", antwortete Wambli-luta mit belegter Stimme. „Ich werde all dies befolgen. Ich bin ein Tokala!"

„Waho!", riefen die Mitglieder zufrieden. „He washtélo!"

Der Pfeifenträger trat hervor und flehte um Beistand:

„Tunkashila, hilf mir bei meinem Unterfangen.

Steh mir bei, bei allem, was ich vorhabe!

Habe Mitleid mit mir und sei mir gnädig.

Hilf mir, meine Feinde zu besiegen."

Einer der Essensverteiler trat hinzu und hob einen Beutel mit gelber Farbe hoch. Sorgsam begann er, das Gesicht von Wambli-luta zu bemalen, während der Pfeifenträger den Anwärter über seine Pflichten aufklärte: „Wir erwarten von dir, dass du in allen Situationen Mut zeigst! Ein Tokala ist stets großzügig und teilt seine Habseligkeiten mit den Armen. Wir stehen immer füreinander ein! Vergiss das nie. Du sollst niemals die Frau eines anderen Mitglieds nehmen, ohne ihn vorher gefragt zu haben. Wir erwarten von dir, dass du gut zu deinen Frauen bist und sie stets gleich behandelst, auch wenn es eine Gefangene von einem anderen Stamm ist. Es ist deine Pflicht, die Witwe eines Tokala vor Unheil zu bewahren und ihr deinen Schutz zu gewähren, bis sie wieder einen Mann gefunden hat, der für sie sorgt. Ebenso solltest du einem Tokala, der keine Frau hat, eine deiner Frauen abgeben, wenn du mehr als eine hast. Du darfst nicht stehlen – es sei denn, von deinen Feinden. Hast du das verstanden?"

Wambli-luta nickte. Es waren Selbstverständlichkeiten, die von ihm gefordert wurden. Einzig die Tatsache, dass er fortan an erster Stelle in den Kampf reiten sollte und als Letzter den Kampfplatz verlassen durfte, war hart. Dafür würden sie Lieder über ihn singen! Das allein war wichtig. Das Leben war kurz, und er wollte es in Ehren verbringen. Voller Stolz sang er zum ersten Mal das Lied, das ihn nun bis an sein Lebensende begleiten würde:
„Ich bin ein Fuchs.
Es ist meine Bestimmung zu sterben.
Wenn es irgendetwas gibt, das schwierig ist,
wenn es irgendetwas gibt, das gefährlich ist,
liegt es an mir, es zu tun."
Die Trommel setzte ein, und die Männer sangen weitere Lieder, die nur den Tokala vorbehalten waren. Dahinter saßen zwei Männer, die einen fast kahlgeschorenen Kopf hatten, mit ihren Rasseln. Auch diese Männer waren mit gelber Farbe bemalt. Sie hatten sich diesen „Tokala-Haarschnitt" als Gelübde rasieren lassen, sodass nur am Scheitel ein Büschel Haare stehen blieb. Manche ließen sich die Haare auch auszupfen, sodass die Kopfhaut ganz wund war. Hinter den Männern fielen die vier Frauen mit ihren hohen Stimmen in den Gesang ein. Wambli-luta war so stolz, dass er tief einatmen musste, um die Emotionen zu kontrollieren, die über ihn hereinstürzten. Dann kamen die beiden Peitschenträger und trieben ihn mit Schlägen an, seinen Tanz zu zeigen. Wambli-luta machte es ihnen nicht so leicht, sodass die beiden ziemlich fest zuschlagen mussten, um ihn zum Tanzen zu bringen. Wambli-luta bewegte sich mit kräftigen, wohlgesetzten Schritten, die zeigen sollten, dass er auch im Kampf seine volle Kraft einsetzen würde. Schwer atmend durfte er sich anschließend wieder zu den anderen stellen. Die zwei Männer, die die Ehre hatten, das Essen zu verteilen, brachten den beiden Anführern zwei Löffel der Suppe, die herangeschleppt wurde. Die Tokala hatten nicht selbst gekocht, sondern zwei Mitglieder waren durch das Dorf gegangen und hatten einfach einen kleinen Stock an die Tipis von wohlhabenden Familien gesteckt. „Die Tokala sind hungrig! Bringt uns Essen!", hatten sie gerufen. Es wurde als Ehre angesehen, für die Kriegergesellschaften kochen zu dür-

fen. Das Essen wurde verteilt und auch an die Zuschauer, die vor dem Zelt standen, ausgegeben. Gerade ärmere Familien freuten sich, dass sie sich endlich einmal sattessen konnten. Die Familie von Wambli-luta verteilte großzügige Geschenke an die Umstehenden, um die Aufnahme ihres Sohnes in den Kriegerbund zu feiern. Kleider, Mokassins, Felle und Vorräte wurden an Bedürftige verteilt, während ihr Sohn immer noch bei den anderen Mitgliedern stand und mit ihnen die Lieder sang. Seine Stimme stach unter den anderen hervor, als er mit Inbrunst die Lieder sang, die er schon so oft gehört hatte. Nun durfte auch er sie endlich singen! Nun gehörte er dazu. Dankbar musterte er die beiden Anführer, ließ dann seinen Blick über die anderen schweifen: ein Pfeifenbewahrer, der die heilige Pfeife der Tokala hütete; vier Lanzenträger, zwei Peitschenträger, ein Herold, zwei Essensverteiler, vier Trommler und vier Frauen, die als Schwestern gesehen wurden; den Hüter der Trommel und zwei Männer, die den seltsamen Haarschnitt der Tokala trugen, und ungefähr zwanzig weitere Mitglieder, darunter auch drei Knaben von vierzehn Wintern, die als Wasserträger und Pferdehirten fungierten. Das war jetzt seine Gemeinschaft! Hier gehörte er dazu! Die Männer begannen zu tanzen, und die beiden Peitschenträger stießen auch die Letzten an, damit niemand faul auf den Fellen sitzen blieb.

Es war mitten in der Nacht, als ein müder und erschöpfter Mann zu seinen Eltern zurückkehrte. Die Schwester schlief bereits, doch die Eltern saßen am glimmenden Feuer und sahen ihm voller Stolz entgegen. „Mein Sohn", murmelte der Vater.
„Vater!", antwortete Wambli-luta und setzte sich vor ihm hin. Er hielt still, als der Vater ihm die Hand auf die Schulter legte.
„Lebe deine Vision!", mahnte der Vater eindringlich.
Wambli-luta nickte voller Ernst. Vor einigen Wintern hatte sein Vater ihn in die Einsamkeit mitgenommen, damit die Geister ihm eine Vision schicken würden, die ihn vor kommenden Gefahren schützte. Als junger Krieger, der sich bewähren wollte, brauchte er diesen Schutz umso mehr. Damals hatten die Geister ihm einen merkwürdigen Traum geschickt: Ein Fuchs hatte einen Hasen gerissen, doch dann war ein Adler hinabgestiegen und hatte

ebenfalls den Hasen gepackt. Der Fuchs wollte nicht aufgeben und biss sich weiter in dem Hasen fest. Dabei wurde er immer höher in die Lüfte gehoben, bis er im Horst des Adlers landete, in dem zwei Junge saßen. Die Adlermutter gab ihnen den Hasen und erblickte dann den Fuchs. „Was machst du hier?", fragte sie verblüfft.

„Wenn du mein Fressen stiehlst, fresse ich eben deine Jungen!", antwortete der Fuchs.

Das Adlerweibchen plusterte sich auf und starrte den Fuchs mit zornigen Augen an. „Wie kannst du es wagen! Ich werde auch dich gleich packen!"

Der Fuchs hüpfte schnell davon und versteckte sich in einem Felsenloch. „Und ich warte hier, bist du wieder zur Jagd aufbrichst!", drohte er.

Der Adler kam näher, aber das Loch war zu klein, und so konnte sie den Fuchs nicht herausziehen. „Du wirst verhungern, wenn du dich hier versteckst!"

Der Fuchs lachte nur. „Nicht so schnell wie deine Jungen, wenn du sie nicht fütterst. Ich halte es hier eine ganze Weile aus."

Der Adler legte den Kopf schief. „Und was schlägst du nun vor?"

Der Fuchs überlegte eine Weile. „Du fängst mir einen weiteren Hasen und legst ihn mir dort unten an die Felsen. Wenn du ihn gefangen hast, klettere ich hinunter und du hast deinen Frieden."

„Nein!", sagte das Weibchen. „In dieser Zeit könntest du meine Brut fressen."

„Hohch, ich lege mich doch nicht mit einem Adler an!"

Der Adler überlegte eine Weile und stimmte dann zu. „Gut, ich hole dir deinen Hasen." Mit tüchtigen Schlägen erhob sich das Weibchen in die Lüfte und machte sich auf die Suche nach Beute.

Schnell kam der Fuchs heraus und fraß das Kaninchen. Dann blickte er auf die Brut. „Eure Mutter sollte besser lernen, dass der Fuchs klüger ist!"

„Frisst du uns jetzt?", fragten die zwei Adlerjungen.

„Aber nein!", versicherte der Fuchs großmütig. „Zwei Hasen an einem Tag reichen mir. Aber ihr passt besser auf, dass ihr nicht eines Tages einem Fuchs das Essen stehlt!"

Der Fuchs blickte in den Himmel und sah, wie das Adlerweibchen gerade den Hasen auf die Felsen legte. Hurtig sprang er die Felsen hinunter und freute sich über die leckere Beute. Oben am Himmel aber schwebte das Adlerweibchen. Und immer, wenn der Fuchs Hunger hatte, brachte sie auch ihm von der Beute. Der Fuchs lachte, denn seine Großzügigkeit wurde gut belohnt!

Der Medizinmann hatte Wambli-luta sein Ohr zugewandt, als er dessen Erzählung lauschte, dann hatte er die Augen zusammengekniffen und über die Bedeutung des Traumes nachgedacht. Nach einer Weile hatte er eine Eingebung gehabt. „Ich denke, dass der Fuchs dein Schutzgeist ist. Er ist schlau und mutig! Aber du musst so sein wie er! Du musst großzügig sein, dann wird dich der Fuchs beschützen!"
„Und der Adler?"
Der Medizinmann wackelte mit dem Kopf hin und her. „Ich glaube, dass die Jungen in diesem Traum wichtiger sind. Kinder sind ‚wakan' … etwas Heiliges. Das gilt vielleicht auch für Tiere. Du solltest keine jungen Tiere töten."
„Auch keine Bisonkälber?", wunderte sich Wambli-luta. Bisonkälber waren eine Delikatesse.
„Nein!" Die Stimme des Medizinmannes wurde ungewohnt scharf.
Wambli-luta hatte sich diese Worte gemerkt und sich seither an die Warnung gehalten. So einige Hirschkälber und Bisonkälber waren auf diese Weise schon seinen Pfeilen entgangen. Auch eine Schwarzbärenmutter mit ihren Jungen hatte er ziehen lassen. Es gab anderes Wild, das er jagen konnte. Irgendwie passte es zu seinem Traum, dass die Tokala ihn in ihren Bund aufgenommen hatten. Sie kannten seine Vision! Er trug das Fuchsfell, und als Visionstier schützte ihn der Geist des Fuchses. Das war starke Medizin!

Yellowstone

Frühjahr 1809 am Yellowstone-Fluss

Pierre DuMont schob gerade Wache, als gegen Mittag ein Reiter mit zwei Packpferden im Schlepptau auftauchte. Er gab ein Signal, um die anderen zu informieren, und öffnete das Tor, als er den Reiter erkannte: John Colter, dieser lebensmüde Entdecker, kehrte endlich zurück! Auch er war als erfahrener „Guide" angeworben worden und hatte den Auftrag erhalten, die hiesigen Stämme aufzusuchen und zum Handeln einzuladen.

„Allors!", grüßte Pierre überschwänglich. „Wo hast du denn gesteckt?"

Colter ließ die Zügel fallen, mit denen er die Packpferde gezogen hatte, und ließ sich aus dem Sattel plumpsen. „Puh! Lange Geschichte! Lass mich erst einmal absatteln!"

Er grinste schief, als die anderen Männer hinzutraten und ihn begrüßten. „Na, Jungs! Alles klar?"

Menard schlug Colter mit seiner Pranke auf die Schulter, sodass der Trapper fast in die Knie ging. „Willkommen, du Halunke. Hier ist gar nichts klar. Hatten andauernd Ärger mit den Blackfeet. Zwei von uns wurden von denen abgemurkst, als sie nach ihren Fallen sehen wollten."

„Scheiße! Das tut mir leid!" Colter verging das Grinsen. „Wer?"

„Huey und Jordan. Sie haben es nicht geschafft. Haben sich gewehrt, so gut es ging. Aber wir fanden nur noch ihre Leichen … übel zugerichtet."

Colter kniff die Lippen zusammen. Er nahm seine Mütze ab und senkte traurig den Blick. Dann raffte er sich zusammen. „Helft ihr mir beim Abladen?"

„Mais oui!", grunzte Pierre. „Was hast du mitgebracht?"

Colter machte eine vage Handbewegung. „Ach, ein paar Felle. Ich habe mit den Stämmen in den Bergen getauscht. Der Schnee schmilzt, und ich wollte her, ehe es zu sumpfig wird. In den nächsten Tagen werden wohl die Apsalooke, also diese Krähen-Indianer, zum Handeln kommen."

„Wir hatten hier schon viele Apsalooke. Sie sind gute Geschäftspartner und nicht so blutrünstig wie die Pekuni."

„Ich habe ihre Dörfer in den Bergen gefunden. Ihr Häuptling hat gesagt, dass sie zum Handeln kommen würden."

Menard nickte zufrieden. „Dann wird es doch noch ein gutes Geschäft!"

Die Männer packten mit an und brachten die Bündel in einer Hütte unter. Kurze Zeit später saßen sie im großen Handelsraum und lauschten den Erzählungen des Trappers. Colter war für seine Lügengeschichten bekannt – er hatte vor zwei Wintern eine monatelange Exkursion in die Berge gemacht und kam mit den tollsten Geschichten zurück. Er hatte sogar Geysire und warme Quellen entdeckt und sprach von einem Gebiet mit Vulkanen. Die Männer wollten ihm das einfach nicht glauben und nannten es „Colters Hölle". Der Trapper war bereits bei der Expedition von Lewis und Clark als Soldat dabeigewesen und hatte anschließend um seinen Abschied gebeten, um als Fallensteller an den Yellowstone zurückzukehren. Seine Kenntnisse waren überaus wertvoll für alle weiteren Expeditionen. Er kannte die besten Jagdgründe und die geeigneten Orte für mögliche Handelsposten. Auch Manuel Lisa setzte auf ihn und hatte ihn mit dem Aufsuchen der Stämme beauftragt, was manchmal nicht so friedlich verlief.

„Hattest du sonst noch Begegnungen mit Indianern?", erkundigte sich Menard mit einem Stirnrunzeln.

„Jede Menge! Ich war mit den Apsalooke, aber auch mit den Flathead unterwegs, die uns sehr gewogen sind. Sie erhoffen sich natürlich, dass wir mit ihnen auch Waffen tauschen. Die Blackfeet setzen denen ganz schön zu!"

Menard grunzte. „Uns auch!"

„Habe ich schon gehört!" Colter zuckte traurig mit den Schultern. „Ich war dabei, als Hunderte von Blackfeet gegen Apsalooke und Flathead gezogen sind. Und ich mittendrin. Jetzt glauben sie natürlich, dass wir mit den Apsalooke und Flathead verbündet sind … das ist Mist! Aber ich konnte es nicht ändern."

„Deswegen haben sie vermutlich unser Fort angegriffen!", vermutete Menard unglücklich. „Den Handel mit den Blackfeet können wir vergessen."

Colter nickte. „Wobei sie grundsätzlich nicht wollen, dass wir in ihren Jagdgründen jagen! Habe ich am eigenen Leib erfahren!" Er verstummte, als er sich an den Herbst erinnerte, in dem sein Freund Potts umgekommen war und er selbst nur knapp diesen Indianern entkommen war. Halbnackt, nur mit einer Decke bekleidet, hatte er sich 500 Kilometer durch feindliches Gebiet geschleppt, eher er wieder hier im Fort eingetroffen war. Die Blackfeet hatten ihn erwischt und um sein Leben rennen lassen. Sein Freund hatte nicht so viel Glück gehabt. Er hatte sich geweigert, das Kanu an Land zu setzen, und stattdessen einen Blackfoot getötet. Daraufhin hatten sie ihn an Land gezerrt und zerstückelt. Colter hatte es nur geschafft, weil er sich in der Nacht in einen Biberbau versteckt hatte und am nächsten Tag in die Berge geflohen war. Niemand glaubte ihm die Geschichte, denn sie klang genauso abenteuerlich wie die Beschreibungen von Geysiren und Vulkanen.

„Hast du deine Fallen wiedergefunden?", fragte Pierre neugierig. Colter hatte sie im Herbst einfach versenkt, als die Blackfeet ihn angegriffen hatten.
Colter schüttelte den Kopf. „Nein! Sie haben mich fast erwischt, als ich sie bergen wollte. Bin denen wieder nur mit knapper Not entkommen!"
„Aha, war wieder der ganze Stamm hinter dir her?" In Pierres Stimme lag ein Hauch von Unglauben.
„Sozusagen!" Colter zuckte mit den Schultern. Jedermann konnte glauben, was ihm beliebte. „Im Winter sollten wir den Yellowstone entlang in die Berge. Dort liegt das wahre Geld! Biber, so viele, dass ihr euch das gar nicht vorstellen könnt!"
Einige Männer murmelten zustimmend. Selbst, wenn sie einige Geschichten nicht ganz glauben konnten, wussten sie, dass Colter ein guter Trapper war. Der Koch legte sein runzliges Gesicht in noch mehr Runzeln, als er Colter ein wenig neckte. „Na, hast du wieder in deinen warmen Quellen gebadet?"
Colter grinste breit und nahm erst einmal einen Schluck Tee. Whiskey wäre ihm lieber gewesen, aber der war leider aus. Es wurde Zeit, dass der Nachschub eintraf. „Klar!", bestätigte er.

„Klar! Ich habe mir die Knochen gewärmt. Ich sage euch: Nichts ist besser als ein heißes Bad!"

Die Männer grölten vor Unglauben und forderten ihn auf, noch mehr solcher Geschichten zu erzählen. „Hast du auch Zwerge und Drachen gesehen?"

Colter drohte ihnen mit erhobenem Zeigefinger. „Lacht ihr nur! Ich habe tatsächlich Spuren eines Wilden Mannes gesehen! Eines übergroßen Menschen! Die Indianer erzählen, dass er völlig behaart ist, aber ansonsten wie ein riesiger Mensch aussieht." Er zeigte mit den Händen an, wie groß die Spuren waren, die er angeblich gesehen hatte. „So groß waren die Fußabdrücke!"

Die Männer schüttelten die Köpfe über so viel Unsinn. Doch Colter verteidigte seine Behauptung. „Doch! Ich habe sie wirklich gesehen! Sie kamen aus dem Wald, und ich verfolgte die Spur eine Weile, bis ich sie an einer Steilwand wieder verloren habe. Es waren riesige Abdrücke eines Fußes."

„So ein Blödsinn! Das war sicherlich ein Grizzly!", wandte Pierre ein.

Colter maß ihn mit einem festen Blick. „Ich kann ganz sicher eine Grizzlyspur von einer anderen Spur unterscheiden, mon ami! Es war eher ein Abdruck eines großen breiten Fußes."

„Ein Affe?", überlegte Menard. „Aber ich habe noch nie gehört, dass es hier Affen gibt."

Die wenigsten hatte je einen Affen gesehen, und so zuckten sie verständnislos mit den Schultern.

Colter riss verblüfft die Augen auf. „Könnte sein. Sah tatsächlich so aus wie ein großer Fuß." Er wirkte todernst, fiel dann aber in das Gelächter der anderen ein. „Wirklich! Die Indianer in den Bergen erzählen viele solcher Legenden!", gab er schließlich zu. „Ich habe Gegenden gesehen, die könnt ihr euch überhaupt nicht vorstellen. Und ich habe Täler voller Biber und anderem Wild gefunden. Da gibt es viel mehr zu holen als hier."

Das glaubten die Trapper sofort. Trotzdem wackelten sie nachdenklich mit ihren Köpfen.

Einige Tage später wurden endlich die langersehnten Kielboote und einige Barkassen von Manuel Lisa gesichtet. Insgesamt erschienen nacheinander sieben Boote mit Besatzung. Grüßend und jubelnd liefen die Männer ans Ufer des Bighorn und schwenkten ihre Mützen. Schnell wurden Planken gelegt, an denen die Ankömmlinge trockenen Fußes an Land gehen konnten. Zu ihrer Überraschung war nicht nur Manuel Lisa selbst mit seiner Mannschaft an Bord, sondern weitere bekannte Persönlichkeiten, die sich zu einer Gesellschaft zusammengeschlossen hatten: Benito Vazquez, Manuel Lisa und andere hatten die Missouri-Fur-Company gegründet. In Abwesenheit war auch „Colonel Menard" als Teilhaber eingetragen worden. Sie hatten die Lizenz zum Handel mit den Indianern erhalten und sollten am Oberen Missouri Handelsposten, sogenannte Factories, errichten. Die Strategie war neu: Indem man Handelsposten errichtete, sollten die Indianer gezwungen werden, nur dort Handel zu treiben – und dies zu festgesetzten Preisen. Der Plan sah vor, die Wilden zu zivilisieren, an feste Wohnorte zu binden und so das Land freizubekommen für die Besiedelung. Das war anders als unter spanischer oder französischer Herrschaft, die die Eingeborenen als souveräne Nationen ansahen und lediglich Handel mit ihnen treiben wollten. Zudem waren in dieser Gegend schon seit hundert Jahren französische, spanische und britische Trapper und Händler unterwegs, die nicht einsahen, dass es nun illegal war, auf eigene Faust Fallen aufzustellen oder zu handeln. Wichtigster Teilhaber war wahrscheinlich William Clark, der von St. Louis aus die Geschäfte organisieren sollte. Nach der berühmten „Lewis & Clark" Expedition galt es nun, das neu gewonnene Land zu erkunden und zu besiedeln.

Die Ankömmlinge grüßten Menard und gaben dann Befehl, die Boote zu vertäuen und Wachen aufzustellen. Im Nu schwärmten über 300 Männer in Richtung des Forts aus, und der sonst so ruhige Ort verwandelte sich in einen Bienenschwarm. Hütten wurden bezogen, Feuerholz herangeschleppt, Bündel von den Booten geholt – und überall erschallte Gelächter, wenn alte Freunde sich begrüßten.
Am Abend saßen Vazquez und Lisa im Handelsraum und ließen sich von Menard und Colter einen Überblick geben. Sie wurden

nachdenklich, als ihnen klar wurde, dass die Lage des Forts vielleicht nicht die günstigste war.

„Glaubt ihr, dass die Blackfeet wieder angreifen werden?", erkundigte sich Lisa. Er war ein Diplomat und Forscher, der stets versuchte, gute Beziehungen zu den Stämmen zu unterhalten. Er war an die vierzig Jahre alt und wirkte auch hier in der Wildnis sehr gepflegt. Er trug einen warmen Gehrock mit elegantem Schal, knappe Hosen und elegante hohe Stiefel. Seine braunen Augen waren warm und strahlten Intelligenz aus. Er war spanischer Herkunft und hatte damit eine dunklere Gesichtsfärbung.

„Nur eine Frage der Zeit!", bestätigte Colter. „Und die sind nicht zimperlich!"

Lisa kniff besorgt die Lippen zusammen. Seine hohe Stirn legte sich in Falten, und er musterte Colter mit einem tiefen Blick. „Du sprichst ja aus reiflicher Erfahrung!"

Colter zuckte mit den Schultern. „Ich hatte mehrere Zwischenfälle mit diesen Teufeln. Potts wurde von denen zerstückelt! … Habe es mit eigenen Augen gesehen!"

„Ja, weil er geschossen hat!" Ein leichter Vorwurf war in der Stimme von Lisa zu hören. Wie sollte man friedlichen Handel etablieren, wenn es zu solch dummen Zwischenfällen kam?

Colter hatte das Bedürfnis, seinen Freund zu verteidigen. „Potts wollte sich halt nicht ergeben. Er hat denen einfach nicht vertraut. Sir, die wollen einfach nicht, dass wir in ihrem Gebiet jagen. So ist das!"

„Hmh!" Lisa runzelte immer noch die Stirn. „Wie dem auch sei. Damit ist die ganze Operation hier gefährdet."

Colter stemmte die Hände in die Hüften, und seine Stimme wurde bissig. „Das war sie schon, als die Apsalooke sich mit den Blackfeet geprügelt hatten. Da konnten wir auch nichts dafür. Wir wurden hier einfach in die Kriegshandlungen zwischen zwei Stämmen hineingezogen."

Manuel Lisa wechselte einen Blick mit Vasquez und sah dann auf die umstehenden Trapper. „Und was meint ihr?"

Es war Pierre, der sich zu Wort meldete. „Ich hatte auch eine reichlich gefährliche Begegnung mit diesen Injuns. Mein Skalp juckt immer noch! Ich habe keine Lust, mich hier abmurksen zu lassen. Dieses Fort ist im nächsten Winter nicht zu halten, wenn wir nicht wenigstens hundert Männer haben. Colter sagt ja, dass über 100 Blackfeet gegen die Apsalooke gezogen sind. Stellt euch mal vor, die tauchen hier auf! Dann sind wir Fischfutter."

Colonel Menard brachte es auf den Punkt: „Warum handeln wir nicht mit Stämmen, die uns gewogen sind? Die Hidatsa und Mandan sind doch sehr freundlich."

„Auf der Herfahrt haben wir dort mehrere Tage Rast gemacht", erzählte Vazquez in seinem lustigen Gemisch aus Englisch und Spanisch. Er war bestimmt dreißig Jahre älter als Lisa, trotzdem hatte ihn das Leben als Abenteurer und Trapper gestählt. „Der ganze Handel wird mal über den Oberen Missouri laufen. Da macht es Sinn, dort eine feste Handelsstation aufzubauen."

Auch Manuel Lisa stimmte dem zu. „Für das Territorium ist es von Vorteil, wenn wir an den Hauptströmen unsere Forts haben. Was nützt uns der Yellowstone, wenn noch nicht einmal der Missouri gesichert ist. Ein Schritt nach dem anderen. Ich meine … wir sollten den Posten mit entsprechender Besatzung ausstatten und uns gleichzeitig nach anderen Möglichkeiten umsehen. Zudem dürfen wir nicht vergessen, dass der Gewinn erst in St. Louis erzielt wird."

„Und Gewinn nützt niemandem etwas, wenn der Skalp am Gürtel eines Indianers hängt", fügte Menard grimmig hinzu.

Pierre konnte dem nur beipflichten. „Ich habe nach der Auseinandersetzung mit den Pekuni die Nase voll. Ich suche mir ein hübsches Indianermädchen, befreunde mich mit einem friedlichen Stamm und stelle dort meine Fallen auf!"

Colter rümpfte etwas die Nase. „Warum kommst du nicht mit mir den Yellowstone aufwärts? Nach zwei Wintern hast du genug, um dich zur Ruhe zu setzen!"

Pierre legte den Kopf schief. „Vielleicht tue ich das. Aber zuerst will ich hören, was die Bosse entscheiden. Schließlich habe ich mit denen einen Vertrag."

Ein Murmeln antwortete ihm auf diese Feststellung. So ein Unterfangen war immer besser zu realisieren, wenn man aus einer Position der Stärke heraus handelte. Im Winter waren sie geschwächt gewesen. Niemand hatte Lust, noch einmal so einen Winter zu erleben.

Die nächsten Tage blieben friedlich. Eine große Abordnung Apsalooke kam zum Fort, und der Handelsraum war gut besucht. Immer einer der Teilhaber sowie ein Dolmetscher und zwei Wachleute saßen Häuptlingen und Kriegern gegenüber, rauchten die Pfeife und ließen sich die Pelze zeigen, die von den Indianern gebracht wurden. Wolldecken, eiserne Pfannen und Töpfe, Messer, Pfeilspitzen, Stoffe, Spiegel und Perlen wurden im Tausch über den Tresen gereicht. Am interessiertesten waren die Indianer an Waffen, doch Lisa hielt nicht viel davon, die Indianer mit Waffen auszurüsten. Auch den Handel mit Alkohol lehnte er strikt ab. Seine Partner sahen das nicht so streng, hielten sich aber an diese Anweisung. Einmal ließ Lisa einen Mann mit zwanzig Peitschenhieben bestrafen, der eine Flasche Rum gegen ein paar Pelze getauscht hatte. Die Männer standen in seinem Sold, und ein Missachten seiner Anweisungen wurde hart geahndet.

Lisa und Vazquez machten sich die Entscheidung nicht leicht, aber als sie es dann taten, dann mit aller Konsequenz: Ein Großteil der Ausrüstung des Forts, samt Öfen und Inventar, sofern man es zerlegen konnte, wurden auf die Boote verladen. Vor allen Dingen die Felle und Pelze, aber auch persönliches Eigentum wurden in Bündel gepackt und über die Planken auf die Boote transportiert. Zum Schluss blieben nur ein paar Hütten und die Palisaden des Forts stehen. Menard blieb als Kommandant, als „Clerk", mit gut vierzig Mann zurück, die das Fort über den Winter halten wollten, um weiter mit den Apsalooke zu tauschen. Eine Saison wollten sie es noch versuchen. Sie erhielten Tauschgüter und jede Menge Munition, außerdem einen großen Vorrat an Mehl, Kaffee und Rum. Colter dagegen stieg auf eines der Boote, um dann im Winter mit neuen Trappern zurückzukehren. Er hatte vor, in der Gegend der Three Forks einen Posten zu bauen. Er hoffte, dass ihnen dort die Blackfeet nicht so zusetzen würden.

Als die Boote schließlich ablegten, klangen Abschiedsrufe und gute Wünsche über das Wasser. „Macht es gut, ihr Halunken!", schrie Colter mit überschnappender Stimme zum Ufer zurück.

„Pass auf dich auf, du Tausendsassa! Und grüße irgendwann mal deine heißen Quellen von uns!"

„Bla, bla!", kam es zurück. „Irgendwann zeige ich sie dir! Und dann baden wir gemeinsam – damit du nicht mehr so stinkst, mon ami! Im Winter nehme ich dich dorthin mit!"

Menard stand am Ufer und lachte nur. Herausfordernd schwenkte er seine Mütze. „Kein Wunder, dass dich die Blackfeet nicht gefunden haben. Wahrscheinlich hast du genauso gestunken wie diese Biber, in deren Bau du dich verkrochen hast!"

„Genau!"

Die Stimmen am Ufer wurden leiser, als die Boote an Fahrt zulegten. Pierre wandte den Blick nach vorne und atmete tief ein. Hier auf dem Boot fühlte er sich halbwegs sicher. Die zwanzig Mann Besatzung waren eine gute Lebensversicherung. Er wusste noch nicht, ob er je hierher zurückkehrte. Der Angriff der Blackfeet steckte ihm noch in den Knochen. Irgendwie bewunderte er Colter, der nach all diesen überstandenen Gefahren immer noch den Mut hatte, im Winter wieder in die Wildnis zu gehen und dort seine Fallen aufzustellen. Ob er wohl vorhatte, an den Fluss zurückzukehren, in dem seine Biberfallen lagen? Colter hatte zwar neue Fallen erhalten, aber Pierre wusste, dass es den Trapper in der Ehre kränkte, sie den Blackfeet überlassen zu haben. „Wenn du im Winter wieder nach Westen ziehst, holst du dann vorher deine Fallen?", fragte er.

Colter zuckte mit den Schultern. „Ich habe es schon vor ... weiß aber nicht, ob es durchführbar ist. Ich heuere erst einmal im Auftrag der Company neue Männer an, und dann ziehe ich den Yellowstone wieder hinauf. Ich will reich werden, aber nicht unbedingt mein Leben verlieren. Kalkuliertes Risiko!"

Pierre schmunzelte. „Kalkuliertes Risiko?"

„Ja ... die Blackfeet sind im Winter eher faul. Wenn wir es bis zu den Three Forks schaffen, können wir dort erst einmal in Ruhe jagen. Wenn sich eine Gelegenheit ergibt, hole ich mir meine Fallen ... wenn nicht ... dann halt nicht. Fallen kann man ersetzen ... das Leben hat man nur einmal."

Pierre konnte dem nur zustimmen. Fürs Erste kümmerte er sich um den Proviant für das neue Fort. Dann würde er weitersehen.

Pierre war immer noch ein Engagé von Manuel Lisa. Er überlegte sich, ob er in Zukunft mit der neuen Company arbeiten würde. Wenn sie ihn für den Yellowstone anheuern wollten, dann würde er es sich überlegen. Jetzt freute er sich erst einmal auf eine friedliche Passage. Manuel Lisa hatte ihn zum „Kapitän" eines der Kielboote ernannt, eine reichlich hochtrabende Bezeichnung, und Pierre dankte es ihm mit Zuverlässigkeit und Treue. Er hatte schon auf der Herfahrt ein Boot befehligt und ohne Zwischenfälle den Missouri und Yellowstone stromaufwärts manövriert. Seine Männer legten sich in die Riemen, wenn er es verlangte, stakten das Boot mit langen Stangen vorwärts oder hissten das Segel, wenn der Wind günstig stand. Es ging flussabwärts, sodass sie gut vorankamen, obwohl sie bei jeder Biegung das Ufer wechseln mussten, um eine optimale Linie zu fahren. Die Männer gingen zu beiden Seiten des Aufbaus den schmalen Laufgang entlang und stießen das Boot mit den Stangen voran oder zogen es an Seilen vorwärts, indem sie am Ufer oder manchmal sogar im Fluss vorausgingen. Sie wurden für die harte Arbeit schlecht bezahlt: 100 Dollar im Jahr, eine Decke, zwei Hemden, ein Paar Stiefel und freies Essen. Pierre war besser gestellt, denn als Guide erhielt er fast das Dreifache.

Drei Tage später mussten die Männer eine unerwartete Pause einlegen. Der Yellowstone floss hier zwischen gelben Sandbänken und Felsen hindurch und hatte eine ziemliche Strömung. Nach der Schneeschmelze hatte der Fluss ohnehin Hochwasser, und immer wieder mussten die Männer mit langen Stangen verhindern, dass sich Treibholz an den Booten verkeilte. „Baum voraus!", hieß es dann. Dieses Mal kam die Unbill der Natur in Form eines heftigen Eissturms. „Amselsturm" wurde das Phänomen genannt, wenn es im späten Frühjahr noch einmal einen Kälteeinbruch gab. Schnee und Hagel prasselten auf die Männer nieder, sodass das Rudern oder Segeln der Kielboote nicht mehr möglich war. Innerhalb kürzester Zeit waren die Planken völlig vereist, sodass die Anführer Befehl gaben, den Schutz des Ufers zu suchen. Das war nicht leicht, denn die Strömung verhinderte, dass die Männer an Land gehen konnten. „Wo denn?", schrie

Pierre in den Sturm. Seine Finger brannten von der Kälte, und er hatte Angst, dass seine Hände am Ruder festfroren. „Merde!", gebrauchte er sein Lieblingswort. Das Ufer trieb an ihm vorbei, und er konnte keinen Platz zum Landen entdecken. Arnel stand an seiner Seite und suchte ebenfalls das Ufer nach einer Stelle zum Anlegen ab. Er hatte sich ein Tuch um das Gesicht gebunden, sodass nur noch seine braunen Augen hervorschauten. Er schien nicht aufgeregt zu sein, sondern reagierte ruhig auf die Gefahr des Sturms. „Wir müssen an Land!", sagte er ernst.

„Versuche ich doch, du Idiot!", schrie Pierre in den Sturm.

Den anderen Booten erging es ebenso. Der Eisregen klatschte den Männern ins Gesicht und durchweichte ihre Kleidung. Pierres Wangen brannten, und er wünschte sich an ein warmes Feuer. Dunkle Wolken hatten das schlechte Wetter angekündigt, aber ein Regenschauer war noch lange kein Grund, die Fahrt zu unterbrechen. Dass daraus ein Hagelsturm wurde, hatte niemand geahnt. Die Ladung war sicher untergebracht, aber die Männer waren dem Sturm schutzlos ausgeliefert. Ihre Wangen gefroren, und das Eis setzte sich an den Augenlidern und Augenbrauen fest, sodass sie fast nichts mehr sehen konnten. Sie mussten hier raus!

Pierre übergab das Ruder an Arnel, lief rutschend an den Bug des Bootes und beobachtete erschrocken, wie eines der Boote plötzlich quer zur Strömung trieb. „Aufpassen!", schrie er aus Leibeskräften.

Die Männer versuchten, mit langen Stangen die kleinere Barkasse wieder in die Strömung zu bekommen, doch es war schon zu spät. Mehrere Baumstämme trieben gegen die Wand, wurden aus den Fluten gerissen und kippten mit ihrer Kraft das Boot um. Schreiend fielen die Männer in die Fluten und ruderten mit ihren Armen.

Die Ladung rutschte ins Wasser, und die Barkasse begann sich im Kreis zu drehen. Es wurde nun für alle anderen Boote zur Gefahr. Pierre wollte den Männern zu Hilfe kommen, doch er hatte alle Hände voll zu tun, sein eigenes Boot in der Strömung zu halten. „Ausweichen!", brüllte er, als er sah, dass sie auf das gekenterte Boot zutrieben. „Pass doch auf, Arnel!"

Mit einer langen Stange drückte er sich von dem Wrack weg und hielt dann die Luft an, als sie an dem Boot entlangglitten. Es knirschte und knarzte, als Holz an Holz vorbeischrammte. Seine Männer zogen rechtzeitig die Ruder ein und drückten damit das andere Boot von ihrer Wand weg. Dann waren sie vorbei und kämpften erneut gegen den Hagel und die reißende Strömung. „Aufpassen, Jungs … mehr nach links halten!"

Dann umrundeten sie eine Biegung, und Pierre entdeckte eine kleine Abzweigung, die wahrscheinlich ruhigeres Wasser führte. „Haltet darauf zu!", brüllte er aus Leibeskräften. Er rannte nach hinten, schob Arnel zur Seite und steuerte nun selbst mit dem Ruder auf die Abzweigung zu. „Treibt das Schiff darauf zu!", befahl er seinen Männern. „Staken! Schiebt diese Mistfähre da rüber!"

Dann winkte er dem Boot, das kurz hinter ihm war, ebenfalls zu. „Hierher! Hierher! Hier ist eine Abzweigung!"

Mit letzter Kraft schafften es seine Männer, das Boot in das ruhigere Wasser des Seitenarms zu staken. Schwer atmend sah Pierre sich um und registrierte, dass auch andere Boote seinem Ruf folgten. Nur das gekenterte Boot trieb weiter in der Strömung und verschwand aus seinem Sichtfeld. „Merde!", murmelte er vor sich hin. Die Ladung war verloren! Hoffentlich hatten sich die Männer retten können!

Er ließ das Schiff am Ufer auflaufen und beobachtete, wie zwei Männer mit Tauen an Land sprangen und das Boot an zwei Bäumen sicherten. Es war eine Notlösung, denn es würde dauern, das Boot wieder freizubekommen. Inzwischen war er völlig durchnässt, und seine Zähne klapperten vor Kälte. Sie brauchten einen Unterstand und trockene Kleidung! Zwei Männer, die sich von dem gekenterten Boot hatten retten können, stiegen aus dem Wasser. Auch sie mussten sich dringend aufwärmen.

Erbarmungslos peitschte der Sturm auf die Männer ein, während ein Boot nach dem anderen in das seichtere Wasser fuhr und nach einem Anlegeplatz suchte. Kommandos wurden gebrüllt, nach Vermissten gesucht – und hier und da erklang der Ruf, dass ein Schiffbrüchiger gerettet worden sei. Aber wie sollte man über hundert Leute trocken bekommen? Der Laderaum war voll, und am Ufer standen keine Unterkünfte bereit. Die Bewegungen wurden bei dieser Kälte langsam und unkontrolliert.

„Ladet die Kisten ab!", befahl Pierre mit ruhiger Stimme. „Macht ein bisschen Platz, und dann setzt euch in den Laderaum. Zieht die nassen Sachen aus und nehmt euch Wolldecken zum Aufwärmen." Pierre ging davon aus, dass die Mannschaften der anderen Boote es genauso machen würden. „Danke, Kapitän!", murmelte einer der Männer. Auch er schlotterte vor Kälte. „Was Heißes zum Trinken wäre jetzt gut."

„Wir warten, bis sich der Sturm gelegt hat. Dann machen wir Feuer!", versprach Pierre. „Erst einmal müssen wir aus unseren nassen Klamotten raus."

„Aye, Sir!"

Eilig luden die Männer ein paar Kisten aus und setzten sie auf den sandigen Strand. So entstand zumindest für die Besatzung genug Unterschlupf vor der Nässe. Kurz darauf saßen die Männer frierend im Laderaum und wickelten sich in die warmen Decken. Draußen tobte der Wind, und der Hagel verwandelte sich langsam in einen Regenschauer. Dicke Tropfen prasselten auf das Holz der Planken und auf das Dach des Laderaums. „Hört bald auf!", brummte einer der Männer.

„Hoffentlich! Ich möchte wissen, welcher Schaden entstanden ist. Hoffentlich sind nicht noch mehr Boote gekentert." Pierre stieß ein Seufzen aus.

„Ich hoffe, dass keine Blackfeet in der Nähe sind. Wir liegen hier auf der Seite wie lahme Enten. Da wären wir leichte Beute!" Es war Colter, der sofort ihre Verwundbarkeit festgestellt hatte.

Pierres Lippen wurden zu einem Strich. Da hatte der Mann nur allzu recht! „Rede das Unheil nicht herbei!", schimpfte er leise.

Es wurde still, denn alle waren abergläubisch, und so bedachten sie Colter, der die unbedachte Äußerung gemacht hatte, mit bösen Blicken. „Ich will nur überleben!", verteidigte sich der.

Am Abend ließ der Sturm endlich nach, und die Männer verließen die Boote und bauten ein provisorisches Lager auf. Sie fällten einige Stämme und bauten aus Leinenplanen einfache Lodges. Der Boden war nass, und so legten sie ihn mit Fichtenzweigen aus. Darauf kamen dann Felle und Decken. Feuer wurden entzündet und die feuchte Kleidung zum Trocknen aufgehängt. Lisa ließ die einzelnen Boote überprüfen und schickte einige Männer, die nach Überlebenden des gekenterten Bootes suchen sollten. Fünf Männer hatten sich auf verschiedene Boote retten können, doch zwölf Männer wurden noch vermisst. Wenn überhaupt, hatten sie sich am Hauptarm des Yellowstone ans Ufer retten können. Also machte es Sinn, dort mit der Suche anzufangen. Mit Decken bewaffnet machten sich einige Trapper auf den Weg, allerdings ohne große Hoffnung. Das Wasser war eisig kalt, und bereits nach wenigen Minuten wäre das Schwimmen unmöglich geworden.

Pierre blieb am warmen Feuer und sorgte dafür, dass seine Männer eine warme Suppe aus Mais, Fleisch und Zwiebeln erhielten. Dann setzte er sich zu den Anführern der Expedition, die mit ernsten Mienen über ihre Situation berieten. Lisa sah auf, als Pierre hinzutrat. „Gut, dass Sie den Seitenarm gesehen haben! Sonst hätten wir vielleicht noch mehr Menschen und Ladung verloren."

Pierre nickte nur und wartete dann ab, was Lisa und die anderen entscheiden würden. Vazquez wedelte ungeduldig mit der Hand. „Die Feuer sind gut zu sehen! Wir müssen unbedingt Wachen aufstellen! Außerdem sollte jede Mannschaft in der Nähe ihres Bootes bleiben – für den Fall, dass wir angegriffen werden. Im Moment wären wir leichte Beute."

„Die Feuer brauchen wir aber, um uns aufzuwärmen!", wandte Manuel Lisa ein. „Ich gehe rum und sag den Jungs Bescheid, dass sie aufpassen sollen! Bei dem Scheißwetter werden sich auch die Indianer hier nicht herumtreiben. Die sind ja nicht lebensmüde."

Vazquez nickte. „Und morgen sehen wir nach, ob wir stromabwärts etwas von der verlorengegangenen Ladung bergen können. Hoffentlich findet der Suchtrupp noch Überlebende." Seine Augen blickten sorgenvoll in die Runde.

„So ein Sauwetter!", brachte es Pierre auf den Punkt.

„War so nicht vorhersehbar", meinte Vazquez auf seine ruhige Art. Er lebte lange genug in der Wildnis, um solche Zeichen zu deuten, aber manchmal wurde auch er von den Wetterkapriolen überrascht. „Kam wohl von den Bergen runter. Dabei hätten mich meine Narben eigentlich vor dem kalten Wetter warnen müssen. Sie jucken sonst immer, wenn Schnee kommt."

Lisa lächelte kurz und wurde dann wieder ernst. Er hatte lange genug Expeditionen geleitet, um sich durch einen späten Wintereinbruch aus dem Konzept bringen zu lassen. „Wir warten ab, wie es morgen wird und setzen dann unsere Fahrt vor!", sagte er leidenschaftslos. „Ich will den Missouri erreichen und die Blackfeet hinter uns lassen."

Pierre legte leicht den Kopf schief. „… glaube nicht, dass wir da in Sicherheit sind. Da müssen wir schon noch ein paar Meilen mehr zurücklegen."

Manuel Lisa gab ihm grinsend recht. „Das meine ich auch! Ich dachte an die Mandan! Dort haben wir schon mehrfach Rast gemacht. Sie mögen unsere Handelswaren und sind treue Freunde. Wahrscheinlich wäre es gut, dort einen Handelsposten zu eröffnen."

Vasquez nickte beipflichtend. „Ich dachte eigentlich an eine Stelle, wo der Yellowstone in den Missouri mündet. Dort wäre es günstig, ein Fort zu bauen. Aber wahrscheinlich hast du recht, dass dies noch zu nahe bei den Blackfeet ist. Weiter stromabwärts gibt es viele Möglichkeiten. Die Hidatsa, Mandan, selbst die Arikara und Pawnee, wollen den friedlichen Handel mit uns. Versuchen wir es erst einmal dort!"

„Sheheke shote, ein Häuptling der Mandan, ist sogar bis nach Washington gereist, um den Präsidenten zu treffen. Er hilft uns bestimmt."

„Ach, wahrscheinlich sind die anderen Häuptlinge eher eifersüchtig auf ihn. Darauf würde ich mich nicht verlassen", wandte Vasquez ein.

Lisa zuckte mit den Schultern. „Wir werden sehen, wie viel Macht er tatsächlich hat, wenn er zurückkehrt."

Pierre ging zu seinem Lagerplatz zurück und blickte auf die Männer, die auf einigen Kisten saßen. Sie hatten die Ladung einfach um das Feuer gestellt und freuten sich über die trockenen Sitzplätze. Grinsend setzte sich Pierre ebenfalls auf eine Kiste und ließ sich eine Schüssel der Suppe geben. „Habt ihr auch Kaffee?", fragte er mit einem Seufzen. Nichts half besser gegen Kälte und

Gliederschmerzen als eine heiße Tasse Kaffee. „Mais oui!", meinte einer der Voyageure und reichte ihm einen Zinnbecher mit der dampfenden Flüssigkeit. Pierre nahm einen tiefen Schluck und sah dann prüfend in den Himmel, an dem erste Sterne zu sehen waren. Es klarte also auf! Als wäre nichts gewesen, hatten sich die Wolken verzogen.

Es verging eine Weile, in der alle mit Essen beschäftigt waren oder sich um ihre Ausrüstung kümmerten. Dann brach Unruhe aus, als einige der Trapper mit Überlebenden zurückkehrten. Die Männer liefen zusammen und versammelten sich um die Geretteten. Insgesamt sechs Männer hatten sich ans Ufer retten können und waren nun froh, sich an den warmen Feuern aufwärmen zu können. Hilfsbereite Hände reichten ihnen Schüsseln mit Suppe, die gierig gegessen wurde. Die Männer waren froh, mit dem Leben davongekommen zu sein, und gedachten derer, die nicht so viel Glück gehabt hatten. „Vielleicht finden wir morgen noch Überlebende?", hoffte Lisa. Jeder Verlust schwächte die Expedition.

Einer der Männer schüttelte den Kopf. „Wir haben nach ihnen gerufen, aber keine Antwort bekommen."

„Vielleicht sind sie weiter stromabwärts an Land gegangen?"

„Dann sind sie tot. Es war viel zu kalt. Ich konnte fast nicht an Land schwimmen, so langsam wurden meine Bewegungen. Ich hätte keine Minute länger durchgehalten."

Es wurde still nach dieser Bemerkung. Alle wussten, dass die Einschätzung wohl richtig war. „Und das Boot?", erkundigte sich Pierre.

Einer der Männer zuckte mit den Schultern. „Keine Ahnung. Der Fluss ist ja nicht tief. Das Wrack wird schon irgendwo liegen."

„Dann können wir vielleicht noch einen Teil der Ladung bergen!", hoffte Lisa.

Der Mann zuckte mit den Schultern, und sein Ton wurde aggressiv. „Mich kriegst du jedenfalls nicht mehr ins Wasser!" Leises Gelächter antwortete ihm, und niemand nahm ihm die Äußerung übel. Gebadet hatte der Mensch jedenfalls genug.

Ree

Frühjahr und Sommer
am Cannonball- und Grand-Fluss

Wambli-luta blickte auf das riesige Dorf, das sich vor ihm ausbreitete. Er kam gerade von einem Erkundungsritt zurück, und
er freute sich auf seine Freunde. Hunkpapa, Sihasapa und Itazipco hatten sich für die große Sommerjagd zusammengefunden
und ihre Dörfer in einigen großen Kreisen aufgeschlagen, die
lose miteinander verbunden waren. In der Mitte standen die Zelte der Kriegergesellschaften, und fast jeden Abend gab es Tänze
und Festessen. Ansonsten hatten die Krieger der einzelnen Ge-
sellschaften ihre Tipis in den vier Himmelsrichtungen am Rand
der Dörfer aufgestellt, um bei einem Angriff schnellstmöglich die
Verteidigung zu gewährleisten. Als Akicitas waren wieder vier
Krieger der Canté-tinza, der Strong-Heart Gesellschaft, gerufen
worden, die nun über die Ordnung im Dorf der Hunkpapa wach-
ten und weitere Männer ihrer Society als Helfer erwählten. Sie
hatten alle Hände voll zu tun, denn einige Jungen machten in ihrem Eifer die Männergesellschaften nach und wollten nun ebenfalls die Bisons jagen. Sie hatten sich Ponys geholt, waren einer
kleinen Herde gefolgt und hatten zwei Kälber isoliert, um sie mit
ihren Kinderbögen zu erlegen. Die Mutterkühe fanden das wohl
nicht so lustig und gingen mit gesenkten Häuptern auf die Jungen los. Die Kinder hieben den Ponys die Fersen in den Bauch,
doch eine aufgebrachte Bisonkuh war mindestens so schnell wie
ein Pferd, und so gerieten die Kinder in Lebensgefahr. In ihrer
Angst waren sie ins Dorf zurückgeprescht – leider mit den wütenden Bisons, die ihnen folgten. Nur durch das beherzte Ein-
greifen einiger dieser Männer konnte das Schlimmste verhindert
werden. Die Kühe wurden verjagt, doch bei ihrer Flucht warfen
sie Kochgestelle und Ausrüstung um.
Ein kleines Mädchen konnte nur im letzten Augenblick vor den
donnernden Hufen in Sicherheit gebracht werden. Natürlich hatten die Menschen im Dorf mit so einer Gefahr gerechnet, denn
Späher überwachten die weitere Umgebung, doch dass eine

wütende Bisonkuh bis ins Dorf stürmte, war eine ziemliche Überraschung. Die Eltern der Knaben gaben großzügige Geschenke an die Familien der Geschädigten. Es wäre nicht nötig gewesen, da Knaben schon früh mit der Jagd vertraut gemacht wurden. Dass es dabei zu Unfällen kommen konnte, gehörte zum Leben. Die Familien aber freuten sich über die Großzügigkeit, und so war der Vorfall schnell vergessen.

Wambli-luta überließ sein Pferd einem Knaben, der vor Stolz platzte, als er das Pferd zur Herde reiten durfte. Hungrig und müde schlüpfte der Mann in das Tipi, das in der Gruppe der Tinazipe-Sica an der dritten Stelle des Kreises stand. Es war nicht weit vom Fluss entfernt. Für die Mutter war das praktisch, denn so hatte sie es nicht weit, um Wasser zu holen. Er ließ sich auf sein Lager plumpsen und wartete höflich ab, bis die Mutter ihm etwas zum Essen reichte. Der Vater saß vermutlich wieder im Zelt der Wakincun und beriet sich mit den anderen Ältesten. Wambli-luta sah auf, als die Mutter ihn fragte, ob er Bisons gesehen hätte.
„Hiya", verneinte er mit ruhiger Stimme. Er machte sich noch keine Sorgen, denn die Bisons würden schon gekommen.
Die Mutter dagegen konnte sich noch an Zeiten erinnern, als die Jagd schlecht gewesen war und sie sogar Mais bei den Ree oder Miwatani eintauschen mussten. „Ich hoffe, sie kommen bald?"
„Wir werden sie rufen!", erklärte Wambli-luta zuversichtlich. Er wandte sich dem Essen zu und hing seinen Gedanken nach. Seine Mutter arbeitete still vor sich hin, und er wunderte sich, wo seine Schwester steckte. „Wo ist Anpao-win?"
Er lächelte leicht, denn er vermutete, dass sie im Zelt ihrer Freundin steckte. Trotzdem kam sie langsam in das Alter, in dem junge Männer ein Auge auf sie warfen und es besser war, wenn die Mutter oder Großmutter sie stets begleitete. Als älterer Bruder wurde von ihm erwartet, dass er auf die Tugendhaftigkeit der jüngeren Schwester achtete.
„Sie ist bei Unci und hilft ihr beim Beerensammeln", erzählte die Mutter. „Ich habe mir den Fuß verstaucht und bleibe lieber im Tipi. In ein paar Tagen wird es besser sein. Dann kann ich sie wieder begleiten."

„Es ist gut, dass sie Großmutter hilft. Die Beeren sind reif und schmecken bestimmt lecker zum Bisonfleisch." Er warf einen Blick auf ihr Bein. „Was ist passiert?"

„Ach, nichts!", wehrte sie ab. „Ich bin am Ufer ausgerutscht und habe mir am Knöchel wehgetan."

„Er ist nicht gebrochen?"

„Nein, nein … nur ein wenig geschwollen. Ich habe einen Stock, um das Bein etwas zu entlasten. Aber am besten ist es, wenn ich still halte. Ich habe eine Salbe aus Bärenfett, mit der ich den Knöchel einreibe."

„Das ist gut!"

Wambli-luta verließ das Tipi und schlenderte zum Versammlungszelt der Tokala-Gesellschaft. Einige Männer waren mit Vorbereitungen für den Abend beschäftigt, und er half ihnen dabei, die Regalia herzurichten. Die Tage waren bereits lang, und viele Menschen waren noch unterwegs, um Beeren zu sammeln, zu jagen oder Holz zu holen. Er horchte auf, als weitere Reiter ins Dorf zurückkehrten und sich schnell die Kunde verbreitete, dass Ree in der Nähe waren. Mato-ska-cikala berichtete, dass er einen großen Trupp gesehen hätte, der wohl ebenfalls Bisons jagen wollte. Die Häuptlinge ließen sofort durch einen Herold das Dorf warnen, und einige Männer brachen auf, um die Frauen zurückzuholen, die noch in der Umgebung unterwegs waren. Auch Wambli-luta holte seine Waffen und ritt los, um nach seiner Großmutter und Schwester zu suchen. Dabei stieß er auf weitere Frauen, die bereits von der Gefahr gehört hatten und zum Dorf zurückhasteten. „Habt ihr meine Schwester und Großmutter gesehen?", fragte er besorgt.

Eine Frau wedelte mit der Hand in die Richtung weiter stromabwärts. „Dort vorne."

„Hohch!" Wambli-luta holte sicherheitshalber seinen Bogen aus dem Köcher, spannte ihn, nahm einen Pfeil in den Mund, einen zweiten in die Bogenhand und trieb sein Pony zum Galopp an. Zwischen einigen Büschen entdeckte er schließlich die beiden und brachte sein Pony mit rutschenden Hufen zum Stehen. Erschrocken blickten die beiden Frauen auf und ließen die Zweige zurückschnellen, von denen sie gerade die Beeren zupften. „Toka he?", fragte die Großmutter. Was ist los?

„Lauft schnell ins Dorf. Späher haben Ree in der Nähe entdeckt …" Er brach ab, als erkannte, dass es zu spät war. Durch das Tal kam bereits eine größere Gruppe der Feinde. Vielleicht hatten sie hier nicht mit einem Dorf der Tituwan gerechnet, aber drei Feinde außerhalb des Schutzes eines Dorfes vorzufinden, war immer eine gute Gelegenheit. Unvermittelt gingen die Ree zum Angriff über.

Wambli-luta zögerte keinen Augenblick. Er rutschte vom Pferderücken und befahl mit harscher Stimme, dass die beiden Frauen aufsitzen sollten. Er hob die Schwester einfach auf den Pferderücken und hielt dann die verschränkten Hände hin, damit die Großmutter hinter dem Mädchen aufsitzen konnte. Er gab dem Pferd einen Klaps und sah kurz zu, wie es in Richtung des Dorfes jagte. Entschlossen steckte er ein paar Pfeile in den Boden und wartete auf das Unausweichliche. Er wusste, dass er gegen die gut zwanzig Männer keine Chance haben würde. Aber es war sein Schicksal. Er hoffte nur, dass er die Feinde lange genug aufhalten konnte, damit seine Familie es ins Dorf zurück schaffte. Er sah, wie zwei dieser Feinde sich von der Gruppe absetzten und dem Pferd mit den beiden Frauen hinterhergaloppierten. Sie stießen Kriegsrufe aus und hatten ihre Speere erhoben, um die Frauen vom Pferd zu stoßen. Wambli-luta überblickte die Situation, legte einen Pfeil auf und schickte ihn dem ersten Mann hinterher. Der Pfeil war gut geschossen, denn er traf dem Mann in die Schulter. Durch die Wucht des Aufpralls stürzte er kopfüber vom Pferd. Er rappelte sich wieder auf, war aber kampfunfähig. Der andere stutzte kurz und wandte sich dann mit einem Wutschrei gegen den Krieger. Wambli-luta wurde nun von zwei Seiten angegriffen. Wieder schnellte ein Pfeil von der Sehne, und er traf den Krieger, der ihn fast erreicht hatte. Mit einem Gurgeln stürzte dieser ins Gras, doch Wambli-luta wusste, dass er noch höchstens ein- oder zweimal schießen konnte, ehe die anderen ihn erreicht hätten. Er sprang kurz zur Seite, wich zwei Pfeilen aus, die ihn fast getroffen hätten, und zielte erneut. Ehe er schießen konnte, hatte der Trupp ihn erreicht. Schreiend drangen sie mit

Keulen, Tomahawks und Lanzen auf ihn ein. Wambli-luta riss einen Mann vom Pferd, wich einem Lanzenstoß aus und konnte endlich sein Beil ergreifen, das im Gürtel steckte. Er hatte sein Todeslied auf den Lippen und verhöhnte die Feinde, die in solcher Überzahl auf ihn einhieben. „Ihr feigen Aasfresser. Kämpft ihr nur gegen kleine Mädchen und alte Frauen? Kommt nur her! Ich habe keine Angst. Seht, wie ein Tokala kämpfen kann."

Ein Tomahawk erwischte ihn am Arm und hinterließ eine tiefe Schramme. Der Schock traf ihn, sodass er den Schmerz nicht fühlte. Benommen kniff Wambli-luta die Augen zusammen, um sich wieder zu fangen. Gleich hatten sie ihn! Schweiß tropfte von seiner Stirn, als er herumwirbelte und sich den nächsten Angreifer vom Leibe hielt. Er hatte den Vorteil, dass die Krieger sich gegenseitig behinderten, als sie gegen ihn vorgingen. Jeder wollte den ersten Coup gegen ihn anbringen oder den wertvollen Skalp erbeuten. Vielleicht wollten sie den Sieg auch nur auskosten, denn sie stachen auf ihn ein, als wäre er ein wildes Tier, das man reizen konnte. Eine Lanze traf ihn seitlich gegen die Rippen und rutschte etwas ab, ohne größeren Schaden anzurichten. Die Feinde lachten höhnisch, als er sich den Schweiß aus den Augen wischte. Wambli-luta hoffte, dass es schnell gehen würde. Keinesfalls wollte er ihnen lebend in die Hände fallen! Ohne Vorwarnung ging er mit seiner Keule auf einen der Männer los, der nicht schnell genug zurückweichen konnte, weil ein Krieger hinter ihm stand. Wambli-luta hieb ihm die Keule auf den Schädel und beobachtete zufrieden, wie der Mann röchelnd in die Knie ging. Die anderen schrien ihren Zorn heraus und hieben nun ihrerseits auf den Feind ein. Wambli-luta wirbelte mit der Keule herum, sodass die Krieger nicht nahe genug an ihn herankamen. Einer hob seinen Speer, während zwei andere Pfeile auflegten. Einer hatte sogar ein Gewehr dabei, mit dem er nun auf den Feind zielte.

„Es ist vorbei!", dachte Wambli-luta ohne Bedauern. Er war Tokala! Er würde tapfer im Kampf sterben, wie es seine Pflicht war. Er wunderte sich nur, warum der Krieger mit dem Gewehr nicht schoss. Stattdessen traf ihn ein Speerstoß gegen die Schulter. Der

Schmerz explodierte so heftig, dass ihm kurz schwindelig wurde. Er taumelte rückwärts, was von einem höhnischen Lachen begleitet wurde. Blindlings ließ er die Keule kreisen, was jedoch keinen Schaden mehr anrichtete. Blut tropfte aus den Wunden und trieb die Schwäche in seine Glieder. Er kämpfte dagegen an, in die Knie zu gehen, obwohl seine Beine ihm nicht mehr gehorchen wollten. In seinen Ohren rauschte es, als würde der Regen gegen das Tipi prasseln, und die Gesichter der Feinde verschwammen vor seinen Augen. Wieder erhob er die Stimme, um sein Todeslied zu singen, doch außer einem heiseren Krächzen brachte er nichts mehr hinaus. Dann brach der Ring der Angreifer auf, als einige Krieger der Hunkpapa rücksichtslos in die Schar der Feinde ritten. Die Angreifer flogen auseinander und ließen verdutzt von Wambli-luta ab. Es waren nur vier Hunkpapa, aber schon wurde der Kampf ausgeglichener. Außerdem erschienen in der Ferne weitere Reiter.

Die Arikara erkannten, dass die Situation sich zu ihren Ungunsten veränderte. Dieses Dorf würde sich in ein Hornissennest verwandeln! Sie stutzten kurz, doch dieses Zögern reichte einem der Hunkpapa, um nach Wambli-luta zu greifen und ihn auf ein Pferd zu ziehen. Vor den Augen der Feinde stießen die Krieger ihre Kriegsschreie aus, drohten mit ihren Waffen und galoppierten mit dem Verwundeten davon. Die Arikara antworteten ebenfalls mit Kriegsrufen, sprangen dann aber auf ihre Ponys und suchten das Weite. Eine größere Schar wütender Krieger setzte sich an ihre Fersen, während die vier Männer mit Wambli-luta ins Dorf zurückkehrten.

Wambli-luta krallte sich haltsuchend an den Schultern des Mannes fest, der ihn zu sich auf das Pferd gezogen hatte. Ihm schwindelte, und er brauchte all seine Kraft, um nicht wieder vom Pferd zu rutschen. Hoh! Erst langsam wurde ihm bewusst, dass seine Freunde im letzten Augenblick gekommen waren. Er erkannte seinen Freund Thimahel-okile, der die Gruppe angeführt hatte. Als sie das Dorf erreichten, war er es, der ihm vorsichtig vom Pferd half. Wambli-luta musste sich auf ihn stützen, sonst wäre er zu Boden gestürzt. Menschen liefen zusammen, und er erkannte auch seine Großmutter. Die Erleichterung ließ ihn erneut wanken. Die beiden hatten es also geschafft! „Takoza!", rief die Großmutter bestürzt, als sie die schlimmen Wunden sah. Enkelsohn! Wambli-luta machte eine beruhigende Handbewegung. „Es ist nichts!"

Die umstehenden Männer fanden ihren Humor wieder. „Woh, seht diesen jungen Krieger! Er hat sich gegen zwanzig Feinde gestellt! Seht seinen Mut!" Die Frauen trällerten ihr hohes Lililil und einige Jungen drängten näher heran, um den tapferen Krieger zu sehen.

Wambli-luta dagegen kämpfte mit seiner Schwäche, aber auch seiner Erleichterung. „Hoh, gut, dass ihr rechtzeitig gekommen seid!", meinte er dankbar.

Thimahel-okile winkte großzügig ab. „Deine Großmutter meinte, dass du Ärger hast und vielleicht unsere Hilfe brauchst." Seine tiefliegenden Augen schmunzelten vergnügt.

„Ärger?" Wambli-lutas Stimme wurde hoch vor Empörung. Nach Ärger hatte das nicht ausgesehen!

Thimahel-okile grinste amüsiert. „Anders kann man die Ree kaum bezeichnen!"

Oh, da hatte er natürlich recht. Wambli-luta nickte bestätigend und ließ sich dann von seinem Freund in sein Zelt führen. Erst als er aus den Augen der anderen war, zeigte er seine Erschöpfung und ließ sich auf sein Lager plumpsen. „Hohch!", stöhnte er unterdrückt. Sofort beugte sich die Großmutter über ihn und begutachtete die Wunden. „Hunhunhe!", äußerte sie besorgt. „Das sieht schlecht aus! Wir holen besser den Pezuta-Wakan."

Wambli-luta schloss die Augen und überließ sich den fürsorglichen Händen der Großmutter. Er sah nicht, wie auch sein Vater sich neben ihn setzte und die Mutter erschrocken die Hand vor den Mund hielt. „Wo ist meine Schwester?", flüsterte er matt.

Die Schwester näherte sich aus dem Hintergrund des Tipis und strich ihrem Bruder ganz kurz über die Wange. „Ich bin hier!", flüsterte sie leise.

Wambli-luta lächelte, ohne die Augen zu öffnen. „Das ist gut!" Dann verließen ihn die Sinne. Seine Träume waren wirr und manchmal auch schweißtreibend. Immer wieder tauchten der

Fuchs und der Adler aus seiner Vision auf, die um das Kaninchen stritten. Dann schreckte er auf, als wilde Krieger mit seltsamen Zeichnungen im Gesicht auf ihn einstürmten und ihn mit ihren Messern verletzten. Am wildesten waren jedoch die Träume, die ein Mädchen der Miwatani ihm schickte: Sie starrte ihn aus schwarzen Augen an, hob dann abwehrend die Hand und schleuderte ihm plötzlich einen Blitz entgegen.

Wambli-luta schlief fast zwei Tage, ehe er wieder orientierungslos die Augen öffnete. Das Einzige, woran er sich erinnerte, war ein greller Blitz, der seine Augen geblendet hatte, aber er hatte nichts mit dem tatsächlichen Geschehen zu tun. Seine Wunden waren gut versorgt, ohne dass er wusste, wer sich darum gekümmert hatte. Der Speerstich pulsierte unangenehm, obwohl die anderen Wunden gut zu heilen schienen. Die Mutter saß bei ihm und sah ihn mit großen Augen an. „Bist du wieder bei uns?" Wambli-lutas Stimme krächzte etwas, als er antwortete. „Ich bin bei euch."
„Das ist gut. Wir dachten schon, dass die Geister dich holen würden. Du hast mit ihnen gesprochen." Ihre Stimme klang hell und ängstlich.
Er machte mit der Hand ein Zeichen, dass er Durst hatte, und sie führte eine Schale mit Wasser an seine Lippen. Sogleich führte er sich besser und versuchte sich aufzurichten. Die Mutter stoppte diesen Versuch mit einer energischen Handbewegung. „Bleib liegen. Die Wunden sind schwer!"
„Hohch!" Er stöhnte unwillig. Er war doch kein Baby, das man in der Trage festband. „Ich will sitzen!", murrte er uneinsichtig.
„Dann roll dich auf die Seite und richte dich etwas auf. Du darfst die Rippen nicht anstrengen!", sagte die Mutter streng. „Sonst geht die Wunder wieder auf. Der Pezuta-Wakan musste sie nähen."
„Hohch! Ich bin doch kein Fell, das man zunähen kann."
Zum ersten Mal kicherte die Mutter erleichtert. Wenn ihr Sohn dermaßen meckern konnte, dann musste es ihm besser gehen. „Doch!", widersprach sie forsch. „Du hast so eine lange Narbe!" Mit ihren Händen zeigte sie die Länge der Verwundung. Dann

holte sie sein Backrest, damit er sich dagegenlehnen konnte. Stöhnend fiel der Körper des Sohnes dagegen und er schloss die Augen, um das Schwindelgefühl zu vertreiben. „Huh!", meinte er kurzatmig.

Die Mutter wartete einen Augenblick, dann reichte sie ihm eine Schüssel mit Essen. Hungrig löffelte der junge Mann das Essen in sich hinein, und die beiden schwiegen. Nachdem er seinen Hunger gestillt hatte, erkundigte er sich nach den feindlichen Kriegern. „Habt ihr diese Hunde erwischt?"

Die Mutter senkte traurig den Blick. „Es waren viele! Sie hatten sich in mehrere Gruppen aufgeteilt", erzählte sie. „Unsere Krieger haben sie verfolgt, dabei wurden Schneller-Dachs und Hohes-Pferd getötet. Die Ree hatten es auf unsere Pferde abgesehen. Sie haben viele Pferde geraubt und dabei zwei Jungen getötet."

„Hunhunhe!" Wambli-luta senkte traurig den Blick. „Wen haben sie getötet?"

„Graue-Wolke und Rennt-immer. Springender Büffelstier konnte gerade noch entkommen. Sein Vater Thimahel-okile hat die beiden getöteten Jungen gefunden. Die Familien sind in großer Trauer!"

Wambli-luta schluckte schwer. Springender-Büffelstier war keine neun Winter alt! Seine Freunde waren etwas älter, aber viel zu jung, um von Feinden getötet zu werden. Sie hatten noch nie eine Bisonjagd oder einen Kriegszug begleiten dürfen. Er fühlte Hass in sich aufsteigen, als er an die Kinder dachte. „Wir werden sie rächen!", schwor er mit bitterem Herzen.

„Thimahel-okile will einen großen Kriegszug gegen die Ree anführen", erzählte Hübsche-Nase. „Sie wollen sich die Pferde zurückholen und die Gefallenen rächen."

Wambli-luta nickte. „Wir werden sie finden!", meinte er kaltblütig. „Wir wissen, wo ihre Dörfer sind, und unsere Pfeile werden in ihren Körpern stecken."

„Erst musst du genesen!", warnte die Mutter. „Und die Ältesten sagen, dass wir zuerst die Bisons jagen sollten. Dann sei Zeit für den Kampf."

Wambli-luta schloss die Augen. Bisons! Im Moment würde er diese Aufgabe wohl dem Vater überlassen müssen. Er konnte weder den Bogen spannen noch sein Pony mit den Schenkeln lenken.

Es dauerte einige Tage, ehe er in der Lage war, wieder an den Versammlungen der Tokala teilzunehmen. Seine Freunde hatten ihn regelmäßig besucht und sich nach seinem Befinden erkundigt. Sein Mut hatte sich wie ein Lauffeuer verbreitet, und die Tokala waren stolz, einen solchen Krieger unter sich zu wissen. Er hatte ohne zu zögern sein Leben gegeben, um seine Großmutter und Schwester zu retten, und alle wussten, dass er diesen Einsatz auch bei allen anderen gezeigt hätte. Als er wieder laufen konnte, wurde ihm zu Ehren ein Festessen gegeben, und der Herold verkündete seine Heldentaten. Wambli-luta nahm die Ehrung gelassen hin, denn er hatte tatsächlich ohne groß zu überlegen gehandelt. Seine Dankbarkeit galt den Tokala und Thimahel-okile, die ihn ebenso wagemutig gerettet hatten.

Als dann endlich der Bisontanz getanzt wurde, um die großen Verwandten zu rufen, ging es ihm bereits wieder so gut, dass er reiten konnte. Kundschafter wurden in alle Richtungen ausgesandt, um die Ankunft der Bisons zu melden und damit den Beginn der Jagd zu verkünden. Die Zeremonien hatten etwas warten müssen, weil die Familien vier Tage um die Getöteten trauern mussten. Die herzerweichenden Schreie der Verwandten der Kinder und der beiden getöteten Krieger drangen durch das Dorf und erinnerten die Lebenden daran, wie schnell der Tod einen ereilen konnte. Die Leichen wurden aufgebahrt, und nach vier Tagen fanden sie ihre letzte Ruhestätte in den Hügeln und wurden mit Steinen bedeckt.

Endlich versammelten sich die Männer, um die Wana-sapa, die traditionelle Bisonjagd, durchzuführen. Eine riesige Herde war gesichtet worden und die Akicitas verhinderten mit eiserner Disziplin, dass jemand das Dorf vorzeitig verließ. Der gesamte Jagderfolg wurde gefährdet, wenn jemand gegen diese Regeln verstieß, und so waren die Akicitas nicht zimperlich. Besonders einige Knaben, die trotz aller Warnungen ihren Mut beweisen wollten, wurden von ihren Peitschen getroffen und in die Zelte der Eltern zurückgeführt. Obwohl die Jungen noch um ihre

Freunde trauerten, schien der Angriff der Arikara schon vergessen zu sein.

Wambli-luta versuchte indessen, seinen Bogen zu spannen, und musste einsehen, dass ihm dazu noch die Kraft fehlte. Also blieb es dem Vater überlassen, genügend Bisons für seine Familie zu schießen. Gebrochene-Lanze war zwar Wakincun, aber immer noch jung genug, die Waffe zu heben. Er hatte ein Gewehr, zog es jedoch vor, mit dem Bogen zur Bisonjagd zu gehen. Er setzte sich zu seinem Sohn, der bedrückt zu sein schien, weil er nicht teilnehmen konnte. „Du bist Tokala! Deine Aufgabe ist es, das Volk zu beschützen. Du bist der Erste im Kampf und der Letzte, der sich zurückzieht. Deshalb wurdest du verwundet! Das ist eine Ehre! Sorge dafür, dass du bald wieder kämpfen kannst, und ich sorge dafür, dass wir im Winter alle satt werden."

Wambli-luta nickte einsichtig. „Ich schütze das Volk!" Er sah seinem Vater nach, der – nur mit einem Lendenschurz bekleidet – das Tipi verließ. Trotzdem wurmte es Wambli-luta, bei den Frauen, Kindern und alten Leuten bleiben zu müssen. Er massierte den verletzten Muskel am Arm und hoffte, dass er bald seine Stärke wiederfinden würde.

Die nächsten Tagen verbrachte er damit, zumindest über die Frauen und Mädchen zu wachen, die überall in der Nähe des Flusses an den Fellen arbeiteten, die sie am Boden festgepflockt hatten. Der Sommer war heiß, obwohl stets eine leichte Brise wehte. Die Jagd war gut gewesen, und überall standen Gerüste, an denen das Fleisch trocknete. Darunter brannten schwelende Feuer, um die Fliegen zu vertreiben. Der ewige Wind fegte über das Land und trocknete Fleisch und Beeren in kurzer Zeit. Auch der Vater hatte zwei junge Bisonkühe, einen Stier und ein Kälbchen geschossen, sodass die Familie gut versorgt war.

Die Mutter wollte die Häute nutzen, um später das Tipi auszubessern und einige Rohhauttaschen herzustellen, die sie mit bunter Farbe bemalen würde.

Als es Wambli-luta besser ging, schoss auch er noch zwei Weißwedelhirsche, sodass die Mutter aus den Häuten ein schönes Kleid für Anpao-win nähen konnte. Das Hirschfleisch war ein besonderer Genuss nach all dem Bisonfleisch, und so kamen oft Freunde, um an dem Essen teilzunehmen. Hübsche-Nase kochte es mit wilden Zwiebeln, Prärierüben und Beeren, die sie tagsüber sammelten und trockneten. Die Natur zeigte sich großzügig gegenüber den Menschen. Überall reiften Kirschen, Beeren, wilde Zwiebeln, selbst Kürbisse und Bohnen, die von den Frauen gesammelt wurden. Nur Maisfelder legten die Tituwan keine an. Vor einigen Jahren, als die Zeit der Hungerwinter gekommen war, hatten sie es versucht, doch dann wieder aufgegeben. Sie folgten lieber den Herden der Bisons.

Fort Lisa

Am Missouri-Fluss im Sommer 1809

Am Morgen nach dem verheerenden Eissturm der Amsel näherte sich die nächste Katastrophe: Kriegerisch bemalte Gestalten schlichen sich an die Gestrandeten heran, die in den Booten oder am Ufer des Yellowstone Unterschlupf gesucht hatten, und wenn die Anführer nicht in weiser Voraussicht Wachen aufgestellt hätten, wäre es schlimm um die Expedition bestellt gewesen. Der Warnruf riss auch den letzten Abenteurer aus dem Schlaf, und im Nu hatten die Männer hinter Kisten und Bäumen Deckung gesucht. Keine Sekunde zu früh, denn ein Pfeilhagel prasselte auf die Männer nieder. „Nur schießen, wenn ihr ein Ziel vor Augen habt!", schrie Vazquez. Nach dem ersten Pfeilhagel hechteten einige Männer auf die Boote und gingen hinter dem Aufbau in Deckung. So wollten sie verhindern, dass die Indianer die Boote enterten. Sie hatten es mit Sicherheit auf die Ladung abgesehen. Wieder schlugen Pfeile in das Holz der Kisten und Boote ein und die Männer duckten sich tiefer. Dann erklang ohrenbetäubendes Kriegsgeschrei. „Was für Indianer sind das?", fragte Pierre, der ebenfalls auf sein Boot geklettert war.

„Scheißegal!", knurrte ein Trapper. „Ich habe die Schnauze voll von denen!"

Einige Krieger lösten sich aus der Deckung von Büschen und Bäumen und kamen auf Pierres Boot zugerannt. „Achtung, Leute! Sie kommen!" Er sah, wie einige Männer ihre Gewehre hochrissen, auf das Dach des Laderaumes legten und die Angreifer ins Visier nahmen. „Wartet, bis sie nahe genug sind", warnte Pierre die Männer.

„Wie nahe denn?", zischte ein Voyageur. „Die haben uns ja gleich."

Pierre wartete, bis die Krieger die Planken erreicht hatten, und gab den Befehl zum Schießen. „Feuer!" Auch von den anderen Booten stieg der Rauch der Salven auf. Gleichzeitig feuerten die Männer, die an Land geblieben waren. Stöhnen und Schmerzensschreie waren zu hören, als mehrere Indianer sich am

Boden wälzten. Offensichtlich hatten sie nicht mit einer derartigen Kampfkraft gerechnet. Krieger, die noch laufen konnten, traten den Rückzug an, doch einige blieben am Ufer liegen oder fielen ins Wasser. Pierre fackelte nicht lange. Mit seiner Pistole kletterte er an Land und gab einem Feind mit einem gezielten Schuss den Rest. „Nachladen!", befahl er gleichzeitig mit überschnappender Stimme. Mit einem Sprung hechtete er in die Deckung einer Kiste am Ufer – gerade noch rechtzeitig, ehe die nächsten Pfeile neben ihm einschlugen.

Dieses Mal waren die Indianer vorsichtiger. Sie nutzten die Deckung und versuchten es mit Ablenkungsmanövern. Ein Indianer zeigte sich kurz und hechtete dann sofort wieder in Deckung, während einige andere versuchten, den Bug des Bootes zu erreichen. Sie wateten durch das Wasser und schossen auf die Männer, die hinter den Aufbauten saßen. „Sie kommen von der Seite!", schrie Pierre gerade noch rechtzeitig. Mehrere Schüsse dröhnten über das Wasser, und Pierre sah, wie die Indianer wegtauchten. Mit grimmigem Gesicht beobachtete er, wie zwei Männer von einem anderen Boot die Krieger unter Beschuss nahmen. Ihre Köpfe tauchten aus dem Wasser auf, und die Trapper trafen sie mit wohlgezielten Schüssen. Der Rauch des Schwarzpulvers sammelte sich über den Booten, sodass die Männer mit ihren Gewehren kaum noch zu erkennen waren. Auch am Ufer stieg Qualm auf, sodass Menschen, Ausrüstung und Bäume miteinander verschwammen. Jetzt hieß es aufpassen, wenn man nicht die eigenen Leute erwischen wollte. „Alle Mann auf die Boote!", erschallte nun der Befehl. Pierre kniff die Lippen zusammen, denn damit gaben sie die Ausrüstung preis. Aber wahrscheinlich war es besser, auf ein paar Planen und Kisten zu verzichten, als eigene Leute zu opfern.

„Rückzug auf die Boote!", gab auch Pierre den Befehl. „Nehmt ein paar Kisten mit!"
Einige Männer, die hinter den Kisten in Deckung gegangen waren, griffen nach den Transportschlaufen und liefen über die Planke auf das Boot zurück. Dann ließen sie die Kisten einfach fallen und hechteten in Deckung. Mehrere Pfeile schlugen ein,

und zum ersten Mal pfiffen auch Kugeln über das Wasser. Einige Indianer hatten offensichtlich Gewehre. Eine Salve aus den Gewehren der Trapper antwortete ihnen. Am Mündungsfeuer hatten die Männer erkannt, wo die Indianer sich versteckten, und daraufhin gezielt in diese Richtung geschossen. Niemand konnte sehen, ob sein Schuss irgendwelchen Schaden angerichtet hatte, denn es wurde plötzlich still. Auch bei den anderen Booten kehrte Ruhe ein. „Was ist jetzt los?", wunderte sich Pierre.
Ein Trapper richtete sich etwas auf und blickte vorsichtig über den Rand des Daches. „Alles still!", meldete er.
Pierre nickte. „Okay, wir geben Feuerschutz und ihr holt noch ein paar Kisten!", ordnete er an.
Die Voyageure schüttelten die Köpfe. „No, no … wir sind doch keine Zielscheiben!"
„Jetzt habt euch nicht so. Bisher haben die Pfeile kaum Schaden angerichtet!"
„Ja, weil wir hübsch in Deckung geblieben sind! Wir sind doch nicht lebensmüde! Geh doch selbst, wenn dir das Zeug so wichtig ist."
Pierre kniff die Augen zusammen und gab zwei weiteren Trappern das Zeichen, ihm zu folgen. „Alors!", murmelte er. „Wir rennen zu der Ausrüstung dort, gehen in Deckung – und wenn die Luft rein ist, dann treten wir den Rückzug an."
Die beiden nickten nur und machten sich bereit, ihm zu folgen.
„Und passt auf, dass ihr niemanden erwischt, der zu uns gehört."
Die drei warteten einen Augenblick, doch am Ufer blieb alles ruhig. „Jetzt!", flüsterte Pierre, richtete sich auf und rannte über die Planke zum Ufer. Schwer atmend ging er hinter einer Kiste in Deckung. Schon hockten die anderen ebenfalls am Ufer. Nichts rührte sich, und so sahen sie sich verwundert an.
„Sind die weg?"
„Scheint so!"
„Okay, nehmt die Ladung und geht zurück. Ich gebe euch Deckung."
Die beiden Männer schnappten sich die Kiste und trugen sie auf das Boot zurück. Alles blieb ruhig, und so kamen nun mehr Männer an Land und bargen die Ladung. Auch bei den anderen

Booten trauten sich die Männer von Bord. Langsam verzogen sich die Rauchschwaden und gaben den Blick auf die Umgebung frei.

„Gibt es Verletzte?", erschallte der Ruf von den anderen Booten.

„Hier … niemand!", gab Pierre zurück.

„Bei uns sind zwei verwundet!", kam es von einem Boot weiter stromabwärts.

„Wir haben einen Toten!"

Nach und nach kamen die Meldungen, und es schien, als wären sie mit einem blauen Auge davongekommen. Die Indianer hatten einige Kisten gestohlen, mehrere Männer verletzt und einen getötet. Doch dann hatten sie den Angriff abgebrochen. Vielleicht hatten sie zu viele Verluste erlitten oder wollten warten, bis Verstärkung eingetroffen war.

„Wer waren diese Rothäute?", fragte ein Voyageur, der wohl zum ersten Mal auf so einer Expedition dabei war.

„Pekuni-Blackfeet!" antwortete Pierre tonlos. Er hatte es langsam satt, gegen diesen Stamm zu kämpfen. „Ausgeburten des Teufels."

„Nicht schon wieder!", schimpfte der junge Mann, der von den anderen nur „Shorty" genannt wurde. Er war eigentlich ziemlich groß und hager, sodass keiner wirklich wusste, woher er diesen Spitznamen hatte. Vielleicht lag es an dem Gewehr, das kürzer war als die Rifles, die die anderen Trapper besaßen.

„Die sind schlimmer als Grizzlys!", fluchte Pierre. „… Wird Zeit, dass wir in friedlichere Gewässer gelangen."

Sie bereiteten dem Toten ein würdiges Begräbnis und standen traurig um das kleine Holzkreuz, das ein Voyageur gebastelt hatte. Immerhin konnten sie diesen Mann beerdigen, während andere ihre letzte Ruhe vermutlich bei den Fischen gefunden hatten. Manuel Lisa sprach ein Gebet, und alle murmelten „Amen".

Dann ließen Lisa und Vasquez die Ladung wieder verladen und gaben den Befehl zum Aufbruch. Mit Stangen stießen sie die Boote in die tiefere Rinne des Flussarms und nahmen ihre Fahrt wieder auf. Nach zwei Meilen vereinigte sich der Arm wieder mit dem Yellowstone, und die Männer manövrierten die Boote in die

Mitte des Flusses. Wachsam behielten sie die Ufer im Auge. Sie waren immer noch in Schussweite. Pierre ließ die Kisten im Laderaum verstauen und gab dann Befehl, dass die Trapper mit geladenen Waffen Ausschau nach Indianern halten sollten, während die Voyageure wieder an den Stangen standen und das Boot vorwärts bewegten. Die Barkassen hatten keinen Aufbau und wurden von den Männern gerudert.

Gegen Mittag trieben sie an dem gekenterten Boot vorbei. Es war auf einer Sandbank aufgelaufen, und die Männer konnten sehen, dass es leer war. Entweder hatte es die Ladung verloren, oder die Indianer hatten es geplündert. Vorsichtig manövrierten sie ihre Boote um die Sandbank herum und blickten schweigend auf das gekenterte Boot. Immer noch fehlten sechs Mann der Besatzung. Dann wurde das Schweigen zum Entsetzen, als sie sahen, dass am Aufbau einer ihrer Trapper festgenagelt worden war. Er hing dort nackt, mit ausgestreckten Armen, und teilweise war ihm die Haut abgezogen worden. Sein Kopfhaar fehlte, und Pfeile ragten aus dem Körper hervor. Es war eine Warnung: Kommt nicht mehr zurück, oder euch passiert das Gleiche!
„Armer Teufel!", flüsterte Shorty. „Ob sie sie anderen auch erwischt haben?"
„Hoffentlich nicht. Gott sei ihren armen Seelen gnädig!"
„Wollen wir ihn nicht begraben?" Unsicher blickten einige Männer ihren Kapitän an. Dieser schüttelte nur stumm den Kopf, wandte den Blick von dem Misshandelten ab und konzentrierte sich wieder auf den Fluss. Das war wahrscheinlich nur ein Trick, um die Männer näher ans Ufer zu locken. Der arme Teufel war tot. Es hatte keinen Sinn, das Leben der anderen zu gefährden. Auch die anderen Boote setzten die Fahrt fort, ohne sich in die Falle locken zu lassen. Am Ufer blieb es still. Entweder waren die Indianer schlau genug, sich zu verstecken, oder sie waren wirklich verschwunden. Pierre hoffte, dass ihnen niemand mehr in die Hände gefallen war. Aber wenn die Blackfeet die anderen erwischt hatten, würden sie es die Weißen garantiert wissen lassen. Arnel stellte sich neben ihn und sah ihn vorwurfsvoll an. „Findest du das richtig?"

Pierre ignorierte seinen Blick. „Vasquez und Lisa halten ja auch nicht an … weil sie genau wissen, dass es eine Falle ist."

Arnel nickte unglücklich. „Diese dreckigen Inyuns!" Aus seinem Mund klang das irgendwie seltsam, und Pierre sah ihn verblüfft an.

„Wirklich!", rechtfertigte sich Arnel. „Meine Mutter war eine Yankton … die sind friedlich!"

„Behauptest du!", brummte Pierre.

Dann horchte er auf, als sich plötzlich am Ufer ein völlig nackter Mann aufrichtete, der mit Winken auf sich aufmerksam machte. Auch auf den anderen Booten sichtete man den Mann und forderte ihn mit Rufen auf, zu ihnen zu schwimmen. Der Mann zögerte kurz, sah sich um und watete dann ins Wasser. Mit seinem Satz tauchte er unter und verschwand kurz aus dem Blickfeld der anderen. Keine Sekunde zu früh, denn am Ufer tauchten wie aus dem Nichts Blackfeet auf, die mit Pfeilen auf die Stelle schossen, an der der Mann zuletzt gestanden hatte.

Sofort wurden sie von den Männern an Bord unter Beschuss genommen, sodass sie sich unter Geschrei zurückziehen mussten. Kurz tauchte der Kopf des Mannes auf, dann tauchte er wieder unter. Wieder fielen Pfeile ins Wasser, und die Männer erkannten, dass die Indianer sich einen Spaß daraus machten, den Weißen vor sich her zu hetzen.

„Hierher!", schrien sie, als der Kopf wieder aus den Fluten auftauchte. Mit letzter Kraft erreichte der Mann ein Boot und klammerte sich an der Bordwand fest. Ihm fehlte jedoch die Kraft, sich hochzuziehen. Wieder flogen Pfeile, und einer traf den Mann am Arm.

„Helft mir!", brüllte dieser verzweifelt. Eine Salve nahm die Indianer am Ufer unter Beschuss, die sich lieber in Deckung begaben. Sie lachten höhnisch und machten Drohgebärden. Sie sprangen auf ihre Pferde und galoppierten am Ufer entlang. Von dort schossen sie weiter mit Pfeilen auf die Boote. „Helft mir doch!", rief der Mann. „Ich rutsche ab!"

Zwei Mann nahmen sich schließlich ein Herz: Sie verließen die Deckung, beugten sich über die Bordwand und zogen den Mann mit einem Ruck ins Boot.

Dann ließen sie sich platt auf den Boden fallen, als weitere Pfeile in ihre Richtung flogen. Einer der Männer hielt eine Plane hoch und lenkte so einen Pfeil ab, der ihn sonst getroffen hätte.

Pierre schnaufte durch, als er erkannte, dass der Mann es geschafft hatte. Wie er die kalte Nacht überlebt hatte, wäre eine spannende Geschichte! Ein Mann mehr, der gerettet werden konnte. Dann wurde sein Gesicht grau vor Entsetzen, als sie an einem weiteren Mann vorbeitrieben, der auf entsetzliche Weise entstellt und an einen Baum gefesselt zur Schau gestellt wurde. Fehlten noch drei! Er betete, dass es ihnen nicht ähnlich ergangen war. Immer wieder schaute er zu den Ufern auf beiden Seiten und hoffte, dass dort jemand auftauchte und durch Winken zu verstehen gab, dass es ihm gutging.

An diesem Tag geschah weder das eine noch das andere. Die Indianer blieben unsichtbar, und von den drei Vermissten gab es kein Lebenszeichen. Entweder waren sie ertrunken, oder die Indianer hatten sie erwischt. „Merde!", fluchte Pierre zwischen den Zähnen hindurch.

Am Abend legten sie an einer der vielen Inseln an, die dadurch entstanden waren, dass der Fluss Nebenarme bildete. Sie waren vollständig vom Wasser umschlossen und konnten so gut verteidigt werden, weil Angreifer erst den Fluss überwinden mussten, und sich nicht im Schutz von Büschen und Bäumen anschleichen konnten. Die Männer verzichteten darauf, Lodges aufzubauen, da der Himmel klar war. Es blies immer noch ein kalter Wind, sodass die Männer sich gern um die Feuer setzten und aufwärmten. Kaffee wurde ausgeschenkt und dann die warme Suppe verteilt. Jeder hatte seine Tasse und seine Schüssel dabei und sorgte selbst dafür, dass sie gesäubert wurde. Dann wurden die Waffen auseinandergenommen und sorgfältig gereinigt. Das Überleben hing davon ab, dass die Vorderlader reibungslos funktionierten, und so nahmen sich die Männer hierfür Zeit. Auch die Pistolen hatten Steinschlösser, die regelmäßig geputzt werden mussten. Nach dem Kampf mit den Indianern waren die Läufe verrußt, und auch die Mechanik des Hahns musste überprüft werden. Leises Gemurmel erhob sich über das Wasser, als die Männer über die letzten Tage sprachen. Ihre Gedanken galten den Freunden, die nicht heimkehren würden.

Pierre saß mit Arnel und Shorty zusammen, die nachdenklich ins Feuer starrten. Sie hielten ihre Waffen in den Händen, obwohl sie mit der Reinigung schon fertig waren. Wie oft hatten sie mit den anderen gesungen und Karten gespielt? Sie dachten an Huey, der so gerne beim Kartenspielen geschummelt hatte, oder an Louis, der zuhause eine Frau und zwei Kinder hinterließ. Manuel Lisa wollte die Familie benachrichtigen und ihr den Lohn auszahlen. Sie beneideten den Mann nicht, denn traurige Nachrichten zu überbringen, war niemals leicht. „Scheiß Inyuns!", meinte Shorty ernüchtert.

Arnel zuckte etwas zusammen. „Pass auf, was du sagst!"

„Ich meine ja nicht dich!", entschuldigte sich Shorty. „Du bist ein guter Indianer!"

Arnel presste traurig die Lippen zusammen. „Na ja … nur zur Hälfte. Aber es stimmt schon … es gibt halt solche und solche."

Pierre schüttete den Kopf. „Es gibt solche und Blackfeet!", betonte er.

Die beiden nickten wortlos. Kurz breitete sich Schweigen aus, dann schenkte Pierre erneut Kaffee aus. Shorty tat mindestens drei Löffel Zucker hinein und leckte sich die Lippen. „Gutes Zeug!", lobte er gedankenverloren. „Der weckt Tote auf."

„Nicht Louis und Huey oder die anderen armen Teufel."

„Non!", stimmte Pierre ihm zu. „Hoffen wir auf bessere Beziehungen zu den Mandan und Arikara."

„Hmh!", grunzten Arnel und Shorty.

Nach weiteren zwei Wochen, die ohne Zwischenfälle verliefen, erreichten die Boote schließlich die Mündung des Yellowstone in den Missouri. Der Yellowstone hatte unendlich viele Biegungen, sodass sie immer wieder hatten kreuzen müssen, um die optimale Linie zu fahren. Das hatte Zeit gekostet. In der Vogelfluglinie waren es nur 250 Meilen, doch mit den vielen Windungen verdoppelte sich die Entfernung. Sie waren ohne weitere Probleme vorangekommen und blickten nun auf den beeindruckenden Zusammenfluss, der sich vor ihnen öffnete. Auch hier wäre ein geeigneter Ort für einen Handelsposten gewesen, aber nach dem Geschmack der Teilhaber war er noch zu nah an den kriegerischen Blackfeet oder Assiniboine. Also trieben sie weiter den Strom flussabwärts. Hier wurde die Fahrt leichter, denn der Missouri hatte etwas mehr Tiefgang und weniger Windungen. Die Umgebung war hügelig, teilweise mit Gras, teilweise mit Fichten bewachsen. An den Ufern lagen oft Treibholz und angeschwemmte Kadaver. Hin und wieder sahen sie in der Ferne Jagdgruppen von vorbeiziehenden Indianern, die jedoch nicht näher kamen. Am Ufer standen oft Gabelbockantilopen, und einmal sahen sie sogar einen Elch. Die Ufer der Flüsse waren inzwischen wieder von Enten, Gänsen und Reihern bevölkert, die dort ihre Nester bauten. Die Männer suchten abends nach den Eiern und erlegten die eine oder andere Ente.

Nach weiteren zehn Tagen kamen sie an der Mündung des Little Missouri vorbei. Hier hatte Manuel Lisa bereits gute Erfahrungen mit den Stämmen gemacht, und so gab er Befehl, nach einem geeigneten Lagerplatz Ausschau zu halten. Die Gegend war zerklüftet, mit vielen Tälern und kargen Hügeln. Der Fluss war hier breit, manchmal mit Untiefen und dann wieder mit Sandbänken, auf die man auflaufen konnte, wenn man nicht aufpasste. Viele kleine Bäche mündeten in den Fluss, doch wenn eine Barkasse den Bach näher in Augenschein nahm, war es oft nur eine Ausbuchtung des Missouri mit schlammigem Boden. Die Hochwasserlinie an den Felsen und Ufern zeigte, dass das Gebiet weiträumig überschwemmt wurde und es daher nicht ratsam war, ein Fort zu bauen. Sie wollten ihren Stützpunkt aber auch nicht zu weit weg vom Wasser errichten, da sonst alles über eine weite Entfernung geschleppt werden musste.
Sie fanden schließlich eine Stelle, die zumindest einen langen Strand hatte, an dem die Boote anlegen konnten. Im Hinterland gab es viele Bäume und die Umgebung war flach genug, dass es nicht möglich war, von oben unter Beschuss genommen zu werden. Ein Boot nach dem anderen rutschte auf das sandige Ufer, und die Männer sprangen an Land. Einige Springmäuse suchten das Weite, und eine Familie Stinktiere verschwand erhobenen Schwanzes. Sofort brachen einige Trapper auf, um die Umge-

bung gegen Überfälle zu sichern. Sie besetzten zwei kleinere Hügel in der Ferne und gaben dann mit Winken zu verstehen, dass alles ruhig war. Erst einmal wurde nur die Ausrüstung für ein kleines Nachtlager ausgeladen, weil man prüfen wollte, ob der Standort wirklich geeignet war. Es wurde inzwischen sommerlich warm, sodass die Männer keine Lodges aufbauten, sondern nur ihre Decken am Boden ausbreiteten. Es hatte seit Tagen nicht mehr geregnet, und so war der Lagerplatz trocken. Schnell wurden Feuer entzündet, Kessel darübergehängt, Wasser vom Fluss geholt und Essen gekocht.

Vazquez und Lisa waren bereits unterwegs, um noch ein wenig die Umgebung zu erkunden. Ihr erster Eindruck war nicht schlecht. Der Boden stieg schnell an, und die Wasserlinie zeigte, dass das höher gelegene Gelände nicht überflutet wurde. In der Umgebung gab es genug Holz, sodass ein Fort samt Häusern und Palisaden errichtet werden konnte. Für den Handel mit den Indianern war das optimal. In der näheren Umgebung fanden die Trapper keine Spuren von Bibern, aber in den vielen Buchten wären bestimmt welche zu finden.

In den nächsten Tagen waren die Männer emsig damit beschäftigt, Holz für das Fort zu schlagen. Die Voyageure entluden die Schiffe und stapelten die Waren unter den Planen, die über einfache Gerüste gezogen wurden. Erste Indianer trafen ein, die sich neugierig dem entstehenden Handelsposten näherten. Lisa verteilte großzügig Geschenke, um die Kunde verbreiten zu lassen, dass hier ein Handelsposten entstand. Sehr zufrieden rückten die Indianer ab und versprachen, mit Pelzen zurückzukehren.

Pierre besuchte bei seinen Erkundungen ein befestigtes Dorf der Hidatsa, die von William Clark seit seiner Expedition „Minnitari des Missouri" genannt wurden. Sie lebten in Erdhütten wie die Mandan, sprachen aber eine andere Sprache. Die Frauen befanden sich bereits auf den Feldern, um den Mais anzubauen. Kinder rannten herum und beobachteten ihn mit ihren schwarzen Augen. Obwohl es noch recht frisch war, liefen sie fast nackt herum. Einige Männer saßen auf den Erdhütten in der Sonne und unterhielten sich.

Pierre hatte ein besonderes Anliegen, konnte sich aber in dieser Sprache nur mit Gesten verständlich machen. Er rauchte mit einigen Männern eine Pfeife und tauschte harmlose Neuigkeiten aus, ehe er mit seinem wahren Anliegen herausrückte. „Ich möchte eine Frau eintauschen!", zeigte er in Zeichensprache, was die Männer aber kaum beeindruckte. Entweder gab es hier keine Mädchen im heiratsfähigen Alter, oder dieses Volk sah es nicht so gerne, wenn ihre Frauen weiße Trapper heirateten. Pierre war enttäuscht, denn für den Winter wünschte er sich eine Squaw an seiner Seite. Sie waren fleißig und wärmten einem im Winter das Bett. Er hatte nicht vor, sie eines Tages in die Zivilisation mitzunehmen, sondern wollte sie ihrem Volk zurückgeben, wenn er erst genug verdient hatte. Er hatte das schon bei anderen Trappern erlebt und empfand es als eine gute Sache. Ein Handel auf Zeit.

Unverrichteter Dinge kehrte er zum Fort zurück, bei dem immerhin schon die Palisaden standen. Manuel Lisa nannte es stolz „Fort Lisa". Inzwischen waren die Männer dabei, das Haupthaus mit dem Handelsraum zu bauen. Es hatte zwei Stockwerke: unten den Handelsraum und oben mehrere Kammern, in denen die Anführer und einige der Trapper schliefen. Gleichzeitig entstanden weitere Hütten, in denen die anderen Männer untergebracht wurden. Das Schlagen der Äxte hallte durch das Tal und kehrte als Echo von den umliegenden Hügeln zurück.

Die Wochen vergingen schnell, und Pierre bekam den Auftrag, mit einigen Trappern zur Jagd zu gehen und die Vorräte aufzufüllen. Er nahm Shorty und Arnel, deren Gesellschaft er sehr schätzte. Der jungen Männer redeten nicht viel und taten, was man ihnen sagte. Schweigend machte sich der Trupp am frühen Morgen auf, um die Umgebung nach Wild zu erkunden. Als sie bis zum Mittag immer noch nichts gefunden hatten, runzelte Pierre sorgenvoll die Stirn. Keine Spuren von Hirschen oder Bisons. Selbst Weißwedelhirsche und Gabelbockantilopen ließen sich nicht sehen. Es war nicht gut, wenn sie einzig und allein auf die Lieferungen von Indianern angewiesen waren. „Wir sollten ein paar Pferde eintauschen!", stellte er fest.

„Vielleicht haben die Inyuns hier alles weggejagt?", überlegte Arnel.

Pierre nickte gedankenverloren. „Kann sein. Hier sind ja einige ihrer Dörfer. Aber ich wundere mich, dass hier keine Bisons sind."

„Die kommen vielleicht später!"

Shorty spuckte einen Priem Kautabak auf den Boden. Er hatte eigentlich immer etwas im Mund. Wenn er keinen Priem in der Backe hatte, dann kaute er Jerky oder knabberte an einem Grashalm.

Pierre ließ seinen Blick über das Land schweifen und stützte sich auf seine Rifle. „Zum Fallenstellen müssen wir wohl ein ganzes Stück stromaufwärts und dort die kleinen Nebenflüsse absuchen."

„Yep!"

„Lass uns zum Missouri zurückkehren, da erwischen wir wenigstens ein paar Enten." Pierre raufte sich müde die Haare.

„Davon werden wir aber nicht satt! Wenn wir nicht auf ein paar Bisons stoßen, müssen wir Fleisch von den Indianern tauschen." Für den schweigsamen Shorty war dies eine ziemlich lange Äußerung.

„Mit Pferden wird es besser!", versprach Pierre. „Solange müssen wir halt angeln." Es sollte wie ein Scherz klingen, aber in seiner Stimme lag eine gewisse Anspannung. Er wusste, dass die dreihundert Mann bald alle mitgebrachten Vorräte aufgebraucht hätten. Das war schlecht, denn die Expedition sah vor, dass sie sich selbst versorgten und Mehl und Mais erst im Winter erhielten. Hin und wieder schoss ein Trapper einen Hirsch, aber das reichte nicht für all die hungrigen Mäuler.

Sie kehrten tatsächlich ohne Jagdbeute zurück und berichteten über ihre Erfahrungen. „Wir sollten Pferde eintauschen, dann decken wir eine größere Umgebung ab."

Lisa machte sich keine Sorgen. „Ach, bald kommen die Bisons, dann haben wir Fleisch genug! Ich schicke morgen einige Männer los, die Fleisch und Pferde von den Indianern eintauschen. Weiter südlich befindet sich ein Dorf der Minnitari des Südens – es wäre gut, wenn du sie begleitest!"

Pierre wackelte mit dem Kopf hin und her. „Warum tauschen wir nicht mit den Mandan? Wir könnten mit einer Barkasse dorthin fahren. Die waren uns doch bei der Herfahrt wohlgesonnen."

Lisa lächelte. „Gute Idee. Ihr fahrt dort mit einer Barkasse hin, tauscht Fleisch und Vorräte und kommt dann wieder zurück."

„Und die Pferde?"

„Ich verhandle mit dem Häuptling der Minnitari des Missouri. Wir werden schon ein paar Pferde bekommen." Er machte eine beruhigende Handbewegung. „Alles klar?", erkundigte er sich.

Pierre grinste. „Alles klar!", antwortete er enthusiastisch. Er freute sich über den Auftrag, denn er kam seinen Wünschen entgegen: Er wollte noch etwas ganz anderes eintauschen! Er hoffte darauf, dass die Mandan seinen Wünschen eher entgegenkamen.

„Vielleicht kommen ja auch bis dahin die Bisons", meinte er, um von seinen wahren Gedanken abzulenken.

Lisa nickte. „Das wäre gut!

Sheheke shote

Spätsommer 1809 im Dorf der Mandan

Mato-wea erntete zusammen mit der Tante den Mais ihres kleinen Feldes. Auch auf den anderen Feldern waren Frauen zu sehen. Sie hatten den Maistanz getanzt und der Frau, die niemals stirbt und für alles Wachstum verantwortlich ist, für eine gute Ernte gedankt. Es war ein guter Sommer gewesen. Die erste Bisonjagd im Frühsommer hatte gutes Fleisch gebracht, und die Vorratsgruben waren schon gefüllt mit Bohnen und Kürbis; auch Beeren, wilde Zwiebeln und Prärierüben hatten die Frauen schon gesammelt. Der Mais würde ebenfalls helfen, den langen Winter gut zu überstehen. Mato-wea trug einen Korb aus Weiden am Rücken, in den sie die Kolben warf, die sie von den Stängeln brach. Ihre Cousine Sisohe-wea hütete im Dorf die Kinder. Es war zu gefährlich, die Kinder auf die Felder mitzunehmen. Zu leicht wären sie Opfer der vielen Überfälle der Feinde geworden. Zweimal waren sie schon angegriffen worden, sodass nun stets einige Krieger in der Nähe der Frauen blieben. Mato-wea schmerzte der Rücken, und sie streckte sich mit einem Seufzen.

Sie wollte gerade den nächsten Kolben brechen, als ein Wächter einen lauten Warnruf ausstieß. Sofort ließen die Frauen die Körbe vom Rücken rutschen und rannten zum Dorf zurück. Auch andere Frauen verließen fluchtartig die Felder. Dann blieben sie erstaunt stehen, als die Männer den Schutz der Palisaden verließen und in Richtung des Flusses schritten. Einige hatten ihre Waffen dabei, die anderen holten ihre Pferde und galoppierten sogar zum Wasser. Sie stießen laute Rufe aus und schienen jemanden begrüßen zu wollen.

Mato-wea folgte der Tante, die nun ebenfalls neugierig zum Ufer des Missouri ging. Dann blieb sie blinzelnd stehen, als die Sonne vom Wasser reflektiert wurde. Was sie dort sah, erstaunte sie zutiefst. Mehrere große Boote der weißen Händler näherten sich dem Ufer, und auf dem ersten stand aufrecht und in voller Pracht ihr Anführer, der vor drei Wintern mit den Weißen gegangen war, um den Großen Weißen Vater weit im Osten des Landes zu treffen. Sheheke shote, Weißer Kojote, war endlich zurückgekehrt! Er hatte immer noch seine langen Haare, aber ansonsten trug er den Anzug eines weißen Mannes. Stolz stand er da, hob grüßend sein Gewehr und genoss augenscheinlich die Aufregung, die seine Ankunft auslöste. Im Hintergrund des Häuptlings standen dessen Frau Gelber-Mais und sein Sohn, die beide ebenso die Kleidung der Weißen trugen.

Mato-wea schlug vor Staunen die Hand vor den Mund. Alle hatten geglaubt, dass Sheheke shote von Feinden getötet worden war. Ihn nun hier unversehrt zu sehen, bewies, dass er mächtige Schutzgeister hatte, die ihn beschützten. Gespannt verfolgte sie, wie die Boote anlegten und die Weißen an Land sprangen. Sie hatte dies schon einmal miterlebt, als vor drei Wintern der Mann, der sich „Clark" nannte, zu ihnen gekommen war. Damals war sie noch ein Kind gewesen und hatte nur aus weiter Entfernung die Fremden beobachtet. Der Anblick dieser Männer war immer noch ungewohnt. Ihre fremdartige Kleidung, ihre Gesichter, ihr ungepflegtes Äußeres erschienen ihr eher abstoßend. Die Männer und Frauen der Mandan legten großen Wert auf ihr Erscheinungsbild. Die Haare waren gekämmt, und die Krieger schmückten sich ohnehin mit allerlei Zierrat und Federn. Die Weißen dagegen hatten strubbelige Haare, und manche trugen sogar Haare im Gesicht. Ihre Kleidung wirkte alt und zerschlissen, nur die Waffen schienen im guten Zustand zu sein. Was Mato-wea aber am meisten erstaunte, war die Tatsache, dass diese Männer stets ohne Frauen reisten. Wer flickte ihre Kleidung? Es war ja kein Wunder, wenn sie so zerrupft aussahen, denn wahrscheinlich mussten sie es selber tun. Überhaupt schienen nur die Anführer einen ordentlichen Eindruck zu vermitteln. Sie erkannte einen Mann, der ähnliche Kleidung trug wie damals Clark, der neben Sheheke shote stand. Auch er hatte einen seltsamen Hut auf dem Kopf. Seine Füße steckten in hohen Mokassins, und er hatte knappe Leggins an. Sie wusste inzwischen, dass die Weißen so etwas „Hosen" nannten. Sie kicherte leicht, denn sie fand das Kleidungsstück sehr unpraktisch. Wie sollte denn der Mann sein Geschäft verrichten? Dazu musste er die Hose ja jedes Mal ausziehen.

„Warum lachst du?", wunderte sich die Tante.

„Sieh mal, diese seltsamen Beinkleider ... er muss sich ja immer entblößen, wenn sein Bauch ihn drückt."

„Hasch!", schimpfte die Tante. „Sei still. Was weißt du schon, was für diese Männer Sinn macht? Sie haben bestimmt ganz andere Sitten, und keiner weiß, welche Medizin sie schützt."

Mato-wea verstummte und beobachtete, was weiter geschah. Einige Krieger waren an Bord der Boote geklettert und sahen sich dort neugierig um. Niemand hinderte sie daran, und die Krieger hoben stolz ihre Waffen, als hätten sie die großen Boote erobert. Ihre braunen Körper glänzten in der Sonne, und sie vermittelten einen kampfbereiten Eindruck. Die Voyageure waren an Bord geblieben und bemühten sich um ein ruhiges Auftreten, ebenso die mitgereisten Trapper. Nur der Anführer mit seinen Soldaten hatte sich von Bord begeben. Währenddessen erreichte die Prozession das Dorf und wurde dort von Kleine-Krähe, dem Kriegshäuptling, begrüßt. Er freute sich sichtlich, einen so angesehen Krieger wiederzusehen. Alle verschwanden in der großen Behausung des Anführers, die von dessen jüngerem Bruder gehütet worden war. Auch der lächelte, obwohl ihm anzusehen war, dass er nicht ganz daran geglaubt hatte, seinen Bruder je wiederzusehen. Mit natürlicher Autorität forderte Sheke shote seine Rolle als Führer und angesehener Sprecher des Dorfes zurück. Der Anführer der Weißen trat mit einigen Männern hinein, während die anderen Männer draußen warteten. Es gefiel Mato-wea nicht, wie diese die Frauen und Kinder mit unverschämten Blicken musterten. Hatten sie denn nicht gelernt, den Blick höflich zu senken?

Einige Kinder kletterten auf das Dach der Hütte und versuchten durch den Rauchabzug zu erhaschen, was da vor sich ging. „Sie rauchen die Pfeife!", signalisierten sie. Dann hieß es: „Sie essen!" Geduldig warteten die Menschen darauf, dass der Heimkehrer zu ihnen sprechen würde. Es dauerte eine ganze Weile, doch dann trat Sheheke shote aus dem Erdhaus und richtete seine Worte an die Umstehenden. „Ich habe den Großen Weißen Vater im Osten des Landes besucht! Er sieht uns als seine Kinder, die er vor allem Bösen beschützen will. Ich habe viele Dinge gesehen, die so erstaunlich sind, dass ich sie kaum zu beschreiben vermag. Es kommen neue Zeiten auf uns zu, und es ist gut, wenn wir starke Verbündete haben. Ich verlasse mich auf das Wort des Großen Weißen Vaters, der Jefferson heißt. Er hat dafür gesorgt, dass ich wohlbehalten wieder zu meinem Volk zurückkehren konnte. Seht! All diese Krieger wurden geschickt, damit ich den langen Weg durch das Gebiet unserer Feinde machen kann. Einmal mussten wir schon umkehren, und viele ihrer Männer sind gefallen, als sie mich verteidigten. Ich sage euch: Das sind gute Menschen! Sie haben ihr Wort gehalten. Jean Chouteau und Andrew Henry sind nun meine Freunde, denn sie haben die Reise hierher geleitet. Es wird gut sein, in Zukunft mit ihnen Handel zu treiben."

Beifälliges Gemurmel antwortete ihm. Die Augen der Menschen blitzten erwartungsvoll, denn sie hofften auf interessante Geschichten. Sheheke shote winkte seine Frau heran, die einen seltsamen Behälter herbeischleppte. „Seht, was die Weißen mir gegeben haben!"

Unter den staunenden Augen packte der Häuptling die seltsamsten Dinge aus: eine flache Scheibe, so klar wie das Wasser des Sees, in der man sein Antlitz sehen konnte; ein seltsamer Gegenstand, in dem ein kleiner Pfeil tickend auf Wanderschaft ging; Ketten aus seltsamem Material, die wunderschön glitzerten; eine Dose, aus der eine fremde Melodie erklang, wenn man sie öffnete. Stolz zeigte der Häuptling ihnen Decken, Stoffe, Kleidung, scharfe Messer und Beile; aber auch seltsame Mokassins – und ein Rohr, das immer länger wurde, wenn man daran zog.

Einige Menschen wichen zurück, denn es erschien ihnen wohl wie Zauberei. Der Häuptling schien sich darüber zu amüsieren, denn er schwenkte den Gegenstand vor ihren Augen hin und her. „Das ist keine schlechte Medizin! Die Weißen vermögen Dinge zu vollbringen, die auch uns helfen werden. Sie schmieden Waffen in heißem Feuer, und sie haben Boote, die so groß sind wie ein ganzes Dorf!"

Ungläubiges Gemurmel war zu hören, dann lachten einige Männer und schüttelten die Köpfe. Boote, so groß wie ein Dorf! So etwas konnten sie sich einfach nicht vorstellen. Alle warteten darauf, dass der Häuptling die Geschenke verteilen würde, doch

Sheheke shote packte die Dinge wieder ein und ließ sie in die Hütte zurücktragen. Eisige Stille breitete sich aus, denn das war gegen die Tradition. Viele waren entsetzt, wie der Häuptling sich verändert hatte und schlugen einen Umhang vor ihr Gesicht.

„Er wurde von den Weißen vergiftet!", flüsterte die Tante. „Er weiß nicht mehr, was unsere Vorfahren uns gelehrt haben." Sie nickte ihrer Nichte zu, ihr zu folgen, und Mato-wea gehorchte schweigend.

Auf dem Rückweg zu ihrer Hütte schloss sich auch Sisohe-wea an. „Hast du die Weißen gesehen?", fragte sie aufgeregt.

Mato-wea nickte leicht. „Ich habe sie gesehen. Warum?"

Sisohe-wea kicherte. „Ihre Kleidung!"

Mato-wea fiel in das Lachen ein. „Ja, ich habe auch schon lachen müssen. Aber es ist nicht an uns, darüber zu urteilen. Wir sollten lieber zu den Feldern zurückgehen und den Mais ernten. Kommst du mit?"

Sisohe-wea schüttelte den Kopf „Die Kleinen sind zuhause. Ich muss zurück!" Hurtig machte sie sich auf den Weg und rannte ihrer Mutter voraus, als würde ihr mit Schrecken einfallen, dass sie vielleicht ihre Aufgaben vernachlässigt hatte. Die Mutter folgte ihr und erreichte fast gleichzeitig mit der Tochter das Erdhaus. Dort saßen die beiden Kinder brav auf ihren Schlafdecken und sahen ihnen mit großen Augen entgegen. Sie hatten wohl geschlafen und waren gerade eben erst wieder aufgewacht. Mato-wea setzte sich zu ihnen und ließ sich ebenfalls etwas zu essen geben. Sie hatte Hunger und wollte erst etwas essen, ehe sie auf das Feld ging.

Die Großmutter setzte sich hinzu und nickte dem älteren Enkelkind auffordernd zu. „Ich achte auf die Kleinen, dann könnt ihr alle den Mais ernten."

Sisohe-wea nickte gehorsam, obwohl sie sichtlich zögerte. Sie war nicht faul, aber nach dem Angriff der Tituwan hatte sie Angst, das Dorf zu verlassen.

Mato-wea drückte sie tröstend an sich. „Die Wächter passen doch auf. Keine Sorge!"

„Ach, ich möchte so gern hören, was der Häuptling zu erzählen hat!"

„Das wirst du! Heute Abend, wenn die Feuer brennen, wirst du die Geschichten hören. Sicherlich hat seine Frau auch viel zu erzählen. Warte nur, bis die Frauen zusamme sitzen."

Schon leuchteten die Augen von Sisohe-wea wieder. „Ob sie auch von diesen riesigen Booten erzählt?"

Mato-wea sah sie unsicher an. „Glaubst du, dass es so etwas gibt?"

„Warum sollte er es sonst erzählen?" Sisohe-wea blickte die Cousine verblüfft an. „Niemand denkt sich so etwas aus." Sie wedelte aufgeregt mit der Hand. „Stell dir vor, wir hätten solche Boote. Oder so eins, mit dem die Weißen hierhergekommen sind. Da wäre es leichter, das Treibholz aus dem Fluss zu ziehen."

Da musste ihr Mato-wea recht geben. Es war nicht ungefährlich, im Frühjahr, wenn das Hochwasser die entwurzelten Stämme brachte, mit ihren runden Bullbooten in den Fluss zu paddeln, um die Stämme ans Ufer zu ziehen und als Feuerholz zu trocknen. Ihre Boote waren ein Gerüst aus stabilen Zweigen, über die ein Bisonfell gezogen wurde. Sie waren weder wendig noch besonders sicher. Wenn eine größere Welle kam, kippten sie manchmal um oder liefen voll. Für die Jungen war es ein großer Spaß, doch immer wieder kam es vor, dass ein Junge in das Treibgut geriet und ertrank.

Mato-wea schwieg, als sie an einem Stück Fleisch kaute. Ja, so ein großes Boot wäre keine schlechte Sache! Sie stand auf und folgte den beiden wieder auf das Feld. Jede Familie hatte ihr eigenes Feld, und so hatten sie bis zum Abend allen Mais abgeerntet und in das Erdhaus zurückgetragen. Ein Teil wurde am Kolben gelassen und getrocknet. Andere Körner wurden getrocknet und zu Mehl gemahlen. Das war schwere Arbeit, denn die Körner auf einem flachen Stein zu mahlen erforderte Geduld. All diese Arbeiten aber waren notwendig und wurden ohne zu klagen getan. Manchmal schlenderte einer der Soldaten oder Trapper vorbei, doch die Frauen ignorierten die Fremden. Die Männer blieben auf Abstand, denn offensichtlich hatte Jean Chouteau ihnen untersagt, die Frauen zu belästigen. Der Anführer der Soldaten begleitete den Häuptling, als dieser am Nachmittag die anderen Dörfer besuchte. Die Krieger hatten dem Häuptling sein bestes Pferd gebracht, und Sheheke shote hatte es mit wertvollem Zaumzeug und prächtigen Satteldecken geschmückt. Er sah aus wie bei einer Parade, als er all die Häuptlinge zu den bevorstehenden Verhandlungen einlud. Selbst Pose-cop-sa-he, was übersetzt ungefähr „Schwarze-Katze" bedeutete, der Häuptling des Dorfes auf der anderen Seite des Missouri, war zugegen, um über die Handelsbeziehungen zu sprechen. Das Dorf hieß Roop-tar-hee, und Lewis und Clark hatten es bereits vor Jahren besucht. Wahrscheinlich stammte der Name „Schwarze-Katze" von einem Übersetzungsfehler, und sollte eher „Schwarzer-Puma" heißen, oder irgendein Händler hatte schon früher den Mandan ein Kätzchen geschenkt.

Die beiden Häuptlinge stritten um die Vormachtstellung und mochten sich nicht besonders. Durch die lange Abwesenheit von Sheheke shote sah nun Schwarze-Katze seine Position als angesehener Sprecher und Anführer gefährdet.

Sheheke shote, als Sprecher von Mitutanka, ignorierte diese Ansprüche. Die Weißen hatten ihn zum Häuptling erklärt, nicht wissend, dass es diese Fürhrungsrolle so nicht gab. Sie lösten damit Rivalitäten und Kämpfe um die Vormachtsstellung aus. Jeder wollte beweisen, dass er die besseren Beziehungen zu den Weißen hatte. Auch Schwarze-Katze hatte bereits Verhandlungen mit den Hidatsa und Arikara aufgenommen, weil er Lewis und Clark beim Aufbau eines amerikanischen Handelsnetzwerks helfen wollte. Ihre Feinde, besonders die Ojibwe, Cree und Tituwan handelten mit der Hudson's Bay Company – also war es gut, neue Verbündete zu finden.

Als die Menschen sich am Abend an dem großen Platz einfanden, saßen die Häuptlinge bereits mit Chouteau und Henry zusammen. Ein Métis-Händler stand aufmerksam neben den Sprechern, um zu übersetzen. Gespannt saßen die Männer in zwei großen Kreisen auf ihren Decken, während sich die Frauen und Kinder dahinter einfanden. Zuerst erzählte Sheheke shote von seinen Erlebnissen auf der langen Reise. „Der Große Weiße Vater in Washin-ton hat mich zum Essen eingeladen. Er lebt in einem Haus, das viele Male größer als unsere Hütten ist, und es ist so gebaut, dass drei Hütten übereinander stehen, die man über Stufen erreicht! Von diesem Haus führen Wege aus Stein wie die Strahlen des Morgensterns in alle Richtungen."

Ein ungläubiges Raunen ging durch die Menge, und die Menschen schüttelten die Köpfe. Drei Hütten konnte man nicht übereinander bauen. Das wusste doch jeder!

Unbeirrt sprach Sheheke shote weiter: „Ich durfte mit einer Kutsche fahren. Das ist ein seltsames Ding, das Reifen hat und von Pferden gezogen wird. Es ist sehr seltsam, darin zu reisen, denn man sitzt nicht am Boden."

Die Menschen schwiegen verunsichert und zeigten kaum eine Reaktion. Zu fremd waren die Dinge, die er beschrieb. „Die Weißen bauen viele dieser großen Hütten. Sie haben Dörfer und Wege aus Stein, und sie sind so zahlreich, dass man sie nicht zählen kann. Ihre Dörfer und Felder bedecken den Boden, und sie arbeiten mit Werkzeugen aus Eisen. Es ist gut, wenn wir von ihnen lernen können. Ich habe so viel gesehen, was ich vorher noch nie erblickt habe! Es wird viele Abende dauern, davon zu berichten. Die Amerikaner sind ein mächtiges Volk, viel mächtiger als die Briten im Norden. Sie wollen mit uns Handel treiben und suchen den Frieden mit uns. Doch hört selbst die Worte unserer Freunde!" Er machte eine großzügige Handbewegung und gab das Wort an Jean Chouteau weiter.

Das Gesicht von Schwarze-Katze blieb ausdruckslos, obwohl es eine klare Herabsetzung war. Chouteau merkte davon nichts und trat in seiner eindrucksvollen Uniform vor. Mit salbungsvollen Worte, die von dem Méti übersetzt wurden, sprach er von einem ewig während Frieden. „Wir sind Verbündete, und als Verbündete werden wir euch im Kampf gegen eure Feinde unterstützen!", versprach er zum Schluss.

Zum ersten Mal erhob sich Schwarze-Katze. „Und wie sieht diese Unterstützung aus?", fragte er. Wieder ging ein Raunen durch die Menge, denn die Frage klang eher nach einer Herausforderung. Chouteau ließ sich nicht beirren. „Wir bringen euch Waffen, damit ihr euch besser verteidigen könnt. Wir werden ein Papier aufsetzen, das euch zu Freunden der Amerikaner macht. Seht das Zeichen unseres Bündnisses!" Er wickelte eine amerikanische

Flagge aus und überreichte sie Sheheke shote. Dann ließ er eine weitere Flagge kommen und übergab sie Schwarze-Katze. „Wenn dieses Symbol über euren Dörfern weht, dann wissen alle Stämme, dass ihr mit uns verbündet seid! Sie werden zum Handeln kommen, und ihr werdet wichtige Partner sein."

Schwarze-Katze machte eine abfällige Handbewegung. „Es kamen schon vorher Menschen, die uns diese Fahnen brachten und uns den Handel versprachen. Die Hidatsa und Arikara werden kommen, aber die Tituwan werden ihr räuberisches Leben fortsetzen."

Chouteau wartete auf die Übersetzung und nickte dann voller Verständnis. „Es wird Zeit brauchen, aber eines Tages werden auch diese Stämme merken, dass es besser ist, sich mit uns zu verbünden."

Schwarze-Katze kniff die Lippen zusammen. „Wir werden sehen."

Am nächsten Tag ließ sich Schwarze-Katze über den Fluss rudern, was eher ein schlechtes Zeichen war. Die Weißen verluden frische Vorräte und machten sich für den Aufbruch bereit. Sie wollten noch vor dem Winter weiter den Strom hinauf und einen guten Platz für einen Handelsposten finden.

Mato-wea beobachtete diese Tätigkeiten mit Genugtuung. Die vielen fremden Menschen verunsicherten sie. Sie wollte mit der Tante noch Pilze und letzte Beeren sammeln, doch die Frauen trauten sich ohne Begleitung nicht aus dem Dorf. Die fremden Männer boten den Mädchen hübsche Sachen an und verschwanden dann mit ihnen hinter irgendwelchen Büschen. Es war nicht verboten, aber Mato-wea verstand nicht, warum die Männer nicht wirklich um ein Mädchen warben. Sie wollte nicht angesprochen werden, weil sie nicht wusste, wie sie sich verständlich machen konnte. Selbst das Baden am Morgen erschien ihr lästig, denn die Weißen respektierten offensichtlich die Badeplätze der Frauen nicht und stellten sich ungeniert dazu, um sie zu beobachten.

Mato-wea hüllte sich stets in eine Decke und zeigte so, dass sie kein Interesse hatte.

Ihre Cousine zeigte sich da unbesorgter, aber sie galt ja auch noch als Kind. Mato-wea nahm sie und die beiden Kinder stets zum Baden mit, weil ihr das am sichersten erschien. Sie wusch die beiden Nackedeis, kämmte ihnen die kurzen Haare, legte ihrer Cousine die Haare in ordentliche Zöpfe und kehrte dann schnell mit ihnen ins Dorf zurück. In Begleitung der Kinder erschien sie diesen Fremden offensichtlich nicht begehrenswert.

Kurz vor der Abreise der Expedition erschallte erneut der Warnruf durch das Dorf und kündigte ein weiteres Boot an. Es war ein kleineres Boot, das von einigen Weißen gerudert wurde und keinen Aufbau hatte. Es kam aus westlicher Richtung stromabwärts, also aus der anderen Richtung als die Boote der Expedition von Chouteau und Henry.

Laute Rufe klangen über das Wasser, als die Weißen sich schon aus einiger Entfernung begrüßten. Mato-wea stand da und beobachtete verwundert, wie das Boot anlegte und die Männer sich um den Hals fielen und manchmal sogar auf beide Wangen küssten. So etwas hatte sie noch nie gesehen! Immer mehr Menschen trafen ein und schauten sich das Spektakel an, das dort stattfand. Ein junger Mann mit lockigem braunen Haar und einem leichten Bart schien der Anführer zu sein. Er reichte dem anderen Anführer die Hand, und die beiden gingen an Bord eines der größeren Boote. Es war unhöflich, denn eigentlich hätte der Ankömmling zuerst mit dem Häuptling sprechen müssen. Sheheke shote stand bereits vor dem Dorf und versammelte die Männer hinter sich. Schweigend standen nun alle da und warteten mit ausdruckslosen Gesichtern auf die Begrüßung. Die anderen Männer, die an Land gesprungen waren, stellten sich ihnen gegenüber, und eine gewisse Spannung entstand.

Mato-wea gesellte sich zu den Frauen und wartete ab, was nun geschehen würde. Flüsternd spekulierten sie über die Absichten der Fremden. „Ob diese da auch handeln wollen?", fragte Sisohewea leise.

„Da sind keine Soldaten dabei!", stellte Mato-wea fest. Es stimmte. Während die Expedition von Chouteau aus Soldaten,

Voyageuren und Trappern bestand, steckten die Ankömmlinge nur in praktischer Lederkleidung. Mato-wea dagegen fand die Uniformen der Soldaten, die aus blauen Jacken und hellen Hosen bestand, viel schöner. Sie dachte, dass jeder einzelne ein Anführer wäre.

Der Anführer der Trapper kam nun in Begleitung von Jean Chouteau, Andrew Henry und dem Méti wieder von Bord. Gemeinsam schritten sie zum Häuptling und begrüßten ihn in der Sprache der Mandan. Der Méti entschuldigte sich für die Unhöflichkeit, erst untereinander gesprochen zu haben, und erklärte es damit, dass die beiden Anführer nach ihm gesucht hätten, damit ihre Worte sogleich übersetzt wurden. Sheheke shote lächelte verbindlich und nickte erfreut. „Es ist gut, wenn unsere Worte verstanden werden!"

Mit einer Handbewegung lud er die drei ein, ihm ins Dorf zu folgen. „Lasst uns rauchen und dann sprechen." Er sagte nichts zu den anderen, sodass diese am Ufer stehen blieben und sich erst einmal nicht ins Dorf trauten. Etwas verdattert schauten sie ihrem Anführer nach, der sich kurz umdrehte und mit Handzeichen das Signal gab, dass sie sich nicht rühren sollten.

Mato-wea kicherte leicht und blieb ebenfalls stehen, um die Trapper weiter zu beobachten. So eine seltsame Begrüßung hatte sie noch nie erlebt. Es war, als würde eine Klapperschlange vor einer Maus sitzen und nicht wissen, ob sie zubeißen sollte. Genauso wie die Maus nicht wusste, ob sie lieber weglaufen sollte. Beide Parteien belauerten sich, ohne sich zu rühren. Erst nach einer ganzen Weile kam Sheheke shote mit seinen Gästen wieder heraus. Er wirkte sehr zufrieden und wandte sich nun an die Männer. „Die weißen Händler wollen Vorräte eintauschen. Nördlich von hier wird ein Handelsposten errichtet, zu dem wir kommen können, um Pelze zu tauschen. Diese Männer hier sind Freunde von Chouteau und Henry. Der Handelsposten wird von Manuel Lisa geführt, den wir alle kennen und mögen. Es sind ehrliche, gute Menschen!"

Die Menschen entspannten sich bei diesen guten Neuigkeiten. Die Frauen sahen zu, wie die Männer einige Ballen von Bord holten, um sie gegen Vorräte zu tauschen. Die Weißen wollten Bisonfleisch, und das hatten die Mandan zur Genüge. Einige Kinder kamen näher und wurden eingeladen, das Boot zu besichtigen. Vergnügt kletterten sie über die Ruder, tasteten nach den Tauen und Seilen und inspizierten das Innere des Bootes. Die Frauen näherten sich den Waren, die auf Decken angeboten wurden und gegen Fleisch und Mais eingetauscht werden sollten. Nachdem die Frauen den Mais selbst gepflanzt und geerntet hatten, bestimmten sie selbst, was sie dafür haben wollten. Energisch schickte die Tante Mato-wea los, um einen Korb zu holen. „Sieh nur, was es hier für schöne Dinge gibt!", schwärmte sie.

Auch der Onkel kam, um sich an dem Tausch zu beteiligen. Er bot getrocknetes Fleisch an, für das er Pfeilspitzen, ein Messer und ein Beil erhielt. Die Tante suchte sich für den Mais einen bunten Schal und Perlen aus, mit denen sie ihr Kleid verzieren wollte. Sie waren auf Ketten gezogen, sodass man die Perlen auch als Kette tragen konnte, solange man sie nicht zum Sticken brauchte. „Sind die nicht schön?!", freute sie sich. Sie kicherte leicht, als sie von dem Trapper auch noch einen kleinen Spiegel erhielt. Der Trapper schien das nicht ohne Hintergedanken zu machen, denn immer wieder streifte er Mato-wea mit einem flüchtigen Blick. Manchmal lächelte er sie auch an.

Mato-wea blickte dann immer zu Boden, denn diese Blicke waren ihr unangenehm. Was wollte dieser Mann von ihr? Er sprach ein paar Brocken Mandan und machte sogar Scherze. Es wirkte harmlos, denn inzwischen brachten mehr Menschen ihre Vorräte und tauschten sie gegen Kessel und manchmal sogar Waffen. Dann blieb ihr Herz stehen, als der Trapper einen besonderen Wunsch äußerte: Er wollte eine Frau eintauschen! Er kannte das richtige Wort nicht und behalf sich mit der Zeichensprache. Da war es eindeutig: Er suchte nach einer Frau! Der Onkel war sichtlich überrascht und hob verneinend die Hand. Er schien es für einen Scherz zu halten, doch der Trapper gab nicht auf. Wieder deutete er auf Mato-wea und wiederholte sein Angebot. Er lächelte freundlich und legte ein Gewehr auf die Decke – ein unglaublich wertvolles Geschenk!

Der Onkel konnte die Gier in seinen Augen kaum verbergen. Ein Donnerstock war ein Angebot, das kaum auszuschlagen war.

Trotzdem legte er den Kopf schief und taxierte den Mann aus seinen schwarzen Augen. Würde dieser Mann seine Frau auch gut behandeln? Ein Gewehr war immerhin wertvoll genug, dass er die Nichte auch zurücknehmen würde, wenn sie den Mann verließ, aber er wollte trotzdem prüfen, ob der Mann großzügig war. „Was gibst du ihr?", fragte er herausfordernd.

Der Trapper lächelte wieder und zog einen Kessel und eine schöne Decke hervor. Beides übergab er Mato-wea, die hilflos neben ihrer Tante stand, als der Handel besiegelt wurde. Die Tante nahm die Geschenke entgegen und lobte den Händler. „Sieh nur, was er dir schenkt!"

Mato-wea pochte das Herz. Sie bekam keine Luft, als ihr klar wurde, dass sie gerade mit dem Fremden verheiratet wurde. Ja, ihr Onkel hatte davon gesprochen, einen Mann für sie zu suchen, vielleicht sogar einen Weißen, aber dass es nun so schnell ging, erschütterte sie. Ihr Onkel kannte doch diesen Weißen gar nicht! Woher wollte er wissen, ob sie in gute Hände kam? Andererseits waren es wirklich wertvolle Geschenke, die zeigten, dass dieser Weiße sie gut versorgen würde. Ob er sie auf diesen Boot mitnahm? Würde er ihr noch mehr von diesen hübschen Stoffen und Perlen geben? Der weiße Trapper war jung und hatte ein nettes Lächeln, das zeigte, dass er vielleicht ein guter Ehemann wäre. Sie schluckte schwer, denn auch bei einem Ehemann der Mandan würde ihr Onkel entscheiden und auf ihre Gefühle wenig Rücksicht nehmen. Dieser Weiße war vielleicht keine schlechte Wahl, denn er schien ausgeglichen und freundlich zu sein.

Der Onkel machte das Zeichen für einen Vertrag, was die Heirat besiegelte. Er nahm das Gewehr und hielt es prüfend vor die Augen, dann sah er den Mann wohlwollend an. „Heute bist du mein Gast, und morgen wird Mato-wea mit dir gehen!"

„Bien!", meinte der Trapper strahlend vor Freude. Er winkte einen Mann herbei, der weiter mit den Wartenden handeln sollte, während er sich dem Onkel anschloss, der ihn zu seiner Hütte führte.

Die Tante nahm Mato-wea an der Hand und führte sie ebenfalls ins Dorf zurück. Vielleicht hatte sie Angst, dass ihre Nichte einfach davonlaufen würde.

Mato-wea folgte der Tante wie betäubt und setzte sich auf die Frauenseite des Erdhauses. Die beiden Kinder spielten dort und verkrochen sich dann, als sie den Trapper in ihrem Haus sahen. Auch Sisohe-wea versteckte sich lieber bei den Kindern. Der Händler lächelte ihr freundlich zu und sah sich dann vorsichtig um. Dabei streifte er seine Braut immer wieder mit einem flüchtigen Blick. Vielleicht konnte auch er nicht ganz glauben, dass sie bald ihm gehören würde.

„Pierre!", stellte er sich höflich vor. „Ich heiße Pierre DuMont!"

„Pär!", wiederholte der Onkel, und alle lachten fröhlich.

Der Weiße hatte alle Mühe, die Namen der Familienmitglieder auszusprechen, nur bei Mato-wea gab er sich sichtlich Mühe.

„Mato-wea!", flüsterte er ohne Akzent. „Was bedeutet das?", erkundigte er sich.

„Bärenfrau!", zeigte der Onkel in Zeichensprache. „Ihre Mutter war eine große Heilerin, daher der Name."

Pierre war etwas irritiert. „Du bist nicht ihr Vater?"

„Nein, Bruder von Vater!", erklärte der Onkel. „Vater starb vor zwei Wintern! Mutter starb vor vielen Wintern."

„Oh!" Der Weiße zeigte ehrliche Betroffenheit. „Das macht mein Herz schwer!"

Mato-wea senkte den Blick und wurde ruhiger. Es war eine nette Geste, und das zeigte ihr, dass dieser Mann wohl nicht brutal sein würde. Trotzdem fürchtete sie sich. Sie kannte ihn nicht und wusste nicht, wohin er sie führen würde. Bisher kannte sie nur dieses Dorf und wusste nichts von der Welt der Weißen. Sie blieb mit ihren Gedanken allein, denn Onkel und Tante ließen sich zu gerne mit weiteren kleinen Geschenken verführen. Es wurde spät, ehe der Mann zu seinem Boot zurückkehrte. „Morgen!", freute er sich.

„Morgen!", bestätigte der Onkel den Vertrag.

Die Tante aber setzte sich zu Mato-wea und begann, das Bündel für ihre Nichte zu packen. Sie plapperte dabei unentwegt und gab ihr gute Ratschläge. „Nimm warme Kleidung mit und ein warmes Fell. Und sieh nur, was der Weiße dir für Geschenke gemacht hat!"

Auch der Onkel setzte sich dazu und nahm ihre Hand in die seine. „Er wird dir ein guter Mann sein! Er ist großzügig und freundlich. Bei ihm wirst du gut versorgt sein. Sei freundlich zu ihm, so wie wir es dich gelehrt haben; sei fleißig und schenke ihm Kinder."

Mato-wea nickte gehorsam und versuchte die Angst zu kontrollieren, die in ihr hochstieg. Mit fahrigen Bewegungen suchte auch sie nach Dingen, die sie mitnehmen wollte. Dabei drehten sich die Gedanken in ihrem Kopf, sodass sie ihre Tante hilflos ansah. Ihre Tante nahm es nur als Aufregung vor der bevorstehenden Hochzeit und kicherte leise. „Mach dir keine Sorgen. Es wird alles gut werden. Dieser Weiße wird dir ein guter Ehemann sein, denn er will ja gute Beziehungen zu uns haben."

Die Nichte nickte getröstet. Ja, sie war teuer bezahlt worden! Sie war jung und hübsch und zudem gut erzogen worden. Sie würde diesem Mann eine gute Ehefrau sein. Es gab also keinen Grund, sie schlecht zu behandeln. Mit mehr Mut packte sie ihre Habseligkeiten und staunte über die Großzügigkeit ihrer Tante: Sie gab ihr Sehnen und Ahlen mit, suchte ein paar Ersatzmokassins heraus und überreichte ihr noch ein schönes Kleid für den Winter.

Auch die Cousine verabschiedete sich auf ihre Weise und suchte einen bestickten Gürtel heraus. Die beiden Kinder aber verstanden nicht so ganz, was da vor sich ging. Mit großen Augen sahen sie, wie Mato-wea ihre Bündel packte. „Wo gehst du denn hin?", wollten sie wissen.

Die Mutter nahm ihrer Nichte die Antwort aus dem Mund: „Mato-wea ist nun eine Frau. Sie heiratet und zieht mit ihrem Mann fort."

Das kleine Mädchen hatte Tränen in den Augen und steckte den Daumen in den Mund. „Kommst du denn wieder?", wollte es wissen.

„Bestimmt!", meinte die Tante. „Sie kommt uns bestimmt besuchen."

Mato-wea sah sie mit seltsamen Augen an. Es klang, als wäre es ein Abschied für immer.

Rache

Herbst 1809 bei den Tituwan

Wambli-luta blickte auf das Dorf der Palani, wie die Arikara von den Tituwan abwertend genannt wurden. Es gab auch andere Schimpfnamen für dieses Volk: Ree, Maisfresser ... oder Erdlochbewohner. Die Tituwan sahen da keinen Unterschied zu den Mandan. Das Dorf der Feinde lag am Großen Schlammfluss, und eine einfache Palisade schützte es zur Landseite hin. Geringschätzig verzog Wambli-luta die Mundwinkel. Seine Wunden waren gut verheilt, und er gierte danach, es diesen Maisfressern heimzuzahlen! Sein Gesicht war gelb bemalt, und er trug nur einen einfachen Lendenschurz.

Die Arikara lebten ebenso wie Miwatani in Erdhäusern, deren Dächer über den Wall gut zu sehen waren. Im Überschwemmungsgebiet des Missouri lagen die Felder mit dem Mais, der kurz vor der Ernte stand. Mädchen und Kinder verjagten die Vögel, die sich bereits auf das Korn stürzten. Panik brach unter ihnen aus, als sie die herannahenden Reiter sahen. Wambli-luta ignorierte sie. Er hatte nicht vor, kleine Mädchen zu erschrecken! Er wollte den Kampf mit den Männern! Er sah auf Thimahel-okile, der den Kriegszug anführte. Dieser teilte die Männer in zwei Gruppen auf: Eine große Anzahl sollte unter Wambli-luta das Dorf angreifen, während er selbst die anderen Krieger zur Pferdeherde führen wollte. Sofort lösten sich einige jüngere Krieger, um den Frauen und Mädchen, die von den Feldern flohen, den Weg abzuschneiden. Sie erwischten zwei, die auf den entlegenen Feldern gearbeitet hatten, und töteten sie mitleidlos.

Ein Krieger erwischte ein Mädchen, das mit fliegenden Zöpfen vor ihm hergerannt war, und zog es zu sich auf das Pferd. Als sie sich wehrte, schlug er sie mit der Faust gegen die Schläfe, sodass sie in sich zusammensackte und wie leblos vor ihm auf dem Widerrist des Pferdes lag. Mit einem triumphierenden Schrei kehrte der Krieger um und galoppierte davon. Wambli-luta grinste breit, denn den Feinden die Frauen zu rauben, war eine gute Sache. Es nahm ihnen die Medizin und die Kraft.

Thimahel-okile befahl den Angriff, und auch Wambli-luta hob seine Keule und begann seinen Ritt gegen das Dorf. An die fünfzig Krieger folgten ihm, als er im halsbrecherischen Galopp den Hügel hinunterpreschte und gegen die Palisade ritt. Qualm stieg auf, als die Ree mit einer Salve aus ihren Gewehren antworteten. Sie richtete nicht viel Schaden an, denn einen Mann auf einem sich schnell bewegenden Pferd zu treffen, war reine Glückssache. Zwei Männer erlitten leichte Verletzungen, was sie aber nicht hinderte, den Angriff fortzusetzen. Sie schienen eher noch entschlossener zu sein und hieben ihren Ponys die Fersen in die Flanken. Das war auch sinnvoll, denn das Nachladen dauerte einen Augenblick. Wieder blitzte es auf, und neben Wambli-luta wurde ein Pferd getroffen. Der Reiter rollte über den Boden, rappelte sich auf und setzte den Angriff zu Fuß fort. Mit langen Sätzen erreichte er den Wall, kletterte hinüber und hieb auf den ersten Palani ein. Wambli-lutas Pferd setzte zum Sprung an und flog mit einem gewaltigen Satz über eine provisorische Stelle in der Palisade. Sie war hier nicht hoch. Immer in einigen Abständen waren Pfosten in den Boden gegraben worden, die einfach in den Zwischenräumen mit Ästen und Zweigen verstärkt worden waren. So etwas hielt vielleicht ein wildes Tier ab, aber sicherlich keine zu allem entschlossenen Angreifer.

Wambli-luta hieb mit seiner Steinkeule auf einen Mann ein, der sich ihm tapfer in den Weg stellte. Blut spritzte nach allen Seiten, dann brach der Mann wie vom Blitz getroffen zusammen und fiel zu Boden. Wambli-luta setzte seinen Angriff fort und preschte in das Dorf, in dem nun Frauen und Kinder schreiend die Flucht ergriffen. Einige versteckten sich in den Hütten, doch die Angreifer folgten ihnen und erschlugen sie mit ihren Keulen. Manchmal ließen sie Gnade walten, wenn ein Kind sich unter den Fellen oder Bettgestellen versteckte. Aber Frauen, die sich mit ihren Messern verteidigten, wurden ausnahmslos getötet. Die Tituwan wollten Rache für ihre getöteten Kinder und Männer. Es war schrecklich und glich in keiner Weise den ruhmhaften Heldentaten, die Wambli-luta sich vorgestellt hatte. Er konnte es nicht ändern, denn jeder Krieger tat, was ihm beliebte. Er dagegen suchte sich tapfere Männer als Gegner und erlaubte es, dass Frauen und

Kinder fliehen konnten. „Wir kämpfen gegen Männer!", rief er herausfordernd.

Inzwischen war es den Arikara gelungen, eine Verteidigungslinie innerhalb des Dorfes zu errichten. Sie gingen hinter zwei Erdhäusern in Deckung und kämpften mit dem Mut der Verzweiflung, um die Flucht der Frauen und Kinder zu decken. Das half zwar nicht denjenigen, die in den Hütten Zuflucht gesucht hatten, die nun von den Tituwan verwüstet wurden, doch die anderen hatten inzwischen den Missouri erreicht und retteten sich in ihren Bullbooten oder schwimmend an das andere Ufer. Einige Krieger gingen dort in Stellung und verhinderten, dass die Tituwan ihnen über den Fluss folgten. Nicht alle schafften es, denn die Krieger erreichten eines der Boote und hieben auf die Menschen darin ein. Eine Frau schrie gellend, als ihr Baby ins Wasser fiel und fast unter die Hufe eines Pferdes kam. Zwei weitere Kinder kippten mit dem Boot um und trieben hilflos im Wasser. Die Krieger töteten die Frau, dann griff einer nach dem Baby und zog es aus dem Wasser. Nach einem prüfenden Blick galoppierte er mit dem Kind im Arm davon. Die beiden anderen Kinder tauchten immer wieder unter, als sie paddelnd versuchten, das andere Ufer zu erreichen. Es war weit, und dazwischen hatte der Missouri eine größere Strömung. Die Kinder wurden schneller und trieben weiter ab, sodass sie aus der Kampfzone getragen wurden. Immer wieder wurden sie unter Wasser gedrückt, bis sie schließlich ganz in den schlammigen Fluten verschwanden. Vom anderen Ufer stürzte sich schließlich ein Mann ins Wasser und versuchte von dort die Kinder zu erreichen. Er schaffte es, eines an die Wasseroberfläche zu ziehen, doch das andere Kind blieb verschwunden. Die Tituwan ritten herbei, doch ihre Pfeile und Schüsse richteten keinen Schaden mehr an. Sie riefen Schmährufe und Beleidigungen gegen die Männer auf der anderen Seite, die von ebensolchen Rufen beantwortet wurden.

Im Dorf ging der ungleiche Kampf weiter. Einige Hütten waren überrannt und die Menschen darin niedergemetzelt worden. Die meisten Hütten lagen völlig in der Hand der Tituwan, die diese Überlegenheit gänzlich ausnutzten. Aus einer drang

Wehklagen, als ein Krieger ein junges Mädchen unter einigen Fellen hervorzerrte und schließlich mit gefesselten Händen hinausführte.Eine ältere Frau war vor ihren Augen erschlagen worden, sodass ihr Klagen geradezu hysterisch wurde. Die Augen des Mädchens waren groß vor Angst und Pein, als sie zu den anderen Gefangenen gestoßen wurde, die mit Schlägen und Tritten vorwärtsgetrieben wurden. Ein Krieger ritt heran und drückte einem Mädchen ein Kind in die Arme, das er wohl mitnehmen wollte. Zwei Männer trieben die Gefangenen zur Eile an und verließen mit ihnen das Dorf. Die Krieger der Palani machten verzweifelte Anstalten, ihre Angehörigen zu befreien, aber die Tituwan ließen sie nicht durch. Immer wieder fielen Schüsse, und die Kriegsschreie nahmen nicht ab. Jeder Krieger wollte sich nach dem Kampf mit seinen Taten brüsten, und so ging der Kampf mit rücksichtsloser Härte weiter.

Wambli-luta verließ mit einigen Kriegern das Dorf und wandte sich einem weiteren Ziel des Angriffs zu: der Pferdeherde. Die meisten Tituwan hatten das Dorf längst verlassen und sich weiter stromaufwärts begeben, wo sich die Pferdeherde befand. Dort war unter der Führung von Thimahel-okile ein heftiger Kampf entbrannt, denn die Arikara versuchten, die Herde in Sicherheit zu bringen. Ein Teil schwamm bereits über den Missouri, doch die anderen Tiere waren von der Herde abgeschnitten worden. Die Ree kämpften verzweifelt gegen die Übermacht, die über sie herfiel, dann versuchten sie ihr Heil in der Flucht. Unter den triumphierenden Rufen der Tituwan zogen sie sich zurück und überließen die restlichen Tiere den Feinden. Wambli-luta war einer der Letzten, die noch am Ufer standen und ihre Pfeile den Fliehenden hinterherschickten. Er traf einen Krieger in den Rücken, dann wendete er das Pferd und galoppierte neben den anderen Männern her. Mit Rufen und Schreien trieben sie die erbeuteten Tiere vor sich her, die mit angelegten Ohren und rollenden Augen über die Prärie jagten. Was für ein Raub!

Wambli-luta fühlte, wie sein Blut durch die Adern rauschte und er sich in dem Gefühl des Sieges sonnte. Hokahey! Was für ein

Sieg! Die Tituwan würden noch lange Lieder über diesen Sieg singen! An seiner Seite sah er wieder Thimahel-okile, der ihm ein übermütiges Grinsen schenkte. „Wir haben gesiegt!", schrie dieser mit überschnappender Stimme.

Wambli-luta gab den Siegesschrei zurück: „Wir haben gesiegt!" Ja, sie hatten ihre Toten gerächt! Sie hatten die Ree besiegt! Zufrieden sah er auf die Frauen und Kinder, die klagend in die Gefangenschaft geführt wurden. Er schluckte Staub, als die geraubten Pferde vorbeigetrieben wurden. Ihre Kriegs-Medizin war gut gewesen! Er verschwendete keinen Gedanken daran, dass dieser Angriff wiederum Racheaktionen der Ree nach sich ziehen würde. Er war Tokala, und es war seine Pflicht, das Volk zu schützen. Wenn sie kamen, wäre er bereit! Er fühlte den Triumph des Sieges, der durch sein Blut rauschte, und es fühlte sich gut an. Nun galt es, ohne weitere Verluste nach Hause zurückzukehren und den Sieg auszukosten

Die Krieger trieben die Pferde über die hügelige Prärie und gönnten sich keine Pause. Sie befürchteten, dass die Palani sich sammeln und ihnen nachsetzen würden. Diese Sorge war nicht unbegründet, doch die Ree hatten so viele Verluste erlitten, dass sie vermutlich erst ihre Toten bestatten würden, ehe sie ihnen nachsetzen würden. Als es dunkel wurde, sammelten sich die Tituwan in einem Tal und hatten zum ersten Mal Zeit, ihre eigenen Verluste zu zählen. Zwei Männer waren verwundet, konnten aber noch reiten. Drei Männer wurden vermisst, und die Krieger gingen davon aus, dass sie getötet worden waren. Das minderte den Siegesrausch, denn man brachte Trauer zurück ins Dorf.

Thimahel-okile erkundigte sich, ob jemand gesehen hätte, dass die Männer gefallen waren. Ein Mann namens Gefleckter-Hund erzählte, dass er einen der Vermissten am Wasser gesehen hätte, als er das Baby herausgezogen hatte. „Ich sah, wie Krummes-Bein davongaloppiert ist. Vielleicht kommt er noch?"

„Er wurde nicht getroffen?" Der Anführer sah den Krieger mit ernstem Gesicht an.

„Nein!"

Ein anderer Mann berichtete, dass einer seiner Freunde durch einem Schuss vom Pferd geworfen worden war. „Ich wollte zu ihm und ihm helfen, wurde aber von zwei Palani bedrängt. Dann habe ich ihn nicht mehr gesehen."

„Hohch!", knurrte Thimahel-okile unterdrückt. „Vielleicht haben diese Maisfresser ihn erwischt und martern ihn nun über ihren Feuern."

„Oder er konnte flüchten!", hoffte Wambli-luta.

„Wir sollten zurückkehren und nach ihm sehen. Wir dürfen unsere Freunde nicht in den Händen der Palani lassen." Thimahel-okile sah auffordernd von einem zum anderen. „Wer begleitet mich?"

Einige Krieger stimmten sofort zu. Auch Wambli-luta meldete sich sofort. Er war Tokala und es wurde von ihm erwartet. Außerdem machte er sich Sorgen um seinen Cousin. Krummes-Bein gehörte zu seinen besten Freunden, und er befürchtete, dass er gefallen sein könnte. Zehn weitere Krieger äußerten spontan, dass sie den Anführer erneut begleiten würden. Der Angriff war ein voller Erfolg gewesen, und sie vertrauten seiner guten Medizin. Schnell wurde beschlossen, dass ein Teil der Krieger die erbeuteten Pferde und die Gefangenen ins Dorf zurückbringen sollten, während die anderen am Morgen zurückreiten würden, um nach den Vermissten zu suchen.

„Vielleicht tauchen sie ja noch auf?", hoffte Wambli-luta. Der Platz für ihr Nachtlager war bekannt und als Treffpunkt ausgemacht worden.

Die Nacht verlief unruhig, denn die Männer befanden sich noch im Rausch des Kampfes und konnten kaum die Augen schließen. Kurz vor der Morgendämmerung horchten die Krieger auf, denn sie konnten in der Ferne den Hufschlag eines Pferdes hören. Einige Wachposten gaben Entwarnung, und kurze Zeit später ritt ein reichlich müder Krieger mit einem schlafenden Baby im Arm in das Lager. Es war Krummes-Bein! Die anderen umringten ihn und nahmen ihm das Kind aus den Armen. „Wo warst du so lange?", wollte Wambli-luta wissen. „Ich habe mir Sorgen gemacht!" Krummes-Bein ließ sich vom Pferd gleiten und hob die Hände. „Ich musste mich verstecken, weil sie mich fast erwischt hätten. Ich konnte erst weiter, als es dunkel war."

Thimahel-okile legte nachdenklich den Kopf schief. „Sind sie dir gefolgt?"

„Nein, ich habe nichts gehört. Sie sind im Dorf und trauern um ihre Toten!"

„Hast du gesehen, ob sie einen von uns gefangengenommen haben?"

Wieder schüttelte Krummes-Bein den Kopf. „Nein. Ich konnte das Dorf sehen. Sie haben ihre Wut an niemandem ausgelassen. Sie haben ihre Toten geholt und Trauergesänge gesungen. Haben auch wir Verluste erlitten?" Der Mann sah sich mit großen Augen um.

Thimahel-okile kniff fragend die Augen zusammen. „Wir vermissen Habicht-der-am-Boden-geht und Guter-Bär. Hast du sie gesehen?"

Das Gesicht von Krummes-Bein verdüsterte sich. „Ja! Ich sah, wie Guter-Bär fiel. Er ist tot. Habicht-der-am-Boden-geht müsste auch bald kommen. Er hatte kein Pferd und machte sich zu Fuß auf den Weg. In der Dunkelheit sieht ihn bestimmt niemand! Wir sollten ihm einen Reiter entgegenschicken."

Thimahel-okile nickte zustimmend und machte eine gebieterische Handbewegung, woraufhin zwei junge Krieger sich sofort mit ihren Pferden auf den Weg machten. Stille breitete sich aus, als die Männer an Guter-Bär dachten. Er war ein Lanzenträger der Tokala gewesen. Er hatte seine Aufgabe erfüllt. Wambli-luta schluckte schwer, denn Guter-Bär war einer seiner Freude gewesen. Er fühlte Wut in sich, aber auch eine tiefe Trauer. Der Sieg hatte nun einen bitteren Beigeschmack. Aber sein Freund hatte tapfer gekämpft und so war es ein guter Tod gewesen. Wambli-luta richtete seine Aufmerksamkeit wieder auf seinen Cousin, der sich das Kind geben ließ.

„Was hast du mit ihm vor?", fragte Thimahel-okile.

„Es ist ein kleiner Junge. Ich gebe ihn einer Familie, die einen Verlust erlitten hat. Er wird einmal groß und stark werden, und unserem Volk zur Zierde gereichen."

Etwas skeptisch musterten die Männer das Bündel, das einen eher hilflosen Eindruck vermittelte. Der kleine Junge, der noch keinen Winter zählte, war vor Erschöpfung eingeschlafen. Sein

Gesicht war tränennass, und im Schlaf hatte er etwas Schluckauf, was die Männer zum Lachen reizte.

„Gib das Kind einer der Gefangenen!", meinte Thimahel-okile. „Sie soll sich darum kümmern."

Krummes-Bein humpelte zu den Frauen, die still in einem engen Kreis hockten und sich in ihr Schicksal ergeben hatte. Ein Mädchen sah auf, als er sich näherte, und rückte etwas weg, als wollte es vor ihm davonlaufen. Der Mann gab ihr zu verstehen, dass er ihr nichts tun würde, und drückte ihr das Kind in die Arme. „Du achtest auf ihn!", befahl er mit Gesten. „Dann geschieht dir nichts!" Mit diesen Worten humpelte er wieder zurück. Ein Bison hatte letzten Sommer sein Bein aufgeschlitzt und die Sehnen verletzt, sodass er seitdem ein Bein etwas nachzog. Es hinderte ihn jedoch nicht beim Reiten, und seine Kampfkraft wurde nach wie vor sehr geschätzt.

Am frühen Morgen kehrten die beiden Krieger, die nach Habicht-der-am-Boden-geht sehen sollten, in Begleitung des Kriegers zurück. Er hatte eine Schussverletzung, die nur notdürftig versorgt worden war. „Hohch!", stöhnte er, als er vom Pferd glitt. Sein Gesicht war grau vor Schmerzen. Sogleich kümmerte sich ein Mann um ihn, der Kenntnisse hatte, wie man solche Verletzungen behandelte. Die Wunde war sauber, aber tief. Zum Glück blutete sie nicht mehr, sodass der Heiler einige schmerzstillende Kräuter darauf presste und dann den Arm in eine Schlinge legte, um ihn ruhigzustellen. Mehr konnte man im Moment nicht tun. Die Krieger konnten auch keine große Rücksicht auf ihn nehmen, denn sie mussten aufbrechen, um einer möglichen Verfolgung vorzubeugen.

Die Gefangenen wurden hochgetrieben und auf Pferde gesetzt. Um eine Flucht zu verhindern, wurden ihnen die Beine unter den Bäuchen der Pferde zusammengebunden und die Hände gefesselt. Drei kleine Kinder wurden Knaben mitgegeben, die sonst die Aufgabe hatten, Wasser zu holen oder die Pferde anzutreiben. Die Kinder weinten leise, als die Jungen sie mit wenig Begeisterung vor sich auf dem Pferd hielten. Auch das Baby weinte leise, und konnte von dem jungen Mädchen kaum beruhigt werden.

Sie war nicht unerfahren, hatte aber nichts, um den Hunger des Kleinen zu stillen. Krummes-Bein ritt heran und drückte dem Mädchen etwas Trockenfleisch in die Hand, damit sie es weichkauen und dem Kind geben konnte. Außerdem gab er ihr eine Kalebasse mit Wasser, damit der Junge trinken konnte. Er war wohl noch die Brüste seiner Mutter gewöhnt, hatte aber so einen Durst, dass er gierig das Wasser trank, das sie ihm anbot. Krummes-Bein lächelte wohlwollend und gab auch dem Mädchen etwas zu essen. Sie wagte kaum, den Blick zu heben, so sehr fürchtete sie sich vor dem, was ihr wohl im Dorf der Feinde geschehen würde.

Krummes-Bein scherte sich nicht darum. Er verzichtete darauf, sie zu fesseln, damit sie sich um das Baby kümmern konnte, und zeigte ihr mit einer klaren Handbewegung gegen den Hals, was geschehen würde, wenn sie einen Fluchtversuch unternähme. Dann überließ er sie der Obhut der Knaben und folgte den anderen, als diese die geraubten Pferde in Bewegung setzten. Einige Krieger wurden zurückgeschickt, um die Bewegungen der Feinde zu beobachten. Dann ging es in westlicher Richtung über karge Hügel, die nur mit Präriegras bedeckt waren und oft genug nur den erodierten Fels zeigten. Der Wind blies kräftig und jagte weiße Wolkenfetzen über den strahlendblauen Himmel. Dann kehrten die Krieger zurück zu den vielen Windungen des Chanshushka-Flusses, des Grand-Flusses, an dessen Ufern immer wieder Laubbäume wuchsen. Der Name kam von dem süßen Saft der Bäume, der gerne von den Frauen gesammelt wurde, um das Fleisch und die Suppen zu süßen. Die bewaldeten Flussläufe waren nicht ganz ungefährlich, denn hier gab es nicht nur Biber, sondern auch Grizzlys.

Nach drei Tagen drehten sie nach Norden ab und folgten mehreren Bachläufen, die sich durch die Landschaft schlängelten. All die Zeit machten sie kaum Pausen, sodass die Gefangenen an den Rand der Erschöpfung kamen. Besonders dem Baby ging es schlecht. Das Mädchen hatte nichts, womit es das Kind warm halten konnte, und es hatte auch keine Zeit, ihm die Windel zu wechseln oder saugfähiges Material zu sammeln, was dazu führte, dass das Kind einen Hautausschlag bekam. Der kleine Junge greinte leise und kratzte sich den Kopf blutig, weil ihn die Moskitostiche plagten. Niemand kümmerte sich darum. Erst mussten alle in der Sicherheit des Dorfes sein. Auch dem Verwundeten ging es schlecht. Er hing nur noch auf seinem Pony, und die Männer überlegten, wann sie ihm wohl ein Schleppgerüst bauen mussten. Von den Ree war nichts zu sehen. Aber sie hatten so oft Flussläufe überquert oder felsige Passagen überwunden, dass sie vermutlich längst jede Spur verloren hatten.

Alle waren froh, als sie endlich an einem klaren Bach das große Sommerlager fanden. Die Gruppen hatten sich noch nicht getrennt, um in kleineren Verbänden den Winter zu überstehen. Sie hatten auf die Rückkehr der Krieger gewartet! Einige Jungen hatten die Heimkehrer inzwischen entdeckt und sprengten auf ihren Ponys ins Dorf zurück, um die frohe Kunde zu verbreiten. Frauen und Kinder liefen zusammen und stießen Jubelrufe aus, als sie die große Pferdeherde sahen, die von den Männern herbeigetrieben wurde. Die Krieger kehrten siegreich heim! Männer ritten ihnen entgegen und begrüßten Freunde und Familienangehörige. Die Stimmung wurde etwas gedrückt, als sie erfuhren, dass Guter-Bär nicht mehr unter ihnen weilte. Trotzdem war es ein überwältigender Sieg, sodass die Männer mit Trällern und Rufen begrüßt wurden. Einige Frauen kümmerten sich sofort um den Verletzten, der in sein Zelt getragen wurde. Andere Frauen hatten die Gefangenen entdeckt und gingen mit Steinen und Stöcken auf die Erbarmungswürdigen los. Die Knaben schnitten ihnen die Fesseln durch und trieben die Frauen und Kinder mit Peitschenhieben in die Mitte des Dorfes, wo sie verhöhnt und verspottet wurden. Man würde später entscheiden, was mit ihnen geschah.

Die siegreichen Männer aber bereiteten sich auf den Waktegli, den Siegestanz, vor. Sie hatten gekämpft und getötet, und nun sollte das Volk erfahren, welche Heldentaten jeder einzelne vollbracht hatte.

Die geraubten Pferde wurden in die Mitte des Dorfes getrieben und dort von den Anführern gerecht an die Krieger verteilt, wobei Habicht-der-am-Boden-geht ein Pferd mehr erhielt, weil er am schwersten verletzt worden war. Auch die Familie von Guter-Bär wurde bedacht, denn der Verlust des Sohnes war ein hoher Preis.

Als später die Feuer brannten und ein Festessen verteilt wurde, fanden sich die Menschen ein, um dem Waktegli zuzusehen, bei dem die Krieger über ihre Taten berichteten. Sie durften nur wahre Dinge erzählen, die von den anderen auch bezeugt wurden. Manche Dinge wurden dabei lieber nicht erzählt, denn Kinder vor den Augen der Mutter niederzumetzeln war auch in den Augen der Tituwan keine Heldentat. Die Krieger tanzten die Begebenheiten und stellten mit dramatischen Bewegungen und stampfenden Füßen ihre Erlebnisse dar.

Wambli-luta tanzte, wie er mit dem Pferd über den Wall gesprungen war und einem Feind den Schädel gespalten hatte. Dann führte er aus, wie er gegen einen anderen gekämpft hatte. Es war wahrhaft mutig gewesen, und die Menschen stießen bewundernde Rufe aus. Es war der Taten eines Tokala würdig. Er achtete er seine Vision, die ihm klar gesagt hatte, dass Kinder, egal welchen Volkes, heilig waren und geschont werden mussten.

Krummes-Bein trat vor und bestätigte seine Aussagen: „Ich sah, wie dieser Mann tapfer gekämpft hat. Seine Worte sind wahr!"

Auch die Geschichten der anderen fanden Bewunderung. Die Stimmung war aufgeheizt, sodass auch das Töten von Frauen und Kindern gewürdigt wurde, denn die Menschen fanden es gerecht, nachdem auch ihre eigenen Kinder getötet worden waren. Schließlich erinnerte man sich an die Gefangenen und zerrte sie herbei, um über deren Schicksal zu bestimmen. Zum ersten Mal jammerten die gefangenen Frauen, denn sie erkannten, dass es nun um sie ging. Ihre Augen flackerten furchtsam, als sie darauf warteten, was mit ihnen geschehen würde. Ihr Wehklagen besänftigte die Menschen, sodass die Stimmung nicht mehr so aggressiv war. Einige empfanden sogar eher Mitleid. Nur die Familie von Guter-Bär ließ ihren Gefühlen um den getöteten Sohn freien Lauf. Mit einem Messer in der Hand schritt die Mutter zu den Gefangenen und hackte wahllos auf sie ein. Die Kinder schrien vor Angst, und die Frauen hielten die Arme hoch, um sich vor der Attacke zu schützen. Niemand schritt ein. Niemand hielt die Frau zurück. Es war ihr gutes Recht. Dann hatte sie genug und ging wieder zu den anderen Frauen. Sie hatte niemanden getötet, sodass nun alle wieder auf die Gefangenen blickten und abwarteten, was geschehen würde.

Als Erster trat Krummes-Bein hervor, der das Baby für sich forderte. „Ich möchte ihn als Sohn adoptieren."

Niemand fragte, wie er sich um ihn kümmern wollte, denn er hatte eine große Familie, die sich über das Kind freuen würde. Alle nickten zustimmend, nur der kleine Junge wehrte sich nach Kräften. Als Krummes-Bein vortrat, um ihn auf den Arm zu nehmen, zappelte er wie wild und klammerte sich an dem Mädchen fest. Auch das Mädchen drückte das Kind schützend an sich und weinte zum Herzerweichen. Ihr schmaler Körper schlotterte vor Angst und Entsetzen. Der Krieger stutzte kurz, doch anstatt zornig zu werden, lächelte er freundlich. Dieses Mädchen hatte sich gut um das Kind gekümmert! Es berührte sein Herz, und so traf er eine zweite Entscheidung. Mit seiner Hand deutete er auf das Ree-Mädchen und erhob seine Stimme. „Ich nehme dieses Mädchen zu meiner Frau. Sie hat sich gut um das Kind gekümmert, und so wird sie meinen zukünftigen Kindern eine gute Mutter sein. Sie ist jung genug, um zu lernen, was eine gute Lakota-Frau wissen muss, und meine Familie wird sie mit offenen Armen empfangen."

Als niemand widersprach, führte Krummes-Bein die beiden in sein Zelt. Das Mädchen folgte ihm willig und schien froh zu sein, dass es nun irgendwo hingehörte. Sie hatte sicherlich nicht verstanden, dass der Krieger sie zu seiner Ehefrau erklärt hatte und sie damit dem Schutz seiner Familie unterstand. Es würde keine weiteren Misshandlungen mehr geben.

Die Familie von Guter-Bär trat nun vor und forderte ebenfalls einen kleinen Jungen für sich. „Unser Sohn wurde getötet. Nun soll dieses Kind unseren Verlust ersetzen."

Auch diese Entscheidung war nicht ungewöhnlich, und so stimmten alle zu. Die anderen beiden Kinder fanden ebenfalls schnell Familien, die sie aufnehmen wollten. Schwieriger wurde es nun mit den letzten vier Frauen. Sie sahen ungepflegt und abgekämpft aus, waren vor Furcht wie gelähmt, sodass sie wenig begehrenswert erschienen. Die Männer, von denen sie gefangen genommen worden waren, wollten sie nicht und boten sie anderen an Zwei waren recht jung, sodass sich schließlich zwei Krieger bereitfanden, sie als Zweitfrauen zu nehmen. Ihre Ehefrauen schienen nicht so begeistert zu sein, denn sie schlugen auf die vermeintlichen Nebenbuhlerinnen ein, damit diese gleich wussten, dass sie nichts zu melden hatten. Eine Frau, die anscheinend ein Kind trug, wurde einem älteren Mann als Hilfe gegeben, der sich schon genüsslich die Lippen leckte und der Frau an die Hüften fasste. Alle lachten und machten Scherze, dass sein Samen die Frau wohl schon im Flug erfasst hatte.

Die letzte Frau wurde von Mato-ska-cikala gefordert, der sie auch geraubt hatte. Als Anführer und Häuptling eines Tiyoshpayes hatte er oft Gäste, die bewirtet werden mussten. Die Ree-Frau sollte der Frau von Mato-ska-cikala bei der schweren Arbeit helfen, denn diese hatte gerade ein Mädchen geboren und war mit dem Säugling beschäftigt. Außerdem lebte noch ein kleiner Junge im Zelt.

Die Frau des Häuptlings mit Namen Wasserlilie war froh über die Unterstützung und begrüßte die neue Frau freundlich. Sie zog sogleich ein einfaches, aber sauberes Kleid hervor und erlaubte der Frau, zum Fluss zu gehen und sich zu waschen. Danach wirkte die Frau wesentlich ansehnlicher und der Häuptling der Gruppe war mit der Entscheidung sehr zufrieden. Solange seine Frau den Säugling stillte, konnte er sich nicht zu ihr legen, da wäre die zweite Frau von Vorteil. Wasserlilie hatte wohl den gleichen Gedanken, denn sie sorgte dafür, dass die Gefangene gut behandelt wurde. Sie war jung und schien noch keine Kinder geboren zu haben. Es war zu früh, die Frau solche Dinge zu fragen, und so erkundigte sie sich nur nach dem Namen. „Pah-Sapat", antwortete die Frau schüchtern. „Mondfrau", zeigte sie in Zeichensprache. „Hanhepi-win!", übersetzte Wasserlilie den Namen ins Lakota.

Sie würde dafür sorgen, dass die fremde Frau schnell die wahre Sprache lernte und eine gute Lakotafrau wurde.

Im Zelt von Krummes-Bein saß das Mädchen mit dem Baby auf dem Schoß an der Frauenseite des Zeltes und wartete voller Angst ab, was nun geschehen würde. Sie hatte die Schrecken nicht vergessen und fürchtete sich vor diesen Menschen. Eine ältere Frau, die wohl die Mutter des Kriegers war, schenkte dem Baby ein Lächeln und schäkerte mit ihm. Das Kind drückte das Gesicht in das Kleid des Mädchens und klagte leise.
Zum ersten Mal fiel dem Mann auf, dass es dem Kind schlecht ging. Er redete mit seiner Mutter, die ein erschrockenes Gesicht machte. Behutsam setzte sie sich zu den beiden und ließ sich mit einem freundlichen Lächeln das Kind geben. Der kleine Junge wollte nicht zu der fremden Person und wehrte sich. Trotzdem konnte die Frau sehen, dass das Kind einen Ausschlag am Po hatte und von entzündeten Insektenstichen geplagt wurde. „Eieiei …", schimpfte sie leise vor sich hin. „Und das soll nun mein Enkelsohn sein? Der ist ja nur noch Haut und Knochen. Und sieh nur dieses dürre Mädchen. Wie soll so ein Schatten meine Schwiegertochter sein?"
Krummes-Bein lachte gut gelaunt, als er auf die beiden blickte. Er wusste auch nicht so genau, warum er sie in sein Zelt genommen hatte. Er hatte sich schon lange einen Sohn gewünscht, doch mit seiner Verletzung hatte er es nicht gewagt, um ein Mädchen zu werben. Wie sollte er eine Familie versorgen, wenn das Bein lahm blieb? Doch inzwischen hatte er sein Selbstvertrauen wiedergefunden und konnte daran denken, eine Familie zu gründen. Das Schicksal hatte offensichtlich anderes mit ihm vor, denn die beiden Ree waren ihm einfach in den Schoß gefallen. Das Mädchen war noch jung und völlig verschreckt, aber mit etwas Geduld würde sie eine gute Ehefrau werden.
„Kümmere dich bitte um die beiden. Der Weg war lang und beschwerlich. Wir hatten keine Zeit, Rücksicht auf die Gefangenen zu nehmen."
„Ist das Baby der Bruder des Mädchens?", fragte die Mutter.
Krummes-Bein schüttelte den Kopf. „Nein, ich rettete ihn aus

dem Wasser. Dann gab ich ihn dem Mädchen, damit sie auf ihn aufpasst. Sie war gut zu ihm, also habe ich beschlossen, sie auch in mein Zelt zu nehmen. Sie wird meinen Kindern eine gute Mutter sein."

Die Mutter blickte etwas skeptisch auf das Mädchen und nörgelte leise vor sich. „Eieiei … nur Haut und Knochen. Der muss ich erst einmal das Fett in der Suppe geben, damit sie etwas auf die Hüften bekommt. Und wie soll ich mit ihr reden? Sohn, hast du dir das überlegt?"

Krummes-Bein warf ihr einen strengen Blick zu und brachte sie damit zum Schweigen. „Sei froh, dass du nun eine Schwiegertochter hast, die sich um dich kümmert! Sie ist jung und kräftig. Was willst du überhaupt?"

„Nichts, nichts!", wehrte die Mutter besänftigend ab. „Ich hole schnell Salbe für den Jungen. Außerdem braucht er etwas zu essen."

„Sehr gute Idee!", lobte Krummes-Bein die Initiative seiner Mutter. „Behandle die beiden gut, damit sie das Geschehene bald vergessen."

Er streifte das Mädchen noch mit einem letzten Blick und verließ das Zelt, um mit den anderen den Sieg zu feiern. Er fühlte sich stark und empfand wieder die alte Kraft und Zuversicht, mit denen er den anderen Männern entgegentrat. Von einem Tag auf den anderen konnte er sich mit einem Sohn und einer Ehefrau rühmen. Das fühlte sich gut an.

Wambli-luta grinste breit, als Krummes-Bein zu ihm ins Zelt schlüpfte. „Bleibst du nicht bei deiner jungen Ehefrau?"

Auch Gebrochene-Lanze und Hübsche-Nase blickten interessiert hoch, als der entfernte Neffe sich auf einen freien Platz setzte.

Krummes-Bein winkte ab. „Hohch. Sie ist vielleicht noch zu jung, um das Lager mit ihr zu teilen. Sie wurde geraubt und hierher verschleppt. Das muss sie erst verkraften. Ich habe Zeit."

Dies war kein Gespräch in Anwesenheit von Frauen und Kindern, denn es zeigte die andere Seite des Krieges. Ja, sie lebten mit dieser Gefahr, aber man redete nicht gern darüber. Die Mutter wedelte abwehrend mit der Hand vor dem Mund und schickte die Tochter aus dem Zelt. „Tochter, hol noch ein bisschen Holz herein."

Gehorsam stand Anpao-win auf und huschte aus dem Zelt.

Wambli-luta nickte Krummes-Bein zu, dass er weitersprechen konnte.

„Ich werde warten, bis die beiden sich eingelebt haben. Der kleine Junge hat sich bereits an das Mädchen gewöhnt. Sie wird ihm eine gute Mutter sein."

„Und seine wahre Mutter?"

„Sie wurde getötet. Ich rettete das Kind aus dem Wasser, sonst wäre es ertrunken. Ich mag so etwas nicht. Kinder sind nicht meine Feinde." Er zögert kurz. „Und Frauen auch nicht!", ergänzte er.

„Das ist gut!", stimmte Wambli-luta zu. Ein kurzes Schweigen entstand, dann erkundigte sich Wambli-luta nach dem Kind. „Wie heißt der Junge denn?"

Krummes-Bein schaute verblüfft hoch. „Ich weiß nicht!", erklärte er ehrlich.

„Wählst du keinen Namen für ihn? Er ist doch nun dein Sohn?"

„Du hast recht!"

Krummes-Bein legte belustigt die Stirn in Falten. Er hatte noch nicht über einen Namen nachgedacht. Wie sollte er dieses kleine Bündel eigentlich nennen? Sollte der Name daran erinnern, wie er das Kind gefunden hatte? Fisch-im-Wasser oder Fällt-ins-Wasser? Er schloss die Augen und stellte sich den Jungen vor. Er sah, wie er stets die Augen wegdrehte, wenn man ihn ansah, oder sein Gesicht versteckte und dabei den Daumen in den Mund nahm. Der Junge war ein Baby, und man konnte noch nicht wirklich sagen, welche Persönlichkeit er entwickelte. Also durfte der Name auch nichts vorwegnehmen.

„Ich nenne ihn Wakpa-Hokshila, der Junge vom Fluss!", erklärte er kurzentschlossen.

„Das ist ein guter Name!", stimmte Wambli-luta zu. „Und deine Frau?"

Krummes-Bein zuckte etwas zusammen, denn er hatte noch gar nicht nach ihrem Namen gefragt. Er hob etwas ratlos die Schultern. „Ich weiß nicht!"

„Dann wähle doch einen Namen für sie", schlug Gebrochene-Lanze vor.

Krummes-Bein schüttelte den Kopf. „Nein, ich werde sie fragen! Vielleicht gefällt mir ihr Name, dann muss ich ihr keinen suchen."

„Hoh, die Ree haben seltsame Namen, die man sich nicht merken kann. Ihre Sprache ist ganz anders als unsere. Sie soll unsere Worte lernen, und nicht wir die ihren." Wambli-luta verzog verächtlich die Lippen. Für ihn käme es nicht in Frage, Worte in der anderen Sprache zu sprechen.

Krummes-Bein lächelte großzügig. „Vielleicht hat sie einen schönen Namen, für den es Worte in unserer Sprache gibt. Das werde ich ergründen."

Alle lächelten freundlich, als Krummes-Bein aufstand und wieder in sein Tipi zurückging.

Die nächsten Tage fanden weitere Siegesfeiern statt. Die Menschen befanden sich in einem wahren Siegestaumel und fühlten sich unbesiegbar. Immer wieder mussten die Krieger von ihren Heldentaten berichten, und dabei wurden Unmengen an Essen verzehrt. Die Frauen tuschelten hinter der vorgehaltenen Hand über die einzelnen Krieger und warfen ihnen bewundernde Blicke zu. Abends fanden Tänze statt, an denen jeder sein prachtvollstes Gewand trug. Die Frauen standen meist am Rand der Tanzfläche und wippten auf und ab, um den Männern ihre Gunst zu zeigen. Sie trugen ihre Festgewänder und hatten sich die Gesichter und die Stirn mit roter Farbe bemalt. Auch die Männer hatten sich herausgeputzt und tanzten mit prachtvollen Federhauben oder anderem Schmuckwerk. Gelächter erfüllte das Lager und überall spielten Kinder die tapferen Taten der Krieger nach. Die Jugendlichen bauten ihr Lager auf und imitierten die Angriffe der Krieger. Sie lieferten sich wahre Schlachten mit Schlammkugeln und Knüppeln und stellten Wettbewerbe auf, wer am längsten ein Stück glühender Kohle auf der Haut aushalten konnte. Meist war die Haut der Verlierer.

Missouri

Herbst 1809

Pierre DuMont war sehr zufrieden, als er an diesem Abend zu seinen Leuten zurückkehrte. Der Tauschhandel war gut verlaufen, und die wertvollste Fracht würde morgen eintreffen: seine Squaw! Sie war jung und hübsch und würde keine Zicken machen. Squaws fügten sich dem Mann und waren harte Arbeit gewöhnt. Die erbeutete Waffe war ein gutes Tauschobjekt gewesen. Die kleinen Geschenke, die er der Familie gegeben hatte, waren kaum erwähnenswert. Und die Decke und den Kessel brachte das Mädchen als Hausstand wieder in die Ehe mit. Das zählte also nicht. Pierre war sehr zufrieden. Die Investition würde sich lohnen, und wenn er nach St. Louis zurückkehrte, konnte er die Squaw immer noch verkaufen und hätte dann einen Gewinn gemacht. Selbst in zwei oder drei Jahren wäre sie immer noch jung genug, sie einem anderen Trapper zu geben.

Pierre traf sich ein letztes Mal mit Chouteau, der nicht nur ein Partner der Company war, sondern aus einer der vornehmsten Familien stammte: Sein Vater René Auguste Chouteau war einer der Gründungsväter von St. Louis. Er hatte enormen Einfluss und saß im Komitee der Stadt. Sein Sohn war in dessen Fußstapfen getreten und hatte die Geschäfte übernommen, für die sein Vater langsam zu alt wurde.

Chouteau hatte nicht nur gute Nachrichten: „Meriwether Lewis hat der Fur Company viel Geld gegeben, um Sheheke shote zu seinem Volk zurückzubringen. Nachdem sein Bruder Reuben Lewis ebenfalls an der Company beteiligt ist, bleibt das Geld ja irgendwie in der Familie. Aber als Gouverneur des Louisiana Territoriums wird er da wohl Rede und Antwort stehen müssen."

„Was hat es denn so teuer gemacht?", erkundigte sich Pierre erstaunt.

„Die Arikara und Tituwan haben ihn beim ersten Mal nicht durchgelassen – obwohl Lewis Soldaten mitgeschickt hatte. Auch jetzt sind wir ja eine ziemlich starke Truppe. Das kostet Geld. Thomas Jefferson war Sheheke shote wohlgesonnen und hat es sich viel Geld kosten lassen, den Chief bei Laune zu halten und seine Rückkehr anzuordnen, aber keiner weiß, ob der neue Präsident James Madison diese Summen absegnen wird. Er mag Lewis nicht."

Pierres Augen wurden groß. „Warum nicht?"

Chouteaus Stimme wurde zu einem vertraulichen Flüstern. „Alkohol und zu viel Opium!"

„Schade!" Pierre zuckte mit den Schultern. Dann wechselte er das Thema, denn Politik interessierte ihn nicht sonderlich. „Was habt ihr als nächstes vor?"

„Wir ziehen den Missouri aufwärts. Wir haben genug Ausrüstung für Forts und den Handel mit den Indianern dabei. Im Frühjahr wollen wir nach St. Louis zurückkehren und ordentlich Gewinn machen."

Pierre nickte grinsend. „Bringen Biberfelle immer noch so viel ein?"

„Ah, die Preise sind etwas gefallen, aber bis zum Frühjahr erholen die sich schon wieder."

Pierre genügte das. Er hatte ohnehin einen Vertrag mit der Company, und so würde ein Gewinn oder Verlust ihn nicht so sehr berühren. „Ich kehre zum Fort Lisa zurück. Das wäre auch für euch ein guter Stützpunkt. Von dort aus könnt ihr den Missouri hinauf. Es ist schon ziemlich spät im Jahr. Warum fahrt ihr nicht bis zum Bighorn und überwintert in Fort Raymond? Wir haben eine kleine Besatzung zurückgelassen. Die werden über Verstärkung froh sein! Dann seid ihr genug, um es gegen die Rothäute zu verteidigen. Letzten Winter waren wir reichlich unterbesetzt. Ich war ganz schön froh, als Lisa mit Verstärkung aufgetaucht ist."

„Klingt nach einem guten Plan!" Jean Chouteau legte nachdenklich die Stirn in Falten. „Aber eigentlich wollten wir lieber den Missouri hoch!"

Dann schlug er dem Trapper gutmütig auf die Schulter. „Komm doch mit uns, dann kannst du was erleben."

Pierre zögerte einen Augenblick. „Ich überleg's mir. Biber gibt es da schon. Ich wollte im Winter ohnehin wieder mehr in Richtung des Yellowstone … immerhin werde ich fürs Fallenstellen bezahlt … mal sehen."

Pierre DuMont lächelte, als am Morgen die Familie der Squaw am Ufer auftauchte und in ihrer Mitte die Braut brachte. Sie trug einige Bündel, sodass er sich wohl keine Sorgen um Kleidung und dergleichen machen musste. Mit so einer Squaw an einer Seite würden die Wintermonate schnell vergehen. Einige Männer pfiffen bewundernd, und Pierre winkte ungeduldig ab. „Klappe halten!", rief er energisch. „Die ist nichts für euch!"

„Uh, hat der Meister nun einen Bettwärmer?", fragte einer anzüglich.

„Such dir selber eine!", gab Pierre zurück.

Die Bemerkungen verstummten, und Pierre sprang an Land und nahm hilfsbereit die Bündel entgegen, ehe er der Frau auf das Boot half. Unsicher stand sie da und wusste nicht, wo sie sich hinbegeben sollte. Das Boot hatte nur einen kleinen Aufbau, wo nun die Vorräte untergebracht waren. Pierre räumte einige Kisten beiseite und schuf so einen kleinen Platz für die Braut. „Hier, setz dich her!", sagte er zuvorkommend. Schweigend brachte Mato-wea ihre Bündel an den zugewiesenen Platz und setzte sich dann auf eine Kiste. Sie winkte nicht und rief auch keine Worte des Abschieds zu ihrer Familie. Sie saß nur da und sah zu, wie die Männer ablegten und das Dorf aus ihrem Sichtfeld verschwand. Pierre trat zu ihr und strich ihr sanft über die Wange. „Bon jour, meine kleine Mato-wea. Wir werden es schön haben!"

Mato-wea senkte scheu den Blick und musterte ihre Mokassins. Es war ihr anzusehen, dass sie sich unter all diesen Männern nicht wohl fühlte. Sie verstand die Sprache nicht, kannte deren Bräuche nicht, und sie konnte nur ahnen, was Pierre wohl von ihr verlangen würde. Sein anzügliches, freches Lächeln war ihr fremd. Auch die direkten Blicke, die sich in ihre Augen und in ihre Seele fraßen, waren ihr unangenehm. Es war, als wollte der Mann ihre Seele stehlen. Die anderen Männer waren zum Glück mit Rudern beschäftigt, sodass ihr weitere Blicke erspart blieben. In sich versunken blickte sie auf das Wasser, das ruhig an ihr vorbeiglitt. Manchmal flüchteten Enten in das Schilf am Ufer, während über ihnen freche Möwen hin und her sausten und darauf warteten, dass etwas ins Wasser fiel, das sie sich geschickt holen konnten.

Die Männer hatten ein großes Tuch gespannt und kreuzten auf dem Fluss hin und her. Zusätzlich hatten sie lange Ruder, mit denen sie das Schiff vorantrieben. Ihre Hände waren schwielig, und eine Hornhaut hatte sich gebildet, wo sie die Ruder in der Hand hielten. „Pull!", erklang der eintönige Befehl. „Pull!" Dann wurde die Strömung stärker, und die Männer sprangen von Bord, nahmen lange Seile und zogen das Boot stromaufwärts. Auch die anderen Boote verfuhren auf diese Weise. Mato-wea staunte über die körperliche Leistung, die die Männer bereit waren zu geben. Sie bemerkte auch, dass immer ein paar der Soldaten als Kundschafter vorausgingen und die Gegend sicherten. Die Männer waren gut organisiert.

Am Abend vertäuten die Männer die Boote am Ufer und bauten ein einfaches Lager auf. Essen wurde verteilt und Kaffee gekocht. Pierre brachte auch seiner Frau etwas zu essen und baute dann an Deck einen Lagerplatz für die Nacht. Er gab Mato-wea einen Becher mit Wasser, in das er etwas von dem Fusel mischte, den sie zum Tauschen mit den Indianern verwendeten. Er wollte, dass die Frau sich entspannte, denn schließlich war das hier seine Hochzeitsnacht. Er hatte mit einem Gewehr für sie bezahlt und wollte nun wissen, was er da gekauft hatte. Mato-wea schüttelte sich, als sie den seltsamen Geschmack im Mund hatte, doch Pierre zwang sie immer wieder, einen Schluck zunehmen. „Nun mach schon, meine Hübsche. Dann tut es nicht so weh!"

Mato-wea verstand nicht, was da mit ihr geschah. Das Getränk schmeckte seltsam, und sie wollte es daher nicht trinken. Sie tat es nur, um ihm zu gefallen, doch schnell wurde ihr schwindelig davon. Es fiel ihr schwer, die Augen offen zu halten, und so sackte sie bald auf das Fell, das er als Lager ausgebreitet hatte. Die Stimmen der anderen Männer am Ufer verschwammen, und eine tiefe Müdigkeit überfiel sie. Vielleicht war es gut so, denn so bekam sie nur im Halbschlaf mit, was er tat. Sie fühlte, wie der Mann sie entkleidete und unschicklich an die Brüste fasste. Sie wollte sich wehren, aber ihre Glieder waren so schwer. Sie hatte die Augen geschlossen, als er sich auf sie legte und nach ihrer Weiblichkeit tastete. Ihre Tante hatte ihr befohlen, still zu liegen und den Mann tun zu lassen, was er wollte. „Bald wird es dir gefallen, mein Kind!", hatte sie gesagt. Willenlos ergab sie sich dem Geschehen, auch weil eine angenehme Müdigkeit von ihrem Körper Besitz ergriff. Irgendetwas tat kurz weh, doch dann spürte sie sein Geschlecht in sich. Davor hatte sie sich also gefürchtet!

Der Mann keuchte vor Lust und stieß sie mit rhythmischen Bewegungen. Ihr drehte sich der Kopf, und sie kämpfte mit der Übelkeit, die in ihr aufstieg. Während er sich nach kurzer Zeit zufrieden auf die Seite rollte, kroch sie an die Bordwand zur vom Land abgewandten Seite und übergab sich. Dann kniete sie dort, tauchte ihre Hand in das Wasser und versuchte, ihren heißen Kopf zu kühlen. Nie wieder würde sie dieses Wasser trinken!

Pierre dagegen war glücklich. Er hatte das letzte Mal vor zwei Jahren mit einer Frau geschlafen, und die aufgestaute Lust war geradezu im Leib seiner Squaw explodiert. Puh, nie wieder würde er so lange warten! Es gab bestimmt genug Weiber, zu denen er sich legen konnte. Er wischte sich über die Stirn und grinste. So ein hübsches Ding zu haben, war eine gute Entscheidung gewesen. Er hatte keine Lust auf irgendwelche fette Matronen, die ihn mal schnell drüberließen. Nein, er hatte eine Jungfrau gestochen, und das war ein unglaubliches Gefühl gewesen. Er stand auf, um nach ihr zu sehen und fand sie an der Bordwand. Wahrscheinlich hatte sie den Alkohol nicht vertragen. Auch nicht schlecht, dann konnte er den Fusel für sich selbst aufsparen. Er hob sie einfach hoch und trug sie zu der Decke zurück. „Das wird schon wieder!", murmelte er freundlich.

Mato-wea erwachte am nächsten Morgen mit fürchterlichen Kopfschmerzen. Sie trank ein wenig Wasser, das Pär ihr reichte, und verweigerte das Essen. Sie konnte unmöglich irgendetwas zu sich nehmen. Immer noch fühlte sie die Übelkeit in sich. Teilnahmslos beobachtete sie, wie die Männer die Boote klarmachten und wieder mit langen Seilen durch das Wasser zogen. Die Sonne stach vom Himmel, trotzdem sangen die Männer ein seltsames Lied. Die schwere Arbeit schien ihnen nichts auszumachen. Ihr Ehemann gab zwischendurch Befehle, und es beruhigte sie, dass sie offensichtlich einen Häuptling der Fremden geheiratet hatte. Manchmal streifte er sie mit einem wohlwollenden Blick, und das beruhigte sie. Nur das seltsame Wasser wollte sie nie wieder trinken. Sie zog aus ihrem Bündel eine Näharbeit und vertiefte sich während des langen Tages in diese Tätigkeit. Alles schien ihr fremd zu sein und unter gesenkten Wimpern versuchte sie all die neuen Dinge zu begreifen. Sie fragte nie, sondern beobachtete das seltsame Treiben. Es wunderte sie, dass diese Männer all die Dinge erledigten, die sonst Frauen taten. Sie holten Wasser, kochten, gerbten, jagten, flickten und sammelten Holz. Warum hatten sie keine Frauen dabei? Es erschien ihr, als wären all diese Männer auf einem Kriegszug. Nur das würde erklären, warum sie siede Dinge taten. Würden am Ende der Reise ihre Frauen auf sie warten? Und warum legten die Männer überhaupt so große Entfernungen zurück, wenn es doch überall Biber und andere Tiere gab? Sie wäre lieber in der Nähe ihrer Familie geblieben. Hier und da schnappte sie einzelne Wörter auf, aber noch war sie zu schüchtern, sie zu benutzen. Wenn Pär das Wort an sie richtete, lächelte sie scheu und senkte stets den Blick. Noch war sie unsicher, was sie als seine Frau zu tun hatte. Nicht einmal das Kochen konnte sie erledigen, denn das taten die Männer mit großen Kesseln, aus denen auch sie sich die Suppe schöpfte. Pär meinte, dass dies nur während der Reise der Fall sei. „Warte ab!", zeigte er in Zeichensprache. „Wenn wir unser Ziel erreicht haben, dann gibt es viel Arbeit für dich." Also wartete Mato-wea ab. Sie saß auf dem Boot und sah zu, wie die Landschaft an ihr vorüberglitt. Anscheinend reichte es ihrem Mann, wenn er sie nachts unter der Decke liebkosen konnte.

Nach einigen Tagen erreichten die Boote endlich Fort Lisa. Natürlich gab es einen Auflauf, als die Trapper auch die anderen Schiffe bemerkten, die Pierre DuMont gefolgt waren. Neuigkeiten wurden ausgetauscht und der Proviant abgeladen. Jean Chouteau und Andrew Henry begrüßten ihre Partner und ließen einen Teil der Tauschgüter da, ehe sie weiter stromaufwärts aufbrachen. Pierres junge Braut wurde von allen bestaunt, obwohl auch andere Trapper indianische Ehefrauen hatten. Charbonneau, der ebenfalls bei der Expedition von Lewis und Clark dabeigewesen war, traf mit zwei Frauen und Sohn ein. Er hatte für kurze Zeit in St. Louis gewohnt, wo er eine kleine Farm betreiben wollte. Doch er hatte sich entschieden, der Zivilisation den Rücken zu kehren und wieder bei den Hidatsa zu leben. Er sprach kein Englisch, obwohl er immer wieder Kontakt zu Engländern hatte, und sein Hidatsa war auch nicht überwältigend. Pierre wunderte sich, wie er sich mit seinen beiden indianischen Ehefrauen unterhielt. Sein kleiner Sohn dagegen schien sich in allen Sprachen unterhalten zu können. Er war vier Jahre alt und wurde von allen „Pomp" genannt. Manuel Lisa hatte einen Narren an ihm gefressen und sorgte dafür, dass Charbonneau und seine Frauen eine kleine Hütte bekamen. Eine der Frauen war den Männern bestens bekannt, denn sie hatte bereits bei der Expedition von Lewis und Clark teilgenommen. Sie hieß Sacaja-wea. Die andere Frau wurde Otterfrau gerufen. Charbonneau wollte wieder los, um seine Fallen aufzustellen. Als er hörte, dass Colter bis an die Stelle ziehen würde, die Three-Forks genannt wurde, war er jedoch nur verhalten begeistert. „Da gibt es viele Biber! Leider auch viele Grizzlys. Ich habe den Ort gesehen … gutes Gebiet zum Fallenstellen, aber für meinen Geschmack gibt es dort zu viele Blackfeet."

Pierre DuMont unterhielt sich mit ihm und fragte nach, woher der seltsame Name „Three Forks" kam. Charbonneau grinste leicht. „Das ist die Stelle, wo der Jefferson, Madison und Gallatin zusammenfließen und den Missouri bilden. Lewis und Clark haben die Namen gewählt: Jefferson nach unserem Präsidenten, Madison nach dessen Außenminister und inzwischen viertem Präsidenten. Der Kerl ist gerade erst gewählt worden. Und Gallatin zu Ehren des Finanzministers – ein bisschen viel der Ehre!"

„Na ja, jedenfalls kann man sich diese Namen leichter merken als Charbonneau." Die beiden sprachen in Französisch und lachten gut gelaunt.

„Und was machst du?"

Pierre kniff leicht die Augen zusammen. Er hatte gerade erst erfahren, dass er mit einer Barkasse zum Fort Raymond am Bighorn zurückkehren sollte. Colter hatte tatsächlich ein paar wagemutige Trapper gefunden und wollte mit seiner Expedition über

Land bis nach Fort Raymond ziehen und von dort aus dann in die Berge bis zu den Three Forks aufbrechen. Leiter der Expedition sollte Andrew Henry sein, der die Expedition im Namen der Company finanzierte. Er wollte ebenfalls zu den Three Forks, wählte jedoch den Weg per Barkasse, um bis Fort Raymond zu gelangen. Erst dort wollte er sich Colter anschließen. Ein Teil der Ausrüstung wurde auf zwei Barkassen verladen, die Pierre und Henry nach Fort Raymond zurückführen sollten, der Rest wurde auf Pferde und Mulis verladen. Pierre wunderte sich, warum die angeheuerten Trapper nicht mit der Barkasse fuhren, doch Colter schüttelte den Kopf. „Auch der Yellowstone ist irgendwann schlecht zu befahren, und dann rüber zu den Three Forks ist mit einem Boot nicht zu schaffen. Wir nehmen Pferde und Maultiere und ziehen dann in die Berge. Komm doch mit uns! Dort oben gibt es so viele Biber, dass du nach einem Winter ein gemachter Mann bist."

„Wenn mein Auftrag erfüllt ist, könnte ich vielleicht mit." Pierre fand die Idee, im Schutz einer Expedition vorzustoßen, gar nicht so schlecht.

„Klar!", bot Colter an. „Schauen wir mal, wer schneller am Bighorn ankommt! Du mit dem Boot oder wir mit den Pferden!" Colter lachte dröhnend. Dann verschwand er mit langen Schritten, um sich wieder um die Ausrüstung zu kümmern. Sie tauschten Pferde bei den Hidatsa, packten Vorräte ein und verstauten ihre Waren in den Packsätteln. Ein Teil war zwar auf der Barkasse, aber es blieben noch genug Handelswaren und Ausrüstung übrig, die über Land transportiert werden sollten.

Pierre DuMont und Andrew Henry erhielten von Lisa letzte Anweisungen für die Rückreise zum Fort Raymond, dann verabschiedeten sie sich von den Trappern, die in Fort Lisa blieben. Pierre fand es schade, dass Charbonneau sich nicht anschließen wollte, denn dann hätte Mato-wea von den beiden Frauen lernen können, was als Frau eines Trappers zu tun war.

Charbonneau schlug ihm kameradschaftlich auf die Schulter. „Mach dir keine Sorgen! Deine Squaw weiß schon, was zu tun ist. Das muss ihr keiner zeigen."

Pierre schaute ihn etwas zweifelnd an, und Charbonneau grinste. „Es reicht, wenn sie die Beine breit machen, wenn du es willst. Glaub mir!"

Pierre lachte, obwohl ihn die derbe Ausdrucksweise des Trappers etwas störte.

Charbonneau wurde wieder ernst. „Und was hast du vor, wenn du den Stützpunkt erreicht hast?"

„Ich werde wohl Colter und Henry auf ihrer Expedition begleiten!", meinte Pierre zögernd. „Wenn es dort viele Biber gibt, wie Colter meint, dann kann ich gut verdienen. Außerdem habe ich keine Angst vor den Blackfeet. Ich habe ja meine Squaw dabei – die wird schon wissen, wie man mit den Indianern zurechtkommt."

„Das glaube ich nicht!", widersprach Charbonneau mit einem Kopfschütteln. „Sie ist nur hilfreich, wenn sie vom selben Volk stammt. Ansonsten hat sie Glück, wenn sie bei einem Angriff nicht getötet wird."

Pierre runzelte die Stirn. „Wir sind ja eine große Truppe. Wird schon nicht so schlimm werden!"

Pierre hatte die nächsten Tage alle Hände voll zu tun, Vorbereitungen für die Abfahrt zu treffen. Manchmal beobachtete er, wie Charbonneau seine beiden Squaws behandelte, und war nun doch froh, dass dieser Grobian nicht mitkommen würde. Er sah keinen Grund, eine Frau zu schlagen, wenn sie willig war und gehorchte. Es wurde ziemlich kalt, und er frohlockte, als endlich die Zeit des Aufbruchs kam. Der Missouri hatte einen niedrigen Pegel und kaum Strömung, sodass es leicht gewesen wäre, stromaufwärts zu fahren. Er beobachtete, wie ein Boot in Richtung St. Louis aufbrach, in dem sich auch Manuel Lisa und Benito Vazquez befanden. Sie wollten sich in St. Louis um ihre Geschäfte kümmern. Pierre hatte Lisa einen Brief an seine Eltern mitgegeben, damit sie sich keine Sorgen machten. Es wäre das erste Lebenszeichen von ihm seit mindestens zwei Jahren. Er schrieb nur, dass die Geschäfte gut liefen und er sich bester Gesundheit erfreute. Mato-wea erwähnte er lieber nicht. Seine Eltern hätten da wenig Verständnis gehabt. Seine Mutter war gottesfürchtig und wäre mit einer Heidin und Wilden als Schwiegertochter kaum einverstanden gewesen. Manuel Lisa versprach, die Familie von Pierre aufzusuchen und den Brief zu übergeben. Auch er hatte Familie, die sich sicherlich nach ihm sehnen würde. Lisa hatte eine Ehefrau in St. Louis, die er nicht den ganzen Winter allein lassen wollte. Zum Erstaunen von Pierre hatte er den kleinen Jungen von Charbonneau dabei. Er sollte auf Wunsch von William Clark in St. Louis eine Schule besuchen.

Pierre hatte gesehen, wie die Indianerin sich von dem Kind verabschiedet hatte, und sich gewundert, wie ruhig und wenig sentimental dies vonstatten gegangen war. Vielleicht ahnte sie, dass der Junge es in der Obhut von Clark besser haben würde als bei seinem jähzornigen Vater. Der französische Trapper hatte keinen so guten Ruf. Außerdem schien Sacaja-wea nicht bei guter Gesundheit zu sein.

Auch Benito Vazquez, der alte Halunke, freute sich auf sein Zuhause. Er hatte eine Französin geheiratet und mit ihr elf Kinder gezeugt. Der Jüngste war gerade neun Jahre alt … für einen solchen Greis wie Benito eine starke Leistung. Er hatte sich einen hartnäckigen Husten zugezogen und hoffte, in St. Louis einen Arzt aufsuchen zu können. Als „Clerk", der Leiter des Forts, blieb Reuben Lewis, der Bruder von Meriwether Lewis zurück.

Einen Tag später ließ Pierre endlich ablegen. Er hatte in der Kajüte einen kleinen Platz freigelassen, der Mato-wea vorbehalten war. Es wurde bereits kalt, und der Wind war unangenehm, sodass die Frau ganz froh war, einen geschützten Bereich zu haben. Er hatte ihr Nadel und Faden gegeben, damit sie sein Hemd flickte, und sie arbeitete eifrig daran. Sie hatte bereits einige Worte seiner Sprache gelernt, wobei sie wahllos Englisch und Französisch vermischte. Woher sollte sie auch wissen, dass es zwei Sprachen waren, die sie hörte? Er fand ihr Kauderwelsch ausgesprochen lustig und bestärkte sie darin, neue Worte zu lernen. Bisher hatte er sie noch nie schlagen müssen. Er war sich noch ein wenig unsicher, ob er sie mehr als Sklavin oder eher als Gefährtin sehen sollte, aber das machte hier draußen wohl kaum einen Unterschied. Charbonneau hatte seine Squaws ja auch als Ehefrauen bezeichnet. Er meinte, dass es bei den Indianern üblich sei, für seine Ehefrau zu bezahlen.

Die Reise ging flussaufwärts, wobei sie die Boote oft ziehen mussten. Es war beschwerlich und kostete enorm viel Zeit. Die Landschaft glitt an ihnen vorbei – manchmal Prärie, dann wieder lichte Wälder oder seltsame Gesteinsformationen. Sie sahen jede Menge Wild, das aber verschwand, als sich die Boote näherten. Manchmal schossen sie vom Boot aus auf Gabelbockantilopen, Weißwedelhirsche oder sogar Bären. Einmal erwischten sie eine Bärin mit ihren Jungen und freuten sich auf das leckere Fleisch. Pierre war froh, als sie nach Tagen die Mündung des Yellowstone erreichten, der hier tatsächlich breiter als der Missouri war. Ab hier mussten sie fast nur noch das Boot gegen die Strömung ziehen. Kein Wunder, dass Colter den Landweg genommen hatte. Wahrscheinlich hatte er das Fort schon längst erreicht. Schnee lag in der Luft, und Pierre runzelte besorgt die Stirn. Er hoffte, das Fort zu erreichen, ehe die Flüsse gefroren. Mit gerunzelter Stirn beobachtete er den grau verhangenen Himmel. Unvermittelt setzte der erste Schneesturm ein, und die Männer vertäuten die Boote am Ufer und warteten ab. Frierend bauten sie mehrere Unterschlupfe, entzündeten Feuer und hofften, dass das Wetter sich beruhigte. „So ein Mist", murrte Andrew Henry. „Der Winter kommt dieses Jahr früh!"
Pierre seufzte tief. „Muss nicht sein. Manchmal klart das Wetter noch mal auf." Es war mehr Hoffnung als Wissen.
Henry grunzte abfällig. „Ich spür's in meinen Knochen! Der Winter kommt früh. Wir können froh sein, wenn wir es bis zum Fort schaffen." Misstrauisch blickte er in den Himmel, als würden dort noch die Schwärme der Zugvögel nach Süden ziehen.

Mato-wea hatte sich in ein warmes Fell gehüllt und saß ebenfalls beim Feuer. Ihr schien die Kälte nichts auszumachen. Sie trug gefütterte Mokassins, warme Leggins, ein langes Kleid, das über den Schultern mit zwei Trägern gehalten wurde, und darüber einen Poncho, der mit Stickerei verziert war. Ein warmes Fell lag locker über ihren Schultern, und erst, als der Wind stärker wurde,

130

zog sie es über der Brust zusammen. Pierre grinste und reichte ihr einen Teller Suppe. Einen Becher Kaffee lehnte sie ab. Seit der Hochzeitsnacht hatte sie nichts mehr getrunken, was er ihr angeboten hatte, sondern lieber das Wasser des Flusses. Er zwang sie nicht mehr, denn nachts war sie willig und anschmiegsam.

Am nächsten Morgen hörte der Schneesturm auf, und der Himmel war wolkenlos blau. Am Ufer knirschte es, als das Eis unter den Tritten der Männer brach. Schnaufend und singend zogen die Voyageure die Boote vorwärts. Auch die Trapper halfen mit, denn jetzt zählte jeder Tag. Die Gegend war flach, sodass sie gut vorankamen. Einmal kamen sie an einer riesigen Herde Bisons vorbei und schossen zwei Kühe. Die Männer freuten sich über das zusätzliche Fleisch. In der Ferne sahen sie wieder Gabelbockantilopen, und eines Morgens schossen sie einen Wapiti-Hirsch, der nichtsahnend ans Wasser gekommen war. Einige Passagen konnten sie mit Rudern zurücklegen, doch je weiter sie stromaufwärts kamen, desto eher griffen sie auf das „Treideln" zurück.

Im späten November erreichten die Männer schließlich Fort Raymond an der Mündung des Bighorn. „Colonel" Menard begrüßte sie überrascht, denn er hatte nicht mehr mit Booten gerechnet. „Wo kommt ihr Halunken denn her?", brüllte er ihnen entgegen.

Pierre grinste von einem Ohr bis zum anderen. „Von Fort Lisa. Die Bosse dachten, dass ihr vielleicht noch ein bisschen Verstärkung braucht."

Menard kratzte sich unter der Mütze. „Ja, mein Skalp juckt schon sehr. ... fühlt sich besser an, wenn ihr da sei!"

Er schüttelte Andrew Henry freundlich die Hand und hieß ihn willkommen. „Was machst du denn hier?"

„Ich will weiter zu den Three Forks ... wollte aber bei dir ein bisschen Unterschlupf finden. Geht das?"

„Klar!" Menard war über die Verstärkung sehr angetan. Fleisch hatten sie genug, nur die Anzahl der Männer, die mit ihm im Fort geblieben war, hatte ihm Sorgen gemacht. „Wir hatten Ärger mit den Blackfeet. Da ist Verstärkung immer willkommen!"

Alle Anwesenden im Fort rannten johlend herbei und halfen den Männern, die Boote zu entladen und anschließend an Land zu ziehen. Besonderes Interesse weckte natürlich die junge Indianerin, die scheu von Bord kam. Pierre machte schnell klar, dass sie ihm gehörte und die Männer die Finger von ihr lassen sollten. Dann verschwand er mit Menard und Henry im Handelsraum des Forts und erstattete Bericht über die geplanten Aktionen der Missouri Fur Company. „Es werden wohl noch mehr Handelsposten aufgebaut. Chouteau ist am Missouri unterwegs, und Henry möchte zu den Three Forks aufbrechen. Wir warten noch auf Colter, der mit Pferden hierher unterwegs ist. Ist er noch nicht da?" Pierre hob fragend die Augenbrauen.

„Colter kommt auch her?", fragte Menard interessiert. „Nee, der ist noch nicht hier. Warum ist er nicht mit dir gekommen?"

„Er bringt Pferde für die Expedition mit und wollte daher den Weg über Land nehmen. Er wollte eigentlich schon längst da sein. Hoffentlich ist nichts passiert!"

„Vielleicht wurden sie vom Schnee aufgehalten. Der kommt früh dieses Jahr."

Pierre schwieg dazu. Wenn es nur der Schnee war, dann würde Colter schon irgendwann auftauchen. Die Männer wussten, wie man auch im Winter hier draußen überleben konnte. Er deutete auf seine Frau, die bescheiden im Hintergrund stand. „Hast du einen Platz für uns?"

Menard musterte die junge Indianerin und nickte freundlich. „Klar! Such dir oben einen Platz. Da ist es schön warm. Nimm dir eine Kammer."

„Danke!"

„Und was hast du vor?", erkundigte sich der Anführer.

„Eigentlich wollte ich auf Colter warten und mich dann ihm und Henry anschließen."

„Three Forks, was?"

Pierre nickte. „Ein oder zwei gute Winter, und ich kann die Farm meiner Eltern noch vergrößern."

Menard lachte dröhnend. „Wenn dich mal der Pelzhandel erwischt hat, Junge, dann bebaust du garantiert keine Felder mehr. Es gibt entweder Jäger oder Farmer."

Er schob Pierre in Richtung seiner Frau und klopfte ihm gönnerhaft auf die Schulter. „So, jetzt nimm mal dein Mädel und mach ihr ein paar hübsche braune Kinder. Ich sage dir, nichts ist besser als ein paar Hände, die dir beim Arbeiten helfen. Eigene Kinder kosten nichts. ... Musst sie nur ein bisschen füttern."

Pierre wurde etwas rot, denn an Familienplanung hatte er noch nicht gedacht – zumindest nicht mit einer Squaw.

Menard sah sein Zögern. „Du willst später mal eine Weiße, was?"

Pierre zuckte unentschlossen mit den Schultern. „So weit habe ich noch gar nicht gedacht."

„Macht nichts! Auch Clark hat einen Sohn mit einer Nez Percé. Bei den Indianern gehören die Kinder zur Frau. Wenn du sie irgendwann zurücklässt, bleiben die Kinder bei ihr – und du kannst deine Auserwählte heiraten."

Pierre riss erstaunt die Augen auf. „Clark hat einen Sohn mit einer Indianerin?"

„Ja, er war im Winter mit der Frau zusammen. Sie ist die Tochter eines Häuptlings."

„Und es gab keinen Ärger."

„Warum? Clark hat wohl großzügig für sie bezahlt. Bei den Indianern ist es kein Hinderungsgrund, wenn die Squaw schon ein Kind hat. Das zeigt höchstens, dass sie fruchtbar ist. Die nehmen das nicht so genau. Das Mädchen hat bestimmt schon den Nächsten …" Er klang nicht besonders beeindruckt und hatte wohl auch keine hohe Meinung von den Indianern. „Kannst ja mal die anderen an die Kleine lassen … gegen Bezahlung, versteht sich." Er machte eine ordinäre Geste in Richtung von Mato-wea.

Pierre schluckte schwer, und seine Lippen wurden zu einem schmalen Strich. „Sie ist doch keine Nutte!", stellte er klar.

Menard zuckte mit den Schultern. „Ich meine ja nur …. Da kannst du deine Ausgaben kompensieren."

Pierre sagte lieber nichts mehr, sondern drückte Mato-wea seine Bündel in die Arme und schob sie dann die zusammengezimmerte Holztreppe hoch. Er selbst trug ebenfalls einige Bündel und natürlich seine geliebte Rifle. Er fand die beschriebene Kammer, die sonst Manuel Lisa beherbergt hatte, und stellte seine Bündel in eine Ecke. Die Kammer war kaum größer als das Bett, das eine Matratze aus Stroh hatte, aber für Pierre war es geradezu luxuriös. Er legte eine Decke auf das Bett und zog Mato-wea zu sich herab. Seine Hand fasste unter ihren ponchoartigen Umhang und umschloss eine ihrer Brüste. „Jetzt machen wir es uns ein bisschen gemütlich", raunte er verführerisch. „Warte hier! Ich hole uns etwas zu essen!"

Pär

Herbst 1809 in Fort Raymond

Mato-wea saß auf dem Bett und sah sich in dem Raum um. Die Häuser der Weißen waren anders als die Erdhütten der Mandan. Noch nie hatte sie über eine feste Leiter das Dach eines Hauses betreten, das ebenfalls als Wohnraum genutzt werden konnte. Sie erinnerte sich an die Erzählungen von Sheheke shote, die davon schwärmten, dass die Häuser der Weißen übereinander standen. Sie hatte nun eine kleine Vorstellung davon. Seit sie diesem Mann zur Frau gegeben worden war, hatte sie so viel Neues erfahren. Allein das feste Kanu, das sie hierhergebracht hatte, war für sie ein großes Geheimnis. Wie konnten Menschen so etwas Großes bauen? Sie dachte an all die anderen Dinge, die Pär ihr gezeigt hatte: eiserne Fallen zum Biberjagen, Spiegel, Äxte, Waffen und die seltsame Kleidung aus Stoff. Sie hätte gern ein Kleid aus dem weichen Material gehabt. Sie strich über eine Perlenkette, die Pär ihr geschenkt hatte. Die Perlen waren aus dem buntem Material, das so schön in der Sonne glitzerte. Sie liebte es. Ihre Tante hatte ihr nie so eine hübsche Kette geschenkt und so war stolz, dass sie nun auch so etwas Schönes besaß.

Bisher war das Leben an der Seite des weißen Mannes nicht hart gewesen, sodass sie hoffte, dass es so blieb. Einzig die seltsamen Sitten und Bräuche blieben ihr manchmal fremd. Die Männer sangen Lieder, und einer spielte ein seltsames Holzding, das schöne Töne machte. Es klang ein wenig wie das Zirpen der Grillen, nur dass es noch viel mehr Töne hatte. Das gefiel ihr schon. Nur an die direkten Blicke der Männer konnte sie sich nicht gewöhnen; auch die Unart ihres Mannes, ihr tief in die Augen zu schauen, wenn er bei ihr lag. Sie fand es auch unschön, dass es keinen Badeplatz für die Frauen gab. Sie wusste nie, wohin sie gehen sollte, wenn sie ein Bedürfnis hatte oder sich waschen wollte. Die Männer trampelten einfach überall herum. Es gab keinen Herold, keine weisen Frauen, keine Ordnung und offensichtlich auch keine Zeremonien. Einzig das Brüllen der Befehle ergab eine gewisse Ordnung. Ansonsten rauchten die Männer Pfeife zum Vergnügen, schienen niemals zu flehen oder um Rat zu fragen; die gesungenen Lieder reizten die Männer zum Lachen, und Mato-wea konnte nicht sagen, ob die Geister angemessen beruhigt wurden. Niemals sah sie, dass Tabak geopfert oder irgendetwas anderes angeboten wurde. Entweder hatten die Männer starke Verbündete oder sie waren geradezu unbedarft und töricht wie kleine Kinder. Mato-wea hatte ihren Mann daraufhin um etwas Tabak gebeten und opferte auch für ihn. Sie bat den „Einsamen Mann", der die Welt erschaffen hatte, um Beistand und hoffte, dass dies auch ihren Mann mit einschloss. „Er ist wie ein unwissendes Kind. Bitte, verzeihe ihm!"

Pär kam mit einer Schüssel Eintopf zurück und reichte ihr einen metallenen Löffel. Gemeinsam schlürften sie das gute Essen, das Mato-wea an die Suppe ihrer Tante erinnerte. Es schmeckte nach Prärierüben und wilden Zwiebeln, und das Fleisch war schön zart. Auch Pär schaufelte das Essen in seinen Mund und brummte zufrieden. „Gut, was?"
Sie wagte ein scheues Lächeln und erfreute ihn damit. Sie hatte festgestellt, dass weiße Männer es schön fanden, wenn sie lächelte oder ihre Mimik veränderte. Noch fiel es ihr schwer, seinen Blick zu erwidern, aber sie versuchte es zumindest. Sie kicherte leise, als Pär schließlich die Schüssel zu Boden stellte, ihr den Löffel aus der Hand nahm und sie sanft auf das Bett drückte. „Ma petite", schnurrte er leise. Sie ließ ihn gewähren, denn er war sanft und rücksichtsvoll. Sie schloss die Augen, und zum ersten Mal gefiel ihr der Beischlaf mit dem Mann. Sein Streicheln und seine dunkle Stimme führten sie zurück in das Erdhaus ihrer Eltern, und sie erinnerte sich dunkel an die Liebe, die Mutter und Vater verbunden hatte.
Pärs Atem strich über ihren Nacken, und sie zuckte zusammen, als er verführerisch an ihrem Ohr knabberte. Sie hatte noch nie gehört, dass die Männer ihres Volkes so etwas taten, aber vielleicht erzählten die Frauen auch solche Geheimnisse nicht. Sie spürte den Mann in sich und überließ sich den fordernden Stößen, die ganz ungeahnte und auch unbekannte Gefühle in ihr auslösten.

Die nächsten Tage hielt sie sich scheu zurück. Sie hatte die Männer bisher nur beim Rudern oder Staken gesehen, aber hier hatten sie nun ganz andere Aufgaben. Ihr Mann verschwand stets mit einigen anderen Trappern zum Jagen in die Umgebung. Andere Männer waren beschäftigt, die Felle zu gerben und zu Bündeln zu stapeln. Sie verarbeiteten nicht nur Biber, sondern töteten auch Bisamratten, Otter, Waschbären und was ihnen sonst vor die Flinte oder in die Fallen kam. Zwei Weiße kochten für die gesamte Mannschaft, und sie wunderte sich, warum dies keine Frauen taten. Andere hatten ähnliche Kleidung an wie Lewis und Clark, als diese ihr Volk besucht hatten. Sie waren zur Wache eingeteilt und schützten die Männer im Fort. Ihre Waffen waren blankgeputzt und stets feuerbereit. Alles schien gut organisiert zu sein, und jeder wusste, was er zu tun hatte. Nur Mato-wea nicht. Nachdem es zwei Köche gab, blieb für sie fast nichts zu tun. Also half sie bei dem, was sie am besten konnte: dem Bearbeiten der Pelze. Es wurde wohlwollend zur Kenntnis genommen, und sie erhielt oft lobende Worte. Auch Pär war zufrieden und schenkte ihr stets ein Lächeln, wenn er zurückkehrte. Meist brachte er Wild mit, sodass sie versuchte, diese Beute zu verarbeiten. Aber meist verschwand auch dieses Fleisch im Kochtopf der Weißen, sodass es ihr nicht möglich war, für sich und ihren Mann zu kochen. Alles war sehr merkwürdig. Ihre Sprachkenntnisse reichten noch nicht aus, um Fragen zu stellen, und so beobachtete sie nur. Mato-wea hielt sich gern in dem Handelsraum auf, in dem die schönen Waren gestapelt waren. Ihre Finger streiften die Perlenketten und strichen über warme, bunte Stoffe. Pär hatte ihr Perlen gegeben, mit denen sie seine Jacke mit einer Borte verzierte. Es sah schön aus, und er gab ihr einen Kuss auf die Wange. Sie musste dann immer kichern, denn es war ungewohnt.

Manchmal war sie einsam, wenn er unterwegs war, denn ihr fehlten die Familie und die Freundinnen. Es gab noch zwei weitere indianische Frauen hier, die jedoch nicht von ihrem Volk waren. Eine war Apsalooke und die andere Arikara. Sie hielt sich noch von ihnen fern, weil sie die Sprache nicht kannte. Manchmal tauschte sie Blicke, denn sie hoffte auf Unterstützung. Sie beobachtete immer wieder, was die beiden taten, um durch sie zu lernen. Aber auch die beiden anderen Frauen waren meist mit dem Gerben beschäftigt oder verschwanden an der Seite ihrer Männer zum Jagen und blieben tagelang weg. Abends saß sie also bei Pär und lauschte den Gesprächen in der fremden Sprache. Noch ergaben sie keinen Sinn. Nur hier und da schnappte sie ein verständliches Wort auf. Ihr Mann hatte zwei Freunde, mit denen er sich meist unterhielt. Sie hießen Shorty und Arnel. Sie saß dabei, wenn die Freunde sich unterhielten, blieb aber still. Es war sehr seltsam, bei den Männern zu sitzen, aber anscheinend machte es Pär nichts aus. Er freute sich sogar, als er herausfand, dass Arnel ihre Sprache konnte, und erlaubte ihr großzügig, sich mit ihm zu unterhalten. Auch das war seltsam. Eine verheiratete Frau sprach nicht mit einem fremden Mann! Aber Pär lächelte nur und ließ manchmal Kleinigkeiten von Arnel übersetzen, damit sie seine Anweisungen besser verstand.

Arnel beherrschte ihre Sprache nicht fließend, aber immerhin konnte er sich verständlich machen. Es belustigte sie. Sie erfuhr, dass seine Mutter eine Dakota gewesen war. Das erklärte aber nicht, woher er ihre Sprache konnte. „Mein Vater war Händler und besuchte auch die Mandan. Ich war klein und habe dort mit den Kindern gespielt", erzählte er ihr eines Tages.

Sie nickte vorsichtig. „Du sprichst gut!", meinte sie bewundernd.

„Hast du auch deine Sprache nicht vergessen?"

Arnels Lippen wurden schmal, als er an seine Mutter dachte.

„Nie, nie werde ich diese Worte vergessen. Meine Mutter war immer gut zu mir ... aber mein Vater war ein schlechter Mann. Er sagte, dass ich nur ein Bastard sei. Hier habe ich Freunde gefunden, die das nicht so sehen. Hier zählt nur, dass ich ein guter Jäger bin und mich mit den Stämmen verständigen kann. Dafür erhalte ich meinen Lohn."

„Was bedeutet Lohn?", wollte Mato-wea wissen.

„Ich erhalte Dollars für meine Arbeit ... sie sehen aus wie grüne Blätter ... und mit ihnen kann ich mir Waren kaufen."

„Wie viele Waren?" Mato-wea wunderte sich, dass man für seine Arbeit etwas bekam. Es schien wie ein Tauschhandel zu sein.

„Nun, für einen Winter erhalte ich so viele Dollar, dass ich mir ein

Gewehr, ein Paar Stiefel, eine Jacke, eine Decke, zwei Hemden, Munition, Fallen und zwei Pferde tauschen kann."

„So viel?" Mato-wea bewunderte den jungen Mann. „Und mein Mann?" Sie war neugierig, welche Stellung ihr Mann innehielt. Sie hatte inzwischen erkannt, dass er kein Häuptling war, wohl aber eine wichtige Stellung hatte. Vielleicht war er ein Unterhäuptling?

Pär grinste, als Arnel kurz erklärte, was Mato-wea wissen wollte. „Sie versteht nicht, was Geld ist und warum wir bezahlt werden. Und sie möchte wissen, wie viel du verdienst."

Pär machte eine auffordernde Handbewegung. „Na, dann erklär ihr es doch! Aber lass mich nicht wie ein armer Schlucker dastehen!"

„Nein, nein!", versicherte Arnel. Er wandte sich wieder an Mato-wea: „Uh, dein Mann bekommt bestimmt zweimal so viel wie ich! Er kann den Fluss befahren und kennt die besten Anlegeplätze. Außerdem weiß er, wo Stromschnellen und gefährliche Strömungen sind. Und er ist ein guter Trapper. So etwas wird gern gesehen."

Sie nickte stolz. Ob er wohl eine Sprache der anderen Stämme konnte? „Spricht er wie wir?"

„Nein!", bestätigte Arnel. „Er spricht Ingles und dann die Sprache der Franzmänner. Aber warte nur, du wirst bald wie er sprechen, dann wird es leichter."

Ein anderes Mal traf sie Arnel im Handelsraum und wandte sich mit einer Frage an ihn. Sie lernte schnell, aber manchmal verwirrte es sie, dass es für ein und dasselbe Ding verschiedene Worte gab. Mal nannte Pär ein Messer „Naif" und dann wieder „Kuto". Sie erzählte Arnel davon und sah ihn hilfesuchend an.

„Wie?", fragte Arnel überrascht. Dann kicherte er belustigt. „Du meinst ,knife' und ,couteau'! Das eine Wort ist ingles und das andere französisch. Manchmal mischen die Männer hier die Worte."

„Oh!" Mato-wea strich sich verlegen über die Nase. Es gab so viel Neues zu lernen. Vorsichtig wagte sie eine weitere Frage: „Warum gibt es hier keine Frauen?"

„Hohch!", drückte Arnel ganz indianisch seine Verlegenheit aus. „Für weiße Frauen ist das hier nichts. Sie sind sehr zerbrechlich und gar nicht wie unsere Frauen. Die Männer nehmen sie nicht in die Wildnis mit. Manche heiraten indianische Frauen ... auch hier wird es bald Frauen geben ... glaube mir!"

„Oh!" Mato-wea riss überrascht die Augen auf. „Hast du schon mal eine weiße Frau gesehen?" Was mussten das für seltsame Wesen sein, wenn sie ihre Männer nicht begleiten konnten?

„Ja, in St. Louis! Ich sage dir ... sie tragen so viele Kleider übereinander, dass man ihren Körper gar nicht mehr sieht."

„Wozu würden Frauen mehrere Kleider übereinander tragen?", fragte Mato-wea voller Unglauben.

Arnel zuckte mit den Schultern. „Ich weiß nicht. Aber es ist so!" Er zwinkerte ihr lustig zu, und sie hielt es für einen Scherz.

Langsam senkte sich der Winter über das Land, und es wurde bitterkalt. Schneestürme zwangen die Menschen, in den Hütten zu bleiben. Einige Trapper blieben noch draußen in ihren Zelten, doch auch ihnen wurde es bald zu kalt, und so kehrte einer nach dem anderen ins Fort zurück. Mato-wea war froh, dass sie in der kleinen Kammer ihren Blicken entgehen konnte; doch wenn sie zum Fluss ging, um sich zu erleichtern, wurde es schwierig, unbeobachtet zu bleiben. Überall hingen Wachposten und Trapper herum, die scheinbar nichts zu tun hatten. Es war zu kalt und der Schnee zu hoch, um wirklich weit zu gehen, und so blieb ihr nichts anderes übrig, als einen Waschplatz in der Nähe zu suchen. Außerdem war es gefährlich. Pär hatte ihr eingeschärft, dass jederzeit die Pekuni hier auftauchen konnten. Sie sollte also immer in der Nähe bleiben. Bis auf ihre Morgen- und Abendtoilette war es auch nicht nötig, den Posten zu verlassen. Selbst zum Holzsammeln waren Männer eingeteilt, sodass Mato-wea in der Wärme des Handelsraums oder der Kammer bleiben konnte. Sie vertrieb sich die Zeit und arbeitete an dem Flechtwerk der Schneeschuhe, die Pär dringend brauchte. Einige andere Trapper sahen ihre Geschicklichkeit und baten Pär um den Gefallen, dass seine Frau ihnen auch die Schneeschuhe flickte oder neue anfertigte. Mato-wea war stolz, dass sie ihrem Ehemann nun eine echte

Hilfe sein konnte. Langsam gewöhnte sie sich ein in diese merkwürdige Männergesellschaft und verstand ihre Regeln besser. Selbst die beiden Männer, die mit dem Kochen beauftragt waren, freuten sich, wenn sie ganz unauffällig kleine Verbesserungen brachte. Warum nutzten die Weißen die Geschenke der Natur nicht? Solange es ging, grub sie nach Zwiebeln, Prärierüben oder sammelte Pilze, was viel mehr Geschmack in den Eintopf brachte. Selbst im schlimmsten Frost fand sie noch Kräuter oder verdorrte Früchte, die den Geschmack verbesserten. Sie freute sich auf den Monat, in dem der Baumsaft wieder steigen würde und sie den süßen Saft ernten konnte. Wahrscheinlich kannten die Weißen diese Art des Süßens nicht. Überhaupt waren sie wie kleine Kinder, denen man erst die Geschenke der Natur zeigen musste. Alles, was sie wussten, war das Töten … aber nicht, wo man das Leben fand.

Manchmal ging sie mit einer Schlinge auf Kaninchenjagd, weil sie das Hirsch- und Biberfleisch satt hatte. Sie freute sich auf das Frühjahr, wenn sie auf Enten- oder Gänsejagd gehen konnte. Manchmal lief ihr der Saft im Munde zusammen, wenn sie nur daran dachte. Nichts war besser als Vogelfleisch.

Die Kälte wurde unerträglich, doch der Fluss blieb eisfrei. Nur die Ausbuchtungen und Tümpel daneben gefroren. Mato-wea freute sich, denn dort konnte man Löcher in das Eis hacken und Fische fangen. Alles war besser als dieses ewige Biber- oder Bisonfleisch. Abends brach sie auf, nahm einen Stock mit einer Schnur und befestigte einen Köder daran, dann hackte sie ein Loch in das Eis und lockte die Fische mit einer Fackel. Meist erwischte sie fünf Fische, ehe die Eisdecke wieder zufror. Pär lachte voller Begeisterung, wenn sie sich als gute Jägerin erwies. „Ma petite indienne", flüsterte er ihr dann ins Ohr. Sie hatte keine Ahnung, was das heißen sollte.

Aus den Hirschhäuten, die Pär ihr brachte, fertigte sie sich ein neues Kleid. Es hatte keine Verzierungen, aber viele lange Fransen. Pär hatte ihr ein Werkzeug gegeben, das er „Schere" nannte und mit dem man schöne Fransen schneiden konnte. Es ging ganz einfach. So langsam gewöhnte sie sich an die Bequemlichkeiten ihres neuen Lebens. Die Weißen hatten wirklich viele praktische Dinge. Am erstaunlichsten fand sie eine Kaffeemühle. Man tat die schwarzen Bohnen hinein, und dann drehte man einen kleinen Stock und schon kam unten schwarzes Pulver heraus. Pär erklärte ihr, dass es so etwas auch für Mehl gab. Sie dachte daran, wie mühsam es war, den Mais zu mahlen, und um wie viel leichter es mit so einer Mühle ginge. Es erstaunte sie, wie wenig diese Menschen selbst herstellen mussten. Sie konnten fertige Kleidung, Mokassins, Waffen, Mehl und viele Gebrauchsgegenstände einfach kaufen, während sie gelernt hatte, all diese Dinge selbst herzustellen.

Tagsüber kamen jetzt oft die Apsalooke vorbei, um mit den Weißen Handel zu treiben. Sie hatte bisher nur Kontakt zu den Hidatsa gehabt, mit denen sie verwandt und zudem freundschaftlich verbunden waren. Sie wusste, dass die Apsalooke eine ähnliche Sprache hatten wie die Hidatsa, und so versuchte sie einige Brocken aufzuschnappen. Sie sprach ein wenig deren Sprache und suchte nach Übereinstimmungen. Ansonsten hielt sie sich scheu zurück, denn die hochgewachsenen Krieger mit ihren langen Haaren flößten ihr Respekt ein. Manchmal waren Frauen in deren Begleitung, und sie durfte ihnen an der Theke bei der Auswahl der Perlen helfen. Colonel Menard erlaubte ihr, den Frauen Kaffee auszuschenken, und sie lächelte vergnügt, wenn sie den Frauen Zucker in die Tasse tat. Zucker fand sie auch sehr lecker! „Es schmeckt wie der Saft der Bäume", stellte eine Frau erstaunt fest. Sie unterstrich ihre Worte mit Zeichensprache. Colonel Menard lachte daraufhin gut gelaunt. Mato-wea war verblüfft, als sie herausfand, dass er auch ihre Sprache konnte. Sie erfuhr, dass er über fünfzehn Winter bei den Mandan gelebt hatte – daher sprach er Mandan und auch Hidatsa. Da war das Apsalooke nur eine leichte Übung für ihn gewesen. Sie lernte daraufhin viel schneller „Ingles", weil er manchmal für sie übersetzte. Auch Pär fand das gut. So half sie öfter in dem Handelsraum und kümmerte sich um die Frauen, die zu Besuch kamen.
Mato-wea wurde von den Frauen geradezu bewundert, weil sie einen weißen Händler geheiratet hatte. Man konnte an den

Blicken sehen, dass sie gern mehr erfahren hätten, aber das Fragen wäre unhöflich gewesen. Was hätte sie auch erzählen sollen? Dass ein weißer Mann sich ganz anders verhält als ein Mann ihres Volkes? Bei ihrem Volk sagte niemand den Frauen, was sie zu tun hatten. Hier gab es immer wieder Anweisungen, sei es von ihrem Mann oder den Häuptlingen der Weißen. Das fand sie sehr seltsam. Zudem hatte sie herausgefunden, dass ihr Mann sehr eifersüchtig war. Die anderen Männer verfolgten sie oft mit ihren Blicken, und dann giftete er sie an wie ein bissiger Hund. „Schaut woanders hin!" Stets achtete er darauf, dass ihr Körper bedeckt war und sie sich nicht nackt den Männern zeigte. Bisher war ihr Nacktheit nie peinlich gewesen, aber inzwischen hatte sie gelernt, dass die Weißen nicht so freizügig mit ihren Körpern waren. Es verwunderte sie.

Umso erstaunter war es für sie, als ihr eines Morgens einer der Männer folgte, als sie vom Fluss zurück ins Fort ging. Sie konnte nicht sagen, wie lange er sie schon beobachtete, und ihr beim Waschen zugesehen hatte. Erst dachte sie sich nichts dabei, denn es gab auch viele Männer, die lieber die Einsamkeit für ihre Bedürfnisse aufsuchten. Im Fort gab es einen Ort, der eigens dafür gebaut worden war, aber dort stank es so, dass sie sich ekelte und lieber den weiteren Weg auf sich nahm. Am Wasser war es sauber und frisch.

Langsamen Schrittes ging sie weiter, dann trat sie zur Seite, weil sie annahm, dass der Mann an ihr vorbei wollte. Sie sah ihn scheu von der Seite an, als er an ihre Seite trat. Es handelte sich um einen der Trapper, der sie auch im Fort schon mit seinen Blicken verfolgt hatte. „Hallo, Süße!", redete er sie an. „Wollen wir auch mal?" Auffordernd nahm er sie am Arm und schob sie hinter einige kahle Bäume. Sie riss sich los und schüttelte energisch den Kopf. „No! No!"

Der Trapper ließ sich nicht beirren und packte sie wieder. Sein Körper drängte sich fordernd gegen sie und er presste sie gegen einen Baum. Sein Bart kitzelte ihr Gesicht, als er ihr einen Kuss auf den Mund presste. Mit einer Hand riss er ihr Kleid hoch, als wollte er sie hier gleich im Stehen nehmen. Ihr Herz klopfte vor Aufregung, als sie versuchte, sich aus dem Griff zu winden. „No!", rief sie erneut. Sie wusste, dass Pär dies nicht gutheißen würde. Außerdem erzwang der Mann etwas von ihr, was sie nicht bereit war zu geben. „Lass mich!", keuchte sie böse. Warum resoektierte der Mann ihren Wunsch nicht? Sie wollte sich nicht von ihm anfassen lassen. Der Mann zog das Kleid höher und nestelte dann an seiner Hose herum. Es wurde ernst! Sie wehrte sich nun nach Kräften, konnte sich aber nicht befreien. Ihr Widerstand machte den Trapper wütend. „Nun stell dich nicht so an!", befahl er ungeduldig. „Ihr seid doch alle so … du willst es doch auch!" Sie drückte ihn von sich weg und hob das Knie, um ihn in seinem Tun zu stören. „Lass mich los!", rief sie schrill. Sie wollte um Hilfe rufen, aber sie wusste, dass es niemand hören würde. Mit voller Wucht schlug er ihr ins Gesicht und presste sie wieder gegen den Baum. Als sie mit den Fäusten auf ihn einschlug, packte er sie grob und hielt sie nach oben gegen die Rinde des Baumes gepresst. Es tat weh. Sie schlug mit dem Kopf gegen sein Kinn und hörte nur sein erregtes Grunzen. „Du kleines Luder … dir werd' ich's zeigen." Mit seiner freien Hand riss er erneut ihr Kleid in die Höhe, dann griff er in seine offene Hose. Er hatte völlig die Welt um sich herum vergessen und dachte nur noch an die Befriedigung seines Bedürfnisses. Er keuchte vor Erregung und presste sein Geschlecht zwischen ihre Beine. „Gleich hab ich dich, du Biest!"

Mato-wea wehrte sich immer noch, doch der Mann war größer und schwerer als sie. Sie kam von dem Baum nicht weg, und der Mann hielt ihre Fäuste so brutal gepackt, dass sie nicht freikam. Sie fühlte sich erniedrigt und wehrlos. Am meisten aber hatte sie Angst vor Pär. Was würde er sagen? Würde er ihr glauben, dass der Mann sie gezwungen hatte? „Wenn du das Maul hältst, dann wird keiner was erfahren!", hörte sie die Stimme des Trappers. „Mach dich breit, dann tut es nicht so weh!"

Sie blickte ihm in die Augen und erkannte, dass er nicht aufhören würde. Trotzdem zappelte sie weiter. Dieses Mal drosch er ihr mit der Faust gegen den Kopf. Ihre Knie wurden weich und kurz wurde ihr schwindelig. Benommen merkte sie, wie er sie zu Boden warf und sein Knie zwischen ihre Beine stieß. Es war kalt, und sie fühlte matschigen Schnee an ihrem Kopf. Kleine Atemwölkchen kamen aus seinem Mund, als er gierig keuchte und sich auf sie fallen ließ. Hier gab es kein Entkommen mehr. Sie wusste, dass sie sich nicht befreien konnte. Ihr Kopf dröhnte, und sie hatten einen schalen Geschmack im Mund. Sie schloss die Augen, um nicht mehr sehen zu müssen, was er tat. „Bitte!", flüsterte sie flehend. Er würde ihr wehtun!

„Hoh!", hörte sie seinen überraschten Ausruf, dann war sie plötzlich frei. Erschrocken, aber auch erleichtert öffnete sie die Augen. Warum hatte er sie wieder freigegeben? Um sie herum entstand Kampfgetümmel und sie hörte lautes Fluchen. „Du Mistkerl! Lass sie in Ruhe!"

„Ach, hau doch ab. Was geht dich das an!", brüllte der Trapper zurück. Er sah lächerlich aus, wie er mit offener Hose dastand. Er nestelte daran herum, bis sie wieder geschlossen war. „Verpiss dich!"

Mato-wea erkannte Arnel, der sichtlich wütend dem Trapper gegenüberstand. Er stellte sich schützend vor Mato-wea und half ihr hoch. „Alles in Ordnung?", fragte er in ihrer Sprache.

Sie nickte nur, war kaum fähig, irgendwelche Worte zu finden. Er sah ihre blutige Lippe und strich kurz über ihre Schläfe, wo ebenfalls eine Schramme zu sehen war. Dabei ließ er den Trapper nicht aus den Augen, der immer noch schnaufend vor ihnen stand. Er sah aus, als wollte er zu seinen Waffen greifen. „Verschwinde!", sagte Arnel in ruhigem Tonfall. „Die Frau ist nichts für dich!"

„Ha, aber für dich, was?", giftete der Trapper zurück.

Arnel kannte ihn und versuchte ihn zu beruhigen. „Scott, du bringst dich in Teufels Küche! Sie ist die Frau von Pierre ... du weißt, was das heißt!"

„Ach, leck mich doch ...", fluchte der Mann. Dann drehte er sich um und stapfte mit großen Schritten in Richtung des Postens davon.

Arnel wandte sich an Mato-wea, die leicht schwankend im matschigen Schnee stand. Ihr Kleid war teilweise feucht, und sie zitterte vor Kälte, aber auch vor Schreck. „Komm!", sagte Arnel freundlich. „Ich begleite dich!"

Widerspruchslos ließ Mato-wea sich zurück ins Fort bringen. Dort erkannte Pierre sofort, dass etwas geschehen war, und nahm ihr Gesicht in seine Hände. „Was ist denn passiert?" Vorsichtig strich er über ihre blutige Lippe.

Mato-wea schüttelte nur den Kopf, doch Arnel gab die Antwort. „Es war Scott. Er hatte sie in den Schnee gedrückt und wollte sich an ihr vergehen. Sie hat sich mit Händen und Füßen gewehrt!"

Pierre stand kurz da, dann wallte die Wut in ihm auf. „Was?!"

Arnel zog die Augenbrauen hoch und nickte bestätigend. „Ich habe es gesehen und ihn von ihr weggerissen. Sonst wäre wohl mehr passiert. Gut, dass ich in der Nähe war!"

„Dieser Mistkerl …!" Pierre hatte einen hochroten Kopf. Er wollte schon durch die Tür stapfen, doch Arnel hielt ihn zurück. „Wir melden es dem Colonel", meinte er besänftigend. „Er wird Scott bestrafen! Nicht du!"

Pierre atmete tief durch, dann kniff er die Lippen zusammen und nickte. „Okay, du hast recht … aber ich will, dass dieser Mistkerl bestraft wird. Lass uns zum Colonel gehen!"

Die beiden Männer gingen in den Handelsraum, wo Menard meist anzutreffen war. Es waren nur wenige Menschen im Raum, und so meldeten sie sofort, dass etwas passiert war. Menard winkte sie in ein Nebenzimmer und stemmt die Hände in die Hüften. „Was ist los?"

Arnel zeigte mit dem Daumen auf Pierre. „Scott hat versucht, seine Frau zu vergewaltigen. Ich konnte es gerade noch verhindern."

Pierre stand schweigend da und nickte nur mit finsterem Gesicht.

„Er hat sie geschlagen, um sie gefügig zu machen", ergänzte Arnel.

„Wo?", knurrte Menard.

„Unten am Fluss."

Menard ging ein paar Schritte auf und ab, ehe er sich wieder an die beiden wandte. „Das ist ganz schlimm für die Moral, und deshalb werde ich so was nicht durchgehen lassen. Ich lasse ihn auspeitschen! Bist du damit einverstanden?"

Pierre dachte darüber nach. Er hatte eine Stinkwut auf Scott. Am liebsten hätte er ihn hinrichten lassen. Auspeitschen? Für seinen

Geschmack war das viel zu wenig. „Was wäre passiert, wenn Arnel nicht zufällig vorbeigekommen wäre?", fragte er verbittert. „Dem kann man doch nicht mehr über den Weg trauen."

Menard nickte besorgt. „Allerdings! Deswegen werde ich ihn auch fortschicken. So etwas gefährdet die Disziplin meiner Leute. So etwas brauche ich hier nicht!"

Pierre war zufrieden. „Ja, dieser Scheißkerl soll von hier verschwinden!" Dankbar sah er seinen Boss an. Es war gut, dass er hier für Ordnung sorgte.

Menard klopfte ihm aufmunternd auf den Rücken. „Geh mal und kümmere dich um die Kleine! Ich werde dafür sorgen, dass Scott bestraft wird."

Pierre verließ den Raum und begab sich wieder in die kleine Kammer, in der Mato-wea auf ihn wartete. Sie sah ihn mit großen Augen an. „Ich wollte nicht!", versuchte sie sich zu verteidigen.

Er machte eine beruhigende Handbewegung. „Ich weiß! Es wird nicht wieder vorkommen. Du brauchst keine Angst zu haben. Scott wird bestraft und muss dann weggehen. Keiner will ihn hier mehr haben."

„Scott geht weg?", fragte Mato-wea erstaunt. Erst langsam wurde ihr klar, was das bedeutete: Ein Mann hatte sich an ihr vergreifen wollen und wurde dafür in die Verbannung geschickt. Das war in ihren Augen eine harte Strafe und zeigte ihr, dass sie für diese Weißen eine hohe Stellung hatte. Zufrieden wandte sie sich ab und suchte nach einem trockenen Kleid. Pär aber hielt sie auf und nahm sie sanft in die Arme. Er gab ihr einen Kuss auf die blutigen Lippen, dann auf die Stirn und strich dann nachdenklich über ihre misshandelten Handgelenke. „Ma petite indienne!", flüsterte er liebevoll. „Niemand darf dir etwas tun!"

Am nächsten Tag wurde Scott unter Protest an einen Pfahl gebunden. Menard sprach die Strafe aus und ließ sie von Raoul, seinem Stellvertreter vollstrecken. Scott fluchte und tobte, doch als der erste Peitschenhieb seinen Rücken traf, blieb ihm die Puste weg. Nach zwanzig Hieben war sein Rücken blutunterlaufen. Er brach zusammen, als man ihn losband, und so wurde er von zwei Männern in seine Hütte geschleift. Dort half man ihm, seine Klamotten zu packen, gab ihm ein Pferd und jagte ihn zum Tor hinaus.

„Ihr Scheißkerle!", brüllte Scott voller Hass. „Ihr wollt mich wirklich verrecken lassen?"

„Hättest du dir eher überlegen müssen", sagte Menard unbeeindruckt. „Man vergreift sich nicht am Eigentum eines anderen."

Ohne ein weiteres Wort drehte Scott sich um und verschwand in Richtung Osten. Er ritt eine braune Stute, die mit seinen Habseligkeiten beladen war. Viel war es nicht, aber es würde zum Überleben reichen – wenn die Indianer ihn nicht skalpierten.

Apsalooke

Heart-Fluss im Herbst 1809

Wambli-luta stand auf seinem Späherposten auf einem flachen
Hügel und überblickte das Land, das sich vor ihnen ausbreitete. Sie hatten sich weit nach Westen gewagt, um möglichen Racheaktionen der Ree auszuweichen. Außerdem gab es hier viele
Bisons, sodass auch die Herbstjagd gut gewesen war. Die Dörfer
hatten sich wieder getrennt, und die Gruppe unter dem Häuptling Mato-ska-cikala hatte ihr Winterquartier am Ufer des Can-
té-Wakpa aufgeschlagen, das mit hohen Fichten und anderen
Bäumen bewachsen war. Hier gab es genügend Feuerholz für
die kalte Jahreszeit, und die Bäume boten den Menschen einen
natürlichen Schutz vor den kalten Winden. Die Umgebung war
meist flache Prärie, in der sich die typischen „Buttes" erhoben:
flache Hügel, die sich gut als Späherposten eigneten. Die Tipis
hatten schon den Schutz aus Zweigen, der die untere Zeltwand
ein wenig gegen den Schnee schützte, und der Boden im Zelt war
dicht mit Zweigen und Fellen ausgelegt. Vorräte lagerten in Vorratsgruben, und Frauen schafften weiteres Holz herbei, damit sie
bei Schneestürmen das Zelt nicht verlassen mussten. Der Herbst
war noch schön, und so liefen die Menschen emsig herum, um
die letzten anstehenden Arbeiten zu erledigen. Selbst die Kinder
wurden angehalten, nach Pilzen zu suchen, Holz zu sammeln
oder die letzten Apfelbeeren zu pflücken. Am Fluss graste die
Pferdeherde, und Wambli-luta spitzte stolz die Lippen. Sie hatten
jetzt so viele Tiere, dass es ein Leichtes gewesen war, alles hierher
zu transportieren. Selbst die Tipistangen konnten hierher mitgeschleppt werden, und so hatten sie nur wenige gebrochene Stangen austauschen müssen.

Unten im Tal brach Unruhe unter den Pferden aus, und Wambli-
luta sprang auf sein Pony und galoppierte den Hügel hinunter,
um zu sehen, was die Ursache dafür war. Ein paar Knaben ritten
einigen Pferden hinterher, die in Panik davongestoben waren,
während Wambli-luta sein Pferd in die Richtung lenkte, wo er
die Gefahr vermutete. Waren Wölfe oder Pumas in der Nähe? Er

erreichte eine Wiese, die von Pappeln umgeben war, und parierte sein Pferd durch. Ein Fohlen lag dort im Gras, und die Wunden ließen darauf schließen, dass es von einem Tier gerissen worden war. Hoh! Er ritt etwas näher, um nach den Bisswunden zu sehen. Es waren tiefe Kratzer, somit schloss er einen Wolf aus. Vorsichtig sah er sich um, dann umfasste er seinen Speer fester und ließ sich vom Rücken des Pferdes gleiten. Sein Pferd blähte unruhig mit dem Nüstern, dann schreckte es zur Seite, als ein tiefes Fauchen erklang.

Er wirbelte herum und sah sich einem riesigen Grizzly gegenüber, der ihn bestimmt um zwei Haupteslängen überragte. Der Grizzly fauchte ihn an, fiel dann wieder auf seine Pranken und tapste auf ihn zu. Er war überhaupt nicht begeistert, als er sah, dass ein Mensch ihm die Beute streitig machte. Wambli-luta sackte das Herz zu Boden, als der Grizzly unvermittelt zum Angriff überging. Ihm blieb keine Zeit mehr, auf das Pony zu springen oder irgendeine Fluchtmöglichkeit in Betracht zu ziehen. Das hätte auch keinen Zweck gehabt, denn der Grizzly war schnell! Sein Pferd sprang ohnehin mit großen Sätzen aus der Reichweite der Tatzen und verschwand mit angelegten Ohren hinter einigen Bäumen. Wambli-luta riss den Speer hoch und hielt ihn vor seinem Körper. Der Grizzly schnaubte wütend und schlug mit der Tatze dagegen. Dabei verlor Wambli-luta das Gleichgewicht und taumelte dem Bär ein Stück entgegen. Wieder schlug der Grizzly zu und erwischte den Mann an seinem Hemd. Die Krallen rissen das einfache Hemd in Fetzen und hinterließen tiefe Kratzer an Arm und Brust des Kriegers.

Wambli-luta fing sich wieder, wich einen Schritt zurück und hob erneut den Speer. Einen zweiten Angriff würde er wohl nicht überleben! Sein Atem kam nun keuchend, und kleine Wolken bildeten sich vor seinem Mund, als er vor Angst den Atem ausstieß. Dieses Monster wog bestimmt sechsmal so viel wie er! Wenn der Bär ihn mit seinem Gewicht unter sich begrub, war es vorbei! Sein einziger Vorteil war der Speer! Der Bär hob drohend den Kopf und stieß ein markerschütterndes Brüllen aus. Geistesgegenwärtig hielt Wambli-luta dagegen und brüllte ebenfalls. Dann hob er herausfordernd die Arme und machte sich so groß wie möglich.

„Siehst du mich!", brüllte er so laut wie möglich. „Ho, siehst du mich!" Er hob den Arm mit dem Speer und schüttelte ihn drohend hin und her. Der Grizzly richtete sich zu seiner vollen Größe auf und antwortete mit einem wesentlich lauteren Brüllen. Wambli-luta nutzte die einzige Chance, die er hatte. Er nahm den Speer und stieß sie dem Bären mit aller Kraft in die Brust. Der Bär fauchte vor Zorn und schlug mit seinen Tatzen um sich. Wambli-luta wich zurück, stolperte und verlor das Gleichgewicht. Taumelnd stürzte er zu Boden, dann rollte er sich blitzschnell aus der Reichweite des Bären. Auf allen vieren beobachtete er, wie der Bär nach dem Speer griff, wütend mit den Tatzen danach schlug und plötzlich fauchend zusammensackte. Dann bewegte sich das Tier nicht mehr. Mit pochendem Herzen blieb Wambli-luta in der Hocke, hatte kaum mehr die Kraft, den Kopf zu heben oder gar aufzustehen. Sein Atem kam rasselnd, und der Schweiß lief ihm in Strömen über Nacken und Gesicht. Nur langsam glitt sein Blick an seiner Brust hinunter, wo Blut aus den langen Kratzspuren sickerte. „Hohch!", stöhnte er unterdrückt. Er blieb auf den Knien, weil ihn eine unglaubliche Müdigkeit befiel. Noch hatten die Schmerzen seinen Kopf nicht erreicht, aber er wusste, dass die Verletzungen schwer waren. Dann blickte er auf, als ein Reiter wie aus dem Nichts vor ihm erschien. Er brauchte unglaublich lange, um zu begreifen, dass es sich nicht um einen Freund handelte, sondern einen Fremden, der ihn aus schwarzen Augen betrachtete. Ein Psa! Ein Feind! Ein Apsalooke, wie sich diese Krähen selbst nannten.

Wambli-luta hatte weder die Kraft noch die Waffen, um sich zu verteidigen. Er saß einfach nur da und sah dem Unausweichlichen entgegen. Hier, jetzt würde er sein Leben verlieren – nicht durch den Grizzly, sondern getötet von diesen Psa. Seine Hände fielen schlaff nach unten, als er dem Feind einfach in die Augen blickte. Er hatte keine Angst vor dem Tod. Er hätte sich nur gewünscht, dass es ein ehrenvoller Tod gewesen wäre. Ein ehrenvoller Kampf. Er saß hier wie ein Baby und wartete darauf, dass der Feind ihm das Leben nahm. Seine einzige Waffe war die Standhaftigkeit. Stolz starrte er dem Feind in die Augen, ohne Angst, ohne Bedauern. Gleich würde er hier neben dem mächtigen Grizzly liegen, den er getötet hatte. Vielleicht würden sie Lieder über ihn singen, vielleicht würden sie ihn bald vergessen. Er war zu jung und hatte noch nicht so viele tapfere Taten vollbracht, als dass man sich an ihn erinnern würde. „Töte mich!", forderte er den Psa mit ruhiger Stimme auf.

Der Apsalooke hockte immer noch bewegungslos auf seinem Pferd und sah ihn an. Der Blick war weder höhnisch noch verachtend. Ganz im Gegenteil: In den Augen des Kriegers, der etwas älter wie Wambli-luta war, spiegelte sich deutlich der Respekt wider. Sein Gesicht war oval, mit deutlichen Linien und einer geraden Nase. Seine Lippen waren schmal und um seinen Mund zeichneten sich strenge Linien. Auffallend waren die langen Haare, die bis zum Rücken des Pferdes reichten und in denen ein eindrucksvoller Haarschmuck steckte. Der Mann hob seine Lanze, und kurz dachte Wambli-luta, dass der Psa ihn nun töten würde, doch der Krieger schwenkte sie nur leicht, als wollte er ihn grüßen. Dann lachte er laut. Es war ein dunkles, übermütiges Lachen, das voller Humor war und überhaupt nicht zu der Situation passte. Dann zeigte der Mann auf das Pferd, das er am Zügel mit sich führte. Es war die Stute von Wambli-luta! Er lachte immer noch, dieses Mal voller Häme, als er einfach abdrehte und mit der Stute am Zügel davongaloppierte. Als er den Kamm des Hügels erreicht hatte, hob er ein letztes Mal grüßend die Lanze und verschwand.

Wambli-luta hockte immer noch im Gras und versuchte, seinen Atem zu beruhigen. Hoh! Sein Mund war staubtrocken, und er schluckte mehrfach, um seine Kehle freizubekommen. Hoh! Das war knapp gewesen! Aber warum hatte der Apsalooke ihn nicht getötet? Erleichtert stieß er den Atem aus und setzte sich in eine gemütlichere Position. Hoh! Dieser Mann war mutig gewesen! Er bewunderte die Großzügigkeit des Mannes. Einen verletzten Feind einfach am Leben zu lassen, zeugte von Größe und wahrem Kampfgeist. Hoffentlich würde er diesen Mann einst in einem fairen Kampf treffen. Dann konnte er zeigen, dass auch er Ehre besaß! Wambli-luta sammelte sich und rappelte sich langsam auf. Er konnte laufen, und so machte er sich zu Fuß auf den

Rückweg. Er hatte genügend Pferde, so konnte er den Verlust einer Stute verwinden; aber es wurmte ihn, denn er hatte das Tier gerngehabt.

Nach einer Weile kamen ihm die Knaben entgegen, die entgeistert auf die Wunden starrten. „Ein Grizzly!", erklärte er müde. Er ließ sich auf ein Pferd helfen und nahm kaum noch wahr, dass er ins Dorf zurückgebracht wurde. Es lag nicht so sehr an den Wunden, sondern an der Anspannung, die langsam nachließ. Seine Eltern halfen ihm ins Zelt, und er stürzte mehr auf sein Lager, als dass er sich setzte. „Apsalooke sind in der Nähe!", warnte er seinen Vater. „Sag es den anderen!" Erschöpft schloss er die Augen und überließ es der Mutter, nach den Wunden zu sehen.

„Ein Psa hat dich so zugerichtet?", fragte der Vater überrascht.

„Nein! Das war ein Grizzly!" Irgendwie fiel Wambli-luta das Denken und Sprechen schwer.

„Warum warnst du uns dann vor den Psa?" Der Vater verstand immer noch nicht den Zusammenhang.

Wambli-luta strengte seine letzten Kraftreserven an, um die Augen zu öffnen und den Mund zu bewegen. „Vater, ich sah einen Psa, der mein Pferd gestohlen hat. Er ist sicherlich nicht alleine hier!" Seine Stimme klang gereizt.

„Ich warne die anderen!", sagte der Vater mit ruhiger Stimme. „Mach dir keine Sorgen!"

Wambli-luta nickte beruhigt und überließ sich dem Schlaf, der nach ihm griff. Er schämte sich dieser Schwäche nicht, sondern nahm sie dankbar an. Das Pochen der Wunden hörte auf, und eine angenehme Schwere befiel ihn.

Gebrochene-Lanze wandte sich an mehrere Krieger, die sich sofort in Bewegung setzten, um nach möglichen Feinden Ausschau zu halten. Dann holte er den Pezuta-Wakan, damit dieser sich um die Wunden von Wambli-luta kümmere. Der Pezuta-Wakan war ein Mann mittleren Alters, der im Grunde nur Kenntnisse über das Behandeln von Verletzungen hatte. Bei Kriegszügen war sein Wissen sehr geschätzt, doch wenn es um die Verbindung zur Geisterwelt ging, wurde eher der Medizinmann, der Wicasa-Wakan, gerufen. Der Heiler schüttelte den Kopf, als er sich neben den Verletzten setzte. „Er sollte nach einer Vision suchen! Seine Medizin scheint nicht mehr zu wirken. Erst wird er von einem Feind zugerichtet und nun von einem Grizzly!"

Der Vater nickte sorgenvoll. „Er wird es selbst wissen." Er beobachtete, wie der Pezuta-Wakan die tiefen Kratzer mit Salbe einstrich und schließlich einen Verband aus Baststreifen umlegte. „Die Wunden müssen täglich mit der Salbe behandelt werden!", sagte er zum Schluss.

Der Vater begleitete den Mann vor das Zelt und sah ihn besorgt an. Der Pezuta-Wakan lächelte leicht. „Es ist nicht so schlimm! Hole das Fell dieses Bärens und bringe mir das Fett. Ich werde wohl noch mehr Salbe brauchen. Die Krallen aber gibst du Wambli-luta. Er soll sich daraus eine Kette machen. Das wird ein guter Schutz sein."

Gebrochene-Lanze nickte erleichtert. Das Bärenfell war ein geringer Preis für das Leben seines Sohnes! „Ich bringe es dir, wenn meine Frau es schön gegerbt hat", versprach er. „Und das Fleisch und das Fett bringe ich gleich morgen!"

„Das ist gut!" Der Pezuta-Wakan ging wieder zu seinem Zelt und verschwand darin.

Dafür humpelte nun Krummes-Bein heran und erkundigte sich nach seinem Cousin. Der Vater schüttelte den Kopf und deutete an, dass er noch nicht viel sagen konnte. „Hilfst du mir, den Bären zu bergen?", bat er um Unterstützung. Er nahm auch seine Frau und zwei Schleppgerüste mit, denn einen Bären zu bergen war keine leichte Aufgabe.

Krummes-Bein folgte ihm nur zu gerne, und nach kurzer Suche fanden sie den Körper des Grizzlys. Staunend standen sie vor dem Ungetüm, das auch am Boden liegend einen bedrohlichen Eindruck machte. „Hoh!", staunte der Vater. Versuchsweise hob Krummes-Bein eine der Tatzen und besah sich die beeindruckenden Klauen. „Wambli-luta hat gute Medizin gehabt, dass er diesen Angriff überlebt hat."

„Oder schlechte, weil er überhaupt von diesem Bären so übel zugerichtet wurde", meinte Gebrochene-Lanze besorgt.

Krummes-Bein zuckte leicht zusammen. „Meinst du wirklich?"

Der Vater zuckte mit den Schultern. „Der Pezuta-Wakan deutete so etwas an. Er meinte, dass Wambli-luta sich eine Kette aus den Krallen machen sollte, um besseren Schutz zu erhalten. Aber ich denke, dass der Wicasa-Wakan ihn zu einer Visionssuche begleiten sollte."

Mithilfe von Hübsche-Nase schlugen sie den Bären aus der Decke und schnitten die Tatzen an den Gelenken ab. Das war Schwerstarbeit, weil man das Fell mühsam runterschneiden musste. Das Fell legten sie auf eines der Schleppgerüste, sodass man immer noch gut erkennen konnte, dass es ein gewaltiger Grizzly gewesen war. Das Fell hatten sie samt der Kopfhaut und den Ohren des Bären geborgen. Das Pferd scheute vor dem Geruch, doch Gebrochene-Lanze konnte es beruhigen. Gemeinsam schnitten sie das Fleisch in Stücke und legten es auf das zweite Schleppgerüst. Sie hatten auch das Herz herausgeschnitten, um Wambli-luta eine kräftigende Suppe zu kochen. Die übrigen Innereien wurden ebenfalls sorgfältig eingepackt. Übrig blieben nur die Knochen, die sie später bergen wollten. Gemeinsam gingen sie ins Dorf zurück, wo sich die Menschen versammelten, um den Bären zu bewundern, den Wambli-luta getötet hatte.

Einer wunderte sich, wie es Wambli-luta geglückt war, den Bären zu erlegen.

Gebrochene-Lanze hatte den Speer im Herzen des Bären gesehen und grinste leicht. „Mit seinem Speer! Er steckte abgebrochen im Herzen des Bären."

„Dann war es ein guter Stoß! Wenn Wambli-luta nicht so gut gezielt hätte, wäre er jetzt tot."

Alle murmelten ihre Bewunderung, und einige Kinder kamen mit Stöcken und taten so, als würden sie einen Feind berühren. Ein Mann hob eine der Tatzen und hielt sie mit einem täuschend echten Fauchen hoch. Die Kinder rannten schreiend davon, und alle lachten.

Die Männer verteilten das Fleisch und behielten nur das Fett und das Fell für sich. Die Krallen wanderten ebenso in die Hände von Gebrochene-Lanze, der damit in sein Tipi zurückkehrte. Krummes-Bein folgte ihm und setzte sich an das Lager von Wambli-luta. Der hatte seine Augen aufgeschlagen und grunzte, als der Vater ihm die Krallen zeigte.

„Der hat seine Spuren auf meiner Haut hinterlassen!", meinte er sarkastisch.

Krummes-Bein kicherte erheitert. „Die Kratzer bleiben dir erhalten – ebenso wie die Narben des Sonnentanzes."

„Hohch!"

Wambli-luta streckte sich leicht und winkte ab. Er trug inzwischen so viele Narben, dass es für ein ganzes Leben reichte. „Es sind nur Schrammen", meinte er bescheiden.

„Erzähl mir von jenem Psa!", forderte Krummes-Bein ihn auf. Auch die Eltern setzten sich dazu, um die Geschichte zu hören.

Wambli-luta räusperte sich und versuchte, sich genau an die Begegnung zu erinnern. „Er tauchte wie aus dem Nichts auf. Ich hockte am Boden und konnte mich nicht verteidigen. Ich hatte auch keine Waffen, denn der Speer steckte im Körper des Grizzlys. Er hätte mich einfach töten können, aber er tat es nicht. Er lachte und ritt davon."

„Mit deinem Pferd!", ergänzte der Vater.

„Mit meinem Pferd", bestätigte Wambli-luta.

„Und warum?", wollte Krummes-Bein wissen.

Wambli-luta schnaubte leise. „Keine Ahnung. Wer weiß schon, warum Feinde tun, was sie tun. Ich hätte ihn umgekehrt sicher nicht verschont."

„Vielleicht hat er den Kampf beobachtet?", überlegte der Vater. „Und dann hat er entschieden, dass du für diesen einen Tag genug gehabt hast."

„Für einen Psa wäre das zu ehrenhaft!", murrte Wambli-luta.

„Auch die Apsalooke haben gute Krieger. Und manchmal handeln sie auch ehrenvoll."

„Hohch!" Wambli-luta tastete nach dem Verband an seiner Brust und versuchte, die Wunde darunter zu sehen.

„Lass das!", warnte der Vater. „Du darfst nicht kratzen, selbst wenn es juckt."

„Es juckt nicht, sondern es pocht! Ich hoffe, dass die Kratzer sich nicht entzünden."

Der Vater grinste leicht. „Wenn du schon wieder jammern kannst wie ein altes Weib, dann scheint es dir ja besser zu gehen. Hast du Hunger?"

„Wie ein Bär!", bestätigte Wambli-luta. Um seine Augen entstanden die feinen Grübchen, als er ebenfalls lächelte.

Kurz kehrte Stille ein, als alle warteten, bis der Mann seinen Hunger gestillt hatte. Dann wandte sich Krummes-Bein wieder an seinen Cousin. „Wie sah er denn aus?"

„Wer?" Wambli-luta stellte sich mit Absicht dumm, weil ihm die Fragen langsam auf die Nerven gingen. Er fand es eher peinlich, dass ein Apsalooke ihm das Pferd geraubt hatte.

„Jener Psa!", betonte Krummes-Bein ungeduldig.

„Wie sehen Psa schon aus? Er hatte diese seltsamen langen Haare, die bis zum Rücken seines Pferdes hinunterhingen. Außerdem führte er meine Stute an einer Leine hinter sich her." Seine Stimme wurde ungewohnt patzig.

Krummes-Bein war nicht der einfühlsamste Freund und bohrte weiter. „Und seine Kleidung?"

„Ein Hemd, das mit dem Fell von Hermelin verziert war. Leggins … Mokassins … hohch …!" Wambli-luta beendete die Aufzählung unwillig.

„Ja, aber war er jung oder alt?", wollte Krummes-Bein wissen. Wambli-luta schloss kurz die Augen, um sich das Gesicht besser vorstellen zu können. Er würde es wohl nie vergessen. „Eher jung, würde ich sagen. Er hatte freche Augen."

„Hätte ich auch, wenn ich dir vor deiner Nase das Pferd stehlen würde!" Krummes-Bein kicherte vor Schadenfreude.

Wambli-luta verzog das Gesicht zu einem Lächeln. „Wahrscheinlich!", stimmte er zu.

Dann wechselte er das Thema. „Was macht deine neue Frau?", erkundigte er sich.

Krummes-Bein wand sich etwas, denn die Erzählungen von Wambli-luta waren viel interessanter, als sich über Frauen zu unterhalten. „Mein Sohn kann jetzt laufen!", wich er aus. „Meine Mutter liebt ihn sehr. Meine ganze Familie hat ihn ins Herz geschlossen."

Wambli-luta grinste und ließ sich zurücksinken. „Es ist gut, einen Sohn zu haben. Du hast gut entschieden. Du hast ehrenvoll gehandelt, als du das Kind aus dem Wasser gezogen hast."

Krummes-Bein seufzte leicht. „Ja, ich hätte die Frau mit den

Kindern entkommen lassen. Was soll das? Haben wir keine Ehre mehr?"

Wambli-luta zuckte mit den Schultern. Er hatte da nicht viel Mitleid. „Es werden auch unsere Frauen und Kinder getötet oder gefangengenommen. Das ist so. Wieso soll ich Mitleid zeigen, wenn unsere Feinde nicht anders sind?"

„Hoh! Ich habe viel Freude mit dem Kind! Er wird einmal ein starker Lakota-Krieger. Es war gut, ihn von den Ree zu rauben."

„Aha – und die Frau?", bohrte Wambli-luta ein wenig neckend.

„Schsch …!", zischte Krummes-Bein durch die Zähne. Dann wackelte er grinsend mit dem Kopf hin und her. „Ich wusste nicht, ob mich je ein Mädchen mit meinem lahmen Bein erwählen würde, aber die Ree-Frau ist mir in den Schoß gefallen. Sie ist noch recht jung, und so lasse ich ihr Zeit. Sie ist fügsam und lernt unsere Sprache. Ich nehme sie zur Frau, wenn sie wirklich eine Lakota ist und sprechen kann wie wir. Meine Mutter kümmert sich um sie. Das Mädchen hat auch schon eine Freundin: Meine Cousine kommt häufig und bringt ihren Sohn mit, der so alt wie Wakpa–Hokshila ist."

„Das ist schön!", freute sich Wambli-luta. „So wird sie sich schnell anpassen." Er machte eine kurze Pause und fragte weiter: „Und … hat sie auch einen Namen?"

Krummes-Bein kicherte. „Ja – einen, den ich nicht aussprechen kann. Du hattest also recht! Ihr Name bedeutet wohl Erdbeer-Frau. Also nenne ich sie Wazishketscha-win."

„Ein schöner Name! Er erinnert an den Frühling, wenn wir die ersten Beeren sammeln. Sie wird dir bald eigene Kinder schenken und dein Tipi mit Freude erfüllen."

„Ach, ich habe Zeit. Wakpa-Hokshila ist nun mein eigenes Kind. Wir müssen darauf achten, dass er gut den Winter übersteht."

„Das ist wahr!"

Immer wieder starben Kinder im Winter oder durch andere Gefahren, sodass man ihnen alle Aufmerksamkeit widmete. Wambli-luta schloss müde die Augen, und Krummes-Bein erhob sich, um seinen Freund schlafen zu lassen. Ein letztes Mal blinzelte der verwundete Mann. „Bring doch den Kleinen mit, wenn du wieder kommst. Ich möchte ihn gern kennenlernen."

Krummes-Bein strahlte glücklich. „Du wirst ihn sehen!", versprach er eifrig.

Am Abend kehrte Gebrochene-Lanze von einer Versammlung der Wakincun zurück und setzte sich zu seinem Sohn. „Die Späher sind zurück!", begann er das Gespräch.

Wambli-luta lehnte an seinem Backrest und versuchte, möglichst keine Bewegung zu machen. Der ganze Brustkorb spannte, und die Kratzspuren am Arm pochten unangenehm.

„So?" Er hob interessiert die Augenbrauen.

„Ja, sie fanden die Spuren von diesem Psa und sind ihnen gefolgt. Er hat einige Male den Fluss überquert und ist dann verschwunden."

„Verschwunden?", wunderte sich der Sohn.

Der Vater grinste schief. „Ja, er ritt über Felsen, und die Späher verloren die Spur."

„Sehr schlau!", brummte Wambli-luta verhalten bewundernd. „War er allein?"

„Scheint so. Die Späher haben sonst nichts gesehen. Nur Spuren von diesem Grizzly und die Fährten von anderen Tieren. Wir haben trotzdem Wachen aufgestellt. Die Psa wissen nun, wo unser Dorf ist."

„Vielleicht wäre es besser, unser Dorf zu verlegen?", überlegte Wambli-luta.

„Es ist schon zu spät im Jahr. Wenn erst Schnee fällt, kommen auch die Apsalooke nicht mehr durch. Ihre Jagdgründe sind viel weiter westlich ... dort, wo der Hehaka-Wapka, der Fluss mit den gelben Steinen, fließt."

„Ich habe gehört, dass sie manchmal bis zum Mnishosha Cikala kommen ... das wäre nicht so weit entfernt." Wambli-luta verzog leicht die Lippen. „Es wird Zeit, dass wir sie in Richtung der Berge vertreiben. Hier leben nun die Tituwan."

„Oh, du hast schon wieder Pläne?", neckte ihn der Vater.

Wambli-luta nickte ernst. „Ja, vor allen Dingen will ich mir mein Pony zurückholen ... und vielleicht noch ein paar mehr." Er grinste diabolisch. „Und wir können es nicht zulassen, dass die Apsalooke zu einer Gefahr für unsere Frauen, Kinder und Ponys werden."

„Das ist wahr!"

Das Gespräch verstummte, als die Frauen kamen und das Essen verteilten. Anpao-win hatte Neuigkeiten von ihren Freundinnen, die sie mit der Mutter austauschte. Hübsche-Nase interessierte sich sehr für die Neuigkeiten und lauschte gespannt, was ihre Tochter zu erzählen hatte. Die Männer grinsten verschwörerisch und hörten dann aber auch zu.

Anpao-win hob kaum die Stimme, als sie flüsternd den neuesten Tratsch erzählte. „Die Ree-Frau von Mato-ska-cikala wird sehr gut behandelt, aber die eine Frau, die dem alten Mann gegeben worden ist, hat die Flucht gewagt."

„Oh!", staunte die Mutter. „Da wäre ich vielleicht auch weggelaufen!"

„Er ist aufgebrochen, um sie zu suchen, aber die anderen Krieger meinten, dass er sie laufen lassen soll. Sie trägt ein Kind und will vermutlich zu ihrem Mann zurück."

„Wer weiß, ob ihr Mann noch lebt?" Die Mutter schüttelte den Kopf. „Es ist viel zu weit. Sie wird unterwegs umkommen."

„Sie hat wohl ein Pferd und Vorräte gestohlen."

„Oh, das ist schlecht, denn nun will der Mann nicht nur die Frau, sondern auch das Pferd zurück. Wenn er sie erwischt, wird er sie vermutlich töten."

„Hunhunhe!", äußerte die Tochter bestürzt. „Dann hoffe ich, dass sie zu ihrem Volk zurückkommt. Ich würde auch fliehen wollen. Niemals würde ich bei einem anderen Volk leben wollen."

Die Mutter wedelte ängstlich mit der Hand vor ihrem Mund. „Hasch! Sage so etwas nicht! Wir sind ein großes Volk, und unsere Krieger beschützen uns gut!"

Die Tochter schwieg, weil sie ihrer Mutter nicht widersprechen wollte, aber der Angriff der Ree, der ihr und der Großmutter gegolten hatte, war ihr noch klar im Gedächtnis geblieben. Damals war nur der Bruder zwischen ihr und den Feinden gestanden. „Ja, wir werden gut beschützt!", sagte sie in Richtung des Bruders. Ihre Stimme zitterte leicht, und sie wischte sich kurz über die Nase. Sie dachte nicht gern an diesen Tag zurück.

Three Forks

Winter 1809/1810

Es wurde Februar, ehe ein reichlich verfrorener Haufen unter der Führung von John Colter den Handelsposten am Bighorn erreichte. „Scheißwetter!", fluchte er, als er durch das Tor kam.

Sofort eilten Männer herbei, die den müden Leuten halfen, die Pferde in einen Unterstand zu ziehen und die Bündel abzuladen. Hungrig tauchten die Pferde und Mulis die Mäuler in die Futtersäcke mit Hafer, während die Männer zum Handelsposten rutschten. Die Wege innerhalb des Forts hatten sich in rutschige Eisbahnen verwandelt. Der Schnee lag nicht hoch, war aber zu Kristallen gefroren. Die Welt hatte sich in eine Eislandschaft verwandelt, und die Kälte war so klirrend, dass man ohne Mütze und warme Kleidung nicht vor die Tür treten konnten. Auch die Hütten waren schwer zu heizen. Der einzige warme Raum war im Prinzip der Handelsraum, der gleichzeitig als Küche und Aufenthaltsraum genutzt wurde. Viele Trapper hatten das Fort auch verlassen und steckten irgendwo in der Wildnis in ihren provisorischen Hütten oder Tipis, die sie von den Apsalooke eingetauscht hatten. In den abgelegenen Flussläufen hofften sie, einen guten Fang zu machen.

Colters wilder Haufen fiel in den Handelsraum ein und stürzte sich auf das warme Essen, das ihnen gereicht wurde.

„Was war denn los?", erkundigte sich Pierre DuMont. „Ich habe schon viel früher mit euch gerechnet."

„Wagh! Ich sage dir, so ein Scheißwetter hatten wir schon lange nicht mehr. Uns hatte der Schnee so überrascht, dass wir bei den Apsalooke Unterschlupf suchen mussten. Wir blieben dort ein paar Tage, weil wir schneeblind waren." Er schüttelte sich, als müsste er auf diese Weise die Kälte loswerden. „Die haben sich das teuer bezahlen lassen!", murrte er.

Die umstehenden Männer lachten und hingen an Colters Lippen, als er weitere Anekdoten zum Besten gab. „Aber wir haben schon darauf geachtet, dass der Gegenwert stimmte. Ich sage euch, die Apsalooke haben vielleicht hübsche Mädchen!"

Wieder brach Gelächter aus, und einige Männer streiften Matowea mit gierigen Blicken. Die Mandan hatten auch hübsche Mädchen! Aber Pierre zeigte sich nicht besonders großzügig und wachte über die Treue seiner Squaw.

„Und was habt ihr jetzt vor?", fragte Colonel Menard.

„Wir erholen uns ein paar Tage und brechen dann zur Three Forks auf. Wenn wir uns nicht beeilen, ist die Jagdsaison um."

„Bei dem Schnee?", wunderte sich Menard mit hochgezogenen Brauen. „Da verrecken euch die Pferde."

Colter winkte ab. „Bis hierher haben sie es ja auch geschafft. Und wenn nicht, tauschen wir wieder ein paar bei den Indianern ein." Er schien sich keine großen Sorgen zu machen. „Es ist so lausig kalt, dass auch die Inyuns in ihren Zelten bleiben werden."

Menard leckte spöttisch den Kopf schief. „Genau! Die sind ja auch vernünftig."

„Ach, mit der richtigen Ausrüstung geht das schon. Meist schneit es jetzt nicht mehr so viel, und die Flüsse haben wenig Wasser. Ich schätze, dass wir die Three Forks in zwei bis drei Wochen erreichen können. Dann bauen wir einen Stützpunkt und stellen in der Umgebung unsere Fallen auf. Dort stolpert man alle paar Schritte über Biber!"

Andrew Henry kam besorgt hinzu und begrüßte den wagemutigen Trapper. Er machte sich Sorgen, ob es nicht zu spät war, um noch zu den Three Folks aufzubrechen. Colter beruhigte ihn, „In den Bergen kommt der Frühling erst spät. Wir werden noch eine gute Saison haben!"

Die mitgereisten Trapper nickten mit leuchtenden Augen. Trotz der überstandenen Strapazen schienen sie nicht davon abzubringen zu sein, Colter auch weiterhin zu folgen. Schnee und Kälte hatte noch nie einen Trapper davon abgehalten, in der Wildnis zu leben. Das gehörte zu ihrem Beruf dazu. Sie vertrauten den beiden Männern, denn sowohl Colter als auch Henry waren erfahrene Voyageure, die genau wussten, was sie taten. Henry lachte gut gelaunt und schlug Colter auf die Schultern. „Dann brechen wir also auf! Und ich habe ein Auge auf dich, dass du nicht zu viele Wagnisse eingehst!" Den Männern war nicht ganz klar, wer die Expedition eigentlich führte, aber nachdem sie wenig Wert auf

Hierarchie legten, war das ohnehin egal. Einige Männer folgten eher Colter, die anderen Henry. Entschieden wurde gemeinsam. Sie fanden Unterstützung in Colonel Menard, der ebenfalls entschied, die Männer zu begleiten. „Kann euch ja nicht alleine lassen!", hatte er gebrummt. Er übergab das Kommando an Raoul, einen Spanisch sprechenden Trapper, der aber auch Apsalooke und Englisch beherrschte. „Stell immer Wachen auf!", befahl er ernst. „Du weißt nie, ob diese Blackfeet hier nicht wieder auftauchen." Raoul hatte genickt und versprochen, gut auf den Posten und die Männer achtzugeben. Sie waren alle erfahren und wussten, was zu tun war.

Pierre freute sich auf die Abwechslung. Im Fort herumzuhängen und bis auf das Fällen von Holz, das sie zum Heizen brauchten, nichts zu tun zu haben, langweilte ihn. Er war ein paar Mal zur Jagd aufgebrochen und hatte Hirsche und Bisons geschossen. Aber Geld verdiente man mit Biberpelzen. Immerhin hatte er jetzt warme Umhänge aus Bisonfell, sodass er für die Expedition bestens gerüstet war.

Als Colter und Henry nach zwei Tagen endlich aufbrachen, schloss sich Pierre mit seiner Frau frohen Herzens und auch ein bisschen aufgeregt an. Er hatte zwei der eingetauschten Pferde erhalten, seine Bündel gepackt und folgte nun dem Tross aus Abenteurern, Trappern und ausgebildeten Schützen. Mato-wea saß ebenfalls auf einem braven Pony, warm in ihr Bisonfell gehüllt, und folgte ihm widerspruchslos. Sie hatte nicht einmal gefragt, wohin die Reise ging.

Die Gruppe kam die ersten Tage gut voran. Sie folgten dem Yellowstone am südlichen Ufer in westlicher Richtung und erlebten, wie die Landschaft sich langsam von welligem Moränenland mit lichten Wäldern und Prärien in dicht bewaldetes Vorgebirge verwandelte. Colter kannte sich aus und verließ schließlich den Yellowstone, der hier eine Biegung nach Süden machte. Hierzu mussten sie zum ersten Mal den Fluss durchqueren, der dort zum Glück recht flach war. Sie bauten mehrere Bullboote und transportierten die Ausrüstung darin über den Fluss, dann folgten die Männer auf ihren Pferden und zogen die Mulis mit der übrigen

Ausrüstung hinterher. Wenn man die Beine anzog, konnte man trockenen Fußes über den Fluss gelangen. Anschließend nahmen sie Stofffetzen aus Baumwolle und trockneten die Bäuche der Pferde. Als alles wieder auf den Packmulis verladen war, folgten sie einem klaren Bach in das Gebirge. Hier kannte Colter einen Pass, über den sie über die Berge kommen würden, die sich plötzlich vor ihnen öffneten. Dann wurde der Weg eng. Hohe Berge türmten sich an beiden Seiten auf, und sie folgten dem klaren Bach, der sprudelnd über felsiges Gestein floss. Er führte wenig Wasser, sodass es möglich war, ihm am Ufer durch die Schluchten zu folgen. Fichten hatten sich in die Felsen gekrallt und wuchsen selbst noch an den steilen Canyon-Wänden. Zwischendurch sah man die schwarze-weiße Rinde von Birken mit ihren vereisten Zweigen. Manchmal kreiste ein Bussard am Himmel, oder einige Krähen spähten ihnen von den Wipfeln der Fichten hinterher. Einmal scheute ein Pferd, weil ein Puma sie von einem Felsen aus anfauchte und dann schnell verschwand. Sie fanden auch Spuren von Füchsen im Schnee, sahen aber keinen.

Nachts bauten sie einen Windschutz aus Ästen und Zweigen, setzten sich um mehrere Feuer und legten sich dann auf ihre Bisonfelle. Um sich vor dem Frost des Bodens zu schützen, bauten sie ein Lager aus Fichtenzweigen. Die Männer waren dieses Leben gewohnt. Schwieriger war es, die Pferde zu versorgen. Sie hatten Haferrationen dabei, doch wenn sie erst an der Three Forks angekommen waren, mussten die Pferde selbst nach Futter suchen. Colter machte sich darüber keine Sorgen. Er ging davon aus, dass einige Pferde ohnehin starben oder von Indianern gestohlen wurden, und plante, die Felle und die Ausrüstung in Kanus oder Bullbooten flussabwärts zu bringen. Auch Lewis und Clark hatten auf der Rückreise vom Pazifik einfache Kanus gebaut und waren so den Missouri hinuntergepaddelt. Man musste sich der Situation anpassen.

Nach dem Pass erreichten sie den Östlichen Gallatin-Fluss, dessen Windungen sie am Rand der Berge in Richtung Nordwesten folgten. Nach ungefähr zehn Meilen Luftlinie erreichten sie den Gallatin-Fluss, der sie irgendwann zu den Three Forks bringen würde. Ab hier folgten sie dem Fluss nur noch teilweise, denn durch die vielen Windungen hätten sie Zeit verloren. Nach drei Tagen erreichten sie endlich den Bestimmungsort und blickten von einem Hügel auf die vielen Flussarme, das riesige grüne Tal mit seinen dunklen Fichten und den Missouri, der von hier durch die Berge floss. „Mes amis", seufzte Colter. „Hier gibt es Biber!" Niemand zweifelte es an, denn er war ja schon hiergewesen.

„Weißt du einen Platz, der für einen Posten günstig wäre?", erkundigte sich Henry.

„Vielleicht einen Ort, der im Frühjahr nicht überschwemmt wird?", meinte Pierre.

Colter deutete weiter nach Westen. „Wenn wir den Madison überqueren, gibt es auf der anderen Seite ein paar Seen. Der Boden darum ist festes Gelände und auch erhöht. Das sollte sicher sein. Außerdem gibt es dort genügend Holz, das wir schlagen können. Da brauchen wir auch nicht weit zu gehen, um Biberfallen aufzustellen. Da wimmelt es von den Biestern. Das ganz Tal ist voll davon."

Die Männer grinsten erwartungsvoll, als sie dem Ende ihrer Reise entgegensahen. Ohne Murren überquerten sie ein letztes Mal einen Fluss und folgten Colter, der sie an einen kleinen See führte. Die Landschaft war atemberaubend: Flusstäler mit dunklen Fichten, kleine Seen, dahinter türmten sich hohe Berge, deren Hänge und Gipfel mit Schnee bedeckt waren. Die Wasser waren klar und sauber, die Fichten standen hoch und im Unterholz gab es verdorrtes Gras für die Pferde. Auf dem ersten Blick eröffnete sich den Männern das Paradies. Für die Nacht errichteten sie wieder ihr provisorisches Lager, doch bereits am nächsten Tag durchdrangen Axtschläge die Wildnis. Henry hatte keine großen Pläne: Er wollte einen Posten, in dem man sich gegebenenfalls verteidigen konnte, und einige kleinere Hütten für die Männer oder um die Felle zu stapeln. Dann konnte man immer noch sehen, ob es sich lohnte, den Posten auszubauen. Mit über hundert Mann wurden schnell die Stämme herangetragen, um einfache Hütten zu bauen. Die Palisaden zu errichten war Plackerei, denn der Boden war gefroren, aber schließlich stand der Wall aus

Stämmen. Henry nannte es stolz „Fort Henry", obwohl das wahrscheinlich zu hochtrabend für die jämmerliche Ansammlung von Hütten war.

Mato-wea wurde losgeschickt, um Moos zu sammeln, das sie bei den neu entstandenen Hütten in die Ritzen stecken sollte. Ein Gerüst aus Ästen wurde als Dachkonstruktion gebaut, über die anfangs nur Planen gezogen wurden. So konnte man schon darin wohnen und war vor Regen und Schnee geschützt. Dann wurden dünnere Stämme auf die Dächer gelegt, die keine Giebel hatten, sondern nur zu einer Seite hin abfielen. Es war zu spät im Jahr, um es mit Grassoden zu decken, also legte man die Planen wieder darauf, um das Innere vor Regen zu schützen. Sie hatten einige Dutch Ovens dabei, mit denen sie über offenem Feuer kochen konnten. Das musste für die Männer reichen. Die anderen bauten wieder ihre Lodges auf, in denen sie über Nacht im Trockenen schlafen konnten. Einige Männer blieben im Camp und kümmerten sich um das Essen und das Gerben, während die anderen endlich loszogen, um die Fallen aufzustellen und Biberdämme zu öffnen, um an die Tiere darin zu gelangen.

Pierre entschied, mit Mato-wea weiter den Madison-Fluss stromaufwärts zu gehen und dort ein Camp zu errichten. Er hatte ein kleines Zelt dabei, das er für sie aufbauen konnte. Dann konnte sie dort die Felle gerben und für ihn kochen. Colter versuchte ihm das auszureden, weil es in seinen Augen gefährlich war, doch Pierre hörte nicht auf ihn. Mit einem jungenhaften Grinsen wischte er die Bedenken zur Seite. „Mon dieu, ehe die Inyuns mein kleines Zelt finden, werden sie wohl eher über euch stolpern. Ihr seid ja wirklich nicht zu übersehen. No, no … ich nehme meine Squaw und versuche mein Glück weiter stromaufwärts. Da habe ich sie auch aus dem Blick der anderen. Was soll sie hier als einzige Frau?"

Colter zuckte mit den Schultern. „Deine Entscheidung! Wenn du Ärger bekommst, dann weißt du ja, wo wir zu finden sind. Aber melde dich ab und zu."

„Mach ich!" Pierre nickte kurz und machte sich dann auf, seine beiden Pferde zu beladen. Zusätzlich zu einem festen Gehalt war er am Ertrag der Pelze beteiligt. Je mehr Biber, desto höher der

Gewinn. Mato-wea wunderte sich etwas, dass sie wieder aufbrachen, doch er gab ihr keine Begründung für seine Entscheidung. Wortlos führte er sie den Madison-Fluss entlang und fand am Nachmittag ein schönes Plätzchen, das vielversprechend aussah. Angenagte Bäume verrieten ihm, dass hier Biber lebten, und er hatte auch andere Spuren entdeckt. Hier würde die Jagd gut werden. Mit Hilfe von Mato-wea lud er die Bündel ab und suchte einen trockenen Platz zwischen einigen großen Fichten. Hier baute er seine Lodge auf und schickte dann Mato-wea los, um Feuerholz zu sammeln. „Heute Abend wollen wir es warm haben!", sagte er lächelnd. Er führte die beiden Pferde unter die Bäume, wo sie altes Gras und Rinde knabbern konnten. Er band einen langen Strick zwischen zwei Bäume und leinte dann die Pferde daran fest. So konnten sie sich etwas bewegen, aber ohne davonzulaufen. Die beiden sahen ihn mit vorwurfsvollen braunen Augen an und warteten wohl wieder auf ihre Ration Hafer. Er klopfte ihnen auf die Schultern und entschuldigte sich. „Tut mir leid, aber ihr müsst wohl mit Rinde vorliebnehmen."

Mato-wea hatte bereits ein Feuer entfacht und hängte den Kessel über ein Dreibein aus Ästen, um mit Wasser und getrocknetem Fleisch eine Suppe zu kochen. Sie hatte gefrorene Beeren gefunden, die sie ebenfalls in die Brühe gab. Es würde gut schmecken! Er freute sich auf die Nacht mit ihr. Unter dem warmen Fell würde es warm sein und ihre Leiber würden sich aneinanderkuscheln und gegenseitig wärmen.

Die nächsten Tage stapfte Pierre die Gegend ab und legte seine Fallen aus. Es wurde bereits wärmer, sodass zumindest die fließenden Gewässer schon fast eisfrei waren. Mit einer Hacke öffnete er einen Biberbau nach dem anderen und erschlug die Tiere mit einem Knüppel. Dabei musste er aufpassen, denn die Biber verteidigten ihre Familien und bissen mit ihren langen Zähnen zu. Wenn er Glück hatte, fand er eine Familie, bei der noch die Jungen vom letzten Wurf lebten. Dann war die Beute richtig gut. Mato-wea hatte die Aufgabe, die Biber, die er brachte, abzubalgen. Manchmal half er ihr dabei, denn er brachte so viel Beute, dass es für die Frau mühsam wurde. Er trennte meist die Vorder-

und Hinterpfoten am Gelenk ab, weil das Kraft erforderte. Dann schnitt er den Pelz am Schwanzansatz ab und begann das Abbalgen. Er achtete darauf, dass möglichst wenig Fett oder Wildbret am Balg blieb. Das war gar nicht so einfach, da die dünne Fleischschicht seitlich und am Ziehmer des Bibers eng mit der Haut verbunden war. Er nutzte ein scharfes Messer dafür und hielt mit der anderen Hand den Balg unter Spannung, sodass sich die Haut von dem Körper löste. Die weitere Arbeit überließ er seiner Frau: Mato-wea spannte den Balg auf einen kreisrunden Reifen, wobei überstehende Schwanz- oder Lippenbereiche abgeschnitten wurden. Anschließend zog sie die Löcher der Vorder- und Hinterläufe zusammen und fixierte auch diese an dem Reifen. Mit einem scharfen Messer schabte sie alle Reste von Fett oder Fleisch sauber ab und hängte dann den Reifen zum Trocknen auf. Der ständige Wind tat ein Übriges, den Balg zu trocknen. Pierre untersuchte den Trockenprozess und entschied, wann die Bälge für den Transport zusammengelegt werden konnte. Das Fell wurde dann vom Reifen genommen, gut gebürstet und anschließend Fellseite an Fellseite gestapelt. Wenn sie gut bearbeitet wurden, brachten sie einen guten Preis. Die Pelze der Jungen waren etwas kleiner als die der erwachsenen Biber. An manchen Tagen brachte er bis zu zwanzig Kadaver, die er und Mato-wea bearbeiteten.

Die Biberjagd war ein erträgliches Geschäft. Die Tiere waren leicht zu finden und ebenso leicht zu jagen. Ihre Dämme und Burgen waren unübersehbar und für Pierre problemlos erreichbar. Manchmal flohen die Tiere durch ihre Kanäle, wenn er den Bau aufbrach. Einige lagen noch unter Eis, aber an der aufsteigenden Atemluft konnte er sehen, welchen Wassertunnel sie benutzten. Dann wartete er einfach, bis sie auftauchten und packte sie am Nacken, um sie zu erschlagen. Er hütete sich, den schönen Pelz mit einem Messer zu versauen. Die Tiere wanden sich in seinem Griff und wehrten sich nach Kräften, wobei er einmal ziemlich heftig gebissen wurde. Die Wunde entzündete sich so, dass er sie tatsächlich ausbrennen musste.

„Merde!", fluchte er, als Mato-wea eine erhitzten Klinge auf das entzündete Fleisch drückte. Er hatte nun eine ziemliche Brandwunde, die fürchterlich schmerzte. Er konnte die Hand mehrere Tage kaum bewegen, sodass er sein Gewehr nahm und Jagd auf Hirsche machte. Er wies Mato-wea an, in der Zwischenzeit nach den Fallen zu sehen und die erbeuteten Tiere mitzubringen. Meist ertranken die Biber, wenn sie in die Fallen gerieten, und stellten keine Gefahr mehr dar. Er zeigte ihr, wie man die Falle anschließend wieder öffnete und erneut auslegte. Sie musste dazu in das eisige Wasser steigen, was ihr nichts auszumachen schien. Zurück im Camp wechselte sie die Mokassins und Leggins und Mato-wea walkte sie in der Nähe des Feuers durch bis sie trocken waren.

Das Umherstreifen in den Wäldern war nicht ungefährlich, denn immer wieder stieß Pierre auf die Fährten von Pumas und anderen Raubtieren. Er wusste, dass Bären in der Nähe waren, und war vorsichtig genug, immer sein geladenes Gewehr dabeizuhaben. Er hatte riesige Abdrücke gesehen, die darauf hinwiesen, dass es wohl Grizzlybären sein mussten. Sie waren bereits aus der Winterruhe erwacht, und er folgte den Spuren, weil er fürchtete, dass sie dem Lager zu nahe kamen. Diese Biester konnten einem Menschen richtig gefährlich werden. Vor allem, wenn sie nach der Winterruhe hungrig waren! Er sorgte sich etwas um Mato-wea, die kein Gewehr besaß. Der Geruch der Abfälle und des Essens war eine ständige Gefahr, denn Bären würden dies auf viele Meilen riechen. Er wies sie an, stets ein Feuer zu unterhalten, damit sie einen Bären zur Not mit einer Fackel vertreiben konnte. Abfälle wurden sofort im Fluss entsorgt und die Nahrung in einen hohen Baum gehängt. Pierre war sich nicht sicher, inwieweit die Bälge, die zum Trocknen im Baum hingen, für einen Bären verlockend sein würden, und so verwahrte er die fertigen Packen ebenfalls in einiger Entfernung vom Camp. Er versteckte sie gut in einem provisorischen Unterstand, denn er fürchtete, dass Indianer sie stehlen könnten. Der Unterstand war so getarnt, dass man ihn erst sah, wenn man fast darüber stolperte. Bisher hatte er keine Indianer entdeckt, aber das musste nicht bedeuten, dass keine in der Umgebung waren. Die Jagdgründe waren voller Wild, sodass er davon ausging, dass im Frühjahr hier Apsalooke und Blackfeet auftauchen würden, um zu jagen. Zumindest waren die Pferde noch da und scharrten mit ihren Hufen nach verfaultem Gras oder knabberten an Birkenrinde. Einige Bäume waren in der Reichweite ihrer Zähne schon ganz kahl. Er hatte die Leine schon mehrfach verlegen müssen, weil die Tiere alles abgegrast hatten. Vielleicht konnte er sie doch für den Rücktransport benutzen. Dann musste er kein Kanu bauen. Pierre genoss die Zeit in der freien Natur. Er war jung und abgehärtet, und die Kälte machte ihm nichts aus. Er hatte warme Kleidung, und nachts wärmte ihn die Squaw. Vor dem Einschlafen schlief er oft mit ihr, denn das wärmte schön durch. Wenn er anschließend ausgepumpt unter dem Fell lag, lobte er sich für diese Investition. Er versuchte ihr das Küssen beizubringen, denn er vermisste ein bisschen die Anschmiegsamkeit und Spielerei, wie er es bei anderen Frauen kennengelernt hatte. Sie war willig und gehorsam, aber auch ein wenig langweilig. Er wollte mehr Ekstase, Feuer, Hingabe und das Gefühl, in ihr zu versinken.

Mato-wea streckte ihren schmerzenden Rücken und ließ die Arbeit kurz ruhen, um nach dem Essen zu schauen. Es gab fast täglich Biber oder Biberschwanz, in allen Variationen, wobei der Biberschwanz meist direkt auf dem Feuer gebraten wurde. Sie wartete, bis genug Glut entstanden war, und legte ihn einfach hinein. Wenn die äußere Haut Blasen warf, schob sie den Schwanz etwas zur Seite und wartete, bis die dunkle Haut sich löste und das Fleisch samt der Fettschicht zum Vorschein kam. Dann schnitt sie es mit dem scharfen Messer, das Pär ihr gegeben hatte, in Streifen. Es war sehr lecker und nahrhaft – aber nicht, wenn man es täglich zu essen bekam. Sie freute sich, wenn Pär zur Abwechslung mal Hirschfleisch brachte. Das reichte dann natürlich eine ganze Weile.
Die Lebensweise des weißen Mannes verwunderte sie sehr. Sie verstand nicht, warum er es vorzog, so allein im Wald zu leben. Sie vermisste die anderen Frauen und das Lachen der Kinder. Außerdem erschien es ihr geradezu waghalsig, ohne den Schutz des Stammes in feindliches Gebiet einzudringen. Sie war stets wachsam, und doch befiel sie allzu oft ein eigentümliches Gefühl der

Gefahr. Hier war niemand, der sie vor dem Angriff eines Pumas oder Grizzlys schützte oder ihr beistand, wenn Feinde auftauchten. Die Idee, einen Bären mit Feuer zu vertreiben, fand sie geradezu lächerlich. Was dachte dieser Mann sich eigentlich? Aber sie wagte nicht, sich zu beschweren oder zu klagen. Vielleicht waren die Geister ihm ja gewogen? Nur ein Mann, der viel Mut besaß und gute Medizin hatte, wagte so ein Unterfangen. Immerhin brachte er stets genug Nahrung. Tatsächlich brachte er mehr, als sie beide essen konnten. Sie trocknete dann das Fleisch, und manchmal nahm er das Pferd und brachte die Beute zum Posten zurück und kam mit Dingen, die er brauchte, wieder zurück. Diese Zeit war für sie am schlimmsten, denn er ließ sie allein zurück. Sie gehorchte klaglos und hoffte, dass er nicht für mehrere Nächte ausblieb.

Der Schnee taute längst, und sie wusste, dass bald andere Jäger auftauchen würden. Sie wachte darüber, dass das Feuer die ganze Nacht brannte, und wurde müde von dem Schlafentzug. Sie döste immer nur kurz, weil sie Angst hatte, dass das Feuer herunterbrannte und sie dann schutzlos den wilden Tieren ausgesetzt war. Wenn Pär bei ihr schlief, war es besser, denn er hatte stets die Flinte neben sich. Ob er ihr wohl auch so eine Waffe geben würde? So ein Donnerding war eine gute Sache, obwohl sie nicht wusste, welche Geister in der Waffe steckten. Aber Pär schien vor ihnen keine Angst zu haben. Pär schien vor nichts Angst zu haben … auch nicht vor den Geistern der Tiere, die er tötete. Es beunruhigte sie, dass er sich niemals bedankte und niemals Opfer für die Geister der getöteten Tiere hinlegte. Außerdem verabscheute sie es, dass er tatsächlich ganze Familien tötete. Woher sollte denn die nächste Generation von Bibern kommen, wenn er alle tötete? Sie empfand Mitleid mit den Jungtieren, deren Fell sie abschabte und bürstete. Es war ein Gedanke, der neu für sie war, denn bisher hatte sie sich keine Gedanken über Jagdbeute gemacht. Aber Pär brachte viel mehr, als sie brauchten. Er freute sich darüber, denn es brachte etwas ein, das er „gute Dollar" nannte. Sie hatte noch nie etwas von „Gute Dollar" gehört und wunderte sich, was das wohl sein könnte. Sie hatte gefragt, ob man es essen könnte, und er hatte sie ausgelacht. Bis heute wunderte sie sich, was das wohl sein könnte, was er für die Felle bekam.

Manchmal ging sie in der Nähe des Lagers auf Kaninchenjagd. Im Schnee konnte sie gut erkennen, wo sie ihren Bau hatten, und legte sich mit einer Schlinge auf die Lauer. Pär freute sich über die Abwechslung im Essen und rieb sich abends genüsslich den Bauch. Dass seine Frau auch jagen konnte, schien ihm zu gefallen. Nur die Felle hielt er für wertlos, also fertigte Mato-wea Fäustlinge und eine warme Mütze daraus an. Sie verabscheute es, Dinge einfach wegzuwerfen. Pär lachte fröhlich, als er sie mit der Mütze sah. „Du siehst so hübsch damit aus!", lobte er freundlich. Mit seinem Gesicht kam er näher, und sein Bart kitzelte sie. Sie kicherte, als er ihr wieder einen seiner feuchten Küsse auf die Lippen drückte. Er schnurrte tief, und sie ahnte, was er wollte. „Nicht jetzt!", schimpfte sie.
Hurtig erhob sie sich, damit er nicht auf die Idee kam, sie gleich hier im kalten Schnee zu verführen. „Wuah … aber ich habe jetzt Appetit auf dich!" Seine Augen funkelten begehrlich, und sie trat den Rückzug an. So gut es ging stapfte sie rennend und stolpernd durch den Schnee und versuchte das Zelt zu erreichen. Dieser Mann war „komplet fou" – völlig verrückt geworden. Sie kreischte erschrocken, als er sie auf den letzten Schritten packte und sich mit ihr im Arm ins Zelt warf. Die Mütze rutschte von ihrem Kopf, und sein Atem strich leicht keuchend über ihr Gesicht, als er erneut ihren Mund forderte. Sie hatte an etwas Wintergrün geknabbert, und der leicht würzige Geschmack übertrug sich auch auf ihn. „Du schmeckst so gut", knurrte er vergnügt. Sie hatte noch die Robe um ihre Schultern, die nun wie eine zweite Decke auf das Lager rutschte. Ungeduldig zog er seine Handschuhe aus und schob mit einem Ruck ihr Kleid höher. Sie wollte es ihm verbieten … vielleicht erst ein Feuer machen und die Klappe schließen … oder … es blieb keine Zeit dafür, denn seine Hände hatten bereits ihren Körper umfangen. „Es ist zu kalt", wisperte sie.
„Ach wo!", schob er ihre Bedenken zur Seite. Er richtete sich kurz auf, um seinen Mantel auszuziehen. „Unter der Decke ist es schön warm!"

Mit einem Lachen zog er sie hoch, um ihr das Kleid über den Kopf zu ziehen. Sie erschauerte – und nicht nur wegen der Kälte. Ihre Brustwarzen wurden hart, als seine Hände sie gierig umfassten. „Huh!", stöhnte sie. Irgendwie ging ihr das alles zu schnell. Sie rückte etwas von ihm weg, doch er nutzte diese winzige Flucht nur, um seine Hose zu öffnen. „Na warte, ma petite indienne! Du entkommst mir nicht!"

Fordernd warf er sich auf sie und erstickte ihren Protest mit einem weiteren Kuss. Sein Körper lag schwer auf dem ihren, aber wenigstens wurde es nun wärmer. Seine Hände waren nun überall, und sie kicherte wie ein kleines Mädchen. Dann begann er fest an ihrer Brust zu saugen. Ihr Körper erbebte, obwohl sie sein Tun nicht guthieß. Was tat er da? Ihr Unterkörper spannte auf angenehme Weise, und sie ließ ihren Kopf widerstandslos zurückfallen. Weiße Männer waren seltsam, aber auf eine nette Art. Sein offener Gürtel piekste an ihrem Bauch, und sie suchte mit der Hand danach und schob es weg. Auch sein Messer und das Pulverhorn waren irgendwo im Weg. Er lachte, als sie ihn von diesen Dingen befreite. „Ja, so ist es schön, meine Kleine!"

Er riss sein Hemd hoch, damit sie ihn ein wenig an der Brust streichelte. Er seufzte zufrieden und fiel wieder über ihre Brüste her, während eine Hand bereits zwischen ihre Beine fasste. Vorsichtig begann er sie an ihrem Hügel zu streicheln und grinste erfreut, als sie stöhnend die Beine öffnete. Mato-wea zitterte, als ihr Körper sich den Zärtlichkeiten entgegenstreckte. Noch nie hatte er sie auf diese Weise berührt! So spielerisch und liebevoll. Ihr Körper wurde heiß, und die Kälte im Zelt war längst vergessen. Ihre Hände streichelten weiter seine Brust und baten ihn, nicht aufzuhören mit dem, was er dort gerade tat. Alles erschien ihr nun weich und bereit, ihn in sich zu spüren. Ihr Körper tobte, als sein Spiel mit dem Finger wilder wurde. Ihr war nicht bewusst, dass sie inzwischen keuchte und die Beine hochzog, damit er sie endlich mit seiner Lust erfüllte. Als dann sein hartes Ding in sie vorstieß, ergab sie sich ganz seinem Drängen und seiner puren Männlichkeit. Er nahm sie mit wilden Stößen, die sie nur noch mehr reizten und die ihren Körper in Ekstase brachten. Wie ein röhrender Hirsch riss er den Kopf hoch und stöhnte tief, als er seinen Samen in ihr vergoss. Sie aber gab sich den Wellen hin, die ihren Körper erfassten, und spürte die anschließende wohlige Erschöpfung. Mit klopfendem Herzen, verschwitzt und glücklich nahm sie ihn in die Arme. Er keuchte ausgepumpt und lag nun wie ein großer, schwerer Sack in ihren Armen. Sie fühlte, wie sein Herz klopfte, als wollte es ihm aus der Brust springen. Sein Haar war verschwitzt, und sie gab ihm einen Kuss auf die Stirn. Dann zog sie aus der Nähe eine Decke über ihre beiden Körper und kuschelte sich an ihn. Ihr verrückter Mann!

Die Tage wurden länger, und überall glitzerten die Tropfen des schmelzenden Eises. Der feuchte Schnee wurde schwer, und immer wieder brachen Äste unter der Last zusammen. Der Boden war matschig, und die Feuchtigkeit drang durch und durch, sodass Pierre entschied, nicht mehr zum Fort zu reiten, sondern die letzten Wochen für die Jagd nutzte. Seine Munition reichte noch, und Lebensmittel hatten sie ohnehin genug. Die Sonnenstrahlen wurden wärmer, sodass es tagsüber angenehm war. Nachts blieb es frostig kalt, und die Welt erstarrte wieder. Doch wenn die Sonne durch die Bäume schien, verwandelte sich das Eis wieder in die glitzernde Zauberwelt. Ein angenehmer Duft nach Fichtennadeln lag in der Luft, und der Wind brachte keine Kälte, sondern warme Brisen aus dem Süden. Die Wiesen rochen ein wenig modrig, als der Schnee das matschige Gras des Herbstes freigaben. Ebenso faulig roch es am Wasser, wenn dort angeschwemmte Kadaver ans Ufer gespült wurden.

Mato-wea entdeckte die Kadaver von Wapitis und Weißwedelhirschen, manchmal sogar Bisons, die anscheinend beim Überqueren der Flüsse im Eis eingebrochen waren. Der Fluss sprudelte mächtig an ihnen vorbei und hatte bereits den Hauptarm freigelegt. Lediglich die flachen Uferbereiche und vielen Nebenarme tauten nur langsam auf. Trotzdem kamen die ersten Zugvögel zurück und bevölkerten bereits die freigelegten Wasserflächen. Pär behielt den Fluss genau im Auge, denn er befürchtete, dass seine Lodge vielleicht im Überschwemmungsgebiet lag.
„Es wird Zeit, dass wir aufbrechen!", sagte er eines Tages.

Mato-wea half ihm, die vielen Pelze in handliche Bündel zu packen, und seufzte erleichtert. Es wäre schön, wieder unter Menschen zu sein.

„Freust du dich?", erkundigte sich Pär.

Mato-wea sah auf und nickte. „Wir nicht mehr allein!", stellte sie fest. Es war kein Vorwurf, sondern nur eine Bemerkung.

Pär grinste. „Ja, es wird gut sein, die anderen zu sehen! Außerdem bin ich völlig ausgetrocknet."

Mato-wea runzelte überrascht die Stirn und deutete auf den Fluss. „Dort Wasser!"

Pär lachte laut und schüttelte amüsiert den Kopf. „Nicht Wasser! Whiskey!"

„Uh, nicht gut für mich", wehrte sie angeekelt ab. Sie erinnerte sich nur zu gut an den schrecklichen Geschmack und die anschließenden Kopfschmerzen.

Sie folgte Pär zurück zu ihrem kleinen Lager und half ihm, die Lodge abzubauen und zu verpacken. Das Feuer war heruntergebrannt, aber das Essen im Kessel noch lauwarm. Die Pferde standen etwas weiter entfernt und rupften das erste Gras, das zwischen den Halmen des alten hervorlugte. Vorwitzige Dotterblumen und Löwenzahn waren die ersten Vorboten des Frühlings. Sie wollte gerade das Essen schöpfen, als sie sich erschrocken duckte und mit der Hand in Richtung des breiten Flusses wedelte. „Fremde!", zischte sie.

Pär duckte sich sofort hinter einen Baum und zog auch Mato-wea mit sich. Von weitem wäre das Lager nicht zu sehen gewesen, aber die Pferde standen zu nahe. Er zeigte mit der Hand in deren Richtung und schickte Mato-wea los. „Zieh sie weiter hinter die Bäume!", wies er sie an.

Mato-wea blieb im Schatten der Bäume, als sie schnell zu den Pferden hastete. Sie nahm die Zügel und zog die beiden Tiere hinter einige Fichten. Dann blieb sie mit klopfendem Herzen neben ihnen stehen. Eines wurde unruhig, und sie trat hinzu und hielt die Hand über die Nüstern, damit es nicht schnaubte. Hoffentlich sahen die Krieger nicht in ihre Richtung! Sie war sich nicht sicher, ob die Bäume einen ausreichenden Schutz boten. Andererseits wollte sie auch nicht weitergehen, weil sie sich dann durch die Bewegung verraten würde. Alles, was die Aufmerksamkeit der Krieger erregen würde, musste unbedingt vermieden werden. Sie spähte durch die Zweige und sah, wie drei Krieger planschend durch einen Nebenarm des Flusses ritten. Sie ritten parallel zu ihrem Versteck und schienen arglos zu sein. Dann suchten sie nach einer Furt, wo sie den Fluss ganz überqueren konnten. Sie waren in Richtung des Postens unterwegs, und die Kriegsbemalung zeigte ihr, dass es kein freundlicher Besuch sein würde. Die Männer waren kampfbereit!

Etwas weiter in Richtung der Feinde lag Pär in seinem Versteck und hielt das Gewehr in der Hand. Er hatte einen Lappen auf den Lauf gelegt, damit das Blitzen in der Sonne ihn nicht verriet. Mit Schrecken dachte Mato-wea an den Kessel, der dort noch stand. Sie hoffte, dass er von der Furt aus nicht zu sehen war. Das Feuer schwelte zum Glück nicht mehr, sodass von dem Lager fast nichts mehr zu erkennen war. Man musste schon davorstehen, um an dem zertrampelten Boden zu sehen, dass hier vor kurzem noch Menschen gewesen waren. Sie blieb in ihrem Versteck und beobachtete, wie die Krieger ohne Eile erst den Fluss überschritten und wieder auf höheres Gelände kamen. Ohne sich umzudrehen ritten sie weiter und verschwanden schließlich aus ihrem Blickfeld. Mato-wea wartete noch eine Weile, band dann die Pferde fest und eilte vorsichtig zum Lager zurück. Pär lag immer noch zu Boden gedrückt da und blickte ihr mit ernsten Augen entgegen. „Das war knapp."
Sie nickte wortlos.
„Heute können wir nicht zurück. Zu gefährlich!" Pär kniff sorgenvoll die Augen zusammen. „Die sahen aus wie Pekuni. Mit denen hatte ich schon mal zu tun! Die mögen keine Trapper."
„Sie töten uns?", fragte Mato-wea.
„Ganz bestimmt!" Pär kniff die Lippen zusammen und nahm den Lappen von seinem Gewehr. „Hoffen wir lieber, dass wir denen nicht in die Arme laufen! Wir halten uns still und machen uns morgen auf den Weg. Heute entzünden wir lieber kein Feuer!"
Mato-wea schüttelte sich. Ein Feuer war weithin zu sehen. Das wäre wirklich keine gute Idee gewesen. „Nein!", wiederholte sie.

„Kein Feuer!"

„Wo sind die Pferde?", wollte Pär wissen.

Mato-wea deutete auf die Fichtengruppe. „Da hinten."

„Wir lassen sie dort. Vom Fluss aus sind sie nicht zu sehen. Vielleicht ziehe ich sie sogar noch ein bisschen weiter nach hinten. Dort ist eine Senke, in der wir sie verstecken können. Wir müssen aufpassen, dass keiner da unten zum Fluss geht. Wenn diese Burschen unsere Spuren finden, ist es vorbei."

Mato-wea nickte bestätigend. „Ich gehe nicht!"

„Braves Mädchen!" Zum ersten Mal lächelte Pär wieder und entspannte sich etwas. „Puh!", stöhnte er und kratzte sich am Kopf. „Es wird Zeit, dass wir diese Gegend verlassen."

Die Nacht verbrachten sie in ständiger Sorge, dass sie entdeckt werden könnten. Pär fürchtete, dass weitere Blackfeet auftauchen könnten, und überlegte die ganze Zeit, wie sie sicher das Fort erreichen konnten. „Vielleicht sollten wir einen Umweg wagen und nicht direkt am Wasser entlang reiten?"

Mato-wea hatte ebenfalls Angst und stimmte ihm zu. „Dann uns nicht sehen."

„So ist es!" Pierre drückte sie an sich und gab ihr einen Kuss auf den Scheitel. „Meine kleine Bärenfrau, wir kommen schon durch, keine Sorge."

Am Morgen brachten die beiden die Bündel mit den Fellen zu den Pferden und beluden sie. Sie hatten so viel Gepäck, dass es unmöglich wurde, zu reiten. Also führten sie die Pferde im Schutz der Bäume am höheren Ufer entlang, bis sie viel weiter stromabwärts ebenfalls eine Stelle fanden, wo man den Fluss überqueren konnte. Pierre ließ seine Frau bei den Pferden zurück und sicherte wachsam die Umgebung. Erst als er sicher sein konnte, dass niemand in der Nähe war, führte er seine Frau über den Fluss und verschwand sofort wieder zwischen den Bäumen. Sie erklommen einen Hügel und verschwanden in dem Tal dahinter, ohne von jemandem behelligt zu werden. Hier war der Boden noch gefroren, und es lag alter Schnee. Sorgenvoll blickte Pierre auf die deutliche Spur, die sie hinterließen. Sobald es ging, verließ er das Tal und suchte steinigen Boden auf, damit die Spur im Nirgendwo verschwand. „Hoffentlich taut das weg", murmelte er.

Mit einigen Umwegen erreichten sie zwei Tage später den See, an dem der Posten lag. Einige Männer waren in der Sonne zu sehen, und Pierre atmete erleichtert durch, als alles ruhig zu sein schien. Im Schatten eines Hanges führte er die Pferde darauf zu, wagte es aber nicht, mit Rufen auf sich aufmerksam zu machen. Dafür hatten inzwischen die Männer im Posten die kleine Gruppe bemerkt und winkten hektisch. „Schnell, kommt her!", brüllten sie mit überschnappenden Stimmen. Das Tor wurde einen Spalt geöffnet, und zwei Männer waren zu sehen, die ihnen mit Zeichen zu verstehen gaben, dass sie sich beeilen sollten.

Pierre wusste sofort, dass etwas nicht stimmte, griff nach seinem Gewehr und schickte Mato-wea voraus. „Schnell, renn' zum Posten!", befahl er hastig. Das Pferd gehorchte nur widerwillig, als Mato-wea es am Zügel zog, sodass Pierre ihm einen kräftigen Klaps gab. „Lauf!", brüllte er.

Schon sah er aus den Augenwinkeln, wie von rechts mehrere Krieger auf ihn los hasteten. Sie wollten ihnen offensichtlich den Weg abschneiden. Sie stießen gellende Kriegsschreie aus, die jedoch nur bewirkten, dass das Pferd nun noch schneller lief. Es hatte die Ohren angelegt und rannte auf den Posten zu, sodass Mato-wea fast mitgeschleift wurde. Pierre rannte nun ebenfalls und zog das zweite Tier an den Zügeln mit. Aus dem Posten schrien die Männer, dass er das Pferd aufgeben sollte, aber Pierre hatte nicht vor, die Ausbeute eines Winters im Stich zu lassen. Erste Schüsse lösten sich, und er erkannte, dass die Männer ihm Rückendeckung gaben. Trotzdem kam ein Krieger gefährlich nahe. Er hatte seinen Tomahawk erhoben und hetzte in großen Sprüngen auf ihn zu. Es blieb Pierre keine Zeit, die Waffe zu heben, sodass er hoffte, dass die Männer im Posten ihm Feuerschutz gaben. Er wich aus, als der Krieger das Beil warf, und rannte dann weiter. Er konnte hinter der Palisade zwei Männer erkennen, die mit ihren Rifles auf den Krieger zielten, der ihm am nächsten war. „Geh in Deckung!", riefen sie aufgebracht.

Pierre ließ sich einfach fallen und sah zu, wie das Pferd weiter auf den Posten zurannte. Es blitzte, Rauch stieg auf und der Schuss pfiff knapp über seinen Kopf hinweg. Er konnte die Hitze direkt spüren. Sofort sprang er wieder hoch, rannte auf das Tor zu und hechtete mit einem Satz in Sicherheit. Keine Sekunde zu früh, denn eine weitere Salve dröhnte durch das Tal, als mindestens zehn Krieger auf den Posten zustürmten. Zwei Krieger stürzten in den Matsch, und die anderen drehten mit wilden Schreien ab – nicht ohne ihre Verwundeten mitzunehmen.

Heftig atmend blieb Pierre am Boden liegen, dann raffte er sich auf und lehnte sich mit dem Rücken an die Palisade. „Wagh!", stöhnte er keuchend. „Seit wann habt ihr denn Ärger mit den Inyuns?"

„Die letzten Tage!", knurrte einer der Männer. „Zwanzig von uns hat es erwischt. Sei froh, dass du solches Glück hattest. Wo warst du die ganze Zeit?"

Pierre wurde blass, als er vom Schicksal der anderen erfuhr. „Zwanzig?"

Einer der Trapper nickte mit düsterem Gesichtsausdruck. „Yep. Alle von Blackfeet massakriert, als sie beim Fallenstellen draußen waren. Außerdem haben wir bestimmt acht Mann durch gefräßige Grizzlys verloren. Hattest du keinen Ärger?"

„Nein! Erst vor ein paar Tagen haben wir welche gesehen. Deshalb sind wir nicht am Fluss hierher zurück, sondern über die Hügel und Täler gegangen."

„Gott sei Dank! Sonst wäre es um euch geschehen gewesen. Die sind nicht zimperlich. Hank haben sie die Haut abgezogen … als Warnung an uns."

Pierre schluckte vor Entsetzen. Dann spähte er vorsichtig über die Palisade. „Die scheinen weg zu sein."

Der Trapper grinste und klopfte ihm auf die Schulter. „Schau mal nach deinen Pferden. Wir sind froh, dass du wieder da bist. Du scheinst ja eine gute Jagd gehabt zu haben."

„Sie war nicht schlecht!", bestätigte Pierre. „Aber ich würde die Felle gern nach Fort Lisa bekommen."

„Wir auch, du Halunke! Wir auch!"

Pierre stand vorsichtig auf und rannte geduckt in Richtung des Postens. Die beiden Pferde hatten sich zu dem provisorischen

Stall begeben und warteten wohl auf besseres Futter. Er klopfte sie sanft und streichelte über ihre Nüstern. „Brav! Ihr hofft wohl auf Hafer?" Er begann die Bündel abzuladen und sah auf, als seine Frau herbeieilte, um ihm zu helfen. Sie schien noch ein wenig nervös zu sein, und er drückte beruhigend ihren Arm. „Keine Angst. Wir kehren zum Missouri zurück. Da ist es sicherer!"

Mato-wea nickte erleichtert. „Ich sehe meine Familie?", fragte sie hoffnungsvoll.

„Vielleicht!", wich er etwas aus. Er hatte noch keine weiteren Pläne. Erst einmal wollte er die Felle in Sicherheit wissen.

Er ging mit ihr in die Hütte und begrüßte dort Colter, der gerade eine leichtere Verletzung versorgen ließ. „Gut, dass du wieder da bist!", wurde Pierre begrüßt. „Hattest du keinen Ärger?"

„Nein!" Pierre seufzte tief. „Wir haben nur einmal ein paar Krieger gesehen, die uns zum Glück nicht bemerkt haben."

„Die Jagd hier ist gut, aber wir haben viele Verluste erlitten. Diese Blackfeet sind mörderische Halunken. Zwanzig Mann haben sie erwischt, und die Felle und Fallen sind auch weg! Die tauchen garantiert bei der Hudson Bay Company wieder auf. Diese Schweine!" Colter hatte keine gute Meinung von den britischen Fallenstellern und Handelsposten. „Wahrscheinlich hetzen sie die Stämme gegen uns auf. Irgendwann kommt es noch zum Krieg."

Pierre zog die Augenbrauen hoch. „Und was heißt das für uns?"

„Der Posten ist zu abgelegen. Hier ist es einfach zu gefährlich. Zuerst kamen die Grizzlys und dann die Blackfeet! Ich habe keine Lust, noch mehr Männer zu verlieren. Ich kehre zurück nach St. Louis. Mir reicht's. Ich habe genug gespart, um mich irgendwo niederzulassen und eine Familie zu gründen. Hier ist mir das Risiko zu hoch, dass ich mich von einem Inyun massakrieren lasse." Er schnaubte empört. „Wir packen alles ein und verschwinden."

Pierre kniff die Lippen zusammen und dachte darüber nach. Er wollte Reichtum erlangen, aber nicht dafür sein Leben opfern. Ob es wohl weiter südlich gute Jagdreviere gab, wo sich keine Pekuni herumtrieben? Colter hatte doch so viele Gegenden gesehen. „Und wenn ich weiter südlich gehe? Ich meine, weiter den Yellowstone hinauf?"

Colter legte nachdenklich den Kopf schief, „Viele Biber!", stimmte er zu. „Die Apsalooke und ein paar andere Stämme jagen dort auch, scheinen aber nicht so aggressiv zu sein wie die Blackfeet."
„Na gut. Mal sehen! Ich kehre mit euch erst einmal ins Fort Lisa zurück und entscheide dann, was ich mache. Meine Squaw wollte vielleicht ihre Familie sehen. Ich könnte ja auch dort jagen."
Pierre setzte sich an den großen Tisch und ließ sich einen Teller Eintopf geben. Er schnappte sich einen zweiten Löffel und bot auch Mato-wea das Essen an. Gemeinsam schaufelten sie das Essen in sich hinein und lächelten zufrieden. Nach und nach kamen die anderen Männer zurück und setzten sich in die Wärme. Colter, Henry und Menard teilten mehrere Leute zur Wache ein und überlegten dann, was sie tun wollten. Colter hatte die Nase voll und wollte zurück nach St. Louis. Menard wollte sich ihm ebenfalls anschließen und die Gruppe zu Pferd am Ufer begleiten. „Dann kann ich euch ein bisschen Fleisch schießen!", hatte er gemeint. Henry dagegen wollte seinen Posten nicht so schnell aufgeben und lieber mit dem Rest der Männer Fort Henry halten. Er sah nicht ein, dass die Lage vielleicht zu gefährlich war. Noch hatten sie Munition und genügend Vorräte. Colter schüttelte den Kopf, denn er fand, dass dies an Selbstmord grenzte. Sein Entschluss stand fest: Er wollte mit einfachen Booten den Missouri hinunter. Es war ein Umweg, denn der Missouri machte einen großen Bogen nach Norden, während der Weg über die Berge und dann den Yellowstone entlang kürzer war. Er hoffte, dass er die Ausbeute des Winters unbehelligt über den Missouri transportieren konnte.
In der Umgebung fand man jedoch keine Bäume, die groß genug wären, um sie auszuhöhlen. Also überlegten die Männer, ob sie nicht wie auf dem Weg hierher Bullboote bauen sollten. Einige Trapper konnten dann am Ufer entlangreiten und zur Jagd gehen, während die Lasten über die Boote transportiert wurden. Menard kratzte sich zweifelnd am Kopf. „Halten die so etwas aus? Es ist ein Unterschied, ob wir einen Fluss überqueren oder den gesamten Scheiß-Missouri hinunter müssen."
„Es geht ja flussabwärts", meinte Colter mit einem Schulterzucken. „Die Mandan machen das doch auch so."

Niemand hatte Einwände, und so bauten die Männer in den nächsten Tagen einfache Bullboote, die aus einem stabilen Rahmen bestanden, über das eine Bisonhaut gezogen wurde. Außerdem fertigten sie primitive Paddel an, die sie aus den Stämmen abspalteten, die sie in der Umgebung fanden. Die Boote waren relativ groß und konnten zwei Mann, manchmal drei, samt Ladung tragen. Sie bauten dreißig Boote, die von je einem Mann mit Paddel gesteuert wurden. Der andere saß vorne im Boot und räumte Treibgut zur Seite, damit es nicht kenterte. Da es stromabwärts ging, brauchte man das Paddel eigentlich nur zum Steuern. Nach Tagen war endlich alles verladen, und die Männer ließen sich langsam stromabwärts treiben.

Andrew Henry stand mit den restlichen Männern am Ufer und winkte zum Abschied. Er fand es nicht gut, dass er nur noch die Hälfte der Männer hatte, die den Posten verteidigen konnten, aber er dachte, dass die Blackfeet im Sommer mit Jagen beschäftigt sein würden. Colter und Pierre sahen ein letztes Mal zum Ufer, dann richtete sich ihre Aufmerksamkeit auf den Fluss. Sie wussten, dass sie bald gefährliche Stromschnellen überwinden mussten, aber eine Portage zu überwinden, stellte für die Männer kein Hindernis dar. Der Rest der Mannschaft unter der Führung von Colonel Menard folgte dem Fluss zu Pferde in Ufernähe, wobei sie das südliche Ufer wählten, weil sie hofften, auf diese Weise keinen Blackfeet zu begegnen. Manchmal mussten die Reiter auch auf einen Höhenzug ausweichen, weil der Fluss sich durch einen schmalen Canyon schlängelte. Noch begegneten sie keinem Hochwasser mit gefährlichen Strudeln, sodass sie gut vorankamen. Zweimal wurden sie von Indianern angegriffen, konnten ihnen aber entkommen, weil sie am südlichen Ufer blieben und relativ schnell weitertrieben. Trotzdem jagte es ihnen einen Mordsschrecken ein.

Dachbitche-hisshi
Little Missouri im Frühjahr 1810

Über den Winter waren die Wunden von Wambli-luta gut verheilt. Sein Körper war inzwischen übersät von Narben, auf die er auch ein bisschen stolz war. Manchmal setzten sich die Jungen zu ihm, und er musste ihnen erzählen, wie er zu all diesen Narben gekommen war. Sein Vater hatte ihm zu Ehren sogar ein Lied gesungen, das nun von Mund zu Mund ging. Es lautete: „Seht den tapferen Krieger, er zieht gegen die Ree! Seht den tapferen Krieger, er kämpft gegen den Grizzly! Seht diesen tapferen Krieger, sein Pferd wird geraubt, doch er wird die Krieger gegen die Psa führen und es zurückholen! Hey-hey-hey-ho!"

Wambli-luta hatte keine Eile, seinen Schwur zu erfüllen. Der Winter war keine gute Zeit, um Kriegszüge zu wagen. Auch die Apsalooke würden in ihren Dörfern sitzen und das Frühjahr abwarten, ehe sie weiterzogen. Erst mussten die Pferde das erste grüne Gras fressen und Fleisch ansetzen. Vielleicht wäre es ohnehin besser, auf die Zusammenkunft der einzelnen Gruppen zu warten. Dann wäre es kein kleiner Kriegstrupp, der auszog, sondern ein großer! Andererseits juckte es ihn in den Fingern, diese Psa das Fürchten zu lehren. Aber nachdem jener Apsalooke seine Spuren gut verwischt hatte, würde es schwer werden, ausgerechnet sein Dorf zu finden. Es war eher wahrscheinlich, dass sie auf ein anderes feindliches Dorf stießen und dort die Pferde raubten. Er wartete das Wetter ab, denn manchmal war es im Frühjahr schon so warm, dass man Erkundungsritte wagen konnte, während das Dorf noch darauf wartete, dass der Boden trocknete.

Stattdessen machte er sich auf, um auf einem der Tafelberge nach einer Vision zu flehen. Er fühlte, dass der Fuchs nicht genug war, um ihn zu schützen, und wollte die Geister bitten, ihm weiteren Beistand zu schicken. Er trug inzwischen die Kette aus den Bärenkrallen und hoffte, dass er zukünftig durch die Kraft des Bären geschützt war. Noch waren die Bünde nicht in Funktion getreten, sodass er sich um sein Wohlergehen kümmern konnte.

Nur mit einem Umhang bekleidet und gänzlich ohne Waffen machte er sich auf den Weg. Sein Vater begleitete ihn ein Stück und schlug dann ein einfaches Lager am Fuße eines Tafelberges auf, den Wambli-luta für seine Visionssuche auserkoren hatte. Hier wollte Gebrochene-Lanze auf seinen Sohn achten, der unbewaffnet den flachen Hügel aufsuchte, um zu den Geistern zu flehen. Wambli-luta hatte nur eine Pfeife und Tabak dabei, damit der Rauch seine Gebete nach oben trug. Er legte einen Kreis mit Salbei aus, legte eine Decke zu Boden und setzte sich in den heiligen Kreis. Diesen verließ er nur, um seine Notdurft zu verrichten und einen Schluck Wasser aus einer Kalebasse zu trinken, die er in einen Busch gehängt hatte. Seine Stimme hallte über das Land, als er seine Gebete zu Tunkashila, dem Großen Geheimnis, schickte. Anfangs dachte er viel über sein Dorf und die Menschen nach. Er dachte an Krummes-Bein und welche Freude mit einer Geste des Mitleids in dessen Zelt gekommen war. Er verurteilte, dass der alte Mann mit dem Skalp der geflüchteten Frau zurückgekehrt war und damit geprahlt hatte. Er fand das Verhalten schändlich. Niemand hatte etwas gesagt, denn die Frau war ein Pferdedieb, doch die Frauen hatten hinter vorgehaltener Hand getuschelt. Es war wohl eine Warnung an die anderen gewesen, denn keine der Ree-Frauen hatte seither die Flucht gewagt. Wohin auch? Ihr Volk war viel zu weit weg.

Dann ordnete er seine Gedanken und horchte in sich hinein. Er fühlte die Ängste, die er unterdrückt hatte, und ließ zu, dass sie zum Vorschein kamen. Ja, er hatte Angst gehabt, als die Ree ihn verletzt hatten! Aber er hatte die Angst nicht sein Handeln bestimmen lassen. In den Träumen kehrten die Ree zurück und forderten sein Leben. Genauso wie der Grizzly auftauchte, sich drohend erhob und mit seinen Tatzen auf ihn einhieb. Diese Träume waren furchterregend und ließen ihn schweißgebadet hochfahren. Nein, seine Angst hatte er längst nicht besiegt. So flehte er um Beistand und um die Kraft, seine Ängste zu besiegen. „Lasst mich ein mutiger Mann sein!", rief er bittend. „Ich habe bereits so vielen Gefahren getrotzt. Nun brauche ich Beistand, um nicht den Mut zu verlieren. Ich bitte euch, habt Mitleid mit mir. Ich bin nur ein Mann, dessen Aufgabe groß ist." Er träumte viel, und manchmal schlichen sich Bilder in seine Träume, die ihn irritierten. Er sah wieder den Fuchs, der den Adler herausforderte, und fand am Morgen eine einzelne Adlerfeder. Das war ein gutes Symbol, und er legte die Feder in seinen heiligen Kreis. Es war gut, dass die Geister ihm ihr Wohlwollen zeigten. Manchmal suchte ihn im Traum das Miwatani-Mädchen auf, und er versuchte sie davonzuscheuchen. Mädchen hatten in seinen Träumen nichts verloren. Vielleicht war es ja auch nur ein Hinweis, dass er sich langsam eine Frau suchen sollte. Das Ding zwischen seinen Beinen juckte manchmal und erinnerte ihn daran, dass ein Mann auch andere Bedürfnisse hatte. Aber nicht jetzt! Hier auf dem Berg gab es wichtigere Dinge!

Nachdem er nur morgens ein wenig Wasser getrunken hatte, siegte schließlich die Erschöpfung. Seine Träume wurden diffuser, und er halluzinierte, sodass er nicht mehr unterscheiden konnte, ob ihm Dinge im Traum oder in der Wirklichkeit begegneten. Ein riesiges Gewitter tobte über das Land, als die Wakinyan, die Donnerwesen, zurückkehrten. Es war ein erschreckendes Spektakel, das am Himmel tobte und die Menschen ganz klein werden ließen. Er dagegen stand auf dem Hügel, streckte die Arme aus und lachte voller Freude. „Wakinyan, seht mich! Ich habe keine Angst. Seht mich!" Ein Blitz schlug mit voller Wucht ganz in seiner Nähe ein und setzte sich kurz im Boden fort. Er wurde zur Seite geschleudert, und ein heftiges Kribbeln durchdrang seinen Körper. Es war, als fließe die Energie des Blitzes durch ihn hindurch. „Wahn!", stöhnte er laut. Wieder zuckten Blitze über den Himmel und Wambli-luta richtete sich schwankend auf. Seine Fingerspitzen kitzelten immer noch, und sein Herz schlug viel zu schnell in seiner Brust. „Wahn!", stöhnte er erneut. Schwankend stand er in dem Unwetter und starrte in den fast schwarzen Himmel, in dem immer wieder Blitze zuckten. Er hatte keine Angst, sondern fühlte nur die unglaubliche Kraft der Natur. Der Lärm des Donners übertönte jedes Geräusch und sogar das Klopfen seines Herzens. Er stand einfach nur da und wartete in Ruhe ab, bis sich das Gewitter langsam verzog. Das Grollen klang wie eine donnernde Herde Bisons, die ihren Weg am Himmel sucht.

Erst langsam kam er wieder zu sich und konnte seine Gedanken sammeln. Er fand die Stelle, in die der Blitz eingeschlagen hatte, und hob einen verformten Klumpen auf, den der Blitz im Sand hinterlassen hatte. Er sah mysteriös aus, als hätte der Blitz den Sand geschmolzen, und Wambli-luta ahnte, dass die Kraft der Wakinyans in ihm steckte. „Was für ein Geschenk!", murmelte er überwältigt. Die Geister hatten ihn erhört!

Voller Dankbarkeit machte er sich an den Abstieg und sah seinen Vater, der ihn angespannt erwartete. „Hohch, ich dachte, die Wakinyans würden dich mitnehmen!", murmelte er erleichtert. „Aber nun bist du wieder zurück."
Wambli-luta lächelte leicht. „Die Wakinyan haben zu mir gesprochen. Sie haben mir ein Zeichen hinterlassen. Sieh!" Er zeigte seinem Vater den geschmolzenen Stein und präsentierte dann die Adlerfeder. „Und sieh, was der Adler mir geschickt hat!"
„Hoh! Was für ein Zeichen!", staunte der Vater. „Die Wakinyan und das Adlervolk werden über dich wachen."
Wambli-luta nickte zufrieden. „Meine Medizin ist gut. Ich weiß nun, dass sowohl die Gefiederten als auch die Vierbeiner mich schützen werden. Der Fuchs, der Adler und die Wakinyan sind starke Verbündete. Solange ich meinen Mut nicht verliere, werden sie zu mir stehen. Ich werde mich zukünftig mit einem Blitz schützen, wenn ich in den Kampf ziehe. Ich trage stets den Kieferknochen des Fuchses und diese Adlerfeder mit mir. So kann mir nichts passieren."
Der Vater stimmte ihm zu. „Das ist gute Medizin. Ich bin froh, dass mein Sohn den Beistand der Geister hat."

Die beiden kehrten zum Dorf zurück, und erst dort ließ Wambli-luta sich etwas Brühe geben. Er war hungrig wie ein Wolf, aber noch mehr gierte er nach dem frischen Wasser, das seine Schwester ihm reichte. Er trank mit großen Schlucken, sodass das Wasser ihm zum Teil über die Brust lief. Er lachte gut gelaunt und ließ sich eine weitere Schale mit frischem Wasser reichen. Dann schlürfte er vorsichtig die heiße Suppe. Nach dem Essen suchte er den Medizinmann auf und reichte ihm ein Bündel Tabak.

Der Wicasa-Wakan nahm es mit einem Nicken an und deutete dann auf einen Platz an seinem Feuer. „Wir wollen reden!", lud er Wambli-luta ein. Er stopfte seine Pfeife, nahm einen Zug und reichte die Pfeife an Wambli-luta weiter. Andächtig nahm der junge Mann sie entgegen und rauchte ebenfalls einen Zug. Es würde ein wichtiges Gespräch werden. Nach einer langen Zeit des Schweigens forderte der Medizinmann Wambli-luta zum Sprechen auf.

Der zögerte kurz und erzählte dann: „Ich suchte nach einer Vision und begab mich in die Einsamkeit. Dort flehte ich um Beistand und betete zu den Geistern. Es dauerte, denn mein Geist beschäftigte sich noch zu sehr mit dem Geschehen im Dorf. Doch dann begann ich wegzudämmern, und mein Verstand wusste nicht mehr, ob ich wache oder träume."

Der Medizinmann lächelte weise. „Das passiert vielen, die um eine Vision bitten. Doch … haben die Geister dir einen Traum geschickt?"

Wambli-luta hob erstaunt und etwas verwirrt die Augenbrauen. „Ich kann mich nicht erinnern. Ich hatte keinen Traum, an den ich mich erinnern könnte."

„Nein?" Nun lag es an dem Medizinmann, überrascht zu sein.

„Nein!", bestätigte der junge Mann. „Aber sie schickten mir Zeichen."

„Zeichen?", wiederholte der Wicasa-Wakan.

Wambli-luta holte die Feder und den geschmolzenen Stein hervor und reichte sie dem Medizinmann. „Ein Adler schenkte mir diese Feder, und die Wakinyan schickten einen flammenden Speer, der neben mir in den Boden einschlug und diesen Stein schmelzen ließ."

„Woh!" Der Medizinmann konnte sich einen erstaunten Ausruf nicht verkneifen. Zwei tatsächliche Gegenstände waren etwas ganz Besonderes. Die Medizin in diesem jungen Mann musste groß sein. „Die Geister sind dir wohlgesonnen!", meinte er bewundernd.

Wambli-luta seufzte erleichtert. „Ich suchte nach einer Vision, weil mein Körper bereits voller Narben ist. Ich dachte, dass es besser sei, wenn die Geister meine Not sehen."

„Das ist wahr! Manchmal muss man die Geister auf sich aufmerksam machen. Es war gut, dass du in die Einsamkeit gegangen bist."

„Ich dachte, dass es gut ist, wenn ich diese Dinge bei mir trage, wenn ich in den Kampf ziehe." Wambli-lutas Stimme zitterte leicht, als er auf die Antwort wartete.

Der Medizinmann schloss die Augen und dachte über die Botschaften nach. Vorsichtig nahm er erst die Feder und dann den Stein in seine Hand und betrachtete die Dinge sehr genau. Dann nickte er. „Du trägst diese Feder, aber richte sie nach unten … so wie der Blitz in den Boden eingeschlagen ist. Sie soll dich daran erinnern, dass du bescheiden bleibst und nicht vergisst, dass du den Beistand der Geister hast. Den Stein trägst du in einem Beutel um den Hals. Achte darauf, dass du ihn nicht verlierst."

Wambli-luta nickte gehorsam. „Ich wollte meinen Körper mit einem Blitz zeichnen", erzählte er unsicher.

Der Medizinmann wühlte in seinen Bündeln und reichte ihm schließlich einen kleinen Beutel mit gelber Farbe. „Du nimmst diese Farbe, um dich zu bemalen. In den nächsten Tagen zeige ich dir, wo du die Farbe findest. Achte darauf, dass du immer genügend hast!"

Wambli-luta wackelte leicht mit dem Kopf hin und her, denn er wusste, wie man gelbe Farbe herstellte. „Ich nehme farbige Erde …" Seine Stimme erstarb, als der Medizinmann energisch den Kopf schüttelte.

Vertraulich beugte sich der heilige Mann nach vorne und flüsterte: „Hasch! Verärgere die Geister nicht! Es gibt viele Arten, Farbe herzustellen, aber diese hier stellt einen Schutz dar. Sie muss auf besondere Art gewonnen werden und nur mit den Zutaten, die ich dir zeige."

„Woh!" Wambli-luta erschauerte vor Ergriffenheit. Er würde genau darauf achten, denn schließlich hing sein Leben davon ab! Er saß noch eine Weile bei dem heiligen Mann, und sie sprachen über belanglose Ereignisse und zukünftige Pläne. Dann verließ Wambli-luta das Zelt und kehrte mit einem wunderschönen Umhang aus einem Bisonfell zurück. Er legte es dem Medizinmann in den Schoss, lächelte und machte das Zeichen für „gut".

Der Medizinmann spitzte zufrieden die Lippen und gab das Zeichen zurück. „Washté!"

Beflügelt kehrte Wambli-luta in sein Zelt zurück. Er fühlte sich unbesiegbar, und die Gewissheit, dass er siegreich sein würde, durchströmte seinen Körper und verlieh ihm eine ungeahnte Kraft. Nun konnte er mutig den Feinden entgegenreiten, und seine Tapferkeit würde sie in die Flucht schlagen!

In der Nacht träumte er wieder seine seltsamen Träume. Wieder fühlte er, wie der Blitz neben ihm einschlug, doch dann sah er das dürre Mädchen mit den großen Augen. Hatte sie ihm den Blitz geschickt? Es verwirrte ihn vollkommen. Was hatte sie mit seiner Vision zu tun?

Einige Tage später brach er mit anderen jungen Männern der Tinazipe-Sica auf, um nach den Dörfern der Apsalooke zu suchen. Hierbei überschritten sie den Thatokala-Wakpala, den Antilopenbach, nach Süden und folgten den weiten Grasebenen. Einige Gabelbockantilopen flüchteten vor ihnen, und in der Ferne sahen sie eine kleine Bisonherde. Das Land war wellig, teilweise mit Gräben und Schluchten, in denen noch der letzte Schnee lag, während auf den Prärien schon lilafarbene Prärie-Krokusse aus dem Boden lugten. Die Männer hatten Proviant für mehrere Tage dabei und wandten sich schließlich in südwestlicher Richtung, weil sie dort am ehesten die Dörfer der Apsalooke vermuteten. Wenn überhaupt! Meist hatten die Feinde ihre Dörfer am Yellowstone bis hin zu den Bighorn-Bergen. Nur manchmal wurden sie auch in den He-sapa, den Schwarzen Bergen, gesehen. Seit sich dort auch die Oglala herumtrieben, wurden die Apsalooke immer mehr nach Nordwesten gedrängt.

Sie überschritten den Inyan-wakachapi Wakpa und mehrere kleinere Bäche, die von ihnen Zeder-Bach und Büffel-Bach genannt wurden. Dann näherten sie sich der nördlichen Gabel des Chanshushka Wakpa. Wambli-luta genoss den Ritt mit seinen Freunden. Thimahel-okile hatte sich ihm angeschlossen, ebenso Krummes-Bein. Aber auch andere Krieger folgten willig seinem Ruf und vertrauten auf seine gute Medizin. Außerdem hatte er zwei Knaben aufgefordert, ihn zu begleiten, was die Eltern mit Stolz erfüllte. Sie führten die Ersatzpferde mit und kümmerten sich um das Lager. Ihre Aufgabe war es, das Essen zuzubereiten, Holz zu sammeln, die Pferde zu versorgen und den Kriegern die Wasserbehälter aus Kalebassen oder Bisonblasen aufzufüllen. Sie wurden oft geneckt, was sie stoisch aushielten. Erst mussten sie sich beweisen, ehe sie als vollwertige Krieger anerkannt wurden. Dann wurden sie vorsichtiger, als sie sich den Jagdgründen der Psa näherten, wie sie die Apsalooke verächtlich nannten. Sie versteckten sich in den Senken, und Wambli-luta schickte zwei Späher voraus, die die Gegend erkunden sollten. Sie wollten nicht in ein Wespennest stechen, sondern ein paar Pferde stehlen. Vor ihnen erhob sich ein Höhenzug, der von den Lakota Slim Buttes genannt wurde. Sie näherten sich von Norden und verschwanden dann immer wieder zwischen den Kiefern, die an den sanften Hängen wuchsen. Dann kamen die zwei Späher im fliegenden Galopp zurück und gaben warnende Signale. „Camp! Feinde! Ganz in der Nähe!"

Wambli-luta suchte sofort die Deckung einiger Bäume auf und wartete auf den Bericht der Späher. „Was habt ihr gesehen?"

Gelbes-Pferd rutschte von seinem Pony und wedelte in Richtung des Felsmassivs. „Dort, hinter den Felsen, liegt ein Dorf der Apsalooke! Es ist gut geschützt, denn es ist fast von allen Seiten von hohen Felsen umgeben. Nur von Norden führt ein Weg in das Tal hinein – und der ist bewacht."

„Kommt man von einer anderen Seite aus in das Tal?", erkundigte sich Wambli-luta.

„Ja, es ist steiler, aber man kommt durch."

Wambli-luta grinste erfreut. „Und die Pferde?"

„Sie stehen südlich des Dorfes und fressen sich runde Bäuche an. Wir haben dort einen Ausgang entdeckt, durch den wir sie treiben können. Sie sind fast nicht bewacht. Offenbar denken die Psa, dass das Tal gut versteckt ist."

„Das ist gut!"

Wambli-luta traf seine Entscheidung. Sie würden versuchen, einige Pferde zu stehlen, und dann wieder verschwinden. Er hatte nur eine kleine Gruppe dabei und wollte nicht mit Verlusten heimkehren. Sie setzten sich zur Beratung zusammen und überlegten einen Plan. Hierzu nutzten sie die Kenntnisse der Späher, die das feindliche Dorf schon ausgekundschaftet hatten. Mit einem Stock malten sie die Umrisse des Dorfes auf den Boden und erklärten, was sie gesehen hatten. „Es liegt sehr geschützt, aber es hat kein Wasser. Die Frauen müssen es verlassen, um Wasser von den Quellen zu holen. Das Gleiche gilt für die Pferde. Jungen treiben sie am Morgen zu der Quelle, damit sie trinken können."

Wambli-luta schlug sich lachend auf die Schenkel. „Das ist eine gute Gelegenheit! Wir schnappen sie uns, wenn sie die Tiere zur Quelle bringen. Bis die Krieger uns hinterherjagen, sind wir längst über alle Berge!"

„Vielleicht erwischen wir auch ein paar von ihren Frauen. Sie sind hübsch!", frohlockte einer der Späher.

Wambli-luta warf ihm einen freundlichen Blick zu. „Wir wollen die Pferde! Aber wenn dir ein Mädchen vor die Füße fällt, das dir gefällt, dann nimm es mit!"

Die Männer lachten begeistert und freuten sich schon auf den bevorstehenden Angriff. Aufmerksam lauschten sie, als Wambli-luta ihnen seinen Plan erklärte: „Wir lassen die Pferde hier und schicken sie mit den Knaben zum Chanshushka-Wakpa zurück. Das bringt sie aus der Gefahrenzone. Wir schleichen uns in der Nacht an die Quelle heran und warten ab, bis die Pferde zu uns getrieben werden. Dann schlagen wir zu! Wir schnappen uns, was wir erbeuten können, springen auf und galoppieren davon."

„Und wenn sie die Pferde nicht bringen oder einen anderen Ort wählen?", wandte Krummes-Bein ein.

„Dann warten wir und versuchen es am nächsten Morgen erneut. Zu Fuß sind wir nicht zu entdecken, aber die Pferde könnten uns verraten. Es wird wärmer, und dann streifen auch die Psa umher. Ich will nicht zufällig von ihren Spähern entdeckt werden."

„Ist es nicht gefährlich, die Jungen allein zurückzuschicken. Was passiert, wenn Feinde über sie herfallen?"

„Sie gehen nicht alleine! Ich schicke zwei Krieger mit. Sie sollen sich verstecken, bis wir mit den Pferden kommen, und wenn sie doch entdeckt werden, dann müssen sie eben kämpfen. Das ist ein Raubzug! Auch die Knaben wollen sich bewähren. Sie haben

Pfeil und Bogen, mit denen sie sich verteidigen können."

Alle nickten zufrieden, denn es war nichts Ungewöhnliches, wenn auch Knaben sich in die Kämpfe einmischten oder angegriffen wurden, wenn sie auf das Lager aufpassten. Wambli-lutas Plan klang gut und schien erfolgversprechend. Sich zu Fuß an die Beute heranzuschleichen, war eine gute Idee. Da wären sie so gut wie unsichtbar.

Die Krieger machten sich für den Kampf bereit und zogen sich bis auf das Nötigste aus. Jeder packte Proviant ein, überprüfte seine Waffen und betete über seinem heiligen Bündel, um sich auf den Kampf vorzubereiten. Manche bemalten ihre Gesichter, andere nicht, je nachdem, was ihnen die Vision vorschrieb. Für einige Krieger war es nur ein Pferdediebstahl, andere ahnten vielleicht einen Kampf und bereiteten sich sorgfältig auf den Angriff vor. Wambli-luta war vorsichtig. Er wollte die Geister nicht erzürnen, und so bemalte er sich mit der gelben Farbe und trug den kleinen Stein um den Hals. Ein Blitz zierte eine Seite seines Gesichts.

Es war sehr dunkel, als sie sich auf den Weg machten. Der Mond war noch nicht aufgegangen, und das Licht der Sterne war kaum genug, ihnen den Weg zu zeigen. Entsprechend vorsichtig bewegten sie sich vorwärts. Sie hielten sich im Schatten der Bäume und Hänge, wo sie mit der Umgebung verschmolzen. Dann wurde es etwas heller, als der Mond seine helle Sichel über das Firmament schob. Es war kein Vollmond, trotzdem kamen sie nun besser voran. Sie stolperten nicht mehr über Steine und Äste und konnten Hindernissen besser ausweichen. Die zwei Späher führten sie an den Felsen, die das Tal umgaben, vorbei, und näherten sich einer Quelle, die sich in einiger Entfernung zu einem winzigen Teich verbreiterte. Der Teich war außerhalb des Tales, in dem die Apsalooke die Zelte aufgeschlagen hatten. Das Wasser des Teichs war klar, denn der Boden bestand hauptsächlich aus Felsen. Am Ufer standen Bäume, wo sich die Männer gut verbergen konnten.

Jeder legte sich auf die Lauer und wartete dann dösend auf den Morgen. Sie hofften, dass tatsächlich nur ein paar Pferdejungen die Tiere begleiteten. Ihr Trupp bestand aus fünfzehn Männern, die sich kaum gegen eine größere Streitmacht behaupten konnten.

Wambli-luta rieb sich die nackten Arme und zog den Überwurf enger um seinen Körper. Seine Finger waren klamm, und er hoffte auf die Wärme des Morgens. Auch ein warmer Pferderücken wäre eine gute Sache! Er aß etwas von dem Proviant und hauchte dann den warmen Atem in seine Hände, um die Steifheit zu vertreiben. Sie hatten nur Pfeil und Bogen oder Speere dabei, weil sie das feindliche Dorf nicht mit Gewehrfeuer alarmieren wollten. Wenn sie Glück hatten, dann wären sie längst über alle Berge, ehe jemand den Raub bemerkte. Er lauschte dem Geheul der Kojoten, das die Männer fast die ganze Nacht begleitete.

Als die Sonne aufging, streckten sich alle wohlig der Wärme entgegen und blinzelten in den neuen Tag. Vögel zwitscherten, Schwalben zischten über die Felsformationen und Prärieblumen öffneten ihre Blüten. Insekten summten in Wolken um die Männer herum, die bewegungslos in ihren Verstecken lagen. Es dauerte nicht lange, und die Pferdeherde der Apsalooke strebte mit langen Hälsen dem Wasser entgegen. Einige Jungen begleiteten sie lustlos, noch gegen die morgendliche Kälte in Decken gewickelt und wenig aufmerksam. Sie unterhielten sich leise, als sie sich dem kleinen Teich näherten. Die Pferde verteilten sich, soffen das frische Wasser und begannen dann in der Nähe zu grasen. Mampfend wanderten sie am Wasser entlang und rupften das erste frische Grün. Die Jungen aber entkleideten sich, sprangen kurz in das Wasser, um zu baden, und wickelten sich dann frierend und lachend in ihre Umhänge. Dösend saßen sie in der Sonne am Teich, warfen Steine ins Wasser und kicherten über irgendwelche Witze.

Wambli-luta grinste erfreut. Das würde leicht werden! Die Pferde verteilten sich um den Teich, kaum beachtet von den Pferdehirten, die nicht ahnten, dass Feinde in der Nähe lauerten. Leise gab Wambli-luta das Zeichen zum Angriff. In Zeichensprache sagte er zu den Männern, dass sie sich je zwei Pferde in der Nähe greifen und wegführen sollten. Er wollte die Jungen nicht töten, solange es nicht notwendig war. Mit seinem Zaumzeug und einem Seil näherte er sich zwei schönen Pferden, legte einem das Zaumzeug an und den Strick um das zweite Pferd. Dann ging er zwischen ihnen, sodass er fast nicht zu sehen war, und führte sie aus der Sichtweite der Jungen. Es sah aus, als würden die Pferde einfach nur grasend weiterwandern. Die anderen Männer grinsten begeistert und machten sich ebenfalls daran, einige Pferde einfach wegzuführen. Einer nach dem anderen traf seine Wahl und führte die Pferde unter der Nase der Jungen einfach weg. Als sie einen Hügel zwischen sich und die Jungen gebracht hatten, saßen sie auf und ritten langsam davon. Sie waren so aufgekratzt, dass sie Mühe hatten, vor Lachen nicht loszuprusten. Was für ein Coup! „Langsam!", warnte Wambli-luta. „Wenn wir schneller reiten, werden die Jungen misstrauisch."

Krummes-Bein bekam Schluckauf vom unterdrückten Lachen und erntete einen bösen Blick von seinem Cousin. „Reiß dich zusammen!", zischte Wambli-luta.

„Ich kann nicht!", schnaufte Krummes-Bein. „Es ist so lustig!" Er hielt sich die Hand vor den Mund, um sein Gelächter zu unterbinden.

Wambli-luta nickte grinsend. „Wir müssen noch an ihren Spähern vorbei! Wenn sie gewarnt werden, schneiden sie uns den Weg ab. Wir müssen um das Tal herum … sie nicht!", warnte er. „Wir sind erst in Sicherheit, wenn wir die Slim Buttes hinter uns gelassen haben und den Chanshushka Wakpa erreichen. Dort können wir sie aufhalten, wenn sie es doch bemerken."

Krummes-Bein hatte Mühe, sich im Zaum zu halten, aber er wusste, dass sein Freund recht hatte. „Die Jungen werden bald sehen, dass einige Pferde fehlen. Auch Psa können zählen!"

„Ja, aber selbst dann müssen sie zuerst die verbleibenden Ponys ins Dorf zurücktreiben und die Männer dort warnen. Das dauert!" Wambli-luta machte eine sorglose Handbewegung. „Ich fürchte eher die Krieger, die am Eingang des Tales Wache schieben. Sie könnten uns Ärger machen."

„Ach, das sind nur einzelne!", wischte Krummes-Bein die Bedenken beiseite. „Die rechnen gar nicht mit uns, sonst hätten sie die Kinder nicht alleine zum Tränken der Pferde geschickt."

„Stimmt!" Wambli-luta grinste triumphierend.

Wenn sie es tatsächlich zurück schafften, dann hatte er seine Schmach gründlich ausgemerzt. Einzig, dass seine Stute nicht unter den geraubten Pferden war, missfiel ihm. Er hätte sie gern zurückerobert, aber sie war nicht in der Herde gewesen. Wahrscheinlich hatte der Psa sie in der Nähe seines Zeltes angepflockt, um genau das zu verhindern.

In einiger Entfernung der Slim Buttes wagten es die Krieger schließlich, die Pferde in Galopp zu setzen. Sie ritten den ganzen Tag, überquerten zwei kleinere Bachläufe und rasteten dort kurz, um die Pferde trinken zu lassen. Dann ging es im schnellen Tempo weiter. Sie mussten auf keine Frauen und Kinder Rücksicht nehmen, sodass sie an diesem Tag eine große Strecke zurücklegten. Am Abend überquerten sie einen weiteren Bach und standen dann wieder an der nördlichen Gabel des Chanshushka-Wakpa. Am anderen Ufer winkten die zwei Männer, die mit den Jungen zurückgeschickt worden waren, voller Aufregung. „Feinde!", signalisierten sie.
Wambli-luta sah sich um und erkannte in der Ferne einen Trupp Reiter. Er musste nicht überlegen, um zu wissen, dass die Psa den Raub ihrer Pferde bemerkt hatten. Sie überschritten gerade den Bach und würden schnell aufholen! Hoh! Der Tag würde noch spannend werden! Mit seinen Fersen trieb er das geraubte Pferd in den Fluss und zog das andere hinter sich her. Die anderen Männer beeilten sich, ihm zu folgen, denn es würde nicht lange dauern, und das Ufer wäre mit Feinden übersät. Eilig durchschritten sie den Fluss und vereinten sich am anderen Ufer mit den anderen. Sie wurden begeistert, aber auch besorgt begrüßt. Wambli-luta grinste herausfordernd und gab seine Befehle: „Wir verteidigen das Ufer und lassen sie nicht rüber. Schnell, nehmt die überzähligen Pferde und verschwindet! Wir halten sie auf, bis es dunkel ist, und folgen euch dann. Wir treffen uns am Inyanwakachapi Wakpa! Bis dorthin wagen sie es nicht, uns zu folgen!"

Die Knaben nickten verstehend und machten sich sofort auf den Weg, während die anderen Männer sich am Ufer verteilten und auf die Lauer legten. Ein Mann stand mit den Pferden außer

Sichtweite und wartete darauf, dass die Männer in der Dunkelheit zurückkämen.

Wambli-luta blickte den Männern entgegen, die am anderen Ufer ankamen und wütende Schreie ausstießen, als ihnen erste Pfeile entgegenflogen. Zwei seiner Männer hatten Gewehre dabei und schossen eine erste Salve, sodass die Psa eilig das Wasser verließen. Ein Pferd strauchelte und stürzte getroffen in das Wasser. Es schien nur leicht verletzt zu sein, denn es rappelte sich wieder auf und trottete ans Ufer zurück. Der Krieger war ins Wasser gefallen und kletterte unter dem Gelächter der Tituwan ebenso ans Ufer. Von Seiten der Psa drangen zwei Schüsse über das Wasser, die jedoch keinen Schaden anrichteten. Auch der Anführer der Psa schien zu erkennen, dass die Chancen gleichmäßig verteilt waren, und ritt herausfordernd auf und ab. Wambli-luta erkannte seine Stute und kniff wütend die Zähne zusammen. Da war dieser Mann, der es gewagt hatte, sein Pferd zu rauben! Er vergaß alle Vorsicht und stellte sich ihm herausfordernd entgegen. „Siehst du mich? Ich bin Wambli-luta und habe keine Angst vor dir!"

Auch der Psa hob seinen Speer und drohte mit lauter Stimme: „Ich bin Dachbitche-hisshi, der Rote-Bär! Siehst du, dass ich dein Pferd habe?!" Er verdeutlichte seine Worte mit Handzeichen und ließ das Pferd tänzeln. Dann lachte er höhnisch.

Wambli-luta stellte sich als Zielscheibe an den Fluss und lachte nur, als zwei Pfeile ihn nur knapp verfehlten. „Könnt ihr nicht besser treffen!", forderte er die Feinde aus. „Ihr könnt mich nicht treffen, denn meine Medizin ist stärker!" Auch er benutzte Handzeichen, damit die Bedeutung seiner Worte klar wurde. Dazu tanzte er wie ein Präriehuhn über den Boden. Eine weitere Salve schlug ihm entgegen, ohne Schaden anzurichten, und er fühlte sich stark und mächtig. „Seht ihr mich?!", schrie er mit überschlagender Stimme.

Weitere Schüsse fielen, und einige Pfeile flogen hin und her, doch auf beiden Seiten hatte man längst Deckung gesucht. Nur die beiden Kontrahenten standen sich noch gegenüber und bewiesen gegenseitig ihren Mut. Im Westen ging langsam die Sonne unter, und jeder wusste, dass die Nacht die Räuber schützen würde.

Das erkannte wohl auch Dachbitche-hisshi, denn er schickte einige Männer mit Pferden los, die den Ort umgehen sollten, um die Feinde von hinten einzukreisen.

Wambli-luta lächelte. Gleich würde es dunkel werden, und sie wären längt weg, bevor die Feinde einen anderen Übergang fanden und ihn einkreisen würden. Er wartete einen Augenblick, schätzte die verbliebene Anzahl der Feinde und traf seine Entscheidung. Hier reichten zwei Männer, um den Übergang zu sichern. Die anderen konnten inzwischen zu den anderen aufschließen. Er winkte Krummes-Bein heran und gab Befehl, sich zurückzuziehen. „Ich folge euch!", versprach er beruhigend. Krummes-Bein verschwand für einen Augenblick, dann hockte er sich wieder an seine Seite. Wambli-luta sah ihn mit großen Augen an. „Wo sind die anderen?"

„Sie sind unterwegs. Aber ich helfe dir, die Feinde noch ein bisschen an der Nase herumzuführen. Unsere Pferde stehen dort hinten!"

Wambli-luta richtete sich wieder auf, damit die Psa sahen, dass der Übergang immer noch bewacht wurde. Sie sollten glauben, dass die Tituwan hier bald in der Falle sitzen würden. „Hoh, Dachbitche-hisshi, siehst du meinen Mut?"

Sofort zeigte sich der Krieger wieder auf seinem Pferd und bewegte sich prahlend am Ufer auf und ab. „Warum triffst du mich nicht?", schrie er laut.

Wambli-luta grinste breit. Das Spiel mit diesem Feind machte ihm Spaß! Er zeigte den gleichen Mut wie er selbst! Einzig, dass er seine Lieblingsstute ritt, störte ihn gewaltig. Die Sonne senkte sich hinter die Hügel, und lange Schatten tanzten über die Landschaft, sodass das Gesicht des anderen kaum noch zu erkennen war. Wambli-luta steckte die Finger in den Mund und stieß einen gellenden Pfiff aus. Es war der Pfiff, mit dem er immer seine Pferde rief.

Die Stute bäumte sich auf, buckelte mit heftigen Sätzen und warf den völlig verblüfften Krieger einfach ab. Dann stieß sie ein schrilles Wiehern aus und galoppierte durch den Fluss zu ihrem wirklichen Herrn. Schnaubend begrüßte sie ihn voller Freude, und Wambli-luta klopfte ihr gerührt den Hals.

„Ho, meine Hübsche. Es ist gut, dass du heimkommst." Mit einem Satz setzte er sich auf ihren Rücken, hob seinen Speer und lachte dröhnend. „Siehst du mich?!", schrie er jubelnd. „Niemand stiehlt mein Pony!"

Dachbitche-hisshi rappelte sich auf und stellte sich wütend ans Ufer. Einer seiner Männer brachte ihm ein anderes Pferd, und ebenso schwungvoll setzte er sich auf den Rücken des neuen Pferdes. Er hob seinen Speer und begann die Attacke gegen seinen Feind, doch ein Pfeil brachte ihn zum Stehen. Ohne etwas auszurichten kehrte er zurück und starrte auf die Feinde am anderen Ufer. Er konnte nur Wambli-luta erkennen, der auf der Stute saß und immer noch lachte. Dachbitche-hisshi konnte nicht erkennen, wie viele Männer dort lauerten, und so gab er die Verfolgung auf. Er musste auf die Männer warten, die den Feind umgehen sollten. Grüßend hob er seinen Speer und konnte sich nun seinerseits ein Lachen nicht verkneifen. Dieser Mann war ganz nach seinem Geschmack. „Warte nur!", rief er mit dröhnender Stimme. „Eines Tages erwische ich dich!"

„Ich warte auf dich!", schallte es zurück. Dann drehte Wambli-luta sich um und galoppierte mit einem triumphierenden Lachen davon.

Marie Dorion

Sommer 1810 im Fort Lisa

Im Sommer erreichte Pierre DuMont mit den anderen wieder den Handelsposten. Sie hatten Wochen gebraucht, um den Missouri hinunter zu navigieren, und hatten fast jeden Abend die Bullboote flicken müssen. Auf dem breiter werdenden Missouri waren sie halbwegs sicher vor Angriffen gewesen, obwohl sie mehrfach an Indianerdörfern vorbeigekommen waren. Vier Bullboote waren gekentert und hatten die Ladung, samt Gewehren und einem Dutch Oven, verloren. Einmal, als sie an die Stromschnellen kamen und zwei Boote nicht rechtzeitig an Land fahren konnte. Nur die Männer konnten sich retten, indem sie ins Wasser sprangen und kraulend das Ufer erreichten. Die anderen zwei Boote verloren sie, weil der Rahmen durch Treibholz beschädigt wurde und die Boote voll Wasser liefen. Hier konnten gerade noch die Biberbündel gerettet werden.

Die Männer waren genervt und erschöpft, als sie endlich Fort Lisa erreichten. Es war schwierig, an Land zu gehen, denn der Missouri hatte inzwischen Hochwasser, und so verpassten sie fast die Einfahrt in die Bucht. Sie schafften es nur, weil die Rundboote keinerlei Tiefgang hatten und somit in Ufernähe bleiben konnten. Trotzdem wäre eines der Boote fast gekentert, als es mit einem Seil in die Bucht gezogen wurde.

Colter und Pierre wurden mit Hallo begrüßt, und eifrige Hände halfen dabei, die Boote zu entladen. Die Reiter fehlten noch, denn sie hatten die letzten Meilen über die Hügel zurückgelegt. Alle hofften, dass sie nicht auf feindliche Indianer gestoßen waren. Auch in der Umgebung des Postens war es immer wieder zu Zwischenfällen gekommen. Reuben Lewis, der den Posten über den Winter befehligt hatte, raufte sich die Haare. „Hier ist es ganz schön brenzlig! Als würde jemand die Inyuns gegen uns aufhetzen."

John Colter konnte das nur bestätigen. „Wir haben zwanzig Mann an diese Blackfeet verloren. Ich sage euch … da ist es für Trapper zu gefährlich! Mich kriegt dort keiner mehr hin!"

Reuben stemmte die Fäuste in die Hüften und nickte den Männern zu. „Kommt erst einmal rein! Wir sind ein bisschen kurz mit Vorräten, aber für euch wird es schon noch reichen. Wir warten alle auf den Nachschub!"

Colter sah ihn fragend an. „Sind die Kielboote aus St. Louis noch nicht da?"

Reuben schüttelte den Kopf. „Vor Juni schaffen sie es nie. Ich hoffe nur, dass sie an den Arikara vorbeikommen, sonst dauert es noch länger. Wo steckt denn Andrew Henry?", erkundigte er sich nach dem Partner.

Colter tippte sich an die Stirn. „Der ist komplett verrückt geworden. Er meint, den Posten halten zu können, und will noch einen Winter bleiben. Der reinste Selbstmord."

Reuben schüttelte den Kopf. „Hoffentlich schafft er es! Wie viele Männer hat er denn noch?"

Colter legte nachdenklich den Kopf schief. „An die fünfzig! Sie wissen ja, wo wir sind, und werden hier schon eines Tages auftauchen."

„Hoffentlich!" Reuben hob sorgenvoll die Augenbrauen und führte dann die Männer in das Fort und wies ihnen Räumlichkeiten zu.

Pierre begrüßte Charbonneau, der mit seinen Frauen im Fort geblieben war. „Na, alter Ganove, alles klar?"

„Mais oui!" Der Trapper grinste schief, als er Pierre die Hand schüttelte. Dann musterte er dessen junge Frau mit einem abschätzenden Blick. „Na, die hat wohl einen Braten in der Röhre, was?"

Pierre sah ihn verständnislos an und runzelte die Stirn. „Einen Braten?"

Charbonneau klopfte sich vielsagend auf den Bauch. „Na, hier!"

„Oh!" Pierre musterte Mato-wea kurz und hob erstaunt die Augenbrauen. Es war ihm gar nicht aufgefallen, dass sie anscheinend schwanger war. Aber unter der weiten Kleidung war das auch schlecht zu sehen. „Scheint so!", meinte er ausweichend.

„Die verlieren an Wert, wenn sie zu viele Kinder bekommen!", meinte Charbonneau reichlich abwertend. „Da musst du aufpassen. Ich hatte bisher Glück ... nur ein Papoose."

„Ah, der Junge, den du mit William Clark eschickt hast?"

„Genau! Der geht dort zur Schule. Ist besser für ihn. Hier lernt er ja nichts. Außerdem brauche ich die Frauen für was anderes. Es gibt Trapper, die schicken ihre Squaws zum Stamm zurück, wenn sie Kinder kriegen. Keiner braucht da draußen ein Baby."

Pierre schwieg, weil er sich darüber noch keine Gedanken gemacht hatte. Er würde erst einmal abwarten, was Mato-wea ihm zu sagen hatte. Er brachte seine Ausrüstung in eine Hütte und begab sich dann in den Handelsraum, um weitere Neuigkeiten auszutauschen. Mato-wea folgte ihm müde, und er warf ihr einen schiefen Blick zu. „Charbonneau sagt, dass du schwanger bist!", sagte er fast vorwurfsvoll. „Warum hast du mir nichts gesagt?"

Mato-wea sah ihn mit großen Augen an. „Wir sprechen nicht!", antwortete sie erstaunt. Außerdem war es doch nicht zu übersehen!

„Aha!", stellte Pierre fest. „Wir reden schon über so etwas. Wann wird das Kind denn geboren?"

„Im Herbst", meinte sie reichlich ungenau.

„Da will ich wieder zum Jagen aufbrechen. Wie soll das gehen mit einem Baby?"

Mato-wea schaute ihn verwundert an. „Warum nicht?"

„Äh?" Pierre sagte lieber nichts mehr. Jedes Wort schien irgendwie dumm zu sein. Ja, warum nicht? Indianer nahmen ihre Kinder ja auch mit. Und er wusste, dass selbst bei der Expedition von Lewis und Clark eine Frau mit einem Baby dabeigewesen war.

Er wurde abgelenkt, als er im Handelsraum einem Métistrapper und dessen Frau vorgestellt wurde. Pierre Dorion war ebenso ein Partner der Gesellschaft, der zusammen mit seiner Frau im Fort lebte. Pierre staunte, denn es handelte sich um eine weiße Frau – zumindest dem Aussehen nach. So etwas hier vorzufinden war ungefähr so selten wie der Weihnachtsmann. Betreten sah er auf seine schmutzigen Hände und wusste nicht, wie er sich ihr gegenüber verhalten sollte. Schließlich entschloss er sich zu einer galanten Verbeugung, die hier ebenso fehl am Platz war wie die weiße Frau. „Madame!", murmelte er höflich.

Der Méti half ihm aus der Verlegenheit. „Meine Frau Marie!", meinte er gut gelaunt. „Sie ist das Herz dieses Postens. Sie ist Méti! Ihre Mutter ist eine Iowa … also brauchst du nicht so förmlich sein!" Aus seinem Mund stieg eine leichte Alkoholfahne.

Pierre stellte sich vor und nickte dann in Richtung seiner Squaw. „Das ist Mato-wea."

Marie Dorion lächelte freundlich und wandte sich dann wieder ihren Aufgaben zu. Sie winkte Mato-wea herbei und ließ ihren Mann übersetzen. „Sie könnte mir ein wenig im Garten zur Hand gehen", meinte sie großzügig. „Ich habe auch immer wieder etwas zum Schneidern." Sie scheuchte zwei kleine Jungen aus dem Raum, die quengelnd um etwas zu essen baten.

Pierre nickte dankbar. Es war selbstverständlich, dass jeder im Posten half und die Zeit bis zur Abreise für die Allgemeinheit nutzte. „Das wäre schön! Dann könnte ich für den Posten zur Jagd gehen."

Die Frau nickte ernst. „Ja, unsere Vorräte werden knapp. Es ist ziemlich gefährlich, das Fort zu verlassen, und die Indianer bringen meist nur Felle, aber kein Fleisch. Ein paar Männer mehr, die uns helfen, sind sehr willkommen."

Pierre grinste, denn mit all den Männern war der Posten nun gut ausgestattet. Er wandte sich den vielen Bündeln zu, die in den Handelsraum gebracht wurden. Die Gesellschaft würde damit großen Gewinn einfahren. Auch Pierre erhielt seinen Anteil und tauschte diesen umgehend in eine neue Ausrüstung ein. Den Rest ließ er sich in Dollarnoten auszahlen, die er zusammenrollte und in einer Dose versteckte. Bald wäre er ein gemachter Mann! Noch ein oder zwei solcher Winter, und er könnte sich weiteres Land in St. Louis kaufen – die Parzelle neben seinen Eltern! Das war das Risiko allemal wert. Kurz runzelte er die Stirn, als er an Mato-weas Baby dachte. Ob seine Eltern es wohl wie ein Enkelkind sehen würden?

Am nächsten Tag hatte er eine unschöne Begegnung mit einem alten Bekannten: Scott hatte es tatsächlich bis ins Fort Lisa geschafft und dort Unterschlupf gefunden. Natürlich hatte er Reuben eine ganz andere Geschichte aufgetischt, und so stank es ihm gewaltig, als Pierre nun von der Auspeitschung und der Verbannung erzählte. „Ich habe halt einen Fehler gemacht", versuchte er sich herauszureden. „Ich lass die Finger von deiner Squaw, wirklich! Ich habe jetzt eine eigene." Er zeigte auf eine junge Indianerin, die noch keine vierzehn Jahre alt war. „Habe sie bei den Apsalooke eingetauscht. Sie war dort eine Gefangene. Angeblich eine Blackfeet. Jedenfalls hält sie mein Bett warm." Er lachte auf unerfreuliche Weise.

Reuben fand die Bemerkung weniger witzig. „Wenn jemand wegen Fehlverhaltens ausgeschlossen wurde, gilt das auch hier!", stellte er klar. „Ich brauche keine Leute, auf die ich mich nicht verlassen kann. Du hast bis morgen Zeit, von hier zu verschwinden."

Pierre war zufrieden und konnte kaum seine Genugtuung verbergen. Scott dagegen fluchte unflätig. „Ach … ihr werdet schon sehen, was ihr davon habt. Es gibt genügend Posten, wo ich unterkommen kann. Dann gehe ich eben nach Norden … die Hudson's Bay ist froh, wenn sie jemanden wie mich bekommt."

„Dann geh doch!", forderte Reuben ihn unbeeindruckt auf. Niemand hatte großes Mitleid mit ihm, als er tatschlich am nächsten Morgen mit seiner Frau davonzog – mit dem Mädchen dagegen schon. Über sie wurde noch länger spekuliert.

Zwei Tage später war die kurze Begegnung vergessen, als endlich Colonel Menard mit seinen Männern eintraf. Sie waren erschöpft und müde, hatten aber nichts Aufregendes zu berichten. „Keine Inyuns gesehen!", meldete der alte Haudegen. Er grinste, als er von Colter und Reuben begrüßt wurde. „Schon was von Fort Raymond gehört?", erkundigte er sich nach seinem eigenen Fort.

„Nichts!" Reuben schüttelte den Kopf. „Hoffentlich hatten die nicht so viel Ärger wie ihr an den Three Forks!"

Die nächsten Tage über verließ Pierre das Fort, um zu jagen, kehrte aber stets mit leeren Händen zurück. In der Umgebung war nichts zu finden! Gar nichts! Es wunderte ihn nicht, dass die Versorgungslage schlecht war, denn normalerweise versorgten die Männer sich selbst. Gab es hier kein Wild, oder war die Lage einfach nur schlecht gewählt? Er sah sich nach Mato-wea um, die in einem Garten, der an die Palisaden grenzte, den Boden für die

Saat lockerte. Auch Marie war vor Ort und schob ihren Sonnenhut in den Nacken, als sie den Reiter bemerkte. „Nichts gefunden?", fragte sie.

„Nein!", antwortete Pierre. „Leider nicht."

Er sah zu, wie seine Squaw mit einem primitiven Grabwerkzeug den Boden lockerte. „Was wird das?"

Marie lächelte. „Ich mache es wie die Mandan. Ich pflanze Bohnen, Mais und Kürbis. Auch ein paar Kräuter, Salat, Kohl und Radieschen ... das bringt ein wenig Abwechslung im Winter. Für die Kinder ..."

„Das nützt auch nichts, wenn es hier kein Wild gibt."

„Ach, die Herden kommen sicherlich bald. Da mache ich mir keine Sorgen. Schlimmer finde ich, dass die Indianer so unzuverlässig sind. Nie weiß man, ob sie uns freundlich oder feindlich gesonnen sind."

Pierre schnaubte leicht, als müsste er einen Fluch unterdrücken. „Stimmt. Wir hatten jede Menge Ärger im Winter."

Mit den Blackfeet, nicht wahr?"

„Ja!" Pierre zögerte kurz und ergänzte dann: „Und mit ein paar Grizzlys. Ganz schön gefährlich diese Biester."

Marie zeigte auf den Garten. „Die Wachstumszeit für das Gemüse ist hier sehr kurz. Kaum ist Sommer, muss man sich schon wieder auf den Winter vorbereiten. Trotzdem hoffe ich auf eine gute Ernte. Es wird uns helfen, gesund zu bleiben."

Mato-wea hielt inne und ließ sich von Marie einige Samen geben. Einzeln drückte sie diese in die weiche Erde und häufelte dann das Pflanzloch an. Sie schien so etwas schon oft gemacht zu haben, und er erinnerte sich daran, dass ihr Volk auch solche Felder anlegte. „Keine Zeit für so etwas!", gab er zu.

Marie lächelte freundlich. „Na ja, ich bin halt ein bisschen verrückt. Wahrscheinlich ist es noch viel zu früh, hier die Zivilisation einzuführen, aber solange mein Mann hier ist, kann ich es ja versuchen, nicht wahr?"

Pierre brummte etwas Unverständliches und setzte dann sein Pferd wieder in Bewegung. Am nächsten Tag hatte er vielleicht mehr Glück. Sonst mussten sie wohl doch von Kräutern und Mais leben oder Fleisch bei den Indianern eintauschen.

Ende Juni tauchten dann endlich die Kielboote und Barkassen aus St. Louis mit Manuel Lisa auf. Er brachte keine guten Nachrichten, denn Meriwether Lewis hatte sich das Leben genommen. Reuben war am Boden zerstört, als er vom Tod seines Bruders hörte. Manuel Lisa konnte ihn kaum trösten, denn ausschlaggebend war wohl die Weigerung des neuen Präsidenten gewesen, die Rückführung von Häuptling Sheheke shote zu bezahlen, und so war Lewis auf den Kosten sitzen geblieben. Er war unterwegs zum Präsidenten gewesen, als er tot aufgefunden worden war. William Clark, bis zu diesem Zeitpunkt der Indianeragent des Louisiana-Territoriums, kümmerte sich weiter um die Regierungsgeschäfte und war in St. Louis geblieben. Auch er war bedrückt über den Tod des Freundes und Wegbegleiters. Auch ein Partner der Company war gestorben: Manuel Vazquez, mit dem sie viele Gefahren durchgestanden hatten, war im Winter an der seltsamen Krankheit gestorben, die ihn schon in Fort Lisa geplagt hatte. Die Ärzte hatten ihm nicht helfen können, vielleicht war die Krankheit auch einfach zu weit fortgeschritten gewesen. Alle waren bedrückt, denn der alte, erfahrene Haudegen war beliebt gewesen.

Fast gleichzeitig kehrte Jean Chouteau mit seinen Voyageurs und Trappern vom Oberlauf des Missouri zurück. Seine Boote waren voller Ausrüstung, doch auch er hatte jede Menge Probleme mit den Blackfeet, aber auch Assiniboine gehabt. „Die Luft ist heiß!", warnte er mit finsterem Gesicht. „Ich glaube, dass diese Scheiß-Briten und die Jungs von der Hudson's Bay die Stämme gegen uns aufhetzen. Die vermasseln uns den ganzen Handel! Wir haben längst nicht so viele Felle, wie wir eigentlich wollten."

Manuel Lisa nahm das mit sorgenvollem Gesicht zur Kenntnis. „Ja, denen passt es nicht, dass wir uns das Louisiana-Territorium geschnappt haben! Im Kongress in Washington reden sie schon von Krieg. Das wird noch richtig ungemütlich hier werden! Ich bin froh, dass meine Frau und Kinder in St. Louis in Sicherheit sind. Hier wäre es mir für sie zu gefährlich. Wir sollten unsere Geschäfte mehr in den Süden verlegen. Die Omaha unter ihren Häuptling Big Elk sind uns freundlich gesonnen. Sie wollen ein Bündnis mit uns, weil ihnen die Tituwan ziemlich zusetzen."

„Nicht nur die!", vermutete Chouteau. „Die werden auch von den anderen Sioux-Gruppen und Pawnee ganz schön in die Zange genommen. Vor ein paar Jahren sind sie zudem von einer Seuche ziemlich dezimiert worden."

„Ich weiß!" Manuel Lisa winkte ab. „Diese Seuchen sind die Heimsuchung Gottes. Da werden aus stolzen Völkern über Nacht plötzlich Bettler, und nichts ist mehr da, was an sie erinnert. Einfach schrecklich."

Chouteau hatte noch andere Sorgen. Einer seiner Posten war ein Raub der Flammen geworden, die auch die Felle zerstört hatten. Für ihn war die ganze Expedition ein ziemlicher Reinfall gewesen. Jetzt hoffte er darauf, dass er für die verbliebenen Felle einen guten Preis erzielte.

Zwei Tage später legten die zwei Barkassen mit Männern aus Fort Raymond vom Bighorn an. Auch Raoul brachte keine guten Nachrichten: „Wir haben Fort Raymond ganz aufgegeben", erklärte er ernüchtert. „Es hat keinen Sinn! Die Blackfeet haben uns im Winter dreimal angegriffen. Wir haben über zwanzig Männer verloren. Wir sind doch nicht lebensmüde!"

Colter begrüßte ihn mit einem derben Schlag auf die Schulter. „Die können einen echt das Fürchten lehren, nicht wahr?"

„Hast du also doch überlebt, du Halunke!", stellte Raoul fest.

Colter grinste. „Aber nur knapp. Die Inyuns haben auch zwanzig von uns erwischt, samt der Felle und Fallen! Sie haben uns echt zugesetzt. Henry ist noch da, aber der Rest von uns ist mit Bullbooten den Missouri runter. Ich sage dir: Die Scheiß-Wasserfälle haben uns Tage gekostet. Außerdem sind wir nur knapp zwei weiteren Angriffen entkommen. Die Burschen schießen scharf!"

Raoul kniff wütend die Augen zusammen. „Wie bei uns! Wir haben das ganz Zeug ins Boot verladen und sind losgeschippert. Die haben nicht mal gewartet, bis wir außer Sichtweite waren und haben alles abgefackelt. Da steht nichts mehr!"

„Oje!"

Auch Manuel Lisa zeigte sich nicht begeistert darüber, dass sein Fort Raymond ein Raub der Flammen geworden war. Aber Verluste musste man in Kauf nehmen, wenn man mit Indianern Handel trieb. Ein Handelsposten war immer nur für eine kurze

Weile lukrativ. Dann musste man seine Zelte wieder woanders aufschlagen und neue Märkte auftun. Das war Geschäftsrisiko. Kopfschüttelnd betrachtete er den kleinen Garten, den Marie Dorion angelegt hatte. Sie versuchte, irgendwie die Zivilisation hierher zu bringen, obwohl ein Handelsposten kein guter Ort für Frauen war. Da war die Squaw schon ein wesentlich vernünftigerer Anblick! Er tippte sich grüßend an den Hut und verschwand mit Menard im Handelsposten.

Mato-wea sah den Männern nach und wandte sich dann wieder der Arbeit zu. Sie stützte sich mit dem Bauch auf den Grabstock, um den Boden zu lockern. Die weiße Frau wollte das Unkraut entfernen, das die kleinen Pflanzen überwucherte. Für Mato-wea war auch dieses „Unkraut" wertvoll, denn man konnte es essen, sodass sie nicht recht verstand, warum man es zupfen sollte. Ein ziehender Schmerz ließ sie innehalten, und sie presste die Hand auf den Bauch. Leichter Schweiß bildete sich auf der Stirn, und sie wischte sich mit einer schmutzigen Hand über das Gesicht, sodass dunkle Streifen zurückblieben. Marie Dorion blickte erschrocken zu ihr. „Was ist denn los?"
Mato-wea atmete tief ein und ließ sich auf den Boden sinken. „Uh … mir ist schlecht." Ihr war leicht schwindelig, und dieses Ziehen in ihrem Bauch wurde zu einem Stechen.
Marie beugte sich zu ihr hinunter und ahnte, dass Mato-wea wohl in anderen Umständen war. „Erwartest du ein Kind?"
Mato-wea nickte nur. Es war ihr peinlich, so eine Schwäche zu zeigen.
„Dann solltest du nicht so schwer arbeiten!", befahl Marie in ihrer resoluten Art.
Mato-wea schüttelte empört den Kopf. „Wir Frauen arbeiten immer!", erklärte sie mit ihren begrenzten Sprachkenntnissen. Bei den Mandan wurde eine schwangere Frau nicht geschont. Sie verrichtete ihre Arbeiten, bis sie niederkam.
Marie Dorion schien davon wenig beeindruckt zu sein. „Papperlapapp, du musst an dein Kind denken. Wenn du diesen Stock in deinen Bauch drückst, schadest du dem Kind. Basta! Du hast für heute genug gearbeitet. Geh in dein Zimmer zurück und ruhe

dich aus. Wenn die Schmerzen vergehen, kannst du mir später in der Küche helfen."

Mato-wea senkte den Blick und wedelte sich mit der Hand etwas Luft zu. Vielleicht hatte die weiße Frau ja recht? Sie wollte dem Ungeborenen nicht schaden! Diese ziehenden Schmerzen machten ihr Angst, und so folgte sie der Anweisung lieber. Schlurfend ging sie in den Handelsposten zurück, kletterte die Stufen zu ihrer Kammer hinauf und legte sich müde auf das Bett. Es war ihr erstes Kind und sie wunderte sich, dass es sie so müde machte. Ob es daran lag, dass es von einem Weißen war? Waren diese Kinder anders? Sie träumte ein bisschen und stellte sich vor, wie dieses Kind wohl sein würde. Wäre es ein Junge oder Mädchen? Sie konnte es nicht sehen, und so schickte sie ein Gebet an ihre Ahnen. „Achtet auf mein Kind, damit es in mir heranwachsen kann!"

Pierre DuMont hatte inzwischen Shorty und Arnel begrüßt, die zusammen mit Raoul aus Fort Raymond eingetroffen waren. Shorty war über den Winter ein richtiger Trapper geworden, der sich zu verteidigen wusste. Aber die Blackfeet hatten ihn das Fürchten gelehrt. „Der Handel mit den Apsalooke ist ganz einträglich, aber diese Blackfeet stören das ganze Geschäft."

Arnel nickte wortlos. Auch er sah älter aus, als er war. Seine dunkle Haut hatte bereits Runzeln und Narben, die zeigten, wie gefährlich das Leben in der Wildnis war. Er war Halbindianer, doch die Aggressivität und Hartnäckigkeit der Blackfeet überraschte selbst ihn. „Wir waren ständig in Kämpfe verwickelt", ergänzte er müde. „Nächsten Winter wollen wir weiter den Bighorn hinauf … in die Jagdgründe der Apsalooke."

„Ihr wollt da wieder hin?", fragte Pierre mit überraschtem Augenaufschlag.

„Klar!"

„Ich dachte, das Fort sei abgebrannt?"

„Ist es auch. Dann bauen wir halt ein neues … weiter drin im Gebiet der Apsalooke."

„Dazu müsst ihr aber erst einmal an den Blackfeet vorbei!"

Shorty winkte ab. „Auf dem Fluss sind wir relativ sicher. Und die

Apsalooke sind unsere Verbündeten. Wenn wir den Handel ganz der Hudsons Bay Company überlassen, verlieren wir dort draußen auch unsere letzten Verbündeten. Das wäre nicht gut."

„Das stimmt natürlich!" Pierre dachte darüber nach. Unter dem Schutz der Apsalooke Handel zu treiben, war vielleicht keine so schlechte Idee.

Slim Buttes

Sommer 1810

Wambli-luta ritt neben Thimahel-okile und Krummes-Bein und ließ lässig die Beine baumeln. Sie waren auf dem Rückweg des großen Sommertreffens bei den Sioux Falls Wasserfällen. Das Sommerlager war unüberschaubar riesig gewesen. Die Sihasapa, Hunkpapa und Itazipco hatten sich eingefunden, aber auch Gruppen der Oglala, Mniconjou, selbst einige Yankton und Yanktonai waren gekommen, um den Sonnentanz zu tanzen. Die tapfere Tat von Wambli-luta war in aller Munde, und die Geschichte des treuen Pferdes wurde an allen Feuern erzählt. Nach einem Jahr der Probezeit war Wambli-luta zu einem vollwertigen Mitglied der Tokala erklärt worden, und sein Selbstbewusstsein war gewachsen. Seine Taten brachten dem Bund Ansehen, und er wurde mit Respekt behandelt. Krummes-Bein dagegen wurde für seine hübsche junge Frau bewundert und erhielt anerkennende Bemerkungen für den kleinen Jungen, den er adoptiert hatte. Wakpa-Hokshila war ein kräftiges Kind, das sicherlich zu einem starken Krieger heranwachsen würde. Die Männer verschwanden meist in den Versammlungszelten der Kriegerbünde und erneuerten ihre Schwüre. Trotzdem blieb noch Zeit, die neuesten Nachrichten auszutauschen und vielleicht einen Blick auf das eine oder andere Mädchen zu werfen.

Anpao-win war zur Frau herangereift und hatte sich Hals über Kopf in einen jungen Krieger verliebt, der sie mit funkelnden schwarzen Augen beobachtete und sich erdreistete, für sie die Flöte zu spielen. Hübsche-Nase unterband dies schließlich rigoros, denn er hatte die Familie nicht um Erlaubnis gefragt. Auch Gebrochene-Lanze gab unmissverständlich zu verstehen, dass er seine Tochter sicherlich keinem Habenichts anvertrauen würde! Vorsorglich fesselte er Anpao-win des Nachts mit einem Lederriemen an einen Pflock, damit sie nicht einfach mit dem Geliebten verschwand. Sein Name war Ishta-hota, Grau-Auge. Wambli-luta hatte nicht in Erfahrung bringen können, woher dieser seltsame Name kam, denn der Mann hatte wirklich zwei reichlich schwarze Augen. Ishta-hota schien die Abweisung nicht übel zu nehmen, denn er versprach, ehrenhaft und mit großzügigen Geschenken wiederzukommen. „Nächsten Sommer!", hatte Gebrochene-Lanze energisch betont.

Nach den heiligen Zeremonien hatte sich das große Dorf wieder aufgelöst, und die Gruppen waren losgezogen, um den Sommer über zu jagen. Mato-ska-cikala führte seine Gruppe wieder in Richtung des Inyan-wakachapi Wakpa. Die Reise war lang, und sie kamen nur langsam vorwärts, weil die Pferde mit den Travois alles aufhielten. Die Frauen und Mädchen gingen meist zu Fuß und zerrten die unwilligen Ponys hinter sich her.
Wambli-luta und die anderen Späher suchten nach günstigen Wegen, die für die Ponys mit den Lasten gut zu gehen waren. Wie eine riesige Schlange bewegten sich die Menschen durch die Täler und folgten sanften Hügelrücken. Es war sehr trocken, sodass der aufwirbelnde Staub weithin zu sehen war.
Wambli-luta runzelte die Stirn und schob die Lippen auf typische Weise vor, um seine Freunde auf etwas aufmerksam zu machen. „Wenn Feinde in der Nähe sind, brauchen sie nur der Staubwolke zu folgen!"
Krummes-Bein knurrte unwillig. „Wir sind genügend Männer, um die Frauen und Kinder zu verteidigen."
„Wie willst du das anstellen?", fragte Wambli-luta leicht gereizt.
„Sieh nur, wie weit entfernt die Menschen voneinander sind. Sie wären bei einem Angriff schlecht geschützt!"
Thimahel-okile nickte besorgt. „Du hast recht! Die Akicitas sollten sie nicht so weit zurückfallen lassen."
Er hatte seine Worte kaum beendet, als sich einige Krieger mit Peitschen den Menschen näherten, die am weitesten am hinteren Ende der Schlange trödelten. Ihre auffordernden Rufe waren bis zu den Spähern zu hören. Zwei Frauen kreischten, als sie mit Peitschenhieben vorwärtsgetrieben wurden. Ein kleines Mädchen plärrte mitleiderregend, aber die Krieger nahmen darauf keine Rücksicht. Sie zwangen die Trödler mit harten Schlägen vorwärts und warfen zur Strafe einige Habseligkeiten zur Seite,

um ihren Worten Nachdruck zu verleihen. Die Frau schrie empört, als sie ihr Hab und Gut zurücklassen musste, doch die Krieger blieben hart. Die beiden waren ein schlechtes Beispiel für die anderen und mussten bestraft werden.

Krummes-Bein kicherte leise vor sich hin. „Huh, da wird es heute Abend aber Ärger geben!", vermutete er.

Wambli-luta grinste schief. „Warum beeilen sie sich auch nicht?" Auch er hatte für so ein Verhalten wenig Verständnis. Der einzige Grund, warum eine Frau zurückfallen durfte, war der Zeitpunkt, wenn sie Leben schenkte.

Thimahel-okile wurde abgelenkt, als einige Jungen auf ihn zugaloppiert kamen. Er lächelte, als er seinen Sohn Springender-Büffelstier erkannte. Auch er hatte diese auffallend gebogene Nase, obwohl sie bei ihm noch kindlicher wirkte. Die Haare des Jungen waren zu zwei einfachen Zöpfen geflochten, die mit Lederstreifen umwickelt waren. „Warum seid ihr nicht bei der Herde?", erkundigte sich der Vater. Die Jungen lernten schon früh, wichtige Aufgaben zu übernehmen, und selbst kleine Jungen mussten mithelfen, wenn das Dorf auf Wanderschaft ging. Mit zehn Jahren waren die Kinder bereits hervorragende Reiter und wurden meist eingesetzt, um die Pferdeherde zu treiben. Springender-Büffelstier räusperte sich, um den Staub aus der Kehle zu bekommen. „Onkel schickt mich!", erklärte er wichtig. „Sie wollen, dass die Späher einen guten Übergang über den Fluss finden, damit die Frauen mit den Lasten durchkommen."

Thimahel-okile presste leicht verdutzt die Lippen zusammen. „Das weiß ich doch!", wunderte er sich. Genau das war ja die Aufgabe der Späher. Weiter unten befand sich ein Bach, der jedoch in der Hitze des Sommers kaum Wasser führte. Die Späher hatten längst einen Weg gefunden, auf dem man ins Tal hinabsteigen und den Bach überqueren konnte."

„Ich meine nicht den Bach!", erklärte der Junge. „Die Häuptlinge haben entschieden, heute noch bis zum Inyan-wakachapi Wakpa zu ziehen und dort am gegenüber liegenden Ufer zu lagern. Dort gibt es Bäume und meist noch grüne Wiesen."

„So weit?", wunderte sich der Vater.

Springender-Büffelstier nickte.

„Also gut! Reite zurück und sage, dass ich einen Übergang finden werde!"

Der Junge nickte eifrig und winkte dann seinen Freunden zu, ihm zu folgen. In rasendem Galopp preschten die Jungen davon, sodass nur noch ihre nackten Rücken und fliegenden Zöpfe zu sehen waren. Bei Springender-Büffelstier hüpfte der Köcher mit dem Kinderbogen im Rhythmus des Pferdes, und Thimahel-okile lächelte stolz. Dann wandte er sich an seine Begleiter: „Also reiten wir noch ein Stück!"

Wambli-luta stöhnte innerlich, denn es war heiß, und er hatte sich auf ein Bad gefreut. Es würde spät werden! Er wunderte sich über die plötzliche Eile, die die Ältesten an den Tag legten. Hatten die anderen Späher vielleicht etwas bemerkt? Oder war es nur die Verheißung auf einen angenehmen Lagerplatz, der die Ältesten anspornte, die Menschen weiterziehen zu lassen?

Wambli-luta stellte die Entscheidung nicht in Frage und folgte Thimahel-okile, der sein Pferd in einen ausdauernden Trab fallen ließ. Der Fluss lag noch einige Hügel weiter, und auch dort musste erst ein günstiger Übergang gesucht werden. Schweigend ritten die Männer nebeneinander her. Wachsam behielten sie die Umgebung im Auge, aber bis auf einige Präriehunde, die schnell in ihrem Bau verschwanden, als sie die Reiter bemerkten, war nichts zu sehen. Am Himmel schwebten zwei Bussarde, die wohl auf Beute aus waren.

Die Späher umrundeten einige Hügel und blickten dann in das Tal des Inyan-wakachapi Wakpa. Auf ihrer Seite fiel das Tal recht steil bis zum Ufer des Flusses ab. Die Ältesten hatten in ihrer Weisheit recht gehabt. Auf der anderen Seite weitete sich das Tal und bot genügend Platz für die Pferde und Zelte. Wambli-luta zeigte weiter in westliche Richtung. „Dort scheint es flacher zu werden. Da kommen auch die Frauen mit den Packpferden hinunter."

Thimahel-okile nickte. „Ja, der Fluss scheint dort breiter und flacher zu sein. Lasst uns das überprüfen." Sie ritten in die angegebene Richtung und stellten zufrieden fest, dass man hier den Fluss leicht überqueren konnte. Er war hier so flach, dass man nicht einmal die Schleppgerüste abladen musste. Thimahel-okile schickte Wambli-luta zurück, um den Zug der Familien hierher zu geleiten.

Die Tagesreise, die heute den Menschen zugemutet wurde, war lang, sodass sie erst zu Einbruch der Dämmerung den Inyan-wa-kachapi Wakpa erreichten. Gierig tauchten die Ponys ihre Mäuler in das Wasser, ehe sie sich weitertreiben ließen. Die Frauen hieben mit Stöcken auf die erschöpften Tiere ein, denn sie wollten noch vor der Nacht das Lager aufbauen. Mit angelegten Ohren warfen die Pferde die Köpfe hoch, nur um noch ein paar Schlucke zu saufen, ehe sie sich weiterbewegten. Sie wussten ja nicht, dass sie am anderen Ufer losgebunden werden würden. Viele Frauen waren so erschöpft, dass sie beschlossen, nur ein provisorisches Nachtlager aufzubauen. Es war warm, sodass sich die Familien schnell um die Kochfeuer versammelten, die allerorts entzündet wurden. Kinder tobten im flachen Wasser und wuschen sich den Staub vom Körper, dann setzten sie sich hungrig zu ihren Müttern. Erst nach dem Essen gingen auch die Frauen und Mädchen zum Fluss, um sich zu waschen. Die Späher hatten einen schönen Platz für sie auserkoren, der durch Büsche und Bäume vor neugierigen Blicken geschützt war. Der Badeplatz der Männer lag etwas stromabwärts, wo die Strömung wieder stärker war und man in der Mitte des Flusses über einige Felsen rutschen konnte. Die Ponys hatten sich im Tal verteilt und rupften das hochstehende Gras. Hier war es noch grün und nicht verdorrt wie auf den umliegenden Höhenzügen. Sie schnaubten zufrieden, und hier und da wälzte sich ein Pferd im Gras und schüttelte sich dann den Staub aus dem Fell. Wambli-luta entließ auch seine Stute zur Herde und klopfte ihr noch dankbar den Hals. „Schönes Mädchen! Friss dich satt an dem fetten Gras!"
Die Stute galoppierte mit erhobenem Kopf davon und stieß ein schrilles Wiehern aus. Dann verschwand sie zwischen all den anderen Ponys und tauchte ihr Maul in das frische Gras.
Wambli-luta lachte erfreut. Es war schön, dass sie wieder da war! Müde kehrte er an sein Feuer zurück, an dem seine Eltern bereits genüsslich das Essen verzehrten. Auch Anpao-win hockte neben der Mutter und schien an ihren Liebsten zu denken, denn ihr

Blick war melancholisch. Wambli-luta konnte es nicht lassen, sie ein wenig zu necken. „Meine Schwester scheint an einem ganz anderen Ort zu sein. Hört sie, wie ein junger Mann die Flöte spielt?"

Anpao-win wedelte empört mit der Hand vor ihrem Mund hin und her. „Hasch!"

Die Mutter dagegen kicherte. "Mak'eye! Was für ein Spaß! Warte bis nächsten Sommer, dann wird dein Vater entscheiden, wer als Ehemann in Frage kommt."

Anpao-win senkte unglücklich den Kopf. „Ich wünschte, mein Vater würde Ishta-hota sehen …"

Gebrochene-Lanze schnaubte unwillig und zeigte mit der Hand das Zeichen für „Nein". „Tochter, du weißt noch nichts vom Leben. Ein Mann muss in der Lage sein, eine Familie zu ernähren. Ishta-hota ist ein Habenichts! Er muss erst einmal beweisen, dass er ein guter Krieger ist. Es reicht nicht, dass er gut aussieht und die Flöte spielen kann."

Trotzig hob Anpao-win den Kopf. „Mir reicht es schon. Ishta-hota wird gewiss gut für mich sorgen."

„Woher willst du das wissen?", erkundigte sich die Mutter. „Seine Familie ist arm. Seine Taten sind unbekannt, ebenso wie sein Name. Was hat er denn bisher geleistet? Kannst du mir sagen, welche Geschichten über ihn erzählt oder welche Lieder über ihn gesungen werden? Nein, er ist noch viel zu jung. Deine Augen sind trüb, wenn es um die richtige Wahl eines Mannes geht."

Anpao-win senkte den Blick, denn ihre Augen trübten sich tatsächlich, aber nicht aus Unkenntnis, sondern aus Trauer. Nie würden ihre Eltern sie Ishta-hota zur Frau geben. Nie! Aufgewühlt legte sie ihre Hände in den Schoß und schluckte die Tränen hinunter. Von ihr wurde erwartet, dass sie sich fügte. Die Eltern würden gewiss einen geeigneten Mann für sie finden. Doch ihr Herz schlug nur für Ishta-hota.

Der Stamm blieb einige Zeit am Ufer des Inyan-wakachapi Wakpa, ehe er seinen Weg nach Westen fortsetzte, um dort die Bisons zu jagen. Dann folgten sie den Spuren einer großen Herde nach Süden, bis sie wieder den Chanshushka Wakpa erreichten.

Wambli-luta grinste, als er daran dachte, wie er hier bei den Slim Buttes den Apsalooke die Pferde geraubt hatte. Ob sie noch dort waren? Sicherlich nicht! Ihr Lagerplatz zwischen den schützenden Felsen war entdeckt worden, und so hatten sie ihr Dorf sicherlich verlegt. Trotzdem war Vorsicht geboten! Mato-ska-cikala wies ihn und einige andere Späher an, den Ort auszukundschaften und so machte sich Wambli-luta an der Spitze von fünf Mann auf den Weg. Er kannte den Weg, der von Norden in das Tal führte, wählte aber eine Route um die Felsen herum, weil er keinen feindlichen Spähern in die Arme laufen wollte. Zu Fuß kletterten sie über Geröll und Hänge und näherten sich von Süden dem Tal, das geschützt zwischen den Felsen lag. Nichts rührte sich dort. Es war verlassen!

Wambli-luta gab Entwarnung und führte die Männer wieder zurück zu den anderen. Die Menschen waren müde von der Wanderung, und dichte Wolken hatten sich zusammengezogen. Der ständige Wind riss an ihren Haaren und wurde von Augenblick zu Augenblick stärker. Ein Sturm kam auf, der sich vielleicht sogar in einen Tornado verwandeln würde. Die riesigen Wolkenbänke waren dunkelblau bis tief lila und ließen nichts Gutes erwarten. „Wir sollten zwischen den Felsen Schutz suchen!", schlug Wambli-luta vor. Auch Thimahel-okile und Krummes-Bein fanden den Vorschlag gut. Sie ritten zu den Wakincun, um auf das geschützte Tal hinzuweisen, und nach einer kurzen Beratung stimmte Mato-ska-cikala zu. Mit seiner gebogenen Lanze zeigte er in die Richtung der bewaldeten Hügel, die in der Ferne vor ihnen auftauchten. „Es ist nicht mehr weit, und dann sind wir durch die Felsen vor dem Sturm geschützt."

Die Akicitas trieben die Menschen erneut zur Eile an, und die Schlange der Reisenden bewegte sich nun zielstrebig dem Eingang des Tales entgegen. Wambli-luta ritt mit den anderen voraus und sicherte wachsam den Zug gegen mögliche Feinde. Sie hatten zwar keine Apsalooke in dem Tal entdeckt, aber das hieß nicht, dass keine anwesend waren. Hier musste man immer mit Angriffen rechnen. Wambli-luta dachte an Dachbitche-hisshi, der sicherlich seine Schande ausmerzen wollte. Wenn er noch in der

Nähe war, würde er nichts unversucht lassen, Wambli-luta erneut ein Pony zu stehlen – oder mehrere!

Der aufkommende Sturm wurde stärker und trieb den Menschen den Sand in die Augen. Einige Pferde scheuten, und die Krieger hatten alle Hände voll zu tun, die Herde beisammenzuhalten. Auch die Packpferde wurden unruhig und mussten von den Frauen mit Gewalt weitergezogen werden. Dann wurde es etwas besser, als die Menschen zwischen die Bäume traten. Hier wurde zwar der Wind etwas gebremst, aber die Kiefern bogen sich und hier und da brachen Äste ab. Die Menschen blieben auf dem Pfad und traten schließlich in den Schutz der Felsen. In der Ferne hatte sich tatsächlich der Rüssel eines Tornados gebildet, der auf seinem Weg über das Land alles verschlang. Bäume und Sträucher wurden entwurzelt, eine riesige Menge Staub aufgewirbelt und Tiere, die nicht rechtzeitig geflüchtet waren, durch die Luft gewirbelt.

Wambli-luta befand sich noch am Eingang ins Tal und konnte von dort gut über das Land sehen. Die Naturgewalten, die sich dort abspielten, flößten ihm Angst ein. Wohin bewegte sich der Sturm? Wären die Menschen im Tal wirklich sicher? Er kniff die Augen zusammen, weil der Wind zu unangenehm wurde. Dann verließ er seinen Posten, als er sah, dass der Tornado genau auf das Tal zukam.

„Taté Iyumni agli!" – Der Sturm kommt hierher! Seine Stimme schnappte über, als er die Menschen erreichte, die sich gegen die Felsen drückten. Die Frauen und Mädchen hatten schnell die Travois abgeladen und die Pferde laufen lassen. Nun krochen sie unter die Planen der Zelte, um dort Schutz vor dem Sturm zu suchen. Es war gut, dass sie die Tipis noch nicht aufgebaut hatten, denn bei diesem Wind wären sie vielleicht auch nicht mehr sicher. Die Pferde hatten gescheut und sich in alle Richtungen verstreut. Es würde einige Zeit dauern, ehe man sie wieder alle eingefangen hatte. Niemand kümmerte es, denn es war wichtiger, das eigene Leben zu retten.

Wambli-luta ließ seine Stute laufen, die schnell zwischen einigen Felsen verschwand; dann kroch auch er unter die Planen des Tipis. Er hockte sich neben seinen Vater, der ihn vergnügt musterte. „Was für ein Wind!" Wambli-luta ließ die Plane fallen, und es wurde dunkel.

Der Sturm drosch mit unsichtbaren Fäusten gegen die Planen, doch darunter saßen die Menschen halbwegs sicher. „Hoffentlich erreicht uns der Tornado hier nicht!", sagte sich Wambli-luta im Stillen. „Sonst schützt uns auch die Plane nicht mehr." Er wusste, dass der Tornado eher offenes Gelände bevorzugte und so hatten sie eine gute Chance, hier halbwegs unbehelligt zu bleiben. Er wurde schläfrig und döste etwas vor ich hin.

Die Menschen trauten sich erst am Morgen unter den Planen hervor und besichtigten den Schaden, den der Sturm angerichtet hatte. Wie vermutet hatte der Tornado das Tal einigermaßen verschont, und doch hatte der Sturm Bäume umgerissen und eine Schneise der Verwüstung hinterlassen. Auch die Ausrüstung der Menschen war durcheinandergewirbelt worden, selbst wenn sie durch schwere Zeltplanen abgedeckt worden war. Seufzend räumten die Menschen auf, und nach kurzer Zeit verteilten sich die Tipis im Tal. Einige Pferde waren zurückgekehrt, und ein Teil der Männer brach auf, um die Pferde wieder einzufangen. Die anderen halfen beim Aufbau des Dorfes oder besetzten den Eingang des Tales, um ihn gegen Feinde zu verteidigen.

Die Frauen nahmen ihre Beile und hackten von den umgestürzten Bäumen die trockenen Äste, um Feuerholz zu haben. Einige Mädchen machten sich auf den Weg, um ihre Bisonblasen an einer Quelle mit frischen Wasser zu füllen.

Nach dem Unwetter war die Luft klar. Es hatte sogar ein wenig geregnet, und die Natur hatte das Nass dankbar aufgesogen. Einige Prärieblumen öffneten ihre Blüten, und letzte Tropfen spiegelten sich in der Sonne. Insekten summten in der Luft, und am Himmel kreisten Bussarde und einige Krähen. Der Wind war immer noch frisch und streichelte über das hohe Gras, das sich wie ein grüner Teppich über das Tal ausbreitete.

Wambli-luta rief nach seiner Stute, die tatsächlich angetrabt kam und ihn freudig begrüßte. Er saß auf und schaute nach seinen Freunden, um ihnen bei der Suche nach den anderen Pferden zu helfen. Die meisten hatten sich am südlichen Ende versteckt, doch einige hatten auch den verborgenen Ausgang zwischen den Felsen entdeckt und waren auf die weite Prärie geflohen. Thimahel-okile vermisste sein Bisonpferd und auch andere Krieger hatten ihre besten Kriegs- oder Jagdponys verloren. Einige saßen grummelnd auf irgendwelchen Packpferden und hofften sehr, dass die Suche erfolgreich verlaufen würde. Nach dem Sturm und Regen waren kaum Spuren zu sehen, und so verließen sie sich auf ihr Glück. Wo waren die Pferde hingeflüchtet? Weiter südlich gab es eine Senke, in der sie vielleicht Zuflucht gesucht hatten. Aber das Land war übersät mit Hügeln und Senken, sodass dies nur eine vage Hoffnung sein konnte.

Thimahel-okile führte die Männer weiter nach Süden und wies nach einer Weile auf einige Pferdespuren, die deutlich im sandigen Boden zu sehen waren. Hier waren die Ponys also entlanggekommen! Bis zum Abend hatten sie über fünfzig Pferde aufgespürt und trieben sie wieder in das Tal der Slim Buttes. Die anderen Tiere wollten sie am nächsten Tag einfangen. Ihre Stimmung hatte sich gehoben, denn viele Krieger hatten ihre Lieblingspferde gefunden, und sie waren gewiss, dass sie auch die anderen Tiere bald einsammeln würden. „Gut, dass keine Feinde in der Nähe sind. Sie hätten uns die Ponys mit Leichtigkeit stehlen können", stellte Thimahel-okile zufrieden fest.
Wambli-luta und Krummes-Bein warfen sich erschrockene Blicke zu und winkten dann ab. „Huh, die Geister waren uns wohlgesonnen! Aber wahrscheinlich haben auch unsere Feinde nach diesem Sturm genug zu tun, ihre Habe in Sicherheit zu bringen. Vielleicht stoßen wir ja auf deren Ponys!" Wambli-luta frohlockte. Das wäre ein Coup!
Krummes-Bein deutete mit der Hand über das Land. „Hier ist niemand! All die Tage sind wir auf keine Spuren von anderen Menschen gestoßen."
Das stimmte allerdings. Selbst befreundete Lakota-Gruppen schienen andere Jagdgründe zu bevorzugen. Wahrscheinlich waren sie weiter im Osten, um an einem der Handelsposten am Missouri Waren einzutauschen. Auch dort zogen die Bisonherden vorbei.

Es wurde dunkel, als die Männer schließlich durch den südlichen Ausgang des Tales zu ihren Familien zurückkehrten. Krummes-Bein lächelte stolz, als Wakpa-Hokshila auf stämmigen kurzen Beinen angewackelt kam und sich in seine Arme stürzte. Schüchtern stand Erdbeerfrau am Eingang des Zeltes und sah dem Mann entgegen, der das Kind wild um sich herumschleuderte, sodass es vor Begeisterung krähte. Sie lächelte kurz und schüttelte dann protestierend den Kopf. „Sei nicht so wild mit ihm. Er ist doch noch klein." Sie sprach Lakota schon fast ohne Akzent. Auch äußerlich unterschied sie sich nicht mehr von den anderen Lakotafrauen. Sie hatte sich dem Volk angepasst und schien zufrieden mit ihrem Leben zu sein.

„Meine Frau!", schimpfte Krummes-Bein. „Ein Vater ist nie zu wild mit seinem Sohn!" Er nahm das Kind hoch und schaute ihm fest in die Augen. „Stimmt's?"

Der Junge lachte vor Freude und steckte die Faust in den Mund. „Mehr!", forderte er.

Krummes-Bein lachte gutgelaunt und schleuderte das Kind wieder im Kreis um sich herum. Ihr beider Lachen hallte durch das Tal, und auch Erdbeerfrau kicherte hinter vorgehaltener Hand. Männer und Jungen! Sie wusste nicht, wer schlimmer war.

Wambli-luta kehrte indessen zu seinem Tipi zurück und fand seine Großmutter und seine Mutter in heller Aufregung vor. „Was ist passiert?", erkundigte er sich besorgt.

„Anpao-win ist fort! Sie ist schon den ganzen Tag spurlos verschwunden."

„Hunhunhe!" Wambli-luta seufzte tief. War seine Schwester vielleicht zu ihrem Geliebten zurückgekehrt? „Wann habt ihr sie das letzte Mal gesehen?"

„Sie ging mit den Mädchen zur Quelle, um Wasser zu holen."

„Kam sie mit ihnen zurück?" Wambli-luta runzelte die Stirn. Sollte Anpao-win die Gelegenheit genutzt haben, um heimlich das Tal zu verlassen? Es gab immer wieder Verliebte, die ohne Einverständnis der Eltern in die Einsamkeit gingen und als Ehepaar zurückkehrten. Sie schafften damit vollendete Tatsachen. Aber seine Schwester? Woher wollte sie wissen, wo sich das Dorf von Ishta-hota befand? Es war Jagdsaison, und die Lakota befanden sich auf Wanderschaft, um den Herden der Bisons zu folgen. Es wäre reiner Zufall, wenn sie auf sein Dorf stieß. „Hat sie ein Pferd genommen?"

Die Mutter schüttelte ratlos den Kopf. „Das weiß niemand. Zu viele Pferde waren nach dem Sturm verschwunden, sodass niemand weiß, ob ein Pferd genommen wurde."

„Hohch!" Wambli-luta seufzte genervt. Er war hungrig und hatte keine Lust, nach einer liebeskranken Schwester zu suchen. „Wo ist Vater?", fragte er etwas unwirsch.

Die Mutter wedelte mit der Hand. „Er sucht sie bereits. Aber bisher ist er nicht zurückgekehrt."

Die Großmutter beugte sich bittend zu ihm. „Mein Takoja ist verschwunden. Ich mache mir große Sorgen!"

Wambli-luta nickte schweigend. Es wurde von ihm erwartet, dass er sich sofort auf die Suche begab. Zumal es sich um seine eigene Schwester handelte! Er würde ihr gehörig die Meinung sagen, wenn er sie fand. Ihr musste doch klar sein, dass er ihre Spuren finden würde! Kurz stutzte er, denn eigentlich war auch sein Vater ein hervorragender Fährtenleser. Warum war er noch nicht zurück? „Ist mein Vater allein losgeritten, oder begleiten ihn unsere Krieger?"

Die Mutter sah ihn mit großen Augen an. „Er ist allein. Siehst du eine Gefahr für ihn?"

Wambli-luta zögerte kurz und machte dann eine beruhigende Handbewegung. „Wir waren heute den ganzen Tag unterwegs und haben nichts Verdächtiges gesehen. Wahrscheinlich taucht er hier gleich auf und hat riesigen Hunger. Und wenn er Anpao-win dabei hat, dann möchte ich nicht in ihrer Haut stecken." Er spuckte kurz aus und wischte sich über den Mund. Die Lakota schlugen ihre Kinder nicht, aber es gab andere Wege, ein ungezogenes Mädchen zu maßregeln. Was der Vater allerdings im Hinblick auf seine widerspenstige Tochter machen würde, blieb abzuwarten. Wahrscheinlich würde er sie nun jede Nacht anpflocken, damit sie diesen Unsinn unterließ.

Schwungvoll erhob sich Wambli-luta und verließ das Tipi. Es war dunkel gewesen, und so wäre es unwahrscheinlich, irgendwelche Spuren zu entdecken. Trotzdem rief er seine Stute und ritt mit ihr zum nördlichen Ausgang des Tals. Am Ende sah er schemenhaft zwei Krieger, die dort Wache hielten. „Habt ihr meinen Vater gesehen?", rief er ihnen zu.

„Nein!", schallte es zurück.

„Ich suche ihn. Also schießt nicht, wenn ich später zurückkehre." Die beiden Späher lachten gut gelaunt. „Melde dich mit dem Ruf einer Eule, dann lassen wir ich durch."

„Washté!"

Wambli-luta grinste leicht, als er den beiden den Rücken zudrehte und das Tal verließ. Es war tatsächlich zu dunkel, um etwas zu erkennen, und so ritt er nur auf den nächsten Hügel und überblickte die dunklen Schatten, die über dem Land lagen. In der Ferne erblickte er einen Reiter, der zielstrebig auf ihn zuritt. Es war sein Vater, der unverrichteter Dinge heimkehrte. Wambli-luta wartete in Ruhe ab, bis der Vater ihn erreicht hatte. Die Augen sagten alles, und so schwieg Wambli-luta betreten.

Der Vater zog an ihm vorbei, und Wambli-luta folgte ihm in langsamem Tempo. An der Schlucht stieß er wie verabredet den Ruf der Eule aus, und die beiden Späher winkten die zwei Reiter hindurch. „Habt ihr sie gefunden?", fragte der eine.

Wambli-luta antwortete nicht, und auch sein Vater blieb still. Erst, als sie abstiegen und die Pferde zur Weide laufen ließen, räusperte sich der Vater. „Ich habe nichts gefunden. Einfach nichts!" Er biss sich auf die Lippen, als die beiden Frauen aus dem Tipi heraustraten und ihn mit großen Augen ansahen.

„Was heißt nichts?", fragte Wambli-luta mit heiserer Stimme. „Sie muss doch Spuren hinterlassen haben."

Der Vater schüttelte den Kopf. „Ich habe alles abgesucht! Von der Quelle bis zur Schlucht und noch weiter bis in die Hügel. Nichts! Als hätte die Erde sie verschluckt."

„Kein Mensch verschwindet einfach so!", bemerkte Wambli-luta. „Nur Vögel können sich einfach in die Lüfte erheben und wegfliegen."

Der Vater nickte bestätigend. „Sohn, ich habe nichts gefunden. Lass uns morgen nach ihr suchen. In der Dunkelheit sehen wir nichts."

Wambli-luta konnte ihm nur zustimmen. „Vielleicht hat sie den südlichen Ausgang genommen oder ist über die Felsen geklettert?"

„Warum sollte sie das tun?", wunderte sich Gebrochene-Lanze.

„Um zu Ishta-hota zurückzukehren …?"

Gebrochene-Lanze wischte diese Möglichkeit mit einer ungeduldigen Handbewegung fort. „Niemals! Sie ist eine gute Tochter! Sie würde uns nicht so in Angst versetzen."

Wambli-luta legte nachdenklich den Kopf schief. Würde seine Schwester einfach fortlaufen? „Was sagen denn ihre Freundinnen?", fragte er unsicher.

Der Vater seufzte. „Sie war mit ihnen an der Quelle und wollte sich dann noch waschen. Seitdem ist sie verschwunden."

„Sie haben Anpao-win alleingelassen?" Wambli-lutas Stimme war leicht verärgert.

„Ja, … sie dachten sich nichts dabei. Es waren ja auch andere Frauen und Kinder in der Nähe. Sie war also nicht allein."

„Hohch! Dann wäre sie ja noch da!"

Der Vater senkte traurig den Blick. „Ich habe alles abgesucht, aber nichts gefunden. Wenn ein Tier sie erwischt hätte, müssten wir doch irgendwelche Spuren sehen."

„Und wenn sie doch fortgelaufen ist?"

Der Vater zuckte mit den Schultern. „Auch dann müssten wir Spuren finden …" Er klang unglücklich.

„Dann suchen wir am Morgen nach ihr!", entschied Wambli-luta energisch. Er bückte sich ins Tipi und runzelte traurig die Stirn, als die beiden Frauen leise klagten. „Wir werden Anpao-win zurückbringen!", versuchte er sie zu trösten.

Anpao-win

Tongue-Fluss, Sommer 1810

Anpao-win versuchte krampfhaft, den Brechreiz zu unterdrücken, der in ihrer Kehle hochstieg. Der Knebel steckte zu weit hinten in ihrem Gaumen und drohte sie zu ersticken. Sie taumelte, als der fremde Mann sie unbarmherzig vorwärtszwang und keine Rücksicht auf ihre Not nahm. Ihre Knie waren von den vielen Stürzen schon aufgeschürft, doch der Mann hatte sie jedes Mal wieder hochgezerrt und ihr dabei fast den Arm aus dem Gelenk gerissen. Ihre Arme waren auf den Rücken gefesselt, sodass sie sich nicht abstützen konnte, wenn sie stolperte. Zwei weitere Krieger liefen hinter ihnen her und verwischten sorgfältig die Spuren. Sie lachten, als handle es sich nur um einen guten Scherz. Anpao-win verstand kein Wort von der fremden Sprache, die die Männer sich zumurmelten. Sie wollte sich wehren, gegen die Männer kämpfen, um Hilfe schreien, doch ihr Entführer unterband jeden Versuch mit grober Gewalt. Längst hatten sie das Tal der Slim Buttes hinter sich gelassen, folgten einem Graben in südlicher Richtung und nutzten dabei die Deckung der Felsen und Hügel. Manchmal knickten Anpao-win vor Angst die Beine ein, doch der Krieger wertete dies wohl als Zeichen des Widerstandes und riss sie an den Haaren oder Armen wieder hoch. Sorgsam achtete er darauf, dass sie keine verräterischen Zeichen hinterließ. Als ihre Beine schließlich von den Stürzen bluteten, nahm er einfach Staub, um die Blutung zu stillen. Er dachte wohl, dass sie dies absichtlich herbeiführte, denn er gab ihr einen warnenden Schlag mit den Knöcheln seiner Faust.

Anpao-win wurde schwindelig und taumelte umso mehr. Sie hatte längst die Orientierung verloren und konnte kaum noch den Kopf heben, um die Umgebung in Augenschein zu nehmen. Würde ihr Vater die Verfolgung aufnehmen? Würde ihr Bruder nach ihr suchen? Diese Gedanken waren längst einem Gefühl der Verzweiflung gewichen. Atmen! Atmen. Nur diese Gedanken zählten noch. Endlich erreichten die Männer einige Ponys, die sie in einer Senke zurückgelassen hatten. Anpao-win wurde hochgehoben, und mit Schwung saß der Mann hinter ihr auf. Er lachte herausfordernd und griff ihr unschicklich um den Leib, als wollte er sagen, dass sie nun sein Eigentum sei. Seine Hacken droschen dem Pony in die Seiten, und es sprang mit gewaltigen Sätzen nach vorne. Wenn der Krieger sie nicht festgehalten hätte, wäre sie wohl vom Pferd gestürzt.

Die Männer hatten inzwischen so viel Entfernung zum Ort des Überfalls zurückgelegt, dass sie nun voller Übermut kleine Jubelrufe ausstießen. Sie ritten näher an ihre Beute heran und strichen dem Mädchen mit ihren Peitschen über das Gesicht und den Oberkörper. Der Mann, der sie vor sich im Sattel hielt, ließ dies großzügig zu. Es war Dachbitche-hisshi, der nun voller Häme die Lippen nach unten sinken ließ. Er hatte seinen Feind ausgetrickst und dessen Schwester geraubt! Das war viel mehr wert als ein widerspenstiges Pony! Wenn er seinen Samen in diese Frau ergoss, würde die Kraft des Vaters und Bruders auch auf ihn übergehen, und seine Schmach wäre ausgemerzt! Er hatte das Dorf lange genug ausgespäht, um sich sicher zu sein, dass er die richtige Frau erwischen würde. Der Sturm hatte über ihnen gewütet, doch durch nichts hatte er sich ablenken lassen. Wie Präriehunde hatten sich die Feinde in ihren Löchern verkrochen, während er dem Sturm getrotzt hatte.

Die drei Apsalooke trieben ihre Ponys in Richtung Süden auf die Schwarzen Berge zu. Dort wollten sie in den vielen Schluchten und Tälern einfach verschwinden. Sie wussten, dass die Lakota ihnen auf den Fersen sein würden und nur die Dunkelheit ihnen Schutz geben würde. Eine Frau aus dem Schutz des Dorfes zu entführen, war eine Heldentat ohnegleichen. Sie fühlten sich siegestrunken, und ihr Blut rauschte in ihren Adern. Dachbitche-hisshi wusste, dass er seinen Freunden etwas anbieten musste, denn ohne sie wäre der Coup kaum geglückt. Er knurrte unwillig, als die Frau in seinen Armen ungeschickt hin und her rutschte. Sie keuchte erbarmungswürdig, und so lockerte er den Knebel etwas. Sollte sie nur schreien – hier würde niemand sie mehr hören! Der Körper der Frau verkrampfte sich, als der Brechreiz sich nicht mehr unterbinden ließ. Sie beugte den Kopf zur Seite und erbrach sich keuchend ins hohe Gras. Dann spuckte sie mehrfach aus, um den schalen Geschmack aus ihrem Mund zu bekommen. Ihr Atem ging nun etwas leichter. Dachbitche-hisshi ignorierte ihren schlechten Zustand und trieb sein Pferd nach kurzer Zeit in westliche Richtung. Sie überquerten mehrere Höhenzüge und verschwanden dann in dem unzugänglichen Gebiet. Oft ritten sie über Felsen, sodass es unmöglich wurde, ihren Spuren zu folgen. Sie gönnten sich keine Pause, sondern ritten bis tief in die Dunkelheit. Dann stiegen sie ab und führten die Pferde weiter. Die Gefangene blieb sitzen, denn sie war in sich zusammengesunken und würde sie nur aufhalten. Sie schwankte gefährlich vor Erschöpfung.

Mitten in der Nacht erreichten die Männer schließlich einige mit Kiefern bewachsene Hügel und beschlossen, im Schutz der Bäume ihr Nachtlager aufzuschlagen. Ein Mann sammelte etwas Feuerholz, während der andere die Pferde an den Vorderhufen mit einem Riemen zusammenband, damit sie nur kleine Schritte machen konnten. Sie soffen Wasser aus einer Quelle, und der Mann schleifte seine Gefangene zum Wasser, damit auch sie etwas trinken konnte. Schließlich warf er sie auf den Rücken ins Gras und beugte sich über sie. Die Genugtuung, aber auch die Schadenfreude spiegelte sich im Licht des Mondes in seinem Gesicht. Er hatte kein Mitleid. Die Schwester seines Feindes würde nun ihm gehören!

Anpao-win wehrte sich mit letzter Kraft gegen den Krieger, der mit ungeduldigen Bewegungen ihr Kleid hochschob. Sie versuchte zu treten, doch der schwere Krieger kontrollierte sie bereits mit seinem Körper, sodass ihr Zappeln ohne Wirkung blieb. Er lachte nur und sagte etwas zu den Männern, die die Szene aus der Nähe beobachteten. Sie lachten leise, als der Mann sie an der Kehle packte und damit zum Stillhalten zwang. Sie wollte schreien, doch der Griff an ihrer Kehle nahm ihr die Luft. Endlich ließ der harte Griff an ihren Brüsten nach, doch stattdessen suchte der Mann nun den Weg in ihr Innerstes. Etwas Hartes bohrte sich in ihren Leib und trieb Tränen des Schmerzes in ihre Augen. Aufhören, dachte sie vor Scham und Pein. Aufhören! „Hiya!", keuchte sie voller Angst. „Hiya!"

Doch der Mann ließ nicht ab von ihr. Sein Gesicht näherte sich dem ihren, und sie sah die Lust, aber auch den Triumph in seinen Augen. Keuchend drang er weiter in ihr vor. Anpao-win schloss die Augen und hielt die Luft an, um die Schmerzen in ihrem Leib besser auszuhalten. Niemand hatte ihr je davon erzählt, zu was Männer fähig waren. Sie war behütet und beschützt aufgewachsen, und von einem Moment auf den anderen war ihr ganzes Leben zerstört worden. Der Mann auf ihr tobte sich an ihr aus, nahm keine Rücksicht auf ihre Jugend und Unerfahrenheit. Ganz im Gegenteil: Er schien sich an ihrer Tugend zu erfreuen und genoss es, seinen Schaft immer tiefer in sie zu zwängen. Sie wollte ihn wegstoßen, ihn um Gnade bitte, ihn aufhalten, doch ihre gefesselten Hände drückten in ihren Rücken und trieben weitere Wellen des Schmerzes durch ihren Körper. „Ina!", stöhnte sie fast lautlos. „Mutter!"

Den Mann ließ das unbeeindruckt. Ihr Gesicht war tränennass, als sie es wegdrehte, um den Mann nicht mehr sehen zu müssen. Die Schmerzen loderten wie Feuer in ihrem Unterkörper, und es gab nichts, was sie dem entgegensetzen konnte. Ihre Sinne schwanden, und sie überließ sich willig dem Dunkel, das wie ein schwarzer Todesvogel nach ihr griff.

Der Apsalooke packte die ohnmächtige Frau am Kinn und schüttelte ihren Kopf leicht hin und her. „Ihr Geist ist gegangen!", stellte er überrascht fest. Er erhob sich, ging zum Wasser und wusch sich das Geschlechtsteil sauber. Er lachte, als er die anderen zwei musterte. „Hoh, das war ein Spaß!"

Dachbitche-hisshi fühlte sich gut. Er wollte seinen Feind demütigen und dessen Schwester als Gefangene bei sich halten. Sie würde einen niedrigen Status haben, und es würde ihm gefallen, sie immer wieder zu bezwingen. Er wusste, dass dieser Lakota vermuten würde, dass er hinter der Entführung steckte, und das steigerte seinen Triumph noch. Vielleicht zeigte er sogar seinen Großmut und schickte die Frau eines Tages zurück.

Einer seiner Freunde hatte inzwischen ein Feuer gemacht, und ohne großes Federlesens schleifte Dachbitche-hisshi die Frau in den Schein des Feuers. Zufrieden verzog er die Lippen. Er hatte das Dorf der Feinde lange ausgespäht und die Entführung sorgfältig geplant. Er wusste genau, wer zur Familie dieses Lakota gehörte, und hatte beschlossen, dass die Schwester ein guter Coup sein würde. Sein Herz hatte gejubelt, als die Feinde ausgerechnet bei den Slim Buttes ihr Lager aufgeschlagen hatten, denn dort kannte er sich aus. Es war so leicht gewesen, sich auf die Lauer zu legen, die Frau zu schnappen und unbemerkt zu entkommen. Vielleicht zu leicht. Er liebte Herausforderungen!

Er spritzte dem Mädchen etwas Wasser ins Gesicht und runzelte die Stirn, als sie davon nicht aufwachte. Hatte er sie zu schwer verletzt? Sein Blick wanderte über ihren schlanken, mädchenhaften Körper, der von Kratzern übersät war. Sie war wirklich noch sehr jung – vielleicht zu jung? Kurz schoss der Gedanke durch seinen Kopf, ob sie wohl schon ihre ersten Riten gehabt hatte. War sie noch ein Kind? Dann wäre seine Tat wenig ehrenhaft. Zum ersten Mal fühlte er Zweifel an seinem Tun. Das Mädchen zu entführen, war ehrenhaft, aber ein Kind zu schänden, brachte keinen Ruhm. Wieder schüttelte er sanft ihren Kopf hin und her, doch sie rührte sich nicht. Seufzend stand er auf und holte eine Pferdedecke, um sie zu wärmen. Nachts wurde es kalt. Seine Freunde nahmen seine Fürsorge mit einem Schulterzucken hin.

„Was machst du mit ihr, wenn wir im Dorf ankommen?", fragte einer der jungen Männer. Er hieß Kleiner-Puma, und allein der Name verriet schon, dass er durchaus gewandt und geschickt war. Er hatte einen hochgewachsenen, schlanken Körper, überlanges Haar, das mit Fett eingerieben war, und glänzende schwarze Augen.

Dachbitche-hisshi grinste leicht und machte eine herablassende Geste. „Sie wird mein Tipi zieren und mir zu Willen sein."

„Wahrscheinlich mehr als deine Frau!", stellte der zweite Krieger mit einem verräterischen Augenaufschlag fest. Er hieß Grauer-Wolf und kannte die Streitereien im Zelt seines Freundes.

Dachbitche-hisshi nahm ihm die Bemerkung nicht übel. „Hoh … da magst du recht haben. Vielleicht wird diese Gefangene meiner Frau zeigen, wie sie sich ihrem Mann gegenüber zu verhalten hat. Wenn ich nur noch bei ihr liege, wird sie sicherlich so sanft wie ein Fohlen werden."

Grauer-Wolf lachte laut. „Oder sie frisst dieses arme Mädchen auf vor Neid. Warum schenkst du sie nicht einem Krieger, der nicht schon eine Ehefrau im Zelt hat?"

Dachbitche-hisshi schüttelte den Kopf. „Nein, denn ich will, dass dieser Lakota weiß, dass sie bei mir ist!"

„Hoh, er wird dir die Gedärme herausziehen …", befürchtete Grauer-Wolf. Auch Kleiner-Puma runzelte besorgt die Stirn und nickte bestätigend.

„Das will ich hoffen!", meinte Dachbitche-hisshi selbstbewusst. „Soll er es doch versuchen! Aber dann muss er aufpassen, dass sein Skalp nicht an meinem Gürtel hängt." Er lachte sorglos.

„Uh, er wird nicht begeistert sein, wenn er je erfährt, was du mit ihr gemacht hast …"

„Er wird es erfahren! Vielleicht schicke ich sie sogar zurück! Soll sie ihm doch erzählen, was passiert ist."

„Ho, vielleicht hat sie sogar schon einen kleinen Apsalooke-Krieger im Leib", hoffte Kleiner-Puma. „Schick sie doch zurück, wenn sie einen dicken Bauch hat."

Dachbitche-hisshi legte nachdenklich den Kopf zur Seite. Irgendetwas an dieser Bemerkung gefiel ihm nicht. „Wenn sie mir einen Sohn gebiert, schicke ich sie sicherlich nicht zurück!", sagte er mit Nachdruck. „Dann mache ich sie sogar zu meiner Zweitfrau!"

Seine Stimmung war umgeschlagen, und er warf wütend einen Zweig ins Feuer. Die anderen merkten das und wechselten verblüffte Blicke.

„Ich habe mich nicht ehrenhaft verhalten, sondern nur an meine Rache gedacht", stellte Dachbitche-hisshi ernüchtert fest. „Wenn wir im Dorf sind, wird meine Frau sich um sie kümmern. Solange lasse ich sie in Ruhe. Ich wollte ihren Bruder demütigen, nicht sie."

Wieder wechselten die beiden Freunde beredte Blicke, denn gerade eben noch hatte ihr Freund keine Rücksicht auf die Gefangene genommen. Klugerweise sagten sie nichts, und so wurde es still. Dann legten sich die Männer um das Feuer, das langsam erlosch, und schliefen bis zum Morgen. Sie stellten keine Wache auf, weil die Wahrscheinlichkeit, hier gefunden zu werden, verschwindend gering war.

Die letzten Funken erloschen, und es wurde dunkel, als der Mond hinter den Hügeln verschwand.

Als Anpao-win am Morgen erwachte, tat ihr alles weh. Ihr Geschlecht pulsierte, und ihre Gelenke schmerzten. Sie richtete sich benommen auf und stellte dabei fest, dass ihre Hände vor dem Körper gefesselt waren. Ihre Schultern schmerzten zwar noch, aber so konnte sie es besser aushalten. Ihr Entführer hatte die Bewegung bemerkt und sich ebenfalls erhoben. Er packte sie am Arm und zog sie auf die Füße. Anpao-win fühlte Schwindel in sich aufsteigen und taumelte leicht hin und her. Der Mann stützte sie leicht und führte sie dann zu der Quelle, damit sie etwas trinken konnte. Er sah zu, als sie sich ins Gras hockte, um sich zu erleichtern. Der Urin war blutig, und es tat weh. Großzügig erlaubte er ihr, dass sie sich an der Quelle etwas wusch. Dann führte er sie zur Feuerstelle zurück und reichte ihr etwas Dörrfleisch. Der Mann lächelte, als er sie aufforderte, etwas zu essen. Sie schaute ihn sprachlos an, senkte dann den Blick und warf das Essen voller Wut in die Asche. Lieber würde sie verhungern, ehe sie von diesem Hundegesicht etwas annahm! Er bestrafte diesen Ungehorsam sofort. Sie musste bei Kräften bleiben, wenn er sie lebendig in sein Dorf bringen wollte. Mit seiner Peitsche schlug er auf die Frau ein, die klagend zusammensackte und die gefesselten Hände hob, um sich zu schützen. „Iss!", befahl er ruhig. Wieder reichte er ihr etwas Dörrfleisch und sah zufrieden zu, wies sie hastig davon abbiss. „Iss!", wiederholte er, nun etwas freundlicher. Dieses Mädchen musste lernen, dass es zu tun hatte, wie ihm geheißen wurde. In Zeichensprache wandte er sich an seine Gefangene. „Du-gehorchen-dann-niemand-tun-dir-weh!"
Ein ungläubiger Blick aus tränennassen Augen strafte ihn der Lüge, und er kniff die Lippen zusammen. Es tat ihm leid. Einen winzigen Augenblick ließ er dieses Gefühl zu, dann erhob er sich abrupt. Er konnte diesen traurigen Blick einfach nicht ertragen. „Wir brechen auf!", sagte er auffordernd. Er hob die Gefangene auf ein Reservepferd und fesselte die Füße des Mädchens unter dem Bauch des Ponys zusammen. Dann nahm er das Pony am Zügel und zerrte es hinter seinem eigenen Pferd her. Ohne

Pause führte er die Gruppe in südwestlicher Richtung. Mehrfach durchschritten sie Bäche und überquerten schroffe Höhenzüge, die mit Kiefern bewachsen waren. Bisons streiften in der Ferne vorbei, und an den grünen Bachläufen stießen sie auf einen Wapiti, der rasch das Weite suchte, als er die Reiter bemerkte. Manchmal konnten sie über rollende Prärie galoppieren, nur um dann wieder in den zerklüfteten Senken zu verschwinden. Dachbitche-hisshi hatte keine große Eile mehr, denn niemals würden die Lakota ihre Spuren aufnehmen können. Er lachte zufrieden in sich hinein. Jetzt galt es, den Erfolg auszukosten und die Gefangene unbeschadet in sein Dorf zu führen.

Sie durchquerten den flachen Powder-Fluss, blieben dann südlich der Wolfsberge und folgten dem Tongue-Fluss in die Bighorn-Berge, wo ihr Clan sein Dorf aufgeschlagen hatte. Sie nannten sich Uuwatashe – „Jene mit fettigem Mund" – und ihr Häuptling war ein erfahrener Krieger namens Itchuuwaaósh-bishish – Rote-Flaumfeder. Dachbitche-hisshi gehörte der Kriegergesellschaft der Lump Woods an, ebenso wie seine beiden Freunde. Die Lump Woods standen in ständiger Rivalität zu den „Füchsen", die sogar so weit ging, dass sich diese Kriegerbünde gegenseitig die Frauen ausspannten. „Aber nicht das Lakota-Mädchen!", dachte der Krieger selbstgefällig.
Die Frau hielt ganz gut durch, obwohl sie seit Tagen auf dem Rücken des Ponys saß, und das gefiel dem Mann. Die Frau war zäh und würde sicherlich eine gute Arbeitskraft sein. Seine Frauen wären wohl auch weniger eifersüchtig, wenn die Gefangene sich als fleißig herausstellte. Er war ein guter Jäger, sodass seine Frau kaum nachkam, die viele Beute zu verarbeiten. Ein paar Hände mehr, die beim Gerben halfen, würden willkommen sein. Dachbitche-hisshi gedachte seine Pelze in einem der Handelsposten gegen Perlen und andere Waren der Weißen einzutauschen. Er hatte davon gehört, dass der Handelsposten am Zulauf des Bighorn in den Elk-Fluss abgebrannt war, aber er vertraute darauf, dass andere Händler den Weg zu ihnen fanden.
Er drehte sich um und ließ das Mädchen zu ihm aufschließen. Er wusste, dass sie Anpao-win hieß und hatte beschlossen, sie wei-

terhin bei diesem Namen zu rufen. Er verzichtete darauf, sie tagsüber zu fesseln, und sie hatte bisher noch keinen Fluchtversuch unternommen. Sie war sehr scheu und wagte es kaum, den Blick zu heben, wenn sie abends am Feuer saßen. Vielleicht hatte sie auch Angst vor dem, was er eines Tages wieder von ihr fordern würde.

„Sieh!", lenkte er ihre Aufmerksamkeit auf die blau-graue Bergkette, die sich in der Ferne erhob. „Dort stehen unsere Zelte."

Ihre Lippen zitterten, als sie ahnte, dass sie sich dem Ende der Reise näherten.

„Keine Angst!", versicherte er beruhigend. „Meine Frau wird gut zu dir sein. Alle werden dich freundlich empfangen!" Es war nett gemeint, aber trotzdem presste sie furchtsam die Lippen zusammen.

„Ich auch!", versicherte er mit einem Schmunzeln.

Es entlockte ihr zumindest einen winzigen Funken eines Lächelns, und er brummte zufrieden. Er musste ihr Zeit lassen! Sie war wirklich noch sehr jung. Er dachte an seine kleine Tochter, die mit ihren fünf Wintern ebenso große schwarze Augen wie dieses Mädchen hatte. Es wäre ihm nicht recht, sie im Zelt eines feindlichen Kriegers zu wissen. Er würde jedenfalls besser auf seine Tochter aufpassen, als die Familie dieses Lakota-Mädchens es getan hatte. Ob dieser aufgeblasene Angeber ihm schon auf den Fersen war? Er grinste bei diesem Gedanken. Hier, in der Weite des Landes, das die Apsalooke ihr Eigen nannten, war es fast unmöglich, die Gefangene aufzuspüren. Andererseits war er kein Unbekannter. Wenn dieser Lakota sich erkundigte oder befreundete Händler fragte, wäre es schon möglich, ihn ausfindig zu machen. Aber würde der Lakota sich so weit in Feindesland hineintrauen? Dachbitche-hisshi verging das Grinsen. Ganz bestimmt! Die Medizin dieses Kriegers war so stark, dass der sich alles zutrauen würde! Dachbitche-hisshi wusste, dass er aufpassen musste!

Der Einzug ins Dorf war ganz nach seinem Geschmack! Die Frauen trällerten, seine Freunde stießen bewundernde Rufe aus und seine Rivalen warfen der Gefangenen neidische Blicke zu und lästerten dann über das magere Ding, das er da anbrachte.

„Haben die Lakota keine schnellen Pferde?", riefen sie provozierend. „Was willst du denn mit dem dürren Ast in deinem Bett?"

Dachbitche-hisshi ignorierte die Spötteleien, denn er wusste, dass sie ihn nur necken wollten. Er lächelte, als Rote-Flaumfeder ihn begrüßte. „Ah … du warst erfolgreich!", stellte er fest. „Ich hoffe, du hast die Feinde nicht bis hierher geführt?"

Dachbitche-hisshi winkte ab. „Sie haben unsere Spur schon vor Tagen verloren."

„Woher willst du das wissen?"

„Wir mussten nachts nicht einmal Wachen aufstellen. Ich sage dir, sie vermuten uns irgendwo in den Schwarzen Bergen." Dachbitche-hisshi lachte verächtlich.

Der Häuptling schien von der Selbstsicherheit des Mannes beeindruckt zu sein. „Das ist gut! Dann gebt eure Ponys den Pferdewächtern, und ruht euch aus. Was gedenkst du mit der Gefangenen zu tun?"

„Sie wird in meinem Zelt leben."

Dachbitche-hisshi verschwendete keinen weiteren Gedanken an die Frau. Er ritt zu seinem Zelt und ließ zu, dass seine Frau die Gefangene misstrauisch in Augenschein nahmen. „Ho … was willst du mit diesem Kind? Sie wird uns keine große Hilfe sein!", beschwerte sie sich.

„Frau!", unterbrach er ihre Litanei. „Sie bedeutet gute Medizin für mich. Also behandle sie gut. Sie wird dir bei der vielen Arbeit helfen und mir vielleicht endlich einen Sohn schenken." Der Vorwurf in seiner Stimme war deutlich zu hören. Die Frau senkte den Blick und schwieg beschämt. Sie hatte ihm bisher nur eine Tochter geboren, ein weiteres Kind war vor der Zeit still geboren worden. Man munkelte, dass sie vielleicht unfruchtbar war und er sich eine weitere Frau ins Zelt holte, die ihm Söhne schenkte. Das Lakota-Mädchen war also eine ziemliche Nebenbuhlerin für die Frau. Auf eine unwillige Handbewegung ihres Mannes hin, nahmen sie die Gefangene an der Hand und zogen sie in das Innere des Zeltes. Sie zeigte ihr einen Platz in der Nähe des Eingangs, wo sie schlafen sollte. Anpao-win hatte nichts dabei, und so setzte sie sich erschöpft auf den zugewiesenen Platz. Die Frau, die den Namen Zwischen-den-Weiden trug, reichte ihr eine Schale mit Essen. „Was machen wir nun mit ihr?", dachte sie giftig. „Sie spricht unsere Sprache nicht und weiß gar nicht, was zu tun ist!"

Schweigend sah sie zu, wie Anpao-win das Essen aß. Sie fühlte kein Mitleid mit dem Mädchen, sondern sah nur ihre Jugend. Ihr war klar, was ihr Mann von dem jungen Ding wollte.

Sie schaute auf, als ihr Mann ins Zelt trat und dabei die kleine Tochter im Arm trug, die sich vertrauensvoll an den Vater kuschelte. Als Dachbitche-hisshi sah, dass Anpao-win etwas zu essen hatte, lächelte er seiner Frau wohlwollend zu. „Ich sehe, dass du Anpao-win schon gut aufgenommen hast. Das freut mich."

„Was bedeutet Anpao-win denn?", erkundigte sich die Zwischen-den-Weiden.

„Ich glaube, es heißt Morgendämmerung", meinte der Mann freundlich.

„Sollen wir sie denn weiterhin so rufen?", wunderte sie sich.

„Ja!", bestimmte der Mann kurz angebunden. „Ich möchte, dass sie schnell unsere Sprache lernt, also wünsche ich, dass du dich um sie kümmerst."

Ohne weiter auf seine Frau zu achten, stellte er das Kind neben die Gefangene. „Das ist meine Tochter. Sie heißt Sommerregen." Er wiederholte den schwierigen Namen, damit Anpao-win ihn nachsprechen konnte. An das Kind gewandt, meinte er: „Das ist nun eine neue Mutter für dich. Sie heißt Anpao-win, und ich möchte, dass du lieb zu ihr bist."

Das Kind nickte gehorsam und schaute den Vater mit großen Augen an. „Warum spricht sie denn nicht?"

Der Vater lachte. „Sie muss unsere Sprache erst noch lernen. Deshalb. Sie ist eine Feindfrau. Aber bald wird sie sprechen wie unsere Frauen, und dann ist sie keine Feindfrau mehr."

„Das ist gut!", sagte das Kind erleichtert. Feinde waren keine gute Sache.

Claire
Herbst 1810 am Bighorn

Im Herbst machte sich Pierre DuMont unter der Führung von Manuel Lisa wieder auf in Richtung Yellowstone-Fluss. Er hatte sich von Manuel Lisa und Menard breitschlagen lassen, einen weiteren Winter zu investieren. Insgesamt brachen sie mit zwei Kielbooten nach Westen auf. Die Mannschaft bestand aus Voyageuren und einigen lebensmüden Trappern, die sich von den Horrorgeschichten der anderen nicht hatten abschrecken lassen. Als Geleitschutz hatten sie ausgebildete Soldaten dabei, die den Posten sichern sollten. Sie wollten den Bighorn-Fluss weiter stromaufwärts fahren, um damit den Blackfeet aus dem Weg zu gehen. Die Apsalooke waren weitaus friedlicher. Außerdem hatten sie kein Problem mit der Jagd auf Biber und brachten gerne die Pelze zum Tauschen. Manuel Lisa wollte den Bau des Handelspostens noch selbst beaufsichtigen. Außerdem hatte er den Auftrag, Friedensverhandlungen mit den einheimischen Stämmen zu führen. In Washington braute sich etwas zusammen, und die Regierung befürchtete, dass die Briten die Indianer gegen die Vereinigten Staaten aufhetzten. Besonders die Tituwan schienen ihre Sympathien eher in Richtung Kanada zu richten. Das konnte für die Handelsposten gefährlich werden, denn die Tituwan kontrollierten weite Strecken des Missouri – ebenso wie die Arikara, Hidatsa und Mandan. Ohne die Wasserstraßen gab es keinen Handel.

Mit an Bord waren auch der hagere Shorty und Arnel, die sich von Pierre wieder hatten überreden lassen, die Expedition zu begleiten. „Noch eine Saison, dann ist Schluss!", hatte Shorty gebrummt.
„Keine Sorge, dieses Mal gehen wir den Blackfeet aus dem Weg", hatte Manuel Lisa ihn beruhigt. „Pierre nimmt ja sogar seine Squaw mit! Wird schon nicht so schlimm!"
Shorty hatte etwas zweifelnd die Augenbrauen hochgezogen, doch der Optimismus von Manuel und Pierre hatte ihn ange-

steckt. Wenn eine schwangere Frau die Reise wagte, dann wollte er nicht als Feigling dastehen. Also hatte er seine Rifle gepackt und war an Bord gesprungen.

Für Arnel blieb keine Alternative. In Fort Lisa erschien ihm die Lage auch nicht besser, und in den Bergen hatte er wenigstens die Möglichkeit, unter Freunden zu sein. Er fürchtete sich nicht, sondern liebte das Abenteuer.

Mato-wea saß auf dem zweiten Boot und prüfte ein letztes Mal all die Bündel. Kurz vor der Abreise hatte sie noch ihre Familie besucht, und Pär hatte großzügig Geschenke verteilt. Mato-wea hatte sich gefreut, all ihre Freundinnen zu sehen und ihnen von ihrem neuen Leben mit dem weißen Mann zu erzählen. Ihr Onkel dagegen war mehr an den Geschenken interessiert, die der weiße Mann ihm brachte. Er brauchte Munition für das Gewehr und forderte es, als wäre der Weiße ihm das schuldig. Pär hatte daraufhin das Dorf wieder verlassen und auch Mato-wea einfach mitgenommen. Es war kaum Zeit für den Abschied geblieben, dabei hätte Mato-wea doch noch dringend einige Kleinigkeiten für das Baby gebraucht, das bald geboren werden würde. Aber sie wollte ihren Mann auch nicht verärgern, und so war sie mit ihm wieder ins Fort zurückgekehrt. Sie hatte sich aus dem vorhandenen Material selbst eine Babytrage gebaut, in der sie das Kind im Winter schön warmhalten konnte. Es war üblich, dass die Familie sie mit allem Notwendigen ausstattete, aber das war nun nicht mehr möglich. Irgendwie hatte Mato-wea das Gefühl, dass sie sich ihrem Volk und der Familie entfremdete. Das Leben mit einem Weißen hatte seinen Preis.

Im Fort hatte sie die meiste Zeit mit Sacajawea oder Marie verbracht, doch Marie war im Spätsommer mit ihrem Mann und ihren zwei kleinen Söhnen nach St. Louis zurückgekehrt. Ihren kleinen Garten übergab sie an Sacajawea, die nach einer Fehlgeburt sehr kränklich war. Charbonneau beschloss daraufhin, den Winter in Fort Lisa zu bleiben. Es fiel Mato-wea schwer, sich von ihrer Freundin zu verabschieden. Ihr gefiel der Gedanke nicht, ihr Baby ganz allein auf die Welt bringen zu müssen, aber ihr blieb keine Wahl. Sie kontrollierte, dass ihre

Bündel trocken standen, denn in ihnen befanden sich weiche Felle, die sie für warme Kleidung brauchte. Außerdem hatte Sacajawea ihrer Freundin Gemüse aus dem Garten mitgegeben. Die Bohnen und der Kürbis würden im Winter eine wertvolle Nahrungsergänzung sein. Leider war der Mais noch nicht reif. Den hätte Mato-wea wirklich brauchen können! Sie hielt inne, als das Ungeborene gegen ihren Bauch trat. Ihr Leib hatte sich gewölbt und sah aus, als trüge sie einen Kürbis unter ihrem Kleid. Es brachte Pär zum Lachen, wenn er über ihren Bauch streichelte. Es machte sie glücklich, denn er schien sich auf das Kind zu freuen. „Wann kommt es denn endlich?", fragte er immer wieder. „Bald!", war dann ihre Antwort. Ein Baby kam, wenn es bereit war zu kommen.

Die Tage vergingen in dem stets gleichen Rhythmus: Rudern, treideln, Camp aufschlagen, schlafen, rudern, treideln … tagelang, wochenlang … Das Wetter war schön, sodass sie gut vorankamen. Die Jäger brachten regelmäßig Fleisch, denn am Ufer fanden sie oft Hirsche oder Vögel zum Schießen. Die Versorgungslage wurde umso besser, je weiter sie den Missouri stromaufwärts kamen. Manchmal kamen sie an den Dörfern der Hidatsa und schließlich der Assiniboine vorbei, ansonsten glitt das Ufer ohne besondere Vorkommnisse an ihnen vorbei. Die Nervosität stieg, als sie den Yellowstone erreichten, doch von den feindlichen Blackfeet war weit und breit nichts zu sehen. Manuel Lisa aber traute dem Frieden nicht und stellte nachts immer Wachen auf. Sie blieben stets auf der Südseite des Flusses und hofften, dass die Blackfeet sie tagsüber nicht beobachteten, wenn sie mit den Booten an ihnen vorüberfuhren. Die Stimmung besserte sich, als sie endlich den Bighorn-Fluss erreichten und dssen Windungen in südlicher Richtung folgten. Die Strömung war zwar stark, aber trotzdem war der Fluss gut zu befahren. Die Ufer waren meist flache Prärie, sodass man die Boote gut treideln konnte. Das Gewässer hatte unzählige kleine Nebenarme, die auf viele Biberbauten schließen ließen.
Manchmal tauchten Indianer am Ufer auf, die mit den Trappern handeln wollten. Manuel Lisa verteilte großzügig Geschenke

und gab sich als großer Freund der Indianer.

Bei Mato-wea setzten die Wehen eines Abends ein. Es war bereits kühl geworden, und manchmal blies ein eisiger Wind über das Wasser, sodass sie die Boote früh anlegten, damit die Männer noch in der Dämmerung Holz für ein warmes Feuer sammeln konnten. Die Tage wurden kürzer, und somit wurde auch die Strecke kürzer, die sie zurücklegen konnten. Pär war reichlich nervös, als er bemerkte, dass seine Frau wohl endlich das Kind bekommen würde. „Wie kann ich dir denn helfen?", fragte er ängstlich.

Mato-wea schüttelte nur wortlos den Kopf und entfernte sich aus dem Camp, das die Männer gerade aufschlugen.

„Wo gehst du denn hin?", wunderte sich Pierre.

Manuel Lisa hielt ihn zurück, als er ihr folgen wollte. „Lass! Indianerinnen machen das immer so. Sie ziehen sich zurück und kommen dann mit dem Baby irgendwann wieder."

„So ganz allein? Ist das nicht gefährlich?"

„Wir passen ja auf, dass keine Inyuns sie fressen. Aber bei der Geburt kannst du ihr nicht helfen."

Pierre trat unruhig von einem Bein aufs andere und nahm schließlich sein Gewehr, um seiner Frau zumindest Schutz zu geben. Sie hatte sich in die Nähe des Flusses zwischen einige Bäume zurückgezogen, aber es war weder etwas zu hören noch zu sehen. Auch Shorty kam mit seiner Rifle und stellte sich zu ihm. Es war beruhigend, einen Freund in seiner Nähe zu wissen. „Wird schon", meinte dieser zuversichtlich. „Indianerinnen sind zäh!"

Pierre kniff die Lippen zusammen. „Und wenn es Komplikationen gibt?" Er dachte an Sacajawea, die sich nur langsam von einer Fehlgeburt erholt hatte.

„Dann wird sie sicherlich nach uns rufen! Jetzt warte erst einmal ab …"

Pierre nickte dankbar und folgte dann Shorty, der einen weiten Bogen um das Camp machte und dabei aufmerksam die Gegend im Auge behielt. Es war fast Vollmond, und so war die Sicht nicht schlecht. Die Bäume warfen lange Schatten, und in der Ferne war das hohe Kläffen eines Kojoten zu hören. Einmal duckte sich

Pierre erschrocken, als knapp über seinem Kopf eine Eule vorüberflog. „Huh!" War das vielleicht ein schlechtes Zeichen? Langsam glaubte er den Geschichten, die am Lagerfeuer immer erzählt wurden. Eulen waren Todesboten. Shorty grinste ihn beruhigend an. „War nur eine Eule!", versicherte er.

„Yeah!", brummte Pierre. Genau das war ja das Problem. „Ich mag die Vögel nicht! Sie bringen nur Unheil!"

„Wirklich?" Der junge Mann sah ihn mit großen Augen an.

„Die Indianer erzählen, dass die Eule den Tod bringt, wenn man sie rufen hört."

Shorty lachte sorglos auf. „Na, keine Sorge, sie war ja still!"

„Stimmt!" Pierre stieß erleichtert die Luft aus. Eine Eule auf der Jagd verriet sich nicht durch lautes Rufen.

„Wird schon alles gut werden!", meinte Shorty aufmunternd.

Als der Mond fast verschwunden war, tauchte Mato-wea mit einem Bündel im Arm wieder auf. Ihr Gesicht war verschwitzt, und doch strahlten ihre Augen, als sie ihrem Mann das Bündel zeigte. „Ein Mädchen!", sage sie mit zitternder Stimme.

„Oh!" Mehr fiel Pierre nicht ein. Behutsam nahm er das kleine Mädchen in seine Arme und versuchte im fahlen Licht etwas zu sehen. Ein winziges dunkles Gesicht schaute aus der Decke heraus, sonst war kaum etwas zu erkennen. Eine kleine Hand mit unglaublich zarten Fingerchen streckte sich ihm entgegen, und sein Herz schmolz dahin. „So ein kleines Mädchen!" Stolz drehte er sich zu Shorty um und zeigte ihm die Tochter. „Sieh nur!"

„Puh, ganz schön klein!", stellte Shorty wenig beeindruckt fest. „Wie nennst du sie denn?"

„Mon dieu, keine Ahnung! Wie nennt man denn ein kleines Mädchen?" Pierre sah fragend zu seinem Freund, als könne der ihm helfen. Aber auch Shorty blickte nur reichlich verwirrt auf das Baby und zuckte mit den Schultern. „Marie, oder so!", schlug er vor.

Pierre schüttelte den Kopf. „So heißt ja schon die Frau im Fort …! Nein, ich möchte etwas, das mich an diese Nacht erinnert. Irgendwas mit dem Vollmond, oder so …"

„Gib ihr doch einen Indianernamen."

„Ach … den wird ihre Mutter schon für sie finden … nein, ich möchte etwas Französisches … Sie wurde im Schein des Vollmonds geboren … au claire de la lune … also nenne ich sie Claire!"

Shorty lachte. „Schöner Name!"

„Nicht wahr?" Pierre wippte stolz hin und her und schaukelte dabei das Baby in seinen Armen. „Meine kleine Claire!", flüsterte er sanft, dann reichte er sie wieder der Mutter. „Ich nenne sie Claire!"

„Clär!", wiederholte Mato-wea. Es klang wie „Pär". Seltsame Namen hatten die Weißen!

„Aber wähle auch du einen schönen Namen für sie. Einen Namen deines Volkes, der sie beschützt!", bat Pierre.

„Dann wähle ich Ishtuminaki-wea", erklärte Mato-wea. „Es bedeutet Mondfrau."

Pierre lachte zufrieden. „Auch Claire kommt von dem französischen Wort Mondschein. Also passt das doch, nicht wahr?"

Mato-wea nickte glücklich. Der Geist von Großmutter Mond würde ihr Kind immer gut beschützen. Sie verschwand auf dem Schiff und setzte sich müde auf die Decken. Die Geburt war anstrengend gewesen, und ihr Herz raste immer noch von all den Wehen, aber auch den Angstattacken, die sie zum Ende hin durchlebt hatte. Jetzt ihre Tochter im Arm zu halten, erschien ihr wie ein Wunder. Vorsichtig tastete sie nach dem warmen Körper und überprüfte die Atmung des Kindes. So eine kleine Nase! Sie kicherte vor Erleichterung, als sie das leichte Beben der Nasenflügel wahrnahm. Dann öffnete das Baby seine dunklen Augen und sah sie unverwandt an. Etwas unbeholfen legte Mato-wea das Kind an ihre Brust, doch es schloss zielstrebig den Mund um die Brustwarze und begann zu saugen. „So klug!", flüsterte Mato-wea hingebungsvoll. Das Saugen bewirkte ein unangenehmes Zusammenziehen des Unterleibs, und sie fühlte, wie ein Schwall Blut in die Binde aus Leder strömte, die sie sich zwischen die Beine gelegt hatte. Sie würde die Binden gleich wieder wechseln müssen! Zum Glück waren sie am Wasser, sodass sie sich immer wieder waschen konnte. Wie lange sie wohl bluten würde? Mato-wea versuchte sich daran zu erinnern, was ihre Tante dazu gesagt hatte, aber irgendwie schien sie dieses Thema immer vermieden zu haben. Ob die Weißen hier Tabus hatten? Oder zum Stillen? Was dachte Pär wohl über eine stillende Frau? Sie seufzte, als sie beobachtete, wie das Baby kräftig saugte. Sie hatte keine Möglichkeit, den Männern aus dem Weg zu gehen, denn sie war ein Teil dieser Gruppe. Weder würden die Weißen Rücksicht auf sie nehmen noch die Reise unterbrechen, damit sie sich absondern konnte. Also war es müßig, sich darüber Gedanken zu machen. Pär würde ihr gewiss sagen, was zu tun war. Sie streckte ihre Beine aus und entspannte sich etwas. Ihr Herz klopfte nun wieder leiser in der Brust, und der Schweiß an der Stirn trocknete. Kurz schloss sie die Augen, um ihre Kräfte zu sammeln. Sie merkte, dass Pär sich neben sie setzte und sie aufmerksam musterte. „Geht es dir gut?", hörte sie ihn fragen.

„Ja!", antwortete sie wahrheitsgemäß. „Ich möchte mich waschen gehen."

„Komm, ich helfe dir auf!", meinte Pär hilfsbereit. Er nahm die Kleine auf dem Arm und stützte seine Frau, als diese sich langsam erhob. Mato-wea ließ sich über die Planke an Land bringen, dann schüttelte sie stur den Kopf. „Danke! Ich kann alleine gehen."

Sie hob die Hand, um ihm mitzuteilen, dass sie nun alleine zurechtkam. Vorsichtig nahm sie das Kind an sich, dann ging sie eine kurze Strecke am Fluss entlang, um eine Stelle zu finden, an der sie sich waschen konnte. Sie blieb nahe genug, wo sie die Stimmen der Männer noch hören konnte. Sie wusste, dass Wachen aufgestellt waren. Die Sonne ging langsam auf, und ihre Strahlen tanzten über das Wasser des Bighorn-Flusses und spiegelten sich in Millionen Tropfen. Sie legte das Kind ans Ufer, zog das Kleid in die Höhe und stieg in das eisige Wasser. Als sie die Binden löste, rann ein Schwall Blut in das Wasser und färbte den Fluss rot. Sie drückte mehrfach gegen den Bauch, sodass sich weitere Klumpen Blut lösten. Es war verwunderlich, dass sie sich trotzdem gut fühlte. Das kalte Wasser belebte sie, und sie ging ein wenig tiefer ins Wasser. Gierig trank sie das erfrischende Nass, dann stieg sie wieder ans Ufer. Die Blutung hatte etwas nachgelassen, und so legte sie frische Binden zwischen die Beine. Sie nahm wieder den Lederstreifen, den sie mit der Watte des Schilf-rohrs ausstopfte. Das Gleiche nutzte sie auch als Einlage für die Windel ihrer Tochter. Sie nahm ein schmales Band, band es um ihren Bauch und befestigte so die Binden, damit sie zwischen den Beinen blieben. Dann ließ sie das Kleid wieder heruntergleiten. Sie war barfuß, weil sie die Mokassins an Bord gelassen hatte. Der Boden war kalt, und sie beschloss, zum Boot zurückzukehren. Vorsichtig nahm sie das schlafende Kind hoch, als sie erschro-cken zusammenzuckte. Ein fremder Krieger stand knapp vor ihr und musterte sie mit einem süffisanten Grinsen. Sie wusste nicht, wie lange er schon dort gestanden und sie beobachtet hatte, und so wich sie einen Schritt zurück. Ihre Augen wurden groß vor Furcht, als sie abwartete, was er zu tun gedachte. Einzig, dass er seine Waffen nicht griffbereit hielt, beruhigte sie etwas. Der Mann war stattlich, aber schon ein wenig älter. Er hatte extrem lange Haare, die fast bis auf den Boden fielen. Er trug warme Kleidung, die zweckmäßig, aber trotzdem aufwendig verarbeitet war. Seine Augen musterten sie hart, doch dann zwinkerten sie vergnügt, als er ihre Angst sah. „Du-gehören-zu-den-Händlern?", fragte er mit Gesten. „Dort bei den großen Kanus?"

Ihre Stimme verlor sich zu einem Krächzen, und so nickte sie nur schwach.

„Welches Volk?", wollte er wissen.

„Mandan!", antwortete sie ehrlich.

„Oh!" Der Mann lächelte vergnügt. „Du zeigen-mir-die-Händ-ler?", forderte er sie freundlich auf.

Mato-wea nickte erleichtert. Sie drückte das Kind fester an ihre Brust und trat an dem Mann vorbei. Dieser beugte sich neugierig vor und hob mit einem Finger die Decke von dem Gesicht des Neugeborenen. „Junge oder Mädchen?", fragte er.

Mato-wea machte das Zeichen für Mädchen und drehte sich et-was aus der Reichweite des Mannes. Er war ihr bei Weitem zu zutraulich, fast schon besitzergreifend.

Der Mann lachte über ihre Reaktion und ließ ihr den Vortritt. „Mädchen gute Sache!", vermeldete er. Dann folgte er ihr, als sie zum Boot zurückkehrte. Wie aus dem Nichts erschienen einige Reiter, die sich dem Mann schweigend anschlossen. Sie trugen

Waffen in den Händen, ließen sie aber betont lässig nach unten hängen. Nur ein Krieger mit einer Lanze machte einen kampfbereiten Eindruck. Er musterte die junge Mutter mit dem Säugling und schüttelte dann verwundert den Kopf. Keine Frau sollte sich zu weit von ihren Leuten entfernen, sollte das wohl heißen.

Auf dem Kielboot wurden inzwischen auch die anderen auf die Ankömmlinge aufmerksam. „Hey, mon ami!", rief Manuel Lisa enthusiastisch, als er den Krieger erkannte. „Raubst du unsere Frauen?" Er begleitete die Worte mit deutlichen Gesten, was den Krieger zum Lachen reizte.

„Gut, dich zu sehen!", grüßte der Krieger zurück. „Deine Frau?" Manuel Lisa schüttelte den Kopf. „Nein, sie ist die Frau von Pierre!" Kurz wartete er ab, als Pierre seiner Frau an Bord half und mit ihr und dem Baby im Laderaum verschwand.

„Ich habe sie erschreckt!", meinte der Krieger entschuldigend. „Sie sollte sich nicht von euch entfernen. Hier sind viele Feinde!" Manuel Lisa nickte bestätigend. „Wir dachten, dass wir schon weit genug in den Jagdgründen der Apsalooke sind."

Der Krieger wackelte bedenklich mit dem Kopf. „Die Pekuni reiten weit! Selbst unsere Dörfer waren in diesem Winter nicht sicher."

Manuel Lisa stellte den Krieger den anderen vor. „Das hier ist Itchuuwaaóoshbishish! Ein großer Häuptling der Apsalooke und ein guter Freund von mir! Er ist mit allen Wassern gewaschen! Lasst euch von dem nicht über den Tisch ziehen! Der verkauft euch seine Großmutter zweimal, ohne dass ihr es merkt!" Die Männer lachten bei der launigen Vorstellung und machten Platz, um den Häuptling an Bord zu lassen, während die anderen Krieger geduldig am Ufer warteten.

Shorty dagegen wollte wissen, was der lange Name bedeutete. „Rote-Flaumfeder!", übersetzte Manuel.

„Nur?", wunderte sich Shorty. „So ein langer Name! Ich dachte, er bedeutet so etwas wie Frisst-seine-Feinde-zum-Abendessen." Die Männer lachten dröhnend und beobachteten, wie der Häuptling sorgfältig die Waren prüfte, die an Bord gestapelt waren.

„Habt ihr auch Waffen?", wollte er wissen.

Manuel Lisa legte unwillig den Kopf zur Seite. „Nicht viele, warum? Wir haben viele Perlen, Whiskey und Eisenwaren."

„Nicht gut!", meinte der Häuptling. „Unsere Feinde bekommen von der Hudson's Bay viele gute Gewehre. Wir wollen auch neue Gewehre, damit wir uns verteidigen können."

„Hmh!" Alle konnten sehen, dass Manuel über diese Nachrichten nicht erbaut war. „Wir werden sehen!", wiegelte er ab. „Wir haben auch ein paar Gewehre zum Tauschen!"

„Gut!" Der Häuptling war sichtlich zufrieden. „Bringt eure Waren weiter stromaufwärts. Unsere Dörfer sind bei den Bergen. Dort gibt es auch viele Biber!"

„Machen wir!" Manuel Lisa grinste breit, denn die Aufforderung des Häuptlings glich einer Einladung. „Wir werden den ganzen Winter mit euch Handel treiben", versicherte er. Er nahm ein paar scharfe Messer und verteilte sie an die warteten Indianer. Diese bequemten sich zu einem leichten Lächeln der Genugtuung. Diese Händler zeigten sich großzügig! Das war gut!

Rote-Flaumfeder ließ sich von einem Krieger sein Pferd bringen, dann saß er auf und verabschiedete sich von den Händlern. „Folgt dem Fluss stromaufwärts, dann werdet ihr unsere Dörfer finden."

„Wir kommen!", versprach Manuel Lisa. „Fangt schon mal einige Biber, damit ihr etwas zum Tauschen habt!"

Der Häuptling schenkte ihm ein freches Grinsen und legte herausfordernd den Kopf schief. „Wir werden genug für eure Waren haben!"

„Bueno!", brüllte Manuel begeistert.

Kurze Zeit später setzten sich die Kielboote wieder in Bewegung. Die Voyageure treidelten die beiden Boote an Seilen stromaufwärts, weil hier die Strömung stärker war. Sie sangen in voller Lautstärke ein Lied, das weit über den Fluss hallte und sogar das Rauschen des Wassers übertönte. Weiße Wölkchen stiegen aus den Mündern auf, als die Männer die Stimmen erhoben. Es wurde kalt. Lausig kalt! Erste Schneeflocken tanzten in der Luft und erinnerten die Männer daran, dass der kalte Winter vor der Tür stand. Es wurde Zeit, ein festes Lager aufzuschlagen.

In der Kabine versuchte Mato-wea, den Schrecken zu verdauen.

Sie hatte Glück gehabt, dass die Apsalooke in friedlicher Absicht gekommen waren. Wieder und wieder wurde ihr vor Augen geführt, wie gefährlich das Leben an der Seite der weißen Händler war. Andererseits war auch das Leben im Dorf der Mandan nicht sicher gewesen. Sie konnte sich noch gut an die blitzenden schwarzen Augen des Angreifers erinnern, den sie in ihrer Panik vom Pferd gezogen hatte. Eine Frau war nirgends sicher. Sie schaukelte das Baby in ihren Armen und schnupperte an der weichen Haut. „Meine Tochter! Mögen deine Schritte immer sicher sein, und mögen starke Hände dich immer beschützen!" Würde Pär seine Tochter gut beschützen? Der heutige Tag hatte eher gezeigt, wie gefährlich es hier war. Dumm und sorglos war sie an den Fluss gegangen. Mitten im Feindesgebiet. Sie hatte sich darauf verlassen, das sie hier unter den Männern in Sicherheit wäre. Was wäre geschehen, wenn der Fremde ein Blackfoot gewesen wäre? Sie konnte genug Englisch, um die Sorgen der Männer verstehen zu können. Sie fürchteten die Blackfeet! Aber auch andere Stämme würden eine fremde Frau sicher rauben und die Situation ausnutzen. Sie atmete tief ein, um die Furcht in ihrem Herzen zu vertreiben. Ob sie wohl wieder so ein befestigtes Dorf bauten? Sie würde sich dort wohler und vor allen Dingen sicherer fühlen. „Ishtuminaki-wea", sang sie leise vor sich hin. „Dein Großvater wird über dich wachen!" Sie schickte ein Gebet zu den Ahnen und bat um Schutz vor der Unbill des Lebens. „Ich bin weit fort von den Begräbnisplätzen der Ahnen. Bitte wacht dennoch über uns."

Nach Tagen tauchten schließlich in der Ferne die Bighorn-Berge auf. Die Hügel an beiden Seiten des Flusses waren braun, und nur selten ließen sich Tiere sehen. Die Jäger freuten sich über jeden Truthahn oder Hirsch, den sie schießen konnten. Die Berge dagegen versprachen viel Wild und gute Plätze für ein Fort. Die Gegend wurde waldreicher, und der Fluss hatte viele Nebenläufe, die auf Biberbauten hinwiesen. Manuel Lisa hatte irgendwann genug von der Strömung und ließ die Kielboote in einem schönen Tal ankern. „Hier ist ein guter Platz für einen Handelsposten!", verkündete er gutgelaunt. „Jede Menge Holz, frisches

Wasser und von drei Seiten her Schutz durch den Fluss."

Die Voyageure seufzten dankbar und tauschten das Seil gegen Äxte, mit denen sie Stämme für den Handelsposten schlugen. Sie schafften es, eine große Hütte zu bauen, ehe der erste Blizzard sie zwang, eine unfreiwillige Pause einzulegen. Der Boden war bereits gefroren, sodass es nicht mehr möglich war, eine Palisade zu bauen. Also türmten sie nur einige Baumstämme als Schutzwall um den Platz auf, den sie als „Fort" bezeichneten. Nach dem Blizzard entstanden zwei weitere Hütten, sodass bald für alle Männer ein Platz zum Schlafen gefunden war. Einige Trapper wollten ohnehin ihr Glück versuchen und ihre Fallen weiter in den Bergen aufstellen.

Mit ihrer Ausrüstung verschwanden die Männer eines klaren Morgens und zogen weiter den Bighorn entlang. Manuel Lisa machte sich mit Pierre, Arnel und Shorty auf den Weg, das Dorf von Rote-Flaumfeder zu suchen. Er wollte einige Pferde eintauschen, mit denen es leichter wäre, auf die Jagd zu gehen. Pierre ließ seine Frau mit dem Baby im Fort, denn sie war noch Wöchnerin, und er hatte Sorge, dass die Strapazen einer Reise für das Baby zu groß wären. Mato-wea schien mit der Pflege des Babys vollauf beschäftigt zu sein. Manchmal wurmte es Pierre, denn er sah in Mato-wea eine Arbeitskraft, auch wenn er sich an dem Baby erfreute. Aber irgendwie schien es nicht ganz seines zu sein. Die dunkle Hautfarbe und die schwarzen Haare zeigten deutlich, dass es ein Mischling zwischen zwei Welten war. Ein Halbblut. Ein Méti. So wie Arnel, der auch irgendwie nirgendwo hingehörte. Er nannte es Claire, sang französische Lieder und überlegte im Stillen, wie wohl ein Kind mit einer weißen Frau aussehen würde. Ja, eines Tages würde er in die Zivilisation zurückkehren. Er war hier, um viel Geld zu verdienen, damit er irgendwann einmal ein sorgenfreies Leben führen konnte. Da gehörten Mato-wea und Claire vielleicht nicht dazu. Oder er machte es wie Clark: Er würde Mato-wea zu ihrem Volk zurückschicken und nur das Kind mitnehmen, damit es in St. Louis erzogen wurde. Er würde sehen!

Ree

Winter 1810/1811 im Dorf der Hunkpapa

Wambli-luta konnte die traurigen Augen seiner Eltern nicht mehr ertragen. Seit dem Verschwinden von Anpao-win war das Lachen nie wieder ins Tipi zurückgekehrt. Fast den gesamten Herbst hatten sie mit der Suche nach der verschwundenen Tochter verbracht, doch es schien, als hätte der Erdboden sie verschluckt. Selbst die erfahrensten Fährtensucher hatten keine Spuren finden können. In der Nähe des Dorfes waren ohnehin alle Fährten von den vielen Menschen verdeckt worden, die zu der Quelle gegangen waren. Kleine Spuren von Kindern, die hier gespielt hatten, taten ein Übriges, es den Spähern schwer zu machen. Aber auch außerhalb des Lagerkreises fanden die Scouts rein gar nichts. „Sehr geschickt!", meinte Thimahel-okile, als sie wieder den ganzen Tag über nichts gefunden hatten. Nur ungern hatten sie die Suche abgebrochen, denn die Herbstjagd stand bevor. Nur Wambli-luta und Krummes-Bein hatten nicht aufgegeben und waren dabei immer weiter nach Westen vorgestoßen. Es war gefährlich gewesen, denn dort lauerten die Apsalooke.

Wambli-luta hob den Blick, als sein Freund Krummes-Bein das Tipi betrat. Er seufzte leise, doch es war gut, dass jemand die Stille durchbrach. Er winkte seinen Cousin näher heran, und auch die Mutter rührte sich etwas. Höflich bot sie dem Neffen eine Schale mit Essen an, dann rückte sie wieder still in den Hintergrund. Gebrochene-Lanze dagegen nahm den Gast kaum wahr. Er hatte sich in seiner Trauer um die Tochter die Haare gekürzt und weinte um sie, als wäre sie gestorben.

„Hau!", grüßte Krummes-Bein leise. Er hatte sich nichts vorzuwerfen, denn er hatte seinen Freund so lange es ging unterstützt. „Wir können im Frühjahr wieder aufbrechen", schlug er vor.

Wambli-luta nickte. „Wir brauchen einen Kriegszug, wenn wir meine Schwester in den feindlichen Dörfern suchen wollen. Alleine ist es zu gefährlich."

Zum ersten Mal äußerte sich der Vater. „Wo wollt ihr denn noch suchen? Ihr wisst doch gar nicht, wer sie geraubt hat und ob sie noch lebt!" Seine Stimme klang bitter und hasserfüllt.

Wambli-luta senkte den Blick. „Ich denke, dass sie noch lebt, Vater. Niemand macht sich die Arbeit, ihre Entführung so geschickt zu planen, um sie dann zu töten. Nein, meine Schwester lebt bei diesem Mann im Zelt. Und ich werde sie dort aufspüren."

„Und wo willst du suchen?" Noch immer klang die Stimme des Vaters hoffnungslos.

„Bei den Psa!", meinte Wambli-luta nachdenklich.

„Wie kommst du darauf?"

„Es ist wie ein Spiel. Er raubt ein Pferd .... Ich hole es mir zurück … und nun stiehlt er meine Schwester."

„Deine Schwester ist kein Spiel!", mahnte der Vater.

Wambli-luta schluckte schwer. „Nein!" Es entstand ein unangenehmes Schweigen.

„Du bist Tokala!" Diesmal war der Vorwurf deutlich zu hören. „Führe einen Kriegszug gegen diese Krähen, und bring mir meine Tochter zurück."

Wambli-luta zog die Augenbrauen hoch. Das war leichter gesagt als getan! Auch die Apsalooke hatten viele Dörfer! Wo sollten sie mit der Suche anfangen? Sie konnten ja noch nicht einmal die Richtung eingrenzen, in der dieser Feind sie entführt hatte. Anpao-win konnte überall sein. Angefangen von den Bighorn-Bergen im Westen, bis hin zu den Dörfern am Missouri und all seinen Nebenflüssen. Außerdem war es ja nur eine Ahnung. Es könnte ebenso sein, dass ein anderer Stamm hier sein Unwesen getrieben hatte. Vielleicht einige Ree oder Mandan, die auf Rache aus waren?

Andererseits hätten die sich nicht damit begnügt, nur ein einziges Mädchen zu entführen. Nein, es handelte sich um einen Racheakt gegen ihn persönlich! Es musste dieser Psa-Krieger sein! Um ihn zu finden, brauchte er besondere Medizin. Er würde die Geister um Rat fragen! „Ich werde um eine Vision flehen", sagte er leise. „Dann werde ich entscheiden, was ich zu tun gedenke. Es macht keinen Sinn, ziellos durch die Gegend zu irren."

Der Vater nickte getröstet. „Du hast recht. So eine Sache will gut überlegt sein. In meinem Zorn rede ich wie ein kleines Kind, das nicht gelernt hat, seine Worte zu überdenken. Wenn sie noch lebt, wirst du sie uns zurückbringen." Sein Blick ruhte nun wohlwollend auf dem Sohn. Auch die Mutter hatte den Blick erhoben und sah ihren Sohn voller Hoffnung an.

„Sie lebt, und ich werde sie finden!", versprach Wambli-luta.

Krummes-Bein lächelte voller Zuversicht. „Das wirst du, und ich werde dich begleiten."

„Viele werden mich begleiten!" Wambli-luta winkte ungeduldig ab. Wenn er zu einem Kriegszug aufbrach, brauchte er nicht lange zu bitten. Sein Mut war allen bekannt und sein Kriegsglück inzwischen legendär.

„Ich kenne noch jemanden, der dich begleiten wird!", meinte Krummes-Bein geheimnisvoll.

„So?" Eine steile Falte bildete sich auf Wambli-lutas Stirn.

Krummes-Bein grinste. „Er ist hier. Darf ich ihn hereinbitten?"

Wambli-luta wechselte einen verblüfften Blick mit seinem Vater, dann wedelte er einladend mit der Hand. „Wer ist dieser Geheimnisvolle?", wunderte er sich.

Krummes-Bein erhob sich und schlug die Tipiklappe zur Seite. „Komm herein!", befahl er freundlich. „Wir beißen nicht!"

Ein junger Mann glitt in die Wärme und stand dann reichlich unsicher vor den Insassen des Zeltes. Er war schlicht gekleidet, hielt nur einen warmen Umhang in der Armbeuge und einen Köcher in der Hand. Seine Haare waren zu zwei festen Zöpfen geflochten, die mit Otterfell umwickelt waren. Am Hinterschopf hing eine lose Adlerfeder, die ihn als fähigen Krieger und Späher auszeichnete. Es war Ishta-hota, der junge Mann, der im Sommer um Anpao-win geworben hatte. Seine Augen waren trüb vor Trauer, als er den Eltern seiner Auserwählten zunickte.

Wambli-luta sammelte sich als Erster und bot dem jungen Mann einen Platz an. „Sei willkommen!"

Gebrochene-Lanze stieß scharf die Luft aus und entschloss sich dann auch zu einem freundlichen Gruß. „Sei willkommen. Du siehst uns in schweren Zeiten."

Ishta-hota nickte betreten. „Ich wollte ehrenvoll um eure Tochter werben und die Zeit abwarten, bis ich in euren Augen Gnade gefunden hätte. Doch nun wurde ich meiner Zukunft beraubt." Die Stimme des jungen Mannes brach vor Trauer und Sehnsucht.

„Auch unsere Zukunft wurde uns genommen!", versicherte Gebrochene-Lanze. „Sie hätte uns Enkelkinder geschenkt. Enkelkinder, die wir vielleicht von Wambli-luta nicht haben werden, denn er ist Krieger, und der Tod kann ihn schnell ereilen."

Ishta-hota nickte verstehend. „Ich sehe nur Anpao-win in meinen Träumen. Ohne sie will ich nicht leben."

„Du kennst sie doch kaum!", forschte Gebrochene-Lanze ungeduldig. „Woher willst du also wissen, dass nicht ein anderes Mädchen dein Herz erfreut?"

Ishta-hota schüttelte stur den Kopf. „Mein Herz hat gesprochen. Ich sehe nur sie. Ich werde alles tun, um sie wiederzufinden. Und dann werde ich euch bitten, sie heiraten zu dürfen."

„Selbst wenn sie einen anderen Mann hat und vielleicht ein Kind unter ihrem Herzen trägt?"

Zum ersten Mal sprach der Vater diese unangenehmen Tatsachen aus. Aber auch die Hunkpapa raubten Frauen, und so wusste er, was das Schicksal mit seiner Tochter vorhatte. Noch im Sommer hatte er gedacht, dass sie zu jung sei, um bereits einem Mann versprochen zu werden, doch nun nahm niemand mehr Rücksicht auf ihre Jugend. Er hätte sich ein schöneres Leben für seine Tochter gewünscht. Selbst dieser junge Mann erschien ihm nun eine wesentlich bessere Wahl zu sein. Mit ihm wäre sie wenigstens glücklich gewesen.

Die Mutter wedelte mit der Hand vor ihrem Mund, um ihrem Mann zu zeigen, dass seine Worte ungehörig waren. „Sscht! Du beschwörst Unheil herauf!"

Ishta-hota dagegen schob energisch die Lippen vor. „Ein Kind ist immer eine gute Sache! Ich würde sie nicht abweisen, selbst wenn ein anderer bei ihr gelegen hat. Es war nicht ihre Entscheidung."

Der Vater nickte zufrieden. Sein Blick ruhte nun wohlwollend auf dem jungen Mann. „Ich habe vielleicht zu schnell über dich geurteilt. Du stammst aus keiner berühmten Familie, aber dein Mut und deine Großzügigkeit ehren dich! Wenn du mir mein Kind zurückbringst, werde ich dich gerne als Schwiegersohn in Betracht ziehen."

Kurz schloss der Vater die Augen, dachte kurz über seine Worte nach, dann schüttelte er den Kopf. „Nein, ich erwähle dich schon jetzt zu meinem Schwiegersohn. Das Leid hat uns zusammengebracht, und so möchte ich, dass du weißt, dass du in diesem Tipi immer als Sohn willkommen bist."

Der junge Mann stieß überrascht die Luft aus und wechselte einen verblüfften Blick mit Krummes-Bein und Wambli-luta. „Danke!", sagte er mit belegter Stimme.

Auch Wambli-luta staunte über den Sinneswandel seines Vaters. Dann machte er das Zeichen für eine beschlossene Sache. „So sei es! Wir werden nach Anpao-win suchen. Sie ist meine Schwester und seine Ehefrau."

„So sei es!", murmelte der Vater energisch. Freundlich wandte er sich an Krummes-Bein. „Ich kümmere mich um deine Frau und deinen Sohn, solange du unterwegs bist."

Krummes-Bein nickte erfreut. „Wakpa-Hokshila hat bereits die Herzen meiner Eltern erobert. Doch sie werden sich sicher freuen, wenn du ihnen hilfst!"

„Ich bin immer noch ein guter Jäger! Mach dir keine Sorgen! Deine Familie wird nicht hungern, während du unterwegs bist."

„Das ist gut!" Krummes-Bein lehnte sich entspannt zurück. Stille breitete sich aus, als der Vater die Pfeife anzündete, einen Zug nahm und sie dann feierlich weiterreichte. Es war schön, dass es wieder Hoffnung gab.

Die nächsten Tage bereitete sich Wambli-luta in der Schwitzhütte auf seine Visionssuche vor. Der Medizinmann lud die Geister ein und bat sie um Unterstützung für diesen mutigen Mann. Auch Ishta-hota und Krummes-Bein nahmen an der Schwitzhütte teil und baten mit ihrem Flehen um die Unterstützung der Geister. Dann brach Wambli-luta auf, um in der Einsamkeit eine Vision zu suchen. Ihr Dorf befand sich am Chanshushka-Wakpa, an dessen Mündung in den Missouri die Ree ihre Dörfer hatten. Im Herbst noch hatten sie dort friedlich den Mais gegen Bisonfelle eingetauscht, doch es war ein unsicherer Frieden, der mehr aus der Notwendigkeit heraus geboren war. Die Ree hatten den Angriff auf ihr Dorf längst nicht vergessen.

Wambli-luta stapfte mit Schneeschuhen am Flussufer entlang, das mit Büschen und Bäumen bewachsen war. Die Äste neigten sich unter der Last des Schnees, und überall lag Bruchholz am Boden – manchmal waren sogar ganze Bäume umgestürzt. Vorsichtig stieg Wambli-luta schließlich den Hang des Ufers nach oben und blickte über das wellige, schneebedeckte Land. Es war so kalt, dass der Atem vor dem Mund gefror und das Atmen schwer wurde. Er versteckte sein Gesicht hinter der warmen Decke, die er um seine Schultern geschlagen hatte, und schob einen hölzernen Schutz vor die Augen, sodass nur ein kleiner Schlitz blieb, durch den er blinzelte. Auf dem Kopf trug er eine Mütze, die er noch tiefer in die Stirn zog. An Waffen hatte er nur ein Messer und einen Speer dabei, weil er immer auf einen Angriff eines Bären gefasst sein musste. Sie ruhten zwar im Winter, aber manchmal wurden sie gestört und verließen ihre Höhlen. In der Gegend lebten viele Bären, sodass man achtsam sein musste. Auch die Kinder wurden gewarnt, sich nicht zu weit vom Dorf zu entfernen. Wambli-luta erinnerte sich nur zu gut an den Angriff des Bären und wie lange es gedauert hatte, bis die Wunden verheilt waren. Wachsam beobachtete er den Boden, doch der Schnee lag unberührt vor ihm. Hier gab es nicht einmal mehr Spuren von anderen Menschen. Am Wasser hatte er noch Fährten von Füchsen und Kojoten gesehen, auch von einem Hasen, aber hier oben pfiff nur der eisige Wind. Nur er war so verrückt, mitten im Winter auf eine Visionssuche zu gehen. Er lächelte bei diesem Gedanken, doch dann wurde er sofort wieder ernst. Wo sollte er seine Schwester suchen? Sie konnte überall sein! Da hatte sein Vater recht. Er brauchte die Hilfe der Geister. Er stapfte eine Weile in östlicher Richtung am Hang entlang, bis er eine Schlucht fand, die für sein Vorhaben geeignet schien. Dort gab es genügend Holz, um einen Windschutz zu errichten, und er konnte einen Hügel erklimmen, um dort um Beistand zu flehen.

Umsichtig machte er sich an die Arbeit, ein provisorisches Lager zu errichten. Er war nicht verrückt genug, die nächsten Tage ohne Feuer auszukommen. Er sammelte einen großen Vorrat an Brennholz, was bis zum Abend dauerte. Dann sammelte er dichte Zweige und baute einen Windschutz, unter dem er sich nachts verkriechen wollte. Er schichtete Schnee dazu auf, sodass der

Windschutz tatsächlich keinen Wind mehr durchließ. Dann grub er eine Feuerstelle aus dem Schnee und entzündete ein Feuer. Die Wärme tat gut, denn er war den ganzen Tag unterwegs gewesen. Fröstelnd zog er den Umhang enger um seinen Körper und seufzte, als das Feuer ihn langsam wärmte. Er hatte den Platz unter dem Windschutz dicht mit Fichtenzweigen ausgelegt, sodass die Kälte vom Boden ihn nicht so störte. Er verzichtete auf Essen – hatte es auch gar nicht dabei – und stierte sinnend in die Flammen. Wieder stiegen die Wut und der Hass in ihm hoch, als er an seine Schwester dachte. Hier in der Einsamkeit traf ihn der Verlust umso mehr. Wie sehr mussten dann erst seine Eltern um die Tochter trauern? Es machte ihn wütend und traurig. Er presste die Lippen zusammen und warf einen weiteren Ast in das Feuer. Wo sollte er mit der Suche beginnen? Er musste gut wählen, denn er brauchte für diese Aufgabe die fähigsten Krieger. Er hoffte, dass die Geister ihm eine Eingebung schickten.

Am nächsten Tag verließ er den Schutz des Ufers und der Bäume und erklomm einen Hügel. Nur mit dem Umhang um die Schultern trotzte er der Kälte und schickte seine Gedanken und sein Flehen in den wolkenverhangenen Himmel. Seine Schwester tauchte immer wieder vor seinem geistigen Auge an. Sie war so lieblich und jung. Wie sehr hatte er ihre lachenden, großen Augen geliebt. Wie es ihr wohl erging? Dann dachte er an den Entführer. Er hatte den Raubzug gut vorbereitet! Die Schwester war kein zufälliges Opfer gewesen, sondern der Entführer hatte genau auf sie gewartet. Wieder hatte Wambli-luta diesen Psa-Krieger vor Augen: Er konnte förmlich dessen Arroganz und Übermut spüren. Die Schlappe mit dem Pferd musste ausgemerzt werden. Nur deswegen war er wiedergekommen. Nur dieses Mal würde er seine Beute nicht mehr heimlaufen lassen. Dieser Psa-Krieger würde jede Flucht vereiteln. Ja, es war ganz gewiss dieser schäbige Psa gewesen. Aber wo befand sich dessen Dorf? Lebte er in den Dörfern am Großen Schlammfluss oder doch eher in den Bergen? Er überlegte, in welcher Richtung sich der Mann bei seinem letzten Raubzug zurückgezogen hatte: Damals war er eher in Richtung der He-Sapa, der Schwarzen Berge, gezogen und von dort vermutlich weiter bis zu den Bighorn-Bergen. Ja, das versprach eine gute Spur zu sein. Er würde die Krieger bis zum Peji-sla-wakpa führen und dann in westlicher Richtung die Dörfer der Apsalooke suchen. Im Sommer würden auch sie auf die Prärien kommen, um den Bisons zu folgen. Er würde warten, bis sie aus ihren Löchern kamen!

Er blinzelte, als ein scharfer Wind ihm ins Gesicht blies. Aufgeschreckt sah er sich um, dann ging er etwas in die Hocke. Sollte das eine Warnung sein? Vorsichtig rutschte er ein Stück den Hang hinunter und folgte dann einer Spalte in Richtung seines provisorischen Lagers. Vielleicht war jemand aus dem Dorf gekommen, um ihn eine Nachricht zu überbringen? Dann verwarf er diesen Gedanken. Niemand würde seine Visionssuche stören! Er erreichte den Hang über seinem Lager und legte sich flach in den Schnee, um vorsichtig nach unten zu spähen. Ihm stockte der Atem, als er erkannte, was ihn in seiner Ruhe gestört hatte: Ree! Arikara mit grimmigen Gesichtern schlichen sich von allen Seiten an den vermeintlich Ahnungslosen heran. Wambli-luta wagte kaum zu atmen, weil er Angst hatte, dass die Atemwölkchen ihn verraten würden. Kurz schätzte er die Kampfkraft der Feinde und zog sich dann zurück. Auf allen vieren kroch er die Spalte wieder hoch, immer darauf gefasst, dass ein Feind ihn überrumpelte. Er hatte fast an die viermal zehn Krieger gezählt. Das war eine gewaltige Übermacht an Kriegern – vor allen Dingen, wenn die Menschen seines Dorfes unvorbereitet angegriffen wurden. Er wusste, dass die Spuren in der Umgebung diese Krieger unvermeidlich zum Dorf führen würden. Warum kamen die Ree so weit westlich? Sie mussten seit Tagen unterwegs sein! Er ließ den Umhang zurück und bewegte sich nun im schnellen Laufschritt. Mehrfach brach er dabei ein, doch mit dem Mut der Verzweiflung kämpfte er sich jedes Mal frei und setzte seinen Lauf fort. Er nahm keine Rücksicht darauf, dass die Spuren ihn oder das Dorf verraten würden, denn die Ree würden den Weg ohnehin finden. Er hatte nur eine Chance: als Erster das Dorf zu erreichen und die Menschen zu warnen.

Er hastete durch den Schnee, rutschte und stolperte, fiel manchmal hin und rappelte sich sofort wieder auf. Manchmal rutschte er einen Hang hinunter und hielt sich an der vereisten Rinde von Bäumen fest, um seinen irrsinnigen Lauf abzubremsen. Jederzeit konnte ihn ein Pfeil treffen, doch er blickte nicht zurück, sondern nahm die Gefahr mit stoischer Ruhe auf sich. Sein Atem kam nun keuchend. Er hoffte, dass die Ree für kurze Zeit von seinem provisorischen Lager abgelenkt wurden und erst dort die Umgebung überprüften. Das würde seinem Volk eine kurze Zeit für die Vorbereitung der Verteidigung geben. Kurz hielt er inne, weil er in der Nähe die fröhlichen Stimmen einiger Kinder hörte. Er änderte die Richtung und fand einige Jungen, die auf ihren Knochenschlitten einen Hang hinunterrutschten. Sie trugen warme Umhänge, Mützen aus Waschbärenfell und Handschuhe, die dick mit Eis verkrustet waren. Sie sahen ihn mit großen Augen an, als er völlig verschwitzt und trotzdem mit Schnee und Eis bedeckt auf sie zurannte.

„Thoka!", brüllte er mit krächzender Stimme. „Feinde! Verteilt euch und warnt das Dorf!"

Es dauerte einige Wimpernschläge, doch dann kam Bewegung in die Jungen. Sie ließen alles stehen und liegen und rannten nun ebenfalls in Richtung des Dorfes zurück. Ihre Füße brachen tief in den Schnee ein, sodass sie tatsächlich nicht schnell vorankamen. Wambli-luta stieß sorgenvoll die Luft aus, als er hoffte, dass die Feinde noch nicht nahe genug waren, um die Kinder zu sehen. Er hatte Springender-Büffelstier und Kommt-angerannt, einen Sohn von Mato-ska-cikala, unter ihnen erkannt. Er sah, wie die Jungen verschiedene Wege ins Dorf wählten und ihre Spuren sich mit all den anderen Fährten vermischten. Etwas weiter links von sich erkannte er eine Frau, die gerade mit Holz zurückkam und er herrschte sie an, sofort die Flucht zu ergreifen. Es handelte sich um Morgenstern, die Frau von Thimahel-okile, die den Strick mit dem Bündel Holz einfach fallen ließ und ebenso ins Dorf zurückhastete. Wambli-luta blieb hinter ihr, um sie gegebenenfalls mit seinem Leben zu beschützen. Er bereute, dass er seine Waffen nicht dabeihatte, aber es war seine eigene Wahl gewesen.

„Lauf schneller!", keuchte er atemlos. „Schneller!" Es war schwierig, denn auch die Frau stolperte in ihrer Angst immer wieder.

Erbarmungslos zog er sie wieder in die Höhe und schob sie immer weiter.

Es erschien ihm wie eine Ewigkeit, ehe er endlich das Dorf vor sich sah. Kurz hielt er inne, um nach Luft zu schnappen, dann erhob er seine Stimme zu einem gellenden Warnruf. „Thoka! Die Ree kommen!"

Auch zwei der Kinder hatten bereits die Zelte erreicht, und so summte es im Dorf wie in einem Bienenstock. Mütter riefen ihre Kinder zu sich und warteten verängstigt auf weitere Anweisungen. Krieger liefen zusammen, um sich dem Feind entgegenzustellen, während andere noch ihre Waffen holten.

Krummes-Bein kam seinem Freund entgegen. „Toka ho?" – Was ist los?

„Ree!", keuchte Wambli-luta. „Ich schätze viermal zehn Mann!"

„Wagh!" Krummes-Bein erkannte sofort, dass es ernst war, und drehte sich zu den anderen um. „Ree sind auf dem Weg hierher! Wir müssen die Frauen und Kinder schützen."

Er stützte Wambli-luta, als er ihn in die Mitte des Dorfes führte. Wambli-luta schämte sich nicht, denn seine Beine waren weich vor Erschöpfung. Seine Oberschenkel zitterten unkontrolliert, weil es anstrengend gewesen war, im tiefen Schnee zu laufen. „Huh!", stöhnte er.

„Was hast du gesehen?", fragte nun auch Thimahel-okile. Seine hochliegende Stirn legte sich in besorgte Falten und er verzog die Mundwinkel nach unten.

„Viermal zehn Krieger sind auf dem Weg hierher. Sie sind sicherlich kurz hinter mir. Wir müssen uns verteidigen!"

Alle blieben einen winzigen Augenblick wie im Schock stehen. Wo sollten sie im Winter hin? Einige Frauen stießen Klagerufe aus und hielten sich vor Entsetzen die Hand vor den Mund. Inzwischen tauchten auch die letzten Kinder zwischen den Bäumen auf und versteckten sich hinter den Rücken ihrer Mütter.

Wambli-luta atmete erleichtert auf. Anscheinend waren die Ree doch etwas länger mit seinem Lager beschäftigt gewesen.

Mato-ska-cikala überlegte fieberhaft, wie er sein Dorf schützen konnte. Auch Wambli-luta kam langsam wieder zu Atem und überlegte, was die Feinde wohl vorhatten. „Sie sind zu Fuß!", sagte er langsam. „Wahrscheinlich haben sie es auf unsere Pferde abgesehen. Wir haben einen Vorteil, denn sie wissen nicht, dass wir wissen, dass sie kommen. Wir können sie also überraschen."

Mato-ska-cikala nickte. „Wir müssen schnell sein!" Er machte eine befehlende Geste mit der Hand. „Alle Frauen und Kinder sollen sich mit den älteren Kriegern in den Zelten in der Mitte des Dorfes verstecken! Sofort!"

Augenblicklich entstand Bewegung unter den Menschen, und die Frauen und Kinder huschten in die Zelte. Sie griffen nach Waffen und Keulen, um sich und ihre Kinder zu verteidigen. Sofort wurde es ruhiger, und das Dorf erschien wieder wie jedes andere friedliche Dorf im Winter. Ältere Männer holten ihre Waffen und begaben sich ebenfalls in die Zelte, um jeden abzuwehren, der doch irgendwie bis in die Mitte des Dorfes durchbrach.

„Wir müssen unsere Vorräte und die Pferde verteidigen!", befahl Mato-ska-cikala. „Sonst werden wir den Winter nicht überleben!" Er blickte herausfordernd auf Wambli-luta. „Du bist Krieger. Nimm einige Männer, und schütze die Pferdeherde. Ausruhen kannst du dich später!"

Wambli-luta grinste diabolisch und hob stolz den Kopf. „Ich bin nicht müde, Onkel!", sagte er selbstsicher.

Er holte seinen Bogen und nahm zehn Männer mit Waffen mit, die zu den Pferden gingen, die sich weiter im Tal zwischen den Bäumen verteilt hatten. Sie würden dort versteckt auf die Feinde waren. Es war davon auszugehen, dass ein Teil der Ree gegen das Dorf zog, um dort Verwirrung zu stiften, und die anderen die Pferde davontreiben sollten. Wambli-luta fühlte immer noch Krämpfe in seinen Beinen, aber er ignorierte sie so gut es ging. Die Pferde standen nicht weit und der Schnee war in der Nähe des Dorfes niedergetrampelt worden, sodass der Weg nicht so beschwerlich war. Die Krieger hielten sich im Schatten der Bäume und verschwanden schließlich zwischen Felsen und abgestorbenen Baumstämmen. Wambli-luta frohlockte, denn im Gegensatz zu den Ree lagen sie selbst in Deckung. Das verschaffte ihnen einen gewaltigen Vorteil!

Im Dorf hatten sich die Krieger inzwischen auf die Zelte verteilt, die am Rande des Dorfes standen. Anstatt auf Familien zu treffen, die bei dem Angriff sicherlich überrascht worden wären, lauerte nun hinter den Tipiwänden der Tod auf die Angreifer.

Wambli-luta blickte auf Krummes-Bein und Thimahel-okile, die keinen Steinwurf von seiner Position entfernt hinter einigen umgefallenen Baumstämmen lagen. Überall waren Fußspuren zu sehen, sodass ihre eigenen frischen Abdrücke kaum auffallen würden. „Warten!", signalisierte Wambli-luta auch den anderen, die sich auf die Lauer gelegt hatten. Sie hatten nur eine Chance: wenn die Ree völlig überrascht würden. Die ersten Schüsse mussten töten, oder die Übermacht der Feinde würde ihrem Volk zum Verhängnis werden. Auch die Hunkpapa hatten an die vierzig Krieger, doch dazu zählten auch Männer, die schon längst nicht mehr an Kriegszügen teilnahmen, wie Gebrochene Lanze. Wambli-luta wusste, dass sein Vater die Frauen und Kinder im Dorf mit seinem Leben beschützen würde. Auch er hatte in seiner Jugend der Tokala Gesellschaft angehört, bis er von den Wakincun zum Ratsmitglied berufen worden war. Die Angreifer hatten einen Vorteil, denn sie mussten keine Frauen und Kinder schützen oder die Pferdeherde verteidigen. Ihnen ging es allein um Rache und um den Raub von Pferden. Vielleicht war es nicht so klug gewesen, das Winterdorf hier aufzuschlagen? Aber der Fluss hatte viele Windungen, und die Dörfer der Ree lagen mindestens zehn Tagesreisen von hier entfernt. Ein weiter Weg für einen Rachefeldzug.

Wambli-luta merkte, wie ihm die Kälte in die Glieder fuhr und seine Hände klamm wurden. Er steckte sie unter sein Gewand, denn mit kalten Händen konnte er keinen gezielten Schuss abgeben. Er trug wieder den gelben Blitz in seinem Gesicht und umklammerte kurz den Beutel mit dem Stein, um die Hilfe der Geister zu erbitten. Wo blieben die Feinde? Sie waren ihm doch dicht auf den Fersen gewesen? Hatten sie den Hinterhalt schon längst bemerkt? Er zuckte zusammen, als er aus dem Dorf den ersten Kampflärm hörte, und verzog verächtlich die Lippen. Da kamen sie also! Er sah, wie Thimahel-okile sich etwas regte und verunsichert zum Dorf blickte. Auch Wambli-luta verspürte den Impuls, aufzuspringen und seine Familie zu verteidigen, doch er war klug genug, bewegungslos in Deckung zu bleiben. „Warten!", signalisierte er erneut.

Wieder verschmolzen die Männer mit der Umgebung, während in ihrer Nähe drei Pferde nach Futter suchend vorbeischritten. Alles sah harmlos aus. Dann erblickte Wambli-luta sieben Krieger, die sich an die Pferde heranschlichen. Einer nahm bereits ein Seil und legte es einer Stute um den Hals. Geschickt sprang er auf ihren Rücken, um von dort aus die anderen Pferde wegzutreiben. Zwei weitere Männer verfuhren ebenso. Sie saßen auf und trieben nun mit einem Schnalzen die anderen Pferde vor sich her. Sie boten mit ihren breiten Rücken ein wunderbares Ziel! Wambli-luta richtete sich hinter ihnen auf, zielte kaltblütig und ließ den ersten Pfeil von der Sehne schnellen. Fast lautlos stürzte der erste Feind in den Schnee. Er röchelte kurz, schnappte nach Luft, doch Wambli-luta hatte ihn schon erreicht und verhinderte mit einem Schnitt durch die Gurgel, dass er einen Warnruf ausstoßen konnte. Wambli-luta wartete nicht, bis der Feind die Augen schloss, sondern hechtete hinter dem nächsten Reiter her. Sein Pfeil traf ebenfalls gut gezielt. Aus den Augenwinkeln konnte er beobachten, dass Krummes-Bein und Thimahel-okile ebenfalls die ersten Feinde getötet hatten.

Dann war die Überraschung vorbei, denn die Ree hatten gemerkt, dass ihr Raub nicht so reibungslos verlief, wie sie es geplant hatten. Innerhalb von wenigen Augenblicken verwandelte sich der bisher so friedliche Wald in einen Kampfschauplatz. Die verbliebenen Ree gingen mit voller Wut auf die Pferdewächter los, und Stein krachte auf Stein, als ihre Totschläger mit voller Wucht eingesetzt wurden. Krummes-Bein hatte mit seinem verkrüppelten Bein einen Nachteil, denn er konnte die Wucht des Aufpralls schlecht ausgleichen. Er taumelte nach hinten, sodass der Feind die Gelegenheit zu einem zweiten Schlag bekam. Krummes-Bein fiel nach hinten, als er dem Schlag auswich. Er wusste, dass es ihm kein weiteres Mal gelingen würde, dem Feind zu ent-

kommen. Trotzdem rollte er zur Seite, um sich dann wieder aufzurichten. „Bleib unten!", hörte er die Warnung seines Freundes.
Krummes-Bein duckte sich, obwohl er jeden Augenblick damit
rechnete, dass der Ree ihm den Schädel einschlug. Als nichts dergleichen geschah, wagte er einen Blick nach hinten und erkannte
voller Erleichterung, dass in dessen Brustkorb ein Pfeil steckte.
Wambli-luta hatte ihn ausgeschaltet.

Im Dorf kämpften inzwischen die anderen Männer gegen die
Ree, die ahnungslos über die ersten Tipis hergefallen waren.
Sie hatten erwartet, nur verschreckte Familien vorzufinden
und wurden schnell eines Besseren belehrt. Sobald sie mit ihren
Keulen und Messern ins Innere vordrangen, warteten bis an die
Zähne bewaffnete Krieger auf sie. Aus den ersten Zelten erscholl
Kampfgetümmel, was jedoch die anderen Ree warnte. Sie gingen
nun vorsichtiger vor, und jene, die ein Gewehr besaßen, schos-
sen damit auf die Bewohner hinter der Tipiwand. Zwei Krieger
wurden dabei schwer getroffen und stürzten kampfunfähig zu
Boden. Den Hunkpapa blieb nichts anderes übrig, als die Tipis
zu verlassen und sich dem Kampf zu stellen. Trotzdem hatte die
Falle einige Angreifer das Leben gekostet, sodass das Ungleich-
gewicht sich nun zu Gunsten der Verteidiger verschob. Ob jung
oder alt, stürzte man sich mit dem Mut der Verzweiflung auf die
Ree. Sie verteidigten das Leben ihrer Frauen und Kinder, und das
verlieh ihnen Bärenkräfte. Mit Beilen und Totschlägern droschen
sie auf die Ree ein oder schossen Pfeile ab.
Einige Krieger bildeten eine Schützenlinie mit ihren Gewehren
und gaben eine tödliche Salve ab. Selbst Frauen beteiligten sich
an dem Kampf. Sie stachen mit ihren großen Messern auf jeden
Feind ein, der verwundet am Boden lag. Als die Ree ihr Heil in
der Flucht suchten, setzten ihnen die Hunkpapa johlend nach. Sie
hatten nicht vor, auch nur einen dieser feigen Palani entkommen
zu lassen!

Krummes-Bein blieb keine Zeit zu einem Dank für die Rettung,
denn er sah, wie die Ree aus dem Dorf genau auf ihn zuhaste-
ten. Kurz befürchtete er, dass die Feinde das Dorf bereits über-

wältigt hatten, doch dann erkannte er, dass es sich um eine heillose Flucht handelte. Aus dem Dorf waren ihnen bereits die siegreichen Krieger auf den Fersen. Er ahnte, dass sie versuchen würden, zu den Pferden durchzudringen, um mit ihnen schneller entkommen zu können. Auch Wambli-luta hatte das erkannt und winkte mit seinem Bogen, um die Männer zusammenzuziehen. „Hierher!", schrie er mit überschnappender Stimme. „Sie wollen sich die Pferde holen!"

Thimahel-okile, Krummes-Bein und zwei andere Männer reagierten sofort. Sie stellten sich mit schussbereiten Bögen vor die Pferde und schossen gezielt auf die Feinde, die ihnen entgegengerannt kamen. Ihnen gelang noch ein zweiter Schuss, dann hatten die Ree sie erreicht. Mit ihren gellenden Kriegsschreien drangen sie auf die Krieger ein, die zwischen ihnen und den Pferden standen. Wambli-luta wich keinen Schritt zur Seite. Er hielt seine Keule in der Hand und wartete ausdruckslos auf den ersten Mann, der sich ihm zum Kampf stellte. Er hatte kein Mitleid. Diese Feinde waren gekommen, um zu töten, und er fand es nur gerecht, dass sie nun ihr Leben ließen. Er riss den Ree von den Beinen und rollte mit ihm über den Boden. Seine Keule war nun eher hinderlich, und so ließ er sie lieber fallen und tastete mit der einen Hand nach seinem Messer. Mit der anderen kontrollierte er die Hand des Gegners, der immer noch versuchte, ihn mit der Keule zu treffen. Er spürte dessen keuchenden Atem in seinem Gesicht, als er mit ihm um die Keule raufte. Der Mann war schwer, und so dauerte es eine Weile, ehe er sein Messer greifen konnte. Er war schweißgebadet, als er es schließlich zog und dem Mann seitlich in den Bauch rammte.

Dieser spürte wohl die schwere Stichwunde, ließ aber immer noch nicht von ihm ab. Wambli-luta zog das Messer heraus und stach erneut zu. Dieses Mal erwischte er den Mann in den Rücken. Sein Blick traf sich mit dem des Mannes, der ihn wie ein waidwundes Tier anstarrte, aber immer noch nicht von ihm abließ. Weiterhin kämpfte der Ree um die Keule, um wenigstens den verhassten Feind mit in den Tod zu nehmen. Wambli-luta verließ langsam die Kraft. Mit zitternder Hand zog er das Messer aus dem Körper und stach erneut zu. Wie viel hielt dieser Mann eigentlich aus? Sein Arm, der die Hand mit der Keule weghielt rutschte weg, und unkontrolliert fiel der Angreifer auf die Seite. Wambli-luta rutschte schwer atmend unter ihm hervor und stellte sich dann abwartend neben ihn. Es war nicht nötig, ihm den Rest zu geben, denn er sah, dass der Mann bereits die letzten Atemzüge machte. Er wollte ihn ehrenhaft sterben lassen, denn er hatte tapfer gekämpft. Der Krieger lächelte stolz, dann machte er ein Zeichen mit seiner Hand. „Es ist gut!"

Wambli-luta nickte voller Verständnis. Ein guter Tod wäre auch für ihn eine Erleichterung. „Geh! Du hast tapfer gekämpft!" Die Ahnen würden sicherlich auf diesen Krieger warten. Er sah, wie die Augen brachen und der Körper des Mannes erschlaffte. Erst dann sah er sich nach den weiteren Kämpfern um. Die Hunkpapa hatten die Ree inzwischen vertrieben und setzten ihnen nun auf ihren Pferden nach. Keiner sollte ihnen entkommen! Die Hunkpapa waren aufgebracht und in einem wahren Blutrausch. Mitten im Winter ihr Dorf anzugreifen, hätte ohne die Warnung von Wambli-luta in einem Gemetzel geendet.

Krummes-Bein kehrte ins Dorf zurück, um es nicht schutzlos zurückzulassen. Auch Mato-ska-cikala und andere Männer kehrten um, doch Wambli-luta und einige Verwegene setzten den fliehenden Ree hinterher. Je weiter sie sich vom Dorf entfernten, desto leichter konnten sie den Spuren folgen, denn sie vermischten sich nicht mehr mit den vielen Abdrücken der Dorfbewohner. Die Ree flohen in östlicher Richtung am Fluss entlang. Dabei waren sie den Hunkpapa nicht wesentlich unterlegen, denn die Männer kamen mit ihren Pferden kaum durch den Schnee. Nach kurzer Zeit stellten sie die Feinde an einem hohen Felsen, auf den sich die Ree zurückgezogen hatten. Sie hockten dort oben und schickten ihre Pfeile gegen jeden, der es wagte, sich zu nähern.

Wambli-luta grinste verächtlich und hielt die übereifrigen Männer zurück. „Sie können nicht ewig dort oben bleiben. Sie werden erfrieren!"

Auch die anderen erkannten, dass die Ree in einer aussichtslosen Situation waren. Sie setzten sich auf einige Felsen und Baumstümpfe und berieten, was zu tun war. „Wir machen Feuer und ruhen uns aus. Irgendwann werden sie einen Ausbruch wagen, wenn sie nicht erfrieren wollen. Dann kämpfen wir gegen sie."

Alle nickten begeistert, und schnell hatten sie totes Holz gesammelt und setzten sich an die prasselnden Feuer, um sich aufzuwärmen. Wambli-luta ließ rund um den Fels Wachen aufstellen, die darauf achten sollten, dass niemand über die Rückwand zu entwischen versuchte. Immer wieder riefen sie Schmährufe, die ebenso wütend beantwortet wurden. Manchmal wagte sich ein Krieger auf Pfeilschusslänge heran, um die Ree zu unüberlegten Schüssen zu reizen. Sie verschossen einen Pfeil, der den Mann leicht am Umhang streifte, aber ansonsten keinen Schaden anrichtete. Der Mann lachte sie aus und nannte die Ree schlechte Schützen.

Wambli-luta interessierte sich mehr für die verbliebene Kampfkraft, und so schickte er zwei Späher los, die an den Spuren feststellen sollten, wie viele Feinde sich dort oben versteckt hielten. „Vielleicht zehn bis fünfzehn!", erhielt er zur Antwort. „Aber einige sind weiter am Fluss entlang … sie sind uns entkommen!"

Wambli-luta nickte kurz. Trotzdem hatten die Feinde eine bittere Niederlage erlitten, und in vielen Familien würden Klagelieder gesungen werden. Entschlossen deutete er mit vorgeschobenen Lippen auf den Felsen. „Jene da werden nicht zurückkehren."

Die Männer blieben den ganzen Tag in ihrer Lauerposition. Zwei Männer stießen mit Decken und Proviant zu ihnen und berichteten von den Ereignissen im Dorf. So erfuhren sie, dass ein Mann an der Schussverletzung gestorben sei – was sie noch erbitterter ausharren ließ. Ein Kind sei ebenfalls verletzt worden, aber nicht schwer, und eine ältere Frau hatte einen tiefen Messerstich erlitten, als sie einem Feind die Kehle durchschneiden wollte. „Sie wird leben!", wurden die Männer beruhigt. Insgeheim atmete Wambli-luta auf, denn sie hatten Glück gehabt! Bei einem so schweren Angriff nur ein Menschenleben zu verlieren, war gute Medizin.

In der Nacht versuchten drei Männer der Ree ihr Heil in der Flucht. Während der Dunkelheit kletterten sie hinunter und versuchten an den Wachen vorbeizuschleichen. Die knirschenden Tritte im Schnee verrieten sie jedoch,und so wurden sie ausnahmslos getötet. Wambli-luta ließ ihre Leichen sichtbar an einige Bäume fesseln, weil er die Ree reizen wollte. Die Hunkpapa entkleideten ihre Opfer, schnitten ihnen die Sehen an den Beinen und Armen durch und entmannten sie, damit sie auch in der nächsten Welt keine richtigen Männer mehr waren. Oben von den Felsen kam empörtes Brüllen herunter, mehr geschah nicht. Wambli-luta nannte sie verächtlich Feiglinge, denn sich hinter einem Felsen zu verstecken, war für ihn keine Heldentat. Die Hunkpapa warteten einen weiteren Tag und eine Nacht, doch nichts geschah. Oben auf dem Felsen war es still. Nach einem heftigen Schneesturm – einem der letzten dieses Winters – wagte Wambli-luta schließlich mit zwei Männern den Aufstieg. Vorsichtig kletterten sie den Felsen hoch, blieben dabei wachsam immer wieder in der Deckung von Felsspalten. Irgendwann ahnte Wambli-luta, dass hier keine Gefahr mehr drohte. Aufrecht ging er die letzten Schritte zu den Männern, die dort an die Felswand gelehnt kauerten. Ihre Augen waren zugefroren, ebenso ihre Körper. Sie hatten noch versucht, sich gegenseitig zu wärmen, doch der Schneesturm hatte sie auskühlen lassen. Wambli-luta sah auf sie nieder und fühlte Mitleid mit ihnen. Einfach zu erfrieren war ein schrecklicher Tod. Die beiden anderen stellten sich neben ihn und überblickten die Szene. „Sie sind erfroren", stellte Wieselschwanz fest.

„Ja!" Mehr war nicht zu sagen. Er machte eine auffordernde Handbewegung, um den beiden zu sagen, dass sie wieder hinunterklettern sollten. „Wir lassen sie hier!"

Sie nahmen keine Skalpe, denn sie hatten diese Feinde nicht im Kampf besiegt. Es war der Winter gewesen, der hier seine Opfer gefordert hatte. Die Natur würde den Rest erledigen.

Im Dorf wurden die Rückkehrer mit dem hohen Trällern der Frauen und Mädchen begrüßt. Niemand konnte sich bisher an solch einen gewaltigen Sieg erinnern. Selbst die Trauer um den gefallenen Mann wich einem Gefühl des Triumphes und der Dankbarkeit.

Viele sahen es als ein Zeichen von Wakan-tanka an, dass es ausgerechnet Wambli-luta gewesen war, der während seiner Visionssuche die Angreifer erspäht hatte. Was wäre geschehen, wenn er nicht in die Einsamkeit aufgebrochen wäre, um zu flehen? Gerade zur rechten Zeit. Die Geister waren ihm wohlgesonnen und warnten ihn sogar vor kommenden Gefahren. Sein Ansehen stieg, und die Tokala waren stolz, einen solchen Mann ihn ihrer Mitte zu wissen. Der Herold verkündete erneut all die Heldentaten, die er vollbracht hatte. Wambli-luta dagegen winkte großzügig ab, denn er hatte nach seiner Überzeugung nur seine Pflicht getan.

Bighorn-Berge
Winter 1810/1811 im Dorf der Absalooke

Anpao-win saß in einen Umhang gehüllt am vereisten Ufer des Flusses und starrte gedankenverloren in die Landschaft. Die Berge türmten sich vor ihr auf, mit hohen dunklen Pinien und Fichten bewachsen, die sich unter der Schneelast bogen. Darüber wölbte sich der klare Himmel, an dem ein Habicht kreiste, der nach Beute suchte. Im Winter war es auch für die Raubvögel schwer, Futter zu finden. Im Sturzflug ließ der Vogel sich zu Boden fallen, packte nach etwas, das sich im Schnee verborgen hatte; dann stieg er wieder auf und verschwand aus dem Blickfeld der jungen Frau. Anpao-win war der Enge des Tipis entflohen und ruhte sich ein wenig aus. Sie hatte das Gekeife der Frau satt und sehnte sich in das Tipi ihrer Eltern zurück. Dort hatte es nie harte Worte gegeben. Den ganzen Sommer und Herbst über hatte sie gehofft, dass man sie finden würde, doch nun, zu Beginn des Winters, war ein Befreiungsversuch unwahrscheinlich. Auch die Hunkpapa würden nun ihre Winterdörfer aufsuchen. Ihr jugendlicher Körper hatte sich gerundet, denn längst wuchs das Kind dieses herrischen Kriegers in ihr. Sie hatte versucht, es zu verhindern, aber er hatte sich zu oft zu ihr gelegt. Er schien darüber sehr erfreut zu sein, denn er behandelte sie ausgesprochen zuvorkommend. „Hoh, meine kleine Lakotafrau wird mir viele starke Apsalookekinder gebären!"

Ihr war das gleichgültig. Für sie zählte nur, dass er sie seitdem nachts meist in Ruhe ließ und sich lieber zu der anderen Frau legte. Er wollte das Ungeborene nicht stören. Die neidischen Bemerkungen von Zwischen-den-Weiden hatten seitdem etwas nachgelassen, trotzdem wurde sie von ihr immer noch schikaniert, wenn sie etwas nicht schnell genug tat oder ein Wort in ihrer Sprache nicht wusste. „Ai ... sie redet immer noch wie ein kleines Kind! Ob sie wohl dumm geboren ist?"

Solche Bemerkungen reizten die Frau zum Lachen und gaben ihr das Gefühl von Überlegenheit. Anfangs wurde sie von ihr auf Schritt und Tritt beobachtet, doch seit sie ein Ungeborenes trug, dachte Zwischen-den-Weiden wohl, dass sie keinen Fluchtversuch mehr unternehmen würde. Außerdem wäre bei dem Schnee ein Entkommen kaum möglich.

Anpao-win passte sich zum Schein an. Sie erlernte die Sprache, war fleißig und versuchte, der Frau keinen Grund zur Eifersucht zu geben. Irgendwann würde ihre Zeit schon kommen! Dachbitche-hisshi war viel unterwegs – manchmal sogar einen ganzen Mond – um seinen Ruhm zu vergrößern, sodass Anpao-win oft von ihrer Flucht träumte. In ihren Träumen war sie bei Ishta-hota, der ihr liebevolle Worte ins Ohr flüsterte und sie sanft streichelte. Die Sehnsucht war so groß, dass ihr die Tränen in die Augen stiegen und ihre Kehle vor Trauer ganz eng wurde. Sie hütete sich, Zwischen-den-Weiden etwas von ihrem Gemütszustand zu zeigen.
Aber hier am Fluss fühlte sie sich unbeobachtet und ließ ihren Tränen freien Lauf. Kleine Eisperlen bildeten sich auf ihren Wangen, als sie an Ishta-hota oder an ihre Eltern dachte. Warum war niemand gekommen? Das Land war einfach zu groß. Sie musste wohl oder übel die Flucht selbst in die Hand nehmen. Sie war klug genug, um auf eine günstige Gelegenheit zu warten. Im Sommer wäre der Krieger wieder lange unterwegs … dann hätte sie eine weite Strecke zurückgelegt, und es wäre schwierig, ihr noch zu folgen. Außerdem hätte sie dann geboren und wäre körperlich nicht so eingeschränkt. Sie hatte keine Bedenken, die Flucht mit einem Säugling zu wagen. Die Lakota waren das gewohnt.

Sie hob den Blick, als sie die knirschenden Schritte einer Person hörte, die in ihre Richtung kam. Es war Dachbitche-hisshi, der freundlich lächelte, als er sie so dasitzen sah. „Ruhst du dich aus?"
Sie nickte und schaute ihn aus leicht erschrockenen Augen an. „Bist du böse?"
Er lachte. „Aber nein! Du bist sehr fleißig. Du musst auf dich achten, damit mein Kind groß und stark wird." Besitzergreifend legte er die Hand auf ihren Bauch.

Sie beherrschte sich, um nicht zurückzuzucken und ihn vielleicht zu reizen, und schenkte ihm ein schüchternes Lächeln. „Ja, es wächst. Ich spüre schon seine Bewegungen."

„Ich hoffe auf einen Sohn!"

„Ich weiß es nicht." Sie wischte sich über die Wangen und strich die Eisperlen aus ihrem Gesicht.

Er erkannte, dass sie geweint hatte, und strich ihr ebenfalls über die Wangen.

„Ich freue mich auch über ein Mädchen", versicherte er.

Es war tatsächlich eine liebevolle Geste, und sie nickte zufrieden. „Das ist gut." Es war besser, ihn in Sicherheit zu wiegen und die gehorsame Gefangene zu spielen. „Du bist ein guter Mann. Dein Topf ist immer voll."

Sein Lachen dröhnte über den Fluss. „Nicht wahr! Ich muss euch doch alle satt bekommen!"

Er setzte sich neben sie auf den Baumstamm und streckte gemütlich seine Beine aus.

„Erzähle mir von deinem Bruder", forderte er sie auf.

Sie senkte verlegen den Blick. Was sollte sie einem Feind erzählen? Sie wollte ihm keine Informationen verraten. Andererseits wollte sie nicht sein Wohlwollen verlieren. „Ich bin nur eine Frau … ich weiß nicht so viel über Männer."

Er reagierte unwillig auf ihre Weigerung. „Erzähle mir, was du weißt!"

Sie blitzte ihn herausfordernd an. „Er ist Tokala!"

„Ah, also ist er sehr mutig und ein guter Kämpfer!"

„So ist es!"

„Trotzdem ist es mir gelungen, seine kleine Schwester unter seinen Augen zu entführen!" Er grunzte vor Selbstgefälligkeit.

Sie sagte nichts, denn es war eine Tatsache.

„Und nun wächst mein Sohn in deinem Bauch. Was wohl dein Bruder dazu sagt?"

Wieder blieb sie still. All dies, um ihren Bruder zu demütigen? In ihr regte sich der Widerstand.

„Er weiß es ja nicht!", stellte sie schließlich fest. „Du kämpfst gegen mich, aber nicht gegen ihn."

Wagh! Sie konnte sehen, dass ihn diese Bemerkung störte.

Er runzelt die Stirn und sah sie herausfordernd an. „Es ist gute Medizin. Wenn ich das Lager mit dir teile, geht seine Kraft auf mich über. Irgendwann werde ich mich mit ihm messen. Mann gegen Mann. Er soll wissen, was ich mit dir getan habe. Er soll wissen, dass ich es war, die dich geraubt hat!"

Sie schluckte schwer, als sie erkannte, dass sie niemals wirklich seine Frau sein würde. Sie war ein Pfand, eine Demütigung des Bruders, eine Kriegsbeute. Was sollte dann aus dem Kind werden, das in ihr heranwuchs? Würde er ihm ein Vater sein? Unbewusst legte sie die Hand auf ihren Bauch und fühlte nach dem neuen Leben.

Es sah die Bewegung, und sofort änderte sich seine Stimmung. Er lächelte und strich ihr wohlwollend über die Haare. „Mein kleines Lakotamädchen! Du bist mir eine gute Frau! Lass dich nicht von meinem Männergerede stören. Du bist nun hier, und was zwischen mir und deinem Bruder ist, muss dich nicht ängstigen."

„Ich fürchte mich, denn einst werden vielleicht mein Ehemann und mein Bruder gegeneinander kämpfen."

Sie benutzte mit Absicht das Wort „Ehemann", um ihm ihr Dilemma aufzuzeigen.

Er nickte. „Ich werde das beherzigen und ihm einen guten Kampf liefern. Sollte er sterben, werde ich ihn ehrenvoll bestatten."

„Und wenn er siegt?" Sie konnte sich den kleinen Hieb nicht verkneifen.

Er lachte sorglos. „Dann kannst du mit ihm gehen … und das kleine Apsalookekind mitnehmen. Er wird sich ewig daran erinnern!"

„Ich mag diese Männerspiele nicht!", stellte sie fest.

Wieder tätschelte er sie freundlich. „Mach dir keine Gedanken. Ich bin dein Ehemann und sorge für dich. Ich sehe in dir einen wertvollen Besitz, den ich hüte wie meinen Augapfel. Ich freue mich auf das Kind, und sollte es ein Sohn sein, wirst du meine Lieblingsfrau!"

Das war ein verlockendes und durchaus großzügiges Angebot. Sie lächelte ihn an und machte eine vage Handbewegung. „Dann hoffe ich, dass ihr nie aufeinandertrefft. So verliere ich weder meinen Bruder noch meinen Ehemann."

„Wuah … die Worte einer weisen Frau!" Er grinste gut gelaunt.

Dachbitche-hisshi kehrte ins Dorf zurück und folgte einigen Männern ins Ratstipi. Gespannt hörte er auf die Neuigkeiten, die Rote-Flaumfeder gerade verkündigte. „Die weißen Händler kommen zu uns, um zu tauschen. Sie errichten einen kleinen Handelsposten und geben gute Waren für unsere Felle."

Die Krieger murmelten zustimmend und freuten sich auf den Tauschhandel. „Haben sie auch Waffen?", erkundigte sich Dachbitche-hisshi.

„Ja!", bestätigte Rote-Flaumfeder. „Sie wissen, dass uns die Pekuni zusetzen, und tauschen auch Waffen mit uns."

„Das ist eine gute Sache!" Die Krieger brummten zufrieden.

Dann lauschten die Männer staunend, wie unvorsichtig die weißen Händler waren. „Ich erschreckte eine junge Frau vom Volk der Mandan, die mit ihnen reist", erzählte Rote-Flaumfeder. „Sie war sehr hübsch … ich verstehe nicht, wie dieser weiße Mann sie so schutzlos ans Wasser gehen lässt. Wir passen besser auf unsere Frauen auf!" Er machte eine abfällige Handbewegung. „Sie kann von Glück reden, dass ich es war, der sie gefunden hat … ein Pekuni hätte sie vermutlich sofort in sein Tipi mitgenommen."

„Ist sie die einzige Frau?", fragte ein junger Krieger.

„Ja!", bestätigte der Häuptling.

„Wird es ihnen ohne Frauen nicht lang während des Winters?" Die Männer konnten es sich nicht vorstellen, dass die Weißen gänzlich ohne Frauen auskamen. Gelächter erklang bei der Vorstellung.

„Sie waren schon die letzten Jahre ohne ihre Weiber da. Sie zahlen gut, wenn man ihnen eine Frau überlässt. Manchmal nehmen sie auch eine Frau als Ehefrau, aber ihr müsst vorsichtig sein, denn ich habe gehört, dass sie diese Frauen nach einer Weile zurückgeben! Gebt ihnen also nicht eure Töchter … die Weißen benutzen sie und stoßen sie weg, wenn sie nicht mehr gebraucht werden."

Wieder murmelten die Männer, aber dieses Mal mit deutlicher Ablehnung.

„Und dieses Mandan-Mädchen?", erkundigte sich ein Krieger.

„Sie hat gerade erst geboren … sie wird diese weißen Männer

also kaum bei Laune halten. Es ist nur eine Frage der Zeit, bis ihr weißer Ehemann ihrer überdrüssig wird und sie hergibt. Sie wäre kein schlechter Tausch, denn sie spricht deren Sprache."

Die Männer nickten wohlwollend. Eine Frau, die sich mit den Weißen verständigen konnte, wäre eine gute Sache. Und ein Kind zeigte lediglich, dass sie fruchtbar war. Ihre Neugier war geweckt und so machten sich einige Krieger sofort auf den Weg, die weißen Händler zu besuchen.

Auch Dachbitche-hisshi war unter ihnen, denn er wollte sehen, welche Waren die Händler anzubieten hätten. Er wollte ein Gewehr, um gegen einen gewissen Lakota-Krieger besser gerüstet zu sein.

Staunend standen die Apsalooke am nächsten Tag vor dem Handelsposten, den die Weißen in aller Eile errichtet hatten. Zwei Posten meldeten ihre Ankunft, sodass den Kriegern klar wurde, dass man die Händler nicht überraschen konnte. Sie wurden in das Innere geführt, und jeder beobachtete genau die Stärke des Postens und merkte sich die Einzelheiten. Als Erstes fiel ihnen auf, dass die Händler bis an die Zähne bewaffnet waren. Auch die Palisaden wurden genauestens untersucht und auf ihre Festigkeit geschätzt. Ein Angriff würde viele Leben kosten!

Dachbitche-hisshi zuckte mit den Schultern und raunte den anderen zu, dass hier friedliche Beziehungen besser wären. „Wenn wir sie töten, kommt niemand mehr, der uns Gewehre bringt. Selbst die Pekuni sind klug genug, mit den Händlern in Frieden zu leben. Sie haben Gewehre – wir nicht!"

„Wir haben auch Gewehre – aber nicht genug!", stimmte ihm Rote-Flaumfeder zu.

„Was verlangen sie für ein Gewehr?", wollte ein Krieger wissen.

„Sie fordern dreißig Biberpelze!"

„Für ein Gewehr?", staunten die Männer. „Dafür kann ich ja eine Frau oder ein gutes Pferd eintauschen."

Der Häuptling nickte. „Manchmal brauchen sie auch Pferde … dann kann man ein Pferd gegen ein Gewehr tauschen."

Die Männer grinsten. Pferde hatten sie genug! Aber Biberpelze zu jagen und zu verarbeiten kostete Zeit.

Manuel Lisa begrüßte den Häuptling in der Sprache der Apsalooke und lud ihn auf einen Kaffee ein. Rote-Flaumfeder nickte wohlwollend und lächelte, als Manuel drei Löffel Zucker in die Tasse gab. Er kannte das Getränk schon von anderen Begegnungen und hatte Gefallen daran gefunden. Bei dem Zauberwasser der Weißen war er lieber vorsichtig. Er hatte die bittere Erfahrung gemacht, dass es die Sinne trübte und er kaum einen Gegenwert für seine Pelze bekam.

„Habt ihr diesen Winter schon Blackfeet gesehen?", erkundigte sich Manuel Lisa.

Der Häuptling winkte ab. „Nein … ihr seid hier sicher! So weit südlich kommen die nicht. Deine Männer können unbesorgt Biber jagen."

Lisa freute sich über diese gute Nachricht. „Das ist gut. Letzten Winter haben uns die Blackfeet ganz schön zugesetzt."

Rote-Flaumfeder winkte ab. „Hier ist das Land der Apsalooke. Manchmal kommen Flathead und Nez Percé her … aber die sind auch am friedlichen Handel interessiert. Selbst die Shoshone aus dem Süden machen uns keinen Ärger."

„Und die Tituwan?"

Rote-Flaumfeder schnaubte empört. „Die sind viel weiter im Osten. Hier trauen die sich nicht her!"

„Gut!" Manuel Lisa deutete auf einen roh zusammengezimmerten Tisch, auf dem ein paar Messer lagen. „Geschenke für euch!", sagte er mit einer einladenden Geste. „Dafür, dass wir hier in Frieden handeln und jagen dürfen."

„Ihr seid großzügig!", lobte Rote-Flaumfeder erfreut. Er trat beiseite, damit die Krieger sich ihre Messer nehmen konnten. Anschließend wurden sie zum Essen eingeladen. Es gab Hirscheintopf und Brotfladen dazu. Die Krieger hatten noch nie Brot gegessen und verzogen anerkennend die Gesichter, als sie es probierten

Einige waren so schlau gewesen, ein paar Pelze mitzubringen und tauschten sie nach dem Essen gegen bunte Wolldecken und Perlenschnüre für ihre Frauen.

Lisa zeigte sich großzügig und gab sie ihnen zu einem guten Preis. Ebenso großzügig schenkte er Branntwein aus, der die

Krieger schnell enthemmte. Ab dem zweiten Becher mussten sie zahlen, und sie taten es gern, denn der Alkohol stieg ihnen in die Köpfe und sorgte für einen angenehmen Rauschzustand.

Lachend und enthemmt kehrten die Krieger am späten Abend in ihr Dorf zurück.

Dachbitche-hisshi taumelte leicht, als er sein Pferd laufen ließ und in sein Tipi zurückkehrte. Er hatte eine Fahne vor dem Mund und stierte gierig auf seine Frauen. Seine eine Frau lag mit der Tochter unter einer Decke, sodass er sich nicht an sie heranwagte. Sie erschien ihm ohnehin nicht besonders begehrenswert, sodass er sich schließlich Anpao-win zuwandte. Er hatte vergessen, dass er sie eigentlich schonen wollte, und schmiegte sich unter ihre Decke.

Anpao-win wehrte sich gegen den Mann, doch er war groß und schwer, sodass sie nicht unter ihm herauskam. Ihre Gegenwehr reizte ihn, sodass er grober wurde und ihr gierig an die Brüste fasste. Sie roch so gut! Seine andere Frau kicherte schadenfroh und war weit davon entfernt, dieser Gefangenen zu helfen. Es würde auch nichts nützen, denn dann würde er sich höchstens zu ihr legen. Sie versteckte sich unter der Decke und lauschte auf die deutlichen Geräusche, die zu ihr drangen.

Dachbitche-hisshi war weder sanft noch rücksichtsvoll. In seinem Rausch wollte er schnell zum Ziel kommen. Er sah nur dieses zierliche Lakotamädchen und forderte Gehorsam von ihr. Sie war weit und weich, als er in ihr vordrang, und er stöhnte vor Leidenschaft. Seine Hand umklammerte ihre Handgelenke, damit sie sich nicht wehren konnte. Mit der anderen streichelte er über ihre Brüste und ihren Bauch. Dann begann er sie heftig zu stoßen und verlor sich völlig in diesem Gefühl der Macht und Kontrolle. Ja, hier fühlte er sich wie ein wahrer Mann. Sie jammerte leicht, aber er war weit über den Zustand hinaus, wo er noch Mitgefühl empfand. Viel zu schnell kam er zum Höhepunkt und brach erschöpft über ihr zusammen.

Ahh … so gefiel ihm das! Er rollte etwas zur Seite und schlief einfach mit geöffnetem Mund neben ihr ein. Er bemerkte nicht mehr, wie sie das Tipi erließ, um sich am Fluss zu waschen.

Anpao-win war übel, als sie sich an den eisigen Fluss hockte. Der seltsame Gestand aus dem Mund des Mannes hatte ihr den Atem geraubt. Sie trug nur eine Decke über ihren nackten Körper und ließ diese nun zu Boden gleiten, um sich zu reinigen. Das eisige Wasser ließ sie frösteln, doch sie wollte all diesen Gestank von sich abwaschen. Der Geschlechtsakt an sich hatte nicht wehgetan, trotzdem hatte sie Angst um das Ungeborene. Bei den Lakota hätte sich kein Mann zu ihr gelegt! Zu kostbar war das entstehende Leben. Diese Apsalooke hatten seltsame Sitten! Zum ersten Mal bereute sie, dass sie nicht früher die Flucht gewagt hatte. Aber jetzt war es zu spät. Niemals würde sie die Jagdgründe der Hunkpapa im Winter erreichen. Sie weinte vor Verzweiflung und schickte ein flehendes Gebet an Wakan-tanka. „Unshimala ye!" Hab Mitleid mit mir, und erlöse mich von diesem grässlichen Mann.

Hier gab es keinen Schutz! Am schlimmsten fand sie, dass die andere Frau ihr nicht zur Seite stand. Sie fühlte sich verraten und verkauft.

Nach ihrer Rückkehr schlief der Mann immer noch auf ihrem Lager, und so nahm sie eine Decke und legte sich auf die andere Seite des Tipis. Sie ertrug seine Nähe einfach nicht mehr. Sie lauschte auf das ruhige Atmen der anderen, das ihr zeigte, dass alle längst schliefen. Sie lag noch lange wach und grübelte über ihre Situation nach. Wenn sie das Ungeborene verlor, würde sie sofort die Flucht wagen! Wenn das Baby lebend geboren wurde, dann würde sie warten, bis der Sommer kam. Auf keinen Fall würde sie hier bei den Apsalooke bleiben.

Am Morgen wachte Dachbitche-hisshi mit einem gewaltigen Schädelbrummen auf. Er war orientierungslos und wunderte sich, warum er bei seiner Lakotafrau geschlafen hatte. Nur vage konnte er sich an die letzte Nacht erinnern und daran, was er getan hatte. Er musterte das Mädchen mit einem prüfenden Blick, doch sie schien nicht verletzt zu sein. Nun … es war ja auch sein Recht, sie zu fordern! Er hatte kein schlechtes Gewissen, sondern sorgte sich höchstens ein wenig um das Kind, das sie trug. Er grinste, als sie den Blickkontakt mit ihm vermied. Es hatte Spaß gemacht, sie zu bezwingen, und nachdem sie keine Apsalooke war, brauchte er sie auch nicht zu schonen. Mit einem süffisanten Grinsen verließ er das Tipi, um sich zu waschen und seinen Kopf in der kalten Luft abzukühlen. Dieses Zauberwasser der Weißen hatte gut geschmeckt und ließ ihn Dinge tun, die er sonst nicht wagen würde. Hoh, er würde den Händlern bald wieder einen Besuch abstatten! Vergnügt dachte er darüber nach, welche Tauschwaren er den Weißen anbieten konnte, um wieder so einen Becher Geheimniswasser zu bekommen. Seine beiden Frauen würden viele Pelze gerben! Sie stellten einen großen Nutzen dar, denn zwei Frauen konnten mehr Arbeit bewältigen, als wenn er nur eine hätte. Außerdem wollte er unbedingt so ein Gewehr haben. Mit klarem Kopf kehrte er in sein Tipi zurück und blickte wohlwollend auf die Frauen, die dort ums Feuer saßen und sich Suppe aus einem eisernen Kessel schöpften, den er schon im letzten Winter eingetauscht hatte. „Ich gehe zur Jagd!", verkündete er. Er beugte sich zu Anpao-win hinunter und tätschelte ihren Bauch. „Pass gut auf ihn auf!"

Der Winter verlief anders, als die Apsalooke es bisher gewohnt waren. Sonst war es eine Zeit der Ruhe und der Geschichten, doch nun brachen die Männer immer wieder zur Jagd auf und verschwanden in den Flussläufen, um Biber, Luchse, Füchse und alles Getier zu jagen, das sie aufspüren konnten. Für die Frauen bedeutete es viel Arbeit, denn sie mussten die Felle gerben.

Blackfeet

Winter 1810/1811 am Bighorn

Auch die Weißen hatten sich in den Bergen verteilt, manchmal so weit vom Posten entfernt, dass sie in der Wildnis ein kleines Lager aufgeschlagen hatten. Zwei von ihnen hatten Frauen eingetauscht, die nun mit ihnen lebten. Es waren Shoshone-Frauen, die die Apsalooke erst kürzlich gefangen genommen hatten. Wahrscheinlich waren sie nicht undankbar mit ihrem Schicksal, denn dort hatten sie es vermutlich besser als bei den Apsalooke.

Manchmal erhaschten die Krieger einen Blick auf das Mandan-Mädchen, das bei den Weißen lebte. Sie kümmerte sich gut um das Baby und verließ so gut wie nie den Posten. Ihr weißer Mann hatte ein Pferd eingetauscht und war ebenso wie die anderen Trapper zur Jagd unterwegs. Alles schien friedlich zu sein, doch die Ruhe täuschte. Die Beziehungen zwischen den Briten in Kanada und den Amerikanern hatten sich weiter verschlechtert, sodass sich dies auch auf das Grenzland ausweitete. Die Politik im Osten interessierte die Trapper im Westen kaum, doch so langsam wurde auch ihre Welt von den Spannungen betroffen. Manuel Lisa wusste aus St. Louis nur so viel, dass es immer wieder zu Spannungen kam, weil Großbritannien mit Gewalt amerikanische Seeleute zum Dienst auf ihren Schiffen einzog. Sie behaupteten einfach, dass es sich um britische Seeleute handle, die nach Amerika geflohen sein, um dem Dienst zu entkommen. Präsident Thomas Jefferson hatte daraufhin gegen Großbritannien ein Embargo verhängt, was aber eher dazu geführt hatte, dass es der amerikanischen Wirtschaft schlechter ging.

Manuel Lisa dachte, dass dies alles nur vorgeschobene Gründe waren. In Wahrheit ginge es einfach nur um wirtschaftliche Interessen und die Vormachtstellung auf dem amerikanischen Kontinent. Die Briten konnten sich immer noch nicht damit abfinden, die Kolonien verloren zu haben. Der neue Präsident James Madison wollte nun eine härtere Gangart einschlagen. Überall tuschelte man über Kriegsvorbereitungen. Manuel Lisa setzte also alles daran, hier draußen Verbündete zu gewinnen. Hier war man auf

sich allein gestellt. Die Blackfeet waren mit den Briten verbündet
– wenn überhaupt mit jemand, also brauchten sie befreundete
Stämme auf ihrer Seite. Auch die Tituwan-Suane waren eher auf
Seiten der Hudson's Bay, sodass die Lage am Oberen Missouri
im Falle eines Krieges brisant wurde. Lisa setzte daher auf die
Freundschaft mit den Apsalooke und fühlte sich in ihrer Gesellschaft wohl. Sorge bereitete ihm nur die Rückreise. Auf der Herfahrt waren sie unbehelligt an den Blackfeet vorbeigekommen,
aber würde ihnen das auch auf der Rückfahrt gelingen?

Pierre DuMont hatte diese Sorgen beiseitegeschoben. Er konnte
in Ruhe seine Fallen stellen und war bisher sehr zufrieden mit
seiner Ausbeute. Die Biber waren hier ebenso zahlreich wie am
Yellowstone, nur dass hier keine feindlichen Indianer auf seinen
Skalp scharf waren. Mato-wea erwies sich bereits wenige Tage
nach der Geburt als genauso hilfreich wie immer, sodass die Geburt des Kindes keine Verringerung ihrer Arbeitskraft darstellte.
Ganz im Gegenteil: Sie war zufrieden und ausgeglichen, sang
dem Baby in ihrer Sprache Lieder vor und kümmerte sich ansonsten um ihn. Er hatte einen abgeteilten Raum in einem der Blockhäuser bezogen und sah gerne zu, wenn sie – abgeschirmt hinter
einer Decke – das Baby stillte. Anfangs war es so winzig und zerbrechlich, dass er sich kaum traute, es anzufassen. Aber inzwischen schien es mit jedem Tag zu wachsen. Claire lächelte ihn aus
immer dunkler werdenden Augen an und stieß leise Laute der
Freude aus. Ihr Griff mit winzigen Fingern war fest, wenn er ihr
die Hand hinhielt, obwohl sie noch nicht bewusst greifen konnte.
Er fand sie süß, wenn auch ein wenig befremdlich. Sie würde mal
ein Ebenbild ihrer Mutter sein. Pierre DuMont überlegte, ob er im
Sommer nach St. Louis ging und die beiden seinen Eltern zeigte.
Würde sich seine Mutter über das Baby freuen? Wahrscheinlich
schon. Aber er wusste, dass die anderen Menschen nicht so tole-
rant sein würden. Er dachte an den kleinen Pomp, der dort nun
zur Schule ging – finanziert von William Clark. Ob die anderen
Kinder wussten, dass er ein Indianerjunge war? Ein Halbblut?
Welche Geschichte hatte Clark denen dort aufgetischt? Hatte er
die wahre Herkunft des Jungen verschwiegen? Es machte ihn

traurig, denn noch vor wenigen Jahren hatte es diese Diskriminierung nicht gegeben.

Pierre verließ das Blockhaus und begab sich zum Handelsraum. Er war zur Wache eingeteilt, und so gesellte er sich zu Manuel Lisa, um ihn bei den Tauschgeschäften zu unterstützen. Das war notwendig, denn immer wieder kam es zu kleineren Ausschreitungen, wenn ein Indianer zu viel Alkohol erwischt hatte. Pierre mochte das nicht, denn es machte stolze Menschen zu Abhängigen. Am schlimmsten fand er es, wenn sie ihre Frauen anboten, um an einen Becher Rum zu kommen. Lisa hatte ihn mit Wasser gepantscht, trotzdem zeigte er immer noch eine verheerende Wirkung. Den anderen Männern schien das gleichgültig zu sein, denn sie verschwanden nur allzu gerne in einem ruhigen Winkel, um sich kurz mit einer Squaw zu vergnügen. Pierre sagte nichts, denn dann würden sie nur mit dem Einwand kommen, dass er ja seine eigene Squaw hätte. Ihn wunderte es nur, dass diese Frauen es klaglos über sich ergehen ließen. Seltsame Menschen, diese Indianer. Manchmal belohnte ein Trapper eine Frau auch mit einem kleinen Geschenk, über das sich die Frauen wirklich freuten. Ein Spiegel oder ein Kamm waren sehr begehrte Geschenke. Die Trapper machten darüber unflätige Witze. „Schenk ihnen einen Spiegel, und sie machen die Beine für dich breit." Sie erkannten nicht, dass die Frauen sich schämten und nur zu stolz waren, die Schuld ihrer Männer nicht einzulösen.
Manuel Lisa erzählte den Trappern, dass die Apsalooke ohnehin sehr zügellos seien. „Stellt euch vor: Im Frühjahr gibt es eine Zeremonie, bei der es erlaubt ist, die Frau eines anderen zu rauben. Manche Frauen verstecken sich lieber in den Wäldern, um solch einem Schicksal zu entgehen. Wenn sie erst entführt sind, dürfen sie nämlich nicht mehr zu ihrem Ehemann zurück."
„Echt?" Arnel und Shorty staunten über solche Sitten.
„Ja, zwar gibt es diese Sitte nicht bei allen Societies … aber bei den Lumpwoods und den Foxes ist es Tradition."
Arnel hob die Augenbrauen. „Und was sagen die Frauen dazu?"
Manuel Lisa lachte. „Keine Ahnung. Sie leben dann einfach mit ihrem neuen Mann. Ihre Liebe gilt eh mehr den Kindern und der

Familie. Der Mann ist bei den Indianerinnen nur der Ernährer. Ich weiß gar nicht, ob die überhaupt zur Liebe fähig sind."

Pierre zuckte ein wenig zusammen, denn genau diese Zweifel hatte er auch gegenüber Mato-wea. Sie war anschmiegsam und gehorsam, aber ob sie ihn liebte, wusste er nicht zu sagen. Sie liebte ihr Baby – das war deutlich zu sehen – aber ihn? Indianerinnen küssten nicht, und sie blickten dem Mann auch nicht verliebt in die Augen. Ihm fehlte das. Er wollte dieses Gefühl, in den Augen einer Frau versinken zu können, die ihn bedingungslos liebte. Es gab ihm einen Stich, dass Mato-wea ihn dies nicht geben konnte. Es war eine Partnerschaft auf Zeit.

Mit seiner Rifle im Arm verfolgte er die Verhandlungen, die Lisa gerade mit zwei Männern führte. Sie hatten wirklich schöne Biberpelze dabei, doch Lisa handelte geschickt den Preis herunter. Er gab den beiden jeweils ein Gewehr zu einem überteuerten Preis und verlangte dann das Doppelte für die Munition. Pierre konnte sich kaum noch das Grinsen verkneifen. Sie würden mit einem enormen Gewinn nach Hause fahren!

Mit dem ausklingenden Winter wurde das Wild in der Nähe des Postens spärlicher, sodass die Trapper zum Fallenstellen tiefer in die Berge zogen. Einige Männer blieben beim Handelsposten und bei den Schiffen, um weiter zu tauschen, während die anderen zu Fuß oder auf Pferden weiterzogen, um noch ihre Einnahmen aufzubessern. Auch Pierre zog mit Mato-wea tiefer in die Berge und schlug ein provisorisches Lager an einem Bach auf. Er hatte ein Zelt dabei, um Mato-wea und das Baby vor der Kälte zu schützten. Tagsüber wurde es wärmer, doch nachts herrschte immer noch klirrende Kälte. Pierre legte seine Fallen aus und freute sich über die Ausbeute. Er fand auch wieder Biberburgen, die er aufbrechen konnte, um die Bewohner mit einem Knüppel zu erschlagen. Mato-wea blieb am wärmenden Feuer und gerbte fleißig die Pelze, die er ihr brachte. Die Kleine gedieh prächtig und konnte schon richtig lachen. Er liebte es, sie hochzuheben, leicht zu schütteln und ihr ein Jauchzen zu entlocken. Während Mato-wea seinen Blicken meist schnell auswich, konnte das Baby mühelos seinem Blick standhalten. Dessen Augen waren inzwischen fast braun, behielten aber diesen helleren Schein und nicht das Schwarz seiner Mutter. Auch die Haare kringelten sich in leichten Locken. Es sah zauberhaft aus. Wenn nicht die dunkle Haut gewesen wäre, ginge das Kind fast als Französin durch. Er sang mit viel zu krächzender Stimme „au claire de la lune", was ihr ein Jauchzen der Begeisterung entlockte.

Mato-wea staunte wohl über diese Äußerung der Begeisterung, denn sie erklärte ihm, dass es für ein Baby sehr ungewöhnlich war. „Unsere Babys jauchzen immer so!", erklärte er ihr voller Stolz. „Sie ist ja auch mein Kind!"

„Wir lehren unsere Kinder, leise zu sein, damit Feinde sie nicht hören können!"

Das machte natürlich Sinn! Er nickte verstehend. „Na ja, aber ein bisschen lachen darf sie doch, oder?"

„Mais oui!", sagte sie auf Französisch und brachte ihn endgültig zum Lachen.

Er schwenkte seine Frau übermütig im Kreis und sagte liebevoll: „Ma petite indienne!"

Am Morgen verschwand er wieder in aller Frühe, nicht ohne sie darauf hinzuweisen, ihm ein leckeres Essen zu kochen. „Nimm zur Abwechslung etwas von dem Hirschfleisch!"

Sie nickte gehorsam und machte sich ebenfalls an ihre Arbeit. Sorgfältig bürstete sie einige Biberpelze aus, die sie dann Fellseite an Fellseite aufeinanderstapelte. Zwischendurch stillte sie ihre Tochter, die dann wieder in der warmen Babytrage weiterschlief.

Als die Pekuni vor ihr standen, war es für eine Flucht viel zu spät. Das Knistern des Feuers und das Schaben ihres Werkzeugs hatte sie für die Umwelt taub werden lassen. Außerdem rechnete sie hier nicht mit einer Gefahr. Eine Keule traf sie an der Schläfe, nicht so hart, dass sie davon getötet wurde, aber heftig genug, um sie fast zu betäuben. Ihre Sinne schwanden, und sie kippte zur Seite, unfähig sich zu bewegen oder zu schreien. Sie lag auf dem Stück Fell, an dem sie gearbeitet hatte und die Angst schnürte ihr die Kehle zu. Suchend sahen die Männer sich um, durchwühlten das Lager und fanden auch das Baby in der Wiege. Es schlief, also ließen sie es zunächst in Ruhe. Voller Genugtuung fanden sie all die Bündel mit den Biberpelzen und auch die Lebensmittel, die Mato-wea getrocknet hatte.

Einer der Krieger beugte sich fordernd über sie. „Wo dein Mann?", zeigte er in Zeichensprache. Als sie nicht gleich antwortete, schlug er ihr brutal ins Gesicht.

In Mato-weas Kopf rauschte es, doch die Angst um ihr Baby ließ sie wach bleiben. „Jagen!", gab sie vor Angst zitternd zur Antwort.

„Weißer Mann?", fragte der Krieger.

Sie nicke nur und erntete ein spöttisches Grinsen.

„Schlechter Mann!", sagte der Krieger triumphierend. Er sagte etwas in seiner kehligen Sprache zu den anderen, die nun ebenfalls lachten. Mato-wea wagte nicht zu atmen, als sie ahnte, dass es nun um sie ging. Würden diese Männer sie verschonen – und sich mit einer Frau und einem Baby belasten? „Bitte!" flehte sie. „Habt Mitleid!"

Der Krieger grinste immer noch, als er sich über sie beugte. „Sei still!", bedeutete er ihr. Der Mann fühlte sich überlegen und genoss die Macht, die er über sie hatte. Sollte er sie mitnehmen? Die Frage stand offen in seinem Gesicht.

Mato-wea wagte es kaum zu atmen, als sie bewegungslos da lag. Pär hatte sie in diese Gefahr gebracht und nun lag es an ihr, diese Situation zu überleben. Nur wenn dieser Krieger Gefallen an ihr fand, hätten sie und ihr Baby eine Chance zu überleben. Sie bemühte sich, ihre Angst nicht zu deutlich zu zeigen, und betete still darum, dass das KInd still blieb. Nicht weinen, dachte sie immer wieder. Nicht schreien. Die anderen Krieger näherten und beobachteten die Situation. Sie machte Bemerkungen, die sie nicht verstand. Der Krieger stand immer noch über ihr und schien zu überlegen, was er tun sollte. Er fasste ihr an die Stirn und überlegte wohl, ob die Verletzung sie behindern würde. Ihre Lippen zitterten, als sie ihm bedeutete, dass sie gehen konnte. Es schien ihm gefallen zu haben, denn er ließ mit mit einem zufriedenen Grunzen von ihr ab. Prüfend sah er sich um. „Lasst uns diesen weißen Mann suchen und seinen Skalp nehmen! Die anderen sind bestimmt schon bei dem Fort und holen sich dort viel Beute."

Mato-wea war immer noch wie gelähmt, als sie darauf wartete, was der Mann entscheiden würde. Im Zelt hatte die Kleine angefangen, leise zu quäken, und es war nur eine Frage der Zeit, bis diese Männer auf sie aufmerksam wurden. „Nicht weinen!" flehte sie im Stillen. Der Krieger hatte sich erhoben und hörte das leise Krähen. Fragend wandte er sich ihr zu. „Junge oder Mädchen?"

„Mädchen!", antwortete sie zitternd vor Angst und Sorge. „Bitte! Ich schreie nicht!", versicherte sie.

„Von welchem Volk?", wollte er wissen.

„Mandan!", antwortete sie ehrlich.

„Gut! Mandan haben hübsche Mädchen!" Er lächelte, als er sie für sich forderte. „Ich nehme sie mit!", sagte er zu den anderen. Niemand widersprach, und so machte er eine herrische Geste, damit sie aufstand. „Nimm dein Baby!"

Mato-wea kam hatte weiche Knie, als sie aufstand und zu ihrem Kind lief. Ihre Tochter hatte Hunger, und so hob sie ihren Umhang ein wenig an, um sie trinken zu lassen. Sie sank auf ihre Knie, während die Männer hastig ihre Beute zusammenschnürten. Inzwischen waren an die sieben Blackfeet auf der kleinen Lichtung, die sie unverschämt anstarrten und manchmal näher traten, um sie mit einem Stock zu berühren.

Der Mann, der sie für sich gefordert hatte, ließ es zu. Hier gab es noch keinen Schutz. Erst würde er sehen, ob die Gefangene es auch Wert war, dass man sie mitschleppte. Das Baby war noch klein, und er wusste nicht, ob es am Leben blieb. Der Rückweg war lang und beschwerlich. Er erlaubte der Gefangenen, das Kind zu stillen, dann trieb er sie hoch, um sie mitzuzerren. Er verlangte, dass sie noch ein schweres Bündel trug, dann waren die Blackfeet wieder verschwunden. Irgendwo weiter am Fluss standen ihre Pferde, und sie wollten mit ihrer Beute zu den anderen stoßen, die bereits in Richtung des kleinen Forts unterwegs waren.

Er warf einen letzten Blick zurück, doch nichts rührte sich in der Nähe des kleinen Lagers, wo sie die Familie überrascht hatten. Er freute sich über seinen Coup, denn das Mädchen war jung und fruchtbar. Sie wäre eine gute Arbeitskraft.

Pierre sah, wie die Blackfeet mit seiner Frau abrückten, und unterdrückte einen lauten Fluch. „Merde!" So ein Mist! Es waren zu viele, um einzuschreiten, und so lag er unter einer Fichte und musste tatenlos mitansehen, wie diese dreckigen Blackfeet seine Beute raubten und seine Frau und sein Kind entführten. Für einen kurzen Augenblick hatte er befürchtet, dass sie Mato-wea töten würden, doch anscheinend hatte ein Mann Gefallen an ihr gefunden. Sie war jung und hübsch. Im Moment war er nur froh, dass die beiden noch lebten. Aber wie sollte er sie wieder befreien? Selbst wenn er zwei oder drei aus dem Hinterhalt tötete, wären immer noch sieben übrig. Er war nicht lebensmüde, und so entschied er voller Wut, nichts zu unternehmen. Erst musste er die anderen warnen, und dann konnten sie vielleicht einen Suchtrupp zusammenstellen.

„Merde!" Wie hatte er nur so unvorsichtig sein können? Wie hatte er den Aussagen der Apsalooke trauen können, dass sie hier in Sicherheit waren? Sie waren nirgendwo in diesem Scheißland in Sicherheit! Er konnte froh sein, dass er nicht im Lager gewesen war, denn dann würde jetzt sein Skalp am Gürtel eines dieser Inyuns hängen. Er hatte gesehen, was sie mit Mato-wea gemacht hatten, und es war ihm schwergefallen, in Deckung zu bleiben. Gut, dass sie sich nicht gewehrt hatte, sonst wäre sie jetzt schon tot.

Er wartete mindestens ein Stunde, ehe er sich unter der Fichte hervorwagte und im schnellen Lauf in Richtung des Forts verschwand. Ihm war klar, dass die Blackfeet vermutlich das gleiche Ziel hatten, doch er wollte seine Freunde wenigstens unterstützen. Vielleicht traf er auch auf andere Trapper, die er vor der Gefahr warnen konnte. Er schlug einen Bogen und fand Shorty, der nicht weit von ihm sein kleines Jagdlager aufgeschlagen hatte. „Blackfeet!", rief er eine Warnung. „Sie haben Mato-wea erwischt!"

„Scheiße!", erklang es zurück. Der Trapper packte sofort seine Waffen, ließ alles liegen und stehen und begab sich an der Seite von Pierre ebenfalls in Richtung des Postens.

„Und das Baby?", erkundigte er sich sorgenvoll.

„Haben sie auch mitgenommen!" Pierre stieß ein Schnauben aus. Er musste nicht erzählen, dass auch seine Felle weg waren.

Am frühen Abend erreichten sie das Fort, das bereits schwer unter Beschuss lag. Wilde Gestalten schlichen um die Barrikade herum und versuchten das Innere zu erreichen. Am Ufer brannte eines der Kielboote lichterloh. Das andere wurde von Männern verteidigt, die in letzter Sekunde an Bord gegangen waren, um genau das zu verhindern. Pierre überblickte die Situation und erkannte, dass sie hier nicht helfen konnten. Er tippte Shorty an die Schulter und bedeutete ihm, sich zurückzuziehen. „Wir holen die Apsalooke zu Hilfe! Allein werden wir mit denen nicht fertig."

„Gute Idee!" Shorty war sofort einverstanden. Auch er hatte keine Lust, hier Kopf und Kragen zu riskieren. Wenn man sie hier entdeckte, waren sie Wolfsfutter.

„Wir bräuchten Pferde!" Pierre sah sich suchend um. „Irgendwo haben die Blackfeet doch bestimmt ihre Pferde versteckt. Damit kämen wir schneller voran."

„Non, non!", wehrte Shorty energisch ab. „Die werden sicherlich bewacht. Wir machen uns zu Fuß auf den Weg. Nachts werden die Inyuns ihren Angriff abbrechen. Das verschafft uns Zeit."

„Alors!"

Pierre zog sich vorsichtig zurück und lief dann am Schatten des Waldes entlang. Er rechnete jeden Augenblick damit, von einem Pfeil getroffen zu werden. Je weiter sie kamen, desto ausladender wurden seine Schritte. Das unangenehme Kribbeln an seinem Rücken verging, und er lief nun in einem ausdauernden Trab. Es lag nicht mehr viel Schnee, sodass sie gut vorankamen. All die Zeit dachte Pierre an seine Frau, die wie erstarrt unter diesem Krieger gelegen hatte, und sich nicht zu wehren gewagt hatte. Er verfluchte seine Sorglosigkeit, durch die sie in solche Gefahr gebracht worden war. Claire, dachte er traurig. Hoffentlich ließ der Blackfoot die Kleine am Leben. Er dachte an ihr fröhliches Lachen, und es brach ihm das Herz. So schnell konnte alles vorbei sein! Es wurde Zeit, nach St. Louis zurückzukehren!

Mitten in der Nacht erreichten Pierre und Shorty das Dorf der Apsalooke. Diese waren völlig überrascht, von dem Überfall zu hören. „Wie viele Pekuni habt ihr gesehen?", fragte Rote-Flaumfeder nach der Stärke des Feindes.

„Vielleicht vierzig bis fünfzig Mann", schätzte Pierre. Seine Hände zeigten die Anzahl in flinker Zeichensprache, die er inzwischen gut beherrschte.

Rote-Flaumfeder runzelte die Stirn. Das waren nicht so viele! Hier waren die Jagdgründe der Apsalooke, und er hatte nicht vor, die Pekuni hier ungestraft ziehen zu lassen. Sie gefährdeten den Handel mit den Weißen. „Ruht euch aus", sagte er freundlich. „Wir brechen auf und helfen euren Freunden!"

„Das ist gut!", freute sich Pierre dankbar. Dann fiel ihm Matowea ein. „Sie haben meine Frau entführt", zeigte er an.

„Das Mandan-Mädchen?", erkundigte sich Rote-Flaumfeder.

„Ja! Sie und das Baby!"

„Nicht gut!", signalisierte der Häuptling. „Pekuni weit von ihren Jagdgründen. Nicht gut für ein Baby."

„Sucht ihr nach den beiden?" Seine Augen richteten sich hoffnungsvoll auf den Häuptling.

Der nickte nur. Sein Blick war verschlossen, denn er wusste längst, dass ein Wiederfinden fast unmöglich war. Der Krieger, der die beiden geraubt hatte, wäre längst außer Reichweite und in Richtung seines Dorfes unterwegs. Wahrscheinlich würde er sich am Angriff auf den Handelsposten nicht beteiligen, sondern lieber seine Beute in Sicherheit bringen.

Pierre und Shorty baten um zwei Pferde, um die Apsalooke zum Fort zu begleiten. Sie wollten ihre Freunde unterstützen und nicht tatenlos hier im Dorf herumsitzen.

Bei der ersten Morgendämmerung erreichten sie mit hundert Kriegern das Fort, das im Moment ruhig in der ersten Morgensonne lag. Am Fluss schwelte noch das eine Kielboot, das andere lag unversehrt am Ufer. Blanke Gewehrläufe waren hinter einigen Kisten zu sehen. Pierre erkannte hinter den Barrikaden ebenfalls Gewehrläufe, die zwischen den Schlitzen der Baumstämme hervorlugten. Eines der Blockhäuser hatte Feuer gefangen, das aber gelöscht worden war. Ein Teil des Daches war schwarz, sonst schien kein Schaden entstanden zu sein. Erleichtert sah er, wie die Streitmacht der Apsalooke sofort zum Angriff überging. Wie ein Sturm fegten sie durch das Tal und stießen dabei laute Schreie aus. Die überraschten Blackfeet stellten sich nun dem Kampf gegen die neuen Feinde. Von den Barrikaden war Mündungsfeuer zu sehen, als die Trapper dort ebenfalls auf die Blackfeet schossen. Diese sahen sich nun in die Zange genommen und suchten ihr Heil in der Flucht. Sie rannten flussabwärts, wo sie ihre Pferde versteckt hatten, und hielten nur manchmal im Laufen inne, um auf die angreifenden Apsalooke zu schießen. Einige wurden einfach umgeritten und mit Beilen erschlagen. Andere stellten sich dem unvermeidlichen Kampf, und so entbrannte teilweise ein Gefecht Mann gegen Mann. Die ersten Blackfeet hatten inzwischen die Pferde erreicht und stellten sich nun wieder dem Kampf. Tomahawks krachten gegeneinander, Pfeile sausten durch die Luft, Pulverdampf lag über dem Schlachtfeld, sodass schnell die Übersicht verloren ging, wer hier gegen wen kämpfte. Pierre und Shorty zogen sich hinter die Barrikaden zurück und wurden von den anderen begeistert willkommen geheißen.

„Habt ihr die Apsalooke geholt?", fragte Manuel Lisa erleichtert.

„Ja, es hätte keinen Sinn gehabt, einzugreifen, also dachten wir, dass es besser sei, Verstärkung zu holen."

„Wuah ... gute Idee! Ihr habt uns echt den Hals gerettet. Um uns wäre es fast geschehen gewesen. Wo ist denn dein Mädel?"

Pierre schluckte schwer. „Die Blackfeet haben sie erwischt."

„Oh nein ... ist sie ...?" Lisa ließ die Frage unausgesprochen.

„Nein ... ein Krieger hat sie mitgenommen."

Lisa versuchte ihn zu trösten. „Die Apsalooke werden sie sicherlich finden! Mach dir keine Sorgen. Die haben jetzt Blut geleckt und lassen bestimmt keinen von diesen Halunken mehr nach Hause kommen."

„Hoffentlich!"

Die Männer stellten sich an die Palisade und blickten auf das Gemetzel, das sich vor ihren Augen abspielte. Die Apsalooke töteten jeden Feind, dessen sie habhaft werden konnten. Das Blut floss in Strömen, und die Männer erkannten, dass auch die Apsalooke unbarmherzige Feinde sein konnten. Hier wurden keine Gefangenen gemacht.

Die Weißen kümmerten sich erst einmal um ihre eigenen Verletzten: Fünf Männer hatten Pfeilwunden, die behandelt werden mussten. Am Schiff war einer der Männer durch einen Schuss verwundet worden. Der Verlust des einen Kielbootes stellte einen beträchtlichen Schaden dar, doch es war noch nicht beladen gewesen, sodass zumindest die Ausbeute des Winters noch vorhanden war. Ein Schiff zu ersetzen, war jedoch auch keine Kleinigkeit, sodass der Gewinn sich gewaltig verringern würde. Lisa raufte sich die Haare vor Wut. „So ein Mist!" Es wurde Zeit, dass sie hier die Segel strichen und wieder in sichere Gewässer zurückkehrten.

Kriegszug
Frühjahr 1811 im Dorf der Hunkpapa

Nach dem zurückgeschlagenen Angriff der Ree kehrte im Dorf der Hunkpapa wieder Ruhe ein, obwohl in den Tipis noch viel über den Angriff geredet wurde. Die Wakincun wollten vorsorglich das Dorf weiter westlich verlegen, denn sie fürchteten weitere Racheaktionen. Einigen Feinden war die Flucht gelungen, und es wäre nur eine Frage der Zeit gewesen, wann es hier von Ree wimmeln würde. Ein zweites Mal würden sie sich nicht überraschen lassen. Die Ältesten warteten auf besseres Wetter, das in diesem Land der Extreme manchmal von heute auf morgen einsetzen konnte. Sie hatten vor, wieder die Sicherheit der Slim Buttes aufzusuchen und von dort weiter nach Süden zu ziehen, um sich mit den anderen Gruppen der Tituwan für den Sonnentanz zusammenzuschließen.

Wambli-luta war das nur recht, denn er hatte vor, von dort aus gegen die Apsalooke zu ziehen. Er wollte sie erwischen, ehe sie ihre Dörfer für die Sommerjagd verlegten. Ein warmer Wind verkündete bereits den einsetzenden Frühling, und innerhalb weniger Tage schmolz der Schnee und tagsüber wurde es warm.

Die Hunkpapa warteten, bis der Boden etwas getrocknet war, und brachen schließlich auf. Der Weg führte vorbei an rollenden Hügeln, zerklüftetem und erodierendem Land, und zweimal mussten sie Flüsse überqueren, die aber noch kein Hochwasser führten. Sie passierten immer wieder kleine Baumgruppen, deren hellgrüne Blätter das Erwachen der Natur zeigten. Auch die Prärie erblühte, als frisches Gras zwischen den gelben Halmen hindurchdrängte und Krokusse und andere Wildblumen ihre Blüten öffneten. Es duftete nach jungem Gras und würzigem Salbei. Manchmal sahen sie auch Präriehunde, die aus ihren Erdlöchern lugten und die vorbeireisenden Menschen beobachteten. Kamen diese näher, verschwanden sie blitzschnell in ihren Höhlensystemen. Die Späher waren hier vorsichtig, denn sie wollten vermeiden, dass die Pferde sich die Beine brachen. Das Tal der Slim Buttes lag unberührt vor ihnen, und sie suchten Schutz zwischen den Felsen, die das Tal umgaben. Im Tal roch es nach den Pinien und Fichten, die nach dem Winter hellgrüne Spitzen austrieben. Ein Adlerpärchen stieg auf, das in den Felsen seinen Horst hatte. In der Nähe gab es Weißwedelhirsche, sodass einige Männer sofort zur Jagd aufbrachen. Das frische Fleisch war eine willkommene Abwechslung nach dem langen Winter. Die Stimmung der Menschen stieg, als die Kinder gefahrlos in den Wäldern spielen konnten und die Frauen die Kochfeuer vor die Tipis verlegten. Nachts blies immer noch ein kalter Wind, aber die Menschen kannten es nicht anders. Für sie begann nun die schönste Jahreszeit.

Wambli-luta bereitete sich mit seinen Freunden auf den Kriegszug gegen die Apsalooke vor. Er schätzte, dass sie zu Pferde acht Tage bis zu deren Dörfern brauchen würden. Er wollte nördlich der He-Sapa bleiben, den Yellowstone entlang reiten und dann den Weg in die Bighorn-Berge finden. Er vermutete, dass sie am Bighorn-Fluss fündig werden würden. Er wusste nicht, ob seine Schwester dort war, aber es wäre die Suche wert. Sie wollten die Apsalooke das Fürchten lehren und ihnen zeigen, was es hieß, ein Lakota-Mädchen zu rauben. Wambli-luta wollte Rache! Falls er diesen Dachbitche-hisshi in diesem Sommer nicht fand, dann würde er es eben später erneut versuchen. Zeit spielte für ihn keine Rolle.

Er hatte Thimahel-okile gefragt, ob er sie begleiten würde, denn dieser war schon öfter im Westen gewesen und kannte den Bighorn, aber auch den Powder- und Tongue-Fluss. Sein Wissen wäre eine gute Grundlage für den Erfolg des Kriegszuges. Thimahel-okile zögerte kurz, denn er hatte eine kleine Babytochter, die er ungern alleine ließ. Doch dann dachte er an Anpao-win und wie sehr er selbst leiden würde, wenn jemand sein eigenes Kind stahl, und so sagte er schließlich zu. Er kam langsam in das Alter, wo ein Mann lieber zuhause blieb und sich um die Jagd und seine Familie kümmerte.

Mit Thimahel-okile, Krummes-Bein, Ishta-hota und gut zwanzig anderen Männern machte Wambli-luta sich nach ein paar Tagen auf den Weg. Sie hatten Proviant für viele Tage und Ersatzpferde dabei. Ein Junge aus der Tokala-Gesellschaft folgte ihnen ebenfalls. Er hieß Weiße-Krähe – ein seltsamer Name, denn es gab keine weißen Krähen. Aber der Junge hatte einst gesehen, wie einer dieser schwarzen Vögel in weißem Schlamm gebadet hatte und dabei ganz weiß verklebt herumgehüpft war. Es hatte zu drollig ausgesehen, und so hatte man ihm diesen Namen gegeben. Es war sein erster Kriegszug und entsprechend nervös schien er zu sein. Wambli-luta betreute ihn mit den Packpferden und wies ihn an, immer dafür zu sorgen, dass für die Männer genug Wasser in den Bisonblasen war.

Gemächlich ritten sie nach Westen, wobei immer einer als Späher vorausritt und die Gegend vor ihnen beobachtete. Das Land war bis auf ein paar Gabelbockantilopen und Kojoten, die schnell verschwanden, wenn sie kamen, wie leergefegt. Ohne Frauen und Kinder konnten sie an einem Tag weite Strecken zurücklegen, und so ließen sie schon bald die He-Sapa im Süden hinter sich. Sie machten sich die Mühe, abends kleine geschützte Nachtlager zu errichten, die sie auch auf dem Rückweg nutzen wollten. Sie bestanden aus einem Windschutz, der auch als Sichtschutz diente, damit ein zufällig vorbei Reisender das Feuer nicht sah. Er war aus Zweigen errichtet und so zwischen den Bäumen versteckt, dass selbst der Eingang so versetzt war, dass man kein Feuer sehen konnte. Meist fanden sie eine Schlucht für ihr Nachtlager, sodass die Gefahr gering war, überrascht zu werden.

Wambli-luta war trotzdem vorsichtig und stellte immer eine Nachtwache auf. Auch um die Pferde vor Angriffen durch Raubtiere zu schützen. Bären und Pumas waren nach dem langen Winter sicher hungrig. Die anderen Männer saßen gern zusammen und genossen die Gemeinsamkeit. Sie erzählten von ihren Familien, machten Scherze und tauschten neueste Nachrichten aus. Thimahel-okile schwärmte von seiner kleinen Babytochter oder erzählte von seinem Sohn Springender-Büffelstier, der bald in das Alter kam, wo er zum ersten Mal einen Kriegszug begleiten sollte. Er hatte davon abgesehen, ihn schon dieses Mal mitzunehmen, denn er wollte ihn als Vater nicht in seinem Mut behindern. „Väter sind keine guten Lehrer, wenn es um Tapferkeit geht", meinte er mit einem Schmunzeln.

Wambli-luta nickte verständnisvoll. „Wenn du es wünschst, dann nehme ich ihn bald mit. An meiner Seite wird er viel lernen."

Thimahel-okile war dankbar und freute sich über dieses Angebot. „Deine Medizin ist gut! Es wäre mir eine Ehre, meinen Sohn mit dir zu schicken."

„Washté!" Es war ein Versprechen.

Ishta-hota machte sich mehr Gedanken um seine Braut. Er wusste, dass Gefangene manchmal misshandelt wurden, und fürchtete um Anpao-win. „Ich hoffe, dass wir sie unversehrt wiederfinden!", meinte er leise.

„Ich hoffe, dass wir sie überhaupt finden. Dann können wir mit der Heilung beginnen." Wambli-luta machte eine fahrige Geste. „Gleichgültig, was passiert ist. Wir werden für sie beten, und unsere Familien werden ihr helfen, alles Schreckliche zu vergessen. Ich möchte sie finden, und ich will den Mann töten, der ihr das angetan hat."

Ishta-hota seufzte tief. „Das sind gute Worte! Sie wärmen mein Herz und im Kampf werde ich mich daran erinnern."

Nach Tagen erreichten sie den Yellowstone und wurden vorsichtiger. Sie rechneten damit, auf Apsalooke oder Pekuni zu stoßen. Mit den Blackfeet verband sie eine erbitterte Feindschaft, sodass es besser war, ihnen aus dem Weg zu gehen. Sie wollten nicht den Konflikt mit ihnen, denn der Kriegszug galt den Apsalooke. Trotzdem würden sie den Kampf mit ihnen nicht scheuen. Die Krieger bereiteten sich jeden Morgen auf eine feindliche Begegnung vor. Sie schminkten sich mit ihren Farben, beteten über ihren Medizinbündeln und trugen ihre Talismane. Wambli-luta hatte die Federn im Haar, die nach unten hingen, und sein Gesicht war mit einem gelben Blitz gezeichnet. Die untere Seite hatte er ebenfalls mit gelber Farbe bemalt, ebenso seinen Körper. Meist war es tagsüber heiß, sodass sie mit nacktem Oberkörper ritten. Wambli-luta trug die Kette aus Grizzlykrallen und in einem Beutel den Stein um den Hals. So waren sie jederzeit bereit, sich dem Kampf zu stellen und zu den Ahnen zu gehen.

Ohne irgendwelche Schwierigkeiten erreichten sie schließlich den Zusammenfluss vom Bighorn und Yellowstone. Staunend standen sie vor den verkohlten Überresten eines Forts der weißen Händler. Die Spuren waren alt, und so gingen sie davon aus, dass der Posten vor mehr als einem Winter verlassen worden war. „Hoh ... ob hier alle getötet wurden?", fragte Ishta-hota.

Neugierig und vorsichtig schritten sie durch die Ruinen und inspizierten die seltsame Konstruktion der Hütten, die nur noch als verkohlte Überreste ohne Dach standen. In den Ruinen fanden sie keine Toten, sodass Wambli-luta nichtssagend die Schultern hob. „Jedenfalls sind sie weg. Lasst uns weiterreiten."

Sie wollten gerade aufsitzen, als der Späher ein warnendes Zeichen gab. „Feinde!", signalisierte er.

Sofort zerrten die Krieger ihre Ponys in die Deckung der zahlreichen Bäume, überließen sie Weiße-Krähe und schlichen dann wieder näher, um zu sehen, wer sich ihnen näherte. Wambli-luta legte bereits einen Pfeil auf, duckte sich hinter einige Palisaden, die noch halbschief stehengeblieben waren. Er erkannte die Feinde sofort: Pekuni! Sie rechneten offensichtlich nicht damit, dass in dem niedergebrannten Fort jemand auf sie lauerte.

Wambli-luta überlegte fieberhaft, was sie nun tun sollten. Er zählte acht Pekuni und eine Frau, die alle einen eher abgekämpften Eindruck vermittelten, als würden sie vor etwas fliehen. Einer trug einem Arm in der Schlinge und schien schwerer verletzt zu sein. Auch die Frau sah aus, als könnte sie sich kaum noch auf dem Rücken des Ponys halten. Wambli-luta interessierte das wenig. Für ihn waren die Pekuni Todfeinde, die es zu vernichten galt. Hier so sorglos herumzureiten war im höchsten Maße gefährlich, und er verschwendete keinen Gedanken an die Frau, die so schlecht beschützt wurde. Warum nahmen diese Pekuni eine Frau auf einen Kriegszug mit? Das ergab keinen Sinn. Nachdem sie zahlenmäßig überlegen waren, machte er sich zunächst keine Sorgen. Vielleicht ritten sie einfach vorbei? Im Grunde wollte er nicht gegen diese Pekuni kämpfen, sondern gegen die Apsalooke ziehen. Diese Feinde sah er eher als Ablenkung. Ein Kampf lenkte von dem ab, was er wirklich wollte: seine Schwester finden! Vorsichtig gab er Zeichen, dass alle in Deckung bleiben sollten. Wir kämpfen nicht, signalisierte er. Thimahel-okile und Krummes-Bein schienen davon nicht so begeistert zu sein. Sie sahen eine gute Möglichkeit, ihre Feinde zu schlagen. Nur Ishta-hota nickte zustimmend. Auch er wollte keine Zeit mit einem Kampf verschwenden, sondern lieber die Dörfer der Apsalooke ausfindig machen. Er duckte sich tiefer und wartete ab, was Wambli-luta entscheiden würde.

Wambli-luta wand sich wie ein Fuchs in der Falle. Er wollte seine Tapferkeit beweisen, aber nicht unbedingt hier … Diese Begegnung war unvorhergesehen, und vielleicht hatten sie den Schutz der Geister nicht? Andererseits hatten sie Kriegsfarbe angelegt und um Schutz gebetet. Erprobten die Geister hier vielleicht ihren Mut? Dann wurden seine Lippen schmal, als er sah, dass die Pekuni genau auf das verlassene Fort zuhielten. Vielleicht hatten sie vor, hier Schutz zu suchen? Wollten sie sich hier gegen mögliche Feinde verteidigen? Es war jedenfalls eine schlechte Wahl! Wambli-luta traf seine Entscheidung. Noch hatten sie den Vorteil der Überraschung. Wenn die Pekuni die Hunkpapa erst entdeckt hätten, würde es zu einem erbitterten Kampf kommen. Der Kriegszug wäre nicht erfolgreich, wenn sie zu viele Verluste erlitten, also musste er den Feinden zuvorkommen. Er gab den anderen ein Zeichen, dass er sich die Skalpe dieser Feinde holen würde!

Mit erhobenem Zeigefinger zeigte er an, dass er den ersten Krieger töten würde. Sofort machten sich seine Krieger kampfbereit und legten Pfeile auf. Geduckt rannten sie im Schatten der Bäume und Palisaden entlang, um ein besseres Schussfeld zu haben. Wambli-luta schwitzte, denn er rechnete jeden Augenblick damit, dass die Pekuni den Hinterhalt bemerken würden. Dort drüben richtete sich der Anführer bereits im Sattel auf und deutete auf die Palisaden, als wollte er seinen Männern mitteilen, dass er dort lagern wollte. Die anderen hoben die Köpfe und richteten nun ihre Aufmerksamkeit ebenfalls auf das verlassene Fort. Thimahel-okile grinste und deutete an, dass der zweite Mann ihm gehören würde. Krummes-Bein nickte nur und schlich im Schutz der wackeligen Barrikade weiter nach hinten, um den letzten Mann an der Flucht zu hindern. Um die Frau konnten sie sich später kümmern. Sie zählte nicht als ernstzunehmender Gegner. Als die Pekuni eine flimmernde Bewegung hinter der Barrikade sahen, war es schon zu spät. Der erste Krieger griff sich an den Hals, als ein Pfeil ihn durchschlug. Fast gleichzeitig fiel der zweite Mann vom Pferd. Geistesgegenwärtig ließ sich die Frau vom Pferd gleiten, griff nach der Babytrage und versuchte ihr Heil in der Flucht. Der Kriegsschrei der Tituwan hallte durch das Tal, als auch die anderen Männer zum Angriff übergingen. Pfeile flogen, ein Gewehrschuss dröhnte, als die Krieger gegen die Pekuni kämpften.

Mit langen Sätzen versuchte die Frau in den Wald zu flüchten, doch Wambli-luta setzte ihr in Windeseile nach. Er hatte gesehen, dass der kurze Kampf längst vorbei war und so blieb ihm Zeit, die Frau zu verfolgen. Er wollte sie nicht töten und rannte ihr einfach hinterher. Es war mehr ein Reflex gewesen, der ihn handeln ließ, obwohl die Gefahr längt vorbei war. Nach mehreren Sprüngen hatte er sie eingeholt, unsicher, wie er sie nun aufhalten sollte. Er packte sie grob am Genick und brachte sie so aus dem Gleichgewicht. Schreiend ließ die Frau die Babytrage fallen. Sie war hysterisch vor Angst, drehte sich um und schlug mit bloßen Fäusten auf ihn ein. Das Baby landete im Gras und schrie abgehackt und kläglich. Wambli-luta war verblüfft über diesen Widerstand. Kurz ließ er sie los, aber sie schlug so auf ihn ein, dass er ihre Handgelenke packte und sie in die Knie zwang. „Ayushtan-yo!", rief er ungeduldig. Hör auf! Diese kleine Wildkatze! Was bildete sie sich ein, gegen ihn kämpfen zu wollen? Er merkte, wie der Ärger in ihm hochstieg.
Dann stockte er völlig überrascht, als er sie an ihren Augen und den feinen Gesichtszügen erkannte: das Miwatani-Mädchen! Kein Zweifel! Sie hatte immer noch dieses feine Mädchengesicht, obwohl sie inzwischen zu einer jungen Frau gereift war. Das Mädchen, das es gewagt hatte, auf ihn loszugehen und ihn vom Pferd zu reißen. Das Mädchen aus seinen Träumen! Das Mädchen, das ihm den Blitz geschickt hatte.

Er entdeckte getrocknetes Blut an ihrer Schläfe und er fühlte über ihre Handgelenke, die er gepackt hatte, ihr unkontrolliertes Zittern. Sie schlotterte vor Angst! Sie versuchte, nach ihm zu beißen und er bewunderte ihren Mut. Nur langsam stiegen Fragen in seinen Kopf. Was machte sie bei jenen Pekuni? Wie kam sie hierher – so weit von ihren Leuten entfernt? Sie wand sich in seinem Griff, und er merkte, dass er sie ohne große Anstrengung kontrollieren konnte. „Ayushtan-yo!", befahl er mit ruhiger Stimme. Er lockerte den Griff etwas, um ihr zu zeigen, dass er ihr nichts tun würde. Sie dankte es ihm schlecht, denn sie riss sich los und wollte erneut aufspringen. Sie weinte vor Entsetzen und Sorge um ihr Kind. Längst war der Kampf vorbei, und die anderen Hunkpapa näherten sich, um den ungleichen Kampf zu beobachten. Einer trat zu dem weinenden Baby, doch Wambli-luta hielt ihn zurück. „Lass es!", befahl er eindeutig. Er wollte die Frau nicht noch mehr ängstigen.
Wieder drückte er das Miwatani-Mädchen zu Boden, das sich verzweifelt gegen ihn wehrte. Aus ihrem Mund stieg ein hysterischer Schrei, der ihm durch Mark und Bein ging. „Schsch! Schsch!", versuchte er sie zu beruhigen.
„Schsch!", wiederholte er geduldig, ohne ihre Fäuste loszulassen. „Ich tue dir nichts!" Er wartete, bis sie schließlich ruhig dalag und ihn mit ängstlichen, aber auch hoffnungslosen Augen ansah. „Schsch!", wiederholte er. Dann nickte er in Richtung des Kindes. „Geh, und kümmere dich um dein Baby."
Er wusste nicht, ob sie seine Worte verstanden hatte, und so bemühte er sich um einen beruhigenden Tonfall. „Geh zu deinem Baby!"
Mit vorgeschobenen Lippen deutete er in Richtung des Kindes. „Ich tue dir nichts!"
Zögernd ließ er sie los und sah zu, wie sie tatsächlich zu ihrem Baby krabbelte und es hochhob. Fast sofort hörte das Schreien auf, und das Kind ließ sich von der Mutter beruhigen. Es hatte einen Schluckauf und drückte das Gesicht an die Wange der Mutter. Bewegungslos vor Furcht stand das Mädchen da und starrte auf die Krieger, die leise berieten, was sie zu tun gedachten. Wahrscheinlich glaubte sie, dass auch sie nun sterben würde.

Tränen liefen über ihr hübsches Gesicht, als sie das Baby schützend an sich drückte. Wenige Schritte von ihr entfernt lagen die toten Pekuni im Gras. Einigen fehlte bereits der Skalp, und sie boten einen schrecklichen Anblick. Auch die Tituwan in ihrer grellen Kriegsbemalung sahen furchteinflößend aus.

Wambli-luta war weit davon entfernt, ihr irgendetwas anzutun. Sie war das Mädchen mit den dürren Beinen, von dem er so oft geträumt hatte. Er war völlig verblüfft und auch ratlos. Was sollte es bedeuten, dass er gerade hier auf sie stieß? So weit von dem Dorf ihrer Leute entfernt? War sie von diesen Pekuni geraubt worden?

Er zeigte auf die Leichen am Boden und machte eine fragende Handbewegung. „Dein Mann?"

Sie schüttelte verneinend den Kopf, gab aber sonst keine weitere Antwort. Wambli-luta nickte zufrieden. Also hatten sie nicht den Vater ihres Babys getötet. Das war eine gute Sache. Er ließ sie stehen und wandte sich an seine Krieger. Sie mussten ihre Anwesenheit hier verbergen! Er ließ die Leichen unter einige Bäume bringen und mit Zweigen abdecken, schnappte sich die Ausrüstung und die Pferde und überlegte dann, wohin sie sich zurückziehen konnten. Wo eine kleine Gruppe Pekuni war, trieben sich vielleicht noch mehr herum? Wieder wandte er sich an die Gefangene, um mehr Informationen zu bekommen. „Andere Pekuni?", fragte er in Zeichensprache. Er erwartete keine Antwort, wurde aber enttäuscht. Sie schüttelte mit großen, furchtsamen Augen den Kopf. „Nicht hier!", zeigte sie an.

„Apsalooke?", fragte er weiter.

Sie nickte vorsichtig. „Viele!", zeigte sie mit ihren Händen.

Er lächelte freundlich, um ihr die Angst zu nehmen. „Wir töten keine Frauen und Babys." Das war nicht ganz die Wahrheit, doch im Moment musste ihr das genügen.

„Mein Mann ist bei den Apsalooke", zeigte sie schüchtern. „Er ist ein weißer Mann!"

Er grinste spöttisch. „Gut! Er wird dich nicht finden! Du kommst mit mir!"

Er packte sie am Arm und führte sie zu einem der Pferde, damit sie aufsaß. Sie wehrte sich leicht, doch er machte ihr klar, dass es keine andere Möglichkeit gab. „Mein Mann wird kommen", versuchte sie ihn zu überzeugen. „Bitte, lass mich gehen."

Er musterte sie mit einem seltsamen Blick und ignorierte ihre Bitte. Ihr Mann hatte sie schlecht beschützt, wenn sie zuerst von den Pekuni und nun von ihm verschleppt wurde. Er hatte seine Ansprüche an sie verwirkt. Die Geister hatten sie ihm in die Hände gespielt, und er würde dieses Geschenk zu schätzen wissen. Fürsorglich half er ihr aufs Pferd und reichte ihr die Babytrage. Das Kind hatte sich beruhigt und sah ihn mit seltsamen braunen Augen an. Es erinnerte ihn an die Geschichte von dem Adler. Freundlich zwinkerte er dem Baby zu, das ihn mit einem fröhlichen Lächeln belohnte. Es wusste noch nicht, dass die Farbe in seinem Gesicht auch abschreckend wirken sollte. Das Baby berührte sein Herz, und kurz ließ die Anspannung von ihm ab. Er wollte nicht, dass die Frau oder das Kind sich fürchtete. „Hab keine Angst!", flüsterte er leise. Es war an das Baby gerichtet, nicht an die Frau. Er wusste, dass sie noch längst nicht aufgegeben hatte, sondern nur auf eine günstige Gelegenheit zur Flucht wartete. Ohne weitere Verzögerung führte er seine Männer über den Bighorn-Fluss. Dabei liefen sie eine Weile im Wasser, um ihre Spuren zu verwischen. Die Frau hockte widerstandslos auf dem Pferd und folgte ihnen. Er verzichtete darauf, sie zu fesseln, weil im Moment, inmitten all seiner Krieger, eine Flucht ohnehin aussichtslos gewesen wäre. Er ließ den Knaben das Pferd führen, der über diese Aufgabe aber nicht so begeistert war. Er verstand nicht, warum Wambli-luta sich mit einer Gefangenen belastete. Auch Ishta-hota war darüber verwundert. Er musterte das Mädchen kurz und trabte dann an die Seite seines Freundes. „Warum nimmst du sie mit? Sie wird uns nur aufhalten!"

Wambli-luta nickte. „Ich werde sehen. Ich habe nicht vergessen, wozu wir aufgebrochen sind!"

Ishta-hota grunzte zufrieden. Sein Freund würde eine Lösung finden, den Kriegszug fortzusetzen. „Vielleicht schickst du sie mit dem Knaben zurück?"

Wambli-luta machte eine abfällige Handbewegung. „Sie würde die erste Gelegenheit nutzen, um zu fliehen. Sie ist reichlich widerspenstig!"

„Was hast du dann vor?"

„Ich weiß noch nicht!", antwortete er patzig.

Wambli-luta ritt in Richtung ihres vorherigen Nachtlagers und parierte dann sein Pferd durch. Kurz musterte er die kampfbereiten Krieger, dann traf er seine Entscheidung: „Krummes-Bein und Weiße-Krähe werden mit den Packpferden und der Frau weiter nach Osten reiten, während wir die Apsalooke ausspähen. Wenn sie diesen Pekuni auf den Fersen sind, werden wir ihre Spur am Bighorn finden können. Sie wird uns zurück zu ihrem Dorf führen."

Ishta-hota nickte begeistert. Es war die beste Chance, die sie hatten. „Wenn die Krieger weg sind, haben wir leichtes Spiel!"

Wambli-luta fasste ihn fest an der Schulter. „Wenn sie jene Pekuni verfolgen, dann finden wir das Dorf ohne Schutz vor. Du siehst, ich habe unser Vorhaben nicht vergessen!"

„Ich werde keine dummen Fragen mehr stellen!", versicherte Ishta-hota. Sein Freund hatte wirklich einen guten Plan!

Krummes-Bein war nicht sonderlich begeistert, die Nachhut zu bilden und sich zurückzuziehen. „Wie lange soll ich auf euch warten?" Bis zu dem Dorf der Apsalooke konnte es Tage dauern.

Wambli-luta presste nachdenklich die Lippen zusammen. „Ziehe dich langsam in Richtung unseres Dorfes zurück. Aber so, dass niemand euch sieht. Seid vorsichtig!"

Wahrscheinlich sah er selbst ein, dass zwei Reiter mit Packpferden eine zu leichte Beute waren, und so drehte er sich im Kreis, um seine Männer herausfordernd anzusehen. „Wer begleitet die beiden und gibt ihnen Schutz?"

„Warum tötest du die Gefangene nicht einfach? Dann müssen wir keine Rücksicht auf sie nehmen."

Thimahel-okile verzog verächtlich den Mund. Wozu dieser ganze Aufwand?

„Ich würde sie laufenlassen, aber ich will dieses Mädchen. Ich sah sie in einer Vision, und so möchte ich sie in mein Zelt führen."

Ah! Die Männer schauten erstaunt auf das verschreckte Mädchen. So war das also. Niemand stellte seine Wünsche in Frage, und so meldete sich Wieselschwanz. „Es ist mir eine Ehre!" Er hatte einen der Pekuni getötet und dessen Pferd erbeutet. Für ihn war der Raubzug bereits jetzt sehr erfolgreich. Er musste seinen Mut nicht weiter unter Beweis stellen.

„Washté!" Wambli-luta war darüber erfreut, dass so ein erfahrener Krieger die Gruppe begleiten würde.

„Pass auf das Mädchen auf!", bat er mit einem Augenzwinkern. „Sie ist widerspenstig, aber ich will nicht, dass ihr etwas geschieht."

„Und das Baby?"

„Auch nicht!" Es klang ziemlich scharf.

Wieselschwanz verkniff sich ein Lachen. Es machte Spaß, den Freund ein wenig aus derReserve zu locken.

Wambli-luta lächelte leicht. „Ich sah sie in einem Traum – ich weiß noch nicht, was das zu bedeuten hat. Also nehmt Rücksicht."

„Hohch!" Die Männer senkten die Blicke. Auf eine stillende Frau und ein Baby Rücksicht zu nehmen, wäre todlangweilig. Aber sie waren Krieger und hatten sich von klein auf in Geduld geübt. Trotzdem war die Anweisung reichlich missverständlich: Einerseits war sie eine Gefangene, dann aber sollten sie sich gut um sie kümmern. Wie sollten sie sich verhalten, wenn die Frau die Flucht wagte?

Krummes-Bein fragte lieber nicht, denn er wollte keine höhnische Bemerkung provozieren. Wahrscheinlich würde sein Freund nur fragen, ob er nicht Manns genug wäre, auf ein kleines Mädchen aufzupassen. Seufzend ergab er sich seinem Schicksal und beschloss, darauf zu achten, dass diese Frau keinen Unsinn versuchte. Ihm wäre es lieber, sie an Händen und Füßen gefesselt zum Dorf zurückzubringen, aber dann müssten sie sich selbst um das Baby kümmern. Wambli-luta hatte klargemacht, dass ihm auch etwas an dem Kind lag.

Krummes-Bein dachte an seinen kleinen Sohn und presste die Lippen zusammen. Da konnte er Wambli-luta sogar verstehen. Kinder waren wakan, etwas Geheimnisvolles, das eben erst von den Sternen auf die Erde gekommen war. Ihnen galt besonderer Schutz, und Wambli-luta respektierte das. Mit vorgeschobenen Lippen gab er Weiße-Krähe den Befehl, das Pony der Frau zu führen. So konnte sie zumindest nicht einfach davongaloppieren.

Wambli-luta sah ihnen nach, wie sie in Richtung Osten verschwanden. Die erbeuteten Pferde der Pekuni wurden mitgezerrt, ebenso das Pony, auf dem das Mädchen saß. Er hoffte, dass der weitere Kriegszug ebenso erfolgreich verlief und dass er das Mädchen wohlbehalten wiedersehen würde. Der weite Weg war voller Gefahren, doch er wusste, dass Krummes-Bein und Wieselschwanz ihr Möglichstes geben würden, sicher das Dorf zu erreichen. Er hatte erklärt, dass ihm etwas an der Frau lag, und alle würden dies respektieren – selbst wenn er nicht zurückkehren sollte. Kurz ließ er diesen Gedanken zu, dann wandte er sich wieder seinen anderen Aufgaben zu. Ishta-hota tauchte an seiner Seite auf, während Thimahel-okile von der anderen Seite aufschloss. Fragend blickten sie ihn an und warteten auf Anweisungen.

„Wir reiten den Bighorn entlang und überqueren ihn weiter stromaufwärts", sagte er entschieden.

„Und wenn uns die Apsalooke entgegenreiten?", fragte Ishta-hota besorgt.

„Dann kämpfen wir!" Wambli-luta presste entschlossen die Lippen zusammen. „Aber ich denke, dass sie dann schon an uns vorbei sind. Sie waren jenen Pekuni dicht auf den Fersen."

„Sie werden die Spuren des Kampfes gefunden haben und uns folgen", befürchtete Thimahel-okile.

„Die wir gut verwischt haben!" Wambli-luta grinste sorglos. „Bis sie uns aufgespürt haben, sind wir längst in deren Dorf."

„Das werden sie vermuten und ebenfalls umkehren."

„Wir werden verschwinden wie der Adler", versicherte Wambli-luta. „Meine Kriegsmedizin ist gut."

Die Männer sahen ihn bewundernd an und nickten dann voller Begeisterung. Ja, seine Medizin war gut! Darauf vertrauten sie.

Plains

Frühjahr 1811 auf den Plains

Mato-wea hockte auf dem Pony und starrte auf den Rücken des Mannes, der ihr Pferd führte. In ihrem Kopf rauschte es, und sie versuchte die Angst zu kontrollieren, die immer noch ihr Herz schneller schlagen ließ. Zu viel war in den letzten Tagen geschehen. Erst der Überfall der Pekuni, die sie unerbittlich vorwärtsgetrieben hatten. Natürlich hatte sie geahnt, dass den Pekuni jemand auf den Fersen war. Ob Pär überlebt hatte und ihr schon längst folgte? Die Pekuni hatten Angst vor den Apsalooke gehabt und immer wieder nervös nach hinten gesehen, als rechneten sie jeden Augenblick damit, dass die Verfolger dort auftauchen würden. In schnellem Tempo waren sie nach Norden gezogen, sodass ihr keine Zeit geblieben war, sich um ihr Baby zu kümmern. Sie hatte nicht geklagt oder gejammert, denn das hätte ihren Tod bedeutet. Nur wenn sie den Pekuni keine Last war, konnte sie überleben. Sie hatte ihre Tochter im Reiten gestillt, was von dem Entführer wohlwollend zur Kenntnis genommen worden war. Nur wenn die Entführer kurz Rast machten und ihre Pferde tränkten, wagte sie es, ihrer Tochter die Windeln zu wechseln und neues Moos in die schmutzige Windel zu stopfen. Ihr Entführer hatte sie in Ruhe gelassen und sich mehr darum gesorgt, was mit seinen Freunden geschehen war. Ein weiterer Mann war zu ihnen gestoßen, der keine guten Nachrichten gebracht hatte. Anscheinend war der Angriff nicht so verlaufen, wie die Pekuni es vorgehabt hatten.

Für sie bedeutete das, dass ihnen die Apsalooke auf den Fersen saßen und sie vielleicht befreien würden. Sie musste nur am Leben bleiben!

Der Angriff der Tituwan war für sie genauso überraschend gekommen wie für die Pekuni. Niemand hatte mit einer Gefahr aus dem verlassenen Fort gerechnet. Zum zweiten Mal innerhalb kurzer Zeit war sie in Todesgefahr geraten und mit ihr das kleine Baby. Die Wildheit und Erbarmungslosigkeit dieser Krieger erschreckte sie. Sie hatte den Mann wiedererkannt, der sie vor wenigen Wintern schon einmal fast erwischt hätte. Seine wilden, unbarmherzigen Augen hatten sie vor Angst erstarren lassen, doch dann war ein seltsames Licht in ihnen erschienen. Die Überraschung hatte ihn innehalten lassen, und sein Blick hatte die Wildheit verloren. Was hatten seine Worte zu bedeuten, dass ihr Ehemann sie nicht finden würde? Wollte dieser Krieger sie nun in sein Zelt führen? Würde sie seine Gefangene sein? Sie dachte an Pär. Wo war er? Hatte wenigstens er überlebt? Oder hatten die Pekuni ihn längst getötet gehabt, ehe sie über sie hergefallen waren? Sie erinnerte sich an die brutale Gefangennahme und kam zu dem Schluss, dass Pär wahrscheinlich längst tot war, sonst hätten die Pekuni sich wohl kaum die Zeit genommen, sie mitzuzerren. Pär war kein schlechter Mann gewesen, aber er war ein zu hohes Risiko eingegangen. Niemals würde ein Mann ihres Volkes seine Frau einer solchen Gefahr aussetzen. Selbst dieser Tituwan-Krieger schickte sie lieber aus der Gefahrenzone und sorgte schon jetzt besser für sie, als es der weiße Mann getan hatte.

Wie sollte sie sich nun verhalten? In einem unbemerkten Augenblick die Flucht wagen? Der eine Mann war nur ein Knabe, doch die anderen beiden Männer sahen nicht so aus, als wären sie zum Scherzen aufgelegt. Der eine hatte ein verkrüppeltes Bein, das ihn aber nicht daran hinderte, ein hervorragender Reiter zu sein. Der andere schien seine Aufgabe sehr ernst zu nehmen. Wachsam sicherte er die Umgebung, ritt sogar manchmal voraus, um den Weg auszukundschaften. Wenn er zurückkam, trieb er die anderen zur Eile an und maß auch die Frau mit einem prüfenden Blick. Mato-wea war erschöpft, weil auch die Pekuni ihr keine Rast gegönnt hatten. Man sah ihr die Müdigkeit an. Sie hatte die Babytrage wieder am Sattelhorn festgebunden, weil ihre Arme zu müde waren, um sie zu tragen. Auch Ishtuminaki-wea war erschöpft und klagte leise in ihrer Wiege.

Schließlich gab der Späher das Zeichen für eine kurze Rast. Er trat an ihr Pony heran und streckte ihr die Arme entgegen, um ihr herunterzuhelfen. Es überraschte Mato-wea, aber sie war zu müde, um sich wirklich darüber zu freuen. Sie taumelte, als sie einige Schritte zu einem Bach ging, um etwas Wasser zu trinken.

Der Mann brachte ihr die Wiege und sah zu, wie sie das Kind auspackte und an die Brust legte. Verlegen drehte er sich weg und
wandte sich den anderen zu, um ihnen beim Tränken der Pferde
zu helfen.

Krummes-Bein sah auf, als sich Wieselschwanz neben ihn stellte.
„Sie ist müde!", bedeutete er in Richtung des Mädchens.

„Sie ist völlig erschöpft! Wenn wir den Rastplatz erreicht haben,
machen wir einen Tag Pause." Wieselschwanz schüttelte besorgt
den Kopf.

„Ist das klug? Vielleicht folgen die Apsalooke unseren Spuren."
Wieselschwanz winkte ab. „Zu viele Spuren! Sie werden Wambli-
luta folgen, denn diese Spur führt zurück zu ihrem Dorf. Sie werden Angst um ihr Dorf haben."

Krummes-Bein grinste leicht. Wambli-lutas Plan war gut! „Wir
reiten langsam zurück, dann holen die anderen uns vielleicht ein.
Sie müssen auf kein Miwatani-Mädchen Rücksicht nehmen." Es
klang weder herablassend noch bedauernd. Es war eine einfache
Tatsache.

Wieselschwanz lächelte. „Sie wird sich erholen, und dann können auch wir schneller reiten. Sie schlägt sich tapfer. Ich mache
mir mehr Sorgen um das Kleine. Unsere Aufgabe ist es, die beiden heil in unser Dorf zu bringen. Also reiten wir so schnell, wie
das Kleine es zulässt."

Krummes-Bein runzelte kurz die Stirn, sagte aber nichts. Er achtete die Vision, die Wambli-luta gehabt zu haben schien. Er war
ein großartiger Krieger, und er wollte nicht dessen Medizin in Gefahr bringen. Weiße-Krähe war da etwas ungeduldiger. „Hohch!
Wahrscheinlich sind die anderen längst im Dorf, ehe wir heimkehren", befürchtete er.

Wieselschwanz lächelte und schüttelte den Kopf. „Sie werden die
Rastplätze aufsuchen, die auch wir aufsuchen. Dort werden wir
uns treffen, und wir werden von ihren mutigen Taten hören."

Das schien dem Knaben zu gefallen. „Washté! Wir werden siegreich heimkehren!"

Nach der Pause half Wieselschwanz dem Mädchen wieder auf
das Pferd und runzelte die Stirn, als sie kurz schwankte. „Bald

machen wir Rast!", versprach er mit Gesten. Er hängte die Wiege an das Sattelhorn des indianischen Sattels und fühlte nach dem winzigen Gesicht. Das Baby schien nur zu schlafen, und so hob er erleichtert die Augenbrauen. Er hatte nicht gern die Verantwortung für so etwas Kleines. „Wie heißt du?", erkundigte er sich bei der Gefangenen. Es war besser, wenn er ihren Namen wusste. Dann sah er vielleicht nicht nur eine Miwatani-Frau in ihr.

„Mato-wea", antwortete sie schüchtern.

„Hoh, Mato-win?", wiederholte er. Ihm fiel auf, dass die Sprache der Miwatani nicht unähnlich zu seiner eigenen war.

„Han!" Ihre Stimme war angenehm weich, mit einem leichten Zittern, das ihm gefiel.

„Du wirst uns willkommen sein!", versicherte er großmütig.

Die Frau hielt bis zum Abend gut durch, und so erreichten sie ohne weitere Verzögerung das letzte Nachtlager, das sie vor dem Erreichen des Yellowstone aufgeschlagen hatten. Es lag im Schatten von Hügeln und Schluchten, abgesichert mit einem Windschutz aus Zweigen. In der Nähe war eine Quelle, an der die Pferde durstig tranken. Wieselschwanz sicherte die Umgebung, doch sie war menschenleer. Es war noch zu früh für die Bisons, sodass auch nicht mit irgendwelchen Jägern zu rechnen war. Sie verzichteten auf ein Feuer und aßen nur von dem mitgebrachten Proviant. Sie gaben auch Mato-win, wie sie nun von ihnen genannt wurde, etwas davon ab. Das Mädchen verschlang das Essen, als hätte sie seit Tagen nichts zu sich genommen. Dann kümmerte sie sich wieder um ihr Baby.

Wieselschwanz war neugierig, wie sie in die Hände der Pekuni gefallen war, aber es war nicht Sitte, eine fremde Person mit Fragen zu überhäufen. Andererseits konnte die Information wichtig für sie sein. „Die Pekuni hatten dich geraubt?", fragte er in Zeichensprache.

Mato-wea nickte mit geweiteten Augen. Sie wollte nicht gern an diesen schrecklichen Tag erinnert werden.

„Mein Mann ist ein weißer Mann", erzählte sie mit vorsichtigen Gesten. „Er hat mich für ein Gewehr eingetauscht."

„Oh!" Die Männer rissen verblüfft die Augen auf. Ein Gewehr war ein hoher Preis.

„Die Pekuni überraschten uns. Wahrscheinlich haben sie meinen Mann getötet." Ihre Augen bekamen einen silbrigen Glanz. Offensichtlich hatte sie ihn gern gehabt.

„Hast du Apsalooke gesehen?", fragte Krummes-Bein.

„Nur im Winter, als sie zu unserem Lager kamen, dann nicht mehr. Mein Mann und ich hatten Fallen aufgestellt, als die Pekuni uns überfielen." Ihre Gesten in der Zeichensprache waren gut verständlich.

Die Hunkpapa wandten sich von ihr ab und redeten in ihrer Sprache miteinander. Sie zogen selbst Schlussfolgerungen aus dem Wenigen, was die Frau ihnen erzählt hatte. „Anscheinend haben die Weißen mit den Apsalooke gehandelt. Die Pekuni haben sie überfallen und Beute gemacht. Offenbar wurden sie von den Apsalooke verfolgt. Es ist schlau von den Apsalooke, mit den Weißen Handel zu treiben." Krummes-Bein wackelte nachdenklich mit dem Kopf hin und her.

„Es war nicht schlau, mit einer Frau und einem Säugling allein Fallen aufzustellen!", bemerkte Wieselschwanz.

„Nein, denn nun gehört sie uns." Die beiden maßen die Frau mit einem abschätzenden Blick. Sie war jung und hübsch, und es war gut, dass Wambli-luta nun endlich eine Frau in sein Zelt führte.

Mato-wea sah diesen Blick und drehte sich zur Seite. Sie kannte diesen Blick, der von ihrem Körper Besitz ergriff, als gehörte er ihnen. Sie war nur eine Gefangene, und sie wusste nicht, in welche Zukunft sie geführt wurde. Im Moment war sie nur froh, dass sie noch lebte, und dass diese Männer sie zwar neugierig musterten, aber ansonsten in Ruhe ließen. Anstelle von Pekuni wurde sie nun von den Tituwan entführt. Es war eins wie das andere. Ob der Tituwan-Krieger sie besser behandeln würde als dieser brutale Pekuni? Sie konnte es nur hoffen.

Sie überlegte, ob sie in der Nacht die Flucht wagen sollte. Drei Männer konnte sie vielleicht austricksen. Käme sie bis zur Quelle, um ein Pferd wegzuführen? Und wohin sollte sie gehen? Zurück zu den weißen Männern? Wer würde sich um sie kümmern, wenn Pär tatsächlich tot war? Sie fühlte die Erschöpfung und drehte sich ruhelos hin und her. Es war kalt, und so stand sie leise auf, um an der Quelle etwas zu trinken. In der Nähe standen die Pferde, und sie widerstand der Versuchung, einfach eines zu nehmen und in der Dunkelheit zu verschwinden. Außerdem lag ihre Tochter noch in der Wärme der Decken eingehüllt. Sollte sie zurückschleichen und sie holen? Sollte sie die Flucht wagen? Plötzliche Tränen liefen über ihr Gesicht, als sie unentschlossen dastand und ihre Chancen abwog. Dann sank sie traurig auf die Knie und hob ihre Hände zu einem stillen Gebet. „Große Alte!", dachte sie verzweifelt. „Sag mir, was ich tun soll! Soll ich diesen Feinden vertrauen? Werden sie mir und meinem Kind eine bessere Zukunft geben?"

Wie aus dem Nichts stand plötzlich Wieselschwanz vor ihr. Er sah, dass sie weinte, und entschloss sich zu einer Geste der Güte. Seine Aufgabe war es, die Gefangene sicher heimzubringen. Das wäre leichter, wenn sie keine Furcht mehr vor ihnen hatte. Tröstend nahm er ihre Hände in die seinen. „Keine Angst!", bedeutete er ihr. „Niemand will dir etwas Böses!" Er ließ sie sofort wieder los, denn er wollte keine Nähe zu ihr aufbauen.

Mato-wea nickte unter Tränen. Das waren die nettesten Gesten, die er ihr in solch einer Situation zeigen konnte. Sie gaben ihr Zuversicht und Vertrauen. „Wambli-luta ist ein guter Mann!", versicherte Wieselschwanz. „Er ist ein guter Jäger und hervorragender Krieger. Er wird dich immer beschützen."

Mato-wea sah ihn mit großen Augen an. Was wusste dieser Krieger von den Absichten ihres Entführers? Sie wollte ihn fragen, doch der Mann packte sie unter dem Arm und zog sie auf die Füße. „Komm!", befahl er freundlich. „Du musst dich ausruhen. Morgen ist ein langer Tag!"

Mato-wea kehrte an seiner Seite zum Lager zurück und legte sich auf ihre Decke. Erschöpft schloss sie die Augen und fiel in einen tiefen, traumlosen Schlaf.

Wieselschwanz musste sie am Morgen wecken. Sie hatte sogar das leise Krähen ihrer Tochter überhört. Ihr Kopf war schwer, und ihre Glieder fühlten sich an, als wate sie durch den Schlamm eines Flusses. Sie nagte an etwas Trockenfleisch und trank durstig aus einer Bisonblase, die man ihr reichte. Dann machten sich die Männer wieder zum Aufbruch bereit. Willenlos ließ sie sich immer weiter nach Osten führen – weg von dem Leben, das sie bisher gekannt hatte.

Die Männer schlugen kein schnelles Tempo an, sondern ritten im gemächlichen Trott durch die weite Graslandschaft. Immer wieder erklommen sie dabei kleinere Hügel, um auf der anderen Seite wieder hinunterzureiten. Zweimal mussten sie einen Fluss durchqueren, doch ohne Travois stellte dies kein Problem dar. Am frühen Abend erreichten sie den nächsten Rastplatz, und Wieselschwanz erlaubte der Frau endlich abzusteigen. Mato-wea stürzte fast ins Gras, so müde war sie. Nur mit Mühe versorgte sie ihr Baby, das glücklich lachte, als es endlich aus der Wiege durfte. Die Männer setzten sich um ein kleines Feuer und aßen wieder aus ihren Proviantbeuteln. Krummes-Bein ließ sich das Baby geben und hob es scherzend über seinen Kopf. Es krähte vor Begeisterung, als er ihm etwas Luft ins Gesicht blies. Die kleinen nackten Beine strampelten und die Fäuste wanderten zum Mund des Kindes. Am meisten staunten die Männer über die seltsamen Locken, die das Kind hatte. Immer wieder strichen sie mit ihren Fingern über das Köpfchen. „Ein Mädchen?", wollte Krummes-Bein wissen.

Mato-wea nickte nur.

„Ich habe einen Sohn!", prahlte Krummes-Bein. „Er ist so groß!" Er zeigte die ungefähre Größe des Kindes an.

Mato-wea lächelte ganz kurz, dann ließ sie sich das Kind wieder geben. In der Hand dieser Krieger erschien es ihr doch nicht so sicher zu sein. Aber irgendwie beruhigte es sie, dass der Mann von seinem eigenen Kind gesprochen hatte. Es wirkte menschlich und zeigte ihn als Vater und nicht so sehr als gefährlichen Gegner. Vielleicht hatte er genau dies auch beabsichtigt, denn er schenkte ihr das Lächeln zurück.

Am nächsten Tag fühlte sich Mato-wea wesentlich besser. Das regelmäßige Essen und die zwei ruhigen Nächte hatten ihre Kräfte zurückkehren lassen. An diesem Tag machten sie zweimal kurz Rast, damit sie das Baby versorgen konnte; dann schlugen sie erneut ein Lager an einem Bach auf. Sie konnte ohne Hilfe absteigen und erledigte kleinere Arbeiten im Camp wie Feuer machen oder Feuerholz suchen. Am Ufer des Baches fand sie angeschwemmtes Holz, und sie brach trockene Äste von einem umgefallenen Baum.

Die Männer sahen dies mit Wohlwollen und entspannten sich sichtlich. Selbst Weiße-Krähe musste zugeben, dass Wambli-luta sich eine wertvolle Gefangene geschnappt hatte. Wenn er nicht zu jung für eine Frau wäre, hätte ihm dieses Mädchen auch gefallen! Sie schien sich mit der Situation abgefunden zu haben, sodass seine Wachsamkeit nachließ. Wohin hätte sie auch fliehen sollen?

Der Warnruf von Wieselschwanz erwischte die Männer unvorbereitet. Sofort warf Krummes-Bein Erde auf das Feuer und deckte es mit noch mehr Erde ab, um jeden Rauch sofort zu unterbinden. Mit einer Hand schob er das Mädchen hinter einige Felsen und bedeutete ihr, dafür zu sorgen, dass das Kind nicht schrie. Sie hatte blanke Augen vor Angst und nickte ihm gehorsam zu. Ihr war klar, dass ein Schrei sie alle verraten würde. Seine Hand legte sich auf ihren Mund, und er zog vorsichtshalber das Messer. „Kein Laut!", warnte er sie. Vielleicht waren es Apsalooke, die ihre Spuren gefunden hatten und das Mädchen befreien wollten?

Sie nickte wieder und versicherte ihm, dass sie keinen Laut von sich geben würde. Er musterte sie einen Augenblick lang, dann entschloss er sich, ihr zu glauben. Er steckte das Messer weg und bedeutete ihr, in Deckung zu bleiben. Dann huschte er an den Rand der Schlucht, um zu sehen, wer sich ihnen näherte. Weiße-Krähe legte sich neben ihm ins Gras, doch er zeigte mit Handzeichen an, dass er zu den Pferden gehen sollte. „Sie dürfen nicht wiehern!"

Der Knabe gehorchte sofort, denn er erkannte, dass ihr Versteck sonst gefunden werden würde. Sein schmaler Körper verschwand in der Schlucht und war kurz darauf nicht mehr zu sehen. Stattdessen kam Wieselschwanz angerannt und legte sich schwer atmend neben Krummes-Bein. „Wer ist es?", flüsterte Krummes-Bein.

„Assiniboine!", hauchte Wieselschwanz zurück.

Krummes-Bein staunte, denn dieses Volk lebte sonst weiter nördlich. Waren sie vielleicht auf einem Kriegszug?

„Wie viele?", fragte er.

„An die fünfzehn Krieger."

„Puh!" Eine ziemliche Bedrohung für die drei Krieger. Sie würden nicht zimperlich sein, wenn sie auf die Tituwan stießen. Es
handelte sich um erbitterte Feinde.

„Kommen sie hierher?", fragte Krummes-Bein besorgt.

Wieselschwanz nickte kurz. Er nagte auf seinen Lippen, um nach
einen Ausweg zu suchen. „Ich glaube, ihre Späher wissen, dass
wir hier sind. Ich habe zwei von ihnen ausschwärmen sehen. Sie
werden uns umzingeln und uns töten. Wir müssen uns beeilen.!"

Krummes-Bein sah ihn ratlos an. Wie sollten sie schnell genug
von hier verschwinden? Selbst auf Pferden wären sie leichte Beute, wenn die Assiniboine erst ihre Spur fanden. Im hohen Gras,
auf dem weichen Boden wäre sie sofort zu sehen.

Wieselschwanz traf eine harte Entscheidung. „Nimm die Frau
und die Pferde und verschwinde! Ich lenke sie ab!"

Ungläubig schüttelte Krummes-Bein den Kopf. „Sie werden dich
häuten!"

Wieselschwanz grinste diabolisch. „Ich werde tapfer kämpfen!
Wenn die Geister es wollen, dann entkommt ihr ihnen. Weicht
auf felsigen Boden aus, um sie zu täuschen! "

Krummes-Bein versuchte ihm die Torheit auszureden. „Wenn
wir jetzt noch verschwinden, sehen sie vielleicht unsere Spuren
nicht." Er klammerte sich an eine vage Hoffnung.

Der Blick von Wieselschwanz wurde hart. Er war ein Krieger und
es war seine Pflicht, das Volk zu schützen. Seine Aufgabe bestand
darin, dass die Frau mit dem Kind sicher das Dorf erreichte, und
genau dafür würde er sorgen.

„Ich locke sie von hier weg", gab er seine Entscheidung bekannt.
„Dann könnt ihr entkommen."

„Und du?"

Wieselschwanz zuckte mit den Schultern. „Ich reite in Richtung
der Anderen. Vielleicht sind sie uns schon nahe genug, dann habe
ich eine Chance!"

„Hoh!" Die Augen von Krummes-Bein glänzten. Das war kein

schlechter Plan. Dann verdunkelte sich sein Blick. „Und wenn es noch mehr sind? Dann führst du sie direkt zu Wambli-luta!"
Wieselschwanz nickte sorgenvoll. Unruhig rutschte er hin und her. „Geh!", befahl er schließlich. „Ich finde einen Weg! Aber ihr müsst hier weg, sonst habt ihr überhaupt keine Chance mehr."
Krummes-Bein nickte nur wortlos. Er wusste, dass es eine harte Entscheidung war und bewunderte seinen Freund dafür. Jetzt galt es, die Frau in Sicherhait zu bringen. Er wäre gern an der Seite seines Freuindes geblieben. „Und wenn wir beide kämpfen?", fragte er unglücklich.
Wieselschwanz verzog die Lippen zu einem letzten Lächeln. Dann lief er im Dauerlauf zu den Pferden, schwang sich hinauf und galopppierte davon. Krummes-Bein wusste, dass es eng wurde. Er rannte ebenfalls zu den Pferden und winkte Weiße-Krähe, dass es weiter ging. Schnell half er Mato-wea beim Aufsteigen und drückte ihr die Wiege in die Hände. Mit dem Finger auf dem Mund bedeutete er der Frau, dafür zu sorgen, dass das Baby still blieb. „Assiniboine!", warnte er sie.

Mato-wea nickte erschrocken und hoffte mit bangem Herzen, dass sie nicht gesehen wurden. Sie wunderte sich, wo der andere Krieger blieb, doch dann konzentrierte sie sich auf ihr Pferd und klopfte ihm die Fersen in den Bauch, damit es den anderen folgte. Krummes-Bein ritt weiter den Bach flussaufwärts und verschwand dann in der Senke zwischen zwei Hügeln. Es blieb still. Dann erklang aus der Ferne der ohrenbetäubende Kriegsschrei der Tituwan. Mato-wea zuckte zusammen, denn er war ihr noch gut in Erinnerung geblieben. Sie ahnte, was der andere Krieger vorhatte, und senkte traurig den Kopf. Ihr Herz schlug schnell vor Furcht, als sie einen weiteren Hügel umrundeten und auf felsigen Boden auswichen, um ihre Spuren zu verwischen.

Wieselschwanz hatte sein Pferd steigen lassen und forderte die überraschten Assiniboine zum Kampf heraus. Die Feinde besannen sich nur einen kurzen Augenblick, dann überwanden sie ihre Überraschung und stießen wütende Rufe aus. Wieseschwanz antwortete ihnen mit weiteren herausfordernden Rufen. Einige beherzte Männer setzten sich sofort in Bewegung, um den vermeintlichen Feinden entgegenzutreten. Noch wussten sie nicht, dass es sich nur um einen einzelnen Mann handelte.

Wieselschwanz galoppierte in vollem Tempo den Hügel hinab und verschwand in einer Senke. Seine Überlebenschance war am besten, solange die Feinde glaubten, einer ganzen Gruppe Feinde gegenüberzustehen.

Er galoppierte auf den nächsten Hügel und wiederholte seine Provokationen. Mit einem bisschen Glück dachten die Assiniboine nun, dass mehrere Krieger sie angriffen, und wären vorsichtiger. Die Aktion hatte Zeit gekostet, aber er wollte den Anderen einen größeren Vorsprung verschaffen. Wütendes Geschrei antwortete ihm, als immer mehr Krieger sich in Bewegung setzten, um ihn zu jagen. In halsbrecherischem Tempo jagte er den Abhang hinunter und galoppierte nach Westen. Sein Pferd war vermutlich ausgeruhter als die Ponys der Feinde und so flüchtete er immer weiter zwischen die Hügel und wechselte mehrmals die Richtung. Er hoffte, dass seine Ablenkung geglückt war und die Assiniboine die Spuren am Bach nicht fanden. Es machte keinen Unterschied. Auch zu dritt hätten sie gegen so viele Gegner keine Chance gehabt. Der Trick mit der Ablenkung war die beste Chance zur Flucht, die seine Freunde und die Frau hatten.

Ein Schuss aus großer Entfernung brachte sein Pferd zu Fall, und es überschlug sich fast, als es in den Staub stürzte. Wieselschwanz rollte sich ab und fasste sich an die Schläfe, wo er warmes Blut fühlte. Er wusste, dass es aus war, und stimmte sein Todeslied an. Ruhig zog er seinen Bogen und legte einen Pfeil auf die Sehne. Er wollte noch einen oder zwei mit in den Tod nehmen. Sein Pfeil traf das Ziel und der Krieger stürzte vom Pferd, dann wurde Wieselschwanz von einem weiteren Schuss an der Schulter getroffen, sodass er den Bogen nicht mehr spannen konnte. Dann hatten die Feinde ihn erreicht und umringten ihn johlend. Ein Beil traf ihn an der Schulter, sodass er stöhnend in die Knie ging. Mehrere Männer sprangen von ihren Pferden und warfen ihn zu Boden. Das Blut quoll aus der Schusswunde und raubte ihm die Kraft. Er hatte einen trockenen Mund, als er sich den Feinden gegenüber sah, die ihn zu Boden drückten. Er stimmte erneut sein Todeslied an, das zu einem Krächzen wurde, als ein Mann ihm das Messer an die Kehle setzte. Es war vorbei!

Das Blut quoll ihm aus dem Mund und er röchelte, als er nicht mehr atmen konnte. Er sah das triumphierende Grinsen der Feinde, die ihn schließlich losließen, weil er keine Gefahr mehr darstellte. „Wakan-tanka, omakiya-ye!", flehte er still. „Lass mich tapfer zu den Ahnen gehen!" Seine Augen schlossen sich und die Schmerzen hörten plötzlich auf. Der Wind strich über sein Gesicht und es fühlte sich an, als würden die Geister nach ihm greifen. „Ich komme!", dachte er.

Flucht

Frühjahr am Bighorn-Fluss 1811

Pierre DuMont half gerade dabei, die Bündel zur verladen, als die Inyuns angriffen. Erst dachte er, dass es wieder diese vermaledeiten Blackfeet wären, aber Arnel belehrte ihn eines Besseren. „Tituwan-Suane!", schrie er aus vollem Hals. Die Männer ließen alles stehen und liegen und hechteten auf das Kielboot, um hinter dem Aufbau in Deckung zu gehen. Die beiden Shoshone-Frauen wollten ebenfalls an Deck flüchten, doch eine wurde dabei von einem Pfeil getroffen und fiel ins Wasser. Sie schrie hysterisch, als sie verzweifelt versuchte, die Bordwand zu erreichen. Eine Salve schlug den Tituwan entgegen, und zwei Männer stürzten getroffen zu Boden. Es stoppte die Angreifer jedoch kaum, denn sie wussten, dass die Weißen erst nachladen mussten. Mit schrillem Geschrei erreichten sie die Bündel, die am Ufer lagen, griffen nach der Beute und verschwanden in der Deckung von Bäumen. Andere versuchten das Kielboot zu erreichen, hechteten dann aber in Deckung, als wieder einige Schüsse über ihre Köpfe pfiffen. Die Frau watete an Land, als sie die Bordwand nicht hochkam, und rannte dann am Ufer entlang, um sich in Sicherheit zu bringen. Ein Krieger sprang ihr nach und tötete sie mit seinem Totschläger, dann hechtete er wieder mit einem triumphierenden Schrei in Deckung.

Von Bord kam wütendes Gebrüll, doch niemand traute sich aus der Deckung heraus.

„Ablegen!", schrie Manuel Lisa aus vollem Hals. Eilig warfen einige Voyageure die Planken zur Seite, die zum Ufer führten, und begannen, mit ihren langen Stangen das Boot vom Ufer wegzustoßen. Pfeile flogen und trafen zwei Männer, die nicht schnell genug in Deckung springen konnten.

„Feuer!", hallte der Befehl von Menard über das Wasser. „Gebt ihnen Feuerschutz. Wenn wir hier nicht wegkommen, werden sie uns überrennen!"

Dieses Mal zielten die Trapper sorgfältiger auf die Indianer und zwangen sie so, in Deckung zu bleiben. Die Voyageure nahmen erneut die Stangen auf und stießen das Kielboot vom Ufer weg. Zweimal mussten sie in Deckung gehen, doch todesmutig stellten sie sich der Gefahr und stemmten sich mit aller Kraft gegen die Stangen. Langsam bekam das Boot mehr Wasser unter dem Rumpf und wurde von der Strömung ergriffen. Die Voyageure gingen in Deckung, während Manuel Lisa sich ans Steuer stellte und das Ruder ergriff, um das Schiff in tieferes Fahrwasser zu lenken. Zwei Männer hoben Planken hinter seinem Rücken hoch, um ihm wenigstens ein wenig Deckung zu geben. Zwei Pfeile schlugen in das Holz, und Manuel Lisa wurde bleich vor Schreck. Das Boot hatte bereits mehrere Meter zurückgelegt und trieb immer weiter in den Fluss hinaus. Am Ufer kamen die Indianer aus der Deckung heraus und schrien triumphierend. Sie sahen von der Verfolgung ab, denn sie fanden immer noch genug Bündel, die sie plündern konnten. Warum also das Leben aufs Spiel setzen? Die Indianer kümmerten sich um ihre Verwundeten, während andere noch am Ufer entlangliefen und triumphierend die Waffen hoben.

Manuel Lisa atmete durch, als sie fürs Erste in Sicherheit waren. „Wo kommen diese Tituwan denn auf einmal her? Ich dachte, dass die viel weiter östlich sind?"

Arnel und Pierre DuMont schoben sich ihre Mützen nach hinten und rauften sich die Haare. „So ein Mist! Die haben unsere ganzen Biberbündel erwischt. Die gesamte Ausbeute des Winters ist weg!"

„No!", beruhigte Lisa die beiden. „Wir hatten schon viel verladen. Keine Sorge. Trotzdem ist das ein ziemlicher Verlust! Ein Kielboot, Ausrüstung, Biberbündel ... dieses Jahr haben wir echt kein Glück."

„Und meine Frau samt Kind weg", ergänzte Pierre unglücklich. „Wie sollen wir nun erfahren, ob die Apsalooke sie gefunden haben?"

Lisa zuckte betreten mit den Schultern. „Wir müssen auf die nächste Expedition warten. Hier ist es zu gefährlich! Wir können froh sein, wenn wir lebend an den Blackfeet vorbeikommen."

Pierre sah ihn sprachlos an, senkte dann aber traurig den Blick. Lisa hatte recht! Er zuckte unglücklich mit den Schultern, als der knurrige Menard an ihm vorbeikam und ihm gutmütig auf die Schulter klopfte. „Wird schon wieder! Diese Apsalooke werden die Kleine schon finden!"

Nachdem am Ufer keine Indianer mehr zu sehen waren, nahmen die Voyageure ihre Arbeit wieder auf. Sie stakten das Boot vorwärts und hielten es in der Mitte des Flusses. Die Strömung war stark, und so kam das Boot schnell voran. Manuel Lisa konzentrierte sich auf das Ruder und half dabei, das Boot auf Kurs zu halten. Zwei Männer standen am Bug, um vor Untiefen oder Sandbänken zu warnen. Einmal stießen sie fast gegen einen treibenden Baum, doch die Männer konnten ihn rechtzeitig am Boot vorbeiziehen. Wachsam behielten sie das Ufer im Auge, denn sie rechneten jederzeit mit einem weiteren Angriff.

Der Tag blieb ruhig und so entspannten sich die Männer etwas. „Die haben offensichtlich genug Beute gemacht!", stellte Arnel fest. „Trotzdem frage ich mich, was die Tituwan hier verloren haben."

„Völlig egal!", brummte Pierre. „Die sind genauso schlimm wie diese dreckigen Blackfeet."

Arnel sagte lieber nichts. Sein Freund war in keiner guten Stimmung. Aber das war nur verständlich. „Wir finden deine Frau schon!", meinte Arnel tröstend. Dann deutete er mit einem Rucken seines Kopfes zum Ufer, wo einige Hirsche grasten. „Wir sollten jagen ... Unsere Vorräte sind ganz schön dezimiert worden."

Am Abend hatten sie eine gute Strecke zurückgelegt und zudem zwei Wapitihirsche und einen Bären erlegt, die am Ufer zur Tränke gekommen waren. Manuel Lisa ließ anlegen und das Boot zum Land hin vertäuen. Dann errichteten die Männer ein provisorisches Nachtlager. An drei Feuern wurde Hirschfleisch gebraten, das den Männern nach all dem Biberfleisch sehr gut mundete. Nach dem Essen wurden die Feuer gelöscht, denn man wollte umherziehende Indianer nicht auf sich aufmerksam machen. Wieder lag die Gegend wie ausgestorben vor ihnen, und nichts deutete darauf hin, wie schnell man hier sein Leben verlieren konnte. Menard stellte zur Sicherheit Wachposten auf.

Am Nachmittag des nächsten Tages stießen sie auf eine große Gruppe Indianer, die am Ufer auf ihren Pferden saßen und ihnen zuwinkten. Manuel Lisa erkannte Rote-Flaumfeder und seine Männer und ließ die Voyageure ans Ufer steuern. Auch Pierre war gespannt und schaute hoffnungsvoll, ob er seine Frau unter ihnen entdeckte. Er konnte sie nirgends sehen, und so presste er enttäuscht die Lippen aufeinander.

Die Voyageure sprangen ans Ufer und hielten das Boot mit Tauen, während Manuel Lisa, Pierre, Arnel und Menard ebenfalls an Land gingen, um mit den Apsalooke zu reden. Höflich hoben sie die Hände, um die Apsalooke zu begrüßen, und hielten ihre Gewehre entspannt in der Armbeuge.

Rote-Flaumfeder hatte teils gute Nachrichten, teils schlechte: Stolz erzählte er, dass sie die meisten Blackfeet getötet hatten, doch das Mandan-Mädchen hätten sie nicht gefunden. Anscheinend sei sie anderen Männern in die Hände gefallen, die beim alten Fort den Blackfeet aufgelauert hatten. Deutlich machte er die Zeichen für „altes Lager". Manuel Lisa erkundigte sich vorsichtshalber. „Dort, wo wir die letzten Winter mit euch getauscht haben?"

„Ja!", bestätigte der Häuptling. „Wir fanden die Leichen, aber keine Spur von dem Mädchen."

„Vielleicht war sie gar nicht bei ihnen?", überlegte Menard.

Der Häuptling wackelte mit dem Kopf. „Doch! Wir sahen die Abdrücke einer Frau. Aber dann ist sie verschwunden. Andere Krieger haben sie mitgenommen."

„Welche anderen Krieger?", fragte Pierre besorgt.

Rote-Flaumfeder kniff die Lippen aufeinander. „Wahrscheinlich Tituwan! Wir fanden ihre Pfeile."

Manuel Lisa dachte an den Überfall der Tituwan. „Scheiße! Wir wurden ebenfalls von Tituwan-Suane überfallen. Vielleicht sind es die gleichen, die hier die Pekuni überfallen haben?"

Der Häuptling wurde bleich. „Wo?"

„Bei unserem Lagerplatz!"

„Das ist nicht weit von unserem Dorf entfernt!", stellte der Häuptling bestürzt fest.

„So ist es! Ihr müsst euch beeilen. Die waren auf Beute aus! Wenn sie euer Dorf finden, werden sie es auf jeden Fall angreifen."

Der Häuptling hob die Hand zum Abschied und ritt dann im schnellen Galopp nach Norden. Ihr Triumphgefühl hatte sich von einem Augenblick zum anderen in Sorge verwandelt.

Die Männer sahen ihnen nach und wandten sich dann wieder ihren Arbeiten zu. Sie fassten Pierre tröstend an die Schulter. Der blieb hilflos stehen und blickte traurig auf Lisa. „Werden sie meine Frau töten?" Diese brutalen Kriegszüge der Inyuns erschreckten ihn.

Lisa zuckte hilflos mit den Schultern. „Sie ist jung … Ich würde sie nicht töten. Rote-Flaumfeder hat nicht gesagt, dass er ihre Leiche gefunden hat. Wenn Indianer einen Feind nicht gleich töten, dann nehmen sie ihn meist mit. Frauen und Kinder werden oft verschont."

Pierre biss sich verzweifelt auf die Lippen. Es konnte doch nicht wahr sein, dass Mato-wea zweimal hintereinander von irgendwelchen Indianern verschleppt worden war. Hatten die keine eigenen Weiber? Eins wurde ihm jedoch endgültig klar: Hier draußen war kein Platz für eine Frau! Er hoffte, dass Mato-wea überleben würde, und schaute betreten auf seine Schuhe. Er hätte sie nicht dieser Gefahr aussetzen dürfen! Niemals durfte er eine weiße Frau in diese Wildnis bringen! Es war schon bei der Indianerin ein unkalkulierbares Wagnis gewesen.

„Was passiert mit einer gefangenen Frau?", erkundigte er sich, heiser vom schlechten Gewissen.

Manuel Lisa machte es ihm nicht leicht, als er ihm die Wahrheit sagte. „Meist sind sie Sklavinnen oder die dritte oder vierte Ehefrau eines Kriegers. Oder sie werden als Tauschobjekte hergenommen – wie die beiden Shoshone-Frauen, die nun bei uns leben."

„Eine davon ist tot!", erinnerte Pierre ihn an die feige Tat der Tituwan. Ihm gefiel die Aussicht nicht, dass Mato-wea das Leben einer Sklavin fristete. Und was würde mit der Kleinen geschehen?

„Und das Kind?" Er wagte kaum hochzusehen, weil er die schlechte Nachricht nicht hören wollte.

„Manchmal dürfen gefangene Frauen ihr Kind behalten, aber oft wird es von einer Familie adoptiert. Aber glaube mir, das ist auf jeden Fall besser, als das Kind einer Sklavin zu sein."

„Hoh!" Es war ein Laut zwischen Fluch und Stöhnen. Er dachte an Mato-wea, wie sie sich um ihr Baby kümmerte, und wie schlimm es für sie wäre, wenn man es ihr wegnahm. Indianerinnen hatten die gleichen Gefühle wie weiße Mütter, musste er gerechterweise zugeben. „Können wir nach ihnen suchen?", bat er. Manuel Lisa schüttelte den Kopf. „Wenn schon die Apsalooke nichts gefunden haben …!"

„Aber wir könnten doch am alten Fort nochmal nachsehen? Vielleicht haben die Apsalooke was übersehen?"

Manuel Lisa schien nicht begeistert zu sein, aber dann nickte er schließlich. „Okay! Wir werden dort Rast machen. Vielleicht finden wir ja wirklich etwas."

„Danke!" Pierre war wirklich dankbar und seufzte tief. Wenn sie wenigstens herausfanden, wer Mato-wea mitgenommen hatte, dann wüsste er, wo er sie suchen konnte.

Am Spätnachmittag des nächsten Tages legten sie am alten Fort an und traten zwischen die Ruinen. Die Apsalooke hatten natürlich viele Spuren übertrampelt, doch zwischen den Palisaden fand Arnel noch Spuren von Männern, die sich hier versteckt hatten. „Hier waren zwei Mann!", verkündete er.

Sie fanden auch Blutspuren im Gras und schließlich die Stelle, wo die Unbekannten die Blackfeet versteckt hatten. In einem steckte noch ein Pfeil, und Arnel brach ihn ab, um die Machart besser sehen zu können. Mit finsterem Gesicht drehte er sich um und zeigte den Pfeilschaft den anderen. „Tituwan!"

„Tituwan!", wiederholte Manuel Lisa betreten.

Arnel nickte bestätigend. „Ich denke, es waren dieselben, die uns oben am Bighorn erwischt haben."

„Oh je … und ich dachte, die kämpfen gegen die Mandan, Hidatsa und Arikara!"

Arnel grinste schief. „Auch!"

„Viel Feind, viel Ehr, was?", unkte Lisa.

Arnel sah sich um und schüttelte den Kopf. „Hier sind zu viele Spuren, aber wenn es wirklich diese Tituwan waren, sind sie wahrscheinlich am anderen Ufer aus dem Wasser gekommen. Wäre einen Versuch wert."

„Okay!" Lisa stimmte zu, und so wateten drei Männer auf die andere Seite, um nach Spuren zu suchen.

Sie gingen eine ganze Strecke flussauf- und -abwärts, fanden aber nichts. Schließlich kehrten sie unverrichteter Dinge zurück.

„Nichts gefunden!", seufzte Arnel. „Sie haben ihre Spuren sorgfältig verwischt."

„Die belasten sich doch nicht mit einer Squaw, wenn sie auf einem Kriegszug sind", wandte Lisa ein.

„Nein, aber sie würden sie in der Obhut von ein oder zwei Männern zurückschicken. Doch nur, wenn sie das Mädchen wirklich haben wollen. Sonst liegt sie irgendwo da drüben erschlagen in der Prärie."

Die Männer sahen Pierre traurig an, doch der nickte nur, als ihm klar wurde, dass ihm nur diese eine Hoffnung blieb: dass irgendein Inyun Mitleid mit ihr hatte und sie tatsächlich bis in sein Dorf zurückschleppte.

„Sie sind seit Tagen weg, sodass wir sie auf keinen Fall einholen können", bemerkte Arnel nüchtern.

„Wo haben sie denn ihre Dörfer?"

Arnel machte eine weite Bewegung über das Land. „Überall zwischen hier und dem Missouri, bis hinunter zu den Black Hills und inzwischen wahrscheinlich schon weiter. Die sind ziemlich expansiv.

Menard klopfte Pierre begütigend auf die Schulter. „Sie wird schon leben, deine Kleine! Hier haben wir sie nicht gefunden, das ist ein gutes Zeichen. Also hat sie irgendeinem jungen Krieger bereits schöne Augen gemacht."

„Sprich nicht von ihr, als wäre sie eine Hure!", mahnte Pierre aufgebracht.

Menard hob entschuldigend die Hände. „Das meine ich nicht! Bestimmt nicht! Aber wenn sie überleben will, ist es besser, wenn sie sich anpasst. Und ein einziger Mann ist immer noch besser, als wenn alle über sie herfallen. Das ist ganz einfach so! Indianer sind da auch nicht anders als wir. Krieg ist Krieg."

„Merde!" Pierre zog die Augenbrauen zusammen, aber der Mann

hatte recht. Es war immer schlimm, wenn Frauen in die Hände von entfesselten Männern fielen. Er konnte tatsächlich nur hoffen, dass Mato-wea von einem Krieger beschützt wurde. Falls sie noch am Leben war!

Traurig, hoffnungslos und mit schlechtem Gewissen kletterte er wieder auf das Boot, als es am nächsten Morgen ablegte. Er starrte auf das Wasser hinaus und war kaum ansprechbar, als er in Gedanken durchlebte, was ihr alles zustoßen könnte. Er dachte an seine kleine Claire und hoffte, dass man sie bei Mato-wea ließ. Warum hatte er nicht eingegriffen, als die Blackfeet über sie hergefallen waren? Er hatte zugesehen, wie sie entführt worden war, und hatte nichts getan. Ich wäre sonst tot, entschuldigte er sich immer wieder. Jetzt kann ich wenigstens nach ihnen suchen. Aber wo?

Die Fahrt den Yellowstone entlang verlief langsam, denn sie mussten wegen der vielen Windungen wieder hin und her kreuzen. Manchmal wurde der Fluss breiter, dann wieder schmäler. Die Strömung war gut, sodass sie trotzdem gut vorankamen. Für die Männer blieb nicht viel zu tun, denn sie mussten das Boot zwar steuern, aber nicht treideln. Die Landschaft glitt an ihnen vorbei; und eine gewisse Gelassenheit befiel die Männer. Shorty und Arnel versuchten Pierre aufzuheitern, doch dieser wehrte unwillig ab. Er hatte das Mandan-Mädchen lieb gewonnen, und noch mehr das Baby. „Lasst mich in Ruhe!", murrte er unfreundlich.

Arnel schüttelte den Kopf und warf Shorty einen kurzen Blick zu. „Wenn sie bei den Tituwan ist, gibt es schon eine Chance, sie wiederzufinden", meinte Arnel tröstend.

„Und wie?" Es klang patzig.

„Auch die Tituwan kommen zum Handeln. Wir könnten nach ihr fragen. Wenn der Preis stimmt, gibt der Krieger sie vielleicht wieder her."

„Wirklich?" Pierres Stimme klang ungläubig.

Arnel nickte bestätigend. „Aber ja. Oft werden Gefangene wieder verkauft. Wenn der Mann schon drei Ehefrauen hat, ist sie doch nur eine Belastung. Dann verkauft er sie für ein Gewehr oder ein bisschen Whiskey."

„Oh Mann!" Das waren nicht die Worte, die Pierre hören wollte. Shorty warf Arnel einen bösen Blick zu und zeigte ihm damit, dass er besser schweigen sollte. „Arnel will einfach nur sagen, dass es nicht so viele Handelsposten hier draußen gibt. Wenn wir den anderen Jungs Bescheid geben, dann haben wir eine Chance, sie wiederzufinden. Wir setzen eine Belohnung aus! Ganz einfach."

„Meint ihr?" Pierre richtete hoffnungsvoll seine braunen Augen auf die Freunde.

Die beiden nickten eifrig. „Wir helfen dir, sie wiederzufinden. Keine Sorge!"

Pierre lächelte getröstet. „Ihr seid gute Freunde!", stellte er fest.

Die Freunde atmeten auf, als sich bei Pierre die Stimmung wieder besserte. Er hoffte, bald Fort Lisa zu erreichen und dort mit der Suche beginnen zu können.

Die Tage vergingen in einem gleichbleibenden Rhythmus: rudern, treideln, segeln. Hin und wieder gingen Menard und Arnel zur Jagd, manchmal begleitete sie der lange Shorty. Nach Tagen ließ die Aufmerksamkeit nach, doch dann schrillte ein Warnruf über das Wasser. „Inyuns!"

Die Männer sahen, dass große Gruppen Krieger an den beiden Ufern auf sie warteten. Sie waren teilweise schwarz bemalt und sahen mit ihren nackten Oberkörpern furchterregend aus. Sie schrien und trällerten ihre Kriegsrufe und hoben drohend ihre Waffen. „Diese scheiß Blackfeet haben uns aufgelauert!", fluchte Lisa.

Zum Glück war hier die Strömung so stark, dass sie relativ schnell an den Kriegern vorbeiglitten und einige Pfeile keinen Schaden anrichteten. Die Männer johlten und schwenkten herausfordernd ihre Mützen. Sie fühlten sich überlegen und sicher auf dem Boot. Der Fluss war ein ganz guter Schutz. „Bye, bye!", riefen sie übermütig.

Dann wurde der Fluss enger, und ein Voyageur schrie mit überschnappender Stimme die nächste Warnung. „Ein Seil! Ein Seil!" Entsetzt sahen die Männer, dass die Blackfeet tatsächlich ein

Seil über den Fluss gespannt hatten, um das Boot aufzuhalten. Lisa konnte nicht erkennen, woraus es hergestellt war, aber das war auch gleichgültig, denn es brachte sie alle in Lebensgefahr. „Achtung!", schrie er, als das Boot das Seil erreicht hatte und darunter hindurchtrieb. Zwei Männer wurden davon erwischt und fielen schreiend ins Wasser. Dann blieb das Seil am Aufbau hängen und spannte sich, als das ganze Boot gestoppt wurde. Der Ruck brachte die Männer aus dem Gleichgewicht; dann begann sich das Boot seitlich zu drehen und bäumte sich in der Strömung auf. Wieder verloren einige Männer das Gleichgewicht und fielen über Bord. Vom Ufer her ritten die ersten Krieger ins Wasser, um das Boot zu erreichen, das nun hilflos an dem Seil hing. Es war zum Zerreißen gespannt, hielt aber dem Gewicht noch stand. Das Boot ruckte hin und her, sodass die Männer keinen gezielten Schuss auf die näherkommenden Indianer abgeben konnten. Sie hatten alle Mühe. Die Balance zu halten. „Kappt das Seil!", schrie Manuel Lisa verzweifelt. „Kappt das verdammte Seil!"

Arnel holte ein Messer heraus und versuchte das Seil durchzusäbeln. Es war schwierig, weil das Schiff wie wild hin und her sprang. Immer wieder setzte er an und versuchte das Seil an der gleichen Stelle zu erwischen. Es war tatsächlich ein Tau, und kurz überlegte her, wo die Indianer es aufgetrieben hatten. Die Blackfeet hatten inzwischen das Boot erreicht und kletterten mit gezücktem Beil an Bord. Sie hieben auf den Nächstbesten ein und erwischten einen Voyageur, der blutüberströmt zusammenbrach. Zwei Trappern gelang es, die beiden von Bord zu stoßen, doch immer mehr Blackfeet erreichten das Boot und versuchten an Bord zu klettern.
Dann hatte Arnel endlich das Tau durchgesäbelt und mit einem schnalzenden Geräusch schnappte es auseinander und gab das Boot frei. Sofort nahm es wieder Fahrt auf, neigte sich noch mehr zur Seite und drehte sich langsam im Kreis. Zwei Blackfeet, die gerade an Bord klettern wollten, kamen unter die Wasserlinie und kämpften mit dem Ertrinken. Andere konnten sich an dem wild schlingernden Boot nicht mehr festhalten und fielen in die Fluten zurück. Ein weiterer wurde von Shorty aufgehalten, der

ihm mit einer Stange eins über den Kopf zog. Manuel Lisa setzte sich beherzt ans Ruder und versuchte, das Boot in die Strömung zudrehen. „Staken!" befahl er über das Tosen des Wassers hinweg. „Wir müssen es drehen."

Auch Shorty packte geistesgegenwärtig eine Stange und versuchte den Bug des Bootes in die Strömung zu schieben. Die Voyageure sahen sofort die Chance und griffen ebenfalls nach den wenigen verbliebenen Stangen. Sie halfen Shorty, das Boot in die Strömung zu drehen, was nicht schwer war, weil der Fluss ihnen durch seine Wucht tatsächlich half. Das Schiff buckelte wie ein Pony, doch dann fuhr es wieder längs zur Strömung und beruhigte sich, als es wieder Fahrt aufnahm. Manuel Lisa stieß ein Stoßgebet zum Himmel aus und gab mit ruhiger Stimme weitere Befehle. „Sichert die Ladung! Ladet die Gewehre!" Ein Blick zurück zeigte ihm, dass die Blackfeet ihnen nicht mehr folgten und die letzten Krieger gerade wieder ans Ufer zurückkehrten.

Manuel Lisa übergab das Ruder an Pierre und schritt das Boot ab, um die Verluste zu zählen. Vier Mann waren über Bord gegangen – ein herber Verlust. Ein Mann war erschlagen worden, und sie wickelten seinen Leichnam in eine Decke, um ihn bei Gelegenheit zu bestatten. An Ausrüstung hatten sie bis auf einige Stangen nichts verloren. Hatten die Blackfeet die Männer, die über Bord gegangen waren, erwischt? Er hoffte inständig, dass sie ihnen nicht lebend in die Hände gefallen waren! Aber er konnte unmöglich umkehren, um nach ihnen zu suchen. Das brachte nur alle anderen in Gefahr. Sie konnten von Glück reden, dass sie dieser Falle entkommen waren!

„Arnel! Stell dich an den Bug, und pass auf, ob die noch mehr so Fisimatenten auf Lager haben!", befahl er umsichtig.

„Mach ich!", brüllte Arnel zurück.

„Menard! Schnapp dir ein paar Schützen, und behalte das Ufer im Auge!"

Die nächsten Tage geschah jedoch nichts. Vorsichtshalber lagerten sie auf den Kiesbänken oder kleinen Inseln des Yellowstone, weil sie dort noch am ehesten vor Angriffen geschützt waren. Die

Stimmung war gedrückt, denn ihre Verluste waren inzwischen erheblich. Jeder Mann wurde dringend gebraucht und konnte so schnell nicht ersetzt werden. Manuel Lisa setzte sich am Abend hin und schrieb Briefe an die Hinterbliebenen, die er Clark oder anderen Männern mitgeben wollte, wenn sie das Fort erreicht hatten. Vielleicht lieferte er sie auch selbst ab. Im Moment hatte er das Interesse am Oberen Missouri verloren. Er überlegte, ob es nicht sicherer war, mit den Omaha zu handeln. Die waren um einiges friedlicher.

Sie waren froh, als sie endlich den Missouri erreichten und wieder ein Segel setzen konnten. Der Wind trieb sie vorwärts, und sie mussten nicht mehr kreuzen, um eine optimale Linie zu fahren. Die Männer saßen auf dem Dach des Aufbaus und träumten vor sich hin, während die wechselnde Landschaft an ihnen vorbeiglitt. Manchmal sahen sie kleinere Jagdgruppen von Indianern am Ufer, die jedoch keine Anstalten machten, sie anzugreifen. Einige Male schossen sie Elche und Wapitihirsche – und einmal einen Schwarzbären. Sie hatten Zeit, das Erlebte zu verdauen und neue Pläne zu schmieden. Keiner wollte mehr an den Bighorn zurück! Am Abend hofften sie immer noch, dass einer der verlorengegangenen Voyageure auftauchen würde, doch mit jedem weiteren Tag nahm die Hoffnung ab.

Als sie Fort Lisa erreichten, war es schon fast Sommer. Die Versorgungslage des Forts war schlecht, denn es gab noch immer kein Wild in der Nähe. Zwar kamen genügend Indianer zum Handeln, doch der Gewinn war mäßig, weil sie das Fleisch teuer einkaufen mussten. Manuel Lisa wollte den Posten noch halten, weil er weitere Verhandlungen mit den Stämmen führen wollte. Der Angriff der Tituwan hatte ihm zugesetzt, und er wollte unbedingt bessere Beziehungen zu ihnen aufbauen. Wenn es tatsächlich zum Krieg mit den Briten kam, brauchten sie hier im Westen Verbündete. Außerdem hoffte er immer noch auf die Rückkehr seines Partners Andrew Henry von den Three Forks. Seit Colter und Menard im letzten Sommer zurückgekehrt waren, hatte er nichts mehr von Henry und seinen Männern gehört. Nachdenklich blickte er zum Fluss und hoffte auf ein Lebenszeichen von ihnen. Aber ihn plagten auch andere Sorgen: Die Lage des Forts war als Basis für die Schiffe nicht ideal. Die Anlagestelle war schlecht zu erreichen. Entweder war die Strömung zu stark, sodass man fast daran vorbeitrieb, oder sie versumpfte, sodass die Kielboote nicht mehr anlegen konnte.

Nach drei Wochen kamen zwei der Männer, die über Bord gegangen waren, völlig erschöpft und ausgehungert im Fort an. Sie hatten sich versteckt und waren nur nachts weitergezogen. Sie hatten sich von dem ernährt, was sie unterwegs gefunden hatten – was nicht viel gewesen ist. Beim Sturz ins Wasser hatten sie nur ihre Messer dabeigehabt, sonst fast nichts. Die Männer hingen an den Lippen der Geretteten und lauschten den erstaunlichen Geschichten.

Jacques ließ sich erst einmal Whiskey und Essen geben, ehe er von ihrer abenteuerlichen Flucht durch das Indianergebiet erzählte. „Wir haben uns nur nachts weiterzugehen getraut. Überall waren diese Blackfeet! Mehrfach sind wir zum Missouri, weil wir hofften, euch irgendwo zu erwischen, aber wir hatten echt kein Glück. Also wählten wir den Weg über Land. Mehrmals sind wir auf Indianer gestoßen, die uns aber nicht gesehen haben. Die sind alle in Bewegung, sage ich euch! Wir hatten nur unsere Messer dabei und hätten uns kaum verteidigen können. Zu fressen gab es auch nichts … ich kann keine Beeren und Fische mehr sehen!"

Einige Männer lachten voller Mitgefühl. Manuel Lisa aber hatte eine andere Frage: „Und die anderen beiden? Jean und Fred? Habt ihr was von denen gesehen? Sie sind auch über Bord gegangen."

Die beiden schüttelten traurig die Köpfe. „Nichts! Ich kann nicht einmal sagen, ob sie noch leben oder die Inyuns sie erwischt haben. Kann auch sein, dass sie ertrunken sind. Vielleicht kommen sie ja noch?" Hoffnung schwang in seiner Stimme mit.

Manuel Lisa nickte. „Ruht euch erst einmal aus. Schön, dass ihr wieder bei uns seid!"

„Mann … ich war noch nie so froh, eure dämlichen Fratzen zu sehen!", gab Jacques zu. Gelächter schlug ihm entgegen, und die

Männer klopften den beiden begeistert auf die Schultern.

„Wir auch!"

Tage später gab es ein weiteres Wiedersehen: Andrew Henry kehrte von den Three Forks zurück. Seine Geschichte war ebenso dramatisch. Als die Männer sich nach einem großzügigen Mahl gestärkt hatten, erzählte Henry mit rauer Stimme, was ihnen zugestoßen war. „Diese scheiß Blackfeet haben uns mit über 200 Mann angegriffen! Wir wehrten uns nach Kräften, doch wir konnten das Fort gegen diese Übermacht nicht halten. Wir sind Hals über Kopf weg und haben uns in die Berge verzogen. Wir haben fast alles zurückgelassen: Ausrüstung, Felle, Proviant und unsere Fallen. Alles verloren! Ich sage euch, diese Hunde haben uns richtig zugesetzt."

„Und dann?" Lisa, Reuben und die anderen waren nicht glücklich darüber, dass dieser Teil der Expedition ein totales Desaster war.

Henry zuckte mit den Schultern. „Wir sind bis zum Snake-Fluss und haben dort überwintert. Die Jagd war schlecht und so haben wir zum Schluss unsere Pferde gegessen. Haben es gerade so überlebt! Ein Teil meiner Männer ist dann nach Süden in Spanisches Territorium ausgewichen, und der Rest hat sich bis hierher durchgeschlagen." Er hob die Hände. „Mit nichts!"

„Verdammt!" Lisa und die anderen kniffen wütend, aber auch voller Hochachtung die Augen zusammen. Sie waren wütend auf die Blackfeet, die ihnen hier das Geschäft verdarben, aber bewunderten, dass Henry überhaupt zurückgekehrt war. „Nimm's nicht so schwer!", tröstete ihn Lisa. „Es gibt noch mehr Gegenden mit Bibern!"

Henry grinste. „Ja, droben in den Bergen am Snake-Fluss ... oder noch weiter in Richtung Pazifik. Und keine Blackfeet!"

Kanghi-win

Anfang Sommer 1811 in den Bighorn-Bergen

Wambli-luta lachte übermütig, als er all die Bündel sah, die sie von den Weißen erbeutet hatten. Hoh, was für ein Coup! Eigentlich wäre es an Taten genug, doch die winzige Chance, dass sie vielleicht Anpao-win in dem Dorf der Apsalooke fanden, trieb ihn weiter an. Auch Ishta-hota und Thimahel-okile verloren kein Wort, als der Anführer seine Krieger weiter in die Berge führte. Wambli-luta ritt als Späher voraus und nahm seine Freunde mit. Die anderen ließ er in einer Senke warten. Die Beute ließ er auf mehrere Pferde verladen, sodass sie die Gruppe nicht aufhalten würden. Er schickte drei Männer los, die das Dorf in einem weiten Bogen umgehen sollten. „Die Psa werden uns bald auf den Fersen sein, da ist es besser, wenn wir die Beute in Sicherheit bringen. Wir treffen uns weiter oben in den Bergen!" Er grinste überheblich. Noch hatten sie einen großen Vorsprung, denn die Apsalooke wären noch weit hinter ihnen. Das ließ ihnen Zeit, das Dorf zu überfallen. Wambli-luta vermutete, dass die Apsalooke nicht mit einer weiteren Gefahr rechneten und somit das Dorf ungeschützt vor ihnen liegen würde.

„Warum willst du sie dann ausspähen? Warum reiten wir nicht in ihre Mitte, holen uns ein paar Skalps und verschwinden wieder?", fragte ein ungeduldiger junger Mann.

„Weil ich schauen möchte, ob ich meine Schwester sehe. Ich will sie nicht in Gefahr bringen. Außerdem will ich keine Skalpe. Wir haben genug Ehre erlangt."

„Und wenn sie dort gar nicht ist?"

Wambli-luta verkniff sich eine unbeherrschte Bemerkung. „Auch dann ist es besser, erst einmal zu sehen, was uns dort erwartet. Ich will nicht in eine Falle laufen!"

Der Mann senkte den Blick und machte eine versöhnliche Geste. „Du hat recht … ich bin zu unbedarft."

„Nein, du bist mutig!", stellte Wambli-luta klar. „Doch wir haben schon so viel erreicht. Nun ist es an der Zeit, besonnen zu handeln." Er lächelte leicht und winkte dem jungen Mann, ihm zu folgen.

Glücklich holte der junge Mann sein Pferd, begierig darauf, dem Anführer seinen Wert zu beweisen.

Wambli-luta folgte der breiten Spur, die selbst nach mehreren Tagen noch gut zu sehen war. Die Apsalooke hatten den Blackfeet fast alle ihre Krieger hinterhergeschickt. Die Spur führte ihn geradewegs zum Dorf der Apsalooke, das am Fuße der Berge auf einer weiten Lichtung zwischen hohen Fichten lag. Dahinter türmten sich bereits die hohen Berge, die an ihren Spitzen noch schneebedeckte Gipfel zeigten. Der Himmel darüber war kristallblau. Die Hunkpapa näherten sich dem Dorf im Schatten der Bäume und ließen schließlich die Pferde zurück, um sich anzuschleichen. Geduldig beobachteten sie das Treiben im Dorf. Wambli-luta verzog zufrieden die Lippen. Bis auf Frauen und Kinder waren tatsächlich kaum Männer zurückgeblieben. Sie würden leichtes Spiel haben! Aber wo war seine Schwester? Lebte sie in diesem Dorf? Sorgsam musterte er all die Frauen, die mit Holz beladen zurückkamen oder geschäftig hin- und herliefen. Sie ahnten nichts von der drohenden Gefahr. Kinder spielten zwischen den Zelten und genossen nach dem langen Winter die wärmenden Sonnenstrahlen. Wo war Anpao-win?

Als er sie schließlich erkannte, wurde sein Herz kalt vor Wut: Da stand sie, und er erkannte deutlich ihren runden Bauch. Dieses Hundegesicht hatte sie sich also zur Frau genommen! Mit den Lippen deutete er auf sie und zeigte sie seinen Freunden. „Dort ist sie!"

Ishta-hota erkannte sie ebenfalls und kniff wütend die Augen zusammen. „Sie erwartet ein Baby", sagte er tonlos.

„Ja!" In Wambli-lutas Kopf drehten sich die Gedanken. Ob sie überhaupt zurückwollte?

„Merkt euch das Zelt!", befahl er ruhig. „Ich will nicht, dass sie aus Versehen getötet wird."

Die anderen nickten, dann zogen sich die Männer leise zurück. Es wurde Zeit für ihre Rache!

Als Wambli-luta die wartenden Krieger erreichte, zögerte er keinen Augenblick. Mit erhobener Hand gab er das Zeichen zum Angriff. „Die Frauen und Kinder sind ohne Schutz! Wir befreien meine Schwester und rächen ihre Schande! Aber habt Mitleid! Nehmt, was euch gefällt, kämpft tapfer, aber verschont die Frauen und Kinder. Ich will keine weiteren Racheaktionen gegen uns!" Er wusste, dass seine Worte nicht jeden erreichten, aber er hatte es versucht. Er selbst würde schnell das Tipi aufsuchen, in dem seine Schwester lebte, um ihr Leben zu schützen. Niemand hielt einen Krieger auf, der Blut sehen wollte. Er wusste das.

Wie ein Sturm fielen die Hunkpapa über das Dorf her. Ihre Kriegsschreie erfüllten das Tal und mischten sich mit dem entsetzten Geschrei von Frauen und Kindern, die um ihr Leben rannten. Frauen verwandelten sich in Furien, bewaffneten sich mit Stöcken und Messern, um die Feinde aufzuhalten. Die Übermacht war jedoch überwältigend. Einige wenige ältere Männer stellten sich den Angreifern entgegen, doch sie wurden von den galoppierenden Pferden erfasst und einfach umgeworfen. Hier und da nahm ein Krieger seine Keule und erschlug den am Boden liegenden Feind. Dann hatten die Männer die Zelte erreicht, und mit gezogenen Messern drangen sie ins Innere vor. Frauen flüchteten zum Ufer des Flusses, um sich dort zu verstecken; Kinder kletterten auf Bäume; doch einige hatten ahnungslos in den Tipis gesessen, als das Unheil über sie hereingebrochen war. Sie standen den Kriegern gegenüber, die in einem Rausch waren und sich an der Hilflosigkeit ihrer Feinde ergötzten. Sie respektierten Wambli-luta, doch es fiel ihnen schwer, sich den Feinden gegenüber zu beherrschen. Sie raubten die schöne Kleidung, Waffen und Tabak, während die Frauen keifend danebenstanden und froh sein konnten, wenn sie nicht getötet wurden. Kinder hatten sich unter den Decken versteckt, die von den Kriegern hochgerissen wurden, weil sie die Decken als Beute mitnehmen wollten. Sie grinsten, als sie die verschreckten Kinder sahen, und verließen im Gefühl der Überlegenheit die Zelte.

Wambli-luta erreichte mit Ishta-hota das Zelt, in dem seine Schwester lebte, und drang mit erhobener Keule in das Innere vor. Seine Schwester schrie ihn vor Furcht an und presste ein kleines Mädchen an sich, das sich schutzsuchend bei ihr versteckte. Dann erkannte Anpao-win ihren Bruder und sie fing hemmungs-

los zu weinen an. „Mitiblo!", rief sie immer wieder. „Mitiblo!"
Mein Bruder!

Wambli-luta ließ die Waffe sinken und hob beruhigend die Hand.
„Komm! Wir sind hier, um dich zu befreien."

Anpao-win nickte nur und bückte sich nach einem kleinen Bündel, das am Fuß ihres Lagers lag. Immer noch hielt sie das kleine
Mädchen an der Hand.

„Wer ist das?", wollte er wissen. Es schickte sich nicht, mit seiner
Schwester zu reden, aber hier blieb ihm keine andere Wahl.

„Die Tochter von Dachbitche-hisshi. Bitte tue ihr nichts!" Man
konnte sehen, dass sie das Kind gernhatte.

Er winkte großmütig ab. „Ich tue ihr nichts!", versicherte er. Dann
grinste er höhnisch, als er einen Einfall hatte. Er trat zu dem Kind
und packte es sich unter den Arm. Es zappelte vor Angst, und so
wandte er sich an seine Schwester. „Sag ihr, sie soll still sein!"

„Was hast du vor?", fragte Anpao-win mit großen Augen.

Wambli-luta ignorierte ihre Frage, denn es war ja offensichtlich,
was er vorhatte. Dieser Psa hatte seine Schwester entführt, nun
rächte er sich eben, indem er dessen Tochter entführte. Er fühlte die Genugtuung, als er das Tipi verließ und das Kind auf sein
Pferd hob. Dann winkte er seine Schwester herbei und half ihr,
hinter dem Mädchen aufzusitzen. „Wir müssen schnell weg,
denn die Psa werden bald hier sein!"

Ishta-hota ritt näher heran und lächelte frohen Herzens, als er seine Angebetete nach all der Zeit wiedersah. Anpao-win stieg die
Röte ins Gesicht, als sie ihn erkannte. In all ihren Träumen hatte
sie so gehofft, ihn eines Tages wiederzusehen, doch nicht unter
diesen Umständen. Wie würde er reagieren? Die Unsicherheit
stand ihr ins Gesicht geschrieben. Ishta-hota aber lächelte nur
freundlich und ritt näher, um ihr ganz kurz über die Wange zu
streicheln. „Ich habe davon geträumt, und nun bist du wieder bei
mir!"

Anpao-wins Herz klopfte, denn er musste gesehen haben, dass
sie das Kind eines anderen unter ihrem Herzen trug. Es machte
ihm nichts aus, und das allein zählte. Er war hierher gekommen,
um sie zu befreien! Die Erleichterung griff nach ihr und langsam

wurde ihr klar, dass sie wieder nach Hause kommen würde. Ihre Gedanken wurden leicht und frei vor Freude.

Sie führte das Pony hinter den Männern her, während sie beruhigend auf das Kind einredete. „Hab keine Angst! Diese Männer tun uns nichts. Er ist mein Bruder, der gekommen ist, um mich zu holen."

„Aber ich will zu meiner Mutter!", weinte das Kind.

„Später!", versicherte Anpao-win.

Wambli-luta befahl den Rückzug und sah befriedigt, wie seine Krieger mit Beute bepackt aus dem Dorf zusammenströmten und schrille Triumphschreie ausstießen. Die meisten Bewohner hatten sich in Sicherheit gebracht, sodass es geradezu verlassen erschien. Nur eine alte Frau hatte drohend den Stock erhoben und schimpfte hinter ihnen her. Die Krieger ignorierten sie und zogen lachend die erbeuteten Pferde mit Bündeln beladen hinter sich her. Wambli-luta ließ sich ein Pony geben und führte die Männer südwärts in Richtung der Berge davon. Er hatte keine Lust, auf dem Rückweg übellaunigen Psa zu begegnen. Er würde einen Weg am Rand der Berge suchen und dann in Richtung der He Sapa ausweichen. In den vielen Schluchten und Canyons der hügeligen Prärie würde es schwierig werden, ihren Spuren zu folgen.

Die Männer hinter ihm lachten und scherzten. Einige prahlten mit ihren Heldentaten, und zwei hatten junge Mädchen dabei, die sie in ihre Zelte führen wollten. Wambli-luta hatte kein Mitleid, denn seiner Schwester war es ja ebenso ergangen. Nun würden eben diese Mädchen den Hunkpapa Kinder gebären. Er konnte nur dafür sorgen, dass sie auf dem Rückweg nicht misshandelt wurden.

Kurze Zeit später trafen sie auf die Männer mit den Packpferden und vereinten sich wieder mit ihnen. Wambli-luta schickte Späher voraus, die einen Pass über die Berge finden sollten, und wandte sich besorgt an Anpao-win. „Wirst du reiten können?"

Seine Schwester nickte energisch. „Ich werde sagen, wenn ich eine Rast brauche."

„Das ist gut!" Mit einem Blick auf ihren geschwollenen Leib verschwand er wieder an der Spitze des Zuges. Das weinende Kind, das unglücklich hinter seiner Schwester saß, ignorierte er. Er würde es gut behandeln, denn er wollte nicht das Kind demütigen, sondern dessen Vater.

Prüfend blickte er über die Schar seiner Anhänger, die noch keine Verluste erlitten hatte. Zwei Krieger hatten Schusswunden beim Kampf mit den Weißen davon getragen, doch sie waren versorgt worden und konnten reiten. Ein Krieger hatte eine tiefe Schnittwunde durch einen Kampf mit einer Frau. Er hatte sie nicht getötet, obwohl die Wut ihn erfüllt hatte.

Stattdessen hatte er ihr das Messer aus der Hand gewunden und sie zu Boden geworfen. Als sie um ihr Leben flehte, hatte er kopfschüttelnd das Tipi verlassen. Warum war sie nur so dumm gewesen, auf einen Krieger loszugehen? Er hatte Tabak mitgenommen und einen Beutel mit schön bestickten Ersatzmokassins. Die Frau hatte es widerstandslos geschehen lassen, denn tatsächlich handelte er großmütig.

Wambli-luta ritt bis in die Nacht, ehe er an einem schnell fließenden Bach Rast machte. Am Himmel verschwand der Mond hinter den schwarzen Fichten, und es wurde finster. Hin und wieder war der Ruf eines nächtlichen Jägers zu hören. Es raschelte im Gebüsch, aber man konnte nur ahnen, ob ein Luchs oder Kojote vorbeischlich. Wambli-luta sah kurz nach seiner Schwester. Sie war erschöpft, aber darauf konnte er keine Rücksicht nehmen. Er vermutete, dass die Apsalooke inzwischen ihr Dorf erreicht und nach dem ersten Schreck die Verfolgung aufgenommen hatten. Es war besser, den Vorsprung noch zu vergrößern. In der Nacht würde es schwierig werden, ihren Spuren zu folgen.

Nach einer kurzen Rast ließ er daher die Männer die Pferde in das Bachbett entlang führen. Erst nach einer längeren Zeit verließen sie den Bach und wechselten auf felsiges Gelände.

Die Nacht war finster, und es war anstrengend, auf dem steinigen Boden den Weg zu finden. Die Hufe der Pferde klapperten und manchmal ertönte ein nervöses Schnauben. Sonst war nichts zu hören.

Am Morgen erreichten sie ein weiteres Tal zwischen den Hügeln und ritten nun einen weiteren Bach entlang. Die Natur war hier unberührt, und die ersten Vögel flüchteten erschrocken ins Wasser, als sich die Reiter näherten. Die Männer erkannten Reiher und Haubentaucher, die im Wasser nach Futter suchten. Auch Enten und Gänse flatterten davon, als die Männer sich dem Ufer näherten. Wambli-luta wies auf eine Bisamratte, die schnell im Schilf verschwand. „Hier sind gute Jagdgründe!", stellte er fest.

„Ich habe vorher einen Otter gesehen, und dort hinten gibt es Biber", ergänzte Ishta-hota. „Wir sollten hier zum Jagen herkommen."

Wambli-luta grinste frech. „Das werden diese Psa kaum gutheißen. Aber du hast recht … hier gibt es Beute genug!"

Teilweise wurde das Tal weit und war mit hohen Fichten bewachsen. Es führte in nordöstlicher Richtung, was Wambli-luta gerade recht war. Als sie ein weiteres Tal erreichten, drehte er jedoch in die entgegengesetzte Richtung nach Südenwesten ab.

„Warum reitest du nicht weiter?", fragte Thimahel-okile.

„Damit rechnen die Psa doch! Nein, wir bleiben im Wasser, bis wir sicher sein können, dass sie unsere Spur nicht finden! Wir bleiben in südlicher Richtung, bis wir den Tongue-Fluss erreichen, und folgen ihm. Von dort reiten wir nach Osten!"

Thimahel-okile nickte anerkennend. „Ein guter Plan! Da umgehen wir auch die Wolfsberge und kommen schneller voran! Hecetu-welo."

„So ist es!"

Wambli-luta ließ einige Krieger am Ufer entlang galoppieren und in der entgegengesetzten Richtung im Wasser laufen. Sorgfältig achtete er darauf, die Spur, die in die andere Richtung führte, zu verwischen. Die Krieger lachten über den Trick und bewunderten die Geschicklichkeit ihres Anführers. Bisher war der Raubzug erfolgreich gewesen, und nun wollten sie mit ihrer Beute auch ruhmreich heimkehren. Sie hatten genug gewagt.

In langsamem Tempo ritten sie durch das Wasser und verließen es nach einer Weile am südlichen Ufer. Müde hockten die Männer auf ihren Ponys, denn sie hatten lange nicht geschlafen. Noch schlechter ging es Anpao-win und dem Kind. Auch die beiden Apsalooke-Mädchen ließen die Köpfe hängen. Für sie war es viel schwerer, denn man hatte sie gefesselt.

Am Nachmittag fanden die Späher einen Pass, und erschöpft kletterten die Ponys den schmalen Grad entlang. Ein kalter Wind wehte von den Bergen herunter und zerrte an den Haaren der Menschen. Immer noch ließ Wambli-luta seine Männer nicht rasten. Jeden Augenblick rechnete er damit, dass eine ziemlich gereizte Gruppe Psa hinter ihnen auftauchen konnte. Er wollte zuerst die Berge hinter sich lassen und in den Senken des Quellgebiets des Tongue-Flusses verschwinden. Dort würde es Wasser und Gras für die Pferde geben. Diese Nacht brauchten sie alle eine Rast! Sie hatten keine Augen für die Schneeziegen, die geschickt über die Hänge kletterten, als die Pferde näherkamen. Einmal scheuchten sie einen Puma auf, der faul in der Sonne gelegen hatte. Er fauchte sie an und verschwand dann mit ausgestrecktem Schwanz.

Am Abend erreichten sie schließlich das Tal, und durstig drängten die Pferde ans Wasser. Die Krieger ließen auch die beiden Mädchen zum Fluss, die kurz vor dem Verdursten standen. Sie lagen am Ufer und schlürften durstig das Wasser. Die Männer standen um sie herum und machten unfeine Bemerkungen. Einer trat sogar näher und tätschelte dem Mädchen den Hintern. „Huh, bald wirst du dort etwas zwischen den Beinen spüren!" Das Mädchen dreht sich um und funkelte den Mann verzweifelt an. Dabei presste es die Beine zusammen, als wollte es sich gegen das wehren, was bald kommen würde.

Die Männer lachten aufgekratzt und ließen die beiden dann in Ruhe. Sie waren längst der Besitz von zwei Kriegern, die entscheiden würden, was sie mit ihnen zu tun gedachten. Beide hatten noch keine Frauen, sodass es nur vernünftig gewesen wäre, die beiden als Ehefrauen zu nehmen. Hübsch genug waren sie.

Anpao-win streckte die schmerzenden Glieder und hielt sich stöhnend den Bauch, der hart wie ein Kürbis war und nach unten drückte. Sommerregen suchte Trost, doch Anpao-win schob sie unwillig zur Seite. „Warte ein bisschen! Ich habe solche Schmerzen!", bat sie das Kind.

Sommerregen setzte sich still neben sie und schaute sie mit großen Augen an. „Kommt meine Mutter bald?", fragte sie leise.

„Nein!", sagte Anpao-win ehrlich. „Du lebst jetzt bei meinem Bruder. Du musst artig sein, hörst du?"

Tränen liefen dem Kind über das Gesicht, als es unglücklich neben Anpao-win hockte. „Aber warum?"

Anpao-win hatte keine große Geduld mehr. „Weil dein Vater mich von meinem Volk geraubt hat. So ist das eben. Ich wollte auch nicht mit ihm gehen."

„Aber er war doch gut zu dir."

Anpao-win nickte. „Ja, aber trotzdem wollte ich nicht von meiner Mutter weg. Verstehst du das?"

Sommerregen senkte unglücklich den Kopf. „Ich auch nicht!"

Anpao-win strich ihr begütigend über den Kopf. „Nein! Aber du brauchst keine Angst zu haben. Ich werde auf dich aufpassen."

Wambli-luta trat näher und reichte seiner Schwester eine warme Decke. Außerdem gab er ihr einen Beutel mit Proviant. „Geht es meiner Schwester gut?", erkundigte er sich. Er redete etwas an ihr vorbei und vermied es, sie direkt anzusehen.

Anpao-win deutete auf ihren Bauch. „Das Baby kommt bald!"

„Huh!" Wambli-luta riss erschrocken die Augen auf. Das Letzte, was er hier brauchen konnte, war eine Frau, die niederkam.

Anpao-win sah seinen Blick und kicherte leise. „Noch nicht!", beruhigte sie ihn. Dann wurde sie ernst. „Es ist gut, dass du gekommen bist!"

„War er nicht gut zu dir?" Eine steile Falte erschien zwischen seinen Augen.

Sie machte eine nachlässige Handbewegung. „Doch! Aber ich dachte immer an Mutter und Vater … und an Ishta-hota!"

Wambli-luta nahm ihr die Sorge, die leise in ihrer Stimme mitschwang. „Er wird dein Ehemann! So ist es beschlossen."

„Auch mit diesem Kind?" Ihre Lippen zitterten.

„Ja! Er wusste es auch vor unserer Begegnung. Es wird als sein Kind aufwachsen."

Sie seufzte vor Erleichterung. „Er ist ein guter Mann!"

Sinnend musterte der Krieger das fremde Apsalooke-Mädchen.
„Was hast du mit ihr vor?", fragte Anpao-win scheu.
„Sie wird in meinem Tipi leben. Vielleicht als kleine Schwester.
Ich weiß es noch nicht."
„Er wird sie suchen!", befürchtete sie.
„Das hoffe ich!", betonte er zufrieden. „Er soll wissen, wie es ist,
wenn man einem ein Mitglied seiner Familie aus der Mitte reißt.
Er soll das Gleiche fühlen wie wir." Energisch stand er auf und
bedeutete ihr, sich auszuruhen. „Morgen haben wir eine lange
Reise vor uns."
Sie nickte und zog das Kind zu sich unter die warme Decke.
„Schlaf, mein Kind!"

Die nächsten Tage ritten sie im schnellen Tempo am Tongue-Fluss
entlang. Die Gegend verwandelte sich von zerklüftetem Vorgebirge in weite, rollende Hügel, die großteils nur mit Gras bewachsen waren und oft den kargen, erodierten Boden zeigten. Sie
wussten, dass der Tongue-Fluss wieder in den Yellowstone mündete, und hatten nicht vor, dort den Apsalooke in die Hände zu
fallen. Nach einem unzugänglichen mit Wald bewachsenen Berg-
massiv schwenkten sie endgültig nach Osten und verschwanden
in den Hügeln und Senken der weiten Prärie.
Niemand war ihnen gefolgt, und Wambli-luta hatte eine dunkle
Ahnung, warum. Er befürchtete, dass Dachbitche-hisshi schlau
genug war, ihm irgendwo den Weg abzuschneiden. Die Gegend
war unendlich, sodass er schlecht planen konnte, wo die Hunkpapa vorbeikommen würden, aber er würde vielleicht versuchen, das Dorf zu finden! Die Slim Buttes waren nun kein sicherer
Ort mehr für sein Volk! Wambli-luta behielt deshalb das scharfe
Tempo bei, denn es galt, das Dorf vor den Apsalooke zu erreichen!
Anpao-win hatte all die Zeit tapfer durchgehalten, obwohl das
lange Reiten ihr zusetzte. Nachdem sie an diesem Tag aufgebrochen war, fühlte sie die ersten Krämpfe in ihrem Bauch. Sie waren
anders als an den anderen Tagen, und sie wusste, dass die Geburt
bevorstand. Noch konnte sie die Schmerzen aushalten. Sie sagte
nichts, denn sie wollte die Flucht nicht gefährden. Irgendwann

bat sie Ishta-hota, das kleine Mädchen zu sich zu nehmen, denn die Krämpfe wurden stärker, sodass sie sich zusammenkrümmte. Ishta-hota sah sie mit kritischem Blick an und merkte, was vor sich ging. Mit dem Kind vor sich im Sattel galoppierte er zu Wambli-luta und wies ihn auf die Unpässlichkeit seiner Schwester hin.

„Hohch!" Wambli-luta nickte verstehend und ritt ebenfalls zu seiner Schwester. „Tokah ho?", fragte er besorgt.

„Das Baby kommt!", antwortete Anpao-win kurzatmig. Schweiß stand ihr auf der Stirn.

„Sollen wir rasten?" Wambli-luta hatte wieder die steile Falte auf seiner Stirn.

Anpao-win winkte ab. „Es geht noch!", meinte sie tapfer. „Es wird noch dauern."

„Wir reiten langsamer!", versprach Wambli-luta. Wenn die Geburt sich verzögerte, konnte er immer noch zwei Späher vorausschicken, die das Dorf warnten. Ohne Packpferde und Frauen würden diese ohnehin schneller vorwärtskommen. Er wollte es nicht, denn er wollte siegreich heimkehren, aber wenn es sich nicht vermeiden ließ, dann musste er diese Entscheidung treffen.

Anpao-win nickte und trieb ihr Pony wieder an. Die Wehen kamen noch in größeren Abständen, und so würde die Geburt noch dauern. Zwischen den Wehen trocknete der stete Wind den Schweiß auf ihrer Haut, und sie fühlte sich nicht schlecht.

Am Spätnachmittag brach das Wasser und lief in das Fell, das sie auf den Sattel gelegt hatte. Es lief ihre Beine entlang und in ihre Mokassins, aber sie konnte nicht schnell genug absteigen, um es zu verhindern. Sie hob die Hand, um zu signalisieren, dass sie nicht mehr weiter konnte. Die Späher hatten einen Bach gefunden, der als Lagerplatz geeignet war, und so beschloss Wambli-luta, vorzeitig diesen Rastplatz aufzusuchen. Seine Schwester brauchte Wasser!

Anpao-win war dankbar, als sie endlich vom Rücken des Pferdes hinunterkam. Sie hatte noch Kraft genug, das Fell auf dem Sattel auszutauschen und ihre Mokassins auszuspülen. Sie hängte sie zum Trocknen in einen Busch und bereitete sich dann auf die Geburt vor. Die Männer hatten in der Nähe das Nachtlager aufgeschlagen und ließen sie allein. Anpao-win band ihr Kleid nach oben und suchte sich einen Platz am Wasser. Die Wehen kamen nun in kurzen Abständen und pressten ihren Leib zusammen. Sie nahm ein Stück Leder in den Mund, um die Schmerzen besser auszuhalten. Ihr Atem kam gepresst, und sie vergaß die Welt um sich herum. Alles, was blieb, waren dieser ziehende Schmerz und die starken Krämpfe. Manchmal wollte sie nur noch, dass sie aufhörten. Sie wollte die Geburt verzögern, das Kind zurückhalten, doch es drängte mit aller Kraft aus ihrem Körper heraus. Dann presste sich der Kopf hindurch, und alles wurde leichter. Mit der nächsten Wehe flutschte der Körper des Kindes aus ihrem Leib, und sie atmete tief durch, als die Erleichterung sie übermannte. Fast sofort ließen die unerträglichen Schmerzen nach und kurz fiel ihr Kopf erschöpft nach hinten. Sie atmete tief die Nachtluft ein, dann richtete sie sich etwas auf, um das Kind in den Arm zu nehmen. Ein Mädchen!

Es war winzig, und seine Haut war schrumpelig und verschmiert. Das kleine Gesicht war noch verknittert von der Geburt. Dann öffnete sich ein rosa Mund, und ein feiner, erstickter Schrei war zu hören, als das Kind seinen ersten Atemzug machte. Das Quäken wurde lauter, als sie es mit dem kalten Wasser des Baches wusch. Die Haut rötete sich, und das Baby streckte empört die Arme und Beine von sich . Dann verstummte es, als Anpao-win es in ein weiches Fell hüllte, das sie in ihrem Bündel dabeihatte. Mit großen Augen schaute das Baby um sich und lauschte auf die Geräusche, die es zum ersten Mal laut und deutlich hörte.

Anpao-win seufzte zufrieden. Ein Mädchen war eine gute Sache. Ishta-hota würde es gernhaben und nicht den Sohn eines anderen Mannes großziehen. So würde es einfacher werden.

Sie legte das Kind ins Gras und stieg selbst in den Bach, um sich zu reinigen. Blut quoll zwischen ihren Beinen hervor, und sie presste mehrmals gegen den Bauch, damit auch große Blutbatzen abgingen. Das kalte Wasser erfrischte sie und brachte ihre Lebensgeister zurück. Sie watete ein Stück in klares Wasser und trank durstig. Nach der Entbindung fühlte sie sich stark und voller Kraft. Die Erschöpfung und Müdigkeit war völlig verschwunden. Sorgfältig legte sie sich eine Binde zwischen die Beine, dann kehrte sie glücklich und zufrieden ins Lager zurück.

Ishta-hota kam ihr entgegen und blickte fragend auf das Bündel in ihrem Arm.

„Ein Mädchen!", sagte sie leise.

Ishta-hota lachte vergnügt. Neugierig beugte er sich über das winzige Gesicht, das in der Dunkelheit kaum zu erkennen war und strich mit dem Finger über dessen Wange. „Mein kleines Apsalooke-Mädchen!", flüsterte er andächtig. Und so kam es, dass das Kind seinen Namen erhielt: „Kanghi-win!" Krähenmädchen.

Anpao-win hielt den Namen für sehr passend und hatte keine Einwände. Das Baby war ihr kleines Krähenmädchen. Ein bleibendes Andenken an eine schlimme Zeit.

Wambli-luta näherte sich ebenfalls und blickte auf die kleine Nichte, die sorglos in den Armen der Mutter ruhte. So winzig! Ob sie die Reise überstehen würde? Er musterte seine Schwester und überlegte, ob sie wohl am nächsten Tag würde reiten können. Auf Wanderschaft würden niemand große Rücksicht auf sie nehmen, aber da waren ja auch andere Frauen mit dabei! Sie sah frisch und erholt aus, als wäre sie von einer großen Last befreit. „Kannst du morgen reiten?", fragte er unbeholfen.

„Aber sicher!" Anpao-win nickte bestätigend. „Es geht mir gut!"

Wambli-luta lächelte zufrieden. Sie war eine wahre Tituwan-Frau! „Dann ruhe dich jetzt aus! Morgen wird es ein langer Tag."

„Wie viele Tage noch?", erkundigte sie sich.

„Höchstens drei … selbst wenn wir zwischendurch Rast machen. Es ist nicht mehr weit!"

„Washté!" Sie seufzte dankbar. Dann würde sie ihre Mutter und ihren Vater sehen! Dort wäre sie geborgen, und die Mutter würde ihr mit dem Baby helfen.

Wambli-luta lächelte ihr zu, als er ihre Gedanken erriet. „Bald bist du zuhause!"

Anpao-win verschwand auf dem Lager, das Ishta-hota ihr bereitet hatte, und schlief augenblicklich ein. Zweimal in der Nacht wurde sie durch ein feines Quäken geweckt, als Kanghi-win nach ihrer Brust verlangte. Durch das Saugen zog sich ihr Unterleib unangenehm zusammen, und sie blutete stark, sodass sie aufstand, um sich erneut zu waschen und die Binde zu wechseln. Mit Sorge blickte sie auf den kleinen Beutel, in dem die wenigen Sachen aufbewahrt wurden, die sie für die Geburt gebraucht hatte. Die Binden und das getrocknete Moos für die Windel des Babys würden nicht lange reichen. Am Morgen würde sie noch nach etwas Moos suchen! Drei Tage noch, und sie wäre daheim! Ihr Herz klopfte vor Freude und ihre Dankbarkeit war unendlich, dass ihr Bruder sie befreit hatte.

Mato-win

Sommer 1811 im Dorf der Hunkpapa

Mato-wea hockte auf dem Pony und nagte nervös an ihren Lippen. Vor ihr tauchte das Dorf der Tituwan auf, und ihre Furcht vor dem, was sie dort erwartete, stieg ins Unermessliche. Der eine Krieger, der die Pekuni von ihrer Spur ablenken sollte, war nicht zurückgekehrt, und die Stimmung der beiden anderen Männer war schlecht. Sie hatten es nicht an ihr ausgelassen, darüber war sie froh – aber wie würden die Menschen aus dem Dorf auf den Verlust reagieren? Sie hatte schlimme Dinge gehört, die die Tituwan ihren Feinden antaten. Vorsichtshalber nahm sie die Wiege mit ihrer Tochter in die Arme, um sie vor möglichen Attacken besser schützen zu können.

Krummes-Bein bemerkte es, aber er nahm ihr mit keiner Geste die Angst. Er hatte keine guten Nachrichten, denn er brachte die Kunde vom Tod von Wieselschwanz. Auch Weiße-Krähe hockte mit gesenktem Kopf auf seinem Pferd. Sie hatten es geschafft, doch sie hatten einen guten Krieger verloren. Selbst die Beute wog dies nicht auf. Er seufzte tief. Wenigstens hatten sie es geschafft, die Frau wohlbehalten hierher zu bringen. Kurz musterte er das Mädchen, das dort ergeben auf dem Pony hockte. Wambliluta hatte sie für sich erwählt, und so fühlte es sich gut an, die Aufgabe erfüllt zu haben. Auch die Packpferde mit der Beute waren ein guter Coup!

Die Menschen liefen zusammen, als die kleine Gruppe das Dorf erreichte. Späher hatten sie längst gemeldet, also wunderten sich die Menschen, wo die anderen Krieger geblieben waren. Ihre Augen waren ängstlich auf Krummes-Bein gerichtet. Misstrauisch begutachteten sie das fremde Mädchen, das dort auf einem Pony hockte und offensichtlich eine Gefangene war. Noch taten sie nichts, denn zuerst wollten sie hören, was Krummes-Bein zu berichten hatte.

Krummes-Bein aber führte die Pferde bis vor das Tipi von Wambli-luta und stieg ab. Fürsorglich half er auch dem Mädchen vom

Pferd und schob es in das Zelt von Gebrochene-Lanze. Er wollte sie aus dem Weg haben, damit sich der Zorn der Menschen nicht gegen sie richtete. Gebrochene-Lanze hatte vor dem Zelt gestanden und folgte den beiden nun erstaunt. Wo blieb sein Sohn? Und was wollte Krummes-Bein mit dem Mädchen hier?

Krummes-Bein schob das Mädchen weiter ins Innere, wo Hübsche-Nase erstaunt aufblickte. Etwas unbeholfen berichtete Krummes-Bein von seinem Auftrag. „Wambli-luta nahm sie gefangen, als wir einige Pekuni töteten. Sie war von ihnen gefangengenommen worden. Er bat mich, sie zu euch zu bringen, damit ihr gut auf sie aufpasst, bis er zurückkehrt."
„Wird er zurückkehren?", fragte Gebrochene-Lanze. Seine Stimme kratzte leicht.
Krummes-Bein machte eine vage Bewegung mit der Hand. „Er wollte weiter gegen die Psa ziehen, denn er sah eine Chance, Anpao-win bei ihnen zu finden. Mehr weiß ich nicht, denn er schickte mich voraus, um das Mädchen in Sicherheit zu bringen."
„Sie bedeutet ihm also viel?", fragte Gebrochene Lanze nach dem Status der Gefangenen.
Krummes Bein nickte. „Ja! Er sagte, dass er sie in einer Vision gesehen habe."
„Hoh!"
Der Vater riss die Augen auf. Eine Vision war eine wichtige Sache. Für ihn war nun klar, dass er die Gefangene mit Respekt behandeln würde. „Sie hat ein Baby", stellte er fest.
Krummes-Bein lächelte kurz. „Ja, er meinte, dass ihr Freude mit der Kleinen haben werdet. Ihr sollt sie wie ein Enkelkind sehen!"
Diese Worte brachten Hübsche-Nase, aber auch die Großmutter, auf die Beine. „Eieiei ... so eine Freude!"
Sie klatschten in die Hände vor Begeisterung. Ein Baby war immer eine gute Sache. Freundlich nahm Hübsche-Nase das Mädchen an der Hand und zog es auf ein Lager. „Sie wird doch sicher müde sein! Und seht nur, wie niedlich dieses Mädchen ist! Spricht die Frau denn unsere Sprache?"
Krummes-Bein schüttelte verneinend den Kopf. „Nein ... aber sie versteht die Zeichen. Sie heißt Mato-win."

„Mato-win …. Ein beeindruckender Name. Von welchem Volk ist sie denn?"

„Miwatani!"

Die Mutter kicherte erheitert. „Ah … das Mädchen mit den dürren Beinen!", vermutete sie.

Krummes-Bein wagte einen Blick auf das wenige, das von den Beinen des Mädchens zu sehen war. Dürr erschienen sie ihm nicht. Er hob ein wenig verwundert die Augenbrauen, sagte aber nichts. Stattdessen trat er vor das Tipi und begann die Bündel ins Zelt zu tragen. Wambli-luta würde entscheiden, wie die Beute verteilt wurde. Die Pferde gab er einigen Knaben mit, die sie zur Herde bringen sollten.

Er ließ Mato-win allein im Zelt und machte sich auf, eine schwere Plicht zu erfüllen. Er musste den Eltern von Wieselschwanz mitteilen, dass ihr Sohn nicht mehr heimkehren würde. Erst danach verschwand er im Zelt der Wakincun, um ihnen Bericht zu erstatten. Er nahm Weiße-Krähe mit, denn er hatte sich wirklich verdient gemacht.

Gebrochene-Lanze hatte sich dort ebenfalls eingefunden und hörte aufmerksam den Bericht von Krummes-Bein. Es beunruhigte ihn, dass Pekuni in der Nähe waren. Außerdem befürchtete er, dass auch die Apsalooke nicht untätig bleiben würden, wenn Wambli-luta ihr Dorf überfiel. Er erinnerte sich daran, dass die feigen Psa genau hier Anpao-win entführt hatten. Sie würden vielleicht hierher kommen! Mit ernster Stimme teilte er seine Befürchtungen den anderen mit.

„Wir sollten das Dorf verlegen! Wenn es Wambli-luta gelingen sollte, Anpao-win zu befreien, werden die Psa als Erstes hier auftauchen und nach uns suchen."

Die Ältesten nickten zustimmend. Es wurde Zeit, die großen Sommerlager aufzusuchen und sich mit den anderen Gruppen zu verbinden. Sollten die Psa nur kommen! Sie würden auf gut vorbereitete Tituwan stoßen. „Schickt den Herold, damit er allen mitteilt, dass wir morgen aufbrechen!"

Krummes-Bein atmete auf, als seine Warnung ernstgenommen wurde. Er machte sich keine Sorgen, denn Wambli-luta würde den Weg zum Sommerlager finden. Er schätzte, dass er ohnehin bald auftauchen würde. Hoffentlich! Er hörte die Klagerufe, die aus dem Zelt von Wieselschwanz kamen, und presste traurig die Lippen zusammen. Noch wusste niemand, ob der Kriegszug vielleicht noch mehr Opfer gekostet hatte. Die Wakincun hatten entschieden, zum Inyan wakachapi-Wakpa zu ziehen und dort die anderen Hunkpapa-Gruppen und die Sihasapa und Itazipco zu treffen. Mit dieser gewaltigen Streitmacht konnten sie den Apsalooke furchtlos entgegentreten. Nur ein Verrückter legte sich mit den verbündeten Gruppen an!

Mato-wea oder Mato-win, wie sie jetzt genannt wurde, blickte unsicher auf die ältere Frau, die sich freundlich, aber bestimmt, zu ihr hockte. Mit einer Geste bat sie Mato-win, ihr das Baby zu geben. Mato-win schluckte schwer, hatte nun doch Angst, dass man ihr das Kind wegnehmen würde. Sie sah die freundlichen Augen der Frau und hoffte das Beste. Gehorsam packte sie das Kind aus der Wiege, das aufgeregt mit den Beinchen strampelte, als es sich endlich bewegen konnte. Mit einem vergnügten Lachen nahm die Frau das Baby auf den Arm und wurde mit einem hellen Jauchzen belohnt. Die ältere Frau kicherte amüsiert und schaukelte das Kind hin und her, sodass es vor Vergnügen krähte. „Takoza", murmelte die Frau verliebt. „Takoza!"
Auch die Großmutter verzog die Lippen zu einem vergnügten Lächeln, aber sie hielt sich höflich zurück.
Mato-win kannte das Wort: Es bedeutete Enkelkind! Sie atmete tief ein vor Erleichterung, denn anscheinend hatte der Krieger dafür gesorgt, dass sie beide hier willkommen waren. Die Gefühle übermannten sie, und sie konnte nicht verhindern, dass ihr Tränen hinunterliefen.
Es war so ungewöhnlich, dass die Frau erstaunt innehielt und ihr das Baby zurückgab. Mit Zeichen erklärte sie ihr, dass sie nichts zu befürchten hatte.
„Hast du Hunger?", fragte sie freundlich.
Mato-win war so durcheinander, dass sie kichern musste. „Großen Hunger!", bedeutete sie scheu, während sie ihre Tochter erleichtert ans Herz drückte.

Die ältere Frau lachte belustigt und machte sich am Feuer zu schaffen, über dem ein großer Kessel hing. Sie schöpfte Suppe daraus und reichte sie der Frau. Wieder bot sie an, das Kind zu halten, während das Mädchen aß. Dieses Mal reichte Mato-win der Frau ihr Baby gerne.

„Wie heißt sie?"

„Ishtuminaki-wea", antworte Mato-win. Sie deutete an, dass es „Mondfrau" bedeutete.

„Hanhepi-win!", übersetzte die Frau. Das kleine Mädchen sollte sich lieber gleich an seinen neuen Namen gewöhnen.

„Hanhepi-win", wiederholte Mato-win leise und erhielt ein zufriedenes Nicken.

Hungrig aß Mato-win die Suppe, dann trank sie frisches Wasser aus einer Schale. Die Männer hatten sie nicht schlecht behandelt, aber sie hatten selbst nur wenig Proviant dabei, den sie mit ihr geteilt hatten. Diese Suppe war seit Tagen das Beste, was sie gegessen hatte. „Hmmh!", lobte sie und schenkte der Frau ein scheues Lächeln.

Hübsche-Nase schaukelte das Baby auf ihren Knien und streifte die Frau mit einem flüchtigen Blick. Sie wusste nur, dass ihr Sohn sie von Pekuni geraubt hatte, wo sie auch schon eine Gefangene gewesen war. Sie hoffte auf die Rückkehr des Sohnes, damit sie von der Geschichte hörte. Es war nicht schicklich, die Fremde mit Fragen zu überfallen, und so bemühte sie sich lediglich, dass der Gast es bequem hatte. Sie richtete ein Schlaflager her und suchte aus ihren Bündeln ein einfaches Kleid hervor, das Anpao-win getragen hatte. Sie gab es der Frau und führte sie zum Badeplatz der Frauen, damit sie sich waschen konnte. Dankbar schlüpfte das Miwatani Mädchen in das saubere Kleid und folgte der Frau ins Dorf zurück. Ihr wurden verstohlene Blicke zugeworfen, aber niemand trat ihr feindselig entgegen. Krummes-Bein hatte deutlich gemacht, dass dies nicht im Sinne von Wambli-luta sein würde. Sein Ansehen war hoch, und so übertrug sich das auch auf das Mädchen, das er sich ausgesucht hatte. Die Frauen hielten die Hände vor den Mund und tuschelten darüber. „Sie ist hübsch! Ob er wohl das Kind adoptiert? Ich habe gehört, dass es ein kleines Mädchen mit seltsamen braunen Augen ist." Für die Frauen gab es reichlich Gesprächsstoff.

Am frühen Morgen rief der Herold bereits zum Aufbruch. Akicitas trieben die Langsamen auf die Füße, und im Nu war der ganze Stamm auf Wanderschaft. Sie verließen die Slim Buttes und zogen langsam nordwärts. Späher sicherten das Gelände nach hinten und vorne. Zwei waren bei den Slim Buttes geblieben, um eventuell die Ankunft der Psa zu beobachten und die Gruppe rechtzeitig zu warnen.

Am frühen Abend preschten sie jedoch mit anderen Neuigkeiten durch das Dorf: Der Kriegszug kehrte erfolgreich heim! Aufgeregt liefen die Menschen zusammen und warteten auf die Siegesparade, die nun folgen würde. Alle wussten, dass die heimkehrenden Krieger sich zurst schmücken würden, ehe sie sich feiern ließen. An der Spitze seiner Männer ritt Wambli-luta stolz und voller Selbstvertrauen ins Dorf. Die Krieger hatten sich geschmückt und trugen ihre Waffen griffbereit in den Händen, sodass sie einen eindrucksvollen Anblick boten. Staunend hielten die Frauen die Hände vor den Mund und trällerten ihr hohes Lililil. Soweit sie es erkennen konnten, waren alle ausgezogenen Krieger zurückgekehrt! In ihrer Mitte aber befand sich ein wahres Wunder: Anpao-win! Sehr oft wurden Frauen und Mädchen geraubt, und nur selten kehrten sie zurück! So war der Jubel über ihre Heimkehr unermesslich, und dies schmälerte sich auch nicht, als sie das Baby in ihren Armen bemerkten. Die Tituwan liebten Kinder und sahen es als eine gute Sache, dass es Wambli-luta sogar gelungen war, Anpao-win mit ihrem Baby zurückzubringen.

Die junge Mutter hockte erschöpft, aber überglücklich auf ihrem Pony und ließ die guten Wünsche über sich ergehen. Alles, was sie wollte, war, die Mutter in ihre Arme zu schließen. Ihre Augen flackerten verdächtig, als diese endlich angerannt kam, um ihre Tochter zu begrüßen. Die Frauen mussten sich nicht an irgendwelche Rituale halten, und so rutschte Anpao-win einfach vom Pferd und stürzte ihrer Mutter in die Arme. „Ina!", weinte sie zum Herzerweichen. „Inawaye!"

Sogleich führte Hübsche-Nase sie aus dem Blickfeld all der neugierigen Menschen und schob sie in das Zelt, das sie für die Nacht aufgebaut hatten. „Micunkschi!", murmelte sie immer wieder. Auch sie konnte es kaum glauben. Die Großmutter stand ebenfalls auf und hielt vor Freude die Hände vor das Gesicht, als könnte sie kaum glauben, dass ihr Enkelkind tatsächlich heimgekehrt war. „Takoza!", murmelte sie immer wieder. Hübsche-Nase erkannte, dass die Tochter in einem verheerenden Zustand war. Sie konnte sich kaum auf den Beinen halten und stürzte fast auf einen Lagerplatz. Ihre Tochter hatte erst vor einigen Tagen geboren und war zu Tode erschöpft. Auch das Baby wirkte schwächlich und schien hungrig zu sein. „Ich habe nicht genügend Milch!", klagte Anpao-win verzweifelt.

„Eieiei", murmelte die Mutter. „Du brauchst nur ein wenig Ruhe und etwas Gutes zum Essen, dann wird deine Milch fließen."

Die Tochter lehnte sich müde zurück, dann gewahrte sie die andere Frau im Zelt. „Wer ist das?", fragte sie erstaunt.

„Ein Miwatani-Mädchen, das dein Bruder geraubt hat. Sie hat auch ein Baby. Es ist etwas älter."

Die Mutter freute sich, als sie an all das Leben dachte, das nun ihr Zelt erfüllte. „Er sagte, dass wir es Takoza nennen sollen. Zwei Enkelkinder auf einmal! Hach!"

Anpao-win dachte an „Sommerregen" und hoffte, dass sie auch in dieses Zelt gebracht wurde. Wahrscheinlich hatte sie gerade große Angst. Sie sagte nichts, denn sie wusste nicht, ob Wambliluta sich des Kindes annehmen würde.

Die Mutter packte das Baby aus dem einfachen Fell und musterte es sorgenvoll. Anpao-win legte es an die Brust, doch das Kind war zu schwächlich, um wirklich fest zu saugen.

„Eieiei", murmelte die Mutter besorgt.

Sie sah auf, als die Miwatani-Frau die Situation erkannte und mit einer Geste andeutete, dass sie das Kind stillen würde. Bei ihr floss die Milch reichlich.

Es war rührend, wie das Kind gierig die Milch trank, die aus den vollen Brüsten der anderen Frau floss. Die Mutter aber nickte zufrieden über diese großmütige Tat. Falls Wambli-luta sie zur Frau erwählte, hätte er eine gute Wahl getroffen!

Auch Anpao-win war erleichtert und schenkte der fremden Frau ein dankbares Lächeln. Sie wusste nun, dass ihr Baby überleben würde! Sie vertraute ihrer Mutter, die Kenntnisse in der Heilkunst hatte und sicherlich einen Tee bereiten würde, der den Milchfluss bei ihr in Gang setzte. Sie war einfach nur müde und erschöpft … und unendlich glücklich.

Wambli-lutas Krieger hatten lange gebetet und dem Großen Geheimnis für die Rückkehr gedankt. Erst dann waren sie müde von den Pferden geglitten und ließen sie von Knaben zur Herde bringen. Die geraubten Pferde und die Gefangenen standen in ihrer Mitte, ebenso die Packpferde mit der Beute. Sommerregen schluchzte leise und klammerte sich schutzsuchend an eine der jungen Frauen. Die Augen der Gefangenen waren weit aufgerissen vor Furcht.

Wambli-luta wandte sich an die Menschen, die aufgeregt um sie herumstanden. Er hatte Krummes-Bein begrüßt und von ihm erfahren, dass Wieselschwanz nicht mehr unter ihnen weilte. Es war ein herber Verlust, der die Freude der Heimkehr trübte. Mit einer Bewegung seiner Hand deutete er auf all die Beute, die sie heimgebracht hatten. „Wir haben Anpao-win aus den Händen der Psa befreit! Wir haben den feigen Psa gezeigt, was es heißt, ein Dorf der Tituwan zu überfallen. Unsere Beute ist gewaltig, und ich werde sie gerecht verteilen. Doch zunächst soll die Familie von Wieselschwanz entschädigt werden. Sie sollen wählen, was sie haben möchten."

Dessen Vater trat vor und sah Wambli-luta mit ernstem Blick an. „Mein Sohn ist tapfer gestorben. Ich hege keinen Groll gegen die Psa, denn es waren Assiniboine, die ihn getötet haben. Ich wähle daher zwei Pferde und eines dieser Mädchen aus. Sie soll unseren Sohn ersetzen und uns einst Enkelkinder schenken."

Er deutete auf das jüngere der Mädchen. „Ich wähle sie als meine Hunkatochter!"

Alle waren erstaunt über diese Großzügigkeit, und niemand widersprach. Auch der junge Krieger nicht, der sie mitgeschleppt hatte. Wenn sie die Tochter dieses Kriegers wurde, dann gewann er an Ansehen, wenn er einst um sie warb.

Wambli-luta forderte das Kind für sich. „Sie ist die Tochter von Dachbitche-hisshi. Sie soll in meinen Tipi leben und den Vater daran erinnern, welchen Schmerz er uns zugefügt hat."

„Hoh!" Die Menschen fanden das nur gerecht und äußerten Genugtuung. Wambli-luta wandte sich an Thimahel-okile, damit er die restliche Beute gerecht verteilte. Die Krieger hatten tapfer gekämpft und sollten nun belohnt werden. Später am Abend wollten sie von ihren Heldentaten erzählen, doch zuerst wollten alle ihre Familien begrüßen. Einer der Krieger nahm die letzte Gefangene unter dem spöttischen Gelächter der anderen mit. Er galt als wenig einfühlsam, und so würde sie an seiner Seite kein schönes Leben haben. Einige, die selbst früher als Gefangene zu den Tituwan gekommen waren, senkten die Köpfe. Aber warum sollte es dieser Gefangenen besser ergehen als ihnen? Manche hatten gute Ehemänner gefunden, andere nicht. Das war eben das Schicksal einer Gefangenen.

Wambli-luta nahm das widerstrebende Kind an der Hand und zerrte es in Richtung seines Tipis. Gebrochene-Lanze schloss sich ihm an, erstaunt über die Grobheit seines Sohnes. Aber er sagte nichts, denn Wambli-luta hatte seine Gründe, diesem Kind kein großes Mitleid zu schenken. Es war noch klein, und so würde es nicht lange dauern, bis es sich anpasste.

Außer Sichtweite der anderen wurde Wambli-luta sofort freundlicher. Er nahm das Mädchen auf die Arme und strich ihr lächelnd die Tränen weg. „Sieh mal, wer hier ist!", tröstete er sie. „Siehst du? Da ist Anpao-win!"

Das Kind hörte auf zu weinen und sah ihn mit großen Augen an. Dann zappelte sie leicht, weil er sie runtersetzen sollte. Er lachte und ließ sie tatsächlich zu Anpao-win laufen.

Dann maß er Mato-win, die schüchtern im Hintergrund des Tipis blieb und kaum wagte, ihn anzusehen, zum ersten Mal mit einem abschätzenden Blick. Es war gut, dass Krummes-Bein sie wohlbehalten hierher geschafft hatte. Er setzte sich zu seiner Mutter, die voll des Lobes über seinen Sieg war. „Hoh, du hast mir meine Tochter wiedergebracht! So, wie du es versprochen hast."

„So, wie ich es versprochen habe!", wiederholte Wambli-luta zufrieden. „Und ich habe das Mädchen mit den dürren Beinen gefunden!", scherzte er mit einem Augenzwinkern.

Die Mutter kicherte hinter vorgehaltener Hand. „Krummes-Bein brachte sie hierher, und wir waren gut zu ihr." Ihre Augen blickten forschend auf den Sohn, ob das in seinem Sinne gewesen war.

Der Sohn machte eine leichte Bewegung mit der Hand. „Das ist gut, denn ich möchte sie zur Frau nehmen. Unsere Pfade haben sich zweimal gekreuzt, nun gehört sie zu mir." Er sagte es ruhig und voller Selbstsicherheit.

Die Mutter freute sich darüber. „Eieiei … du bringst uns gleich zwei Enkelkinder mit. So eine Freude!"

Wambli-luta lächelte geschmeichelt. „Ja, Anpao-win ist zur Frau und Mutter gereift. Ich konnte es nicht verhindern, dass dieser Psa sie zur Frau nimmt, aber ich konnte dafür sorgen, dass er keine Freude an dem Kind hat. Es gehört zu unserem Volk und soll hier aufwachsen!"

„Und wer ist dieses kleine Mädchen?", fragte der Vater. Er hatte verwundert zugesehen, wie es sich vertrauensvoll an Anpao-win gekuschelt hatte.

Wambli-luta lachte aufgekratzt. „Sie ist die Tochter von Dachbitche-hisshi. Nun liegt die Rache an uns."

„Was hast du mit ihr vor?" Die Eltern waren etwas erschrocken über den Hass in seiner Stimme.

Wambli-luta zuckte mit den Schultern. „Nichts! Sie wird hier leben, als wäre sie meine kleine Schwester. Mein Hass gilt dem Vater und nicht dem Kind. Seid gut zu ihr, und sie wird euch viel Freude schenken."

Die Mutter und die Großmutter staunten, weil plötzlich drei Kinder in ihrem Zelt leben würden. Nie hätten sie damit gerechnet, dass ihr Sohn oder Enkel überhaupt eine Frau wählen würde. Und nun kehrte er mit einer Frau, seiner Schwester, zwei Enkelkindern und einem kleinen Mädchen zurück, das er zur Hunkaschwester, einer Verwandten nach Wunsch, ernannte. Sie klatschten in die Hände vor Freude. „Hoh, dann werde ich diesem dürren Mädchen lieber etwas zu essen geben. Sie sieht ja ganz verhungert aus!", meinte Hübsche-Nase.

Er grinste. „Ich auch!", betonte er. „Wir sind hart geritten und konnten uns kaum um etwas zu essen kümmern. Wir dachten, dass die Psa uns folgen würden."

„Mato-ska-cikala hat bereits Späher ausgesandt, die uns über eine mögliche Gefahr informieren sollen."

Wambli-luta entspannte sich. „Das ist gut. Wir haben niemanden bemerkt, aber das heißt nicht, dass sie nicht in der Nähe sind. Dieser Psa-Krieger will sicherlich seine Frau und sein Kind zurückerobern." Mit Genugtuung musterte er das kleine Mädchen, das gerade gierig die Suppe löffelte, die Hübsche-Nase ihr gegeben hatte. Fürsorglich nickte er in ihre Richtung. „Gib ihr etwas zum Spielen, und sorge dafür, dass sie das Dorf nicht verlässt. Ich will es ihm nicht so leicht machen."

Die Mutter schnaubte empört. „Kein kleines Mädchen spielt außerhalb des Dorfes. Ich werde Sorge tragen, dass sie Freundinnen findet, mit denen sie gefahrlos spielen kann."

„Das ist gut!"

Nach dem Essen setzte sich Wambli-luta zu der Miwatani-Frau und nahm lächelnd ihre Hände in die seinen. Mato-win zuckte etwas zurück, ließ es aber zu, dass er sie anfasste. Es war das erste Mal, dass sie diesen Mann ohne Kriegsbemalung sah. Ihr Blick fraß sich in seinen Augen fest. Sie hatten diese Wildheit verloren, und er wirkte freundlich und entspannt. Trotzdem fürchtete sie sich, und sie senkte scheu die Augen.

„Du musst keine Angst vor mir haben!", bedeutete er ungewohnt sanft. Dann strich er dem Baby sachte über die Wangen. „Ihr werdet es gut bei mir haben", versicherte er großmütig.

Mato-win sah die versöhnlichen Zeichen und versuchte ihre Gefühle zu kontrollieren. Was bedeutete das für sie? Würde er sie niederzwingen, so wie es der Pekuni getan hatte? War sie seine Sklavin? Oder wollte er sie als Ehefrau? Mit gemischten Gefühlen beobachtete sie, wie er mit ihrer Tochter scherzte. Das Kind wusste nichts von ihren Gedanken und krähte vergnügt. Ishtuminakiwea liebte es, wenn Leute mit ihr schäkerten, und lächelte jedem ins Gesicht. Am meisten aber erstaunte Mato-win die Reaktion dieses Kriegers. Bisher hatte sie ihn nur bei Kampfhandlungen erlebt, als verwegen und gnadenlos. Warum er sie zum zweiten

Mal verschont hatte, erschloss sich ihr nicht. War es nur Glück gewesen, oder hatte die Begegnung sein sollen? Sie sah verwundert, wie sein hartes Gesicht beim Anblick des Babys weich wurde und er liebevoll lächelte. Zum ersten Mal sah sie die vergnügten Grübchen um seine Augen. Er lachte leise und bat darum, das Kind hochheben zu dürfen. Sie ließ es zu, weil es sie so sehr verwunderte, diese andere Seite des Mannes zu erleben. Das Kind jauchzte vor Vergnügen und suchte den Blick in die Augen des Mannes.

Wambli-lutas Herz schmolz dahin, als er das Baby im Arm hielt. Er fühlte eine innere Zufriedenheit, die er so noch nie gekannt hatte. Hier lag seine wahre Aufgabe: die Frauen und Kinder seines Volkes zu schützen! Dieses Kind würde als seine Tochter aufwachsen. Mit ihr zu scherzen war das Schönste, das er kannte. Er lachte offen und ohne Vorbehalte und erfreute sich an dem begeisterten Jauchzen. Hier im Tipi seiner Eltern gab es keinen Krieg. Behutsam reichte er das Baby Mato-win zurück und bedankte sich mit einem Lächeln für ihr Vertrauen. „Washté!", murmelte er freundlich.

Höflich zog er sich zurück, denn er wollte der Frau Zeit geben, ihn kennenzulernen. Sie hatte viel durchgemacht, und er konnte nur erahnen, welche Angst sie bei den Pekuni ausgestanden hatte. Erst sollte sie diese Angst verlieren, ehe er sich zu ihr legte. Er war ein Krieger und so würde sich in Geduld üben. Er schmückte sich und legte wieder seine Kriegsbemalung an, um sich auf seinen Tanz vorzubereiten. Dann schaute er prüfend in einen Spiegel aus poliertem Kupfer. Alle schwiegen, um ihn nicht bei dieser heiligen Handlung zu stören.

Mato-win dagegen erschrak, als er sich wieder in diesen harten Krieger verwandelte. So kannte sie ihn – mit diesem Blitz, seinem sehnigen Körper, seiner Kraft und auch seiner Brutalität. Verzweiflung und Angst stiegen in ihr hoch. Seine Lippen wurden schmal, als er ihre Angst bemerkte, und er hielt kurz inne. Er hatte seinen Gesichtsausdruck nicht verändert, und doch hatten seine Augen wieder diesen sanften, fast schüchternen Schein, und unter all der Farbe sah sie wieder dieser vergnügten Grübchen. Es war, als würde er ihr für einen kurzen Augenblick gute Gedanken schicken. Es beruhigte sie, und sie war dankbar. Sie blieb im Zelt, als die Familie ihre beste Kleidung anzog und aufgeregt zu dem Tanzplatz ging, den die Männer vorbereitet hatten. So blieb ihr die Erinnerung an all die Schrecken erspart.

Es war später Abend, als die Feuer brannten und die Krieger sich versammelten, um in eindrucksvollen Tänzen ihre Geschichten zu erzählen. Am meisten staunten die Menschen über den Kampf gegen die Pekuni und wie Wambli-luta das Miwatani-Mädchen unter ihnen gefunden hatte. Auch der Angriff auf das Dorf der Apsalooke war eindrucksvoll, sodass in den Tipis noch lange darüber gesprochen wurde. Wambli-luta hatte sich als Anführer bewährt.

Als die Hunkpapa am nächsten Tag weiterzogen, folgten ihm viele bewundernde Blicke, als er an der Spitze der Späher vorausritt. Aber auch Mato-wea wurde mit versteckten Blicken gemustert. Ihre Geschichte war ebenso spannend, und die Menschen bewunderten den Großmut Wambli-lutas, sie in Sicherheit gebracht zu haben. Jetzt verstanden sie es besser. Sie wurde mit Respekt behandelt, denn ein geachteter Krieger hatte sie erwählt.

Auch das kleine Psa-Kind wurde freundlich aufgenommen, denn es galt nun als seine Hunkaschwester. Eine Freundin der Mutter brachte eine Puppe und ein kleines Spielzelt, damit das Kind etwas zum Spielen hatte. Hübsche-Nase hielt sie stets in ihrer Nähe oder bei Anpao-win, denn zunächst musste das Kind ihre Sprache lernen. Manchmal lugte das Mädchen hinter dem Rücken der neuen Mutter hervor und beobachtete die anderen Kinder. Ob sie bald mit ihnen spielen durfte?

Nach drei Tagen vereinten sich die Dörfer der Hunkpapa mit den Dörfern der Itazipco und Sihasapa, und ein riesiges Dorf entstand. Die Akicitas traten in Aktion und sorgten für Ordnung. Wächter wurden aufgestellt, Späher ausgeschickt und die Jugendlichen mit dem Schutz der riesigen Ponyherde betraut.

An den Feuern aber wurde von dem siegreichen Kriegszug der Hunkpapa erzählt und wie Wambli-luta die Feinde an der Nase herumgeführt hatte. Die fremde Frau wurde unter gesenkten Wimpern beobachtet und Spekulationen über das Baby angestellt. „Es hat braune Augen, wie es manchmal die weißen Händler haben!", wurde gemunkelt. Noch hatte niemand die Frau darüber befragt, sodass schnell Gerüchte die Runde machten. „Ob sie wohl einen weißen Mann hatte?" – „Aber wie geriet sie dann in die Hände der Pekuni?"

Man lud Hübsche-Nase ein, um über sie etwas in Erfahrung zu bringen, doch die ältere Frau schwieg hierzu. Sie wollte der neuen Schwiegertochter nicht zu nahe treten.

Frieden

Sommer 1811 in Fort Lisa und Herbst in St. Louis

Pierre DuMont saß neben Reuben Lewis und ließ sich seinen Lohn auszahlen. Er wusste, dass die Chance verschwindend gering war, sein Mandan-Mädchen wiederzufinden. Sie hatten die Kunde verbreiten lassen, dass es für Mato-wea ein gutes Lösegeld gab. Mehr konnte er im Moment nicht tun. Reuben schenkte ihm einen fragenden Blick. „Was hast du jetzt vor?"

Pierre zuckte mit den Schultern. „Eigentlich hatte ich vor, diesen Winter nach St. Louis zurückzukehren und meine Eltern zu besuchen. Ich habe sie bestimmt seit drei Jahren nicht mehr gesehen."

Reuben nickte verständnisvoll. „Vielleicht findest du dort eine hübsche Französin?"

„Vielleicht." Pierre hatte keine Lust auf dieses Thema. Er hatte ganz gut verdient, und so wollte er sehen, wie er seine Eltern unterstützen konnte. Ob die Farm schon Profit abwarf? Im Moment hatte er die Nase gestrichen voll. Kriegerische Indianer wohin man auch blickte.

Auch Manuel Lisa wollte nach St. Louis zurück, um die Fur Company umzustrukturieren. Sein Verdienst war hoch, und er wollte ein schönes Haus aus Ziegeln für seine Familie bauen. Die Fur Company hatte bereits ein riesiges Haus aus Stein errichten lassen, das am Hafen lag. Es war sicherer, denn die Teilhaber befürchteten, bei einem Brand alles zu verlieren. Die Waren, die dort lagerten, stellten ein Vermögen dar. Inzwischen waren die meisten Lager aus Stein gebaut, und es gab einen riesigen Store, in dem die Leute in St. Louis einkaufen konnten oder Indianer zum Handeln kamen. Die Company rüstete auch Siedler aus, die mit der Fähre über den Mississippi kamen, um im Westen der Stadt zu siedeln oder von dort aus weiterzogen. St. Louis wurde langsam das Tor zum Westen.

Manuel und Menard sichteten die geretteten Waren und stapelten sie in den Handelsräumen. Reuben war nicht erfreut über die Auseinandersetzungen mit den Blackfeet und Tituwan. Die Gefahr durch die Blackfeet war bekannt. Auch die Assiniboine lieb-

äugelten mehr mit der Hudson's Bay im Norden, aber die Tituwan waren ihm bisher eher freundlich erschienen.

„Wir haben hier bisher ganz friedlich mit denen Handel getrieben", stellte er etwas ratlos fest.

Menard knurrte erbost. „Ja, aber hier habt ihr auch einen befestigten Posten! Da trauen sie sich nicht … aber am Bighorn … als
wir relativ schutzlos waren, da hatten sie keine Hemmungen! Die
haben uns so einige Biberbündel abgeknöpft."

„Hmh!" Die Teilhaber waren nicht erfreut über diese Nachrichten. Henry, Lisa und Lewis wechselten beredte Blicke.

Manuel Lisa wandte sich an die anderen. „Ich werde die Felle und
einen Teil der Ausrüstung nach St. Louis verschiffen. Wir sollten
den Posten verstärken und mehr Männer hierlassen. Wenn die Situation unhaltbar wird, müssen wir das Fort eben verlassen."

Lewis und Menard nickten bedächtig. Menard versprach, über
den Winter hierzubleiben und Reuben bei der Verteidigung zu
helfen. Viele Trapper wollten aber nach dem anstrengenden Winter auch zurück und lieber woanders ihr Glück versuchen.

Die nächsten Wochen waren spannend, denn zum ersten Mal kamen größere Gruppen der Tituwan zum Fort, um Handel zu treiben. Hier verlief der Kontakt friedlich. Die Indianer brachten viele Biberbündel, die von ausgezeichneter Qualität waren. Menard
hatte ein wenig den Verdacht, dass es sich um Raubgut handelte,
aber diesen Vorwurf erhob er lieber nicht laut. Die Tituwan wollten dafür hauptsächlich moderne Waffen. Sie versprachen den
Weißen den Frieden und versicherten, dass sie die Waffen nur zur
Verteidigung und zur Jagd brauchten. In Zeichensprache erzählten sie, dass sie im Winter Ärger mit den Arikara gehabt hatten.

Für Lewis und Lisa war es wichtig, die Tituwan zu Verbündeten
zu haben, und so gaben sie großzügig Geschenke und tauschten
zu fairen Preisen. Die Mienen der Krieger hellten sich auf, und sie
blieben einige Tage, um Verhandlungen zu führen. Reuben Lewis
erfuhr, dass der Häuptling Mato-ska-cikala hieß. Seine Krieger
waren furchtlos und benahmen sich, als wären sie die Herren des
Forts. Sie ließen sich den Umgang mit den neuen Waffen zeigen
und tauschten jede Menge Munition. Ein Krieger tauschte eine

junge Gefangene ein, und die Händler kauften das Mädchen schon aus Mitleid frei. Sie schien nicht gut behandelt worden zu sein. Sie stammte von den Apsalooke ab, doch Lisa sah keine Möglichkeit, sie dorthin zu bringen. Er verheiratete sie mit einem Trapper, der versicherte, dass er sie gut behandeln würde.

Menard traute dem Frieden nicht und befürchtete, dass sie den Verkauf der Waffen bald bereuen würden. Lewis winkte ab. „Ich habe mit dem Häuptling die Pfeife geraucht. Normalerweise halten sich die Inyuns an ihr Versprechen."

„Na prima, aber wissen das auch die Krieger?", blaffte Menard voller Unglauben.

„Wenn wir den Handel etablieren wollen, müssen wir Wagnisse eingehen und unseren Verbündeten vertrauen." Reuben Lewis war wie sein Bruder ganz Politiker und Geschäftsmann.

Obwohl viele Tituwan ins Fort kamen, wartete Pierre vergebens auf seine Mato-wea. Keiner der Krieger hatte sie dabei, und auf seine Fragen bekam er keine Antwort. Immer wieder schaute er in ausdruckslose Gesichter, als der Dolmetscher seine Fragen übersetzte. Niemand hatte Mato-wea gesehen. Manchmal hatte er den Eindruck, dass die Indianer etwas vor ihm verbargen, aber es war vielleicht nur ein Gefühl aus der Verzweiflung heraus.

Im Herbst legten die voll beladenen Kielboote der Fur Company ab. Auf ihnen waren viele Trapper, ein Großteil der Voyageure, Colter, Chouteau, Andrew Henry und ein ziemlich müder Pierre DuMont. Sie hockten mit ihren Rifles auf dem Dach der Aufbauten und genossen die letzten warmen Sonnenstrahlen. Die Voyageure legten sich ins Zeug, denn sie freuten sich auf einen ruhigen Winter. Oft blies ein kräftiger Wind, sodass sie Segel setzen konnten.

Anfang des Winters erreichten sie endlich St. Louis. Die Stadt war noch klein und hatte vielleicht etwas mehr als tausend Bürger. Zum Fluss hin stand noch eine alte Palisade, doch nach Westen hin hatte sich die Stadt inzwischen ausgebreitet. Ausgefahrene Wege, die früher Indianerpfade gewesen waren, führten in allen Richtungen ins Landesinnere. Die Kielboote legten an den hölzernen Landestegen der Company an, und alle hüpften erleichtert an Land. Es war geschafft!

Pierre atmete tief durch und strich sich mit einem Schnauben durch die Haare. Er freute sich auf die Eltern und ein warmes Bad. Mon dieu! Was er alles zu erzählen hatte! Wahrscheinlich würden seine Geschichten die ganzen Winterabende ausfüllen, wenn er sie ein bisschen ausschmückte. Er half beim Abladen der Waren und Ausrüstung und staunte, als er das imposante Gebäude der Fur-Company erblickte. Irgendwie fühlte er sich als Teil von etwas Großartigem!

„Kommst du im Frühjahr wieder mit?", erkundigte sich Manuel Lisa.

„Ich weiß noch nicht", wich Pierre aus. „Erst mal will ich sehen, was es hier zu tun gibt."

Manuel Lisa lachte dröhnend. „Du bist ein Abenteurer und kein Farmer! Wir legen im April wieder ab. Wenn du rechtzeitig da bist, habe ich einen Platz für dich!"

Pierre grinste fröhlich und schüttelte Lisa forsch die Hand. „Wir werden sehen."

Über Nacht blieb Pierre in einem Hotel, das erst vor kurzem gebaut worden war. Es hatte sogar Badewannen, und Pierre erlaubte sich den Luxus eines warmen Bades und einer Rasur. Er wirkte um zehn Jahre jünger, als er zufrieden in den Spiegel blickte. Dann sah er an seiner Kleidung hinunter. Die Trapperkluft war nicht besonders ansehnlich, und er wollte seinen Eltern lieber als erfolgreicher Geschäftsmann gegenübertreten. Am Morgen kaufte er sich Hosen aus Tuch und einen eleganten Gehrock mit Einstecktuch, wie er es bei Clark und Lisa gesehen hatte. Außerdem leistete er sich einen Zylinder. Zufrieden blickte er in das Antlitz eines französischen Edelmanns, in den er sich verwandelt hatte. So gefiel ihm das! Die Rifle störte ein wenig, aber von der wollte er sich auf keinen Fall trennen.

Die Tochter des Kaufmanns kicherte erheitert und maß ihn mit einem bewundernden Blick. „Oh, wie sehr Monsieur sich verwandelt hat. Wie ein Gentleman", lobte sie auf Französisch.

Pierre verbeugte sich elegant und bedankte sich ebenfalls auf Französisch. Der Kaufmann war sehr angetan und verwickelte Pierre in ein kleines Gespräch. „Ah, Monsieur ist Franzose! Kommen Sie von hier?"

Pierre nickte verhalten. „Ja, meine Eltern haben eine kleine Farm westlich von hier … am alten Osage Trail."

„Oh, wie heißen Ihre Eltern denn?"

„DuMont!"

Der Mann lachte erheitert. „Mon dieu, klein würde ich die Farm aber nicht nennen! Sie gehört zu den größten Anwesen hier."

„Vraimont?", wunderte sich Pierre.

„Aber sicher!" Der Kaufmann sah wohl einen möglichen Kandidaten für seine Tochter, denn er stellte sich und seine Familie nun förmlich vor. „Wir haben hier in der Stadt das größte Bekleidungsgeschäft. Ihre Eltern kaufen hier regelmäßig ein. Sehr nette Leute! Wir heißen Bonaparte. Unsere Tochter Louise."

Pierre hob erstaunt die Augenbrauen. „Bonaparte – wie Napoleon Bonaparte?"

Der Mann winkte ab. „Entfernte Verwandtschaft! Sehr entfernt!"

Wieder verbeugte sich Pierre und gab der jungen Frau einen galanten Handkuss. „Enchanté!" Zum ersten Mal musterte er sie wirklich, und er fand, dass sie wirklich eine bezaubernde Französin war. Sie hatte sanfte braune Augen, ein liebliches Gesicht und schöne braune, lockige Haare. Auch die Figur schien zu stimmen, soweit er das unter den vielen Kleidungsschichten erkennen konnte. Ein Juwel in dieser Wildnis.

Er versprach wiederzukommen und verabschiedete sich mit einer Verbeugung. Er war Jäger und er hatte nicht vor, sich diese schöne Beute entgehen zu lassen. Er warf der Frau ein freundliches Lächeln zu und blinzelte verschwörerisch. Louise errötete und senkte sofort den Blick, dann winkte sie scheu zum Abschied. „Au revoir!"

„Au revoir!", sagte er artig.

Pierre wandte sich einem Mietstall zu und kaufte sich dort eine ganz nette Stute samt Sattel. So ausgerüstet machte er sich auf den Weg zu seinen Eltern. Er verließ St. Louis und ritt vorbei an kleinen Ansiedlungen, Farmen und größeren Anwesen. Er staunte, wie sehr sich das Bild in den drei Jahren seiner Abwesenheit verändert hatte. Kutschen kamen ihm entgegen, Planwagen bewegten sich langsam nach Westen, die er im leichten Trab überholte, und eine Familie spazierte mit einem hohen Kinderwagen an ihm vorbei. So etwas hatte er noch nie gesehen. Er musste sich direkt umdrehen, um das Gefährt besser betrachten zu können.

Am Nachmittag erreichte er schließlich das Elternhaus, doch anstatt seiner Eltern wohnte eine Kreolenfamilie darin. Höflich hob er seinen Zylinder und fragte nach dem Anwesen seiner Eltern. Die Frau kicherte und strich sich ihre schmutzigen Hände an der Schürze ab. „Oh, sind Sie Monsieur Pierre? Wie schön! Da werden sich Ihre Eltern aber freuen. Das ist immer noch ihr Besitz, aber ihr Haus steht weiter in Richtung des kleinen Waldes im Norden. Wir arbeiten für sie."

„Merci!"

Piere bedankte sich und ritt in die angegebene Richtung. Anscheinend konnten sich seine Eltern inzwischen Personal leisten! Wenig später hielt er vor dem imposanten Haus, das seine Eltern hatten errichten lassen. Es hatte eine große Veranda und sogar zwei Stockwerke!

Als er klopfte, öffnete ihm ein schwarzer Diener in einem schwarzen Anzug. „Sie wünschen?", fragte er höflich.

„Ich bin der Sohn des Hauses und wollte zu meinen Eltern!", sagte Pierre mit einem Lächeln.

Der Diener verbeugte sich tief. „Oh, der junge Herr! Wir haben Sie gar nicht erwartet … bitte kommen Sie herein!"

Der Diener führte ihn in einen Salon mit grüner Tapete und grünen Vorhängen.

Staunend blickte Pierre sich um und konnte kaum glauben, zu welchen Wohlstand seine Eltern gekommen waren. Seine Mutter flog geradezu in das Zimmer und warf sich ihm um den Hals. „Pierre! Oh, mein Pierre!" Sie küsste ihn überschwänglich auf beide Wangen und hielt ihn dann von sich weg, um ihn zu mustern. „Mon dieu, was für ein Mann du geworden bist!"

Er verbeugte sich galant und küsste sie ebenfalls auf die Wange. „Maman! Wie geht es Ihnen?"

„Nun sei doch nicht so förmlich!", schimpfte die Frau resolut. Sie fächelte sich Luft zu und drehte sich zu ihrem Mann um, der gerade das Zimmer betrat. „Pierre ist zurückgekehrt! Ist das nicht wie ein Wunder?"

Auch der Vater lächelte, als er seinen Sohn begrüßte. „Na endlich! Es wurde auch Zeit, dass du dich hier um deine Verpflichtungen kümmerst!" Er sprach Englisch mit ihm, das nur einen leichten französischen Akzent hatte. Begeistert klopfte der Vater ihm auf die Schulter und bot ihm einen Stuhl an. „Setz dich doch!" Er wandte sich an den Diener und wedelte mit der Hand. „Jules, bringe doch unserem Sohn etwas zur Erfrischung!"

„Sehr gerne! Was kann ich dem jungen Herrn bringen?"

Pierre seufzte, als er sich tiefer in den Sessel gleiten ließ. Es war schön, wieder zuhause zu sein. „Tee! Mit viel Zucker!"

„Sehr wohl!" Jules verschwand und winkte einem ebenfalls schwarzen Dienstmädchen, ihm zu folgen.

Kurz entstand Schweigen, als die Eltern den Sohn musterten und kaum glauben konnten, dass er wohlbehalten zurückgekehrt war. „Wir haben deinen Brief …", begann die Mutter.

„Wie lange bleibst du denn …?", fragte der Vater fast gleichzeitig. Die beiden lachten und sahen Pierre entschuldigend an.

Pierre lächelte seine Eltern an. „Ich werde bis zum Frühjahr bleiben und dann weitersehen. Ich wollte sehen, wie es euch geht, und mich ein bisschen um die kleine Farm kümmern … aber die ist ja inzwischen um Einiges größer geworden."

Der Vater nickte stolz. „Ja, wir haben sie mit deinem Geld vergrößert. Wir haben über zwanzig Farmarbeiter und dann noch das Hauspersonal. Alleine wäre das nicht zu schaffen. Wir pflanzen Mais und Weizen. Außerdem haben wir Kühe. Du ahnst nicht, was die Siedler für Preise zahlen, wenn sie von hier aus weiterziehen."

„Wow!" Pierre staunte, denn in so kurzer Zeit einen solchen Gewinn zu erzielen, erschien ihm wie ein Wunder.

„Dein Geld hat uns so sehr geholfen!", schwärmte seine Mutter. „Uns gehört das Land bis zum Meramac Fluss. Einige Gebiete kann man nur im Sommer als Weide benutzen, weil sie im Frühjahr überschwemmt werden, aber ansonsten ist das Land sehr fruchtbar. Aber nun erzähl doch! Wie ist es dir ergangen?"

Pierre blickte kurz auf, als der Diener mit einem Tablett zurückkehrte. Mit Genuss schlürfte er den heißen Tee und aß ein Sandwich, das mit kaltem Braten und Gurkenscheiben belegt war. Es schmeckte köstlich! Als er seinen Appetit gestillt hatte, erzählte er von all seinen Abenteuern, die er erlebt hatte. Nur die Geschichte von Mato-wea ließ er aus. Dann erkundigte er sich nach der jungen Frau, die er im Kaufladen getroffen hatte.

Die Mutter bekam leuchtende Augen. „Oh, du meinst. Louise? Sie wäre eine ganz hervorragende Partie! Die Eltern haben das größte Geschäft in St. Louis. Sie sind sehr wählerisch, was ihre Tochter angeht. Sie ist gut erzogen und spielt sogar Klavier."

„Klavier? Hier in St. Louis gibt es ein Klavier?" Jetzt staunte Pierre wirklich.

Die Eltern lachten. „Aber ja! Hier gibt es inzwischen auch eine Kirche und eine Schule. Wir haben ein Bürgerkomitee, das inzwischen sogar Steuern erhebt. Sie haben außerdem die Pferderennen auf offener Straße verboten, seit dabei fast ein Kind unter die Hufe geraten wäre. René Chouteau, der Vater von Jean, sitzt im Komitee."

„Oh!" Pierre hatte den Mann kurz kennengelernt und hielt ihn für fähig.

Die Zeit verging wie im Flug, und so schauten alle erstaunt auf, als Jules zum Essen rief. „Hach, ist es denn schon so spät?", wunderte sich die Mutter. Sie hakte sich bei Pierre ein und führte ihn in das große Speisezimmer. Der Tisch war mit wertvollem Porzellan gedeckt.

„Hast du denn Gepäck dabei?", fragte sie ihren Sohn.

Pierre verneinte, denn die speckigen Trappersachen hatte er verschwinden lassen.

„Oh, gut! Wir haben oben ein Zimmer für dich eingerichtet. Hoffentlich passt du noch in deine Kleidung." Sie maß den Sohn mit einem prüfenden Blick.

Pierre lachte auf. „Ich bin doch nicht dicker geworden!", meinte er halbwegs empört.

„Non, non … aber du bist nun ein Mann. Sieh nur – deine Muskeln!"

Pierre blickte an sich hinunter und konnte das nicht wirklich feststellen. Er war sehnig und schlank … na gut … vielleicht hatte er nicht mehr das Knabenhafte, aber er schätzte, dass seine Sachen ihn immer noch passten. Er speiste wie ein König und zum ersten Mal seit langem wieder mit Messer und Gabel. Es gab feines Kalbfleisch an einer leckeren Sauce und verschiedene Gemüsesorten. Außerdem überbackene Kartoffelscheiben und frische Salatblätter.

Die Mutter hatte bereits große Pläne. „Wir müssen eine Feier zu Ehren deiner Rückkehr machen und die wichtigsten Leute einladen … und natürlich deine Louise."
Pierre lachte gut gelaunt. „Noch ist sie nicht meine Louise!", stellte er fest.
„Papperlapapp! Sie gehört zu den vornehmsten Familien! Natürlich laden wir sie ein."
„Na gut!", gab er nach … „Aber auch Manuel Lisa und Chouteau … und Andrew Henry … vielleicht findet sich ja auch John Colter!"
Die Mutter hob erstaunt die Augenbrauen. „Und William Clark? Immerhin ist er Brigade-Offizier und derzeit der Gouverneur."
„Selbstverständlich! Aber ladet ihn und die anderen mit ihren Frauen ein. Sonst langweilt sich Louise womöglich, wenn wir nur von Indianern und den Biberfang reden."
Er lachte gut gelaunt.
Die Mutter machte sich sofort an die Arbeit. Einladungen mussten überbracht, ein Termin gefunden und das Menu besprochen werden. Sollte es Tanz geben, oder nicht? Sie war ganz in ihrem Element und setzte sich mit Jules und dem Küchenpersonal zusammen.

Die Männer zogen die Augenbrauen hoch und tauschten dann amüsierte Blicke. „Sie hofft natürlich, dass du nun endlich sesshaft wirst", sagte der Vater.
Pierre zuckte mit den Schultern. „Ich lebe irgendwie in zwei Welten: Hier bei euch bin ich der Sohn, der das Geschäft übernehmen soll, und in der Wildnis bin ich mit meinen Freunden zusammen und erlebe Abenteuer."
Der Vater schüttelte den Kopf. „Abenteuer sind etwas für Kinder. Werde erwachsen und heirate endlich eine Dame von Stand."

Pierre grinste leicht – ohne über die Worte böse zu werden.

„Vater, William Clark, Manuel Lisa und Jean Chouteau bezeichnest du doch auch nicht als Kinder!"

Der Vater stand auf und schenkte sich einen Whiskey ein. „Möchtest du auch einen?", fragte er höflich.

Pierre nickte nur und genoss den feinen Geschmack. Das war nicht mit dem Fusel zu vergleichen, den er sonst trank. Er hob das Glas und schaute sinnend in die bernsteinfarbene Flüssigkeit. „Der ist gut!", stellte er fest.

Der Vater lachte freundlich. „Bestimmt besser als Rum!" Er schenkte großzügig nach, und sie stießen lächelnd an. „Zivilisation hat schon ihre Reize, nicht wahr?"

Pierre kniff ein wenig die Lippen zusammen und dachte darüber nach. „Ja, Zivilisation bringt Bequemlichkeit und Annehmlichkeiten, aber wenn du nie einen Eissturm der Amsel im späten Frühjahr erlebt hast, dann fehlt dir was."

„Einen was?", wunderte sich der Vater.

„Ein später Sturm mit Hagel und Eis, mit dem du nicht mehr rechnest, weil alles schon nach Frühling riecht. Er erinnert dich daran, dass die Natur da draußen unberechenbar ist."

„Und das findest du schön?"

Pierre kicherte. „Wenn du einen warmen Mantel hast …!" Er sah seinen Vater trotzig an. „Ja, das finde ich schön. Ich liebe die Gemeinschaft mit meinen Freunden, und ich liebe das Fallenstellen und Jagen."

„Und die Indianer?"

Pierres Augen verdunkelten sich. „Einige sind friedlich, andere nicht!", wich er aus. „Manuel Lisa weiß schon, was er tut. Und William Clark ist immerhin Indianeragent. Seine Aufgabe ist es ja, den friedlichen Handel zu etablieren. Manche sind halt noch nicht so weit, aber irgendwann werden wir alle Stämme befriedet haben. Wenn die Briten sie nicht aufhetzen würden, hätten wir es leichter."

„Ah ja, die Briten!" Der Vater seufzte tief. „Aus Washington kommen nur schlechte Nachrichten. Die Auseinandersetzungen auf See eskalieren fast täglich. Präsident James Madison will den Kongress zu einer Kriegserklärung bewegen. Dann wird die

Miliz hier wohl ausrücken. Du solltest hierbleiben, denn am Oberen Missouri wird es sicher ungemütlich."

„Ach … der Krieg wird eher im Osten oder auf See stattfinden. Niemand interessiert sich für feindliches Indianergebiet."

„Falsch! Denn dann hättet ihr ja nicht schon Ärger mit den Indianerstämmen. Hast du nicht erzählt, dass einige auf Seiten der Briten sind?"

„Schon! Aber ich glaube nicht, dass tatsächlich britische Truppen unsere Handelsposten überfallen werden."

Der Vater schwieg dazu und zog nur die Augenbrauen hoch. Er erkannte wohl, dass sein Sohn kaum aufzuhalten war.

Mit rauschendem Kleid kam die Mutter zurück und zerrte Pierre aus dem Sessel. „Nun komm, ich möchte dir dein Zimmer zeigen!"

Auf dem Weg nach oben führte die Mutter ihn an der großen Küche und einem beeindruckenden Salon vorbei. „Hier bewirten wir unsere Gäste!", erzählte die Mutter. „Wir können die Türen zur großen Terrasse öffnen. Sie ist überdacht, sodass wir im Sommer schönen Schatten haben."

Pierre sah auf die zwei Lüster, die von der Decke hingen, und staunte. Allein die zwei Prachtstücke mussten ein Vermögen gekostet haben. Man konnte sie an Ketten von der Decke herablassen, um die Kerzen anzuzünden.

Im oberen Stockwerk gab es einen kleineren Salon für die Familie, in dem auch ein Regal mit Büchern stand. Die Eltern hatten ein großes Schlafzimmer mit eigener Ankleide und einem Bad, in dem sogar eine Wanne stand. Auf der anderen Seite gab es mehrere Räume, die wie Gästezimmer eingerichtet waren. Am Ende lagen ein weiteres Badezimmer und ein Zimmer, das ihm persönlich vorbehalten war. Es war mit seinen Sachen ausstaffiert. Selbst einiges altes Spielzeug stand noch ordentlich in den Regalen.

„Maman!", sagte er gerührt, aber auch ein wenig vorwurfsvoll.

„Ich weiß, ich weiß … aber ich kann mich immer noch nicht daran gewöhnen, dass du erwachsen geworden bist."

Er lachte und gab ihr einen Kuss auf die Wange. „Ich werde immer dein kleiner Junge sein, was?"

Neugierig öffnete er seinen Schrank und fand darin all seine alte Kleidung. Hosen, Hemden, Fracks hingen säuberlich nebeneinander. Selbst zwei Paar Schuhe mit Schnallen. „Hoffentlich passt das noch?", unkte er.

„Hach … sonst fahren wir in die Stadt und besorgen dir neue!"

Pierre dachte an Louise und grinste. „Gute Idee!"

Das Abendessen verlief harmonisch und in angenehmer Konversation. Seine Erzählungen waren romantisch ausgeschmückt und entbehrten all der Gefahren, die er erlebt hatte. Er erzählte von den tollen Landschaften und der Natur, von der Biberjagd mit seinen Freunden und den Abenden am Lagerfeuer. Ein klein wenig kam auch die abenteuerliche Fahrt mit den Bullbooten vor und wie die Blackfeet sie überfallen hatten. Aber er spielte es herunter.

Tetschichila

Herbst 1811 am Cannonball-Fluss
im Dorf der Hunkpapa

Die Lakota hatten im Herbst die Bisons gejagt, die in unermesslicher Anzahl über die Prärien zogen. Sie hatten so viel erbeutet, dass die Frauen einen Mond lang mit dem Gerben der Häute beschäftigt waren. Wambli-luta allein hatte mehr als fünfzehn Bisons geschossen, aber auch Ishta-hota war fleißig gewesen, denn die beiden verfolgten einen Plan: Sie hofften, dass es reichte, um zwei Tipis zu bauen, um darin ihr Familienleben zu beginnen. Im Tipi von Wambli-lutas Eltern war es zu eng. Im Sommer machte ihnen das nicht viel aus, denn man verbrachte die meiste Zeit im Freien. Doch für gewisse andere Dinge, die Mann und Frau des Nachts taten, war es doch sehr beengt. Man konnte sich kaum umdrehen, ohne dass die anderen es bemerkten. Die Männer übten sich in Geduld, denn Anpao-win musste erst zu Kräften kommen und Mato-win ihre Angst gegenüber den Lakota verlieren. Schneller gewöhnte sich Sommerregen ein, denn das Kind lernte im Nu die Sprache und spielte mit einer Freundin, die Roter-Schmetterling gerufen wurde. Die Mutter war eine Cousine von Wambli-luta, die es sich zur Aufgabe gemacht hatte, dass Mato-win und das Apsalooke-Kind sich wohlfühlten. Sie kam häufig ins Zelt und scherzte mit dem fremden Kind. Hübsche-Nase und die Großmutter sahen es gerne, denn es war wichtig, dass Mato-win Freundinnen fand, die in ihrem Alter waren. Auch Anpao-win half dabei, denn die beiden hatten Kinder, die fast im gleichen Alter waren. So versorgten die beiden jungen Mütter ihre Babys, und es entstand eine enge Freundschaft – auch weil Anpao-win gut nachvollziehen konnte, wie es Mato-win ergangen war. Wambli-luta war stets freundlich zu der Miwatani-Frau und ließ zu, dass sie sich nur um ihr Baby kümmerte. Noch nie hatte er sich ihr genähert, obwohl klar war, dass sie zu ihm gehörte. Er versuchte, ihr Vertrauen zu gewinnen, indem er mit dem kleinen Mädchen spielte. Mit endloser Geduld und Güte machte er Scherze, pustete dem Baby ins Gesicht und ließ es in die Höhe fliegen. Es entlockte Mato-win ein scheues Lächeln, das immer offener und weniger furchtsam wurde.

Auch Ishta-hota übte sich in Enthaltsamkeit, denn es dauerte lange, ehe sich Anpao-win von den Strapazen erholt hatte. Ihre ganze Sorge galt dem Baby. Erst als ihre Milch floss und das Kind mit jedem Tag besser gedieh, entspannte sich Anpao-win. Ihr Frohsinn kehrte zurück, obwohl sie ungern das Dorf verließ. Zu nah war ihr noch die Erinnerung an die Entführung. Aber sie liebte Ishta-hota und warf ihm oft sanfte Blicke zu, wenn er von der Jagd oder dem Handel zurückkehrte. Mit Genugtuung beobachtete sie, wie er daran arbeitete, dass sie ihr eigenes Tipi bekamen. Manchmal saßen sie einträchtig vor dem Zelt und malten sich ihre Zukunft aus. Ishta-hota hatte beschlossen, hier im Dorf der Tinazipe Sica Hunkpapa zu bleiben und seine Auserkorene nicht ins Dorf seiner Eltern zu führen. Seine Familie war wenig prominent. Hier hatte er viel bessere Chancen, sich einen Namen zu machen. Er hoffte auf die Aufnahme in einen Kriegerbund und wurde nicht enttäuscht, als die Tokala ihn riefen. Er war für würdig befunden worden! Mit Wambli-luta verband ihn inzwischen nicht nur die familiäre Bindung, sondern eine tiefe Freundschaft. Sie hatten viel zusammen erlebt und das festigte ihre Beziehung. Auch Krummes-Bein und Thimahel-okile gehörten zu dieser eingeschworenen Gemeinschaft.
Alle hatten inzwischen die Feuerwaffen der Weißen, und das gab ihnen ein Gefühl der Stärke und Überlegenheit. Sie fürchteten nichts und niemanden!
Wambli-luta war noch mit einer anderen Bitte an seine Mutter herangetreten. Er hatte im Fort schöne Perlen eingetauscht und bat um ein Festgewand für seine Braut. Die Mutter hatte sich ein wenig gewundert, denn Mato-win gehörte ihm bereits, doch Wambli-luta hatte darauf bestanden. „Ich will sie ehrenvoll zur Frau nehmen! So dass alle es sehen können!"
Die Mutter hatte nur gelächelt und versprochen, der neuen Schwiegertochter ein schönes Gewand anzufertigen. Sie gab sich große Mühe, denn sie hatte das Mädchen und ihr Baby inzwischen liebgewonnen. Hach, wie war ihr Leben plötzlich aus-

gefüllt! Selbst das kleine Apsalooke-Kind schenkte ihr so viel Freude! Sie behandelte es wie ein Enkelkind und verwöhnte es mit Leckereien und niedlichen Puppen. Außerdem erzählte sie die Geschichten der Lakota und freute sich, dass das Kind sie mit jedem Tag besser verstand.

„Kennst du schon die Geschichte von Iktomi und dem Kojoten?", fragte sie eines Abends.
Das Kind schüttelte den Kopf und setzte sich erwartungsvoll zu ihr.
„Also!", begann Hübsche-Nase. „Einst war Iktomi, der Spinnenmann, unterwegs, um nach etwas Essbarem zu suchen. Du musst wissen, dass Iktomi immer hungrig und auch gierig ist! Er wanderte durch das hohe Gras, und nur sein schwarzer Kopf glänzte in der Sonne. Er kam an vielen Sträuchern mit Salbei vorbei, sah das Gras, das sich im Wind bewegte, aber Essbares fand er nicht. Iktomi wurde müde und ärgerte sich darüber, dass er nichts finden konnte. Seine Frau würde sicherlich wieder schimpfen und ihn einen schlechten Mann nennen. Also ging er weiter, bis er schließlich neben einem Gestrüpp einen Kojoten fand. Er lag bewegungslos da und rührte sich nicht. Seine Augen starrten blicklos in die Ferne, und so glaubte Iktomi natürlich, dass er tot war. Er freute sich über die Beute und beschloss, den Kojoten nach Hause zu tragen. Der Kojote aber war schlau, denn auch er hatte Hunger, und so ließ er sich von Iktomi bis zu dessen Zelt tragen. Vielleicht fand er ja dort selbst etwas zu essen? Iktomi schleppte ihn den ganzen weiten Weg auf seinen Schultern und keuchte bald vor Anstrengung. Hoh, wie zufrieden würde seine Frau sein! Als er sein Tipi erreichte, klatschte die Frau vor Freude die Hände zusammen. Iktomi warf den Kojoten zu Boden und holte Feuerholz, um diesen zu braten. Auch die Frau half dabei und brachte weitere Lebensmittel, damit sie ein richtiges Festessen hatten. Iktomi tanzte einen Siegestanz um das Feuer und freute sich auf den leckeren Braten. Als das Feuer heruntergebrannt und die Glut schön heiß war, nahm er den Kojoten hoch und warf ihn auf die Glut. Aber der Kojote sprang mit einem Satz auf – und Iktomi dachte, dass ein Geist aus dem Feuer springen würde. Seine

Augen wurden groß, als der Kojote aufsprang und sich am Boden wälzte, um das brennende Fell zu löschen. Mit einem Satz sprang der Kojote zu den anderen Lebensmitteln und griff sich einen Beutel. Dann verschwand er so schnell aus dem Tipi, dass man nur noch seinen langen, buschigen Schwanz sah!"

Das Kind lachte hellauf. „Das war aber dumm!", bemerkte sie.

„Was war dumm?", forschte Hübsche-Nase mit einem Augenzwinkern.

„Er hat nicht geschaut, ob der Kojote wirklich tot ist!"

„Stimmt! Manchmal stellen sich Tiere nur tot – oder Menschen. Man darf niemals dem vertrauen, was man sieht. Da kann man leicht getäuscht werden."

„Aber der Kojote war klug, denn nun hat er Essen!", stellte das Kind fest.

Alle lachten und schüttelten den Kopf über Iktomis Dummheit.

Auch Mato-win lauschte gern diesen Geschichten, denn sie vermittelten ihr viel Wissen über dieses Volk. Am liebsten hörte sie die Geschichten von „Iktomi", der immer das Falsche machte und sich unmöglich verhielt. Dann musste sie immer so herzlich lachen. Auch Hanhepi-win lachte dann mit, obwohl sie noch zu klein war, um die Geschichten zu verstehen. Sie konnte inzwischen krabbeln und steckte ihre Finger in alles, was sie interessierte. Sie war wie ein kleiner Kobold, der nur Unsinn im Kopf hatte. Ihre braunen, lockigen Haare umrahmten ihr feines Gesicht, das etwas heller war als das der anderen Kinder. Hübsche-Nase hatte inzwischen erfahren, dass ihre neue Schwiegertochter tatsächlich mit einem weißen Händler verheiratet gewesen war. „Er hieß Pär, und er war gut zu mir. Ich denke, dass die Pekuni ihn getötet haben, als sie über uns herfielen." Sie war traurig und dachte ungern an diesen Tag zurück.

Hübsche-Nase hatte dafür Verständnis und fragte nicht weiter. Irgendwann würde der Schmerz nachlassen, und Mato-win würde mehr erzählen. Für Hübsche-Nase war nur wichtig, dass sie offensichtlich Witwe war. Das war gut, denn dann würde nicht eines Tages ein weißer Mann kommen und sie zurückfordern.

Mato-win merkte natürlich, dass sie stets unauffällig von Hübsche-Nase und Unci beobachtet wurde. Morgens gingen sie gemeinsam mit ihr zur Badestelle und halfen ihr mit dem Baby, oder sie wurde beim Sammeln von Prärierüben oder Beeren begleitet. Auch das Gerben der Felle geschah stets gemeinsam. Es fiel nicht weiter auf, denn alle Frauen taten diese Dinge gemeinsam. Auch wenn keine der beiden älteren Frauen bei ihr war, stand plötzlich Anpao-win neben ihr und ließ ihr Baby auf der Decke neben Hanhepi-win sitzen.

Manchmal kicherte Mato-win in sich hinein und amüsierte sich über diese Vorsichtsmaßnahme. Wo hätte sie denn hinlaufen sollen? Sie erfuhr von Anpao-wins Schicksal und dachte darüber nach. Ja, wenn Wambli-luta sie auch so behandeln würde? Hätte sie dann den Mut, zu ihrem Volk zurückzukehren?

„Wenn Wambli-luta dich nicht befreit hätte, was hättest du dann getan?", fragte sie Anpao-win eines Tages.

Anpao-wins Gesichtsausdruck wurde finster. „Ich hätte gewartet, bis mein Baby geboren ist, und wäre dann geflohen. Die andere Frau wollte mich nicht. Sie hätte die Flucht nicht verhindert."

„Und dieser Psa?"

„Er war oft weg. Bis er zurückgekommen wäre, hätte ich unsere Jagdgründe schon erreicht." Ihre Stimme klang fest und ohne Zweifel.

„Oh! Ein sehr gefährlicher Plan!", stellte Mato-win fest.

Anpao-win nahm sich ein Herz und stellte eine ungewöhnliche Frage. „Und du? Denkst du auch darüber nach, ob du zu den Miwatani zurückkehrst?"

Mato-win senkte den Kopf und machte eine verneinende Geste. „Meine Eltern sind tot, und mein Onkel würde mich nur wieder einem weißen Händler geben. Ich fürchte mich ein bisschen vor Wambli-luta, denn ich kann nicht vergessen, wie er mich fast getötet hat, aber hier erscheint er ausgeglichen und geduldig." Sie zögerte etwas hilflos. „Er ist ein junger und tapferer Krieger. Aber wie wird er zu mir sein?"

Anpao-win lachte hellauf. „Seit er dich das erste Mal gesehen hat, schlägt sein Herz nur für dich! Er wartet nur, bis auch du ihn siehst. Er will dich nicht zwingen!"

Mato-win lächelte glücklich, als sie diese Worte hörte. Es sprach für diesen Mann, dass er ihr Zeit gab. Bei ihm würde sie es weit besser haben als bei Pär. Sie fand es schön, dass sie Unterstützung hatte und die Frauen alles gemeinsam taten. Auch wenn sie stets das Gefühl hatte, dass sie beobachtet wurde. Sie kicherte und sah Anpao-win schelmisch an. „Ich werde nicht eines Tages verschwinden, wenn ich zum Baden gehe", versprach sie mit leiser Stimme.

Anpao-win lachte und nickte verhalten. „Washté!" Sie wusste, dass ihre neue Schwägerin die Wahrheit sagte.

Jedenfalls hörte die ständige Begleitung auf, obwohl immer noch alle bei der Versorgung des Babys halfen. Aber sie konnte sich nun frei und ungehindert bewegen, und dieses Vertrauen tat Mato-win gut. Sie gab dieses Vertrauen zurück, indem sie ihr Baby manchmal alleine bei Unci oder Hübsche-Nase ließ. So konnte sie ungehindert Beeren, Zwiebeln und Prärierüben sammeln, ohne das schwere Kind auf dem Rücken tragen zu müssen. Hanhepi-win war fast schon zu groß für die Trage.

Stattdessen nahm sie Sommerregen mit, die Tochter von Dachbitche-hisshi, die an ihrer Seite hüpfte und ebenfalls voller Begeisterung Beeren von den Zweigen pflückte oder auf den Baum kletterte, um Pflaumen herunterzuschütteln. Sie fragte nie nach ihren Eltern, denn sie hatte gemerkt, dass sie nur ausweichende Antworten bekam. Sie hielt sich an Hübsche-Nase und die Großmutter und redete sie mit „Ina" und „Unci" an, so wie sie es von Anpao-win gehört hatte. Nur Gebrochene-Lanze nannte sie nicht „Atéwaye" – also Vater. Sie nannte ihn Lekschi – Onkel. Gebrochene-Lanze lächelte dazu und beließ es dabei. Wambli-luta nannte sie „Mitiblo" – großer Bruder, so wie Anpao-win ihn auch ansprach – wenn sie überhaupt mit ihm sprach. Ihr war aufgefallen, dass er meist über die Mutter oder den Vater mit seiner Schwester sprach. Sommerregen hielt sich daran und redete ihn nur selten an. Sie fühlte sich in der Gegenwart der Frauen ohnehin viel wohler. Außerdem spielte sie mit den anderen Mädchen, unter denen sie inzwischen Freundinnen gefunden hatte. Sie verstand viel, obwohl sie immer noch sehr wenig sprach.

Die Tage waren ausgefüllt mit Vorbereitungen für den Winter, der hier im Norden früh kam. Waziyata, der Mann im Norden, schickte seine kalten Winde und den Schnee. Die Zelte wurden winterfest gemacht und mit Zweigen und Ästen umgeben, in denen sich der Schnee sammeln konnte, sodass ein richtiger Windschutz entstand. Zwei weitere Tipis waren errichtet worden, die für Wambli-luta und Ishta-hota vorgesehen waren. Als Erstes zog Anpao-win zu ihrem Mann, der sie wie eine Braut auf dem Pferd vom Tipi der Eltern abholte, um sie ehrenvoll in sein Tipi zu führen. Die Menschen trällerten vor Begeisterung und lachten, als Ishta-hota mit Anpao-win und dem Baby im Tipi verschwand und die Türklappe hinter sich zuschlug.

Mato-wea blieb zurück und presste die Lippen aufeinander. Wann sie wohl zu Wambli-luta musste? Oder durfte? Er lebte bereits in seinem neuen Zelt, um der Enge des familiären Tipis zu entgehen. Nachdem Ishta-hota und Anpao-win ausgezogen waren, wurde es besser. Aber noch immer hockten dort der Vater, die Mutter, die Großmutter, das Psa-Kind und Mato-win um das Feuer. Dazwischen krabbelte ein lebhaftes Kleinkind, das die ersten Anstalten machte, zu laufen. Es war völlig normal, aber langsam sehnte sie sich nach einem Mann, der ihr die Sicherheit gab, die sie brauchte. Sie wollte wirklich dazugehören. Sie wusste nicht, wie er als Ehemann wäre, doch sie wusste, dass er sie immer schützen würde.

Wambli-luta wartete noch, denn noch war das neue Kleid nicht fertig. Er hatte auch ein wenig Angst, denn noch nie hatte er sich einer Frau genähert. Er war ein erfahrener Kämpfer und ein guter Jäger, aber Frauen flößten ihm Respekt ein. Er kannte die Mutter und Großmutter, hatte seine Schwester aufwachsen gesehen, aber all diese Beziehungen waren mit Tabus belegt. Natürlich wusste er, was Mann und Frau unter der Decke taten, denn er hatte es bei seinen Eltern miterlebt – aber nicht wirklich gesehen! Was war das für ein Gefühl? Wenn er allein in seinem Zelt lag und an seine zukünftige Frau dachte, wurde sein Ding zwischen den Beinen manchmal hart. Er wollte es kontrollieren, doch sein Körper hatte sich verselbstständigt. Es war so intim, dass er nicht wagte, mit seinen Freunden darüber zu reden. Es hemmte ihn, denn er hatte Angst, dass er ihrer nicht würdig wäre. Ob es ihr wohl genauso ging? Dann dachte er an ihr Baby und seufzte. Sie hatte wesentlich mehr Erfahrung als er! Abgesehen davon, dass sie noch ein Kind stillte und sich ein Krieger daher nicht zu ihr legen sollte. Er dachte an Thimahel-okile. Sein älterer Sohn zählte inzwischen über zehn Winter. Erst nach so langer Zeit hatte seine Frau ein weiteres Kind geboren. Alle lobten die Eltern für diese Enthaltsamkeit. Der Vater hatte an Ansehen gewonnen, denn er galt als geduldig und zurückhaltend. Er galt als Vorbild für die anderen Männer. Auch Wambli-lutas Eltern hatten sechs Winter gewartet, ehe ein zweites Kind geboren wurde. Im Moment hatte Wambli-luta das Gefühl, dass er diese Zeit der Abstinenz ebenfalls einhalten würde, denn im Grunde wusste er nicht, was er mit einer Frau im Zelt tun sollte. Er wusste nur, dass er sie haben wollte und ein tiefes Sehnen ihn erfüllte, wenn er an sie dachte oder sie sah.

Er hörte es mit gemischten Gefühlen, als seine Mutter verkündete, dass sie das Kleid fertig hatte. Energisch raffte er sich auf, denn er war ein Krieger, und so hatte er gelernt, sich neuen Situationen zu stellen. Eine Frau war eine solche.

Als der Schnee fiel, beschloss er, seine Frau endlich ehrenvoll in sein Tipi zu führen. Seine Mutter bereitete mit Unci und Anpao-win ein Festessen vor, das an alle Menschen verteilt werden sollte. Mato-win wurde von den Frauen gewaschen und in das wunderschöne Kleid gesteckt, das an den Schultern mit blauen Perlen verziert war. Die Mutter hatte einige geometrische Formen aus weißen und gelben Perlen in das Muster gestickt, die den Morgenstern darstellen sollten. Das Kleid war reich mit Fransen besetzt und hatte am unteren Rock ebenfalls einige Muster, von denen Fransen hinabhingen. Die Frauen lachten, als sie Mato-win für die Hochzeit feinmachten. Die Haare wurden geflochten und mit Fell umwickelt, die Wangen mit roter Farbe bemalt.
Mato-win staunte über das wunderschöne Kleid. Sie hatte gesehen, dass Hübsche-Nase daran gearbeitet hatte, aber nie im Leben hätte sie damit gerechnet, dass es für sie bestimmt war! Sie drehte sich im Kreis und ließ die Fransen fliegen. Dann lachte sie

glücklich. Sie würde einen angesehenen Krieger heiraten. All die Furcht war mit einem Mal wie weggeblasen. Hier hatte sie einen Mann gefunden, der sie gut versorgen würde und zugleich eine Familie, die sich um sie kümmerte. Besonders Hübsche-Nase war ihr wie eine Mutter, und Unci erinnerte sie immer an die eigene Großmutter. Sie wusste, dass das Leben kurz war und sie vielen Gefahren trotzen mussten. Vielleicht wäre dieses Glück nur von kurzer Dauer, doch sie wollte diese Zeit als Phase des Glücks in ihrem Herzen behalten. Ob die Große Alte diese Begegnung gelenkt hatte, damit sie endlich einen guten Ehemann bekam? Ehe sie ins Dorf zurückging, bat sie um einen Augenblick der Stille. Sie wollte zu ihr beten und sich bedanken.

Alle hatten Verständnis für die junge Braut und ließen sie allein. Mato-win aber stellte sich an den Fluss und blickte über das frostige Land. Alles erschien ihr schemenhaft und fast nicht greifbar. „Große Alte!", betete sie. „Ich danke dir für deinen Schutz und deinen Sorge. Ich werde nun die Frau dieses tapferen Kriegers, der mich hierhergebracht hat. Er war sehr gut zu mir. Ich lebte im Zelt seiner Eltern, doch nun werde ich zu ihm gehen. Ich habe ein wenig Angst vor dem Unbekannten, doch ich werde gehorsam sein, so wie du es mich gelehrt hast." Sie wischte sich fahrig über das Gesicht, als sie an ihre eigene Mutter dachte. Die Erinnerung an sie fiel ihr schwer, denn sie war nur ein kleines Mädchen gewesen, als sie starb. Sie konnte sich nur an Lieder erinnern, die ihre Mutter gesungen hatte. Aber sie erinnerte sich an das schöne Gefühl, wenn sie auf ihrem Schoß sitzen durfte. Mato-win schlug die Arme um ihren Leib, denn es wurde kalt hier draußen. „Mutter!", sagte sie zu den Geistern. „Ich habe eine kleine Tochter und wünschte, dass du sie sehen könntest. Sie ist so ein drolliges kleines Mädchen mit lockigem, braunem Haar. Sie steckt ihre Finger in alles, was sie interessiert, und sie lacht sehr viel. Vielleicht kommt das von der anderen Art, denn ihr Vater ist ein weißer Mann. Nun wird sie im Tipi eines geachteten Mannes aufwachsen, und ich bin dankbar. Hier habe ich eine neue Mutter und einen neuen Vater gefunden. Bitte wache über meine Schritte und behüte mein kleines Mädchen!"

Kurz atmete Mato-win tief ein, dann lief sie hurtig ins Dorf zurück. Vor dem Zelt war bereits ein Ehrenplatz aus Fellen errichtet worden, und die Mutter nahm sie an der Hand und ließ sie Platz nehmen. Fast war es Mato-win ein wenig peinlich, so im Mittelpunkt der Aufmerksamkeit zu stehen. Sie hielt scheu den Blick gesenkt, und die umstehenden Menschen nickten anerkennend. Sie war wirklich eine Zierde für den Krieger.

Wambli-luta hatte noch eine Überraschung für seine Braut: Er führte eine kleine bunte Stute am Zügel, die prächtig aufgesattelt war. Mit einem Lächeln deutete er an, dass sie Mato-win gehören sollte. Sie stand auf und nahm sprachlos den Zügel entgegen. Was für ein großzügiges Geschenk!

Wambli-luta aber schäumte das Herz über, als sie so vor ihm stand. In dem schön bestickten Kleid sah sie aus wie die Tochter eines mächtigen Mannes. Als er sie das erste Mal gesehen hatte, war sie ein Mädchen gewesen, das ihn entsetzt aus großen Augen angesehen hatte. Aber inzwischen war sie zu einer wunderschönen Frau herangereift. Ihre Augen hatten einen warmen Schein, der ihn bis ins Mark traf. Er wollte sie nie wieder ängstlich oder traurig sehen! Mit einer großen Geste wandte er sich an die Umstehenden: „Seht diese Frau! Ich habe sie zu meinem Weib erwählt und werde sie nun in mein Tipi führen. Seht, wie ich sie schätze, denn ich gebe ihr diese Stute zum Geschenk. Sie hat keine Eltern, denen ich Geschenke für sie geben kann, also gebe ich sie ihr. Es ist ein Zeichen meiner Hochachtung!"

Die Menschen murmelten anerkennend, denn es war wahrhaft großzügig. Wambli-luta holte eine schwere Bisonfelldecke herbei und forderte Mato-win auf, sich zu ihm zustellen. Fürsorglich wickelte er sie in die Robe, sodass sie nun eng beieinander standen. Sein Atem strich über ihren Scheitel, und sie erschauerte leicht. Noch nie war er ihr so nah gewesen! Mit Ausnahme an dem Tag, als er sie niedergerungen hatte. Aber hier war er sanft und voller Liebe. Mit jeder Geste zeigte er, dass er sie achten und immer beschützen würde. Sie fühlte sich geborgen in seine Armen.

Die Mutter verteilte mit Unci und Anpao-win das Festessen. Auch Wambli-luta setzte sich mit seiner Frau auf den Ehrenplatz und ließ sich das Essen geben. Er sah zu, wie seine Eltern zu Ehren der neuen Schwiegertochter Geschenke verteilten. Mokassins, Roben, Gürtel, Messerscheiden und jede Menge Lebensmittel wurden verteilt, und die Menschen hielten staunend die Hand vor den Mund. Noch nie hatten sie gehört, dass eine Gefangene so geehrt wurde. Dann stand Wambli-luta auf und ließ sich rote Farbe geben. Mit seinem Finger strich er die Farbe auf ihren Scheitel, um damit kundzutun, dass sie eine ehrbare Ehefrau war. Alle lächelten frohen Herzens, als Wambli-luta sie schließlich auf das Pony setzte, sie sorgfältig in die Robe hüllte und ihr das kleine Mädchen reichte. „Seht dieses Kind!", rief er mit lauter Stimme. „Sie heißt Hanhepi-win, und sie wird als meine Tochter aufwachsen."

Mit einer Rassel ging er um das Pferd herum und sang zu den Geistern. Dann betete er zu den vier Himmelsrichtungen und bat um Schutz für seine Tochter. „Seht dieses Kind! Es ist nun meine Tochter und soll genau so behandelt werden. Ich werde ihr ein guter Vater sein und sie immer beschützen."

Wieder erklang zustimmendes Gemurmel. Es war gut, dass er das Kind zu seiner Tochter erklärte.

Langsam schritt er voran und führte die Stute am Zügel in Richtung seines Tipis. Es lag nicht weit entfernt, und doch wählte er diese ehrenvolle Weise. Die Mutter und die Großmutter folgten mit den Bündeln von Mato-win. Sie war mit nichts hierhergekommen, doch nun erhielt sie von der Schwiegermutter einen ganzen Hausstand. In den Bündeln waren Felle, Decken, Perlen, Kleidung zum Wechseln und ein gusseiserner Kessel. In einem weiteren Bündel steckten die Spielsachen und die Kleidung für Hanhepi-win.

Das kleine Mädchen saß vor der Mutter im Sattel und verstand die ganze Aufregung nicht. Mit aufmerksamen Augen blickte sie auf die umstehenden Menschen und jauchzte vergnügt. Sie war weder scheu noch ängstlich. Mit ihrer Hand winkte sie ihnen und erntete fröhliches Gelächter. „Was für ein drolliges Kind!", sagten die Frauen.

Wambli-luta hob zuerst das Kind aus dem Sattel und stellte es in das Tipi. „Lauf!", raunte er ihr gutmütig ins Ohr. Dann stellte er sich neben das Pferd und half seiner Frau hinunter. Fürsorglich führte er sie zum Tipi und hielt die Klappe hoch, damit sie eintreten konnte. Seine Mutter reichte ihm die Bündel, und er stellte sie innen an die Tipiwand. Mit einem Lächeln trat er ebenfalls hinein und ließ die Klappe zufallen.

Ohne seine Frau mit zu viel Aufmerksamkeit zu belästigen, setzte er sich zum Feuer und blies in die schwache Glut. Er arbeitete langsam und methodisch, bis wieder ein Feuer prasselte. Dann setzte er sich auf seinen Platz und schaute unter gesenkten Wimpern zu, wie sie ihre Bündel auspackte und verstaute. Das kleine Mädchen kam angewackelt und warf sich ihm in die Arme. Es kuschelte sich an ihn und schob müde den Daumen in die Mund. Hoh! Er wartete geduldig, bis sie schlief und legte sie dann auf ein Lager, das Mato-win vorbereitet hatte. Schweigend setzte er sich zurück auf seinen Platz und wartete ab.

Irgendwann hatte Mato-win nichts mehr zu tun und setzte sich ihm gegenüber. Schweigen entstand, als die beiden sich lange musterten. Dann folgte ein verlegenes Kichern. Was machte man in solch einem Augenblick? Keiner wusste es, und so blieben sie einfach sitzen. Schließlich übernahm Mato-win die Initiative. Sie zog das Kleid aus, rollte es ordentlich zusammen und legte es zur Seite. Dann legte sie sich auf ihr Lager und hob auffordernd die Decke hoch. „Komm!", befahl sie leise.

Wambli-luta schlug das Herz vor Nervosität bis zum Halse. Er hatte sie noch nie nackt gesehen, und der Anblick ihrer Brüste und ihres nackten Körpers raubte ihm den Atem. Sein Herz klopfte so laut, dass er befürchtete, sie würde es bemerken. Seine Lippen zitterten, als er ebenfalls seine Kleidung ablegte und zu ihr krabbelte. Kurz bewunderte er ihren schönen Körper, dann ließ sie die Decke sinken. Sollte er sie umarmen? Sollte er seinen Leib an sie drücken? Er wollte sie so gern spüren! Vorsichtig legte er seinen Arm um sie und drückte sein Gesicht an ihr Haar. Hoh! Wieder fühlte er diese Härte zwischen seinen Beinen, die er nicht kontrollieren konnte. Es war ihm egal, was die anderen sagen würden. Er wollte sie! Hier und jetzt! Sein Atem ging schneller, als er sich auf sie legte und ihren Körper in Besitz nahm. Er hatte keine Erfahrung, aber sein Körper wusste von alleine, was zu tun war. Auch Mato-win half ihm, denn sie öffnete bereitwillig die Beine, damit er in ihr Innerstes vorstoßen konnte. Ihre Hände fassten an seine Brust und ließen ihn erschauern. Sein Atem streifte ihren Hals, und sie zuckte zusammen vor Erregung. Es ermunterte ihn, forscher zu werden. Sein Penis fand den Weg in ihr Innerstes, und nie geahnte Gefühle durchströmten ihn, als er sich langsam in ihr bewegte. Auch sie keuchte, und ihre Körper wurden heiß. Dann wurde sein Stoßen unbeherrschter und härter. All die aufgestaute Jugend brach bei ihm durch. All die Fantasien, die er gegenüber Mädchen gehabt hatte, entluden sich in diesem ersten Geschlechtsakt. Er hielt ihre Hüften umklammert, als befürchtete er, sie verlieren zu können. Dann steigerte er sich in einen Rausch, der sich geradezu explosiv in ihr entlud, als er sie mit seinem Samen füllte. Keuchend brach er auf ihr zusammen und hörte auch ihr Herzklopfen in ihrer Brust. Woh! So war das also zwischen Mann und Frau! Er richtete sich etwas auf, um ihr in die Augen zu sehen. Sie waren so geheimnisvoll und voller Liebe. Er wollte in diesem schwarzen See ertrinken. „Tetschichila!", flüsterte er ergriffen. Er liebte sie!

St. Louis
Winter 1811 und Frühjahr 1812

Pierre DuMont blickte gespannt auf die Karawane aus Kutschen, die vor das Haus rollte. Nach und nach trafen die Gäste ein, und er küsste Frauenhände und verbeugte sich vor den Männern. Er kannte nicht alle und versuchte sich verzweifelt die Namen zu merken, die sein Vater ihm zuraunte. Jedes Mal, wenn einer seiner Gefährten auftauchte, stieß er einen tiefen Seufzer der Erleichterung aus. Er lernte zum ersten Mal Polly, die Frau von Manuel Lisa, kennen, eine rundliche Dame, die aus New Orleans stammte. Höflich fragte er nach ihrem Befinden und der Gesundheit der Kinder. Sie lächelte freundlich und ließ sich von ihm ins Haus geleiten. Dann kam William Clark zusammen mit seiner Frau Julia an, die aus einer reichen Pflanzerfamilie in Virginia stammte. Sie war wunderschön – mit hochgesteckten lockigen Haaren und einem Kleid aus Musselin, das hochgeschnürt war und wie ein Wasserfall an ihrem Körper herunterfiel. Es war die neueste Mode aus Europa. Er fand es sehr schick. Galant küsste er ihr die Hand und setzte das Paar neben Manuel Lisa und dessen Frau. Seine Mutter hatte tagelang über der Sitzordnung gegrübelt und kleine Kärtchen geschrieben, die jedem seinen Platz zeigten. Sie überließ nichts dem Zufall.

Pierre freute sich, als endlich Jean Chouteau und John Colter eintrafen. Er schenkte ihnen Whiskey ein, und ließ sich die neuesten Abenteuer und Pläne erzählen, ehe er sie zu ihren Plätzen geleitete. Sehr spät traf auch die Kutsche von Louise und ihren Eltern ein. Ihm stockte der Atem, als er ihr höflich die Hand reichte, um ihr beim Aussteigen behilflich zu sein. Auch sie trug dieses zarte Kleid aus Musselin, das kaum etwas von ihrem schlanken Körper verbarg. Was für ein Anblick! Auch sie hatte diese hochgesteckte Frisur, aus der ein paar freche Locken hervorquollen. Er fand, dass sie absolut zauberhaft aussah! Als er sie zu Tisch führte, warf er Polly einen prüfenden Blick zu, die mit ihrer Haube eher wie eine alternde Matrone wirkte. Selbst seine Mutter, die um einiges älter war, wirkte jugendlicher.

Die Mutter hatte die Familie Bonaparte an der Seite von William Clark platziert, mit einem Platz dazwischen, der Pierre vorbehalten war. Pierre kannte natürlich die Pläne seiner Mutter, aber seit dem heutigen Abend hatte er dagegen keine Einwände mehr. Er konnte froh sein, wenn so ein fragiles Geschöpf wie Louise ihn heiraten würde. Der Abend verlief mit angenehmer Plauderei, bei der die Frauen etwas erschrocken den Geschichten lauschten, die ihnen von den Trappern und Expeditionsteilnehmern aufgetischt wurden. Nur von indianischen Frauen oder Mätressen wurde nichts erzählt. Pierre war froh, dass niemand auf Mato-wea zu sprechen kam, und hütete sich davor, etwas von den Techtelmechteln von Clark oder Lisa zu erzählen.

Es wurde spät, ehe die Kutschen, mit Laternen beleuchtet, sich wieder in Richtung St. Louis in Bewegung setzten. Pierre verabschiedete sich von Louise und wagte es, ihr forsch einen flüchtigen Kuss auf die Wange zu drücken. „Französische Sitte!", beteuerte er, was ihr die Röte ins Gesicht trieb. Sein Herz klopfte, als er der Kutsche nachsah, die seine Auserkorene mitnahm.

Seine Mutter stellte sich zufrieden neben ihn. „Ist sie nicht bezaubernd?"

Er konnte ihr nur beipflichten. „Absolut bezaubernd!"

„Wir haben mit den Eltern gesprochen. Sie sind mit einer Hochzeit einverstanden! Möglichst bald!"

Er hob irritiert die Augenbrauen. „Warum so schnell?"

„Nun, sie befürchten wohl, dass du sonst wieder unterwegs bist und jemand anderen kennenlernst. Du bist eine gute Partie, warum also warten? Louise ist im heiratsfähigen Alter, und sie findet dich sehr sympathisch."

Pierre grunzte leicht. „Aha ... und die Liebe?"

Die Mutter winkte ab. „Die kommt mit der Zeit! Es wird Zeit, dass du sesshaft wirst und eine Familie gründest. Ich möchte so gern erleben, dass meine Enkelkinder hier spielen."

Huh! Er schüttelte sich etwas entsetzt. Ihm war gerade ein Kind genommen worden, da wollte er nicht schon mit der Planung von weiteren Kindern beginnen. Die Mutter sah seine Zweifel, konnte sie aber nicht einordnen. Freundlich nahm sie ihn am Arm und führte ihn ins Haus zurück. „Nun komm und mach nicht so ein

Gesicht! Kinder bereichern eine Ehe! Sie sind ein Segen Gottes."
Er lächelte freundlich und verschwieg seine wahren Gedanken.
Seine kleine Claire! Dann gefiel ihm der Gedanke, dass vielleicht
Louise ihm eine neue, kleine Claire schenkte. „Ach, Mutter, so ein
kleines Mädchen würde mir schon gefallen. Ich würde sie Claire
nennen."
„Wie kommst du denn auf so etwas?", fragte die Mutter über-
rascht, aber auch erfreut. „So ein schöner Name!"
„Nicht wahr?" Pierre war stolz, seine Mutter abgelenkt zu haben.
„Ich mag das Lied, das du mir immer vorgesungen hast. Au claire
de la lune."
Die Mutter lachte erheitert. Sie drückte ihm einen Kuss auf die
Wange und blickte ihm nach, wie er in sein Zimmer verschwand.
„Au claire de la lune! Was für eine Idee!"

An Weihnachten besuchte Pierre zum ersten Mal seit langem die
Messe in der Kirche. Der Pfarrer sprach von den Segnungen dieses fruchtbaren Landes und davon, dass man es den teuflischen
Heiden abjagen musste. Einige der Anwesenden nickten gläubig,
doch Pierre sah ebenso viele Männer, die die Augenbrauen hoch-
zogen. Der Rest der Messe drehte sich um Weihnachten und die
Geburt Christi, sodass Pierre vergaß, was der Pfarrer anfangs gesagt hatte.
Zuhause gab es einen wunderbaren Gänsebraten mit Kohl und
Kartoffeln. Er hätte sich hineinsetzten können. Seine Mutter
staunte, wie viel er in sich hineinstopfen konnte, und er erklärte
ihr, dass man in der Wildnis manchmal auf Vorrat essen musste.
„Wir sind wie die Erdhörnchen, die sich die Backen vollstopfen."
Sie kicherte gut gelaunt und nannte ihn einen Geschichtenerzäh-
ler. „Was dir nicht so alles einfällt!"
Die Hochzeit war für Januar geplant. Pierre ging es ein wenig zu
schnell, doch da er im Frühjahr wieder aufbrechen wollte, war
er ganz zufrieden. So konnte ihm wenigstens niemand die Braut
wegschnappen. Es gab noch mehr junge und auch ältere Männer,
die ein Auge auf das Mädchen geworfen hatten.
An den Wochenenden ritt er stets zu ihr, um im Beisein der
Mutter einen Tee mit ihr zu trinken. Natürlich kam dabei keine

romantische Stimmung auf, denn er schlürfte seinen Tee und sie stickte an einem Tuch. Manchmal spielte sie ihm auf dem Klavier etwas vor, und das fand er wunderschön. Er durfte sich sogar zu ihr setzen und sich das Klavierspielen erklären lassen. Manchmal sang er mit ihr in seiner tiefen, sonoren Stimme. Dann lachten sie glücklich wie die Kinder. Die schönsten Augenblicke waren es, wenn die Mutter kurz das Zimmer verließ, um etwas zu holen. Dann berührten sich verstohlen ihre Finger, und er hauchte ihr etwas Liebevolles ins Ohr. Die Mutter kam meist sofort zurück, lächelte und fuhr mit der Konversation fort. Sie fragte nach seinen Plänen, und er antwortete ehrlich, dass er im Frühjahr wieder den Missouri hinauf wollte. „Noch ein oder zwei Winter, und ich bin ein gemachter Mann", erklärte er stolz.

Louise sah ihn mit großen Augen an. „Da wäre ich aber lange allein!" Es war ein winziger Vorwurf in ihrer Stimme.

Er schüttelte sorglos den Kopf. „Du wärst bei meinen Eltern. Sie werden sich gut um dich kümmern. Es ist auch nicht mehr für lange. Ich soll ja die Farm übernehmen!"

Sie schenkte ihm ein entzückendes Lächeln und ließ sich beruhigen. „Ich könnte ja mit dir gehen", schlug sie vor.

Er lachte amüsiert. „Da draußen gibt es keine weißen Frauen. Das ist viel zu gefährlich!"

Ihre Augen wurden groß. „Aber warum gehst du dann dorthin … ich meine … was, wenn dir dort etwas passiert?"

Die Mutter warf ihr einen warnenden Blick zu, denn ein Mädchen sollte nicht so viele Fragen stellen. „Still! Er muss doch gut für dich sorgen!"

Pierre nickte dankbar und wandte sich mit einem Lächeln an seine Braut. „Ich kehre schon zurück. Keine Sorge! Wir sind ja nicht allein, sondern im Auftrag der Fur Company unterwegs. Wir haben Boote und Gewehre und sogar Kanonen."

Louise lächelte beruhigt. „Dann freue ich mich, wenn du schnell wieder heimkehrst", sagte sie wohlerzogen.

Die Hochzeit fand drei Wochen später statt und war ein rauschendes Fest, über das noch Jahre später geredet wurde. Pierre erschien in einem steifen Anzug, den seine Mutter herausgesucht hatte. Die Jacke ging bis unter das Kinn, sodass er kaum den Kopf bewegen konnte. Seine Braut dagegen hatte ein wunderschönes weißes Kleid an, in dem sie wie eine europäische Prinzessin zum Altar schritt. Ihr Gesicht war hinter einem zarten Schleier verborgen. Pierre hörte kein Wort, das der Pfarrer sagte. Erst als er ein zweites Mal gefragt wurde, ob er die hier anwesende Louise Bonaparte zu seinem Weibe nehmen würde, antworte er mit heiserer Stimme mit „oui".

Ebenso scheu fiel die Antwort von Louise aus. Mit feuchten Händen lüftete er den Schleier und küsste sie sanft auf den Mund. Die Menschen jubelten und geleiteten das Paar aus der Kirche. Mit den Kutschen ging es zurück zum Anwesen der DuMonts, wo der Saal bereits festlich gedeckt war. Das Brautpaar saß am Ende des Tisches und überblickte so die gesamte Gesellschaft. Oder auch nicht, denn sie sahen sich verliebt an und hatten die Welt um sich herum vergessen. Mehrere Festreden wurden gehalten und auf das glückliche Brautpaar angestoßen. Dann verschwand Pierre mit seiner Frau im oberen Stockwerk, wo die Eltern ein Zimmer für die beiden eingerichtet hatten. In der Mitte stand ein großes Ehebett.

Louise hatte immer noch ihr Hochzeitskleid an und schickte Pierre aus dem Zimmer, damit sie ihr Nachthemd anziehen konnte. Pierre wusch sich im Bad und schlüpfte ebenfalls in ein Nachthemd. Er schwankte leicht, denn er hatte zu viel von dem Wein getrunken. Er lachte, als er sein Gleichgewicht wiederfand. Endlich war die Zeit der einsamen Nächte vorbei. Er hatte Mato-wea vermisst. Weniger sie, als das Gefühl, jemanden neben sich zu wissen. Er hoffte, dass Louise diese Leere ausfüllen konnte.

Als sie ihn endlich hereinrief, war bestimmt eine halbe Stunde vergangen und der Wein machte ihn müde. Schüchtern saß sie in ihrem Nachthemd auf der Bettkante und sah ihn mit großen Augen an. Sie kicherte albern, denn auch sie war beschwipst. Sie hatte ihre Haare gelöst, die nun in lockigen Wellen über das Nachthemd fielen. Sie sah süß aus.

Er wusste, dass sie unerfahren war, und setzte sich harmlos neben sie. Schüchtern nahm er ihre Hand in die seine und drückte einen Kuss darauf. „Mon amour", sagte er auf Französisch. Ihm fielen in dieser Nacht noch viele Koseworte ein, die sie zum Lachen brachten. Geduldig streichelte er sie am Nacken, hauchte ihr Küsschen auf die Wangen, ehe er sie schließlich ins Bett schob und ein wenig ihr Nachthemd hochschob. Wieder richteten sich ihre großen, fast noch kindlichen Augen auf ihn. Mit einem Grinsen pustete er die Nachtkerze aus. Es war seine Hochzeitsnacht und er wollte sie auskosten.

Die nächsten Wochen verliefen harmonisch. Louise richtete sich ein und ließ sogar ihr Klavier bringen. Seine Mutter liebte die neue Schwiegertochter und kümmerte sich rührend um sie. Oft saßen die beiden im kleinen Salon beisammen und stickten. Für Louise gab es keine Arbeit, denn die DuMonts hatten Personal genug. So verging der Tag mit Plauderei, Klavierspielen, Stickkunst und Spaziergängen. Die Fahrt zur Kirche war stets eine willkommene Abwechslung, auch weil sie anschließend Louises Eltern besuchten und dort zu Tee und Kuchen blieben. Pierre war das alles viel zu gesittet und zivilisiert. Natürlich genoss er die Zeit mit seiner Frau, aber er sehnte sich auch nach dem Frühjahr, weil er wieder aufbrechen wollte. Verbeugung hier, Küsschen da, gesittete Konversation dort – es langweilte ihn. Er war richtig froh, wenn es auf der Farm mal ein Problem gab, um das er sich kümmern konnte. Einmal musste er einem Viehdieb hinterher, was endlich für Ablenkung sorgte. Als erfahrener Fährtenleser brauchte er nicht lange, um die Spur aufzunehmen. Der Schnee war schon weggetaut und der Boden matschig. Zwei Milchkühe waren fortgetrieben worden, und er setzte sich wie ein Bluthund auf die Spur des Täters. Ihm folgten zwei schwarze Arbeiter der Farm sowie der Vorarbeiter. Der Dummkopf versuchte tatsächlich, den Meramac-Fluss zu überschreiten, was ihn Zeit kostete. Eigentlich gab es dort eine Fähre, aber ein Mann mit zwei Kühen wäre zu auffällig gewesen. Im Winter den Fluss zu überqueren war gefährlich.
Der Schwarze versuchte zu fliehen, als er die Verfolger sah. Er ließ die Kühe stehen und flüchtete ins eisige Wasser. Pierre galoppierte hinterher, zog seine Rifle und gab einen Warnschuss ab. Ruhig lud er nach, als der Mann panisch vor Angst ans Ufer

zurückkehrte. „Ich habe Hunger, Sir!", versuchte er sich zu entschuldigen. Doch Pierre hatte kein Mitleid. Viehdiebstahl wurde meist mit dem Tode bestraft. Seine Männer banden dem Dieb die Hände auf den Rücken und legten ihm einen Strick um den Hals, mit dem sie ihn in Richtung St. Louis zerrten. Der Schwarze zitterte vor Kälte, doch niemand gab ihm warme Sachen. Pierre wandte sich den beiden Arbeitern zu und ließ sie die Kühe zurücktreiben. Die nickten nur und machten sich auf den Weg. Kurz streiften sie den Dieb mit einem mitleidigen Blick. Sie wussten, was ihn erwartete.

Es wurde Abend, ehe Pierre den halb erfrorenen Schwarzen dem Sheriff übergab. „Ich habe ihn beim Viehdiebstahl erwischt!"

Der Scheriff schob den Mann, der sich kaum noch auf den Beinen halten konnte, in eine Zelle und warf ihm eine Decke zu. „Wirst du nicht mehr lange brauchen", knurrte er.

Als die Jury zusammentrat, bestand sie aus zwölf Bürgern der Stadt. Einer war nicht gekommen und wurde durch einen Ersatzmann vertreten. Der Richter runzelte die Stirn und ließ dem Abwesenden eine Strafe von fünf Dollar auferlegen. Dann blickte er über seine Brille hinweg den Viehdieb an. „Sie haben also zwei Kühe von den DuMonts gestohlen?", fragte er.

„Ich weiß nicht!", beteuerte der Mann. „Sie liefen einfach herum!"

„Sie liefen herum?", wiederholte der Richter ungläubig.

Er rief Pierre auf, der den Diebstahl ganz anders beschrieb. „Es handelt sich um Daisy und Finny, zwei unserer besten Milchkühe. Sie standen im unteren Stall und nicht auf der Weide."

„Aha, also Daisy und Finny!", bemerkte der Richter.

„Kannst du mir erklären, wie zwei Milchkühe einfach herumlaufen?", wandte sich der Richter an den Delinquenten.

„Vielleicht haben sie sich losgerissen!", versuchte der Mann sich herauszureden. Zerlumpt stand er vor der Jury und ahnte wohl, dass ihm kein Wort geglaubt wurde. Hinzu kam, dass die Jury den Verdacht hegte, dass es sich bei ihm um einen entlaufenen Sklaven handelte.

„Nein, nein … ich bin ein freier Mann!", rief der Schwarze verzweifelt.

„Das ist schlecht", sagte der Richter. „Denn dann ist niemand für dich verantwortlich und du musst selbst die Konsequenzen für dein Verhalten tragen. Willst du nicht doch sagen, wer dein Herr ist?"

„Ich bin kein Sklave!", beteuerte der Mann.

Der Richter zuckte mit den Schultern. Dann konnte er auch nichts mehr tun. Die Jury verurteilte den Mann, und so wurde er zwei Tage später zur Mittagsstunde gehängt, „bis er tot war". Sie hatten ihm das Hemd ausgezogen und so konnte jeder sehen, dass er Spuren der Peitsche auf seinem Rücken trug. „Amer Tropf!", stellte der Sheriff fest. „Hatte mehr Angst davor, zu seinem Herrn zurückgebracht zu werden, als gehängt zu werden.

Als das Wetter wärmer wurde, traf sich Pierre mit Manuel Lisa und den anderen Trappern und Voyageuren. Manuel Lisa wollte den Missouri aufwärts zu seinem Fort, um dort Handel zu treiben und die Lage zu prüfen. Die Gerüchte über einen bevorstehenden Krieg hatten sich verdichtet, und er befürchtete, dass die Lage am oberen Missouri unüberschaubar wurde. „Vielleicht müssen wir im Herbst abbrechen!"

Pierre interessierte das nicht so sehr. Er freute sich auf das Abenteuer und den Gewinn, der dort lockte. Er brauchte frische Luft. Natürlich tat es ihm leid, seine junge Frau zurückzulassen, aber er versprach ihr, vor dem Winter heimzukehren. Sie schaute ihn aus ihren braunen Augen vorwurfsvoll an. „Vor dem Winter?"

Pierre lachte sie fröhlich an. „Alle Trapper machen das so. Auch Manuel Lisa ist so lange weg. Hast du seine Frau schon mal darüber schimpfen hören?"

Sie senkte unglücklich den Blick. „Nein!", gab sie zu.

„Na, siehst du! Auch Clark ist viel unterwegs, obwohl er eine bezaubernde Frau hat. Das gehört zu unserem Leben."

„Aber wirst du sicher heimkommen?" Ihre Lippen zitterten vor Angst um ihn.

Er gab ihr einen Kuss auf die Stirn. „Aber natürlich, mon amour!"

Einige Tage später packte er seine Bündel und ließ sich von Jules zum Anlegeplatz der Kielboote bringen. Er hatte neue Wildlederhosen an und trug einen Mantel der Fur Company. Staunend hatte Louise die Verwandlung beobachtet. Plötzlich wirkte ihr Mann wie ein Abenteurer. Manchmal wusste sie wirklich nicht, wen sie da geheiratet hatte.

Manuel Lisa hatte bereits drei Kielboote und zwei Barkassen ausgerüstet, mit denen er nach Norden wollte. Die Boote hatten Handelswaren, Gewehre und Proviant geladen. Die mürrischen Voyageure waren zur Abfahrt bereit und hatten bereits ihre Plätze eingenommen. Mit Rudern und Stangen steuerten sie die Boote in den Missouri, der nördlich von St. Louis in den Mississippi mündete. Nach Wochen, in denen nichts geschah, erreichten sie schließlich im Sommer Fort Lisa. Sie hatten keine Probleme mit Indianern gehabt, was sie alle als gutes Zeichen werteten. Selbst die sonst so aggressiven Arikara hatten Ruhe gegeben.

Reuben Lewis und Menard waren froh, als endlich die Verstärkung aus St. Louis eintraf. Der Winter war hart gewesen, und die Vorräte waren fast verbraucht. Charbonneau und seine beiden Frauen lebten noch immer im Fort und begrüßten Pierre freundlich. Der Trapper arbeitete weiterhin als Übersetzer im Fort und half, die Fleischvorräte aufzubessern. Er schimpfte, weil er hierzu weite Entfernungen zurücklegen musste. Das Fort war umlagert von Tipis der verschiedenen Stämme, die hier friedlich tauschen wollten. Reuben erreichte es mit viel Geschick, dass selbst verfeindete Stämme hier friedlich Handel trieben. Tatsächlich fühlte er sich wie auf einem Pulverfass, das jeden Moment explodieren konnte. Manuel Lisa verstärkte als Indianeragent seine Bemühungen, mit den Indianern Friedensabkommen abzuschließen. Er verteilte Geschenke, sprach von den Vorzügen eines Bündnisses mit den Amerikanern und rauchte mit den Häuptlingen die Pfeife.

Im Sommer wurden die Männer Zeugen eines Kampfes zwischen den Mandan und Hidatsa, der auch das Fort bedrohte. Die Hidatsa waren mit den Briten verbündet und nutzten die Gelegenheit, gegen die Mandan vorzugehen. Ihre Streitmacht aus fast zweihundert Kriegern prallte auf eine ebenso große Gruppe von aufgebrachten Mandan-Kriegern. Ihre nackten Oberkörper unterschieden sich fasst in nichts von den Kriegern der Mandan. Auch ihre Lebensweise war ähnlich: Beide Völker lebten am Missouri, bauten Mais an und lebten in Erdhütten. Keiner wusste, warum sie zu diesem Zeitpunkt miteinander verfeindet waren, denn es gab auch Zeiten, in denen sie verbündet gewesen waren. Pierre, Arnel und Shorty beobachteten das Spektakel aus sicherer Distanz. Sie waren zur Jagd unterwegs und hatten sich in den Hügeln versteckt, als sie in der Ferne die Kriegstrupps erspähten. Pierre fuhr sich mit der Hand über die Stirn, auf der sich der Schweiß gesammelt hatte. „Hoffentlich entdecken die uns nicht!", brummte er besorgt. Er sah sich um, ob der Weg zum Fort noch frei wäre. „Lasst uns lieber zurückreiten!"

Arnel winkte ab. „Die sind mit sich selbst beschäftigt. Keine Sorge!"

Shorty spuckte einen Grashalm aus und ließ die Augen nicht von der Szene, die sich in der Entfernung abspielte. „Schöne Scheiße!", schimpfte er mit gedämpfter Stimme.

Arnel kicherte. „Die können uns nicht hören!"

„Mir egal!", sagte Shorty unbeeindruckt. „Wenn die uns hier sehen, sind die sich ganz schnell einig, dass wir die wahren Feinde sind, und dann haben wir die ganze Meute am Hals."

Pierre hob die Augenbrauen und nickte bestätigend. „Genau! Seien wir lieber vorsichtig!"

Arnel hörte nicht auf ihn, sondern band sein Pferd an einem Strauch fest und schlich dann geduckt höher auf den Hügel, um von dort aus den Kampf zu beobachten.

„Spinnst du?", rief Pierre ungehalten. „Komm sofort wieder da runter!"

Ohne ihn zu beachten, legte Arnel sich ins hohe Gras und zog einen Feldstecher hervor. Es war das einzige Erbstück, das er noch von seinem Vater hatte. Er benutzte es nicht oft, aber jetzt leistete es ihm gute Dienste. „Da ist Sheheke-shote!", rief er aufgeregt.

„Das kannst du doch gar nicht sehen!", behauptete Pierre. „Jetzt komm endlich! Wir müssen hier verschwinden."

„Doch! Ich sehe ihn ganz genau! Er trägt diese blaue Uniformjacke."

„Wirklich?" Pierres Interesse war geweckt.

Er wand sich kurz und entschied dann, sich ebenfalls auf den Hügel zu begeben. Immerhin waren sie ja mit den Mandan befreundet. Er hoffte, dass diese Inyuns das im Zweifelsfall nicht vergaßen. Shorty raufte sich die Haare. „Seit ihr alle wahnsinnig?", fauchte er wütend. Dann band er ebenfalls sein Pferd fest und schlich hinter Pierre her. Schwer schnaufend plumpste er neben seinen Freunden ins Gras. „Wehe, ich verliere wegen euch meinen Skalp!"

Er blinzelte gegen die Sonne und versuchte, in dem Gewimmel etwas zu erkennen. Missmutig streckte er die Hand nach dem Feldstecher aus. „Gib her!"

Arnel gab ihm das Ding widerspruchslos und wartete ab, was Shorty sagen würde. „Stimmt!", bestätigte Shorty. „Das ist der Kerl. Fett wie immer!"

Jetzt mussten alle lachen. Irgendwie war es schon komisch, wie sie hier im Gras lagen und die Indianer beobachteten. Sonst war es immer umgekehrt. Dann schwiegen sie, als dort unten die Schlacht begann.

Staub wirbelte auf, Kriegsschreie hallten bis zu ihnen und die Körper der Indianer und Pferde verschmolzen zu einem farbigen Spektakel, bei dem nicht mehr zu unterscheiden war, wer gegen wen kämpfte. Lanzen stachen aus dem Gewirr hervor, manchmal wurde ein bemalter Schild hochgerissen, oder ein Pferd raste in der Ferne davon. Pierre deutete auf Sheheke-shote, der aus sicherer Entfernung den Kampf leitete. Mit einem Speer gab er Anweisungen, nahm aber selbst am Kampf nicht teil. Einige Krieger standen um ihn herum, die wohl zu seinem Schutz abkommandiert waren. Als der Kampf härter wurde, ließen sie den Häuptling stehen und galoppierten ebenfalls in die Schlacht.

Pierre, Arnel und Shorty beobachteten schweigend den Kampf, der unerbittlich ausgetragen wurde. Sie konnten sehen, dass einige Körper regungslos am Boden lagen, als der Kampf sich mehr in Richtung des Flusses verschob. Anscheinend hatten die Mandan einen leichten Vorteil, denn sie drängten die Hidatsa in Richtung des Missouri zurück. Rauchschwaden von dem Gewehrfeuer wehten über das Schlachtfeld, sodass es weiter unübersichtlich blieb. Dann sahen sie, wie Sheheke-shote von einem Schuss aus der Distanz getroffen wurde. Er griff sich ans Herz und stürzte wie vom Blitz getroffen vom Pferd. Regungslos blieb er liegen, während sein Pferd die Ohren anlegte und davongaloppierte. Triumphierendes Geschrei erhob sich auf Seiten der Hidatsa, die erneut zum Gegenangriff übergingen. Die wabernde Masse der Leiber bewegte sich auf den Hügel zu, auf dem die drei Männer lagen. „Wir müssen hier weg!", sagte Pierre erschrocken.

„Allerdings!", gab Arnel ihm recht. „Und zwar schnell!" Er grinste verwegen, als er sich vorsichtig nach hinten schob. Geduckt lief er zu seinem Pferd und saß auf. Pierre und Shorty folgten ihm auf dem Fuß. Sie hieben den Pferden die Hacken in den Bauch und rasten in Höchstgeschwindigkeit davon.

Manuel Lisa fluchte, als er vom Tod des Mandan-Häuptlings erfuhr, denn den anderen Anführern war nicht zu trauen. Er befürchtete, den Einfluss auf die Mandan zu verlieren. Dann ließ er die Palisaden besetzen, weil er fürchtete, dass die Hidatsa auch gegen das Fort angehen könnten. Im Fort brach Hektik aus, als alle nach ihren Waffen griffen, die Vorderlader luden und ihre Munitionstaschen überprüften. Wachsam schauten sie über die Palisaden und beobachteten die Umgebung. Lisa sollte recht behalten!

Bemalte Gestalten schlichen näher, dann näherten sich auch berittene Krieger. Ihre Körper glänzten von dem Fett, mit dem sie sich eingerieben hatten. Ihre Gesichter waren grell bemalt, manche hatten den ganzen Körper bemalt. Sie waren noch im Rausch des Kampfes mit den Mandan und wollten nun auch hier Beute machen. Ihre hohen Kriegsschreie ließen einem das Blut in den Adern gefrieren, als sie gegen die Palisaden anrannten. „Feuer!", hallte der Befehl von Manuel Lisa über den Platz. „Lasst sie nicht zu nahe rankommen!"

Bereits nach der ersten Salve lag so viel Pulverdampf in der Luft, dass die Sicht schlecht wurde. „Weiterschießen!", brüllte Lisa energisch. „Alles, was sich vor dem Fort tummelt, will unsere Skalpe! Schießt einfach auf alles, was sich bewegt!"

Von der Seite, die zum Fluss hin lag, kam eine Warnung. „Die wollen sich die Schiffe holen!", rief Colonel Menard.

Lisa reagierte sofort. „Freiwillige zu mir!", schrie er über den Lärm hinweg. „Wir sichern die Boote und legen ab!" Sofort schlossen sich ihm einige Männer an, die mit schussbereiten Gewehren den Ausfall wagten. Eine Abordnung Trapper und Voyageure schaffte es, bis zu den Booten zu gelangen, gut gedeckt durch Männer, die ihnen hinter den Palisaden Feuerschutz gaben. Pfeile flogen ihnen um die Ohren, doch die Männer sprangen auf die zwei Kielboote und lösten die Leinen. Einige Krieger versuchten sie aufzuhalten, doch die Trapper gingen hinter den Aufbauten in Deckung und nahmen die Angreifer unter Beschuss, während die anderen die Boote in die Strömung schoben. Die Boote trieben langsam ab, und die Voyageure sprangen an Bord und legten sich flach auf den Boden. Einige Pfeile flogen vorbei, dann erreichten sie die Flussmitte und waren außer Reichweite der Pfeile und Kugeln.

Manuel Lisa ließ seine Leute ein Stück zurückrudern, um vom Schiff aus das Fort zu unterstützen. Er hatte eine Kanone an Bord, die er nun auf das Ufer richtete. „Genau zielen!", befahl er ruhig. „Die wissen nicht, was jetzt kommt!"
Mit Blitz und Donner explodierte die erste Kugel zwischen den Angreifern. Die Hidatsa sahen sich plötzlich von zwei Seiten unter Beschuss genommen und verloren den Mut. Noch nie hatten sie die Feuerkraft einer Kanone erlebt. Drei ihrer Männer lagen zerfetzt am Boden, und das zeigte ihnen, dass die Medizin der weißen Männer gewaltig sein musste. Sie zogen sich ratlos zurück und schickten schließlich einen Boten los, der um Friedensverhandlungen bat. Nach dem Kampf mit den Mandan erschien es ihnen nun, dass ihr Kriegsglück sie verlassen hatte.
Pierre fluchte, als er den Indianer vor den Toren sah, denn er hätte ihm am liebsten eins übergebraten. Reuben Lewis hielt ihn zurück. „Lass! Die haben genug. Es ist wichtiger, hier für Frieden zu sorgen!"
„Was? Mit diesen Halunken? Die ziehen uns doch die Haut ab, wenn sie könnten."
Reuben schüttelte energisch den Kopf. „Noch haben wir keine Verluste. Es ist besser, aus einer Position der Stärke heraus zu ver-

handeln. Sie sind von der Kanone eingeschüchtert – das sollten wir ausnutzen."

Pierre verkniff sich eine weitere Bemerkung. Mit gemischten Gefühlen beobachtete er, wie eine Abordnung der Hidatsa ins Fort gelassen wurde. Sie beteuerten, dass alles nur ein Irrtum gewesen sei und sie keine bösen Absichten gegenüber der Fur Company hegten. „Die Rotröcke sagten, dass hier Soldaten seien", behaupteten sie.

Manuel Lisa schüttelte vehement den Kopf. „Nein, nein ... wir sind Händler!", beteuerte er. „Seht nur, keiner trägt eine Uniform!"

Die Indianer sahen sich misstrauisch um, aber tatsächlich waren bei dieser Expedition keine Soldaten. Sie hatten Trapper, Händler, Voyageure, Dolmetscher, auch ein paar Squaws, aber keine Männer in Uniform. Dies schien dem Häuptling zu beruhigen, denn er nickte großmütig. „Zwischen den Rotröcken und den Blauröcken herrscht Krieg. Aber wir wollen hier in Ruhe leben. Wir kämpfen auf keiner Seite!"

Manuel Lisa seufzte innerlich, als die Indianer ihre Neutralität versicherten. Sie wären zwar keine Verbündeten, aber zumindest konnten sie hier einen Waffenstillstand halten. Er verteilte großzügig Geschenke und kniff dann angestrengt die Augen zusammen, als die Indianer endlich abrückten. Das war gerade noch mal gutgegangen! Gut, dass sie die Kanonen mitgenommen hatten! Er wusste, dass es nur ein Friede auf Zeit war. Das nächste Mal wären die Indianer gewarnt und würden sich von der Kanone nicht mehr beeindrucken lassen. Ihm blieb nichts anderes übrig, als eine Wachmannschaft für die Boote abzustellen. Niemand murrte über diese Vorsichtsmaßnahme, denn die Männer wussten, dass es überlebensnotwendig war. Die Aufgabe, Verbündete für die Amerikaner zu gewinnen, gestaltete sich schwierig.

Beglichene Schulden
Winter und Frühjahr 1812 im Dorf der Hunkpapa

Die Hunkpapa verbrachten den friedlichsten Winter seit langem. Sie hatten ihr Dorf weiter südlich am Chanshushka-Wakpa aufgeschlagen. Schneestürme fegten über das Land und zwangen die Menschen, in ihren Tipis Schutz zu suchen. Selbst den Kindern war es zu kalt, und so spielten sie um die Feuer ihre Wettspiele oder beschäftigten sich mit ihren Puppen. Die Frauen nutzten die Zeit, um zu sticken und Kleidung herzustellen, während die Männer geduldig an ihrer Ausrüstung bastelten. Obwohl sie inzwischen Gewehre hatten, verließen sie sich lieber auf Pfeil und Bogen, denn Pfeile konnte man in endloser Anzahl herstellen, während man bei der Munition auf die weißen Händler angewiesen war.

Wambli-luta genoss das Leben mit seiner Frau. Irgendwie erschien es ihm, als wäre er ohne Mato-win nur ein halber Mann gewesen. Ihre Anwesenheit brachte Friede und das kleine Mädchen erfüllte ihn mit Freude. Vorher war er ein Krieger gewesen, ein Tokala, aber nun fühlte er sich wahrhaftig als Mann. Er liebte es, in das warme Zelt zurückzukommen und sie am Feuer vorzufinden, wo sie stets mit etwas beschäftigt war. Manchmal besuchte sie auch Anpao-win mit ihrer Tochter, sodass die beiden Mädchen miteinander spielen konnten. Noch waren sie zu klein, um mit Puppen zu spielen, aber sie saßen beieinander und klatschten in die Hände oder fassten sich gegenseitig an die Nase. Sie hatten kleine Rasseln aus einem Schildkrötenpanzer oder schüttelten Rasseln aus Hirschhufen. Ishta-hota kam häufiger vorbei, um nach seiner Frau zu sehen, und Wambli-luta genoss die Gesellschaft seines Schwagers. Er war ihm inzwischen ein guter Freund geworden, ebenso wie Thimahel-okile und Krummes-Bein.

Auch die Männer trafen sich oft zu Würfelspielen oder anderen Ratespielen, bei denen sich zwei Mannschaften gegenübersaßen. In einem Spiel hatten zwei Spielleiter bemalte Knochenstückchen in der Hand. Eins zeigte zwei parallele und das andere gekreuzte Linien. Der erste Spieler bekam beide Knochenstücke und versteckte die Hände hinter dem Rücken, wo er die Stücke vertauschte und schließlich eine Hand vorstreckte. Der Spieler in der anderen Mannschaft musste nun erraten, ob der Stein die gekreuzten Zeichen oder die parallelen Linien enthielt. Erriet er es richtig, durfte nun seine Mannschaft die Würfel mischen. Hatte er es falsch erraten, durfte der erste Spieler erneut die Würfel mischen, und der nächste gegnerische Spieler musste raten. Manchmal gelang es einer Mannschaft, alle gegnerischen Spieler auszuschalten, ohne dass die Knochenstücke auch nur einmal den Spieler wechselten. Das war sehr spannend und reizte oft zum Lachen. Man nannte diese Spiele Handspiele, und es gab viele davon, um sich den Winter zu vertreiben. Andere Spiele wurden mit bemalten Pflaumenkernen gespielt. Sie waren überhaupt nur so interessant, weil es immer um spannende Wetteinsätze ging.

Vermutlich waren die langen Winterabende auch schuld daran, dass sich so mancher Bauch einer Frau rundete. Jedenfalls erzählte Krummes-Bein eines Abends seinen Freunden, dass im Bauch von Erdbeerfrau ein neues Leben heranwuchs.

Die Männer nickten erfreut und schlugen Krummes-Bein vergnügt auf die Schulter. „Hoffentlich schenkt sie dir einen Sohn!" Krummes-Bein lächelte leicht. „Ich habe bereits einen Sohn!", betonte er. „Mir ist jedes Kind recht."

Ishta-hota und Wambli-luta sahen sich kurz an und nickten dann. Es war gut, wenn man den Geist eines Ungeborenen nicht mit sorglosen Reden trübte. Jedes Kind war willkommen. Weder Anpao-win noch Mato-win hatte bisher empfangen, und die Krieger waren darüber erleichtert. Die beiden Mädchen waren noch klein und brauchten die Milch ihrer Mütter. Sie hatten beide noch Zeit.

Am schönsten waren die Abende im Zelt der Eltern, wenn die ganze Familie zusammensaß und den Geschichten lauschte, die Unci oder Gebrochene-Lanze zum Besten gab. Auch das Psa-Kind saß dann bei Hübsche-Nase auf dem Schoß und kicherte, wenn die Geschichten eine überraschende Wendung nahmen. Eine fand sie besonders lustig, denn sie handelte davon, was passiert, wenn man nicht abwarten kann, bis man eingeladen wird. Immer wieder bat sie Unci, diese Geschichte zu erzählen.

Unci beugte sich dann nach vorne und blickte Sommerregen mit einem lustigen Zwinkern an. „Takoja! Ich erzähle sie dir! Aber du musst erraten, wie sie ausgeht!"

Sommerregen nickte begeistert und lauschte dem schönen Sprachfluss der Lakotasprache.

„Einst, da hörte Iktomi, der Spinnenmann, einen wunderschönen Gesang. Er konnte nicht herausfinden, woher der Gesang kam, und suchte überall. Schließlich hörte er, dass der Gesang aus einem Bisonschädel kam. Er trat näher und beugte sich über den Schädel, um hineinzusehen. Durch die Löcher konnte er einige Mäuschen erkennen, die dort tanzten und feierten. Iktomi freute sich sehr und wollte mitfeiern. Er steckte seinen Kopf in den Schädel, aber die Mäuschen erschraken fast zu Tode und rannten schnell davon. Iktomi war ein wenig beschämt und richtete sich wieder auf. Aber sein Kopf steckte fest! Er schüttelte ihn hin und her, aber er konnte sich nicht befreien. Er lief zu seiner Frau und bat sie um Hilfe. ‚Leg den Kopf ins Feuer', schlug sie vor. Iktomi tat wie geheißen, doch er verbrannte sich fürchterlich. Er rannte aus dem Wigwam und tauchte seinen verbrannten Körper ins kalte Wasser. ‚Hilfe!', schrie er laut."

Unci zwinkerte Sommerregen zu. „Und dann?", fragte sie.

„Iktomi schlug mit dem Schädel auf einen harten Stein. Der Schädel platzte auf, aber Iktomi hatte danach tagelang Kopfschmerzen." Sommerregen kicherte laut.

„Hecetu!", lobte die Großmutter. „Also, klettere niemals in ein Zelt, wenn du nicht eingeladen bist!"

„Nie!", bestätigte das Kind. „Aber ich würde auch nicht steckenbleiben", meinte es altklug.

Unci drohte mit dem Finger. „Aber du weißt nicht, was du dort vorfindest. Vielleicht denkt der Mann darin, dass du ein Feind bist und schießt mit einem Pfeil auf dich."

„Oh!" Das Kind sah sie erschrocken an.

„Aber ich würde doch sagen, dass ich es bin."

„Na, aber dann würde man dich doch auch hereinbitten! Siehst du … dann bist du eingeladen." Die Großmutter kicherte laut.

„Stimmt!", meinte Sommerregen zufrieden. Sie stand auf und rannte aus dem Tipi, um ihrer Freundin die Geschichte zu erzählen. Vorsichtshalber verharrte sie vor dem Zelt einen Augenblick, schüttelte das Säckchen mit Pflaumenkernen und wartete darauf, dass man sie hereinbat.

Als die Winde wärmere Luft von Süden brachten, atmeten die Menschen auf. Der Winter war hier lang und forderte immer Todesopfer. Dieses Jahr waren nur zwei alte Menschen gestorben, und so war es ein guter Winter gewesen. Die Wakincun hatten vor, den Großen Schlammfluss zu überqueren und bis zum Etazipo-kakse Wakpa im Land der Yanktonai zu ziehen. Dort würden die sieben Ratsfeuer zusammenkommen und über die Zukunft des Volkes beraten. Der Weg wäre lang und würde viele Tage dauern. Aber die Menschen freuten sich darauf, Verwandte und Freunde wiederzusehen. Die Reise war nicht ungefährlich, denn zwischen den Tituwan und ihren östlichen Verwandten lagen die Jagdgründe der feindlichen Hidatsa, Mandan und Arikara. Sie wollten die befestigten Dörfer meiden und einen sichereren Übergang finden. In Begleitung anderer Hunkpapagruppen fühlten sie sich stark. Außerdem wollten die Sihasapa und Itazipco mit ihnen ziehen. Aus dem Süden würden Oglala und vielleicht Miniconjou kommen und aus dem Osten die Sisseton, Wahpeton und Mdewakanton. Es würde gut sein, zu hören, was ihre östlichen Verwandten zu sagen hatten.

Wambli-luta kümmerte sich um seine Pferde, als er von einem Warnruf aufgeschreckt wurde. Schwungvoll glitt er auf den Rücken des Ponys und leitete es ohne Sattel und Zaumzeug zum Dorf. Dort waren die Krieger zusammengekommen und blickten zwei Reitern entgegen, die sich langsam dem Dorf näherten. Wambli-luta riss staunend die Augen auf, als er den einen erkannte: Dachbitche-hisshi! Hoh! Er konnte sich ein triumphierendes Lachen nicht verkneifen. Sein Widersacher traute sich tatsächlich ins Hornissennest! Bewundernd verzog er die Lippen, denn dieser Psa hatte einen weiten Weg hinter sich! Und gefährlich obendrein. Nur die Tatsache, dass zwei Reisende kaum als Gefahr eingestuft werden würden, hatte die Späher davon abgehalten, die beiden sofort zu töten. Trotzdem wusste niemand, was er nun tun sollte. Die Krieger umrundeten die beiden Apsalooke und warteten ab, was die Häuptlinge entscheiden würden. Schließlich machten sie Platz, als Wambli-luta sich mit dem Pferd hindurchdrängte. Er hielt sein Pony vor den beiden Apsalooke an und grinste herausfordernd. „Hast du etwas verloren?", fragte er in Zeichensprache. Seine Worte wurden von Gelächter begleitet, denn alle wussten, dass so ein kleines Psa-Kind im Zelt seiner Eltern wohnte. Gespannt verfolgten sie, was nun geschehen würde. Dachbitche-hisshi nickte. „Du weißt, was ich verloren habe!" Auch er bediente sich der Zeichensprache.

Wambli-luta überlegte kurz und nickte auch dem zweiten Mann zu.

Dachbitche-hisshi zeigte mit den Lippen auf ihn und stellte ihn als „Bruder" vor.

„Ein mutiger junger Mann!", musste Wambli-luta zugeben. Zwei Männer, die so furchtlos durch feindliches Gebiet ritten, mussten wahrlich starke Medizin besitzen.

„Folgt mir!", lud er die beiden freundlich ein.

Er ließ sich vom Rücken des Pferdes gleiten und gab ihm einen Klaps, damit es zur Herde zurücklaufen konnte. Dann winkte er zwei Jungen herbei, die sich um die Pferde der Gäste kümmern sollten. Der eine war Springender-Büffelstier, der Sohn von Thimahel-okile, der vor Stolz platzte. Dachbitche-hisshi und sein Bruder stiegen ab und erlaubten, dass die beiden Jungen nach den Zügeln griffen. Stolz und aufrecht schritten sie hinter Wambli-luta her, der sie zum Zelt seiner Eltern führte. Er tat es mit Absicht, denn dort saß das kleine Mädchen, das sicherlich gerne seinen Vater wiedersehen würde.

Er ließ die Männer eintreten und folgte ihnen. Seine Eltern und die Großmutter saßen am Feuer und zwischen ihnen Sommerregen, die fast erschrocken die Hand vor den Mund schlug, als sie ihren Vater nach der langen Zeit wiedererkannte. Sie wusste nicht, was sie tun sollte, und versteckte sich bei Hübsche-Nase.

Wambli-luta bot den Gästen den Ehrenplatz an und setzte sich ebenfalls. Kurz flüsterte er seinen Eltern zu, um wen es sich handelte, dann wandte sich Wambli-luta an Sommerregen. „Du darfst deinen Vater begrüßen, kleine Schwester." Er lächelte freundlich.

Erst jetzt wagte das Kind sich zu erheben und zu seinem Vater zu laufen. Ein tiefes Schluchzen stieg in ihr auf, als sie ihn umarmte. Ein Schluchzen, das aus tiefster Seele kam und nicht aufhören wollte. Ihr ganzer Körper schlotterte, und Tränen liefen über ihr Gesicht. Auch Dachbitche-hisshi konnte sein stoisches Gesicht nicht aufrechterhalten, und so flüsterte er liebevoll auf das Kind ein.

Wambli-luta ließ ihnen Zeit. Nicht wegen der zwei Männer, sondern weil er Sommerregen gernhatte. Schließlich rief er sie herbei, und gehorsam trennte sich das Mädchen von seinem Vater und setzte sich wieder zu Hübsche-Nase. Immer noch weinte sie und drückte ihr nasses Gesicht an das Kleid ihrer Hunkamutter. Beruhigend strich Hübsche-Nase ihr über die Haare und wischte ihr die Tränen weg. „Hasch, hasch, meine kleine Tochter. So eine Freude! Sieh nur, wer gekommen ist!"

Sommerregen nickte getröstet und wischte sich über die Rotznase. „Mein Vater!", sagte sie glücklich.

„Nun werden wir hören, was er zu sagen hat!", mahnte Hübsche-Nase

Auch Gebrochene-Lanze war gespannt auf die Worte, die dieser Psa ihnen mitteilen wollte, denn er konnte ihm nicht verzeihen, was er Anpao-win angetan hatte.

Wambli-luta jedoch gefiel die Situation. Er hatte seinen Feind gedemütigt, und nun saß dieser aufgeblasene Krieger hier und war ihm auf Gedeih und Verderb ausgeliefert. Wambli-luta sonnte sich in diesem Gefühl.

Der Apsalooke räusperte sich und begann seine Rede. „Viel ist zwischen uns geschehen! Viele Dinge, die man nicht vergessen kann."

Wambli-luta nickte nur. Er hatte nicht vor, es dem Mann leichtzumachen.

Dachbitche-hisshi zeigte auf seine Tochter. „Ich sehe, dass du sie gut behandelst."

„Mein Hass gilt nicht Frauen und Kindern!", bestätigte Wambli-luta. „Sie ist mir wie eine kleine Schwester." Er sagte damit auch, dass sein Fang wertvoll war und er sie nicht so einfach gehen lassen würde.

Der Apsalooke presste die Lippen aufeinander und senkte den Blick. Es war auch ein Hieb, dass er Anpao-win nicht so gut behandelt hatte. Er machte eine verlegene Handbewegung. „Ich stehle dein Pferd …"

„Und ich hole es mir zurück!", betonte Wambli-luta.

„Ich stehle deine Schwester!"

„Und ich schnappe mir deine Tochter!", ergänzte Wambli-luta.

„Wie soll das weitergehen?"

Dachbitche-hisshi lächelte leicht. „Ich hole deinen Hund?"

„Und ich stehle deine Maus!", drohte Wambli-luta mit einem Grinsen.

Kurz entstand Schweigen, als die beiden Kontrahenten sich gegenüber saßen. Dachbitche-hisshi räusperte sich erneut und sah sich im Zelt um. „Wie geht es Anpao-win?", fragte er höflich.

„Gut!", antwortete Wambli-luta. Er wusste, dass der Psa wissen wollte, was mit seinem Kind war, und ließ ihn zappeln.

Wieder entstand Schweigen. Schließlich zuckte Wambli-luta mit den Schultern. „Sie lebt nun im Zelt eines Kriegers. Sie haben eine kleine Tochter."

Dachbitche-hisshi lächelte kurz und nickte verstehend. Es würde nie sein Kind sein! Das hatte Wambli-luta deutlich klargestellt. „Das ist schön!", versicherte er. Dachbitche-hisshi machte eine verlegene Geste. „Auch ich habe eine kleine Tochter, doch sie wurde mir genommen. Seitdem ist die Freude aus meinem Tipi verschwunden, denn ihre Mutter weint um sie."

„So wie meine Mutter geweint hat!"

Der Psa nickte dazu. „Wir sind in diesem Kampf zu weit gegangen", stellte er fest. „Anstatt uns wie zwei tapfere Männer im Krieg zu messen, haben wir dumme Dinge getan. Das sehe ich nun."

„Männer tun keine dummen Dinge", widersprach Wambli-luta ernst. „Sie tun, was nötig ist, um ihre Familien zu beschützen. Ich wollte, dass du dies weißt."

Dachbitche-hisshi zog die Augenbrauen hoch. „Ich verstehe das nun!", gab er zu. „Ich werde nie wieder deine Familie behelligen. Wenn wir uns begegnen, dann im ehrlichen Kampf."

„Das sind gute Worte." Wambli-luta nickte zufrieden. „Dann werde auch ich deine Familie nicht behelligen."

Der Psa war darüber erleichtert. Er nahm sein Gewehr, das in einer schön bestickten Tasche lag, und legte es in die Richtung von Wambli-luta. „Ich gebe dir dieses Gewehr als Wiedergutmachung. Und ich bitte dich darum, dass meine Tochter mit mir gehen kann."

Hoh! Wambli-luta konnte sich sein Erstaunen nicht verkneifen. Was für ein Geschenk! Aber es lag nicht an ihm, diese Entscheidung zu treffen. Sein Vater hatte hier das letzte Wort. Es war seine Tochter gewesen, die aus seinen Armen gerissen worden war. Wambli-luta drehte sich so, dass er seinem Vater in die Augen sehen konnte. „Entscheide du!"

Gebrochene-Lanze blickte zu dem Krieger, der so viel Leid über seine Familie gebracht hatte. Andererseits war mit dessen Töchtern auch viel Freude eingekehrt. Eine Tochter würde bleiben, das war hart genug! „Hecetu!", stimmte er zu. „Sommerregen ist mir wie eine Tochter, doch sie sehnt sich nach ihrem wahren Vater. Der Hass zwischen unseren Familien soll vorbei sein." Gütig strich er dem Mädchen über die Harre und erlaubte ihr aufzustehen. „Geh zu deinem Vater. Er wird dich zu deiner Mutter zurückbringen."

Auch Hübsche-Nase wandte sich an ihre Hunkatochter. „Ich werde mich an dich erinnern!", versprach sie. „Du warst eine gute Tochter. Doch deine wahre Mutter weint um dich. Sie wird lachen, wenn sie dich wieder in die Arme schließen kann."

Sommerregen nickte gehorsam und setzte sich dann zu ihrem Vater und ihrem Hunkaonkel. Sie lächelte dankbar, zeigte aber auch Abschiedsschmerz, denn sie hatte hier eine liebevolle Familie gefunden. Sie drückte ihre Lieblingspuppe an sich und saß etwas verloren zwischen all den Erwachsenen, die über ihr Schicksal entschieden.

Als es schon Abend wurde, bat Wambli-luta die beiden Apsalooke, über Nacht zu bleiben. Das gab auch Hübsche-Nase Zeit, ihrer Pflegetochter einige Dinge einzupacken. Außerdem konnte das Kind Abschied nehmen, das plötzlich verstand, dass sie diese Menschen wohl niemals wiedersehen würde. Hübsche-Nase brachte sie zu ihren Freundinnen, damit sie sich auch dort verabschieden konnte, dann durfte sie noch zu Anpao-win. Traurig drückte diese ihre kleine Hunka-Schwester an sich und weinte ein bisschen.

„Werde ich Kanghi-win denn nie wiedersehen?", fragte das Kind und streichelte die Wange des Babys.

Anpao-win wischte ihre Tränen fort. „Das weiß niemand. Wakan-tanka wacht über uns, aber niemand weiß, was er für uns bestimmt hat. Vielleicht gibt es einst Frieden zwischen unseren Völkern, dann werden wir uns wiedersehen!"

Die beiden Apsalooke übernachteten in einem Zelt am Rande des Dorfes, das für die Gäste aufgebaut worden war. Dachbitchehisshi bedankte sich für die Gastfreundschaft und verschwand mit seinem Bruder im Zelt. Er verzichtete darauf, im Dorf nach Anpao-win zu suchen, denn die Tituwan erwiesen sich schon als großzügig genug. Dabei hätte er gern einen Blick auf das kleine Mädchen geworfen, das Anpao-win geboren hatte. Er hätte es gerngehabt.

Am Morgen sah er zu, wie seine Tochter mit Geschenken und liebevollen Worten verabschiedet wurde. Erstaunt hörte er, dass sie fließend die Sprache der Feinde sprach – ein Umstand, der ihm vielleicht irgendwann einmal nutzen könnte. Gebrochene-Lanze setzte das Kind auf ein braves Pony, sodass es auf einem eigenen Pferd nach Hause reiten konnte. Am Sattel hingen die Bündel, die Hübsche-Nase ihr mitgegeben hatte. In ihnen befanden sich auch ein schön besticktes Kleid, Mokassins und ihre zwei Puppen. An der Spitze einiger Krieger kam Wambli-luta angeritten, der die Feinde ein Stück weit begleiten wollte.

Dachbitche-hisshi lehnte das ab, doch Wambli-luta schüttelte stur den Kopf. „Du darfst gern deinen Skalp verlieren, aber Sommerregen gehört zu meiner Familie und ich möchte sichergehen, dass ihr unbehelligt durch die Jagdgründe der Tituwan gelangt." Dachbitche-hisshi grinste breit und gab mit einer Handbewegung zu verstehen, dass Wambli-luta vorausreiten sollte. Sommerregen freute sich, denn so hatte sie noch eine kleine Weile die Gesellschaft ihres Hunkabruders. Ihr Herz raste vor Aufregung darüber, dass sie nun bald ihre Mutter wiedersehen würde; nur der Abschied von Unci, Hübsche-Nase, Anpao-win und dem Baby fiel ihr schwer. Der Vater tröstete sie mit einer anderen Überraschung. „Wenn wir heimkehren, wirst du ein Brüderchen oder Schwesterchen haben!", versprach er mit einem Augenzwinkern.

„Wirklich?", freute sich das Kind.

„Ja, deine Mutter erwartet bald ein Baby. Sie wird froh sein, wenn du ihr ein bisschen hilfst."

Das Kind lachte erfreut. „Ich kann schon sehr gut mit Babys umgehen!", behauptete sie.

„So, so!"

„Ja, ich habe immer auf Kanghi-win und Hanhepi-win aufgepasst!", erzählte das Kind zutraulich.

„Kanghi-win?", wunderte sich der Vater.

„Ja, so heißt das Kind meiner anderen Mutter. Sie lebt nun mit Ishta-hota zusammen."

Der Vater kicherte in sich hinein. Er wusste, dass Kanghi „Krähe" bedeutete. Der Name würde diese Tituwan also immer an seinen Coup erinnern.

„Und Hanhepi-win?", fragte er harmlos.

„Sie ist die Tochter von Mato-win. Sie ist Wambli-lutas Frau. Sie ist eine Miwatani."

Dachbitche-hisshi staunte, denn so hatte auch die Frau geheißen, die von den Pekuni geraubt worden war und nach der sie hatten suchen sollen. „Eine Miwatani?", fragte er verblüfft.

Das Kind nickte. „Ja, Wambli-luta hat sie mitgebracht, als er auch mich geraubt hatte."

„Hoh!" Dachbitche-hisshi wusste noch nicht, ob er mit dieser Nachricht etwas anfangen konnte, aber irgendwann wäre sie vielleicht nützlich, wenn die weißen Händler kamen.

Wambli-luta begleitete die Apsalooke bis zu den Schwarzen Bergen, ehe er mit seinen Männern umkehrte. Auf dem Weg hatte er Dachbitche-hisshi näher kennen und schätzen gelernt. Er war ein ebenso tapferer Krieger wie er selbst und würde sich an sein Versprechen halten. Eines Tages würden sie sich vielleicht im Kampf begegnen, aber niemand würde sich mehr an der Familie des anderen vergreifen. Dafür hatten sie inzwischen zu viel Respekt voreinander. Wambli-luta umarmte Sommerregen ein letztes Mal, ehe er sie auf das Pony setzte, damit sie ihrem Vater folgte. Es war gut, dass sie wieder heimkehrte.

Konflikte

Sommer im Fort Louis 1812

Pierre saß einem ziemlich wütenden Onkel gegenüber, der nicht glauben wollte, dass die Pekuni seine Nichte von der Seite des weißen Mannes gerissen hatten. Seit dem Tod von Sheheke-shote hatten sich die Beziehungen verschlechtert, und nun glaubte der Onkel, dass „Pär" seine Frau vielleicht irgendwo verkauft hatte. Pierre hatte sich den Namen von Mato-weas Onkel noch nie merken können, und so nannte er ihn immer „Onkel". Der Krieger war schon älter und er hatte einen ziemlichen Bauch. Es zeigte, dass der Mann lieber am Feuer saß und gutes Essen genoss. Wie sollte er ihm klarmachen, dass es wirklich nicht seine Schuld war, dass Mato-wea nicht mehr bei ihm war?

Vorsichtshalber bat er Charbonneau, seine Worte zu übersetzen. Charbonneau kannte den Onkel und redete ihn höflich mit Shut haska an, was „Puma" bedeutete. Pierre hatte die Bedeutung fast vergessen und unterdrückte ein Schmunzeln. Wie ein Puma sah der Mann wirklich nicht aus! Er rief sich zur Ordnung und versuchte, den Namen im Gedächtnis zu behalten. Shut haska … so schwer war das ja nicht. „Wir wurden im Winter von Pekuni überfallen, die Mato-wea mitgenommen haben.", begann er zu erzählen. „Wir versuchten sie zu finden, aber es war unmöglich. Mein Herz ist voller Trauer!"

„Und das Kind?", fragte der Onkel immer noch wütend.

„Sie haben es ebenfalls mitgenommen. Ich hatte das Kind sehr gern! Ein kleines Mädchen …" Pierre senkte traurig die Augen. Wahrscheinlich glaubte der Onkel seinen Worten nicht, aber die Trauer in der Stimme war echt. Das konnte er hören. Er machte eine beschwichtigende Geste. „Pekuni sind sehr gefährlich. Es war nicht klug, dort Fallen aufzustellen."

Pierre nickte. „Wir hatten ein Fort bei den Apsalooke errichtet und fühlten uns dort sicher. Es war weit weg von den Jagdgründen der Pekuni."

„Hoh, Pekuni reiten weit!", meinte der Onkel verächtlich. Er maß den weißen Mann mit einem abschätzigen Blick, denn nun würde es keine Geschenke mehr geben. Auch ihm war damit ein ziemlicher Schaden entstanden. „Ich habe noch eine Tochter", schlug er vor. „Was gibst du mir für sie?"

Pierre war einigermaßen entsetzt, als Charbonneau die Worte übersetzte. Überrascht atmete er ein und blickte den Onkel verständnislos an. Wollte diese Krämerseele ihm tatsächlich eine weitere Tochter andrehen?

Der Onkel zuckte mit keiner Wimper. Es sei gut, eine Tochter mit den Weißen zu verheiraten. Auch Charbonneau beteuerte, dass dies bei den Indianern nicht ungewöhnlich sei.

„Und wenn wir Mato-wea finden?"

„Dann hast du zwei Schwestern. Das ist gut, weil sie nicht eifersüchtig aufeinander sind." Charbonneau lachte freundlich. „Ich habe ja auch zwei Squaws. Die schaffen viel Arbeit und sorgen für gute Einnahmen."

„Aha!" Pierre verschwieg, dass er dann drei Ehefrauen zu versorgen hätte.

Der Onkel hatte jedoch eine Bedingung. „Aber ich möchte, dass sie hier bleibt!", forderte er. „Die Pekuni sind zu gefährlich."

„Oh!" Das konnte Pierre gut verstehen.

Der Onkel wollte sicher gehen, dass die zweite Tochter in der Nähe blieb, damit er weiterhin die schönen Geschenke erhielt. Außerdem handelte es sich in diesem Fall um das leibliche Kind. Da war er wohl inzwischen vorsichtiger. Pierre wusste nicht, dass der Inkel da tatächliche keinen Unterschied machte – er sah in der Ehe seiner Tochter mit einem Weißen tatsächlich ein gutes Geschäft und an eine gute Partie.

Pierre musste sich das erst noch überlegen. Noch dachte er an Louise, die in St. Louis auf ihn wartete. Andererseits wäre es vielleicht keine schlechte Idee, eine weitere Frau für seine Zeit unter den Indianern zu haben. Louise musste davon ja nichts wissen. „Vielleicht!", wiegelte er ab. „Ich möchte sie erst einmal sehen." Er konnte sich dunkel an das Mädchen erinnern, das Mato-wea als kleine Schwester bezeichnet hatte. War sie inzwischen zur Frau gereift? Er hatte keine Lust, ein Kind im Bett zu haben. Es reichte schon, dass er ihr erst einmal alles beibringen musste.

Der Onkel lächelte verschmitzt und machte eine abschließende Handbewegung. „Ich werde sie dir zeigen."

Charbonneau klopfte Pierre begeistert auf die Schulter. „Dann sind die einsamen Nächte hier draußen vorbei. Der nächste Winter wird kalt."

Pierre schüttelte den Kopf. „Wir wollten im Herbst zurück nach St. Louis. Da muss ich mir erst überlegen, ob ich mich mit einer Frau hier draußen belaste. Außerdem befürchtet Lisa, dass es zum Krieg kommt. Dann müssen wir den Posten hier draußen vermutlich aufgeben."

Charbonneau runzelte die Stirn. „Das ist schlecht! Wir haben eh schon genug Ärger mit den Hidatsa, Assiniboine und Pekuni. Die Hudson's Bay Company stößt vom Saskatchewan Fluss immer wieder hierher vor. Sie kann es einfach nicht einsehen, dass die Vereinigten Staaten sich diesen Teil des Landes geschnappt haben. Ich glaube, dass sie die Stämme gezielt gegen uns aufhetzen."

„Und die Tituwan?"

„Habe ich diesen Sommer noch nicht gesehen. Keine Ahnung, was diese Teufel aushecken!"

Charbonneau wandte sich an Shut haska und befragte ihn nach den Feinden.

„Wir hatten Ärger mit den Arikara!", bestätigte dieser. „Und mit den Hidatsa! Es gab einen großen Kampf."

Pierre verschwieg, dass er diesen Kampf beobachtet hatte, und nickte nur.

„Und die Tituwan?", wollte Charbonneau wissen.

Der Onkel machte eine verneinende Geste. „Sie kommen erst im Herbst, um unsere Felder zu plündern!", meinte er abfällig.

Die beiden Trapper lachten darüber. Warum anpflanzen, wenn man es sich einfach holen konnte?

Das nächste Kielboot, das bei ihnen anlegte, brachte keine guten Nachrichten: Die Vereinigten Staaten hatten tatsächlich den Briten den Krieg erklärt, und es war bereits zu den ersten Kampfhandlungen gekommen. Am beunruhigsten war die Nachricht, dass ein Häuptling der Shawnee namens Tecumseh versuchte, die Stämme gegen die Amerikaner zu vereinen. „Die gesamten Großen Seen sind ein Pulverfass!", erzählte der Kapitän des Kielbootes. „William Clark ist nach Washington aufgebrochen, um sich Befehle zu holen. Er befürchtet, dass sich auch hier die Stämme auf die Seite der Briten schlagen werden. Wir hatten schon richtig Ärger, als wir an den Arikara vorbei sind. Sie versuchten uns aufzulauern."

Reuben Lewis und Manuel Lisa hörten dies mit versteinerten Mienen, denn es bedeutete, dass hier der Tauschhandel zum Erliegen kam. Manuel Lisa kniff verärgert die Lippen zusammen. „Wenn wir den Posten aufgeben, verlieren wir hier oben alles!"

„Habt ihr denn noch Waren?", fragte der Kapitän.

Lisa winkte ab. „Genug, um noch einen Winter zu handeln. Wenn es hier nicht zu gefährlich wird."

Der andere Mann kniff skeptisch die Augen zusammen. „Ich habe Befehl, euch zu verstärken. Aber ich empfehle den Rückzug. Möglichst bald!"

Manuel Lisa und Reuben Lewis nickten. „Wir handeln noch den Sommer über und setzen uns im Herbst ab. Scheiße, wenn wir den Briten den Handel überlassen!"

„Trotzdem!"

Im Laufe des Sommers kehrten immer mehr Trapper, denen es zu heiß wurde, aus der Wildnis zurück. Auch Shorty und Arnel, die östlich des Missouri an den vielen kleinen Seen Biber gejagt hatten, kehrten in die Sicherheit des Forts zurück. Sie waren auf kriegerische Hidatsa gestoßen, denen sie nur knapp entkommen waren.

Pierre freute sich, seine Freunde wiederzusehen, und setzte sich zu ihnen, als sie von ihren Abenteuern berichteten. Lewis und Lisa versuchten, aus den malerisch ausgeschmückten Geschichten eine Taktik zu erkennen, doch Arnel und Shorty konnten nicht wirklich weiterhelfen.

„Habt ihr denn britische Soldaten gesehen?", fragte Lewis etwas unwillig.

Arnel und Shorty blickten einander ratlos an. „Nein! Nur diese Inyuns, die es auf unsere Pelze abgesehen hatten."

„Und ihr habt sie als Hidatsa erkannt?"

Arnel nickte bestätigend. „Einmal waren es auch Yanktonai! Sie hatten uns aber nicht gesehen. Sie kamen aus nördlicher Richtung und hatten Gewehre dabei."

„Wahrscheinlich bei den Briten eingetauscht!", vermutete Lisa wütend. „Wenn die Yanktonai und Yankton oder die anderen Dakotastämme auf Seiten der Briten kämpfen, haben wir ein Problem!"

„Wieso?", Pierre hob fragend die Augenbrauen.

„Dann unterbrechen sie den Schiffsverkehr über den Mississippi zu den Großen Seen. Die Stämme am Oberlauf des Mississippi sind sowieso eher den Briten gewogen. Da wäre ein Krieg ein richtiges Problem. Wenn dann noch die Menominee, Sauk und Fox oder Anishinabe gegen uns kämpfen, verlieren wir einen Großteil des Louisiana Territoriums."

„Oh!" Pierre riss erstaunt die Augen auf. „Und jetzt?"

„Clark wird mit Sicherheit einige Expeditionen hinschicken, um das Gebiet zu halten. Wir müssen unbedingt nach St. Louis zurück. Dort wird es Milizen und Bürgerwehren geben, denen wir uns anschließen können. Wahrscheinlich haben die Briten es noch nicht ganz verkraftet, dass wir nun unabhängig sind. Vielleicht wollen sie sich ein paar Kolonien zurückholen!"

Die Männer grummelten erbost. Sie hatten sich die Freiheit im Unabhängigkeitskrieg teuer erkauft. Sie wollten diesen Briten keinen Meter weichen.

Der Kapitän hatte noch weitere Informationen. „So wie ich es gehört habe, ist auch Nicolas Boilvin nach Washington abgereist, um auf die brenzlige Lage hinzuweisen. Wir brauchen hier im Westen Verstärkung, wenn wir von den Briten nicht überrannt werden wollen."

„Der Indianeragent am oberen Mississippi?", fragte Manuel Lisa. Er kannte den Mann aus St. Louis.

„Ja, das Gebiet dort heißt jetzt Illinois-Territorium. Boilvin sagte, dass die Stämme dort gereizt seien, weil die Ernte und die Jagd schlecht waren und die versprochenen Geschenke nicht geliefert wurden."

„Wow! Ich kenne noch die Zeiten, als John Campbell dort unterwegs war. Hat er nicht all die Friedensmedaillen und Fahnen der Scheiß-Briten dort eingesammelt und die Stämme auf unsere Seite gezogen?"

Der Kapitän nickte mit schmalen Lippen. „Allerdings. Die Briten hatten damit ein ziemlich gutes System eingeführt, das die Stämme ruhig gehalten hat. Campbell hat die Sachen einkassiert und versprochen, dass die Häuptlinge nun amerikanische Waren und Friedenssymbole erhalten würden. Aber wenn Washington so blöd ist, das nicht zu liefern, sind sie selbst schuld. Boilvin sagt dasselbe … deshalb ist er ja nach Washington aufgebrochen. Wir verlieren den ganzen Westen, wenn die nichts unternehmen."

Manuel Lisa grunzte schlecht gelaunt. „Und wir sind beim Teufel. Mich kostet es ein Vermögen, wenn der Handel hier einbricht. Wir hatten schon genug Ärger!"

Die Männer sahen sich verunsichert an. „Und jetzt?"

Der Kapitän zuckte mit den Schultern. „Ich habe Gerüchte vernommen, dass dieser Robert Dickson bis nach Montreal ist, um die Briten zu überzeugen, hier gegen uns vorzugehen. Die fürchten natürlich um ihren Handel und dass wir sie aus dem Geschäft drängen."

„Dieser Trapper aus Prairie du Chien? Der mit Toto-win, der Tochter eines Wahpeton Häuptlings verheiratet ist? Der ist doch dick befreundet mit den Dakota!"

„Derselbe! Der ist ganz groß im Pelzhandel. Er hat einen Handelsposten in Fort Mackinac zwischen dem Michigan- und dem Huronensee, und einen weiteren in Prairie du Chien. Der könnte uns echt die Dakota und andere Stämme auf den Hals hetzen."

„Hat wohl vergessen, dass hier jetzt das Gebiet der Vereinigten Staaten ist, was?", schimpfte Shorty.

„Na ja … so endgültig ist die Grenze nach Norden ja noch nicht festgelegt. Der sieht hier seine Geschäfte gefährdet."

„Und da hetzt er die Indianer auf … !"

„Tecumseh hat einen Wampungürtel an die westlichen Stämme geschickt, damit sie sich ihm anschließen. Er sagt, dass die Amerikaner ihnen das Land wegnehmen werden. Ich wette, dass die Sauk und Fox, Ho-Chunk und Dakota sich ihm anschließen werden. Die merken langsam, dass immer mehr Siedler ins Land strömen und ihnen das Gebiet streitig machen."

Die Männer schwiegen dazu, denn auch sie merkten, dass eine Veränderung vor sich ging. Während früher das Zusammenleben mit den Indianern meist friedlich verlaufen war und es viele Ehen zwischen Indianerinnen und Händlern gab, kamen immer mehr Siedler ins Land, die in den Indianern eine Bedrohung sahen. Berichte über schreckliche Gräueltaten machten die Runde, die aufgebauscht und verbreitet wurden. Die Amerikaner sahen in den Indianern keine souveränen Nationen, sondern Mündel, die sich anpassen sollten. Sie standen dem Fortschritt im Wege.

Aber sie sahen auch ein anderes Dilemma: Vor allen Dingen in den Grenzgebieten, aber auch in Städten wie St. Louis war die Bevölkerung meist französischer oder spanischer Herkunft. Im Ernstfall konnte man nicht sagen, auf welche Seite sie sich schlagen würden.

Die nächste Katastrophe kam am Ende des Sommers in Form mangelnden Wassers: Der Missouri hatte durch die andauernde Trockenheit einen niedrigen Pegelstand. Die Bucht, an der Fort Lisa lag, war völlig ausgetrocknet, und die Boote saßen im Matsch fest. Es wäre leichter gewesen, sie über trockenen Boden zu rollen, aber es war völlig aussichtslos, sie aus diesem Sumpf zu bergen.

Die Voyageure versuchten es mit langen Stangen und schlugen Bäume, um sie unter die Boote zu heben, aber nach einigen Tagen der Anstrengung gaben sie es auf.

Manuel Lisa raufte sich zum wiederholten Male in diesem Sommer die Haare. „Wir können nur abwarten!", sagte er wenig begeistert. „Vielleicht hebt sich der Pegel wieder, wenn es regnet." Es war Wunschdenken, denn meist war der Herbst recht schön und brachte wenig Regen.

Auch Pierre blickte mit zusammengekniffenen Augen auf die gestrandeten Boote und sah ein, dass er wohl nicht so schnell nach St. Louis zurückkehren würde. Er dachte an seine junge Frau, und es tat ihm leid. Er hatte nicht vorgehabt, sie so lange allein zu lassen. Auch beunruhigte ihn die Sorge, dass St. Louis vielleicht nicht mehr sicher war. Er hatte gehört, dass auch William Clark seine Frau und die Kinder nach Virginia zurückgeschickt hatte. Zu groß war die Gefahr, dass die Indianer sich gegen die Amerikaner erhoben und auch gegen St. Louis zogen oder die britischen Truppen einfach den Mississippi hinuntersegelten. Pierre saß hier untätig fest und das stank ihm gewaltig. Es herrschte Krieg, und er machte sich Sorgen um seine Eltern und seine Frau. Hinzu kam die Langeweile, denn es gab kaum Abwechslung. Meist saß die Mannschaft beim Kartenspiel zusammen oder wechselte sich beim ungeliebten Wachdienst ab. Wegen der Gefahr von Überfällen durften die Männer nur in Gruppen das Fort verlassen, um zur Jagd zu gehen. Jeder Hirsch wurde gefeiert, denn das bedeutete zur Abwechslung frisches Fleisch in den Töpfen.

Shorty hatte inzwischen ein Mandan-Mädchen geheiratet, und so überlegte sich Pierre das Angebot von Shut haska. Mit einem Pferd und drei Mann Begleitung zum Schutz legte er die kurze Distanz zu dem Mandandorf zurück und besuchte die Familie. Er dachte nur noch selten an Mato-wea und das Baby. Sisohe-wea war ein junges Mädchen, das ihn sicherlich über den Verlust hinwegtrösten würde. Für den Preis eines Huts, zwei Decken und Munition für das Gewehr wurde sie ihm schließlich zur Frau gegeben.

Anders als bei Mato-wea bemühte sich Pierre nun stärker um die Familie und brachte auch den zwei kleineren Geschwistern von Sisohe-wea billige Geschenke mit. Sie lächelten ihn scheu zu und verschwanden dann mit den Zuckerstangen im hinteren Winkel des Erdhauses. Pierre fand die Abmachung ganz nützlich, denn wenn er nach St. Louis zurückkehrte, konnte er Sisohe-wea bei ihrer Familie lassen. Er nannte sie Cherry-Lady, was sie zum Lachen reizte.

Im Fort bezog sie mit ihm eine Kammer und freute sich, dass sie kaum Arbeit hatte. Sie nähte und kochte, aber es gab kaum etwas zu gerben, weil die Indianer ihre Pelze in guter Qualität lieferten.

Pierre hatte inzwischen Erfahrung mit indianischen Ehefrauen und war freundlich zu ihr. Er gab ihr keine Befehle, denn er hatte längst erkannt, dass Indianerinnen ohnehin das taten, was ihnen beliebte. Ihm genügte es, dass sie ihm in den langen Nächten die Zeit vertrieb. Sie war jung, hübsch und sauber, das reichte ihm hier draußen. Sacajawea zeigte ihr, wie man die Hemden der Weißen flickte, und Cherry-Lady lernte eifrig dazu. Manchmal begleitete er sie zurück zu ihrer Familie, damit sie mit ihren Freundinnen reden konnte. Sie behielt ihre Fröhlichkeit und ihr fast noch kindliches Wesen, und das gefiel ihm.

Die anderen Trapper grinsten natürlich, denn sie wussten, dass er eine weitere Frau in St. Louis hatte. „Du hast bald eine Frau auf jedem Kontinent!", ulkten sie.

„Ihr nicht?", wunderte sich Pierre zum Schein.

Sie antworteten ihm mit grölendem Gelächter, denn ein Country-Weib und eine ehrbare Frau daheim zu haben, war tatsächlich keine Seltenheit.

Je weiter der Herbst voranschritt, desto mehr Ehen zwischen den Trappern und den Mandan wurden geschlossen. Manuel Lisa sah das mit Sorge, denn er befürchtete, dass die meisten Männer die Heirat nicht als verbindlich ansahen. Er rief die Männer samt Frauen zu sich und festigte die Ehe mit einer Bibel. Auch Pierre musste zu der kleinen Zeremonie antreten. Er schwor, seine Frau stets „zu achten und zu ehren, bis der Tod euch scheidet". Pierre fiel der Schwur nicht schwer, denn für die Zeit, wenn er in der Wildnis unterwegs war, hatte er das auch vor. Cherry-Lady war genauso bezaubernd wie seine Louise. Wenn sie ihm tatsächlich Kinder schenkte, würde er sie in St. Louis erziehen lassen. Noch machte er sich keine Gedanken, wie er diese Beziehung seiner weißen Ehefrau beichten sollte. Cherry-Lady lernte seine Sprache, und er bemühte sich zum ersten Mal um einige Worte der Mandansprache.

Die indianischen Frauen bildeten schnell eine Zweckgemeinschaft. Otterfrau und Sacajawea hatten den Garten von Marie Dorion übernommen und ernteten im Herbst die Kürbisse und den Mais. Gerecht teilten sie die Ernte unter den Frauen auf, die ihnen bei der Arbeit geholfen hatten. Auch die Frau von Shorty, namens „Maisfrau", saß oft bei ihnen. Auch sie war vom Volk der Mandan. Die Frauen konnten bald die Sprache der Amerikaner besser als ihre Ehemänner die Sprache der Mandan, sodass sie gern zum Übersetzen eingesetzt wurden. Ihre Stellung hob sich damit, denn sie wurden wichtige Handelspartner. Sacajawea war eigentlich eine Shoshoni, aber sie sprach auch Hidatsa und Mandan – wesentlich besser als ihr Mann. Keiner verstand, warum sie diesen brutalen Charbonneau nicht längst verlassen hatte, der seine Frauen immer wieder misshandelte. Cherry-Lady half Sacajawea bei der Geburt einer kleinen Tochter, die Charbonneau „Lisette" nannte. Sacajawea war nach der Geburt sehr geschwächt, und so kümmerten sich die anderen Frauen um das Baby. Charbonneau schimpfte, denn er brauchte die Arbeitskraft seiner Frau. Er war froh, dass seine andere Frau ihm noch kein Kind geschenkt hatte. „Was soll ich nur mit diesen quäkenden Babys?", murmelte er schlecht gelaunt. Er trieb seine Frau schon nach kurzer Zeit aus dem Bett und schickte sie wieder zum Übersetzen. Sacajawea sagte nichts, sondern gehorchte schweigend. Sie nahm ihr Baby in die Armbeuge und schlurfte in den Handelsraum, um dort zwischen den Trappern und einigen Hidatsa zu übersetzen, die mit schlechten Sommerpelzen gekommen waren.

Sonnentanz

Sommer 1812 im Dorf der Yanktonai

Wambli-luta überblickte die lange Karawane aus Pferden, Frauen und Kindern, die in langsamem Tempo über die sanften Hügel kroch. Staub wirbelte auf, als die Travois durch das trockene Gras gezogen wurden und dabei die typischen Ritzen im Boden hinterließen. Ihre Spuren konnten nicht verborgen werden. Aber das war auch nicht nötig, denn die Hunkpapa, Itazipco und Sihasapa bildeten inzwischen eine große Streitmacht. Als sie den breiten Schlammfluss erreichten, lagerten sie an dessen sandigem Ufer. Kinder badeten im seichten Wasser und erfrischten sich kreischend und lachend. Die Frauen suchten nach biegsamen und stabilen Weidenzweigen, um mit deren Hilfe Bullboote zu bauen, mit denen sie den Fluss überqueren wollten. Akicitas sicherten die Umgebung, die jedoch menschenleer war. Die Späher hatten einen Übergang weitab von irgendwelchen feindlichen Dörfern gewählt. Das Wetter war schön, sodass sie gut vorankamen. Der Fluss hatte kein Hochwasser mehr, sodass er friedlich dahinfloss. Männer und Jugendliche trieben bereits die Herde ans andere Ufer. Die Tiere mussten in der Mitte des Flusses schwimmen, doch irgendwann hatten sie wieder Grund unter den Hufen und strebten dem anderen Ufer zu. Dort wurden sie von aufmerksamen Männern bewacht. Am nächsten Morgen begannen die Menschen, mit den Bullbooten überzusetzen. Kleine Kinder, Bündel, zusammengefaltete Tipis wurden verladen und von Männern, die neben den Bullbooten schwammen, über den Fluss gezogen und gestoßen. Sie trieben leicht ab, sodass das nächste Lager etwas stromabwärts errichtet wurde. Auch die Pferdeherde wurde dorthin verlegt.

Nachdem alles ausgeladen war, brachten die Männer die Bullboote zurück und verluden die nächste Fracht. Auch Frauen schwammen im Wasser und genossen die Abkühlung. Die langen Stangen wurden zusammengebunden und wie Flöße über den Fluss bugsiert. Auf ihnen saßen kleine Nackedeis, die am anderen Ufer die Flöße als Sprungbrett nutzten und ins Wasser hüpften. Die Eltern lachten dazu, auch wenn hier und da eine Stange zu Bruch ging. Es war schön, so sorglos zu den Verwandten zu ziehen.

Die Frauen verzichteten darauf, am anderen Ufer ein Dorf aufzubauen. Sie legten Sachen, die feucht geworden waren, zum Trocknen aus, und errichteten nur kleine Kochfeuer. Es war warm, sodass einfache Decken für die Nacht genügten. Bis in die Nacht hörte man spielende Kinder, die sich am sandigen Strand vergnügten. Sie waren gut bewacht, denn die Wakincun hatten Wachen aufgestellt. Außerdem sicherten Späher die Umgebung und suchten bereits den Weg für den nächsten Tag.

Nach einigen Tagen stießen sie auf weitere Abordnungen der Tituwan: Oglala und Sicangu waren aus dem Süden gekommen, aber auch Oohenunpa und Mniconjou. Es würde ein riesiges Treffen werden!

Die Oglala erzählten von ihren Auseinandersetzungen mit den Pawnee, aber auch den Ponca, denen sie regelmäßig Frauen und Mais raubten, aber keine Geschichte war so spannend wie die Befreiung von Wambli-lutas Schwester. Das Ansehen des Kriegers steigerte sich von Mal zu Mal. Wambli-luta war die Aufregung um seine Person manchmal zu viel, und so blieb er lieber bei seiner Familie. Mut gehörte zu seinem Leben. Für ihn war das nichts Besonderes. Er freute sich, dass Mato-win seine Sprache lernte und ihm eine gute Frau war. Am meisten erfreute ihn das kleine Mädchen, mit dem er gern spielte und schmuste.

Manchmal saß er mit ihr bei seinem jungen Schwager, der ebenfalls seine kleine Tochter mitbrachte. Ihn erstaunte die Verwandlung, die mit dem jungen Mann vorgegangen war. Aus einem unbekannten Habenichts war ein stattlicher Krieger mit enormem Ansehen geworden. Es belustigte die beiden Männer, dass sie beide eine fremde Tochter als ihr eigenes Kind großzogen. Es würde sie auf immer miteinander verbinden. Beide bezeichneten sich nicht nur als Schwager, sondern auch als „Kola" – als Freunde, die immer für den anderen einstehen würden. Sollte einem von ihnen etwas passieren, würde der andere für dessen Familie sorgen. Als einem Anführer von Kriegstrupps fühlte es sich für Wambli-luta gut an, dass Ishta-hota sich um seine Familie kümmern würde, sollte ihn das Schicksal ereilen. So förderte er es, dass Mato-win und Anpao-win sich oft sahen, aber auch, dass Mato-win keine Scheu vor Ishta-hota hatte. Er freute sich, wenn die beiden miteinander scherzten. Zudem würden die beiden kleinen Mädchen wie Schwestern aufwachsen und zu beiden Männern „Ate" – Vater – sagen.

Auf der Reise schlugen sie meist nebeneinander das Nachtlager auf, sodass die Männer die Unterhaltung miteinander suchten. Beide Frauen hatten Ähnliches erlebt, und so kreisten ihre Gedanken um die beiden. Es tat Wambli-luta weh, wenn Mato-win sich manchmal in sich zurückzog und in Gedanken versunken schien. Gleiches erlebte auch Ishta-hota. Die Männer waren froh, dass die Reise ohne Zwischenfälle verlief und die Frauen Sicherheit in der Gemeinschaft mit den anderen Frauen fanden. Unci und Hübsche-Nase taten ein Übriges, damit die beiden ihre schlimmen Erlebnisse vergaßen.
Wambli-luta leckte sich nach dem Essen die Finger ab und forderte seinen Kola auf, mit ihm ein bisschen spazieren zu gehen. Am Ufer eines weiteren Flusses, den sie am nächsten Tag überqueren wollten, setzten sie sich ins Gras. Wambli-luta kaute an einem Grashalm und blinzelte faul über das Wasser. Den ganzen Tag als Späher voranzureiten, war anstrengend gewesen.
„Mato-win ist dir eine gute Frau!", stellte Ishta-hota fest.
Wambli-luta lächelte frohen Herzens. „Ja!"
Ishta-hota grinste. „Nicht immer sind gefangene Frauen dankbar …!"
„Nein!" Wambli-luta seufzte und streckte seine Beine aus. „Ich habe sie nie als meine Gefangene gesehen, sondern immer als ein Zeichen, das Wakan-tanka mir geschickt hat."
„Du hattest sie schon einmal gesehen … bei dem Angriff auf das Miwatani-Dorf?"
Wambli-luta nickte. Dann entschloss er sich zum ersten Mal, die Wahrheit zu sagen. „Wir ritten gegen das Dorf, um uns ihre Pferde zu holen, und einige Mädchen liefen vor uns weg. Ich verfolgte sie, und Mato-win stellte sich mir entgegen, damit die anderen

entkommen konnten. Ich dachte, dass sie eine leichte Beute wäre, und ritt gegen sie."

Ishta-hota legte die Stirn in Furchen. „Und dann?"

Wambli-luta kicherte vergnügt. „Sie griff mich an und zog mich vom Pferd!"

„Sie hat was?!"

Wambli-luta nickte vollen Ernstes. „Sie hat mich vom Pferd gezogen!"

„Hohch!" Es war Staunen und Unglaube zugleich. Ishta-hota machte eine fragende Handbewegung. „Und dann?"

„Nichts! Ich ließ sie laufen und raubte deren Pferde. Meine Vision sieht vor, dass ich Frauen und Kinder verschone."

„Hoh!" Ishta-hota riss ehrfürchtig die Augen auf. „Du folgst deiner Vision."

„Ich folge meiner Vision", bestätigte Wambli-luta voller Ernst.

„Hast du deshalb auch ihr Kind verschont?"

Wambli-luta schnaubte verächtlich. „Nein … ein Baby in einer Wiege ist nie mein Feind! So etwas schickt sich nicht für einen tapferen Krieger. Außerdem erkannte ich sie wieder und wollte nicht, dass sie weint."

Ishta-hota seufzte tief. „Die beiden Kleinen erfreuen unser Herz so sehr. Auch Kanghi-win ist mir wie eine Tochter. Sie bringt Freude in mein Leben …"

Wambli-luta lächelte leicht. „Und in meines. Ich bin froh, dass wir Anpao-win heimgebracht haben. Seither ist das Leben in das Tipi meiner Eltern zurückgekehrt."

„Wir haben nicht nur Anpao-win zurückgebracht!", bemerkte Ishta-hota stolz.

„Nein."

„Hat Mato-win je erzählt, wie sie in die Hände der Pekuni geraten ist?", erkundigte sich Ishta-hota.

Wambli-lutas Lippen wurden schmal, als er den Kopf schüttelte. „Nicht wirklich. Anfangs fehlten ihr die Worte, und nun will sie nicht mehr daran erinnert werden. Ich weiß nur, dass sie die Frau eines weißen Trappers war, als die Pekuni über sie hergefallen sind."

„Meinst du, dass der Weiße tot ist?"

Wambli-luta zuckte mit den Schultern. „Vielleicht. Es ist nicht mehr wichtig. Sie ist nun meine Frau."

„Und wenn er noch lebt und sie zurückverlangt?"

Wambli-luta dachte darüber nach. Ihm gefiel die Frage nicht. „Ich weiß nicht. Vielleicht töte ich ihn – vielleicht auch nicht."

„Huh!" Bei Ishta-hota zeigten sich verräterische Grübchen um die Augen.

„Lach nicht!", forderte Wambli-luta ihn auf. „Ich meine es ernst!"

Ishta-hota nahm einen kleinen Zweig, sprang auf und stocherte damit in der Luft herum. „Huh, ich bin der große Krieger und spieße jeden auf, der mir meine Frau wegnehmen will!"

Wambli-luta prustete los über diese freche Bemerkung. Sein Lachen hallte über den Fluss, und einige Pferde, die in der Nähe grasten, hoben verwundert ihre Köpfe und stellten die Ohren nach vorne. „Schaut nicht so dumm", schimpfte Wambli-luta mit erhobener Faust. „Wenn mir jemand Mato-win wegnehmen will, dann spicke ich ihn mit meinen Pfeilen, dass er aussieht wie ein Stachelschwein!"

Schmunzelnd gingen die beiden Freunde zum Lager zurück und ignorierten die erstaunten Blicke, die ihnen zugeworfen wurden. Diesen Krieger so vergnügt zu sehen, war selten. Es gefiel den Menschen, doch sie schrieben diese Ausgeglichenheit seiner neuen Frau zu. Es war gut, dass er Frieden in seinem Leben gefunden hatte.

Nach Tagen erreichten die Stämme schließlich den riesigen Sommerlagerplatz am Itazipo-kaksa Wakpa, den die Weißen kurz James-Fluss nannten. Hier fanden die Tituwan und Dakota gutes Bogenholz, sodass der Fluss von ihnen „Fluss, an dem man Bogenholz schneidet" genannt wurde. Er wand sich wie eine Schlange durch das weite Grasland, das hin und wieder durch Baumgruppen unterbrochen wurde. Er war flach und hatte nur wenig Strömung, sodass die Kinder ungefährdet baden konnten. Ein riesiges Dorf aus Tipis entstand und die Hunkpapa nahmen ihren Platz am Rande ein. Krieger der Canté-tinza wurden mit der Ordnungsfunktion beauftragt und die Zelte der Akicitas mit Pferdeschweifen versehen. Es war nicht verwunderlich, dass sie erneut ausgewählt wurden, denn sie hatten ihre Aufgabe zur Zufriedenheit aller erfüllt. In der Mitte des Dorfes wurden die Zelte der Kriegerbünde aufgeschlagen, und für die Wakincun wurden zwei große Tipis zusammengefügt, sodass die Häuptlinge dort in Ruhe beraten konnten. Außerhalb des Dorfes wurden Schwitzhütten und eine große Sonnentanzlaube errichtet, denn die Zusammenkunft hatte auch einen zeremoniellen Charakter. Die Erneuerung und der Schutz des Volkes sollten gefeiert werden. Schon seit langem waren nicht mehr so viele Gruppen zu den Oceti-Sakowin, den sieben Ratsfeuern, angereist. Zu weit hatten sich die Gruppen inzwischen voneinander entfernt. Die Gerüchte um den Krieg hatten jedoch viele Häuptlinge dazu bewogen, die weite Reise auf sich zu nehmen.

Mato-win staunte über die Größe des Dorfes. Nie hätte sie gedacht, dass die Dakota und Lakota ein so großes Volk wären. Die Vielzahl der Gruppen und Häuptlinge verwirrte sie, ebenso die unterschiedlichen Dialekte, die gesprochen wurden. Überall wurde sie freundlich empfange – wahrscheinlich aber, weil ihr nicht mehr anzumerken war, dass sie eigentlich eine Miwatani war. Sie sprach gut Lakota, und wenn sie manchmal Schwierigkeiten hatte, die anderen Dialekte zu verstehen, erging es ihr nicht anders als den anderen Lakotafrauen. Zusammen mit Anpao-win war sie in eine Gemeinschaft aufgenommen worden, die sich durch wunderschöne Quillstickereien hervortat –eine Kunst, bei der gefärbte Stachelschweinborsten verwendet wurden. Die Frauen, die hier aufgenommen wurden, waren stolz auf ihre Tugendhaftigkeit und Bescheidenheit. Sie veranstalteten Wettbewerbe um die schönsten Stickereien, und Mato-win gewann regelmäßig für die Roben, die sie mit Borten und Streifen verzierte. Mato-win hatte sich angepasst und fiel durch nichts gegenüber den anderen Frauen auf. Es gefiel ihr, in der Gemeinschaft der anderen Frauen zu sein und sich um ihr Kind zu kümmern. Es war ganz anders als zu der Zeit mit Pär. Die Tituwan waren stark und schützten ihre Dörfer gut. Sie war sich der Liebe ihres Mannes gewiss und das erfüllte sie mit Dankbarkeit. Hier war ihr Leben gut. Am Morgen ging sie mit den anderen Frauen zu dem ausgewiesenen Badeplatz und plantschte im warmen Wasser des Flusses. Die kleinen Kinder spielten im flachen Wasser, gut behütet von ihren Müttern, während die Knaben sich vom Rücken der Pferde ins Wasser gleiten ließen. Es war heiß, und die Sonne hatte die Prärie bereits früh im Sommer ausdörren lassen. Selbst die Pferde suchten das kühle Nass, um sich etwas abzukühlen. Die Jäger waren beunruhigt, denn das Wild blieb aus und auch die Herden der Bisons waren längst abgewandert. Die Gärten der Dakota waren vertrocknet, sodass einzig die Jagd blieb, um sich auf den Winter vorzubereiten. Mato-win machte sich noch keine Sorgen, denn nach dem Sommerlager wollten die Tituwan wieder über den Missouri zurückkehren und dort den großen Bisonherden hinterherziehen.

Abends brannten große Feuer und die Häuptlinge sprachen über wichtige Dinge, die das gesamte Volk betrafen.
Wakinyan-duta, eigentlich ein Sisseton-Dakota, aber inzwischen mit einer Yanktonai verheiratet und durch seine tapferen Taten ein Häuptling der Yanktonai geworden, hielt eine flammende Rede, in der er die Worte von Robert Dickson wiederholte. „Pahin sha-sha, Rothaar, den die Rotröcke Dickson nennen, hat uns immer wieder vor den Blauröcken gewarnt. Ihren Worten kann man nicht trauen! Und er hat recht gehabt! Haben wir je die versprochenen Geschenke gesehen? Nein, sage ich. Stattdessen drängen immer mehr Siedler in unser Land. Unsere Brüder, die Bisons, sind fast verschwunden. Früher waren sie so zahlreich, dass wir sie über die Klippen treiben konnten. Nun reiten nur noch unsere mutigsten Krieger mit Pfeil und Bogen gegen sie. In diesem Sommer haben wir sie noch gar nicht gesehen. Was wird aus uns, wenn wir nicht mehr jagen können? Unsere Gärten verdorren, und das Wild wird selten. Wo sind denn die Blauröcke mit all den Dingen, die wir zum Überleben brauchen? Wo bleiben die Decken, die uns wärmen, die Kleider zum Anziehen und die Nahrung für den Winter? Wo ist die Munition für unsere Gewehre?" Theatralisch warf er sein Gewehr zu Boden. „Was ist ein Gewehr wert, wenn ich keine Kugeln zum Laden habe?" Herausfordernd sah er in die Runde. „Dickson sagte, dass die Blauröcke

unseren Untergang wollen. Sie nehmen uns das Land weg, so wie sie es schon mit den Stämmen am Ohio gemacht haben. Ihr alle wisst, was mit dem Dorf von Tecumseh geschehen ist! Sie haben es dem Erdboden gleichgemacht. Nun versucht er, die Stämme zu einem Bündnis zu vereinen. Wir wären klug, wenn wir auf seine Worte hörten! Wir sollten uns den Rotröcken anschließen, die in dem Land, das sie Ka-na-da nennen, Krieg gegen die Blauröcke führen."

Seine Worte fielen auf fruchtbaren Boden. Auch andere Häuptlinge von den Gruppen, die weiter im Osten lebten, berichteten von den Veränderungen. Einige hatten Kontakt zu den Ho-Chunk und Sauk und Fox, die Ähnliches berichteten. Einer erzählte von einem jungen Häuptling der Sauk und Fox: „Schwarzer-Falke sieht seine Jagdgründe und die Stätten seiner Ahnen gefährdet. Überall entstehen Siedlungen und Forts, ohne dass seine Leute gefragt werden. Manchmal erhalten sie Tauschgüter, manchmal nicht. Aber er will sein Land nicht verkaufen. Er sagt, dass man das Land seiner Ahnen nicht verkaufen kann. Es gehört den Menschen, die darauf leben, und den Tieren, die darauf wandern. Er will gegen die Boote kämpfen, die den großen Fluss heraufziehen, den die Weißen Mississippi nennen."

Beifälliges Gemurmel war zu hören, als die Häuptlinge über all diese Dinge berieten.

Später lag Wambli-luta neben Mato-win im Tipi und dachte über all diese Worte nach. Er hatte längst beschlossen, Wakinyan-duta im Kampf gegen die Blauröcke zu begleiten. Auch Wanata, dessen Sohn, sah er als fähigen Krieger. Wanata bedeutete „Angreifer" und zeugte davon, dass der junge Mann keinen Konflikt scheute. Müde kuschelte sich Wambli-luta seine Frau und lauschte den ruhigen Atemzügen seiner kleinen Tochter. „Wir sollten diese Blauröcke aus unserem Land vertreiben!", murmelte er.

Mato-win zuckte leicht zusammen, denn ihr erschienen all diese Worte nicht richtig. „Die Miwatani haben immer nur friedlich mit den Blauröcken gehandelt. Auch mit dem Mann, den sie Clark nennen. Er war stets sehr freundlich und hat immer sein Wort gehalten."

„Wambli-luta richtete sich ein wenig auf. Es war selten, dass seine Frau sich zu seinen Worten äußerte. „Wie meinst du das?", forschte er nach.

Mato-win zögerte, ehe sie weiterfuhr. „Wir haben schon lange mit den Blauröcken Handel getrieben. Sie waren stets ehrlich und höflich. Ich denke, dass jeder seine eigenen Interessen vertritt und unsere Völker nur für seine Zwecke benutzt. Wenn wir nicht achtgeben, werden wir zwischen ihnen zerrieben wie der Mais zwischen zwei Mahlsteinen."

„Hoh!" Wambli-luta staunte über diese Worte. Dann lachte er sorglos. „Unser Volk ist groß! Wir werden ihnen Einhalt gebieten. Sei es gegenüber den Rotröcken oder den Blauröcken. Im Moment hilft es uns vielleicht, zu den Rotröcken zu halten. Sollen sich diese Wasicu doch gegenseitig aufreiben. Dann sind wir sie los! Seit so viele Händler in unser Land kommen, nehmen sie uns alles weg."

Mato-win kicherte erleichtert. „Wenn wir alle eins sind, dann vertreiben wir sie aus unseren Jagdgründen. Aber mit wem treiben wir dann Handel?"

Wambli-luta lachte dunkel. „Das bestimmen wir! Dann bestimmen wir den Preis, den wir für unsere Pelze erhalten. Noch vor wenigen Jahren kamen all die Waren über die Dakota zu uns. Nun müssen wir betteln. Wir vertreiben sie aus unserem Land und werden wieder so stark sein wie eh und je."

„Oh, das ist eine gute Sache!", stimmte Mato-win ihm zu.

Wambli-luta drückte ihr einen Kuss auf den Scheitel. „Meine kluge Frau!", flüsterte er bewundernd.

Die nächsten Tage zog er in ein Tipi, das den Anwärtern des Sonnentanzes vorbehalten war. Hier wollte er sich auf seine schwerste Prüfung vorbereiten: den Sonnentanz! Er hatte diese Entscheidung ganz bewusst getroffen, denn er wollte für die Wiedergeburt des Volkes sein Blut fließen lassen. Er war dankbar für den Beistand der Geister und wollte dieses Bündnis durch einen weiteren Schwur bekräftigen. Er ließ Mato-win bei seinen Eltern, die der Miwatani-Frau von den Gebräuchen und Zeremonien der Lakota erzählten. Mato-win kannte eine ähnliche Zeremonie bei den Mandan, die sich „Okipa" nannte. Sie hatte eine ungefähre Vorstellung, was ihr Mann durchstehen würde. Sie half ihrer Schwiegermutter und den anderen Frauen, in der Prärie nach Salbei zu suchen, der getrocknet und zu festen Bündeln gerollt wurde. Vieles erlernte sie ohnehin nur durch Beobachten oder Tun oder Zuhören. So erfuhr sie zum ersten Mal von Inyan, dem ersten Wesen, der als großer Felsen durch die Unendlichkeit zog. Die Schwiegermutter erzählte ihr die Gschichte mit gesenkter Stimme: „Inyan war das erste Lebewesen, und sein Geist war Wakan-tanka – das große Geheimnis. Aber Inyan war einsam und wollte seine Kräfte testen. Er erkannte, dass nur etwas Anderes entstehen könnte, wenn er etwas von sich selbst nahm. Also bildete er die Erde um sich herum und nannte sie „Maka". Dann ließ er sein Blut fließen, und sein Blut war blau. Weil die Erde noch heiß war, verdampfte es, und so entstand Skan, der Himmel. Dann beschwerte sich Maka, dass alles so dunkel und kalt sei und so erschuf Inyan die Sonne und versteckte Han, die Dunkelheit, in der Erde. Nun beschwerte sich Maka, dass alles immer so grell sei und sie nie ruhen konnte. Also entließ Inyan die Dunkelheit aus der Erde und schuf den ersten Kreislauf aus Tag und Nacht. Inyan aber fühlte, wie seine Kräfte ihn verließen, und überließ Skan alle Macht, während er sich in sein steinernes Inneres verzog."

Mato-win verstand, was es mit den Steinen auf sich hatte: Ein wenig der Schöpfungskraft von Inyan steckte immer noch in ihnen und konnte gerufen werden, wenn die Lakota Steine erhitzten und Wasser darauf vergossen. Es war wie ein Nachahmen des Schöpfungsaktes.

Währenddessen lagen überall Decken, auf denen Tauschgüter angeboten wurden. Die Dakota aus dem Osten hatten über La Baye und andere Handelsposten jede Menge Güter dabei. Teilweise waren es auch Geschenke der Briten, die sich so der Loyalität der Dakota versichern wollten. Frauen brachten gegerbte Pelze und tauschten sie gegen Perlen, Stoffe, Spiegel, Töpfe und Pfannen, während die Männer an Jacken, Hüten, Munition und Gewehren interessiert waren. Auch eiserne Pfeilspitzen und Äxte waren gern gesehene Tauschgüter. Die Männer brachten Häute,

Pelze und manchmal schöne Stickereien oder tauschten Pferde und Gefangene. Liebesflöten erklangen, wenn ein Krieger für ein hübsches Mädchen eine Melodie spielte. Viele Ehen wurden aber auch wesentlich pragmatischer geschlossen, wenn ein Krieger den zukünftigen Schwiegereltern genügend Geschenke präsentierte. Die Eltern sahen daran, ob ein zukünftiger Schwiegersohn in der Lage war, seine Frau auch zu ernähren.

Anpao-win zeigte hier zum ersten Mal den Eltern von Ishta-hota ihre kleine Tochter. Die Eltern nahmen das kleine Mädchen liebevoll bei sich auf und freuten sich noch mehr, als Anpao-win ihnen mitteilte, dass ein weiteres Kind in ihrem Leib heranwuchs. Auch Ishta-hota freute sich darüber, denn dieses Mal würde es wirklich sein eigenes Kind sein. Er hoffte auf einen Sohn, obwohl er diesen Wunsch nie laut äußerte. Jedes Kind war ihm willkommen. Nachdem die Eltern von Ishta-hota keine weiteren Enkelkinder hatten, beschlossen sie, nach dem Sommertreffen mit den Hunkpapa zu ziehen. Eine jüngere Tochter, die ebenfalls mitziehen würde, war noch nicht verheiratet. Sie hatte sich Hals über Kopf in einen Hunkpapa verliebt, der sehr erfreut war, als er hörte, dass das Mädchen in seiner Nähe bleiben würde. Sie hieß Sunkawakan-nunpa-win – Zwei Pferde-Frau. Als Schwester von Ishta-hota galt sie als gute Partie.

Wambli-luta hatte die Welt um sich herum vergessen, als er zusammen mit den anderen Anwärtern in der Schwitzhütte hockte und seine Lieder sang. Die Schwitzhütte verlief nach einem strengen Ritual, das von Generation zu Generation weitergegeben wurde. Meist auch von Medizinmann zu Medizinmann. Die Männer hatten nur ihre Lenden bedeckt und ihren Kopf mit einem Kranz aus Salbeiblättern geschmückt. Die Schwitzhütte lief in vier Ritualen ab, bei denen jedes Mal neue Steine vom Feuerhüter hineingereicht wurden. Aus einer Kalebasse schüttete der Medizinmann Wasser auf die Steine, und der aufsteigende Dampf war so heiß, dass manchmal Brandblasen auf der Haut entstanden. Die Pfeife wurde gereicht, und Lieder wurden gesungen, um die Geister einzuladen. In der zweiten Runde wurden all die guten Dinge erzählt, die man durch den Beistand der Geister erfahren hatte. Erst dann äußerte jeder die Bitten, die er hatte, oder bat um Beistand. Meist waren es keine Bitten für einen selbst. Das galt als Eigennutz. Man gedachte der Kranken, bat um Beistand für schwierige Unternehmungen oder um Schutz für seine Familie.

Wambli-luta hatte viele Dinge, für die er sich bedanken wollte. Allein, dass es ihm gelungen war, Anpao-win zurückzubringen, war einen Dank an die Geister wert. Er dankte ihnen aber auch für Mato-win und das kleine Mädchen. Er stellte es nicht in Frage, dass es die Geister gewesen waren, die ihm die beiden zugeführt hatten. Dann äußerte er seine Wünsche: „Gebt mir Kraft für die nächsten Tage, denn ich werde mein Fleisch opfern. Ich flehe zur Sonne, damit mein Volk leben möge. Ich bin Tokala und gebe mein Leben gerne. Ebenso gebe ich ihnen mein Blut. Wir stehen vor schwierigen Zeiten, und ich erflehe euren Beistand!"

In der letzten Runde wurde den Geistern gedankt und sie wieder heimgeschickt. Das war wichtig, denn man wollte keine Geister in der Nähe des Dorfes wissen. Wambli-luta erfrischte sich im Fluss und ging dann wieder in das Zelt der Sonnentanz-Anwärter zurück. Er hatte Hehaka-mani, Wandernder-Hirsch, als Sonnentanzvater erwählt, der diese Aufgabe gerne übernommen hatte. Hehaka-mani war ein Bruder Mato-ska-cikalas, der jedoch bei den Yanktonai lebte. Er war älter als Mato-ska-cikala, und so nannte Wambli-luta ihn respektvoll „Tunkashila" – Großvater. Als Bruder von Unci war er ebenfalls ein Großonkel. Unci freute sich sehr, ihn nach Jahren wiederzusehen, und saß oft bei dessen Frau im Tipi.

Hehaka-mani bereitete seinen Neffen mit ernsten Worten auf den Sonnentanz vor. Wambli-luta tanzte ihn nicht zum ersten Mal und so wusste er, was zu tun war. Dieses Mal wünschte er jedoch eine besondere Herausforderung: Er wollte, dass er mit seiner Stute verbunden wurde. Er hatte gesehen, dass sie tanzte, wenn die Trommeln erklangen, und wollte dies für die Zeremonie nutzen. Während die anderen sich mit Adlerkrallen die Brust durchbohren ließen, durch die spitze Holzspieße getrieben wurden, an denen lange Lederbänder befestigt wurden, wollte er die gleiche Tortur auf sich nehmen, jedoch mit anderem Ziel: Anstatt sich dann an die Pappel zu binden, wollte er, dass seine Lederbänder mit dem Pferd verbunden wurden. Es sollte tanzen und ihn an den Bändern mitreißen. Zudem wollte er auch seinen Rücken durchbohren lassen und zwei Bisonschädel als Verbindung zu den vierhufigen Freunden hinter sich herziehen. Es war keine Angabe oder Mutprobe, sondern ein Pakt. Er hoffte, dass sein Blut die Geister und Bisons gnädig stimmte.

Die tapfersten Männer wurden inzwischen ausgewählt, die heilige Pappel zu fällen, die zuvor einige Mädchen ausgesucht hatten. An ihr wurden Coups gezählt und anschließend wurde sie mit kräftigen Beilschlägen gefällt. Die Männer brachten sie zum heiligen Platz und achteten darauf, dass sie den Boden nicht berührte. Am Platz angekommen, wurde sie geschmückt und in das vorbereitete Loch gestellt. Scheite und Erde verhinderten, dass sie umfiel. Die Zweige waren bis auf einige Äste, die sich nach oben, der Sonne entgegen, reckten, entfernt worden. Hier hingen bereits die Lederbänder nach unten, die mit den Männern verbunden werden sollten.

Als der Tag des Sonnentanzes kam, traten die Männer bei Sonnenaufgang hervor. Ihre Häupter waren mit Salbeikränzen geschmückt, ebenso ihre Hand- und Fußgelenke. Um den Hals trug jeder eine Adlerknochenpfeife. Sie hatten nur ein Tuch um die Lenden, manche trugen auch einen ledernen Lendenschurz, aber alle waren barfuß. An der Trommel saßen die Sänger und Trommler und warteten darauf, dass die Anwärter mit dem Baum verbunden wurden. Wambli-luta trat mit Hehaka-mani in den Kreis und ließ sich die Brust und den Rücken durchstechen. Der Schmerz war unerträglich, aber er hatte die letzten Tage gefastet, und so konnte er den Schmerz aus seinen Gedanken verbannen. Er behielt die Pfeife im Mund und presste die Lippen darauf, um es besser auszuhalten. „Nicht denken!", befahl er sich selbst. Durch die Wunden wurden die kurzen Stöcke getrieben und an ihnen die Lederschnüre befestigt. Dann wurden sie hinten mit den zwei Bisonschädeln verbunden und vorne an den Sattel der Stute geknüpft. Das Pferd tänzelte nervös und wurde erst ruhiger, als die Sänger mit ihren dunklen Stimmen die ersten Lieder anstimmten. Sie waren nicht so schrill wie die Gesänge in der Schwitzhütte, sondern langsamer und dunkler. Wambli-luta musste all seine Kräfte zusammennehmen, als die Stute tänzelnd vorwärtsschritt und ihn an den Schnüren mitzog. Gleichzeitig ruckte es an seinem Rücken, als er die Bisonschädel durch den Staub zog. Er pfiff auf der Pfeife, aber nicht absichtlich, sondern weil sein Atem so schwer ging.

„Hoh!", dachte er. „Werde ich dies durchstehen?" Seine Sinne schwanden immer wieder und er nahm von dem Geschehen um sich herum keine Notiz mehr.

In der Laube um den Sonnentanzplatz hatten sich die Familien eingefunden, die die Zeremonie beobachteten. Auch Mato-win hatte sich dort eingefunden, aber er bemerkte sie nicht. Alles, was zählte, war der Schmerz.

Der Medizinmann ließ mehrmals Pausen zu, in denen die Männer sich ausruhen und etwas trinken oder essen durften. Wambli-luta schlürfte das Wasser, verweigerte aber das Essen. Er stöhnte unterdrückt, als Hehaka-mani ihm das Blut abtupfte, das ihm über Rücken und Brust lief. „Hoh! Eine wahre Prüfung!", lobte der Sonnentanzvater zufrieden.

Am Abend wurde Wambli-luta von den Schnüren befreit und durfte sich in das Zelt der Anwärter zurückziehen. Seine Brust und sein Rücken fühlten sich an, als wären sie über dem Feuer geröstet worden. Aber auch die anderen Männer hatten ungeheure Schmerzen. An Schlaf war nicht zu denken.

Am nächsten Tag gingen die Strapazen weiter. Seine Stute war müde und schleppte sich nur langsam durch die Tanzarena. Kopfschüttelnd bemerkte Hehaka-mani, dass die Pflöcke in seiner Brust tief saßen. Es würde dauern, ehe das Fleisch riss. Er bemerkte, dass Wambli-luta träumte und sich in Trance getanzt hatte. Seine Füße traten von einer Seite auf die andere, ohne dass er seine Umgebung oder sein Tun wahrnahm. Er hielt sein Gesicht zur Sonne, hatte die Augen aber geschlossen. Der Wiwang-yang-watshipi hieß zwar „Die Sonne sehen", aber die Männer würden erblinden, wenn sie es tatsächlich taten. Schon sein Gesicht zur Sonne zu drehen, war anstrengend und blendete die Augen durch die geschlossenen Lider.

Am vierten Tag war Wambli-luta nicht mehr auf dieser Welt. Der Blutverlust schwächte ihn, und die Schmerzen hatten sein Denken aussetzen lassen. Anfangs hatte er noch gefleht, doch nun gab er sich seinen Träumen hin. „Du musst dich losreißen!", sagte Hehaka-mani.
Wambli-luta hörte die Worte, aber sie ergaben keinen Sinn mehr. Er träumte von dem Blitz, dem geschmolzenen Stein und dem Adlerweibchen. Dann sah er, wie riesige Bisonherden über die Klippen sprangen und für immer verschwanden. Es erfüllte ihn mit Angst. Er wollte schreien und sie aufhalten, doch er brachte keinen Ton heraus. Weiße Männer in Uniformen töteten die Bisons; dann wiederum kamen diese Männer, um gegen ein Indianerdorf zu ziehen. Anstelle von Bisons sah er nun Menschen über die Klippen springen. Es war erschütternd. „Helft uns!", schrie er in Gedanken. Der Traum war so schrecklich, dass er aufwachen wollte, aber er konnte sich nicht daraus befreien. Er hob die Hände, ruderte mit den Armen, um diesem Spuk ein Ende zu bereiten. Sein Pferd aber sah diese Bewegungen und tänzelte wieder schneller durch die Arena. Es bewegte sich weiter aus dem Tanzkreis heraus, sodass nun die beiden Schädel durch Gestrüpp und über Steine gezogen wurden. Der plötzliche Schmerz weckte Wambli-luta auf, und er stöhnte unterdrückt, als das Fleisch der Haut zum Zerreißen gespannt wurde. Er warf sich nach vorne und die Haut am Rücken spannte sich und gab ihn schließlich frei. Frisches Blut lief ihm über den Rücken. „Hoh" rief er und blies dann einen schrillen Ton auf seiner Adlerknochenpfeife. Die Stute erschrak, riss sich von den Händen Hehaka-manis los und rannte über die Prärie. Wambli-luta stolperte und wurde von dem Pferd mitgeschleift. Seine Brust spannte sich zum äußersten, doch dann war er plötzlich frei. Er atmete den Staub ein, als er zu Tode erschöpft am Boden lag und seine Stute noch einige Sätze weiter machte. „Hoh!"
Hehaka-mani half ihm auf, und taumelnd wankte Wambli-luta an der Seite seines Sonnentanzvaters zurück zum Tanzplatz. Dort

wurde er von seiner Familie empfangen, die ihn fürsorglich in das Zelt seiner Eltern führte. Die schweren Wunden mussten ausgewaschen und versorgt werden.

Sacajawea

Winter 1812/13 in Fort Lisa

Pierre DuMont war schlecht gelaunt, als ein Blizzard über das Land fegte und die Männer zwang, im Fort zu bleiben. Der Winter war früh gekommen, und er wurde ein wenig sentimental, als er daran dachte, dass er Weihnachten in der Wildnis verbringen musste. Er dachte an Louise und hoffte, dass sie ihm treu blieb. Seine Eltern würden ihr hoffentlich erklären, dass es nicht ungewöhnlich war, wenn er länger ausblieb. Aber wenn er sich nachts an seine Cherry-Lady kuschelte, fühlte er sich gut getröstet. Manchmal dachte er darüber nach, was er mit ihr tun sollte, wenn sie endlich von hier loskamen. Manuel Lisa hatte vor, endlich sein Fort bei den Omaha zu bauen, und schlug vor, dass er sein Mandanmädchen dort ließ. „Lange bleibst du ohnehin nicht in St. Louis. Lass' sie im Fort. und ich gebe ihr Näharbeiten. Dann hast du eine Frau in St. Louis und eine, wenn du unterwegs bist."
Pierre hielt das für eine gute Idee und nickte begeistert. „Die Familie will sie nicht weglassen, aber wenn wir hier mal wieder herkommen, kann ich sie ja mitbringen. Jedenfalls habe ich nicht vor, sie bei den Mandan zu lassen."
„Verstehe ich!" Manuel Lisa lächelte. „Außerdem unterstützt es den Handel. Irgendwann werden wir wiederkommen und an einer besseren Stelle ein Fort bauen. So schnell gebe ich nicht auf."
„Erst mal abwarten, bis hier Ruhe einkehrt, was?"
„So ist es. Dieser Krieg reißt tiefe Löcher in unsere Taschen." Lisa seufzte tief. „Hier kommen ja inzwischen nicht mal mehr befreundete Indianer vorbei."
Bis auf die Mandan waren in den letzten Tagen keine Indianer mehr zum Handeln gekommen, und auch die Tituwan waren den ganzen Herbst über nicht bei ihnen aufgetaucht. Wie sollte man da Gewinn erzielen?
Pierre ging in seine Kammer und fand Cherry-Lady aufgelöst und traurig vor. „Was ist los?", fragte er besorgt.
Sie murmelte in ihrem Kauderwelsch, dass es Sacajawea sehr schlecht ginge. Pierre wusste nicht recht, was er dazu sagen

sollte. „Was hat sie denn?", fragte er unbeholfen.

„Fieber!", antwortete Cherry-Lady.

„Oh, das wird bestimmt bald besser!"

Er täuschte sich, denn kurz vor Weihnachten starb Sacajawea. Entsetzt standen alle um ihr Bett herum, in dem sie die letzten Tage gelegen hatte, und schauten zu, wie die Frauen sie für die Beerdigung vorbereiteten.

Pierre half dabei, mit Schaufel und Pickel ein Grab auszuheben. Es war die reinste Plackerei, denn der Boden war gefroren. In Gedanken versunken arbeiteten die Männer vor sich hin, während Shorty und Arnel den Ehemann trösteten. Charbonneau war außer sich und hielt die kleine Lisette im Arm. „Wer soll sich denn nun um das Kind kümmern?", fragte er hilflos. Seine andere Frau hatte keine Milch, und so wurde der Verlust der Mutter zu einem Problem. Trotzdem gab er das Baby an Otterfrau, die dem Kind wenigstens etwas Wasser gab. Das Baby verzog das Gesicht und suchte nach der Brust der Mutter. Es hatte ein helles Gesicht und bereits jetzt dunkelbraune Löckchen. Es sah mehr wie das Kind einer Spanierin aus. Charbonneau hatte es gern, doch ohne Mutter würde es schwierig werden, die Kleine durchzubringen.

Am Morgen standen alle am offenen Grab und sahen betreten zu, wie Sacajawea zur letzten Ruhe gebettet wurde. Man hatte sie in eine Bisonsrobe gehüllt und legte sie sanft auf den gefrorenen Boden. Manuel Lisa sprach ein paar Worte. „Wir legen hier Sacajawea zur letzten Ruhe. Sie hat uns große Dienste geleistet und war uns stets eine gute Freundin. Nie hat sie sich beklagt. Wir trauern mit Charbonneau, dem sie eine gute Ehefrau war."

Er sprach das Vaterunser ,und die Männer murmelten es leise mit. Sie hatten es schon oft hören müssen, wenn ein Freund bestattet wurde. Wenn er tatsächlich bestattet wurde! Einige dachten an die Freunde, die nicht so viel Glück gehabt hatten und deren Körper von den Aasfressern zerfleddert wurden. Ein Begräbnis war hier draußen Luxus. Charbonneau weinte ein paar Tränen und bedankte sich bei den Männern für das Mitgefühl. Otterfrau stimmte ihren schrillen Trauergesang an, und die anderen indianischen Frauen fielen ein. Es war traurig. Die

Männer waren den Tod gewöhnt, aber eine Frau zu Grabe zu tragen, war auch für sie eine schwere Angelegenheit. Ob Indianerin oder Weiße spielte da keine Rolle.

Viele dachten an die Lewis- und Clark-Expedition, von der sie viel gehört hatten oder sogar dabeigewesen waren. Sacajawea hatte so viele Strapazen überlebt – und nun war sie an einem Fieber gestorben? So jung! Sie zählte höchstens fünfundzwanzig Jahre. Wie konnte es sein, dass sie Lewis und Clark über die Rocky Mountains bis zum Pazifik begleitet hatte – mit einem Baby – und nun hier gestorben war? Manuel Lisa presste die Lippen zusammen, als er an den kleinen Pomp dachte. Wer würde es dem Jungen sagen? Er war jetzt acht Jahre alt und hatte seine Mutter seit über zwei Jahren nicht mehr gesehen. Dann dachte er an das Baby. Wer sollte es versorgen? Warum hatte Sacajawea sich nach der Geburt nicht mehr erholt? Er seufzte, als er an seine Frau Polly dachte, die ihm schon mehrere Kinder geschenkt hatte. Jede Geburt schien ein Risiko zu sein. Aber hier in der Wildnis dachte man einfach nicht darüber nach. Indianerinnen galten als zäh. Abgesehen davon, dass man ein Kind auch nicht verhindern konnte. Auch Indianerinnen starben manchmal bei der Geburt, und auch bei ihnen überlebten viele Kinder nicht das erste Lebensjahr.

Zu Weihnachten wollte keine rechte Stimmung aufkommen. Manuel Lisa ließ Whiskey ausschenken, doch der Tod von Sacajawea hatte alle daran erinnert, dass das Leben hier draußen gefährlich war und kurz sein konnte. Anstelle von fröhlichen Liedern wurden Geschichten erzählt, und man gedachte der getöteten oder verstorbenen Freunde.

Charbonneau besoff sich bis zum Umfallen und torkelte dann mit geröteten Augen in seine Kammer. An anderen Tagen erzählte er von der Expedition und lobte seine eigene Arbeit in den Himmel. „Ohne mich wären Lewis und Clark vor die Hunde gegangen!", prahlte er lallend.

Die Männer widersprachen nicht. Erstens hatten sie Angst vor seinem Temperament, und zweitens hatten sie Verständnis für seine Situation. „Sacajawea war eine feine Frau!", schwärmte

Charbonneau. „Und sie hat mir feine Kinder geboren. Clark hat einen Narren an meinem Sohn gefressen und schickt ihn zur Schule. Ich sage euch, aus dem wird noch was!" Dann wieder weinte er aus heiterem Himmel und überließ sich dem Selbstmitleid. Trösten konnte ihn ohnehin nur der Whiskey.

Pierre DuMont unterhielt sich mit Arnel und Shorty über die Situation. Um der Enge der stickigen Räume zu entgehen, hatten sie draußen ein Feuer angezündet und saßen auf abgesägten Baumstümpfen darum herum. Sie trugen warme Mäntel aus Deckenstoff und rauchten kleine Pfeifen. Den Tabak hatten sie von den Mandan eingetauscht, weil ihr eigener Vorrat längst aufgebraucht war. Shorty kuschelte sich an seine Frau, die er liebevoll „Molly" nannte. Sie hatte ein rundes, freundliches Gesicht und einen weiblichen Körper. Ihr wahrer Name war „Maisfrau", aber die indianische Aussprache konnte er sich einfach nicht merken. Pierre hatte dafür Verständnis, denn er rief seine Frau ja auch Cherry-Lady. Lustig war es, wenn sie den Namen selbst aussprach, dann wurde daraus Chädie-Lädie.

Shorty räusperte sich, als wollte er etwas sagen, und die Aufmerksamkeit wandte sich ihm zu. „Was ist los?", fragte Pierre auffordernd.

„Äh …" Shorty wand sich verlegen.

„Nun spuck's schon aus!" Arnel schubste ihn leicht an.

Shorty errötete leicht. „Ich glaube, dass Molly und ich bald ein Baby haben werden!", gestand er endlich.

„Oh!" Die anderen wechselten verblüffte Blicke.

„Ist das nun gut oder schlecht?", wunderte sich Arnel. „Wenn man eine Frau heiratet, passiert das halt irgendwann."

„Schon …!", Shorty stotterte ein bisschen. „Aber was will ich denn hier draußen mit einem Kind?"

„Indianer haben doch auch Kinder! Wieso sollten hier keine Kinder aufwachsen?"

Shorty wechselte einen hilfesuchenden Blick mit Pierre. „Was machst du denn, wenn deine Cherry-Lady ein Kind bekommt?"

Pierre zuckte unmerklich zusammen, denn die Erinnerung traf ihn wie ein Peitschenhieb. „Wenn es älter ist, dann lass' ich es in St. Louis erziehen …", wich er aus.

„Hah, und was sagt dann deine Frau dazu?" Arnel und Shorty sahen ihn verblüfft an.

„Nichts! Sie muss es ja nicht wissen. Überhaupt haben mehr Trapper solch eine Beziehung. Sogar Clark hat ein Kind mit einer Indianerin. Darüber wird in St. Louis einfach nicht gesprochen."

Shorty runzelte die Stirn und dachte darüber nach. „Ich habe keine weiße Frau, also muss ich mir darüber keine Gedanken machen. Ach, ich warte einfach mal ab … sie wird schon wissen, was zu tun ist!"

Die Männer lachten sorglos. Kinder waren einfach nicht so wichtig in ihrem Leben.

Auch Pierre lachte, obwohl der Gedanke an die kleine Claire schmerzte. Wo sie wohl war? Hatte sie überlebt? Ging es ihr gut? Er tröstete sich damit, dass irgendein Krieger jetzt ihr Vater war. Er würde sich kaum um sie kümmern, denn Mädchen wurden von der Mutter, der Großmutter und den Tanten erzogen. Irgendwo würde sie hoffentlich eine indianische Familie mit ihrem fröhlichen Lachen erfreuen. Prüfend musterte er seine Cherry-Lady und überlegte, ob sie ein Kind von ihm erwartete. Er konnte nichts Verdächtiges unter ihrem Kleid feststellen, und so seufzte er nur. Verhindern konnte man es ohnehin nicht.

Kurz pafften die Freunde vor sich hin, dann wandten sie sich anderen Themen zu. Der Krieg schien zwar fern zu sein, doch sie spekulierten über mögliche Gefahren. „Wenn die Rotröcke die Stämme hier gegen uns aufbringen, dann wird es in St. Louis ganz schön heiß", befürchtete Shorty. „Die brauchen dann nur den Mississippi hinunterschippern und stehen vor unseren Toren."

Pierre schüttelte den Kopf. „Da steht Belle Fontaine als Vorposten. Da kommen die nicht vorbei! Und ich wette, dass sie auch St. Louis besser schützen werden. Zum Fluss hin steht eh die Palisade, aber auch zum Land hin werden sie die Befestigung wieder verstärken."

„Und außerhalb?", fragte Arnel mit hochgezogenen Augenbrauen.

Pierre dachte an seine Eltern, die dann schutzlos möglichen Angriffen ausgeliefert waren. „Sie werden die Siedler vermutlich in der Stadt in Sicherheit bringen. Häuser können wieder aufgebaut werden."

„Glaubst du, dass die Briten sich an den Siedlern vergreifen werden?", fragte Arnel erschüttert.

„Nein, aber die Indianer! Wenn es den Briten gelingt, die Sauk und Fox, Osage oder Omaha gegen uns aufzuhetzen, dann wird es in St. Louis ungemütlich. Ich hoffe, dass die Regierung was dagegen unternimmt, sonst geraten wir in Gefahr."

„Scheiße!" Die Männer stierten besorgt ins Feuer und dachten über die unsichere Zukunft nach.

„Und wir sitzen hier fest!", brummte Shorty erbost.

Mitten im Winter wurden sie völlig unvorbereitet von Indianern angegriffen. Dieses Mal waren es Assiniboine, die versuchten, die Palisaden zu überwinden. Die Wachposten hatten gut aufgepasst und rechtzeitig Alarm ausgelöst, sodass die Männer mit ihren Rifles an die Palisaden rannten und die Angreifer aufs Korn nahmen. „Feuer!", rief Manuel Lisa mit überschnappender Stimme. Auf der anderen Seite hatte Reuben Lewis das Kommando übernommen und befehligte die Männer an einer Kanone. „Feuer!", erschallte es auch hier.

Zur Flussseite hin kam eine weitere Warnung. „Feuer!", riefen einige Männer, die hier auf ihren Posten standen. Dieses Mal hatte es eine andere Bedeutung: Einige Indianer versuchten, Brände auf den Schiffen zu legen. Geduckte Gestalten kletterten an Bord und hielten Fackeln in den Händen. Rauch stieg auf, als die feuchten Planken Feuer fingen. Es schwelte, brannte aber nicht gut.

Reuben rief einige Männer herbei und beriet sich mit ihnen, wie sie die Schiffe retten konnten. „Wenn wir die Feuer nicht löschen, sitzen wir hier fest!", schrie er über das Donnern der Gewehre hinweg. Rauch schwebte in der kalten Luft und nahm ihnen die Sicht. Vor den Palisaden hörten sie die schrillen Schreie der Indianer, die immer noch versuchten, die Palisaden zu überwinden. Sie hatten die Wände erreicht und schlichen geduckt an ihnen entlang. Andere lagen in Deckung und gaben ihnen Feuerschutz. Immer, wenn einer der Männer sich über die Palisade beugte, um einen Indianer zu erschießen, der dort entlang schlich, wurde er unter Beschuss genommen. „Shit!", fluchte Arnel, der genau sah, dass sich unter ihm etwas zusammenbraute. „Sie wollen hier Feuer legen!", schrie er aus Leibeskräften. Auf der anderen Seite erkannte er Indianer, die Holz herbeischleppten und an die Palisade legten. Außerdem schlugen sie mit Beilen auf die Palisade ein und versuchten, zwei Stämme zum Wanken zu bringen, um einen Durchgang zu schaffen. Arnel steckte seinen Lauf durch einen Spalt und schoss blindlings auf die Gefahr. Ein Schrei ertönte, als ein Indianer getroffen wurde. Mit fliegenden Händen lud Arnel nach, doch dann hatte ein Indianer bereits die Palisade erklommen und ließ sich von oben auf ihn herabfallen. Ein weiterer Mann folgte ihm. Triumphierende Schreie ertönten, doch dann verwandelte sich das Schreien in keuchendes Gurgeln, als andere Trapper herbeistürmten und Arnel zur Seite standen. Shorty tötete einen Mann mit einer Pistole und half Arnel wieder auf die Füße. „Hierher!", brüllte er laut. „Die versuchen hier durchzubrechen!"

Zwei weitere Männer kamen angerannt, die ebenfalls ihre Läufe durch die Palisade steckten und sofort schossen. Arnel lud nach und schoss ebenfalls auf gut Glück. Dann erstarb der Lärm vor der Palisade, und die Assiniboine zogen sich zurück, um es an anderer Stelle zu versuchen.

„Sie ziehen sich zurück!", schrie Arnel mit überschnappender Stimme.

„Nachladen!", befahl Shorty ruhig.

Auch um die Schiffe war ein erbitterter Kampf entbrannt. Reuben Lewis hatte mit einigen Männern einen Ausfall gemacht und die Boote zurückerobert. Sie löschten die schwelenden Feuer und gingen hinter den Aufbauten in Deckung, um einen weiteren Angriff abzuwehren. Pfeile flogen um sie herum, und Kugeln schlugen in die Planken ein, ohne großen Schaden anzurichten. Da die Boote nebeneinander lagen, konnten sie sich ganz gut nach zwei Seiten verteidigen. Sie mussten nur verhindern, dass sich die Indianer zwischen die Boote schlichen.

Die Assiniboine änderten nun ihre Taktik und machten sich an den Barkassen zu schaffen. Mit Beilen versuchten sie, Löcher in den Boden zu schlagen. Aber auch hier wurden sie unter Feuer genommen. Der Kampf dauerte den ganzen Tag, wobei nach dem ersten Sturm auf die Palisaden die Indianer vorsichtiger wurden. Niemand konnte sagen, wie viele Tote oder Verletzte sie hatten, denn sie hatten niemanden liegen lassen. Als es Abend wurde, ließen Reuben und Manuel Lisa die eigenen Verluste zählen. Arnel hatte eine Verletzung am Arm, zwei Soldaten waren gefallen und eine Barkasse war schwerer beschädigt worden. Die Nerven lagen blank. „Die werden am Morgen wieder angreifen!", befürchtete Lisa. Er ließ Wachen aufstellen und beriet sich mit Reuben, was zu tun war.

Reuben hatte sorgenvolle Augen, als er an die Kielboote dachte. „Wir müssen unbedingt die Boote sichern! Den Posten können wir aufgeben, aber ohne Boote kommen wir nicht zurück nach St. Louis."

„Was schlägst du vor?", fragte Lisa angespannt.

„Wir rüsten sie mit den Kanonen aus. Damit rechnen sie nicht. Wenn sie wieder auf uns einstürmen, feuern wir sie ab. Auf den Booten können wir mehr mit ihnen ausrichten als an Land."

„Ist es nicht zu matschig, um sie dorthin zu transportieren?"

„Alles gefroren!", versicherte Reuben.

„Dann machen wir das!", stimmte Lisa sofort zu. „Wir müssen sie so erwischen, dass der Preis für sie zu hoch wird, dann hören sie auf!"

Pierre stemmte die Hände in die Hüften und sah die beiden fragend an. „Was wollen die überhaupt?"

„Beute … und dass wir hier verschwinden!", sagte Reuben leidenschaftslos. „Es herrscht Krieg. Selbst hier draußen."

Manuel Lisa ließ indessen die Palisade besetzen und reparierte die Schäden. Das Holz an der einen Seite wurde hereingeschafft und die lockeren Balken verstärkt. „Hier kommen die jedenfalls nicht mehr durch!", brummte er zufrieden, als er das Werk begutachtete.

Dann beobachtete er, wie still und leise die zwei Kanonen zu den Schiffen transportiert wurden. Der gefrorene Boden knirschte, als sie die Kanonen auf ihren Wägelchen zogen. Ebenso leise wurden sie an Deck und in Stellung gebracht. Zudem wurde genügend

Munition herbeigeschafft und auf die zwei Kielboote verteilt. Abwartend gingen die Männer dort in Stellung. Sie waren bereit! Allen war klar, dass sie den Angriff zurückschlagen mussten, wenn sie überleben wollten.

Arnel, Shorty und Pierre blieben im Fort und reinigten ihre Waffen. Ihre Mienen waren ernst. Die beiden Frauen saßen mit bangen Augen bei ihren Männern und halfen ebenfalls. Sie schnitten kleine Stofffetzen aus Musselin, tauchten es in etwas warmes Fett und steckten es in ein kleines Fach, das in der Munitionstasche dafür vorgesehen war – zusammen mit den Kugeln und den Packungen für das Schwarzpulver. Alles hing davon ab, dass die Männer schnell nachluden und den nächsten Schuss abgeben konnten. Die Stimmung war nervös, sodass niemand schlafen ging. Essen wurde verteilt, und erst jetzt fiel den Männern auf, dass sie den ganzen Tag nichts zu sich genommen hatten. Hungrig löffelten sie den Eintopf hinunter und warteten dann den Morgen ab.

„Vielleicht kommen sie gar nicht!", hoffte Shorty.

„Die kommen!", meinte Pierre bestimmt.

„Vielleicht hatten sie schon zu hohe Verluste?"

Pierre schwieg. Wenn diese Inyuns kamen, wartete jede Menge Blei auf sie! Er brachte Cherry-Lady in ihre Kammer und gab ihr Anweisungen, wie sie sich verteidigen sollte. „Wenn die Assiniboine die Palisaden überwinden, versteckst du dich hier! Verstanden?"

Cherry-Lady nickte verängstigt und er drückte kurz ihre Hände. „Wehre dich nicht, dann tun sie dir auch nichts!", mahnte er mit ruhiger Stimme. „Aber wir werden alles tun, um sie zurückzuschlagen!"

Shorty brachte seine Molly ebenfalls in die Kammer, und die beiden Frauen klammerten sich aneinander. „Ihr dürft euch nicht wehren!", wiederholte Pierre mahnend.

Shorty wurde blass, als er die Worte hörte. „Werden sie dem Baby etwas tun?", fragte er.

„Keine Ahnung. Es ist ja noch nicht zu sehen. Sie sind jung ... also haben sie eine gute Chance, als Gefangene mitgenommen zu werden. Wenn die Inyuns bis hierher kommen, dürfen sie sich nicht wehren, sonst werden sie erschlagen!"

Shorty nickte unglücklich. „Wir werden sie aufhalten!", sagte er entschlossen.

Vor Sonnenaufgang stellten sie sich wieder an die Palisaden und warteten auf den Angriff. Schemenhafte Gestalten schlichen im Morgendunst auf sie zu, und Manuel Lisa zeigte mit der Hand, dass sie noch warten sollten. Von der Palisade war kein Ton zu hören. Erst im letzten Augenblick gab Lisa den Befehl zum Schießen. Es klackte laut, als die Gewehre entsichert wurden und den Indianern eine Salve aus Blei entgegenschlug. Sofort brach die Hölle los. Schreie vermischten sich mit dem Stöhnen der Verwundeten, laute Rufe waren zu hören und hinter den Palisaden luden die Männer fieberhaft nach, während andere nach den nächsten Zielen suchten. „Feuer!", erklang Lisas Stimme zum zweiten Mal. Vom Wasser her war das ohrenbetäubende Donnern der zwei Kanonen zu hören. Alle wussten, dass auch dort die Indianer zum Angriff übergegangen waren. Schüsse fielen auch dort, und der Kriegsschrei der Indianer hallte durch das Tal. Es waren mindestens 200 Mann, die gegen das Fort anrannten.

Pierre hatte nachgeladen und richtete sich kurz auf, um einen weiteren Schuss abzufeuern. Er zielte kurz, traf einen Indianer, der auf die Palisade zulief, dann duckte er sich wieder weg. Der Schweiß lief ihm über die Stirn, als er nach der Tasche griff, eine Packung Schwarzpulver herausnahm und in den Lauf der Flinte schüttelte. Ein Stückchen Tuch fiel zu Boden, als seine Finger flatterten, und ungeduldig griff er nach dem nächsten. Dann legte er die Kugel auf den Lauf, stopfte sie samt dem Tuch mit dem Kugelschieber hinein und nahm den Ladestock, um die Kugel bis zum Ende nach unten zu stoßen. Alles dauerte nur wenige Sekunden, die ihm allerdings wie eine Ewigkeit vorkamen. Sogleich richtete er sich auf und suchte das nächste Ziel. Von seinen Freunden um ihn herum war nichts mehr zu sehen, weil der Pulverdampf ihm die Sicht nahm. Er schoss ohne zu überlegen, ging in Deckung und lud nach. Er hatte keine Angst, sondern kämpfte wie in Trance. Nachladen, zielen, schießen. Sein Leben verteidigen. Niemanden durchkommen lassen. Zwischendurch hörte er das Donnern der Kanonen. Es klang beruhigend, denn er wusste, dass bei den Booten noch jemand am Leben war und kämpfte. Er hustete, als der Pulverdampf in seinen Lungen brannte. Auch seine Augen tränten, und er wischte ungeduldig mit seinem Ärmel drüber. An einer Seite war Kampfgetümmel zu hören, doch er verließ seine Position nicht, weil er befürchtete, dass die Inyuns sonst bei ihm über die Palisade kamen. „Arnel?", rief er in die Schwaden. Er wusste, dass sein Freund in der Nähe war, und wollte wissen, ob er noch lebte.

„Hier!", erklang es laut und deutlich.

„Alles klar?"

„Ja!"

„Wo ist Shorty?"

„Hier!", erklang es ein paar Meter weiter.

„Stellung halten. Sonst kommen sie hier rüber!"

Mehr konnte er nicht sagen, denn er feuerte den nächsten Schuss ab. „Merde!", fluchte er seit langem mal wieder auf Französisch. „Die sollen doch alle zum Teufel gehen!"

Es dauerte eine ganze Weile, ehe er erkannte, dass die Kriegsrufe auf der anderen Seite aufgehört hatten. Vorsichtig richtete er sich auf und schaute über die Palisade. Die Rauchschwaden verzogen sich langsam und er blickte auf eine matschige Fläche. Nichts! Die Indianer hatten sich verzogen.

„Stellung halten!", erschallte der Befehl durch das Fort. „Kann auch eine Finte sein!"

Pierre blieb, wo er war, und sicherte die Umgebung. Arnel und Shorty standen plötzlich neben ihm und ließen ebenfalls ihren Blick über die Landschaft schweifen. Er war froh, sie an seiner Seite zu wissen. „Ich kann nichts erkennen!", sagte er heiser. „Ich glaube, die sind weg!"

„Hoffentlich!" Arnel spuckte erbost auf den Boden. „Ich habe es langsam satt! Ich bin doch keine Zielscheibe!"

Pierre lachte laut, als er seine Freunde sah. Ihre Gesichter waren vom Ruß total geschwärzt, nur um die Augen war das Gesicht heller geblieben. Auch die Freunde lachten, als kurz die Erleichterung in ihnen hochwallte. „Puh!", schnauften sie theatralisch.

Erst nach einiger Zeit verließen sie ihren Posten. Sie wurden von Wachen abgelöst, die weiterhin nach allen Seiten Ausschau hielten. Von den Kielbooten kamen die Männer zurück, die mit lautem Hallo begrüßt wurden. Mit den Kanonen hatten sie die Assiniboine offensichtlich das Fürchten gelehrt. Auch die Frauen trauten sich aus den Kammern heraus und liefen zu den Männern. Das Baby weinte laut, denn der Lärm hatte es erschreckt. Charbonneau nahm es auf den Arm und tröstete es mit einem Kuss. „Weine nicht, meine Kleine. Alles ist wieder gut!" Sein schwarzes Gesicht war aber so furchteinflößend, dass Lisette noch lauter schrie. Mit einem Lachen gab er sie an Otterfrau zurück, die sie beschützend an sich drückte.

Manuel Lisa wandte sich an Reuben Lewis. „Ihr habt ganz schön Schaden mit den Kanonen angerichtet!", lobte er.
Reuben grinste breit. „Ja, war eine gute Idee. Von den Schiffen aus konnten wir besser mit ihnen hantieren. Sie haben ein paarmal versucht, die Bordwand zu erreichen, aber unsere Männer haben sie abgewehrt. Die Explosionen haben einige von ihnen getötet, und dann haben sie den Angriff abgebrochen."
„Eigene Verluste?" Die braunen Augen von Manuel Lisa blickten sorgenvoll.
Reuben nickte. „Zwei Mann!"
Manuel Lisa schluckte schwer, als er auch nach den Verlusten im Fort fragte. Drei Männer hatten Schussverletzungen davon getragen, sonst waren sie glimpflich davongekommen. Trotzdem wog der Verlust der zwei Männer schwer. „Wir werden sie morgen beerdigen!"

Es wurde spätes Frühjahr, ehe sie endlich die Boote freibekamen. Die Schneeschmelze in den Bergen ließ den Wasserspiegel steigen, und irgendwann hatten die Boote wieder Wasser unter dem Kiel. Die Männer feierten es mit Begeisterung. Endlich konnten sie nach Hause! Dieses Mal nahmen sie alles mit, was nicht niet- und nagelfest war. Innerhalb weniger Tage war die gesamte Ausrüstung samt aller Waren und Felle verladen, und die Männer bereiteten sich auf die Abreise vor. Sie brannten das Fort nieder, denn sie wollten den Briten keinen intakten Posten hinterlassen. Es war ein trauriger Anblick, als die Gebäude, die ihnen so lange Schutz geboten hatten, in Flammen aufgingen. Es war ein Abschied für immer. Sie legten noch einige der ersten Frühlingsblumen auf Sacajaweas Grab und bestiegen dann die Boote. Die wenigen Pferde, die im Fort überwintert hatten, ließen sie frei. Niemand wollte den weiten Weg auf dem Pferderücken auf sich nehmen. Das wäre auch zu gefährlich gewesen.

Pierre rief nach seiner Cherry-Lady, die er zuletzt mit ihren Bündeln in der Nähe der Boote gesehen hatte. „Komm endlich! Wir wollen los!", schrie er ungeduldig. Er wandte sich an Molly, ob sie seine Frau gesehen hätte. Die schüttelte nur verneinend den Kopf. Sie war mit Shorty beim Feuer gestanden und hatte nicht weiter auf die Freundin geachtet. Pierre sah sich suchend um, doch er konnte Cherry-Lady nirgends sehen. Wo steckte sie nur? Sie wusste doch, dass sie ablegen wollten. Manuel Lisa und Reuben Lewis wurden ungeduldig. Sie winkten nach ihm, denn sie wollten endlich abfahren. Ohne Fort hatten sie hier keine Verteidigungsmöglichkeit mehr, also wollten sie noch eine gewisse Strecke an diesem Tag zurücklegen. „Was ist denn los?", brüllte Lisa über das Wasser.

„Meine Frau ist weg!"

Manuel Lisa kam über die Planke ans Ufer zurück und stellte sich neben ihn. „Wie? Sie ist weg?"

„Vorhin habe ich sie noch hier bei den Booten gesehen, doch jetzt ist sie verschwunden."

„Mist! Wahrscheinlich ist sie lieber nach Hause gelaufen", vermutete Lisa. „Indianerinnen tun so was manchmal."

Pierre kniff wütend die Lippen zusammen. „Also gehorcht sie lieber ihrem Vater … Der wollte ja nicht, dass sie von hier weggeht. Schöne Scheiße! Wer ersetzt mir jetzt meinen Verlust?"

Lisa klopfte ihm tröstend auf die Schulter. „Der Vertrag besteht ja noch. Wenn wir wieder hierher kommen, kannst du sie zurückfordern!"

Pierre strich sich grummelnd über seine Bartstoppeln. Dann legte er nachdenklich den Kopf schief. Irgendwie war ihm Cherry-

Lady mit der Entscheidung zuvorgekommen. So musste er sich nicht überlegen, was er in St. Louis mit ihr machen sollte. Auch nicht übel! Trotzdem würde er mit Shut-haska ein Hühnchen zu rupfen haben!

Hemdträger
Sommer 1813 im Dorf der Hunkpapa

Wambli-luta hatte sich im Herbst nur langsam von den Strapazen und Wunden des Sonnentanzes erholt. Er hatte mehrfach mit dem Medizinmann über den seltsamen Traum geredet, den ihm die Geister geschickt hatten. Auch der Medizinmann hatte sorgenvoll den Kopf geschüttelt und die Augen zusammengekniffen. „Menschen und Bisons, die von den Weißen über die Klippen getrieben werden?", wiederholte er nachdenklich. Diese Vision war erschreckend und nicht nur eine Warnung. „Ich sehe eine schwere Zeit auf uns zukommen", sagte er ernst. „Tecumseh hat uns eine Warnung geschickt. Wir sollten auf ihn hören!"
Den ganzen Winter über hatte Wambli-luta über diese Worte nachgedacht und war zu dem Entschluss gekommen, sich Wakinyan-duta und Wanata im Kampf gegen die Amerikaner anzuschließen. Seine Kraft war zurückgekehrt, und er wollte sein Volk vor der Gefahr schützen. Wenn die Weißen erst den Großen Schlammfluss hochkamen oder ihn überschritten, würden sie ihre Jagdgründe ebenso verlieren wie Tecumseh am Ohio. Zudem beunruhigte ihn das Verschwinden der Bisons auf der anderen Seite des Flusses. Wohin waren sie gegangen? Einst waren es so unbegreiflich viele gewesen, dass niemand sich vorstellen konnte, dass sie irgendwann verschwinden könnten. Er dachte an die Bisonjagd im Herbst, bei der sie den großen Brüdern über die weiten Ebenen gefolgt waren. Hier waren es immer noch unüberschaubar große Herden. Wie konnte so etwas einfach verschwinden? Nein, er würde seine Männer wieder zum Itazipo-kaksa-Wakpa führen und sich mit den Yanktonai vereinen. Gemeinsam würden sie die Amerikaner zurückdrängen. Dann würden auch dort die Bisons zurückkehren.

Der Herold verkündete den Aufbruch ins Sommerlager, und Wambli-luta entschied, erst von dort wieder aufzubrechen. Er wollte auch Krieger der Itazipko und Sihasapa auffordern, mit ihm zu gehen. Noch war kein Botschafter mit neuen Nachrichten zu ihnen gestoßen, aber er vermutete, dass ein Reiter das gemeinsame Sommerlager erreichen würde. Die Lagerplätze der Tituwan-Gruppen waren bekannt – und vor allen Dingen der Ort, an dem sie sich zur Bisonjagd trafen. Die Wakincun hatten entschieden, dieses Jahr nicht den Missouri zu überschreiten, weil die Sommerjagd zu wichtig war. Aber eine Abordnung Krieger zu schicken, wäre eine gute Sache.

Die Menschen machten sich auf den Weg, froh, nach dem langen Winter den Lagerplatz wieder verlassen zu können. Die Ressourcen waren aufgebraucht und auch die Pferde brauchten frisches Gras, das in der Umgebung abgefressen war. Alle freuten sich auf die Wanderschaft und die Begegnung mit Freunden und Verwandten.

Wambli-luta führte die Späher an, die den Weg auskundschaften sollten. Unterwegs waren die kleinen Gruppen immer gefährdet. An seiner Seite ritten Ishta-hota und Krummes-Bein, die bei dem scharfen Wind die Augen zusammenkniffen. Staub wehte hoch und erinnerte die Männer an den letzten trockenen Sommer. Sie hatten im Winter am Chanshushka-Wakpa (Grand River) gelagert und waren nun nordwärts zum Inyan-wakachapi-Wakpa (Cannonball River) unterwegs. Der Weg war nicht weit, und sie hofften, die anderen Gruppen in zwei bis drei Tagen zu erreichen. Von dort aus wollten sie in Richtung des Großen Schlammflusses reiten, das dortige Fort vernichten und schließlich zu den Yanktonai aufbrechen. Es waren große Pläne.

Am nächsten Tag stieß Wambli-luta auf einige Späher der Sihasapa. Sogleich vereinten sich die zwei Gruppen, und erste Neuigkeiten wanderten von Mund zu Mund. Abends versammelten sich die Menschen um die Kochfeuer und erzählten vom letzten Winter. Er war ruhig gewesen, und so wurden eher lustige Geschichten zum Besten gegeben. Die Herolde befahlen am Morgen den Aufbruch, und so vereinten sich die beiden Karawanen aus Travois, Frauen, den Kindern und den Jugendlichen, die die Pferde vor sich her trieben. Immer wieder verschwanden sie zwischen den Hügeln des Landes und tauchten dann an einem schmalen Bach wieder auf. Die Späher sicherten die Umgebung, bis sie auf eine andere Gruppe aufmerksam wurden, die ihnen aber entgegen kam. Wambli-luta wurde misstrauisch und ließ seine Männer in Deckung gehen. „Wer kann das sein?", überlegte er laut.

Ishta-hota runzelte die Stirn. „Vielleicht andere Hunkpapa oder Itazipco?", vermutete er.

„Würden sie uns entgegenreiten?", fragte Wambli-luta. „Sie wissen doch, wo unser Treffpunkt ist."

Die Männer schwiegen, denn seine Aussage war einleuchtend. „Feinde, die vielleicht mit den Weißen gehandelt haben?" Ishta-hota blickte fragend von einem zum anderen.

Wambli-luta schätzte die Gruppe in der Ferne auf gut fünfundzwanzig Mann. Auch sie waren mit ein paar Frauen und Kindern unterwegs. Sie bewegte sich in Richtung Südwesten, als musste sie sich beeilen, das Land der Tituwan zu verlassen. Sie waren nicht genau zu erkennen, aber auf die Entfernung erkannte er sie als Apsalooke. Er grinste ohne Humor. „Schlecht für sie, dass sie so unvorsichtig sind!" Er befahl zwei Männern, die Gruppe zu beobachten, und winkte den anderen, dass sie ihm folgen sollten. Im leichten Galopp kehrten sie zu ihren Stamm zurück und warnten diese vor der Gefahr. Sogleich wurden ein Lager errichtet, die Pferde in die Nähe getrieben und Wachen aufgestellt. Auch die Frauen bewaffneten sich, um sich im Ernstfall verteidigen zu können.

Die Männer aber legten ihre Bemalung an, um den Feind aus ihrem Land zu vertreiben. Auch Wambli-luta schmückte sich mit dem Blitz und zog seinen Umhang aus, um beweglicher zu sein. Auf dem Rücken trug er nun einen Köcher mit Bogen und Pfeilen und in der Hand sein Gewehr. Im Gürtel steckte ein Totschläger. Er war froh, dass sie den Feinden zahlenmäßig überlegen waren. Trotzdem würden diese kämpfen, und so musste man jederzeit auf den Tod vorbereitet sein. Thimahel-okile übergab Wambli-luta die Verantwortung, und mit einem Nicken setzte sich der Anführer an die Spitze. Es war gut, wenn ein erfahrener Krieger den Kampf anführte, denn hier ging es auch um das Leben der Frauen und Kinder.

Mato-ska-cikala organisierte die Verteidigung des Dorfes und blieb mit einigen fähigen Kriegern und den älteren Männern zurück. Auch Gebrochene-Lanze und Thimahel-okile hatten sich bewaffnet und waren bereit, ihre Familien zu beschützen. „Psa!", hallte das Schimpfwort gegen die Apsalooke durch das Dorf. Kleine Kinder versteckten sich mit großen Augen hinter ihren Müttern, während die Knaben ihre Kinderbögen bereithielten. Auch sie konnten im Notfall schon kämpfen.

Wambli-luta führte die Krieger in Richtung des Baches, und nach kurzer Zeit erreichten sie die Späher. „Jene Psa sind noch ahnungslos!", berichteten sie mit glänzenden Augen. „Sie sind dort unten an dem Bach und tränken ihre Pferde."
Wambli-luta wartete kurz, damit jeder sich auf den Kampf vorbereiten konnte, doch dann befahl er den Angriff. Die Apsalooke hatten hier nichts verloren. Die Männer sprangen auf ihre Pferde, dann sausten sie mit gellendem Kriegsgebrüll über den Hügel ins Tal hinab. Sofort brach unter den Menschen dort Panik aus. Frauen und Kinder liefen schreiend davon und versuchten sich am Ufer zwischen Bäumen und Büschen zu verstecken, während die Krieger völlig überrascht zu ihren Waffen griffen. Mehrere Packpferde erschraken durch das schrille Pfeifen und gingen durch. Die anderen Pferde konnten gerade noch am Fliehen gehindert werden. Im Nu saßen auch die Apsalooke auf ihnen und gingen zum Gegenangriff über. Es waren hauptsächlich junge, kampfbereite Krieger, die sich schnell gefangen hatten, und nun mit dem Mut der Verzweiflung die Frauen und Kinder verteidigten. Gewehrschüsse dröhnten durch das Tal, Pfeile flogen, dann krachten Steinkeulen aufeinander, als die Männer in Nahkämpfe verwickelt wurden. Die Apsalooke waren keine Feiglinge, und so entbrannte ein heftiger Kampf. Sie wussten, dass sie keine Gnade zu erwarten hatten, und verteidigten sich, so gut sie konnten. Einer nach dem anderen fiel, denn die Übermacht war zu groß.

Wambli-luta hatte bereits einen Feind getötet und setzte einem weiteren dieser Psa nach. Er hatte sein Gewehr fallenlassen und legte einen Pfeil auf die Sehne. Sein Schuss traf dem Mann in die

Schulter, und er verlor das Gleichgewicht. Wambli-luta sah, wie der Krieger ins Gras stürzte, und zügelte mit einem triumphierenden Schrei sein Pferd. Mit einem Satz war er abgesprungen, um dem Feind den Rest zu geben, dann stutzte er, als er den Mann wiedererkannte: Dachbitche-hisshi! Kurz verzog sich sein Mund zu einem hämischen Grinsen, als er seinen Widersacher vor sich sah, dann hielt er inne, als er die klaffende Wunde sah. Es war ein Bauchschuss, der den Mann vorher im Kampf erwischt hatte. Er sah mit einem Blick, dass er tödlich war! Fast bedauerte er es, dass er diesen Feind nicht in einem ehrlichen Kampf besiegt hatte.

Der Mann knickte ein und sank kraftlos ins Gras. Sein Blick war trüb vom Schmerz. „Hoh!", stöhnte er leise.

Wambli-luta kniete sich neben ihn und blickte ihm abwartend, fast traurig in die Augen. „Ich hätte dich gern selbst getötet!", zeigte er in Zeichensprache.

Der Mann verzog leicht die Lippen, als er sich zurücksinken ließ. „Das glaube ich!", bestätigte er. „Wir beide hätten tapfer gekämpft."

„Du bist ein tapferer Mann!", bestätigte Wambli-luta. „Aber was macht ihr hier in unseren Jagdgründen?"

„Handel!", erklärte Dachbitche-hisshi. „Seit die Weißen fort sind, müssen wir weit reisen, um noch ihre Waren zu bekommen."

„Schlecht für dich!", meinte Wambli-luta scherzend. „Seid ihr zu dem Fort am Großen-Fluss geritten?"

„Ja! Aber sie sind fort. Dort ist niemand mehr."

Wambli-luta hob überrascht die Augenbrauen. Also hatten die Weißen das Fort aufgegeben? Das war interessant.

„Hoh!", wieder stöhnte Dachbitche-hisshi leicht. Seine Züge verkrampften sich, als Wellen des Schmerzes durch seinen Körper jagten.

Impulsiv gab Wambli-luta ihm seine Hand. Er zuckte mit keiner Wimper, als Dachbitche-hisshi sie zum Äußersten drückte, um die Schmerzen besser auszuhalten. „Du hast tapfer gekämpft!", sagte Wambli-luta. „Nun geh in Frieden!"

Dachbitche-hisshi schüttelte den Kopf. „Ich kann nicht. Meine Frau und meine Tochter sind in der Nähe … Sie sind in Gefahr."

Wambli-luta hob besorgt die Augenbrauen. „Wo?"

Dachbitche-hisshi nickte in Richtung des Baches. „Sie verstecken sich dort."

„Ich werde sie finden und in Sicherheit bringen!", versprach Wambli-luta.

„Das ist gut!" Der Todgeweihte seufzte. „Sommerregen ist auch da."

„Sie ist meine Schwester! Ihr wird nichts geschehen!"

„Hoh!" Dachbitche-hisshis Kopf sackte zurück, und er schloss kurz die Augen. „Wie geht es meiner anderen Tochter?", fragte er.

„Sie wächst!", antwortete Wambli-luta mit einem Lächeln. „Sie kann laufen und sprechen. Anpao-win erwartet ein weiteres Kind. Vielleicht einen Sohn!"

„Ein Sohn ist eine gute Sache!", bestätigte Dachbitche-hisshi. „Meine Frau hatte auch einen Sohn erwartet, aber er wurde still geboren." Wieder schüttelte ein Krampf den Krieger.

„Auch meine Frau hat mir noch kein weiteres Kind geschenkt!", erzählte Wambli-luta. „Ich habe Zeit."

„Nun wirst du noch ein Mädchen haben. Zu viele Töchter!" Dachbitche-hisshi verzog die Lippen zu einem letzten Lächeln.

Wambli-luta wusste, dass es zu Ende ging. Auch er lächelte. „Frauen sind die Zukunft unseres Volkes. Ich werde gut auf deine Tochter und deine Frau achtgeben. Du bist mein Freund!"

„Das ist gut!"

Dachbitche-hisshi seufzte tief. Seine Bewegungen waren langsam und unkontrolliert, als er mit seinen Fingern das Zeichen für „Freund" machte. Dann schloss er die Augen und entspannte sich. Es war, als ob all seine Sorgen von ihm gegangen wären. Wambli-luta saß eine kurze Weile neben ihm, ehe er erkannte, dass sein Freund und Feind zu den Ahnen gegangen war.

Gedankenverloren stand Wambli-luta auf und blickte sich nach seinem Pferd um. Er sah einige Krieger auf sich zureiten und winkte ihnen entgegen. Mit der Hand machte er eine leichte Bewegung in Richtung des Toten. „Er ist tapfer gestorben. Ich möchte ihn ehrenvoll bestatten. Legt ihn auf ein Pferd!"

Zwei Männer machten sich sogleich an die Arbeit und banden den Leichnam auf einem Packpferd fest. Dann folgten sie Wambli-luta, der in Richtung des Baches ritt. Was er dort entdeckte, gefiel ihm gar nicht, denn er fand zwei Frauen vor, die erschlagen im Gras lagen. „Hohch!", schimpfte er unwillig. Verächtlich sah er sich um, wer wohl diese Tat gegangen haben könnte. Niemand der Krieger, die bei ihm waren, nahm die Tat für sich in Anspruch, und so schaute er sich suchend um. „Ich suche ein kleines Mädchen. Ich nenne sie Schwester. Helft ihr mir, sie zu finden?"

Die Krieger nickten schweigend und suchten nun das Ufer ab. Auch Wambli-luta folgte ihnen und rief laut den Namen des kleinen Mädchens. „Sommerregen! Hab keine Angst! Komm her! Ich bin doch dein Bruder, weißt du noch?"

Schließlich bemerkte er ein Rascheln in einem Gebüsch, und so ließ er sich vom Pferd gleiten, um nachzusehen, ob sich das Kind darin verbarg. Sommerregen kam ihm schluchzend entgegen und klammerte sich schlotternd vor Angst an ihn. „Mitiblo, mitiblo!", rief sie immer wieder. „Sie haben meine Mutter getötet!"

„Ich weiß!", murmelte Wambli-luta tröstend. „Aber ich bin nun bei dir, und nichts wird dir geschehen!"

„Wo ist mein Vater?", fragte das Kind weinend. Der Rotz lief ihr die Nase hinunter.

Sanft legte Wambli-luta ihr die Hand auf den Bauch, um sie zu beruhigen. „Auch er ist gestorben. Ich war bei ihm, bis er gegangen ist. Wir werden deine Mutter und deinen Vater bestatten, wie es bei uns Sitte ist. Doch du musst nun tapfer sein. Ich bringe dich zurück zu Ina und Unci … sie werden nun für dich sorgen. Du musst keine Angst haben."

Sommerregen klammerte sich immer noch an ihn, und Wambli-luta beobachtete, wie die Krieger ihn verwundert ansahen. Einige kannten das Mädchen nicht und wussten daher nicht, warum ihr Anführer ein feindliches Kind tröstete.

Wambli-luta richtete sich auf und hob das Kind in seinen Sattel. Der Kampf war vorbei, und er hatte andere Aufgaben zu erfüllen. Ihm oblag der Schutz der Frauen und Kinder, und er hatte nun vor, genau dies zu tun. Er wandte sich an Krummes-Bein, der an seine Seite kam. Mit seinen Lippen deutete er auf die beiden getöteten Frauen. „Bringst die beiden und den gefallenen Krieger ins Dorf. Ich möchte sie ehrenvoll bestatten."

„Und die anderen Toten?"

Wambli-luta zuckte mit den Schultern. „Sie waren unsere Feinde. Nur eben dieser nicht. Ich habe ihn geachtet."

„Und was machst du nun?", wunderte sich Krummes-Bein.

„Ich bringe meine Hunkaschwester zu ihren neuen Eltern. Sie wird bei uns bleiben."

Krummes-Bein nickte verständnisvoll. „Ich bringe die Toten zurück. Wir haben noch zwei Frauen und ihre Kinder gefangen genommen. Sollen wir sie auch ins Dorf bringen."

„Mich wundert, dass unsere tapferen Krieger sie nicht ebenso getötet haben!" Wambli-lutas Stimme triefte vor Hohn. Krummes-Bein senkte den Blick, denn er selbst hatte sich nicht an den Wehrlosen vergriffen.

Wambli-luta zügelte sich, denn er wollte seinen Freund nicht beleidigen. „Ja, sorge dafür, dass sie wohlbehalten ins Dorf kommen. Für heute ist genug Blut geflossen. Es wird Familien geben, die sie aufnehmen werden."

Er führte sein Pony in Richtung seines Stammes und hielt kurz an, um sein Gewehr aufzuheben. Andere Krieger schlossen zu ihm auf, berauscht vom Kampf und dem leichten Sieg. Sie hatten Skalpe genommen, Beute gemacht und führten die Gefangenen mit sich. Die Kinder heulten, während die Frauen mit versteinerten Gesichtern neben den Pferden hergingen. Sie wussten, was ihnen blühte.

Wambli-luta ritt zurück zu dem Platz, wo sich die Menschen versammelt hatten. Alle waren erleichtert, weil die Gefahr gebannt war, und so prüften sie nun, ob sie Verluste zu beklagen hatten. Wambli-luta blickte sich ebenfalls um, denn er hatte sich nicht erkundigt, ob jemand zu den Ahnen gegangen war. Krummes-Bein sah den fragenden Blick und schüttelte den Kopf. „Wir haben zwei Verwundete, aber sonst haben wir keine Verluste."

„Das ist gut!", meinte Wambli-luta. „Denn nun können wir großzügig sein." Er schob die Lippen vor und deutete auf die Gefangenen. „Wir müssen unsere Wut nicht an denen da auslassen."

Er hielt vor seinen Eltern und ließ sich mit dem Kind im Arm vom Pferd gleiten. „Wir waren siegreich!", verkündete er. „Wir haben die Feinde vernichtet und keine Verluste erlitten. Seht, was ich hier gefunden habe!" Er stellte das Kind auf die Füße, und Hübsche-Nase hielt sich erstaunt die Hand vor den Mund. „Wo kommt denn Sommerregen her?", fragte die Mutter.

Sommerregen lief zu ihr und drückte ihr das tränennasse Gesicht in das Kleid. Sie schluchzte zum Erbarmen.

Wambli-luta verzog die Mundwinkel. „Ihr Vater ging zum Tauschen ins Fort. Er dachte wohl, dass wir erst später im Jahr kommen würden. Er bezahlte mit seinem Leben für diesen Irrtum. Ebenso die Krieger, die ihn begleiteten. Ich fand Sommerregen am Ufer, wo sie sich versteckt hatte. Ihre Mutter ist auch tot."

„Hunhunhe!" Die Mutter sah ihn entsetzt an.

„Sie ist meine Hunkaschwester und wird nun bei uns leben!", bestimmte Wambli-luta. „Wir sind nun ihre Angehörigen."

Die Mutter nickte und nahm das Mädchen an der Hand. „Komm, meine Tochter. Du bleibst nun bei mir."

Wambli-luta wandte sich an die Menschen und zeigte auf die Gefangenen. „Wir haben unsere Feinde besiegt. Das ist eine gute Sache. Doch Frauen und Kinder sind nicht meine Feinde, also wünsche ich, dass diese Gefangenen gut behandelt werden."

Mato-ska-cikala nickte großmütig und verteilte die Gefangenen auf zwei Familien, die sich um sie kümmern sollten. Beim großen Sommertreffen würde man beschließen, wer sie behalten sollte. Hier auf der Wanderschaft war nicht der Ort, um solche Dinge zu entscheiden.

Auf Wambli-lutas Wunsch hin wurden die Leichen der Apsalooke beigesetzt. Es war wenig feierlich, weil sie keine Verwandten waren. Sie wurden in Decken gewickelt und in den Ästen einiger Bäume, die am Ufer standen, aufgebahrt. Man ließ Sommerregen Zeit, sich von ihren Eltern zu verabschieden. Sie weinte kläglich, und die Menschen hatten Mitleid mit dem Kind. Sie war jetzt Wambli-lutas kleine Schwester.

Wieder brachen die Menschen auf. Sie waren ziemlich weit im Westen und schwenkten wieder nach Osten, um die Sihasapa nicht zu verfehlen. Späher ritten voraus, die nach den Gruppen Ausschau halten sollten. Sie erreichten den Inyan-wakachapi-Wakpa und zogen an dessen Biegungen entlang, bis sie schließlich den Lagerplatz erreichten, den sie im vorletzten Sommer schon aufgesucht hatten.

Sie schlugen die Tipis auf, und ein riesiges Dorf entstand, das sich über ein ganzes Tal erstreckte. Zwei Tage später trafen auch die Gruppen der Sihasapa ein, und das Dorf schien sich zu verdoppeln. So weit das Auge reichte, standen die Tipis, und zu beiden Seiten des Flusses bis in die Hügel verteilte sich die riesige Pferdeherde. Es war eindrucksvoll!

In der Mitte wurde aus zwei Tipis ein großes Ratszelt errichtet, dessen Wände zum Teil hochgeklappt waren, sodass man die Häuptlinge bei ihren Beratungen sehen und hören konnte. Ebenso errichteten die Kriegergesellschaften ihre Tipis und hielten ihre Versammlungen ab. Verwandte besuchten sich, Freunde begrüßten sich und nach dem langen Winter war die Luft von Gelächter und frohen Worten erfüllt.

Wambli-luta überließ es den Eltern, sich um Sommerregen zu kümmern. Seine Aufgabe war es nun, sich den Tokala anzuschließen. Die Kunde von seinem Sieg machte die Runde, und so wurde ihm achtungsvoll Platz gemacht, als er das Zelt betrat. Stolz setzte er sich auf seinen Platz und nahm die Ehrungen entgegen. Er sagte nichts, denn er wollte nicht als Angeber dastehen. Seine Medizin war gut, das war alles.

Späher hatten endlich gemeldet, dass die Bisons zurückkamen, und die Stimmung war gelöst. Die Menschen freuten sich auf die Jagd und hofften auf genug Nahrung für den kommenden Winter. Das rituelle Dorf entstand, bei dem die Tipis in einer strengen Ordnung aufgestellt wurden, denn die Jagd war heilig. Auch andere Zeremonien würden stattfinden. Schwitzhütten wurden errichtet, um sich auf den Sonnentanz vorzubereiten, die Sonnentanzlaube wurde gebaut, Mädchen suchten bereits nach dem Sonnentanzbaum und tapfere Männer trugen ihn zur Mitte des Tanzplatzes, um ihn aufzustellen. Auch Wambli-luta bereitete sich auf den Sonnentanz vor, denn man tanzte ihn viermal hintereinander. Dieses Mal wählte er keine besondere Tortur, sondern entschied, dass er sich Fleischfetzen aus seinen Oberarmen schneiden lassen wollte, um eine Decke mit Blut zu opfern. Die Tage des Sonnentanzes vergingen mit dumpfem Trommeln und Gesängen, dann gab es andere wichtige Dinge zu unterscheiden. Die Häuptlinge hatten beraten, wie sie die östlichen Verwandten unterstützen konnten, und hatten entschieden, einen neuen Hemdträger zu ernennen, der eine Streitmacht nach Osten führen sollte. Die Entscheidung war nicht leicht, denn es gab mehrere tapfere Krieger, die als Anwärter in Frage kämen. Thimahelokile war im Gespräch, obwohl er schon älter war. Auch aus den anderen Gruppen gab es Krieger, die in Frage kamen. Gespannt saßen alle Menschen in einem riesigen Kreis, als die Wakincun ihre Entscheidung schließlich verkündeten.

Mato-ska-cikala, dem Weißen Bären, wurde die Ehre zuteil, die Entscheidung zu verkünden. In einem eindrucksvollen Gewand und mit Federhaube auf dem Kopf trat er vor, um die Vorzüge des Kandidaten aufzuzählen. „Wir wollen unsere Jagdgründe gegen die Blauröcke und Langmesser verteidigen. Unsere östlichen Brüder haben uns um Hilfe gebeten. Wir sind die Sieben Ratsfeuer, die Oceti-Sakowin, und wenn wir gerufen werden, dann gehorchen wir diesem Ruf. Also haben die Häuptlinge entschieden, einen Kriegstrupp nach Osten zu schicken. Ein fähiger Krieger soll ihn anführen. Ein Mann, der tapfer ist, aber auch das Kriegsglück auf seiner Seite hat. Wir wollen aber auch einen Mann, der sich beherrschen kann und Mitleid mit den Feinden hat. Wir suchten nach einem Mann, der sein Volk sieht und nicht so sehr seinen eigenen Ruhm. Wir haben ihn gefunden!" Mato-ska-cikala blickte über die Runde und nickte mit einem Lächeln. Dann schritt er zielsicher auf einige junge Männer zu, die in einer Gruppe zusammen saßen. Unter ihnen auch Wambli-luta.
Wambli-luta sah ihn auf sich zu kommen und schluckte schwer. Würde er ausgewählt werden? Unsicher sah er sich um und überlegte, ob wohl einer seiner Freunde in Frage käme. Doch schon stand der Häuptling vor ihm und reichte ihm die Hand. „Wambli-luta!"

Dem Mann schwindelte fast, als er nach der Hand griff und sich unbeholfen erhob. Er war so überrascht, dass er seine Gefühle nicht kontrollieren konnte. Hemdträger! Er wurde zum Hemdträger ernannt! Sein Gesicht zeigte deutlich seine völlige Überraschung, aber auch die Zweifel, die er hatte. Würde er dieser Aufgabe gewachsen sein? Er sollte der Beschützer des Volkes sein? An seinen Armen waren kaum die Wunden vom Sonnentanz verkrustet, und nun sollte er die Verteidigung gegen die Weißen leiten? Die Krieger würden seinen Befehlen gehorchen! Unsicher ließ er sich von Mato-ska-cikala in die Mitte des Platzes führen. Er fühlte nicht den Triumph, sondern nur die Verantwortung. Aber genau aus diesem Grund war er auch ausgesucht worden. In seinem Kopf rauschte es dermaßen, dass er kaum das hohe Trällern der Frauen vernahm, die ihn begeistert zujubelten. Auch seine Freunde und Verwandten drückten geehrt und zugeich erfreut ihre Zustimmung aus, doch er war so durcheinander, dass er es kaum hörte. Hemdträger! Dieses Wort spukte in seinem Kopf herum. Hemdträger.

Omaha

Sommer 1813 an der Mündung des
Platte-Flusses in den Missouri

Die Fahrt den Missouri hinunter verlief friedlich. Selbst die Arikara schienen bereits aufgebrochen zu sein, um die Bisons zu jagen, und so trieben die Kielboote und Barkassen unbehelligt an ihren Dörfern vorbei. Die Strömung war gut, und oft genug konnten die Männer einfach Segel setzen. Eine Barkasse war durch den Angriff beschädigt worden, sodass sie nur notdürftig geflickt worden war. Nach Tagen fasste sie zu viel Wasser, und so wurden Männer und Ladung auf die anderen Boote verteilt. Manuel Lisa fluchte, denn er hatte gehofft, sie in St. Louis reparieren lassen zu können. „Wieder ein Boot verloren!", schimpfte er erbost.

Unterwegs nahmen sie einen Trapper mit seinen Bündeln auf, der ebenfalls in Richtung St. Louis unterwegs war. Er war im Osten unterwegs gewesen und brachte keine guten Neuigkeiten. Sein Name war Kelly, und alle mochten den seltsamen Vogel, der mit einer jungen Oto-Indianerin verheiratet war. Er fühlte sich in der Gemeinschaft der anderen ganz wohl und erzählte von seinen Erlebnissen. „Ich sage euch, die Sauk und Fox haben das Kriegsbeil ausgegraben ... ebenso die Yankton und Yanktonai. Da ist es nicht mehr sicher! Mich haben sie in Ruhe gelassen, aber die haben eine Stinkwut auf die Amerikaner!"

„Warum nur?", wunderte sich Manuel Lisa.

„Weil die versprochenen Geschenke nicht gekommen sind! Dieser Nikolas Boilvin hatte ihnen wohl zu viel versprochen, und jetzt sind sie sauer."

Kelly schlürfte an dem Rum, den man ihm gereicht hatte, und stöhnte zufrieden. „Hoh, ist der gut! Ich hatte schon lange keinen Whiskey mehr!" Er reichte den Becher seiner Frau, die kichernd einen Schluck nahm.

Reuben Lewis runzelte die Stirn. „Hast du sonst noch Neuigkeiten über den Krieg?"

Kelly zuckte mit den Schultern. „Jede Menge Gerüchte. Ich glaube, dass Fort Osage weiter südlich von hier verlassen wurde, und ich habe gehört, dass Fort Madison oben am Mississippi überrannt worden ist."

Manuel Lisa wurde blass. „Dann stehen die ja schon fast vor St. Louis!"

„Das ist richtig. Da bleibt nur noch Fort Bellefontaine zwischen denen und uns. Im Osten ist es ganz schlimm. Detroit ist gefallen, und die Briten sind anscheinend überall auf dem Vormarsch. Ich sage euch: Die Großen Seen sind ein Hexenkessel."

Die Männer – gleichgültig ob Voyageure, Trapper oder Soldaten – bekamen harte Gesichter. Was dieser Trapper da erzählte, ließ nichts Gutes hoffen. Was würden sie in St. Louis vorfinden? War die Stadt schon erobert worden? „Hast du was von St. Louis gehört?", fragte Lisa besorgt.

Der Trapper schüttelte den Kopf. „Nur, dass jetzt dieses Gebiet hier Missouri-Territorium heißt und William Clark der Gouverneur ist. Er wird schon eine Verteidigung auf die Beine stellen!"

„Und die Stadt?"

Kelly wedelte mit der Hand. „Nichts, nichts ... so weit sind die Briten noch nicht. Die sind mit der Seeschlacht im Osten beschäftigt. Mehr Sorgen mache ich mir wegen der Indianer ... fast alle Stämme sind gegen die Amerikaner. Das ist schlecht. Da werden viele Siedlungen dem Erdboden gleichgemacht werden."

„Und woher weißt du das alles?", wunderte sich Reuben.

Kelly grinste frech. „Ich habe Freunde auf beiden Seiten ..."

Manuel Lisa wurde vorsichtig, denn einen Spion konnten sie hier nicht brauchen. Arbeitete Kelly vielleiht auch für die Hudson's Bay Company ... dem Konkurrenten aus dem Norden? Lieferte er den Rotröcken irgendwelche Informationen? Misstrauisch beäugte er den Trapper und dessen Frau. „Und was hast du in St. Louis vor?"

„Nichts ... Ich wollte meine Pelze tauschen und dann wieder los. Aber ich suche mir eine Gegend, die sicherer ist ... bei den Oto oder Omaha."

Manuel Lisa lächelte wieder. „Ich habe Freunde bei den Omaha ... Nachdem, was du erzählt hast, macht es vielleicht Sinn dort einen Handelsposten zu errichten. Ich habe keine Lust, auch noch diese Stämme an die Briten zu verlieren."

„Macht auf jeden Fall Sinn ... Auch wäre es ein Bollwerk, um zu verhindern, dass jemand den Missouri hinuntersegelt, um St. Louis einzunehmen. Fort Osage wurde ja aufgegeben ..." Er ließ den Satz unvollendet. „Habt ihr denn noch genug, um dort ein Fort aufzubauen?"

Manuel Lisa winkte ab. „Jede Menge. Der Winter war schlecht, weil kaum noch Indianer zum Handeln gekommen sind. Ausrüstung haben wir genug ... sogar Kanonen und Munition ... hatten wir bitter nötig, weil wir im Winter ein paarmal überfallen worden sind. Wie wäre es: Ich könnte dir doch die Pelze abkaufen und du schließt dich uns an?"

„Wo ... bei den Omaha?"

„Ja, wenn wir dort einen geeigneten Standort für ein Fort finden." Kelly rieb sich das Kinn. „Gute Idee ... ich könnte euch einen Platz zeigen ... südlich der Council Bluffs ... dort, wo einst Lewis und Clark mit den Oto verhandelt haben. Südlich mündet ein ziemlich flacher Fluss in den Missouri, den die Indianer den ‚Flachen' nennen. Dort gibt es Holz und viel Wild ... wäre gut."

Manuel Lisa freute sich über das Angebot. „Dann lass mich doch mal deine Pelze sehen. Mal sehen, ob wir handelseinig werden."

„Nur beste Ware! Meine Squaw hat sie hervorragend bearbeitet ... ich habe Biber, Otter, Bison, Fuchs, Waschbär und noch so Einiges!"

Manuel legte den Kopf schief. „Bison ist nicht so beliebt ... aber der Rest!"

Mit Kennerblick prüfte Lisa die Felle und machte schließlich dem Trapper ein gutes Angebot. Er wusste, wann man großzügig sein musste. Aber einen Mann an seiner Seite zu wissen, der die Gegend kannte, war ihm das wert. Außerdem hoffte er, so dessen Loyalität zu gewinnen.

Nach Tagen erreichten sie schließlich den Zusammenfluss der beiden Flüsse, die Kelly genannt hatte. Lisa war beeindruckt, denn der Ort sah tatsächlich vielversprechend aus. Es gab Stellen mit kiesigem Ufer, das für die Boote geeignet war, weiter südlich hatte der Missouri Sand angespült, sodass man dort zum Baden gehen konnte. Das Wasser war klar und frisch. Die Umgebung war nach Osten hin eher flach, mit weiten Grasflächen und Büschen. Am Westufer aber gab es Waldbestand. Dort konnte man Holz für das Fort und die Hütten schlagen oder im Winter das Brennholz holen. Manuel Lisa ließ am Westufer anlegen und verbrachte den Rest des Tages damit, die Umgebung in Augenschein zu nehmen. Auch die Trapper machten sich auf und berieten über einen geeigneten Lagerplatz. Lisa dagegen wollte mehr. Er sah die Gefahr, die von Norden drohen könnte, und überlegte, ob hier nicht ein geeigneter Ort für einen Posten wäre. Der Missouri war hier nicht breit, sodass man die Durchfahrt gut kontrollieren konnte. Eine Kanone genau in der richtigen Position – und niemand kam mehr durch! Außerdem konnte man von hier aus die Indianer befrieden. Er hatte nicht vor, die Ponca, Oto, Omaha oder Pawnee diesen hinterlistigen Briten zu überlassen.

„Männer!", rief er enthusiastisch. „Wir errichten hier ein Fort und sorgen dafür, dass niemand den Missouri hinunter bis nach St. Louis segelt. Was meint ihr?"

Johlendes Gebrüll antwortete ihm, und so war schnell beschlossen, hier für eine Weile einen Zwischenstopp einzulegen. Männer verschwanden mit Äxten bewaffnet im Wald, während andere damit begannen, einen Brunnen auszuheben. Im Falle einer Belagerung wäre das unabdingbar. Innerhalb kürzester Zeit entstanden Hütten, und auch die Palisaden standen bereits auf zwei Seiten. Zum Fluss hin hatten sie Schießscharten, durch die Kanonen auf den Fluss zielten.

Manuel Lisa war vorsichtig und ließ eine ständige Wachmannschaft an Bord der Schiffe. Er selbst machte sich in Begleitung einiger Männer auf den Weg, um den Häuptling der Omaha einen Besuch abzustatten. Das Dorf fand er nur einen Tagesritt entfernt. Häuptling Großer-Hirsch begrüßte ihn freundlich und war grundsätzlich bereit, mit Manuel Lisa Handel zu treiben. „Auch die Engländer waren schon hier", meinte er mit unschuldigem Augenaufschlag. „Aber sie hatten nicht viele Geschenke dabei!"

Manuel Lisa grinste fröhlich. „Wir schon! Denn wir wollen die Freundschaft mit den Omaha … so wie wir sie immer schon gepflegt haben."

„Ah … das habe ich gehofft!", freute sich Großer-Hirsch. Mit einer auffordernden Handbewegung bat er Lisa, ihm die Geschenke zu zeigen.

Manuel Lisa war klug genug gewesen, die Gier des Häuptlings vorherzusehen, und ließ daher großzügig Geschenke verteilen. Rum, Messer, Waffen und Stoffe wechselten den Besitzer, und Manuel Lisa bat um Erlaubnis, an der Mündung des Flachen -Flusses in den Missouri einen Handelsposten zu errichten. Er verschwieg, dass die Arbeiten bereits in vollem Gange waren.

Der Häuptling nickte gnädig und verlangte weitere Geschenke als Entschädigung. „Selbstverständlich!", beteuerte Manuel Lisa. „Die Amerikaner werden sehr großzügig sein, wenn Großer-Hirsch sich als wertvoller Verbündeter erweist. Ich bin gerne bereit, die Freundschaft weiter zu vertiefen!"

„Ah!" Der Häuptling war sichtlich beeindruckt. „Ein Bündnis zwischen uns ist eine gute Sache. Doch so ein Bündnis braucht ein Symbol der Freundschaft. Vielleicht eine Ehe zwischen den Verbündeten?"

Manuel Lisa wand sich ein bisschen vor Verlegenheit, denn er hatte ja schon eine Ehefrau.

Der Häuptling wunderte sich darüber. „Ist es bei den Weißen nicht üblich, mehrere Ehefrauen zu haben?"

„Nicht wirklich", versuchte Lisa sich aus der Affäre zu ziehen.

Der Häuptling ließ jedoch nicht locker. „Nun, ich habe eine junge Tochter. Eine Ehe mit einem so wichtigen Mann wäre von Vorteil für unser Volk. Vielleicht möchte Lisa es in Betracht ziehen?"

„Ich werde es mir überlegen!", versicherte Lisa mit einem Lächeln. „Ist sie denn hübsch?"

„Sehr hübsch!", bestätigte Großer-Hirsch mit einem Lächeln. „Du wirst sie sehen!"

„Schön, dann komm doch in den nächsten Tagen vorbei. Wir bauen unsere Häuser und werden dann mit dem Handel beginnen. Alle werden zufrieden sein!"

Manuel Lisa kehrte frohgemut zu seinen Männern zurück. Zumindest zu den Omaha würde es friedliche Beziehungen geben! Er war überrascht, wie weit der Bau des Postens inzwischen fortgeschritten war. Die Palisade war bereits fertiggestellt, und die

Männer hatten begonnen, einen großen Handelsraum zu bauen. Reuben Lewis war sichtlich stolz, als er Manuel Lisa die Fortschritte zeigen konnte. „Wir haben bereits einen Teil der Handelswaren ausgeladen. In zwei Tagen werden wir mit dem Handelsraum fertig sein, und dann sind wir gerüstet. Die Palisade steht und die weiteren Gebäude können wir in Ruhe errichten. Bis zum Herbst steht hier alles!"

„Gute Arbeit!", lobte Manuel Lisa. „Ich werde einen Teil der Männer als Besatzung hier lassen und dann in St. Louis weitere Männer anwerben. Die Omaha sind sehr friedlich und wir werden sehen, ob wir auch mit anderen Stämmen Handel treiben können."

„Die Lage ist günstig. Ich denke nicht, dass wir hier mit dem Wasserpegel Probleme haben werden."

„Und wie sieht es mit dem Brunnen aus?"

„Wir befestigen ihn bereits mit Steinen. Der trocknet dann nicht so schnell aus. Unterirdisch wird er vom Fluss gespeist."

„Sehr gut!" Manuel Lisa wippte kurz auf seinen Zehenspitzen auf und ab. Er war nicht sonderlich groß und sah das vielleicht als Makel. Fragend blickte er seinen zweiten Mann an. „Ich würde dich gern als Befehlshaber hierbehalten. Würdest du den Posten übernehmen?"

Reuben Lewis überlegte nicht lange. „Selbstverständlich. In Kriegszeiten müssen wir unsere Heimat verteidigen! Ich sorge dafür, dass von hier aus keine Gefahr für St. Louis entsteht!"

„Guter Mann!" Lisa klopfte Reuben gönnerhaft auf die Schultern. Manuel Lisa blieb noch eine Woche, um den Bau zu überwachen. Stolz taufte er den Posten Fort Lisa II. Dann ließ er genügend Waren und Munition zurück und brach mit dem Rest der Mannschaft auf. Einige wollten ihre Familien wiedersehen, andere hatten genug von der Wildnis und wollten endlich mal wieder ein warmes Bad genießen. Denn was nützt der Verdienst, wenn man ihn nicht ausgeben kann?

Auch Pierre wollte zurück nach St. Louis. Er hatte seine Frau schon mehr als ein Jahr lang nicht mehr gesehen. Shorty dagegen wollte mit seiner indianischen Ehefrau im Fort bleiben. „In St. Louis ist eh kein Platz für sie. Da bleibe ich lieber hier."

Pierre nickte voller Verständnis. Er hätte Cherry-Lady ebenfalls hiergelassen, aber sie hatte sich anders entschieden. Manchmal tat es noch weh, dass sie einfach so verschwunden war.

Auch Arnel wollte nach St. Louis mitkommen. „Wenn es Krieg gibt, dann stellen sie vielleicht eine Miliz auf. Da könnte ich mich doch anwerben lassen", vermutete er.

Pierre war ganz froh, dass wenigstens einer seiner Freunde ihn begleiten würde. Er fasste Arnel an die Schulter und grinste froh. Aber der Abschied von Shorty fiel ihm schwer. Sie fanden keine Worte, sondern drückten sich nur fest die Hände. „Macht es gut!", brummte Shorty mit belegter Stimme, als seine Freunde das Kielboot bestiegen.

„Auf bald!", grüßte Pierre zurück.

„Pass auf dich auf!", brüllte Arnel über das Wasser.

„Ihr auch! Lasst euch nicht von den Inyuns skalpieren!"

Von Fort Lisa II bis St. Louis brauchten sie immerhin immer noch zehn Tage. Die Fahrt verlief ereignislos, doch immer wieder kamen sie an den Kanus von Trappern vorbei, die ebenfalls nach Süden unterwegs waren. Manchmal schlug man abends ein gemeinsames Lager auf und tauschte Informationen und Vorräte aus. Einmal übernachteten sie in der Nähe eines Dorfes der Oto, und Lisa nutzte die Gelegenheit, auch dort Geschenke zu überreichen und sich der Loyalität der Indianer zu vergewissern.

In der Nähe von St. Louis stießen sie auf die ersten Siedlungen, die bereits in die Wildnis vorgedrungen waren. Die Siedler waren in heller Aufregung, und einige hatten ihren Besitz auf Karren verladen und zogen in Richtung St. Louis. Sie deuteten in Richtung der Kielboote und baten darum, dass die Frauen und Kinder in Sicherheit gebracht wurden. Manuel Lisa nahm sie an Bord, und es wurde eng auf den Booten. Anscheinend waren Farmen in der Nähe von den Sauk und Fox überfallen worden. Da war die Panik der Menschen natürlich verständlich.

Pierre dachte an seine Eltern und hoffte, dass auch sie sich in Sicherheit gebracht hatten. Louise würde vermutlich zu ihren Eltern in die Stadt ziehen, wenn es zu gefährlich wurde. Aber seine eigenen Eltern? Sein Vater war ein sturer Dickkopf, der sich vor nichts und niemandem fürchtete. Er atmete auf, als endlich die Dächer der Stadt in der Ferne auftauchten. Daheim. Endlich daheim!

Schon beim Näherkommen konnte er erkennen, dass die Palisaden befestigt worden waren. Zur Wasserseite hin standen Kanonen, die einen wehrhaften Eindruck vermittelten. St. Louis hatte sich gegen einen Angriff gewappnet. Als die Kielboote der Fur Company in Sicht kamen, gab es einen Auflauf an den Piers. Menschen strömten herbei, die auf Neuigkeiten warteten, andere aus Sensationslust. Mitarbeiter der Fur Company kamen herbei, die beim Vertäuen der Boote halfen. Erste Begrüßungsrufe wurden laut, als klar wurde, dass Manuel Lisa zurückgekehrt war.
Manuel Lisa überließ das Abladen seinen Männern und begab sich erst einmal zum Haus des Gouverneurs. Es war immerhin schon ein zweistöckiges Gebäude, das an einer breiten Straße stand. Ein großer Garten umgab das Anwesen, in dessen hinterem Teil ein Stall für die Pferde untergebracht war. Eine schwarze Bedienstete öffnete ihm und ließ ihn in einen Salon eintreten. William Clark begrüßte ihn enthusiastisch. „Mon ami, wie geht es Ihnen? Ich wollte Sie schon für verschollen erklären lassen!" Er lachte herzlich.
„Uh, keine Sorge! So schnell werden Sie mich nicht los! Wir hatten nur zu wenig Wasser unter dem Kiel und konnten im Herbst nicht weg."
„Huh? So schlimm?"
„Ja, die Trockenheit hat den Missouri in ein kleines Bächlein verwandelt … sogar die Bisons sind abgewandert!" Manuel Lisa setzte sich in den angebotenen Sessel und ließ sich einen Whiskey einschenken.
„Verluste?", fragte William Clark mit hochgezogenen Augenbrauen.
„Ja, zwei Voyageure sind bei einem Angriff umgekommen … ach ja, Sacajawea ist kurz vor Weihnachten gestorben. Leider! Das war sehr traurig. Sie hinterlässt eine kleine Tochter."
William Clark senkte traurig die Augen. „Dann muss ich es wohl dem kleinen Pomp sagen." Er seufzte tief. „Er vermisst seine

Mutter so sehr!" Die beiden schwiegen kurz, dann erkundigte sich Clark nach dem Baby.

Lisa wackelte mit dem Kopf hin und her. „War nicht leicht! Die Squaw hat versucht, sie mit Stutenmilch zu ernähren. Inzwischen isst die Kleine auch Brei ... da geht es leichter. Charbonneau hat sie Lisette getauft. Um ehrlich zu sein, ich denke nicht, dass er ein besonders guter Vater ist."

Clark warf ihm ein schiefes Grinsen zu. „Ich auch nicht. Ich werde mal mit ihm reden."

Manuel Lisa nahm einen weiteren Schluck und lächelte freundlich. „Und Sie sind jetzt Gouverneur vom Missouri-Territorium?"

„So ist es!", bestätigte Clark. „Und immer noch Miteigentümer der Firma ... aber ich glaube, dass wir das erst einmal auf Eis legen müssen, bis der Krieg gewonnen ist."

„Puh ... zumindest im Norden. Die Rotröcke haben ziemlich viele Stämme gegen uns aufgehetzt. Ich habe einen Posten südlich der Council Bluffs errichten lassen, damit dort niemand in Richtung St. Louis durchkommt. Die Kanonen dort kontrollieren die Durchfahrt. Außerdem bin ich mit Roter-Hirsch, dem Häuptling der Omaha, befreundet. Das hilft uns vielleicht."

Clark seufzte erleichtert. „Das sind richtig gute neue Neuigkeiten. Die ersten seit langem! Ich werde eine Expedition den Mississippi hochschicken, um dort die Schifffahrt zu den Großen Seen freizuhalten. Außerdem will ich verhindern, dass die Briten von dort aus zu uns durchstoßen."

Lisa kniff nachdenklich die Augen zusammen. „Das macht Sinn. Wenn die Rotröcke schon Detroit überrannt haben, dann ..." Er ließ den Satz unbeantwortet.

Clark nickte besorgt, dann unterbreitete er Lisa ein Angebot, das ihm auf der Seele brannte. „Sie sind zwar gerade erst wieder zurück, aber unter diesen Umständen ..." Er zögerte kurz und sah Lisa bittend an. „Ich muss St. Louis und das Missouri-Territorium verteidigen. Das ist keine leichte Aufgabe! Ich wollte Sie bitten, wieder den Missouri hoch zu ziehen und das Fort zu halten, das Sie erbaut haben. Ich würde Sie als Indianeragenten bezahlen und damit beauftragen, die dortigen Stämme aufzusuchen und als Verbündete zu gewinnen. Sie sagten ja, dass Sie gute

Beziehungen zu den Omaha haben … wie sieht es mit den Oto oder Pawnee aus?"

„Sehr gut!", bestätigte Lisa. „Ebenso zu den Ponca … ich könnte auch die südlichen Tituwan erreichen. Ich glaube, dass ihre Loyalität allein von Geschenken abhängt, die wir ihnen bringen …."

„Und die Sauk und Fox?"

Manuel Lisa zuckte mit den Schultern. „Ein Trapper erzählte mir, dass sie bereits das Kriegsbeil ausgegraben haben. Mit ihnen wird es schwieriger werden."

Clarks Lippen wurden schmal. „Na, dann werde ich mich wohl selbst um sie kümmern müssen, wenn ich den Mississippi hinauffahre." Er blickte Lisa abwartend an. „Und … wie sieht es aus?"

„Sehr gerne!" Lisa stand auf, und die beiden schüttelten sich die Hände.

Clark setzte sich hinter seinen Schreibtisch und zog ein Blatt hervor, um die Ernennung zu besiegeln. Lisa erhielt den Auftrag, die Stämme aufzusuchen, mit ihnen Handel zu treiben und sie auf die Seite der Amerikaner zu ziehen. Als Gehalt wurde die enorme Summe von über 580 Dollar ausgemacht. Die beiden verabredeten, dass Lisa innerhalb einer Woche wieder aufbrechen würde. Es war gerade genug Zeit, um die Kielboote mit neuen Waren zu beladen und dass Lisa kurz seine Frau besuchen konnte.

Unterdessen hatte Pierre DuMont pflichtbewusst beim Ausladen geholfen und sich dann seinen Lohn auszahlen lassen. Sein Vertrag war immer nur für eine Saison begrenzt, sodass er nun erst einmal zu seiner Familie wollte. Sein Verdienst war weit höher, als er ursprünglich vereinbart hatte, denn er hatte gezwungenermaßen einen weiteren Winter im Dienst der Company verbringen müssen. Er erkundigte sich nach den Farmen außerhalb von St. Louis und erhielt die Auskunft, dass bisher noch keine Fluchtbewegung eingesetzt hätte.

„Die Familien sind noch draußen", erzählte ihm ein älterer Mann, der ebenfalls im Dienst der Company stand. Er konnte lesen und schreiben und war somit für die Bücher und das Auszahlen der Löhne zuständig. „Hier habe ich nur friedliche Indianer gesehen

… und Säufer! Es ist eine Plage!" Der Mann schüttelte wenig erfreut den Kopf. „Wir sollten die gar nicht mehr in die Stadt lassen …!"

Pierre bedankte sich und begab sich zum Mietstall, um sich ein Pferd zu besorgen. Er verzichtete auf ein Bad oder frische Kleidung, sondern machte sich sogleich auf den Weg. Er war ein Voyageur, ein Hivernant, der sogar den ganzen Winter in einem Fort blieb, ein Guide und Experte … sollten seine Eltern das nur sehen. Er musste sich nicht mehr verstecken.

Als er nach Stunden endlich das Haus in der Ferne sah, klopfte ihm dann doch das Herz. Es sah so friedlich aus! Als wäre der Krieg nur eine Angelegenheit, die hier keinen Belang hatte. Menschen bewegten sich emsig hin und her, Tiere warteten auf Futter und auf der Veranda saß eine junge Frau in einem Schaukelstuhl. Ob es seine Frau war? Nun packte ihn doch die Sehnsucht. Ob sie sich verändert hatte? Er hatte diese unbeschwerte, fast noch kindliche Jugend bewundert. Langsam ritt er näher, und nun bereute er doch, dass er diese Wildledermontur angelassen hatte. Wie viel höflicher wäre es, vor ihr den Hut zu ziehen? Vorsichtig strich er sich über die unrasierten Bartstoppeln. Oje … und seine Haare waren auch nicht zu einem kleinen Zopf zusammengefasst. Er würde auf seine Familie wie ein Wilder wirken. Wann hatte er sich das letzte Mal richtig gewaschen? All diese Gedanken wirbelten in seinem Kopf herum, als er langsam auf die Veranda zuritt. Die Tür öffnete sich, und seine Mutter wirbelte ihm entgegen. „Pierre! Pierre!"

Pierre stieg etwas steifbeinig vom Pferd und umarmte seine Mutter, dann gab er ihr einen Kuss auf die Wange. „Maman! Wie geht es dir?"

„Oh du! Wo hast du denn gesteckt … und um Himmels willen … wie siehst du denn aus?" Sie lachte und weinte gleichzeitig, während sie ihn eine Armlänge auf Abstand hielt und ihn von oben bis unten musterte. Dann trat sie beiseite und gab den Blick auf Louise frei, die ebenso erstaunt aufgestanden war. Ihm blieb die Luft weg, denn mit dem, was er nun sah, hatte er nicht gerechnet. Da stand sie: süß und jung, mit den lieblichen Löckchen … und einem Baby im Arm.

„Mon dieu!", war alles, was er sagen konnte. Hatte sie ihn betrogen? Hatte sie nicht auf ihn gewartet? Aber warum lebte sie dann noch hier? Völlig verwirrt starrte er sie an, bis ihm auffiel, dass sie ihn voller Glück anstrahlte. „Oh!", murmelte er, heiser vor Verlegenheit.

„Nun schau nicht so!", kicherte Louise fröhlich. „Das ist dein Sohn! Er heißt Jean-Pierre. Gefällt er dir?" Ein klein bisschen wackelte ihre Stimme nun.

„Mon dieu!", wiederholte Pierre andächtig. „È merveilleux!" – Es ist wunderbar! Er blickte auf seinen Sohn und konnte es kaum glauben. Ein kleiner Junge – so perfekt und wunderschön. Seine Haut war hell, und er hatte dunkelbraune kleine Locken. „Jean-Pierre!", murmelte er andächtig. „Ich wusste nicht …", stammelte er verunsichert.

„Ich auch nicht", flüsterte Louise. „Ich merkte es erst, als du schon unterwegs warst. Ach, Pierre, wie schön, dass du wieder da bist. Wir haben uns solche Sorgen gemacht." Sie drückte ihm scheu einen Kuss auf die Wange, dann trat sie zurück und musterte ihn erstaunt. „Wie siehst du denn aus?"

Er lachte gut gelaunt. „Das ist meine Arbeitskleidung! Aber ich glaube, dass ich jetzt ein Bad vertragen könnte. Warm!"

Die Mutter schlug die Hände zusammen und rief nach Jules und dem anderen Personal. „Bereitet Master Pierre ein Bad zu, und legt ihm ordentliche Kleidung hin! Die schmutzigen Sachen verbrennt ihr lieber."

Pierre schüttelte vehement den Kopf. „Non, non … auf keinen Fall. Wir haben Krieg, und ich brauche die Sachen vielleicht. William Clark will eine Miliz aufstellen und St. Louis verteidigen. Da werde ich nicht untätig hier herumsitzen."

„Ach, Papperlapapp! Kaum bist du heimgekommen, redest du schon wieder von Krieg. Jetzt komm erst einmal herein! Dann werden wir weitersehen. Du hast deinen Sohn ja überhaupt noch nicht kennengelernt! So schnell taucht hier in St. Louis niemand auf …!" Die Mutter nahm ihn resolut unter den Arm und zog ihn ins Haus herein.

Jules kümmerte sich um das Pferd und sorgte auch dafür, dass Wasser für ein Bad erhitzt wurde. Mit spitzen Fingern ergriff er die Trapperkluft und erkundigte sich, was er damit tun sollte.

„Ausbürsten und aufhängen!", befahl Pierre streng. Dann ließ er sich mit einem Stöhnen in das warme Wasser sinken. Oh, tat das gut! Am Abend lag er zum ersten Mal seit einem Jahr wieder neben seiner Ehefrau. Jean-Pierre lag in einer Wiege neben dem Bett und lutschte am Daumen. Es war ungewohnt für Pierre, und es brachte unliebsame Erinnerungen zurück. Schon einmal hatte so ein kleines Wesen neben ihm geschlafen. „Ihr müsst nach St. Louis!", murmelte er müde. „Hier ist es zu gefährlich!"

„Wirklich?", fragte Louise angstvoll. „Deine Eltern sagten, dass uns hier nichts geschehen wird."

„Selbst wenn ... Mir ist es zu gefährlich ... Ich fühle mich besser, wenn ihr in St. Louis seid. Man kann nie wissen, was den Indianern einfällt. Die Sauk und Fox befinden sich bereits auf dem Kriegspfad ... und andere werden ihnen bestimmt folgen. Ich möchte euch in Sicherheit wissen!"

„Ja, aber ... bleibst du denn nicht?" Ihre Gesichtszüge waren in der Dunkelheit nicht zu sehen, und doch ahnte er, dass sie die Augen sorgenvoll aufgerissen hatte.

Er schluckte schwer, eher er ihr die Wahrheit sagte. „Wahrscheinlich nicht. Wenn William Clark eine Miliz aufstellt, werde ich mit ihm ziehen. Ich will nicht als Feigling dastehen. Wir müssen unsere Heimat verteidigen. Wir haben so hart für die Unabhängigkeit gekämpft ... fast so wie in Frankreich ... Wir müssen uns endgültig vom Joch der Briten befreien!"

„Ach, Pierre." Ihre Stimme klang traurig. „Ich war so lange allein ...!"

„Du hast doch jetzt Jean-Pierre", versuchte er sie zu trösten. „Ich komme ja zurück!"

„Wirklich?", fragte sie misstrauisch.

Er gab ihr einen Kuss auf die Stirn. „Aber sicher! Ich komme immer zurück! Irgendwann ist dieser Krieg vorbei, und dann haben wir Zeit füreinander. Wir treiben die Briten bis nach Upper Canada zurück, und dann haben wir unsere Ruhe!"

Sie lachte erleichtert und kuschelte sich an ihn. „So ist es!"

Verbündete

Sommer und Herbst am James-Fluss 1813

An der Spitze von über dreißig Kriegern machte sich Wambli-luta auf den Weg nach Osten. Er war noch etwas geschwächt, denn er hatte sein Gelübde erfüllt und erneut den Sonnentanz vollzogen. Die Wunden an seiner Brust waren noch mit Baststreifen umwickelt. Er ignorierte das Jucken und ging davon aus, dass die Wunden verheilt sein würden, wenn er die Yanktonai erreichte. Im Tross befanden sich auch einige Frauen und Kinder, unter ihnen Mato-wea und Anpao-win und ihre Kinder. Anpao-win war hochschwanger, und Ishta-hota wollte sie nicht so lange allein lassen. Die Yanktonai würden ebenso gut für sie sorgen wie die Mutter. Niemand wusste, wie lange sie unterwegs sein würden, und so richtete man sich auf eine längere Abwesenheit ein. Auch Krummes-Bein hatte seine Frau und seine zwei Söhne mitgenommen. Erdbeerfrau hatte ihm einen weiteren Sohn geschenkt, der nun schon einige Monde zählte und der fest in die Babytrage geschnürt am Sattelhorn hing. Hokshila-Wakpa saß hinter seiner Mutter und zappelte dort unternehmungslustig mit seinen Füßen. Er war noch zu klein für ein eigenes Pony, fühlte sich aber schon zu groß, um bei der Mutter zu sitzen. Die Reise war für ihn einfach zu langweilig! Den ganzen Tag auf dem Pferderücken zu sitzen und durch die Landschaft zu ziehen, war für einen kleinen Jungen wenig aufregend.

Wie versprochen hatte Wambli-luta auch Springender-Büffelstier, den Sohn von Thimahel-okile, als Pferdejungen mitgenommen. Der Junge platzte vor Stolz, weil er gerufen worden war, und kümmerte sich eifrig um seine Pflichten. Dabei ignorierte er all die kleinen Sticheleien der anderen Männer, die sich einen Spaß daraus machten, dem Knaben kleinere Streiche zu spielen. Es gehörte einfach dazu.

Die Männer frohlockten dem Ende der Reise entgegen. Sie wollten sich dem Dorf von Wakinyan-duta anschließen und mit anderen Verbündeten gegen die Amerikaner ziehen. Es war kein Raub- oder kleinerer Kriegszug, sondern die organisierte Verteidigung ihres Lebensraumes. Stolz trug Wambli-luta das Hemd, das für ihn angefertigt worden war. Der obere Teil war blau gefärbt – als Symbol für den Geist des Himmels – und der untere Teil gelb – für den Geist der Erde. Wertvolle Quillborten zierten die Vorder- und Rückseite. An den Ärmeln hingen die schwarzen Skalplocken, die jede Familie gespendet hatte, damit er stets daran erinnert wurde, dass er das Volk beschützen sollte. Im Haar hatte er die nach unten hängende Adlerfeder befestigt, und um den Hals hing sein Medizinbeutel mit dem Stein. Auch die anderen Männer trugen teils die Regalia ihres Kriegerbundes oder hatten sich für den Kriegszug herausgeputzt. Die Gruppe kam schnell voran, denn auch die Frauen saßen auf Pferden und konnten das Tempo gut halten. Sie führten zwar Packpferde mit, hatten aber keine Travois dabei, die sie aufgehalten hätten. Den willkommenen Gästen würden die Yanktonai Tipis zur Verfügung stellen. Ohne großes Gepäck war der Kriegstrupp beweglicher und schneller. Nach Tagen erreichten sie den Missouri und bauten zwei Rundboote, um ihre Sachen trocken auf die andere Seite zu bringen. Auch die Frauen und Kinder wurden trockenen Fußes übergesetzt. Die Krieger aber warfen sich wie die kleinen Kinder in das Wasser und schwammen zur anderen Seite. Auch die Pferde schwammen durch den Fluss, der teils so flach war, dass sie nur kurz schwimmen mussten und dann wieder sandigen Boden unter den Hufen hatten.

Nach Tagen erreichten sie den Itazipo-kaksa-Wakpa und trafen sich dort mit den Yanktonai. Ihre kleine Streitmacht wurde herzlich empfange,n und die Krieger verschwanden in den Zelten der Kriegerbünde. Die Frauen bekamen kleinere Zelte, in denen sie den Sommer verbringen würden. Mato-win und Anpao-win bezogen gemeinsam ein Zelt, um sich gegenseitig besser helfen zu können. Auch Erdbeerfrau blieb mit Wakpa-Hokshila an der Seite der beiden Frauen. Wakpa-Hokshila war sofort unterwegs, um nach neuen Freunden zu suchen. Krummes-Bein war stolz auf seinen Sohn, der mutig zu den anderen Kindern schritt und sie zum Spielen aufforderte. Erdbeerfrau kicherte und setzte sich dann zu Mato-win und Anpao-win. Hier würde es bald genug zu tun geben. Anpao-win stand kurz vor der Niederkunft und war dankbar für die Unterstützung. Ihr Kleid hatte sich über dem Bauch gespannt, und ihre Bewegungen waren schwerfällig geworden. Ihre Tochter Kanghi-win war inzwischen ein richtiges kleines Mädchen mit zwei kurzen Zöpfen, die rechts und links von den Ohren abstanden. Auch die Tochter von Mato-win war ein lebhaftes Kind, das gerne lachte und mit ihren lustigen Augen die Menschen erfreute. Die Mutter hatte ihre Locken in zwei Zöpfen gebändigt, doch an der Stirn hingen immer noch einige Locken über die Augen. Selbst mit Fett waren die Haare kaum glattzubekommen. Wambli-luta amüsierte sich darüber und nannte seine Tochter immer „Mniwamnuch'a" – Schnecke. Es wurde ein Spitzname, den inzwischen die ganze Familie verwendete. Abgesehen davon, dass sie ohnehin mit der Verwandtschaftsbezeichnung angeredet wurde: „Tochter" oder „Enkeltochter" oder „Nichte".

Die beiden Mädchen freuten sich auf das Geschwisterchen und tasteten manchmal nach den Bewegungen im Leib von Anpao-win. Noch verstanden sie nicht wirklich, dass dort ein Baby versteckt war. Hanhepi-win wollte auch ein Geschwisterchen und fragte ihre Mutter: „Ina auch ein Baby im Bauch?"

Mato-win schüttelte etwas traurig den Kopf. „Nein … wir müssen noch warten." Ihre Lippen wurden schmal, als sie überlegte, warum sie nicht schon wieder empfangen hatte. Natürlich war es gut, wenn sie ihre Aufmerksamkeit nur auf ein Kind richten musste, aber vielleicht war ihr Ehemann unzufrieden, weil sie ihm noch kein Kind geschenkt hatte? Er machte nie eine Bemerkung darüber, und so schien er es nicht eilig zu haben. Vielleicht war es gut so, denn so konnte sie Anpao-win helfen. Sie war noch jung und hatte Zeit.

Vorsichtig erkundeten die Frauen die neue Umgebung und fanden bald Freundinnen. Als Ehefrau des Hemdträgers war Matowea überall willkommen, und man machte ihr kleine Geschenke oder verwöhnte das Mädchen. Anpao-win kam ebenfalls in den Vorzug dieser Aufmerksamkeiten. Frauen strichen ihr wohlwollend über den Leib und erkundigten sich, wann denn das Baby käme. Eine heilkundige Frau bot ihre Hilfe an, wenn es so weit war, und die Frauen waren dankbar über diese freundliche Geste. Anpao-win hatte die erste Geburt nicht vergessen und fürchtete sich ein wenig vor der Niederkunft. Die ältere Frau lachte und meinte mit einem Zwinkern: „So wie sie hinein sind, müssen sie auch wieder heraus."

Oh, das war wirklich sehr hilfreich! Immerhin wurde für die Geburt ein kleines Zelt hergerichtet, in das Anpao-win gehen konnte, wenn die Zeit nahte. Zwei Pfosten waren bereits in die Erde gerammt worden, an denen sie sich festhalten konnte, wenn die Presswehen einsetzten. Es beruhigte Anpao-win, dass auch hier, in der Ferne, alles seinen Lauf nehmen würde. Sie war froh, dass sie mitgereist war, denn sie wollte Ishta-hota so gern das Neugeborene zeigen. Es würde ganz sein Kind sein! Manchmal dachte Anpao-win an Dachbitche-hisshi, der längst zu den Ahnen gegangen war. Seine Tochter war bei der Mutter und der Großmutter geblieben, und sie vermisste das Mädchen. Irgendwie war es seltsam, dass die beiden einzigen Töchter dieses Kriegers nun bei den Feinden aufwuchsen. Sommerregen war alt genug, sich an ihre Herkunft zu erinnern, aber Kanghi-win würde nie erfahren, wer ihr leiblicher Vater war, denn Ishta-hota war jetzt ihr Vater. Sie fühlte keine Trauer, denn sie hatte Dachbitche-hisshi nicht geliebt. Sie war seine Gefangene gewesen, und mehr nicht. Aber um Sommerregen tat es ihr leid, denn sie hatte den Vater gerngehabt. Gebrochene-Lanze konnte diese Lücke nicht füllen. Zudem hatte das Kind miterleben müssen, wie die Mutter getötet worden war – und so war sie sehr still und zurückhaltend geworden. Sie blieb meist bei Mutter und Großmutter oder spielte scheu mit einigen Freundinnen, aber ihre Fröhlichkeit kehrte nicht zurück. Anpao-win seufzte kurz und kehrte in das Hier und Jetzt zurück. Das Kind war fern, und sie durfte sich nicht mit traurigen Gedanken quälen. Ihre ganze Aufmerksamkeit galt diesem neuen Leben in ihrem Leib. Sie lächelte versonnen, als sie an ihr Baby dachte. Würde es ein Junge oder ein Mädchen werden? Sie hoffte nichts, denn sie wollte das winzige Wesen nicht verärgern.

Das Baby wurde einige Tage später geboren: Es war ein kräftiger Junge, der lauthals die Welt begrüßte und dann mit dunklen

Augen seine Mutter anschaute. Die Geburt war leicht und ohne Komplikationen verlaufen, sodass Anpao-win schnell wieder zu Kräften kam. Sie strahlte, als sie Ishta-hota seinen Sohn präsentierte. Der junge Mann nahm das Baby unbeholfen in die Arme und fühlte den Stolz in der Brust. Es war gut, einen Sohn zu haben! Noch wählte er keinen Namen, denn er wollte diesen in einer kleinen Zeremonie verkünden. Er ließ das Kind bei der Mutter, die in Begleitung von Mato-win und Erdbeerfrau wieder in ihrem Tipi verschwand.

Die Krieger hatten indessen Wichtigeres zu tun: Abordnungen von weiteren Verbündeten trafen ein, und die Krieger lernten zum ersten Mal Männer der Ho-Chunk und Menominee kennen. Besonders die Menominee hatten es ihnen angetan, denn selten hatten sie so lustige Menschen getroffen. Nachdem sie keinen Kontakt zu ihnen hatten, waren die Beziehungen auch nicht vorbelastet. Staunend betrachteten die Krieger das bunte Aussehen der Ankömmlinge, die fast ausschließlich Kleidung aus Tuch trugen. Bunte Hemden, Leggins aus Wollstoff, bunte Turbane auf dem Kopf oder sonstiger farbenfroher Federschmuck. Nur an den Füßen trugen sie Mokassins aus Leder, die jedoch im Stil der Waldlandindianer gefertigt waren. Unter den Knien wurden die Leggins zusätzlich durch ein ebenso buntes Band gehalten. Die Menominee erschienen in Begleitung von britischen Soldaten, die ihre typischen roten Jacken und ihre weißen Hosen trugen. Sie führten Packpferde mit, die mit Geschenken beladen waren. Ihnen hatten sich einige Händler angeschlossen, denen Plätze am Rande des Dorfes zugewiesen wurden. Neugierig näherten sich die Frauen und schauten sich an, was die Händler auf ihren Decken ausbreiteten. Die Männer hielten noch Abstand und gaben sich so, als interessiere sie das alles nicht.

Mato-win zögerte, als sie einen der Männer wiedererkannte: Scott! Der Mann, der sie angegriffen hatte und der von den Weißen verbannt worden war! An seiner Seite hockte eine junge Indianerin, die einen verhärmten Eindruck vermittelte. Ihr Gesicht war von Blutergüssen entstellt, die darauf schließen ließen, dass der Mann sie schlug. Mato-win senkte den Blick und zog die

Decke fester um ihren Leib. Hoffentlich wurde sie nicht erkannt! Sie blieb hinter den anderen Frauen stehen, die sich neugierig über die Waren beugten. Sie war erleichtert, als Scott keine Notiz von ihr nahm. Mato-win trug längst die Kleidung der Lakota und hatte ihre Haare in Zöpfe gelegt, so wie es hier üblich war. Im Fort hatte sie die Haare offen getragen. Anscheinend veränderte das ihr Gesicht dermaßen, dass er sie nicht erkannte – oder sie nie wirklich wahrgenommen hatte, außer dass er sich an ihr hatte befriedigen wollen. Hanhepi-win zog an ihrer Hand, und langsam trat Mato-win den Rückzug an. Unauffällig stellte sie sich zu einem anderen Händler, der sie freundlich anlächelte. Erdbeerfrau und Anpao-win folgten ihr mit den Kindern. „Was ist los?", erkundigte sich Anpao-win, die den Stimmungswechsel bei ihrer Schwägerin bemerkt hatte.

„Nichts!", wehrte Mato-win ab. „Dieser eine Mann ist mir aus einem Fort bekannt, in dem ich früher lebte."

„Als du bei den Weißen warst?"

„Ja!" Sie wollte nichts weiter darüber erzählen. „Er ist ein schlechter Mann!", sagte sie verächtlich. „Wir sollten bei ihm nichts tauschen." Sie kniete nieder, um mit der Hand über einen schönen Stoff zu streichen, der dort auf der Decke lag.

„Schön, nicht wahr?", fragte der Mann auf Englisch.

Mato-win zuckte zusammen, denn sie hatte diese Sprache schon lange nicht mehr gehört.

In gebrochenem Lakota versuchte der Händler seine Waren anzupreisen. „Lila washté! Conala wacin!"– Sehr schön! Es kostet nur wenig."

„Wie viel?", fragte Mato-win auf Englisch. Zum ersten Mal kamen ihr die Sprachkenntnisse zugute.

„Hui, du sprichst Ingles?", fragte der Händler verblüfft.

„Ja!", bestätigte Mato-win ruhig.

Dann feilschte sie mit dem Mann um den Preis. Sie wusste aus dem Fort, wie viel Menard für diese Dinge verlangt hatte, aber dieser Händler verlangte mindestens das Doppelte. Flüsternd wandte sie sich an die anderen Frauen und wies sie darauf hin, dass die Händler keinen guten Tausch anboten. Sofort wurden die Mienen der Frauen finster, und sie wandten sich von den

Händlern ab. Einige schlugen demonstrativ die Decken über Schultern und Köpfe, um ihren Unmut auszudrücken.

„Was ist denn los?", fragte ein anderer Händler.

Mato-win wollte keine Aufmerksamkeit erregen, aber es war zu spät. Die Frauen schoben sie vor, und sie übersetzte, dass der Mann keinen guten Tausch anbot.

Der Mann staunte zwar, dass sie Englisch beherrschte, sah aber wohl seinen Profit gefährdet. „Aha, und woher weißt du das?"

Mato-win machte eine unwillige Handbewegung. „Weil Menard es so gesagt hat. Ich weiß, was Biberpelze und Stickereien wert sind."

„Oh, du kennst Colonel Menard?", fragte der Mann verblüfft. „Der von der Missouri Fur Company?"

„Ja, ich kenne ihn", bestätigte Mato-win.

„Hör mal, Schätzchen, wir sind von der Hudson's Bay, und wir haben unsere eigenen Preise. Wir haben einen weiten Weg hinter uns, und da wird alles ein bisschen teurer. Verstehst du?" Der Händler sah sie mit schlauen Schweinsaugen an. Sein Gesicht hatte sich vor Aufregung leicht gerötet.

Mato-win ließ das kalt. Sie stand einfach nur da, senkte den Blick auf ihre Mokassins und strafte ihn mit Missachtung. Es war nicht an ihr, mit diesem Mann zu streiten. Außerdem sah sie, wie dieser Scott Interesse an der Auseinandersetzung fand und sich langsam näherte.

Wortlos drehte sie sich um, nahm Hanhepi-win an der Hand und verließ den Handelsplatz. Erdbeerfrau und Anpao-win folgten ihr verblüfft, dann drehten sich auch die anderen Frauen um und ließen den Händler einfach stehen. „Das ist doch …!", schrie dieser ihnen hinterher.

Ein Rotrock näherte sich und erkundigte sich, was denn vorgefallen sei.

„Eine Squaw versaut uns hier das Geschäft!", beschwerte sich der Händler. „Sie sagt, dass meine Waren zu teuer seien."

„Aha … und woher will sie das wissen?"

„Sie sagt, dass sie Menard, diesen Gangster von der Fur Company, kennt. Die machen mit ihren billigen Preisen den ganzen Markt kaputt!"

Der Rotrock wackelte nachdenklich mit dem Kopf hin und her. „Im Moment sollten wir lieber großzügig sein. Wir wollen nicht als schlechte Verbündete dastehen, verstehst du? Vielleicht bietest du bessere Preise … Wer war überhaupt diese Frau?"

„Keine Ahnung … so eine junge Squaw!"

„Und sie sprach Englisch?"

„Allerdings!"

Der Rotrock kratzte sich am Nacken und schüttelte erneut den Kopf. „Das kann uns schaden! Wir müssen besser aufpassen, was wir sagen oder tun! Wir brauchen die Dakota als Verbündete. Wenn wir eine Offensive starten, haben wir hier zu wenig Soldaten."

Am nächsten Morgen hatte sich die Lage beruhigt. Die Händler waren schlau genug, den Frauen großzügige Geschenke zu geben und die Waren nun für weniger Felle anzubieten. Auch die Rotröcke verteilten Waffen und Munition an die Verbündeten und halfen mit Lebensmitteln aus. Insgesamt gestaltete sich dies für die verbündeten Stämme zu deren Zufriedenheit. Sie fühlten sich überlegen und bereits als Sieger. Abends wurden große Reden geschwungen, und die Lakota und ihre Verbündeten lauschten den Prahlereien der Briten. Am meisten bewunderten sie die Geschichten um Tecumseh und wie er die Stämme gegen die Amerikaner führte. Das war eine gute Sache!

Die Briten verschwiegen, dass die Amerikaner immerhin York am Ontariosee überrannt hatten und auch sonst schon viele Siege errungen hatten. Unter anderem hatten sie die gesamte Flotte der Briten im Eriesee in ihre Hände gebracht. Stattdessen erzählten sie, wie fruchtbar der Handel mit ihnen war und wie lange ihre Freundschaft schon bestand. Die Krieger saßen im Kreis und waren beeindruckt von den Worten. Trotzdem wollten sie wissen, was die Rotröcke beabsichtigten. Der Colonel, der von ihnen Rothaar genannt wurde, streckte sich. „Hoh … wir haben Fort Madison am Mississippi erobert … von dort ist es nur noch ein Katzensprung bis St. Louis. Wenn wir weiterhin siegen, dann verjagen wir die Amerikaner aus diesem Gebiet. Dann treiben wir wieder Handel mit all den Stämmen wie bisher."

Den Verbündeten gefielen die Worte. Sie wollten alle Amerikaner westlich der Großen Seen vertreiben. Sie ließen sich von den Worten einlullen und glaubten ihm. Er hatte die Schwester des Häuptlings Wakinyan-duta geheiratet und galt somit als Verwandter.

„Wir müssen bis zum Großen Fluss, dem Mississippi, denn dort kontrollieren wir den Handel. Die Amerikaner werden sicherlich Truppen schicken, um den Wasserweg zurückzuerobern. Dort brauchen wir eure Hilfe!"

„Ein weiter Weg!", wandte Wakinyan-duta ein. „Wer sorgt für unsere Verpflegung?"

Rothaar machte eine großartige Geste. „Natürlich wir! Für die Krieger, die mit uns ziehen."

Beifälliges Gemurmel war zu hören. Sein Angebot hörte sich gut an. Es klang nach Ruhm und großen Siegen.

Doch zunächst nutzten die Indianer die Zeit für harmlose Wettspiele. Selten waren sich Stämme wie die Dakota, Ho-Chunk oder Menominee so nahe gewesen. Fast täglich fanden Pferderennen statt, von denen sich die Menominee jedoch vornehm zurückhielten. Sie konnten zwar reiten, waren aber nicht auf dem Pferderücken geboren wie die Lakota. Ihre Wege waren die Wasserwege, die sie mit dem Kanu befuhren. Im Wald kamen Pferde schlecht vorwärts. Dafür forderten sie die Verbündeten zu einem Lacrosse-Spiel heraus. Sie nannten es „Kleiner Bruder des Krieges". Die Lakota und Dakota waren sofort begeistert. Das würde ein denkwürdiger Kampf werden! Sofort bildeten sich Mannschaften aus Lakota und Dakota, die gegen die Männer der Menominee und Ho-Chunk spielen wollten. Sie wollten damit den Geistern zeigen, dass sie würdig und bereit waren, in den Krieg zu ziehen. Außerdem konnte man unauffällig die Kampfkraft der Anderen testen. Die Menominee spielten es, um zu zeigen, dass auch sie mutig waren, und um dem Schöpfer zu gefallen. Sie erhofften sich seinen Schutz und dass sie unversehrt heimkehren würden.

Das Spiel wurde begleitet von vielen Zeremonien. Die Männer besuchten Schwitzhütten, erflehten den Schutz der Geister und hielten sich an die Tabus. Ein Medizinmann bestimmte, was sie essen durften und was nicht, welche Farben sie anlegen durften und wo der beste Platz für das Spiel sei. Er wählte das flache Ufer des Flusses, das ein geeignetes Spielfeld war. An beiden Enden wurden die Tore errichtet: Zwei Stangen, die im Abstand von einem großen Schritt errichtet wurden und die oben noch mit einer Querstange verbunden waren. Nach unten war auch eine Begrenzung durch Federbüschel angegeben, Wenn der Ball hier hindurch flog, war ein Tor erzielt. Viele Männer hatten keine Schläger, und so waren sie damit beschäftigt, solche zu bauen. Sie wählten hochgeschossene Bäume, aus denen sie den Schläger hieben und glatt schleiften. Es war zu wenig Zeit, um das Ende des Schlägers unter Dampf zu biegen, und so befestigten sie einfach am Ende einen Ring mit einem Netz, in dem sie den Ball fangen konnten. Einige hatten auch ihre Schläger dabei und ließen sie vom Medizinmann weihen.

Am Abend vor dem Spiel versammelten sich die Menschen, um die Geister anzuflehen. Die Frauen standen beisammen und sangen in hoher Tonlage, während die Männer sich schon in ihrer Kampfausrüstung um eines der Tore versammelt hatten. Sie waren nackt bis auf den Lendenschurz. Dazu trugen sie Gürtel, an denen hinten ein Bustle aus Federn befestigt war. Auf dem Kopf trugen sie ebenfalls Federschmuck. Ihre Oberkörper waren bemalt, oftmals auch die Beine. Mit erhobenen Schlägern tanzten sie federnd und wippend um das Tor, während einige Männer Handtrommeln schlugen und ihre Lieder anstimmten.
Die Stimmung war gelöst, denn hier sollte kein Disput ausgetragen werden, sondern es handelte sich um ein Freundschaftsspiel. An einem Feuer saßen Häuptlinge und Medizinmänner und handelten die Regeln aus. Sie einigten sich darauf, dass jeder Spieler einen Pfand mitbringen sollte, der auf Decken ausgebreitet wurde. Die Frauen sollten darüber wachen und die Gegenstände der siegreichen Mannschaft aushändigen. Dann wurde bestimmt, dass das Spiel den ganzen Tag von Sonnenauf- bis Sonnenuntergang dauern sollte. Sieger wäre, wer als Erster zwanzig Punkte erzielt hatte. Ein Schiedsrichter wurde bestimmt, der die jeweili-

gen Punkte anhand von Würfelsteinen zählen sollte, die er in die jeweilige Schale fallen ließ.

Die Menschen fieberten vor Vorfreude, und auch die Kinder konnten in dieser Nacht erst spät einschlafen.

Der Morgen brach an, und die Spieler nahmen ein kräftiges Mahl ein. Frauen stellten am Rand der Spielfläche, die bestimmt über zwei Pfeilschüsse reichte, Wasser in Schalen oder Kalebassen zur Verfügung. In der Nähe war zwar der Fluss, aber die Männer würden keine Zeit verlieren wollen, indem sie dort zum Trinken hingingen.

Wieder wurde gebetet, und die Mannschaften versammelten sich in ihren Teams, um sich gegenseitig Mut zuzusprechen. Erste Kriegsschreie waren zu hören. Dann brachen die zwei Kreise auf, und die Mannschaften schwärmten aus. Erkennbar waren sie nur an den unterschiedlichen Armbändern, die sie trugen. Die Idee hatten sie von dem britischen Colonel aufgegriffen, der großzügig zwei verschiedenfarbige Stoffe zur Verfügung gestellt hatte. Frauen hatten noch in der Nacht die Bänder geschnitten, die jetzt von den Kriegern am Oberarm getragen wurden. Es war neu und galt als gutes Omen.

Wakinyan-duta hatte als Gastgeber die Ehre, den ledernen Ball hochzuwerfen. Kurz war es still, als alle wie gebannt auf seine Faust starrte. Dann holte der Häuptling aus und warf den Ball mit aller Kraft in den Himmel. Er setzte zurück, denn sofort brach ein wahrer Tumult um die Oberherrschaft aus, weil jeder als erster den Ball erwischen wollte. Es gab keine Regeln, außer dass man den Ball nicht mit der Hand berühren durfte.

Wambli-luta erwischte den Ball mit seinem Schläger, drehte sich um, als er sofort von zwei Ho-Chunk attackiert wurde, und schleuderte ihn zu Krummes-Bein. Der Ball fiel zu Boden, weil Krummes-Bein nicht geübt darin war, den Ball mit dem kleinen Netzteil zu fangen. Sofort hatte sich ein Menominee-Krieger den Ball geschnappt und einem Freund zugeworfen, der weiter weg stand. Geschickt fing der Mann ihn auf und spurtete in Richtung seines Tores. Einige der Yanktonai versperrten ihm den Weg, doch der ließ den Ball quer über das Feld zu einem anderen Spieler fliegen. Wieder wurde der Ball gefangen, und der Krieger rannte auf das Tor zu. Mit einer drehenden Bewegung schleuderte er den Ball durch das Ziel. Tor! Der erste Punkt war erzielt. Am Rande des Spielfeldes jubelten die Zuschauer, auch wenn das Tor von den Gästen erzielt worden war. Allein die Spannung zählte. Wambli-luta kniff angespannt die Augen zusammen. Dass die Gäste den ersten Punkt erzielt hatten, wurmte ihn. Die Spieler wogten hin und her und kämpften mit vollem Körpereinsatz, wobei niemand besonders rücksichtsvoll war. Manchmal wurde im Eifer des Gefechts ein Mann von einem der Schläger getroffen. Wenn die Wunde blutete, wurde sie am Feldrand versorgt. Bisher musste jedoch noch kein Spieler wegen schwererer Verletzungen ausscheiden. Die Mannschaft der verbündeten Menominee und Ho-Chunk lag punktemäßig vorne, sodass die Lakota und Yanktonai noch verbissener kämpften. Aber es nützte nichts, die Gegner zeigten eine unglaubliche Geschicklichkeit mit ihren Schlägern. Wenn sie erst einmal den Ball erwischt hatten, dann war es fast nicht möglich, ihn wieder zurückzuerobern. Auch das Zuspiel klappte perfekt, sodass die Mannschaft der Gäste schließlich überragend und verdient gewann. Wambli-luta empfand neuen Respekt gegenüber den Menominee. Im Ernstfall würden sie ebenbürtige Kämpfer sein. Er rieb sich grinsend einige blaue Flecken, die er sich im Kampf mit ihnen zugezogen hatte. Wichtig war nicht, wer gewonnen oder verloren hatte, sondern dass alle vollen Einsatz gezeigt hatten, um dem Schöpfer zu gefallen. Er hatte jedenfalls sein Bestes gegeben. Zum Abschluss wurden Lieder gesungen, und man reichte der gegnerischen Mannschaft die Hand oder schlug ihnen freundschaftlich auf die Schulter. Dieser Körperkontakt war wichtig, denn er sollte zeigen, dass man keinen Groll gegeneinander hegte.

Das Spiel wurde am Abend mit einem riesigen Festessen gefeiert, bei dem die müden Kämpfer sich die Bäuche vollschlugen. Anschließend erhielt die siegreiche Mannschaft die Geschenke. Stolz rückten die Menominee und Ho-Chunk ab und prahlten untereinander mit ihrem Sieg. Dann rückten die Verbündeten ab: Die Rotröcke wollten ins Fort Mackinac zurückkehren und von dort aus die Amerikaner in Schach halten. Vor ihnen lag ein weiter Weg, denn allein die Reise bis zum Huronen-See würde über 20 Tage dauern. Die Ho-Chunk und Menominee waren froh, wieder in Richtung ihrer Heimat zu kommen, doch die Lakota und Yanktonai waren davon nicht so begeistert. Die Großen Seen waren das Gebiet von vielen Feinden, wie zum Beispiel die Anishinabe oder Cree. Der Colonel verstand diese Sorgen und schlug vor, dass sie erst im Frühjahr kommen sollten. Bis dahin wäre auch die Verstärkung im Fort eingetroffen, und man könne eine Offensive planen.

Die Lakota und Yanktonai waren enttäuscht, denn sie wollten ruhmreich heimkehren. Bisher war überhaupt nichts passiert. Sie konnten weder tapfere Taten noch Kriegsbeute nachweisen. Nachdem die Versorgung nicht gut war, entschloss sich Wambli-luta zur Rückkehr.

„Wir sollten den Winter über bei unseren Familien bleiben", schlug er vor. „Im Frühjahr werden wir sehen, ob die Rotröcke wirklich gegen die Langmesser ziehen."

Ishta-hota war begeistert. „Meine Eltern werden sich freuen, meinen Sohn zu sehen! Außerdem habe ich Hunger nach Bisonfleisch." Er klopfte sich theatralisch auf den Bauch.

Wambli-luta lachte. „Ich auch. Ich wundere mich, warum unsere Freunde mit den großen Hufen hier verschwunden sind." Allen war aufgefallen, dass das Wild in dieser Gegend merklich zurückgegangen war.

„Zu trocken!", bemerkte Krummes-Bein. „Es hat all die Zeit nicht geregnet. Selbst unsere Pferde finden kaum Gras."

„Ja!" Wambli-luta schloss sinnend die Lippen. „Wir werden im Frühjahr wieder herkommen. Das ist eine weise Entscheidung."

Ishta-hota beugte sich unternehmungslustig nach vorne. „Vielleicht finden wir auf dem großen Schlammfluss noch Boote, die wir überfallen können?"

Krummes-Bein grinste. „Oder wir statten einem Miwatanidorf einen Besuch ab."

Wambli-luta wackelte mit dem Kopf hin und her. „Wir haben Frauen und Kinder dabei. Das dürfen wir nicht vergessen. Unsere Aufgabe ist der Kampf gegen die Langmesser. Wir sollten die Geister nicht herausfordern."

Ishta-hota senkte den Blick. „Du hast recht", gab er nach. „Beute ist nicht so wichtig."

„Nein … und wir haben viel zu erzählen. Allein unsere Begegnung mit diesen Menominee …" Er kicherte erheitert.

Die Reise zurück zu ihrem Dorf verlief ohne große Probleme. Unterwegs stießen sie manchmal auf Wild, das sie dankbar jagten. Die Frauen bereiteten es in einem eisernen Topf zu, den sie erhalten hatten. Es war sehr praktisch, weil man den Topf direkt über das Feuer hängen konnte.

Auf dem Rückweg begegneten sie einem Jagdtrupp der Arikara und fielen sofort über die Feinde her, während die Frauen und Kinder in einer Senke auf die Rückkehr der Männer warteten. Zu diesem Zeitpunkt hatten sie den Großen Schlammfluss schon überschritten und fühlten sich sicher. Diese Ree mitten auf den Plains zu finden, anstatt in der Sicherheit ihrer Dörfer, war eine zu große Versuchung für die Krieger. Sie waren zu einem Kriegszug aufgebrochen, und nun würden sie mit ruhmreichen Taten zurückkehren. Ihr Kriegsschrei hallte den Feinden entgegen, die ihr Heil in der Flucht suchten. Travois, beladen mit Fleisch und Fellen, wurden einfach liegen gelassen und die Arikara galoppierten auf ihren Pferden davon – unter ihnen auch einige Frauen. Ohne die Schleppgerüste waren sie schnell, und die Lakota brachen nach einer kurzen Jagd die Verfolgung ab, weil es einfach zu komisch war, wie schnell die Feinde verschwunden waren. Wambli-luta schlug sich lachend auf die Schenkel und rief spöttische Worte. „Hoh, unsere Feinde sind so schnell, dass wir nur noch den Staub in der Ferne sehen. Unser Anblick hat sie so erschreckt, dass sie schneller galoppieren, als ein Vogel fliegen kann. Wenn sie immer so feige sind, dann müssen wir uns in Zukunft nur noch zeigen, um sie in die Flucht zu schlagen. Lasst uns sehen, was sie dagelassen haben!"

Er führte die Männer zurück zu der Stelle, wo die Arikara mit fliegenden Händen die Travois von den Pferden losgebunden hatten. Sie waren schwer mit Fellen und Bisonfleisch beladen. Eine willkommene Beute! Krummes-Bein ritt zurück zu den Frauen und führte sie an den Ort des schnellen Sieges. Die Schleppgerüste wurden an die eigenen Packpferde gebunden, und wesentlich langsamer ging es nun in Richtung ihres Dorfes. Springender-Büffelstier war stolz, denn er war ebenso an dem kleinen Raubzug beteiligt wie die anderen. Seine Aufgaben hatten sich erweitert: Er trieb nicht nur die Ersatzpferde, sondern wachte über die Beute. Auch er hatte beim Angriff Pfeile verschossen, und dies war wohlwollend bemerkt worden. Der Junge galt als tapfer und pflichtbewusst. Wambli-luta schickte Späher los, denn er befürchtete, dass die Ree mit Verstärkung zurückkamen. Mit seinen Lippen deutete er an, dass auch Springender-Büffelstier die Späher begleiten durfte. Es war eine Ehre für den Knaben.

Nach Tagen wurden sie sorgloser. Alle freuten sich auf ihre Familien und einen ruhigen Winter. Als sie endlich ihr Dorf erreichten, wurden sie mit großem Jubel empfangen. Wohlwollend wurde die Beute begutachtet und anschließend an bedürftige Familien verteilt. Nach Gebeten und Zeremonien verabschiedeten sich die Krieger, um zu ihren Dörfern zurückzukehren. Sie würden im Frühjahr wiederkommen, wenn der Hemdträger nach ihnen rief.

Louise

Herbst und Winter 1813/14

Die nächsten Wochen verbrachte Pierre im Kreise seiner Familie. Es war manchmal unwirklich und so ganz anders als sein Leben bei den Trappern. Aufstehen, waschen, frühstücken, plaudern … dann wieder essen …. Er hatte sich rasiert und die Haare schneiden lassen, sodass er zehn Jahre jünger wirkte. Die Familie hatte seine Rückkehr mit einem Fest gefeiert, bei dem er die Komplimente stoisch über sich ergehen hatte lassen. So viel zu erzählen hatte er nicht. Trotzdem hingen die Leute an seinen Lippen, wenn er von seinen Abenteuern berichtete. Besonders Louise wollte immer mehr wissen und befragte ihn zu den verschiedenen Indianerstämmen, denen er begegnet war. Sie fand es romantisch. Mit Federn geschmückte Krieger, die auf stolzen Pferden ritten.

„Wenn sie gegen dich kämpfen, ist das überhaupt nicht romantisch!", bemerkte er mit einem Lächeln.

„Oh, du! Nun mach mir doch mein Bild nicht kaputt. Sonst habe ich so viel Angst, dass ich dich nicht mehr fortlasse."

„Na gut … stolze Reiter auf stolzen Pferden", gab er nach. Er konnte ihr ohnehin nicht widersprechen. Er malte ihr kleine Skizzen, um ihr die Unterschiede zwischen den Stämmen zu erklären. „Siehst du … Die Blackfeet haben Hauben, bei denen die Federn senkrecht nach oben stehen. Dadurch wirken sie viel größer und furchteinflößender. Und die Männer der Apsalooke verlängern sich künstlich ihr Haar mit Pferdehaar. Fast wie eine Perücke. Ihr Häuptling hatte Haare, die bis zum Boden hingen."

Louise lachte hell. „Aber warum würden sie so etwas tun?"

„Weil sie eitel sind?", überlegte Pierre. Er hatte sich bisher über diese Sitte keine Gedanken gemacht. „Jedenfalls putzen sich die Männer wesentlich mehr heraus als die Frauen."

„Wirklich?", wunderte sich Louise. „Was ziehen denn die Frauen an?"

„Die meisten tragen lange Kleider mit Fransen. Manche sind mit Hirschzähnen verziert, andere werden mit Glasperlen bestickt. Das sieht sehr hübsch aus. Auch breite Gürtel sind beliebt."

„Tragen sie denn Schmuck?"

Pierre kicherte über die Neugier seiner Frau. „Wenn sie Feste feiern, tragen sie Ketten aus Knochen, Perlen und Leder, die bis zum Boden reichen. Sie bemalen sich ihre Wangen mit roter Farbe und finden das sehr hübsch. Viele haben blaue Tattoos am Kinn, denn sie glauben, dass sie damit in die nächste Welt ziehen dürfen. Es gibt auch Armreifen, die sie von den Händlern eintauschen oder Perlenketten."

„Schmücken sie sich denn auch mit Federn?" Louise war wie gebannt.

„Puh … da habe ich nicht so drauf geachtet. Ich glaube nicht. Sie haben entweder Zöpfe oder tragen die Haare offen. Außer wenn sie in Trauer sind, dann schneiden sie sich die Haare ab."

„Sie schneiden sich die Haare ab? Ja, aber warum denn?"

„Sie glauben, dass die Seele in den Haaren steckt. Indem sie die Haare abschneiden, geht ein Teil ihrer Seele mit dem Verstorbenen mit – oder so ähnlich."

Louise kuschelte sich an ihn, und er umarmte sie zärtlich. Mit der nächsten Frage hatte er allerdings nicht gerechnet. „Hast du schon mal einen Indianer getötet?"

Er kniff die Lippen zusammen. Was wollte sie hören? Er war Voyageur – manchmal mitten in Feindesland! „Mehrfach!", antwortete er einsilbig.

„Weil du dich verteidigen musstest?"

„So ist es. Manchmal wollen die Indianer nicht, dass wir uns in ihrem Gebiet aufhalten, dann wird es ungemütlich."

„Ja, aber sie müssen doch lernen, sich unterzuordnen! Das Land gehört doch nun zu uns."

Er lachte schallend. „Wenn das so einfach wäre. Die Indianer sehen sich als unabhängige Nationen, als Herrscher des Landes, die sich auch untereinander bekämpfen. Da fließt noch viel Wasser den Missouri hinunter, ehe die friedlich sein werden!"

Louise schüttelte den Kopf und wechselte dann das Thema. „Was soll ich denn zum Ball nächste Woche anziehen?"

„Welcher Ball?"

„Na, der Gouverneur hat uns eingeladen. Es wird Musik und Tanz geben."

„Oh, nein!" Es war Verzweiflung und Entsetzen in einem. Nichts war schlimmer, als wie ein Pfau herausgeputzt zu einem Ball zu gehen. „Ich kann doch gar nicht tanzen!"

Louise lachte voller Begeisterung. „Das macht doch nichts, mein Lieber. Ich habe einen Tanzlehrer bestellt …"

Pierre wand sich hin und her. „Einen Tanzlehrer?" Um sie herum herrschte Krieg, und seine Frau bestellte einen Tanzlehrer?

„Ja, das wird wunderbar! Ich tanze so gerne. Und der Gouverneur hat mich gebeten, ein Stück auf dem Klavier zu spielen."

„Ich dachte, dass Clark seine Frau und die Kinder weggeschickt hat?"

„Das macht doch nichts. Deswegen muss doch nicht die Welt stehenbleiben. Wir Frauen wollen eine kleine Ablenkung, und so wird es nächste Woche diesen Ball geben."

„Sollten wir uns nicht lieber mit der Verteidigung beschäftigen?"

Sie schob schmollend die Lippen vor. „Freust du dich denn gar nicht?"

„Doch, doch … wenn Clark meint, dass es sicher ist? Vielleicht sollten wir ein Haus in der Stadt beziehen bis der Krieg vorbei ist? Was meinst du?"

„Ach du … Jetzt lerne erst einmal tanzen … Über den Krieg können wir uns nach dem Ball unterhalten. Also, was soll ich anziehen?" Sie hüpfte auf und öffnete den Schrank, um ihm die Kleider zu zeigen.

Er gab auf. Niemand konnte eine Frau in ihrem Enthusiasmus bremsen. „Das Blaue!", meinte er vorsichtig.

Sie strahlte ihn glücklich an. „Wie schön! Es gefällt dir also? Ich habe es ganz neu gekauft."

„Zieh es doch mal an!" Er lächelte gutgelaunt, als sie in das Kleid schlüpfte und den Stoff um sich herum fliegen ließ. Der Krieg war weit entfernt – zumindest in diesem Zimmer. Er hob Jean-Pierre, der sich verschlafen aufrichtete, aus der Wiege. „Na, kleiner Mann", grüßte er seinen Sohn. „Sieht Maman nicht wundervoll aus?"

Die nächsten Tage war er damit beschäftig, von einem kleinen, schmächtigen Mann mit einem geradezu lächerlichen Schnauzbart Tanzschritte zu erlernen. Mehrfach trampelte er seiner Frau dabei auf die Füße, doch Louise belohnte seine Mühen mit Küsschen und fröhlichen Worten. „Du machst das ganz wunderbar!", flötete sie.

Irgendwie hatte er den Eindruck, überhaupt keine Fortschritte zu machen, aber er fand es schön, seine Frau im Arm zu halten. Mit gemischten Gefühlen sah er dem gesellschaftlichen Ereignis entgegen, zu dem auch seine Eltern und Schwiegereltern geladen waren. Wunderbar! Da konnte jeder sehen, wie er sich zum Narren machte. Louise aber versicherte ihm, dass er ein ganz wunderbarer Tänzer war. Also half er ihr galant in die Kutsche und wickelte sie in eine warme Decke, denn es war bereits kühl. Es hatte nicht geregnet, und so waren die Wege frei. Eine Kutsche nach der anderen hielt vor dem Haus des Gouverneurs, und die Gäste verschwanden im Inneren, während die Kutscher in einem kleinen Bedienstetenhaus nebenan unterkamen. Auch für sie wurde gesorgt.

Louise war aufgeregt, denn es war das erste Mal, dass sie ihren Sohn mit der Gouvernante allein ließ. In ihrem blauen Kleid wirbelte sie durch die Räume und verdrehte nicht nur Pierre dem Kopf. William Clark hieß die Gäste willkommen und führte die Damen in den großen Saal. Eine Kapelle hatte sich eingefunden, die einen Contra Dance anstimmte, bei dem sich die Tanzenden in zwei Reihen gegenüberstanden. Louise zog Pierre mit sich fort und reihte sich unter die Tanzenden ein. Gottergeben ergab sich Pierre seinem Schicksal und führte die Figuren aus, die er gelernt hatte.

Nach dem Tanz führte er seine Frau zum Buffet und schenkte ihr eine Bowle ein. Es war tatsächlich Alkohol darin, und so rötete sich ihr Gesicht schnell. „Huh, die macht ja richtig heiß", sagte sie leicht beschwipst. Sie fächelte sich Luft zu und griff mit ihren Fingern nach einem Törtchen. Es war zauberhaft, wie sie sich anschließend die Finger ableckte.

Pierre ließ Louise bei den Frauen und begab sich ins Herrenzimmer, wo William Clark zu einer Zigarre eingeladen hatte. Pierre begrüßte Manuel Lisa, der Fort Lisa II verlassen hatte, um im

Frühjahr mit neuen Waren zurückzukehren. Pierre erkundigte sich nach Shorty und erhielt die beruhigende Antwort, dass es allen gutging. Dann berichtete er über seine Unternehmungen. Pierre interessierte das sehr, und so setzte er sich dazu.

Lisa lächelte freundlich und schenkte sich einen Whiskey ein, eher er erzählte. „Unser Fort ist gut ausgebaut und bietet genügend Platz für alle Voyageure, Trapper und Angestellten. Wir kontrollieren den Missouri, und ich war unterwegs, um mit den Stämmen Kontakt aufzunehmen."

„Irgendein Erfolg?", fragte Clark mit hochgezogenen Augenbrauen.

Lisa senkte seine Stimme zu einem Flüstern. „Ich habe die Tochter des Omaha-Häuptlings geheiratet. Also ja … die Omaha stehen loyal zu uns. Auch die Oto und Ponca. Außerdem hatte ich Kontakt mit den südlichen Tituwan … sie nennen sich Oglala, und andere Gruppen haben Namen, die ich mir nicht merken kann. Sie waren beeindruckt von unseren Geschenken und versprachen, im Frühjahr Verhandlungen mit uns zu führen. Da werde ich wohl noch mehr Geschenke brauchen. Sie wollten wissen, was denn für sie herausspringt."

Clark nickte zufrieden. „Das sind gute Neuigkeiten! Wie sieht es mit den Sauk und Fox aus?"

Lisa wackelte bedenklich mit dem Kopf. „Nicht gut! Sie hatten ein paar unschöne Begegnungen mit Siedlern und wollen uns Amerikaner loswerden. Ihr Häuptling Black Hawk hasst uns. Den können wir vergessen."

„Kein Wunder! Wir müssen den unkontrollierten Zuzug ins Indianerland unterbinden oder Verträge mit den Stämmen machen. Wir führen uns hier auf, als wären wir die Herren des Landes, und vergessen, dass diese Menschen vor uns da waren." Clark biss sich nachdenklich auf die Lippen. Er wusste, dass er mit dieser Meinung ziemlich alleine dastand.

„Ich wollte im Frühjahr wieder hoch und mich weiter um unsere Verbündeten kümmern …!" Lisa brach unsicher ab.

„Sehr gut!", stimmte Clark zu. „Du hältst uns den Missouri sauber … Das ist ungeheuer wichtig."

„Und was unternehmen Sie?" Lisa schaute Clark mit seinen braunen Augen an.

Der Gouverneur zuckte etwas ratlos mit den Schultern. „Ich habe von den Siegen der Briten gehört. Den Missouri haben wir ganz gut abgesichert, aber wenn wir den Mississippi nicht halten, dann kommen sie einfach von Norden her und übernehmen die Stadt."

„Puh … und unser Fort?" Er meinte Fort Belle Fontaine, das kurz vor St. Louis lag.

„So weit will ich sie gar nicht erst kommen lassen!"

„Sondern?"

„Ich dachte an Prairie du Chien, von dem Bouvier erzählt hat. Es liegt am Mississippi, und zwar dort, wo der Wisconsin-Fluss mündet. Von dort gibt es eine Passage zu den Großen Seen und natürlich zu Fort Mackinac. Ich gehe davon aus, dass die Briten von dort aus eine Operation gegen uns starten werden."

„Das ist anzunehmen!", stimmte Lisa zu.

„Ich werde also reguläre Truppen nehmen und dort eine Verteidigungslinie aufbauen."

„Dann wäre aber St. Louis ohne Verteidigung, wenn Sie die ganze 7. Infanterie mitnehmen."

Clark grinste. „Ich werde selbstverständlich genügend Männer zur Verteidigung hierlassen und nur einen Teil mitnehmen. Ihr Kommandant ist ein fähiger Offizier. Mit ihm wir es mir gelingen, Prairie du Chien einzunehmen und dort einen Posten zu bauen."

„Der Major? Dieser Zachary Taylor?", erkundigte sich Lisa.

„Genau der!"

„Den könnte ich auch brauchen. Fähiger Mann!"

„Den Rest werde ich aus Freiwilligen rekrutieren. Ich denke, dass ich sie für zwei Monate brauche … um den Ort einzunehmen und den Posten zu bauen. Dann reicht wahrscheinlich eine kleine Mannschaft, um den Posten zu halten."

„Mit ein paar Kanonen und Munition kann man vieles halten!", bestätigte Lisa. Er dachte an den Zwischenfall im letzten Winter. „Wir haben einmal ziemlich Glück gehabt, weil wir bei einem Angriff vom Schiff aus die Angreifer unter Beschuss genommen haben. Das sollten Sie sich überlegen!"

Clark sah ihn nachdenklich an. „Gute Idee! Ich lasse eines meiner Kanonenboote am Ufer, das dem Fort Feuerschutz geben kann!"

„… und den Fluss kontrollieren", ergänzte Lisa.

Pierre war der Unterhaltung gefolgt und sah die beiden mit glänzenden Augen an. So ein Unternehmen war ganz nach seinem Geschmack. Er hatte sich schon überlegt, im Frühjahr mit Lisa den Missouri hochzufahren, aber die Expedition von William Clark reizte ihn mehr. „Ich melde mich freiwillig", sagte er spontan.

Clark lachte gutgelaunt. „Lässt Ihre Frau Sie denn weg?" Er sprach französisch und siezte Pierre ausgesprochen höflich. Nach allem, was sie bereits zusammen erlebt hatten, fühlte sich das seltsam an.

Pierre wechselte ins Bungee-Englisch, weil er diese distanzierte Höflichkeit nicht aushielt. „Aber sicher. Schließlich geht es um die Verteidigung von St. Louis. Wie sieht es von Süden her aus?"

Clark winkte ab. „Da müssen sie erst einmal an New Orleans vorbei. Da ist nicht so einfach … Nein, die größte Gefahr kommt vom Norden. Dort müssen wir uns verteidigen. Und wir müssen verhindern, dass noch mehr Stämme aufgehetzt werden."

Pierre schwieg und fand, dass Clark ein vernünftiger Mann war. Er kümmerte sich um die Verteidigung, und das gab ihm ein Gefühl von Sicherheit. „Ich habe überlegt, meine Familie lieber nach St. Louis zu bringen", fuhr er fort. „Wegen der möglichen Gefahr."

Clark runzelte die Stirn. „Ja, da draußen ist es nicht ganz ungefährlich. Auch ich habe meine Familie nach Virginia geschickt. Gibt es denn noch freie Häuser oder Zimmer?"

Pierre schüttelte den Kopf. „Meine Frau könnte zu ihren Eltern gehen … Aber meine Eltern …"

„Ich denke, dass keine Gefahr besteht … außer von möglichen Indianerangriffen. Aber das glaube ich nicht! Wir haben mit den umliegenden Stämmen immer guten Handel betrieben. Selbst jetzt noch … Warum sollten sie also angreifen?" Er sah den zweifelnden Gesichtsausdruck von Pierre und schränkte seine Aussage ein. „Na schön, wahrscheinlich ist es doch besser, Ihre Familie nach St. Louis zu bringen.

Pierre war froh, dass er eine so klare Antwort erhielt. „Dann werde ich meine Familie hierher bringen!", beschloss er ernst.

„Was gibt es sonst für Neuigkeiten?"

„Auf dem Land scheinen die Briten auf dem Vormarsch zu sein, aber auf See haben wir die Oberhand. Deshalb glaube ich auch nicht, dass sie New Orleans einnehmen werden … ach ja … ich habe gute Neuigkeiten … Tecumseh, dieser Aufwiegler, ist gefallen."

„Was?", fragten Pierre und Lisa fast gleichzeitig. „Dieser Häuptling, wegen dem wir Fort Detroit verloren haben?"

„Derselbe! Die Meldung wurde bestätigt. Erst vor wenigen Tagen … an einem Fluss namens Thames. Das wird die Verbündeten schwächen, weil es dauern wird, bis sie sich auf einen neuen Anführer einigen."

Lisa fluchte leise. „Um den ist es nicht schade … obwohl ich ihn als Menschen schätzte. Aber der war dem Fortschritt wirklich im Weg."

Clark senkte den Blick und nahm einen Schluck Whiskey. Er sah das anders, denn Tecumseh hatte zuallererst sein Land gegen die weißen Siedler und die Expansion der Amerikaner verteidigt. Seit sein Dorf Tippecanoe 1811 niedergebrannt worden war, war es schwierig geworden, mit dem Häuptling zu verhandeln. Seine Heimat war von weißen Siedlern überrannt worden, und so hoffte er in dem Bündnis mit den Briten, die Amerikaner zurückzudrängen. Dieser Traum war nun vorbei.

Die Frauen rauschten herein und störten die Männer bei ihren von Militärthemen geprägten Gesprächen. „Komm doch tanzen", forderte Louise ihren Mann fröhlich auf.

„Ich habe nur kurz eine Zigarre geraucht", entschuldigte sich Pierre und lächelte verliebt. „Ich komme schon, ma chérie!" Mit einem verlegenen Blick entschuldigte er sich bei Lisa und Clark und verschwand an der Seite seiner Frau.

Es wurde ein schöner Abend, der von den unschönen Kriegsnachrichten ablenkte. Gelöst und fröhlich fuhren sie in der Nacht noch zurück zur Farm. Petroleumlampen zu beiden Seiten der Kutsche erhellten etwas den Weg. Auch Jean-Pierre hatte die erste Trennung von seiner Mutter gut überstanden: Er hatte ohnehin die meiste Zeit geschlafen. Pierre war froh, dass alles ruhig geblieben war, und eröffnete seiner Frau den Wunsch, dass sie besser eine Weile zu ihren Eltern ziehen sollte. „Ich werde mich im Frühjahr der Miliz anschließen und dafür sorgen, dass St. Louis friedlich bleibt."

Louise sah ihn mit großen Augen an. „Ja, glaubst du denn, dass es hier gefährlich werden könnte?" Sie drückte ihr Baby fest an sich, das hungrig an ihrer Brust saugte. Sie sah süß und unschuldig aus.

„Nicht, wenn wir es verhindern können!" Es klang selbstbewusst. „Wir werden nach Norden ziehen und bei Prairie du Chien ein Fort bauen … damit kontrollieren wir den Wisconsin-Fluss. Dann kann von dort niemand mehr in unsere Richtung ziehen. Am Missouri haben wir schon ein Fort, das von Lisa befehligt wird. Er sorgt dafür, dass die Stämme ruhig bleiben."

„Und der Mississippi?", fragte Louise mit großen Augen. „Wenn sie von Norden her kommen?"

„Erstens steht dort Fort Belle Fontaine … und zweitens ist kurz nach Prairie du Chien Schluss. Weiter nördlich hat der Mississippi Wasserfälle und ist nicht mehr zu befahren. Wenn wir Prairie du Chien kontrollieren, dann kommt aus dieser Richtung keiner mehr durch."

Louise strahlte ihn an. „Du bist so tapfer! Wie lange bleibst du denn fort?"

„Wir wollen im Frühjahr aufbrechen. Clark bezahlt die Miliz für zwei Monate. Also nur so lange, bis das Fort gebaut ist. Ich bin also nicht lange weg."

„Das sagst du immer!" Sie schaute ihn vorwurfsvoll an.

Er schmunzelte. „Bisher nur einmal!"

„Den ganzen Winter!" Sie zeigte ihm einen Schmollmund. „Nicht einmal bei der Geburt deines Sohnes warst du hier!"

„Das wird nie wieder passieren … Ich verspreche es!", gelobte er hoch und heilig.

Vorsichtig legte sie den Jungen in sein Bett und drehte sich lächelnd zu ihm um. „Dann werde ich also eine Weile zu meinen

Eltern ziehen. Sie werden sich freuen, den Kleinen bei sich zu haben."

Er nahm sie fest in den Arm. „Nicht solange ich hier bin. Es wird kalt, da haben die Indianer was anderes zu tun, als in den Krieg zu ziehen. Aber wenn ich aufbreche, möchte ich dich in Sicherheit wissen!"

„Und deine Eltern?"

„Die auch … Aber so stur wie die sind, werden die wohl kaum die Farm im Stich lassen. Über den Winter helfe ich ihnen, die Farm zu verbarrikadieren, sodass sie sich verteidigen können. Die Fenster sind zu groß. Es ist besser, sie zu verkleiden und mit Schießscharten zu versehen. Dann kommt hier so schnell keiner rein."

„Oh mein Gott!" Louise schlug sich die Hände vor das Gesicht. „Meinst du, dass wir hier angegriffen werden?"

„Ich hoffe nicht! Aber es ist besser, Vorsichtsmaßnahmen zu treffen."

Als der Schnee kam, wurden die Sorgen weniger. Indianer reisten nicht gerne bei Schnee, und die Flüsse wurden für die Flussfahrt unpassierbar. Weihnachten war wunderschön, denn Jean-Pierre verzauberte alle mit seinem fröhlichen Lachen und seinen Krabbelversuchen. Es gab Truthahn, den Pierre selbst geschossen hatte und der von Jules fachgerecht zerlegt und zubereitet worden war. Dazu hatte die Mutter eine Sauce aus Indianerbeeren gekocht, wie die roten Beeren hierzulande genannt wurden. Pierre überwachte die Baumaßnahmen am Haus, um gegen Überfälle besser geschützt zu sein. Innen konnte man Balken vor die Fenster legen, sodass man dahinter in Deckung gehen konnte. Auch die Haustür wurde verstärkt. Auf dem Dach ließ er eine Brüstung anbringen, hinter der man in Deckung gehen konnte. Überall im Haus standen Wassereimer bereit, um eventuelle Feuer zu bekämpfen. Zu diesem Zweck hatte er auch alle Vorhänge entfernen lassen. Die Mutter hatte geschimpft wie ein Rohrspatz, doch die Gefahr, die bei einem Feuer von den Vorhängen ausging, war einfach zu groß. „Wahrscheinlich nimmst du uns noch die Teppiche weg!", schimpfte sie aufgebracht.

„Gute Idee!", stimmte Pierre zu und ließ auch diese Feuerfänger in einen unterirdischen Raum bringen. Das Haus war nicht unterkellert, hatte aber von der Küche einen Zugang in eine Kältekammer, die unter der Erde lag. Neben Vorräten stapelten sich hier nun auch die Vorhänge und Teppiche des Hauses. „Wenn wir siegreich zurückkehren, kannst du alles wieder aufhängen oder auslegen", versprach Pierre und gab seiner Mutter einen Kuss auf die Stirn.

„Ach du!", schimpfte die Mutter. „Hauptsache, du kehrst unversehrt zurück!"

Er lachte sorglos. Bisher hatte er sich als wahrer Überlebenskünstler erwiesen. „Clark passt schon auf uns auf! Der weiß, was er tut!", versicherte er beruhigend.

„Was du nicht sagst!"

Nach Weihnachten ritt Pierre hin und wieder nach St. Louis, um sich an den Vorbereitungen zu beteiligen. Er hatte Arnel aufgetrieben, der sich ebenfalls bei der Miliz anwerben ließ. Es war ein bezahlter Job, den er gerne annahm. Boote wurden hergerichtet und mit Kanonen ausgestattet, Munition verladen, Freiwillige angeheuert und die Männer grübelten über Schlachtplänen. Clark machte sich Sorgen, weil er überhaupt keine Nachrichten mehr erhielt. St. Louis war völlig abgeschnitten, sodass man die Schritte der Verbündeten nicht mehr einschätzen konnte. Waren die Briten vielleicht längst in Richtung St. Louis unterwegs? Wo stand der Feind?

Dakota

Frühjahr 1814 am Mississippi und Wisconsin-Fluss

Der Winter am Inyan-wakachapi-Wakpa war extrem kalt. Winterstürme beutelten das Land und zwangen selbst die härtesten Männer, im Tipi zu bleiben. Das Heranschaffen von Holz war überlebensnotwendig, und die Menschen hatten alle Hände voll zu tun, die Kinder und Alten am Leben zu erhalten. Es gelang nicht immer, denn Unci, die alte Großmutter, ging in diesem Winter zu den Geistern. Sie hatte sich noch so sehr über das Enkelkind von Anpao-win gefreut, doch ein schlimmer Husten hatte sie geschwächt und schließlich in die Geisterwelt gehen lassen. Der Tod brachte Trauer in das Tipi, und die Frauen kürzten sich die Haare. Auch Mato-win war traurig, denn gerade die Großmutter oder auch Hübsche-Nase hatte ihr anfangs geholfen, dass sie hier heimisch wurde. Wie oft hatte die Großmutter Geschichten über Iktomi erzählt oder sich um Sommerregen gekümmert. Es war ihr zu verdanken, dass das kleine Mädchen sich von all dem Schrecklichen erholte und langsam wieder ihre Fröhlichkeit fand. Der Tod der Großmutter brachte all die Erinnerungen des Verlustes hervor, und das Kind weinte tagelang. Mato-wea und Anpao-win konnten sie kaum trösten, abgesehen davon, dass der Verlust auch sie hart traf. Aber auch die anderen Familienmitglieder gaben sich der Trauer hin. Mato-wea tröstete Wambliluta, der keine Worte fand, um seine Trauer auszudrücken. Hätte ein Feind sie getötet, dann könnte er einen Kriegstrupp anführen und den Tod seiner Großmutter rächen, aber die Hustenkrankheit war ein unsichtbarer Gegner, der hinterrücks mordete. Umso mehr achtete er darauf, dass Hanhepi-win stets warm eingepackt war. Auch andere Stammesangehörige waren erkrankt, und er sorgte sich um seine kleine Tochter. Mato-win wunderte sich über diese Fürsorglichkeit, denn es war ihre Aufgabe als Mutter. Andererseits zeigte es ihr, dass er das Mädchen wirklich liebte.

In diesem Winter starben einige Menschen, sodass um das Dorf herum die Totengerüste im eisigen Wind schwankten. Wambli-luta war dankbar, dass niemand sonst in seiner Familie betroffen war. Die Großmutter war ein herber Verlust, aber sie hatte ein hohes Alter erreicht, sodass ihr Tod annehmbar war. Schlimmer stand es um Krummes-Bein, denn Erdbeerfrau – die Frau, die er von den Arikara geraubt hatte – starb in diesem Winter ebenfalls an der Hustenkrankheit. Das war schlimm, denn sie hinterließ einen Säugling, der noch die Milch seiner Mutter brauchte. Auch Wakpa-Hokshila war untröstlich, denn er kannte nur sie als Mutter. Krummes-Bein hatte sich in Trauer die Haare mit dem Messer abrasiert und sah zum Erbarmen aus. Ohne seine Eltern, die ihn an seine Pflicht und die Kinder erinnerten, wäre er ihr wohl in den Tod gefolgt. „Hunhunhe, was soll ich denn ohne meine Frau tun?", fragte er seine Freunde. „Sie war mein Leben … Ohne sie bin ich nichts!"

Wambli-luta seufzte tief, denn auch ihm fehlte die Großmutter. „Aber du hast deine Söhne", mahnte er sanft. „Sie sind nun ohne Mutter … du musst ihnen ein guter Vater sein! Sie brauchen dich jetzt!"

Krummes-Bein sah ihn fast wütend an. „Soll ich dem Kleinen meine Brust geben?", fragte er wütend.

Wambli-luta blieb ruhig. „Nein, aber es ist deine Aufgabe, eine neue Mutter für ihn zu suchen. Er ist zu klein, um sich zu erinnern."

„Hohch … soll ich einer feindlichen Frau das Baby wegnehmen und sie zwingen, meinen Sohn zu stillen?" Es klang aggressiv und wenig überlegt.

Wambli-luta senkte die Stimme. „Nein! Deine Eltern werden sich um das Baby kümmern. Aber was ist mit Hokshila-Wakpa? Er brauchte keine Brüste einer Frau mehr … Er braucht einen Vater, der für ihn da ist."

„Ach … weißt du noch, wie schön der Sommer war, als sie bei uns war?" Krummes-Bein träumte vor sich hin und ignorierte die Frage seines Freundes.

Wambli-luta nickte vorsichtig. „Es waren gute Zeiten, doch nun ist Winter. Es sind immer schon Menschen im Winter gestorben. Wir müssen dafür sorgen, dass es den Lebenden gut geht. Um die Verstorbenen kümmern sich die Geister. Deine Pflicht ist es, dich um deine Familie und deine Söhne zu kümmern!" Wambli-luta sah Krummes-Bein tief in die Augen. „Kola! Wir leben mit dem Tod. Jeden Tag kann er uns ereilen. Geh zurück, und kümmere dich um deinen Sohn. Er ist noch klein und braucht dich jetzt!"

Krummes-Bein nickte geistesabwesend. Ja, er war ein Krieger, und von ihm wurde erwartet, dass die Trauer ihn nicht übermannte. Er sah, dass auch Wambli-luta seine Haare in Trauer um die Großmutter gekürzt hatte, und machte eine verlegene Handbewegung. „Ich war selbstsüchtig. Ich hätte dich nicht in deiner Trauer stören dürfen."

Wambli-luta lächelte sanft. „Mach dir keine Gedanken. Ich bin dein Kola, und ich werde immer für dich da sein."

Das klang gut und Krummes-Bein seufzte erleichtert. Schwungvoll stand er auf und verließ das Tipi.

Mato-win blickte auf, als sie allein mit ihrem Ehemann war. Auch sie trauerte um Erdbeerfrau. „Mein Herz ist so schwer ...", seufzte sie mit erstickter Stimme.

Wambli-luta nickte verständnisvoll. „Wir Lakota sagen, dass es besonders schwer ist, wenn eine Mutter stirbt, die noch ein Kind stillt. Aber auch für den Ehemann und die Freunde ist es schwer. Viele von uns sterben zu jung. Bei einem Krieger gehört es zum Leben dazu, doch nicht bei einer Frau."

Mato-win strich sich fahrig über die Augen. „Ich hatte Erdbeerfrau gern. Letzten Sommer verbrachten wir so viel Zeit gemeinsam, als wir bei den Yanktonai waren. Wer wird jetzt mit uns ziehen, wenn wir wieder dorthin gehen?"

Wambli-luta machte eine nichtssagende Geste. Der Winter war lang, und wer sich ihm im Sommer anschloss, wussten nur die Geister. Er lächelte aufmunternd. „Anpao-win wird sicherlich kommen."

Mato-win lächelte ebenfalls. „Das ist gut. Sie ist mir wie eine Schwester!"

Er freute sich, dass durch diese kurze Bemerkung die Stimmung wieder besser wurde. Das Leben war hart, und Verluste gehörten dazu. Ob durch Kampf, Krankheit oder Alter, entschied Wakan-tanka. Die Hinterbliebenen mussten damit klarkommen. Fürsorglich kümmerte sich Wambli-luta um Hanhepi-win, das

Kind mit den seltsamen Locken, das er als sein eigenes aufzog. Er erfreute sich an ihren Fortschritten. Sie war ein kleines Mädchen, das aufgeregt plapperte und ihm von seinen Entdeckungen erzählte. Hanhepi-win war wie ein Wirbelwind in seinem Zelt. Stets mussten die Eltern darauf achten, was sie als Nächstes ausheckte. Er bastelte ihr ein Geschicklichkeitsspiel aus Knochen, mit dem sie eine Weile beschäftigt war. Die hohlen Knochen waren auf einer Schnur aufgefädelt, und das Kind musste sie hochwerfen und mit einem spitzen Stock auffangen. Eigentlich war es ein Spielzeug für Jungen, aber er nutzte alles, was sie beschäftigte. Sie war so geschickt, dass sie vermutlich im Sommer allein auf einem braven Pony reiten konnte. Er glückste in sich hinein und warf seiner Frau einen verschmitzten Blick zu. Manchmal wunderte er sich, dass seine Frau kein weiteres Kind empfing, aber er stellte keine Fragen. Hanhepi-win war anstrengend genug. Auch bei Mato-ska-cikala hatte es nach der Geburt von Springender-Büffelstier zehn Winter gedauert, ehe weiteres Leben entstand. Wambli-luta war nicht enthaltsam, aber langsam eilte ihm genau dieser Ruf voraus. Sollten sie nur reden!

Der Winter verging, und das Leben wurde wieder leichter. Er legte sich häufig zu seiner Frau und steckte sein Ding in ihren Leib. Es war berauschend, fast so wie der Angriff auf ein feindliches Dorf. Er fühlte sich unbesiegbar. Er war ein Mann und Krieger. Mato-win aber dachte, dass er vielleicht nicht zufrieden mit ihr war. Sie liebte ihn und wollte ihm gern ein weiteres Kind schenken. Aber sie wusste nicht, warum ihr Bauch sich nicht rundete. Ob ihr Mann dann wohl eine weitere Frau nehmen würde, damit diese ihm Söhne schenkte? Vorsichtig ließ sie diesen Vorschlag anklingen, denn sie wollte nicht, dass er wegen ihr auf Söhne verzichtete. Wambli-luta lachte sie aus. „Aber nein! Du bist mir genug!" Er drückte sie zärtlich an sich.
„Ja, aber wünschst du dir keinen Sohn?"
Wambli-luta nickte leicht. „Doch, ich würde mich über ein weiteres Kind freuen, sei es Tochter oder Sohn. Doch wenn die Geister dies nicht wollen, so werde ich es hinnehmen. Aber niemals würde ich vielleicht Zwietracht in mein Tipi lassen."

„Ich wäre nicht eifersüchtig", meinte Mato-win erstaunt, aber auch bestimmt. Er war Hemdträger, ein Tokala, ein geachteter Krieger – da wäre es nur angemessen, dass er mehrere Frauen hatte, die sein Tipi führten.

„Hoh … das kann man nie wissen. Selbst Iktomi hat einst die Schöpfungswesen ausgetrickst und Zwietracht unter ihnen gesät. Wie sollen wir uns gegen so etwas schützen? Nein … es ist besser, solches erst gar nicht zuzulassen. Eine Frau ist mir genug!"

Mato-win senkte dankbar den Kopf. Könnte er ihr noch mehr seine Liebe beweisen? Sie kicherte, als sie verlegen über ihr Gesicht strich. „Iktomi hat die Schöpfungswesen ausgetrickst?", fragte sie, um sich aus der Verlegenheit zu retten.

Wambli-luta lachte leicht. „Ja … es geschah zu der Zeit, als alle Wesen noch in einer riesigen Höhle lebten – auch die Geister und Schöpfungswesen. Zwei von ihnen waren Wi, der Sonnenmann, und Hanwi, die Mondfrau. Sie waren Mann und Frau. Wenn sie unterhalb des Horizontes wanderten, war Nacht, und wenn sie am Himmel entlang wanderten, war es Tag. Zu der Zeit gingen sie stets gemeinsam. Um den Geistern zu dienen, wurden die Menschen erschaffen. Auch sie wohnten in dieser Höhle. Es gab ein wunderschönes Mädchen, das die Aufmerksamkeit von Taté erregte. Taté war der Begleiter von Skan, dem Himmel, dem mächtigsten Schöpfungswesen. Er erlaubte Taté, das Mädchen zu heiraten, und dieses bekam vier Söhne, die nach den vier Himmelsrichtungen benannt wurden. Aber es gab ein Wesen, das diese Ordnung stören konnte …"

„Iktomi!", sagte Mato-win mit leuchtenden Augen.

„So ist es. Er dachte, dass Ite so hübsch sei, dass sie neben Wi, dem Sonnenmann, sitzen sollte. Ite war nämlich seine Tochter! Eines Tages gab es ein großes Festessen, und Iktomi schaffte es, dass Wi Gefallen an seiner Tochter fand. Er hatte nur noch Augen für sie und ließ sie neben sich sitzen. Gleichzeitig verhinderte Iktomi, dass Hanwi rechtzeitig zum Essen erschien. Als sie schließlich eintraf, sah sie die fremde Frau an der Seite des Ehemanns. Sie verhüllte ihr Gesicht vor Scham und wandte sich ab. Skan, als mächtigstes Wesen, wollte wissen, warum denn Hanwi ihr

Gesicht verhüllte, und so erzählte sie ihm, was geschehen war. Skan war erzürnt und beschloss, alle, die an der Täuschung beteiligt waren, zu bestrafen. Ite und ihre Familie wurden zusammen mit Iktomi aus der Höhle verbannt. Außerdem bestrafte er Ite, indem er die eine Hälfte ihres Gesichts verunstaltete, damit sie niemanden mehr mit ihrer Schönheit blenden konnte. Sie hieß nun Doppelfrau – oder die Frau mit den zwei Gesichtern. Aber auch Wi und Hanwi wurden bestraft. Sie durften nun nicht mehr gemeinsam über Tag und Nacht wachen, sondern Wi wanderte bei Tag und Hanwi bei Nacht über den Himmel. Wenn Hanwi am weitesten von Wi entfernt war, würde sie ihr volles Gesicht zeigen, doch je mehr sie sich ihm näherte, desto mehr würde sie ihr Gesicht verhüllen. In der kurzen Zeit, wenn sie neben ihm war, wäre ihr Gesicht vollständig verhüllt. Dies sei eine neue Zeit: der Neumond. Fortan gab es nicht nur Tag und Nacht, sondern die Zeit zwischen zwei vollen Monden war nun die Phase eines Mondes."

„Schön!", sagte Mato-win andächtig. „Es war nicht richtig von Wi, dieser anderen Frau hinterherzuschauen."

„Nein … und da ich nicht möchte, dass du dein hübsches Gesicht verhüllst, werde ich keine zweite Frau in mein Tipi führen. Dann kann Iktomi auch keinen Unfrieden stiften."

Sie kicherte leise. „Wir werden sehen!" Ob er es ernst meinte? Etwas unsicher sah sie ihn an. Aber er war stets in allem, was er tat, so selbstsicher, dass sie ihm glaubte.

Die Hunkpapa brachen erst nach dem Sommertreffen wieder auf. Bisher hatte kein Kundschafter sie erreicht, und so war keine Eile geboten. Wambli-luta tanzte erneut den Sonnentanz und war froh, sein Gelübde erfüllt zu haben. Viermal diese Torturen zu überstehen, war selbst für ihn eine Herausforderung gewesen. Erneut an die Pappel gefesselt zu sein, raubte ihm die Kraft, doch zum Wohle des Volkes opferte er erneut sein Blut. Träume suchten ihn heim, die er auch in den Tagen nach dem Sonnentanz nicht mehr verdrängen konnte. Wieder sah er die Bisons, die über die Klippe sprangen, und wie Soldaten in blauen Jacken und mit langen Messern über die Menschen seines Volkes herfielen. Umso entschlossener wappnete er sich für die bevorstehende Aufgabe. Als Hemdträger führte er im frühen Sommer eine vereinte Kriegsschar aus Hunkpapa, Sihasapa und Itazipko gen Osten. Auch seine Frau und seine Schwester waren wieder mit den Kindern dabei. Krummes-Bein hatte seine Kinder in der Obhut seiner Mutter gelassen. Es fiel ihm schwer, sich von seinem Sohn zu verabschieden. Aber er freute sich auf die gemeinsame Zeit mit seinen Freunden. Der Kriegszug würde ihn von seiner Trauer um Erdbeerfrau ablenken. Die Krieger legten eine enorme Wegstrecke zurück, ehe sie schließlich die Dörfer der Yanktonai am Itazipo-kaksa-Wakpa erreichten. Dieses Mal besuchten sie das befestigte Dorf, in dem Wakinyan-duta und sein Sohn Wanata lebten. Die Kriegsschar wurde mit Jubelrufen begrüßt und durch das Dorf geleitet. Die Frauen waren in den Gärten beschäftigt, und die Männer besserten nach dem langen Winter die Erdhütten aus, die im Stil der Erdhütten der Mandan gebaut waren.

Mato-win fühlte sich wie daheim bei den Mandan, als sie eine der Hütten betrat. Sie fand Aufnahme bei der Familie von Wakinyan-duta, der ohnehin die meiste Zeit im großen Versammlungshaus sein würde. Sie legte ihre Bündel in den zugewiesenen Bereich und setzte sich müde auf das erhöhte Bettlager. Es stach ein wenig in ihrem Herzen, denn alles erinnerte sie an ihr Zuhause. Sie dachte an Sisohe-wea und ihre fröhlichen Augen. Ob sie ihre Schwester wohl je wiedersehen würde? Im letzten Jahr war ihr gar nicht so aufgefallen, wie ähnlich die Yanktonai den Mandan waren, weil sie mit ihren Tipis unterwegs gewesen waren. Aber hier in diesem Erdhaus überkam sie die Wehmut. Sie sah die floralen Stickereien, die Form der Mokassins, die anders war als die Mokassins, die sie ihrem Mann nähte. Selbst Töpfe aus Ton oder Flechtwerk standen herum. Sinnend verließ sie das Haus und wanderte zu den Gärten. Die Frauen benutzten Grabestöcke, um den Boden zu lockern – so wie sie es selbst bis vor einigen Jahren getan hatte. Eine Frau lächelte und winkte sie zu sich heran. „Wir pflanzen Tabak, Mais, Kürbis und Bohnen – manchmal auch Sonnenblumen."

„Das ist schön!", sagte Mato-win leise. „Wir sammeln nur, was wir auf der Prärie finden … und folgen den Herden der Bisons."

„Die Bisons sind selten geworden", erzählte die Frau. Sie trug ein Kleid aus geblümtem Stoff, das mit einem breiten Gürtel gehalten wurde. Überhaupt trugen die meisten dieser Menschen bereits Kleidung aus Stoff und nicht wie sie Ledergewänder. „Wir hoffen auf Regen, denn die letzten zwei Sommer war die Ernte schlecht." Sie zeigte mit der Hand auf ihr kleines Feld. „Früher konnten wir die Felder im Sommer allein lassen und zur Jagd gehen. Jetzt bleiben wir hier, damit nicht alles vertrocknet. Die Zeiten sind schwer geworden."

„Ihr gebt den Pflanzen Wasser?", wunderte sich Mato-win.

„Ja … wenn es sehr trocken wird. Die Männer haben einen Graben gebaut, mit dem sie das Wasser umleiten können. Wir brauchen die Ernte, um den Winter zu überstehen."

Mato-win hatte noch nie gehört, dass so etwas möglich war. Neugierig sah sie sich den Graben an, den die Männer zum Fluten der Gärten öffnen konnten. „Die Rotröcke haben uns das gezeigt", erzählte die Frau.

Mato-win hatte keine Zeit, ihrem Mann von diesen erstaunlichen Dingen zu erzählen, denn ein Meldereiter der Weißen war eingetroffen. Er berichtete, dass die Amerikaner am Mississippi ein Fort erbauen würden, um von dort die Kontrolle über das Gebiet zu erlangen. Aus Fort Mackinac am Michigan-See wäre ein großer Trupp Soldaten unter der Führung von Colonel William McKay aufgebrochen, um es ihnen wieder abzujagen. Die Amerikaner seien bis Prairie du Chien vorgestoßen – ein Ort, der wichtig für den Handel zwischen dem Mississippi und den großen Seen war, denn von dort konnte man über den Wisconsin-Fluss bis zum Michigan-See gelangen. Mit leidenschaftlichen Worten bat er um Unterstützung bei ihrem Kampf gegen die Amerikaner. „Ho-Chunk, Menominee und Mdewakanton sind bereits eingetroffen, und nun warten wir noch auf eure Unterstützung! Wir müssen den Amerikanern diesen Posten wieder abjagen! Sonst kontrollieren sie den Handel mit den Stämmen im Norden. Das wäre auch für euch nicht gut. Denkt daran – der Handel mit der Hudson's Bay Company und mit den Briten war immer zu eurem Vorteil."

Er musste nicht lange bitten, denn die Krieger waren nur allzu gern bereit, ihm zu folgen. Sie würden die Amerikaner aus ihrem Land vertreiben! Sie würden ihre östlichen Brüder unterstützen und damit auch ihr Land westlich des Missouri schützen.

Bereits zwei Tage später brachen mehr als fünfzig Krieger auf. Auch Wanata, der kriegerische Sohn von Wakinyan-duta, war dabei. An der Seite von Wambli-luta ritt er aus dem Dorf, begleitet von dem hohen Trällern der Frauen. Die Krieger hatten sich für den Kriegszug bereits geschmückt. Mit ihrem Federschmuck und den Kriegsfarben boten sie einen beeindruckenden Anblick. Auch einige Frauen und Kinder waren dabei, denn die Männer würden lange ausbleiben und zusammen mit den Rotröcken und Verbündeten ein Feldlager errichten. Auf der langen Reise wäre es gut, wenn Frauenhände Mokassins flicken und andere Tätigkeiten verrichten konnten. Auch der Meldereiter sah darin kein Problem. „Die Amerikaner sitzen in ihrem Fort fest … keine Sorge. Wir haben eine richtige Streitmacht, um die zum Teufel zu schicken." Keiner wusste, was ein Teufel war, aber die Siegessicherheit steckte die Männer an. Also folgten die Frauen den Kriegern in einigem Abstand – zusammen mit den Knaben, die die Packpferde führten.

In flottem Tempo ging es nach Osten ins Land der Dakota. Die Gegend wurde flacher, mit vielen Seen und Flüssen, an deren Ufern dichte Wälder wuchsen. Die Krieger blieben im flachen Land und mieden die Wälder, um schneller voranzukommen. Es wurde heiß, doch der stete Wind brachte Erfrischung. Eine Weile folgten sie dem Maka-to-Wakpa, dem Blaue-Erde-Fluss, der in östlicher Richtung floss. Das war angenehm, denn wenn es zu heiß wurde, machten sie eine Pause, um sich zu erfrischen. Sie mussten kaum ihren Proviant anrühren, denn sie fanden genug Wild, das sie jagen konnten. Nach Tagen erreichten sie schließlich die Jagdgründe der Mdewakanton und suchten nach dem Dorf des Häuptlings Wachpeda, das übersetzt „Rotes Blatt" bedeutete. In seinem Schutz wollten sie die Frauen und Kinder zurücklassen. Der Meldereiter führte sie an den Wakpa-si, den Gelben Fluss, an dessen Ufer sich das Dorf dieses Häuptlings befand. Es stand nördlich von Prairie du Chien, an der westlichen Seite des Mississippi, während Prairie du Chien am Ostufer stand und das Tal des Zusammenflusses von Mississippi und Wisconsin-Fluss überblickte. Im Dorf von Wachpeda, der von den Weißen Wabash genannt wurde, hatten sich auch die anderen Verbündeten eingefunden: 77 kanadische Soldaten unter dem Befehl von Colonel William McKay sowie mit dem Rotschopf Robert Dickson, der mit seiner indianischen Frau, Tochter von Wakinyan-duta, eingetroffen war. Außerdem befand sich in seiner Begleitung eine Streitmacht aus fast 600 Kriegern der Menominee, Ho-Chunk, Sauk und Fox und nun auch der Yanktonai, Mdewakanton und Tituwan.

Es war eindrucksvoll, wie die Krieger in vollem Kriegsschmuck durch das Dorf ritten und schrille Schreie ausstießen. Sie putschten sich gegenseitig hoch und fühlten sich unbesiegbar. Wambli-luta und Wanata wurde mit allen Ehren empfangen. Dass die Tituwan sogar einen Hemdträger geschickt hatten, wurde mit Wohlwollen und Begeisterung aufgenommen. Wanata zählte erst achtzehn Winter, sodass er sich und seine Krieger unter den Befehl von Wambli-luta stellte. Dann kehrte Ruhe ein, als den Gästen ihre Unterkünfte zugewiesen wurden. Die Frauen und Kinder wurden zuvorkommend begrüßt und auf Tipis verteilt, in denen sie bleiben konnten. Die Tipis waren zweckmäßig eingerichtet und bereits mit Decken und Lebensmitteln ausgestattet. Den Kriegern wurden Schlafplätze im Freien zugewiesen. Es war warm, und solange es nicht regnete, wäre das genug. Die Verbündeten wollten ohnehin nicht lange hier kampieren, sondern endlich gegen die Amerikaner ziehen. Die britischen Soldaten hatten ihre eigenen Zelte aus Stoff dabei und versorgten sich selbst – umlagert von vielen neugierigen Kindern, die jeden ihrer Schritte beobachteten.

Abends wurde getanzt, um sich auf den Krieg vorzubereiten. Mit eindrucksvollen Bewegungen zeigten die Krieger dem Schöpfer, dass sie bereit für den Kampf waren. Sie tanzten sich in Trance, flehten und baten um Unterstützung oder bereiteten sich auf den Tod vor. Die Rotröcke saßen abseits und sahen sich das Spektakel mit gemischten Gefühlen an. Sie schätzten die Kampfkraft ihrer Verbündeten, aber diese seltsamen Zeremonien schreckten sie doch etwas ab. Colonel Dickson hatte dafür mehr Verständnis, denn als Ehemann einer Dakota-Frau hatte er schon viele Zeremonien erlebt. Er wusste, dass die Krieger der Dakota zuverlässig sein würden. Nur mit den Verbündeten aus dem Westen hatte er noch Zweifel.

Am Morgen unterhielt er sich mit Wanata, der anstelle seines Vaters Wakinyan-duta gekommen war. Nachdem Dickson die Schwester von Wakinyan-duta geheiratet hatte, gehörte er somit zur Familie. Respektvoll redete er Wanata mit „Thunshka" – Neffe – an. Der junge Krieger war stolz, einen solchen Mann als „Onkel" zu haben. Mit ihm hoffte er auf Ruhm und Ehre.

„Wie geht es deinem Vater?", erkundigte sich Dickson höflich nach dem Befinden des Häuptlings der Yanktonai.

Der junge Krieger machte eine herablassende Handbewegung. „Er sitzt im Rat der Häuptlinge und redet."

Dickson lächelte freundlich. „In seinem Alter ist das auch klug! Kämpfen sollen die jungen Krieger."

Wanata streckte sich stolz. „Deswegen folge ich dir! Ich traue diesen Langmessern nicht, und es macht mich stolz, dass wir unseren Verbündeten helfen können. Doch sage mir, wie geht es meiner Tante?"

Dickson seufzte tief. „Ich ließ sie in Fort Mackinac, denn sie war etwas kränklich. Der Winter war lang. Aber sie fragt nach ihrem Bruder und ihrer Familie."

Wanata nickte gedankenverloren „Auch bei uns war der Winter hart, aber alle erfreuen sich nun guter Gesundheit. Richte ihr das aus, wenn du sie siehst. Ich hoffe, dass es ihr bald besser geht."

„Das hoffe ich auch! Doch nun sage mir, wie schätzt du die Kampfkraft von Wachpeda und Wambli-luta ein?"

Wanata streckte seine Beine aus und dachte über die Frage nach. Wambli-luta hatte er schon im letzten Sommer kennengelernt. Auch Wachpeda, der seit der Kindheit auf einem Auge blind war, flößte ihm Respekt ein. Warum stellte Dickson ihm eine solche Frage? Er zuckte mit den Schultern. „Wambli-luta ist Hemdträger – er wird nicht zurückweichen, wenn die Feinde kommen.

Wachpeda war schon als Kind ein Draufgänger. Sein Dorf steht an dem Fluss, den ihr Mississippi nennt. Immer mehr Boote der Weißen befahren ihn. Er will sein Dorf und seine Jagdgründe verteidigen, also wird er ebenso ein erbarmungsloser Gegner sein."

Dickson seufzte tief. „Das ist gut! Dann wird es uns gelingen, dieses Fort einzunehmen!"

Wanata grinste breit. „Und wir werden viel Beute machen!"

Dickson klopfte ihm gutmütig auf die Schulter. „Du wirst siegreich heimkehren! Keine Sorge!"

Am Morgen bereiteten sich die Männer auf den Kriegszug vor. Es war warm und so bekleideten sie sich nur mit dem Nötigsten. Die Krieger hatten sich mit ihren heiligen Farben bemalt und trugen ihre Schutzzeichen am Körper. Ansonsten hielten sie nur ihre Waffen in den Händen. Alle waren inzwischen von den Rotröcken mit Gewehren ausgestattet worden. Colonel McKay hatte die Krieger ermahnt, nicht zu hitzköpfig zu sein. „In dem Ort sind nur die Amerikaner im Fort unsere Feinde, nicht die Menschen, die dort wohnen."

Für Wambli-luta war das schwer zu verstehen, denn wenn sie ein feindliches Dorf angriffen, waren auch die Frauen und Kinder ihre Feinde. Das bedeutete nicht, dass man sie unbedingt tötete, aber man konnte sie als Gefangene mitführen und sich ihren Besitz aneignen.

Der Colonel merkte, dass seine Worte nicht verstanden worden waren und bemühte sich um eine Erklärung. Er ließ Dickson die Worte übersetzen, damit den Verbündeten klar wurde, was er wollte. „Die Amerikaner sind gekommen und haben den Ort für sich beansprucht. Viele, die dort leben, sind aber uns gewogen. Sie wollen die Amerikaner dort nicht. Es wäre nicht gut, sie gegen uns aufzubringen. Einige haben sich auch in den Hügeln versteckt, weil sie Angst vor den Amerikanern haben. Es ist unsere Aufgabe, sie in Sicherheit zu bringen."

Wambli-luta kniff erstaunt die Augen zusammen. Wie sollte man hier Freund oder Feind unterscheiden? Die Kriegsführung der Weißen war sehr merkwürdig! „Ich werde Frauen und Kinder schonen", sagte er ohne große Begeisterung. Er war Hemdträger, und sich den Wünschen eines Colonels oder dieses rothaarigen

Dickson zu beugen, schien ihm wenig einträglich. Wie sollten sie dort Ehre erlangen? Er blickte auf Wachpeda, der ebenfalls seine Krieger anführte, ganz zu schweigen von den Kriegshäuptlingen der Menominee und Ho-Chunk – hier gab es zu viele Anführer. Noch weniger gefiel ihm der Plan: Sie wollten von Norden her in den Ort einfallen, die Hütten der Weißen besetzen und das Fort belagern. Am Fluss lag eines der großen Kanus – auch das sollte belagert werden. Es würde todlangweilig werden! Der Colonel drängte zur Eile, denn Kundschafter hatten berichtet, dass das Fort noch nicht ganz fertiggestellt war. Die Gelegenheit wäre also günstig! Sie wollten überraschend zuschlagen und vielleicht das Schiff, das am Ufer lag, im Sturm erobern. Auf ihm waren Kanonen, die dann keinen Schaden mehr anrichten konnten. Die versammelten Indianer wussten meist nicht, was eine Kanone war, und sahen daher die Bedrohung nicht. Ein Kanu zu erbeuten, selbst wenn es groß war, schien für sie keine besondere Herausforderung zu sein.

Die Verbündeten setzten sich geordnet in Marsch. Voran schritten die Briten in ihren roten Uniformjacken. Einige Läufer sicherten den Weg voraus, die anderen folgten in loser Formation den britischen Soldaten. Sie zogen den Wakpa-si entlang bis zum Mississippi und setzten zwischen den vielen bewaldeten Inseln über. Dann bewegten sie sich im Schatten der Wälder und flachen Hügel auf Prairie du Chien zu. Alles geschah in völliger Ruhe, denn man wollte den Feind überraschen. Umsichtig wurden auch am anderen Ufer Läufer vorausgeschickt, damit man nicht zufällig einer Patrouille der Amerikaner in die Hände lief. Die Menominee stießen dabei auf einige verschreckte Siedlerfamilien, die sich dort vor den Amerikanern versteckt hatten. Sie kamen aus ihren Verstecken hervor, als sie die uniformierten Soldaten sahen, und baten um Hilfe. Colonel McKay ließ sich von ihnen Informationen über die Lage vor Ort geben. Ein Mann wedelte aufgeregt mit der Hand und fand keine freundlichen Worte über das Vorgehen der Amerikaner. „Sie kamen Anfang Juni und besetzten den Ort. Die meisten flohen, aber einige Menschen sind noch dort. Die Amerikaner versprachen, dass sie niemandem etwas tun würden … aber denen kann man ja nicht trauen."

„Wissen Sie, wie viele Siedler noch geblieben sind?"

„Keine Ahnung … einige Trapper ließen sich nicht beirren und sind geblieben. Sie hatten Angst, dass ihre Häuser geplündert würden." Der Mann blickte den Colonel unsicher an. „Was sollen wir denn jetzt tun?"

„Unsere Verbündeten begleiten Sie zum Dorf von Wabash. Dort sind Sie sicher. Wenn wir das Fort erobert haben, können Sie wieder nach Hause. Keine Sorge! Die Amerikaner werden nicht lange bleiben!" Colonel McKay klang zuversichtlich. Er winkte nach Wambli-luta und Wachpeda, damit sie die Zivilisten in Sicherheit brachten.

„Hohch!", stöhnte Wambli-luta ungehalten. Wie er es befürchtet hatte: Todlangweilig!

Der Colonel überhörte die Äußerung und lächelte freundlich. „Ihr habt Pferde und werdet uns schnell wieder einholen. Die Menominee und Ho-Chunk sind zu Fuß, ebenso meine Soldaten. Wir rücken vor und warten dann, bis ihr uns eingeholt habt."

Dickson übersetzte seine Worte, und Wambli-luta nickte bestätigend. Was der weiße Mann sagte, machte Sinn. Es war besser, die Frauen und Kinder in Sicherheit zu bringen und sich nicht mit ihnen zu belasten. Auf ihren schnellen Ponys würden sie die Verbündeten ohnehin schnell wieder einholen.

„Und ihr liefert sie lebend ab!", warnte Dickson mit einem besorgten Augenaufschlag.

„Wir bringen sie lebend ins Dorf!", versicherte Wambli-luta mit einem Grinsen. Dickson hatte Humor, und das gefiel ihm. Auch Wachpeda beteuerte, dass die Siedler in seinem Dorf nichts zu befürchten hätten. Er verließ sich darauf, dass die Briten ihnen wohlwollend gegenüberstanden und sie bei einem Sieg friedlichen Handel treiben konnten.

Wambli-luta war erleichtert, als er sah, dass die weißen Menschen, die er in Sicherheit bringen sollte, zum Teil Pferde hatten. Er befahl, dass die Frauen und Kinder reiten sollten, während die Männer zu Fuß gingen. Zwei der Männer sprachen seine Sprache, das vereinfachte alles. Wambli-luta führte sie zum Mississippi und ließ die Menschen den Fluss überqueren. Seine Krieger waren still, denn auch sie wunderten sich über diesen Rückzug. Einige sahen zum ersten Mal weiße Frauen und Kinder. Auch Wambli-luta hatte noch nie diese seltsamen Wesen gesehen. Es flößte ihm Scheu ein. Eine Frau hatte so helles Haar, dass es ihn an die Strahlen der Sonne erinnerte. Sie hatte einen kleinen Jungen dabei, dessen Haare fast weiß waren. Es reizte ihn. Er ritt näher heran und strich dem Jungen über die Haare, dann zog er sie zurück, als hätte er sie verbrannt. „Heiß wie die Sonne!", sagte er lächelnd. Die Frau jedoch fürchtete sich vor seiner Kriegsbemalung und schreckte zurück. Nur der Junge schien keine Angst zu haben. Er grinste frech, beugte sich zu dem Indianer und fasste nach dem Blitz, der die eine Gesichtshälfte des Kriegers zierte. Auch er zog die Hand zurück, als hätte er sich verbrannt. Wambli-luta lachte amüsiert. Dann zog er sein Messer samt bestickter Messerscheide aus dem Gürtel und reichte es dem Kind. Überrascht drehte sich der Junge im Sattel zu seiner Mutter um, ob er das Geschenk annehmen durfte. Die Frau nickte vorsichtig, und der Junge beugte sich mit einem strahlenden Lächeln vor, um das Geschenk entgegenzunehmen. „Danke!", sagte er auf Englisch. „Pilamaya!", meinte Wambli-luta mit einem lustigen Zwinkern. „Pilamaya!", wiederholte das Kind artig. Dann hielt es glücklich die Messerscheide in den Händen.

Wambli-luta lieferte die Menschen wie geheißen im Dorf von Wachpeda ab. Sie wurden in den Zelten der Soldaten untergebracht, die erst in ein paar Tagen wiederkehren würden. Die Siedler waren froh, endlich ein Dach über dem Kopf zu haben, und wunderten sich über die Gastfreundschaft der Indianer, die sofort mit Töpfen voller Suppe und Essensschalen kamen. Hungrig stürzten sich die Menschen auf das Essen, während die Krieger sofort umkehrten, um sich dem Kriegstrupp anzuschließen. Sie hatten es eilig, denn sie wollten endlich Coups erringen und Beute machen.

Fort Shelby
Frühjahr und Sommer 1814

Anfang Mai befahl William Clark den Aufbruch. Colonel Taylor hatte seinen Posten aufgegeben, und so wurde er durch Leutnant Joseph Perkins von der 24. Infanterieabteilung ersetzt. Die regulären Truppen trugen schmutzig-weiße Hosen und darüber ihre kurzen blauen Uniformjacken. Auf dem Kopf hatten sie Tschakos, nur Perkins trug als Offizier einen Hut im napoleonischen Stil. Unter dem Kommando von Yeizer und Sullivan setzten sich auch die Freiwilligen in Bewegung. Auch sie hatten Uniformen erhalten und standen für die Zeit, in der sie sich verpflichtet hatten, unter Militärgesetz. Die Miliz begleitete die Boote auf dem Landweg, ihre Ausrüstung auf Packpferden verladen. Die Soldaten an Bord der Schiffe kämpften mit dem Vorwärtskommen. Der Mississippi hatte kaum Strömung, und doch war es mühsam, ihn im Frühling nach Norden zu befahren. Oft genug mussten sie treideln oder kreuzen, um das Segel überhaupt nutzen zu können.

Pierre befehligte wieder eines der Schiffe und war ganz froh, dass er der Miliz nicht am Ufer folgen musste. Louise hatte ihn noch in der Uniform bewundert und ihm verheißungsvoll ins Ohr geflüstert, wie elegant er aussähe. Auch Arnel war als Guide angeheuert worden, weil Prairie du Chien mitten im Gebiet der Dakota lag, deren Sprache er konnte. Ihm war etwas mulmig zumute, denn er hatte das Volk seiner Mutter seit der Kindheit nicht mehr gesehen. Er hatte keine Ahnung, ob sie ihn willkommen heißen würden. An den langen Tagen auf dem Schiff versuchte er sich an die Worte zu erinnern, die seine Mutter mit ihm gesprochen hatte. Er hatte sie nicht vergessen, aber für viele militärische Ausdrücke gab es kein Wort in der Sprache der Dakota. Hoffentlich enttäuschte er Clark und die anderen Männer nicht.

Nach gut zwei Wochen wurden sie an den Stromschnellen von Rock Island von Sauk-Kriegern angegriffen. Die Boote kamen hier nur langsam voran, und die Voyageure waren verwundbar, weil sie die Boote treideln mussten. Pierre ließ sein Boot am Ufer sichern und rief die Männer zu sich aufs Boot. „Kommt zurück!", schrie er aus Leibeskräften, als er die Krieger am Ufer bemerkte. Hals über Kopf wateten die Männer zum Boot zurück, als schon die ersten Pfeile flogen. Auch die anderen Boote lagen unter Beschuss. Pierre hörte, wie Clark Befehl gab, die Kanonen zu laden. „Macht ein bisschen Krach, damit unsere Jungs am Ufer das hören!", befahl er grimmig.

Pierre grinste zufrieden. Eine gute Idee! Wenn Perkins, Sullivan oder Yeizer die Schüsse hörten, würden sie den Sauk in den Rücken fallen! Das Donnern der Kanonen hallte über das Wasser, und einige Krieger wurden getroffen und fielen in den Fluss. Das schreckte die anderen ab, die mit solch einer Gegenwehr nicht gerechnet hatten. Die Verletzten schrien vor Schmerzen, und ihre Ponys rannten mit vor Schreck geweiteten Augen davon. Andere Krieger ritten sofort näher, um die Verwundeten zu bergen. Weitere setzten den Angriff mit schrillen Schreien fort. Dann hatte Perkins mit seinen Soldaten das Ufer erreicht und ließ anlegen. Eine Salve schlug in die Welle der Angreifer, die überrascht erkannte, dass sie von zwei Seiten unter Beschuss genommen wurden. Außerdem näherte sich bereits im Eilschritt die Miliz unter dem Befehl von Sullivan und Yeizer. Auch sie knieten nieder, nahmen die Angreifer aufs Korn und schossen. Die Sauk erkannten, dass sie es mit einem überlegenen Gegner zu tun hatten, und ergriffen die Flucht. Jubelnd schwenkten die Männer ihre Tschakos, denn es war ein schneller Sieg gewesen. Sie selbst hatten keine Verluste.

Clark ließ die Fahrt wieder aufnehmen. Seine Miene hatte sich verfinstert, denn der Angriff der Sauk schmeckte ihm nicht. Es zeigte ihm nur erneut, wie dringend die Befriedung dieser Stämme war. Er hatte mit den Briten ein Hühnchen zu rupfen!

„Hast du was von Manuel Lisa gehört?", fragte ihn Pierre.

„Inwiefern?" Clark runzelte kurz die Stirn.

„Na, wie sieht es dort mit den Indianern aus? Sind die dort auch so unfreundlich?"

Clark lächelte schon wieder. „Nein ... die letzten Nachrichten waren, dass die Omaha und Ponca sehr friedlich sind und Lisa

Kontakt zu den Oglala und anderen Tituwan aufgenommen habe."

„Das klingt doch sehr gut! Da ist ihm Charbonneau bestimmt eine große Hilfe."

„Ach …" Clark klang nicht so begeistert.

„Wie geht es überhaupt dem kleinen Jungen? Weiß er, dass seine Mutter gestorben ist?"

Clark seufzte tief. „Pomp? Ja, ich habe es ihm gesagt. Er war tapfer! In der Schule kümmern sie sich gut um ihn. Ich zahle ja auch entsprechend."

„Hat das kleine Mädchen überlebt, die Tochter von Sacajawea?" Pierre erinnerte sich an das Baby, und kurz wurde er melancholisch, als er an seine eigene Tochter dachte. Claire! Wie es ihr wohl ging?

„Lisette?" Clark spitzte die Lippen. „Ja, sie hat überlebt. Armes kleines Ding! Ich habe jetzt ebenfalls die Vormundschaft für die Kleine. Charbonneau wollte sie wohl loswerden. Er sagte, dass er sich als Trapper kaum um die Kleine kümmern könne. Sie ist wirklich niedlich! Meine Frau kümmert sich um sie. Hat sie als Erstes taufen lassen, weil sie kein Heidenkind im Haus haben wollte. Nun suchen wir Adoptiveltern für sie. Sie hat eine sehr helle Haut, sodass man ihre wahre Herkunft verschweigen kann."

Pierre schwieg dazu. Ja, seine Claire würde wohl als Heidenkind aufwachsen … wenn sie überhaupt überlebt hatte. Ob er sie je finden würde?

Clark klopfte ihm freundlich auf die Schulter. „Keine Sorge, du wirst deinen Sohn schon bald wiedersehen!" Es war nett gemeint, denn er wusste ja nichts von Pierres anderem Kind.

Pierre lächelte leicht. „Das wäre schön. Meine Frau hat es nicht gern gesehen, dass ich mich schon wieder ins Abenteuer stürze."

„Nicht Abenteuer, sondern Verteidigung!", merkte Clark an. „Wir haben Krieg!"

Nach weiteren zwei Wochen erreichten sie endlich Anfang Juni Prairie du Chien. Sofort durchsuchte die Miliz den Ort und nahm die Häuser in Besitz. Auch die Freiwilligen durchkämmten den

Ort und suchten die Umgebung ab. Sie erwischten einige Ho-Chunk, die sich in Sicherheit bringen wollten. Der Angriff war für alle Bewohner offensichtlich unvorbereitet geschehen. Clark besetzte das Haus von Colonel Dickson und nahm auch andere Häuser als Quartiere in Beschlag. Viele Bewohner waren in die Hügel geflüchtet, doch einige Familien waren geblieben, die sich nun über diese Behandlung beschwerten.

Clark stellte den Frieden wieder her, indem er ihnen versicherte, dass ihnen kein Leid geschehen würde. Er ordnete an, dass die Zivilisten unter seinen Schutz standen und auch ihr Eigentum nicht angerührt werden durfte. Die Bewohner waren ein buntes Volk aus Trappern, Siedlern, Métis und Händlern, die noch zu Zeiten, als das Gebiet zu Frankreich gehört hatte, diesen Ort gegründet hatten. Er war ganz nach französischem Vorbild gebaut worden: Die Menschen lebten zusammen in diesem Ort und hatten außerhalb zwischen den sanften Hügeln Parzellen, die sie bewirtschafteten. Die Bewohner hatten sich noch nicht mit den neuen politischen Gegebenheiten anfreunden können und sahen die Amerikaner als Eindringlinge. Clark verhörte jeden einzelnen Mann und ließ sich von ihm die Loyalität gegenüber Amerika versichern. Einige weigerten sich verständlicherweise, und so quoll das provisorische Gefängnis bald über.

„Dickköpfe!", fluchte Perkins, als er bei den Vernehmungen kaum weiter kam. „Niemand sagt mir, wie viele Menschen noch in der Nähe sind, ob Indianer ihnen helfen oder wo die Briten sind!" Der ältere, aber erfahrene Leutnant raufte sich die Haare und spuckte einen Pfriem zu Boden.

„Für diese Menschen sind wir Feinde. Das müssen wir einkalkulieren. Wenn hier die Briten auftauchen, haben wir die Bevölkerung gegen uns."

Perkins kratzte sich den Kopf. „Langsam wird es eng … Wo sollen wir sie denn noch einsperren?"

„Nirgends!", ordnete Clark mit ruhiger Stimme an. „Sie haben nur noch nicht ganz verstanden, dass dieses Land nun zu uns gehört. Wir dürfen sie nicht gegen uns aufbringen."

„Und wenn sie den Feinden Informationen geben? Wenn hier Briten auftauchen, dann laufen diese Leute zu ihnen über und erzählen ihnen ganz genau, wo wir unsere Schwächen haben."

Clark nickte bestätigend. „Das sehe ich auch so. Hier im Ort zu bleiben, ist zu gefährlich. Ich möchte ein Fort bauen, wo wir vor Meuchelmördern sicher sind."

„Gute Idee!", pflichtete ihm Perkins bei. „Schon eine örtliche Vorstellung?"

„Am Ende des Ortes, auf dem Hügel … da können wir uns gut verteidigen. Und vom Fluss her kann ein Kanonenboot uns Feuerschutz geben."

Perkins stemmte die Hände in die Hüften und nahm den Platz in Augenschein. „Strategisch gut!", sagte er anerkennend.

Clark nahm den Hut und wischte sich über die Stirn. Es war heiß geworden, und Mücken umschwirrten die Männer. „Also dann! Männer zum Fällen von Bäumen einteilen!", befahl Clark unternehmungslustig.

„Aye, Sir!" Perkins wandte sich an seine Männer und verschwand mit ihnen, um Holz für den Bau von Palisaden und Baracken zu holen. Um Zeit zu sparen, verwendeten sie teilweise das Holz von einigen verlassenen Hütten. Das andere musste von weiter her auf Karren herbeigeschafft werden. Hierzu konfiszierten sie die vorhandenen Karren der Bewohner. All das war nicht geeignet, das Vertrauen der Menschen zu gewinnen.

Axt- und Hammerschläge dröhnten durch den Ort, Flüche wurden gerufen und die Soldaten schwitzten in der brütenden Sonne. An einer Stelle im Inneren des neu entstehenden Forts wurde an einem Brunnen gegraben. Man wollte so schnell wie möglich unabhängig sein. Eine erste Hütte entstand, in der Munition und Vorräte gelagert wurden. Zwei Mann standen hier rund um die Uhr Wache, während die anderen eifrig an der Befestigung bauten. Zwei weitere Männer waren eingeteilt, um auf die gefangenen Ho-Chunk aufzupassen. Es gab kein Gefängnis, und so hatte man einfach ein kleines Haus verbarrikadiert und vor den Eingang Wachposten gestellt. Es war wenig sicher, denn die Krieger lockerten einige Planken und versuchten in der Dunkelheit zu entkommen. Die Wachen waren völlig überrascht und schossen blindlings auf die Flüchtigen. „Achtung! Die Gefangenen brechen aus!" Auch andere Soldaten entsicherten ihre Gewehre und nahmen die Ho-Chunk unter Beschuss. Sie verfolgten die Indianer bis zum Fluss und erschossen die letzten beiden, als sie ins Wasser flüchteten.

Clark tobte. „Wollt ihr, dass wir noch mehr Ärger mit den Indianern haben? Jetzt gebt ihr Dicksons Lügenmärchen doch nur Recht."

Hilflos ließen die Soldaten das Donnerwetter über sich ergehen. „Was hätten wir denn tun sollen? Sie einfach laufen lassen?"

„Wieder in Gewahrsam nehmen?", flötete Clark auf unangenehme Weise. „Sie waren ja nicht einmal bewaffnet." Clark wedelte ungeduldig mit der Hand. „Begrabt sie wenigstens. Es muss ja niemand sehen, dass wir sie erschossen haben."

Maulend zogen die Männer ab und verscharrten die Leichen am Hochufer des Mississippi. Natürlich wurden sie dabei beobachtet, sodass es sich in Prairie du Chien schnell herumsprach, dass die Soldaten einige Ho-Chunk getötet hatten. Das war alles nicht gut. Die Bewohner hatten bisher mit den Stämmen keine Schereien gehabt und wollten das auch in Zukunft nicht. Die Anwesenheit der Amerikaner störte ihren Frieden und gefährdete auch sie.

Trotz des Zwischenfalls blieb es ruhig, und Clark überwachte mit kritischem Blick den Bau des Forts. Er taufte es auf den Namen „Fort Shelby", nach dem ersten Gouverneur von Kentucky. Die Männer arbeiteten schnell, und als Clark die Fortschritte sah, war er sehr zufrieden. Er konfrontierte Perkins mit der Neuigkeit, dass er mit einem Boot nach St. Louis zurückkehren wollte. Ein weiteres Kielboot, das mit Kanonen bestückt war, wollte er zum Schutz des Forts zurücklassen. Er hatte ein gutes Gefühl, dass der Fluss hier effektiv bewacht werden würde.

Perkins dagegen hatte seine Bedenken. „Wenn die Miliz abrückt, habe ich nur noch 60 Mann. Das wird kaum reichen, um das Fort zu halten, wenn wir angegriffen werden."

„Ich werde sofort um Verstärkung ersuchen, wenn ich zurück bin! Aber ich habe wichtige Informationen, die ich dem Kriegsministerium zukommen lassen möchte."

„So?" Perkins runzelte die Stirn.

„Ja, im Haus von Dickson fand ich jede Menge Beweise, dass er

tatsächlich die Stämme hier gegen uns aufhetzt. Briefe, Reden …
selbst eine Liste von Auslagen für Geschenke. Außerdem kann
ich beweisen, dass er Skalpprämien ausgesetzt hat … gegen uns!
Er hat den Ho-Chunk und Sauk und Fox dafür Geschenke gegeben, dass sie uns angreifen!"
Perkins schüttelte empört den Kopf. „Das ist Verrat! Wenn mir
der Bursche in die Hände fällt, dann …"
„Wenigstens wissen wir jetzt, warum die Sauk uns angegriffen
haben." Clark kniff die Lippen zusammen. „Wenn ich Dickson
erwische, lasse ich ihn hängen!"
Perkins nickte zufrieden. „Sonst noch Anweisungen?"
„Nein … halten Sie Frieden mit der hiesigen Bevölkerung, und
sorgen Sie dafür, dass so ein Zwischenfall wie mit den Ho-Chunk
nicht noch einmal passiert. Wenn hier 1000 wütende Ho-Chunk
auftauchen, wird es ungemütlich."
„Da haben Sie recht, Sir!"
Perkins schüttelte zum Abschied Clarks Hand und sah zu, wie
sich das Kielboot nach Süden in Bewegung setzte. Er war froh,
dass die meisten Männer noch da waren und auch das Kanonenboot vor Anker lag. Es war eine Barkasse mit 34 Rudern. Das gab
ihm ein Gefühl der Stärke.

Zwei Wochen später war das Fort so weit fortgeschritten, dass sie
die Baracken beziehen konnten. Es fühlte sich gut an, hinter den
Palisaden zu verschwinden und die eigenen Leute zum Wachdienst einteilen zu können. Nur der Brunnen bereitete ihnen noch
Sorgen, denn egal wie tief sie gruben – er führte nur wenig und
dann auch nur brackiges Wasser. Im Moment konnten sie frisches
Wasser vom Fluss holen und dort auch zum Waschen hingehen,
aber bei einer Belagerung hätten sie ein ernsthaftes Problem.
Perkins ließ den Brunnen noch tiefer ausheben und mit Steinen
auslegen. Nur halb bekleidet standen die Männer im knietiefen
Wasser und versuchten ihn weiter auszuheben. Es war die reinste
Plackerei und zeigte kaum eine Wirkung. Also ließ Perkins Befehl geben, nach Fässern zu suchen, die man mit Wasser füllen
konnte. Die Männer hatten bei der Suche kein Glück, denn wie
hätte jemand Fässer in diese Wildnis bringen sollen? Ein ande-

res Problem waren die Vorräte: Mit den 200 Mann war der mitgeführte Proviant schnell aufgebraucht. Die beschlagnahmten Lebensmittel würden auch nicht lange reichen, und so stellte der Leutnant einen Trupp zusammen, der Wild jagen und gleichzeitig nach den Briten Ausschau halten sollte. Pierre und Arnel meldeten sich sofort, denn Schreinerarbeiten waren nicht nach ihrem Geschmack. Es war harte körperliche Arbeit, die Gräben für die Palisaden auszuheben, Bäume zu fällen oder Hütten zu bauen. Ihre Fähigkeiten lagen mehr im Jagen und Kundschaften.

Perkins zwinkerte ihnen gutmütig zu und schickte sie als Späher aus. „Schaut mal, ob ihr noch versprengte Franzosen findet. Wir beißen nicht! Macht ihnen das klar! Und bringt einen vernünftigen Braten mit! In den Wäldern muss es doch von Wild wimmeln."

Arnel grinste breit. Er stammte zwar nicht aus dieser Gegend, doch der Ort, wo seine Mutter herkam, sah ähnlich aus: Flüsse, Seen, Wälder und dazwischen weite Prärie. Nur die Trockenheit sorgte dafür, dass das Wild abwanderte. Aber hier am Mississippi gab es genügend Wasser, obwohl auch er einen niedrigen Wasserstand hatte – was sich auch am geringen Grundwasserspiegel des Brunnens zeigte. Das Wasser dort konnten höchstens Pferde trinken.

Pierre und Arnel ritten nur allzu gerne in die Umgebung – befreit vom Frondienst. Sie wussten, dass sie besser mit Fleisch zurückkehrten, sonst wäre ihre Zeit als Jäger gezählt! Beide waren geschickte Jäger, und so brachten sie meist eine Gabelbockantilope, einen Hirsch oder Kaninchen zurück. Einmal streikte der Koch, als sie ihm einen Bären präsentierten, doch Arnel und Pierre versicherten beide, dass er vorzüglich schmeckte.

Dann war ihre Zeit bei der Miliz vorbei, und die Männer berieten darüber, wie es weitergehen sollte. Sullivan wollte mit dem Großteil der Mannschaft nach St. Louis zurückkehren, doch Yeizer erklärte sich bereit, mit einigen Männern auf dem Kanonenboot zu bleiben. „Ich werde da wohl eure Ärsche retten müssen", meinte er jovial.

„Oder ich den deinen!", brummte Perkins angetan. „Hauptsache, es bleiben noch ein paar Männer da! Mit einer Besatzung auf dem Boot fühle ich mich wesentlich wohler. Da können wir uns gegenseitig Feuerschutz geben."

Yeizer grinste breit. So ein Auftrag war ganz nach seinem Geschmack. „Bin ich dann Kapitän?", fragte er erfreut.

„Nur solange du dort vor Anker liegst. Auf der Rückfahrt brauchen wir jemanden, der sich mit den Gewässern auskennt."

„Schon klar!" Yeizer nahm ihm die Bemerkung nicht übel. Er richtete es sich auf dem Boot bequem ein und teilte seine Männer zu Tag- und Nachtwachen ein. „Nicht, dass uns jemand die Kanonen klaut!" An Bord waren einige Kanoniere, die seinen Leuten zeigten, wie man die Geschütze nachlud oder herunterkühlte. Perkins sah ihnen vom Fort aus zu und nickte zufrieden. Wenn bald Verstärkung aus St. Louis eintraf, wäre die Stellung hier zu halten!

Auch Pierre und Arnel entschlossen sich noch zu bleiben. Sie sahen, dass jeder Mann gebraucht wurde, und ließen sich von Perkins als Jäger anheuern. „Aber nur bis zum Herbst!", betonte Pierre. „Wenn ich noch mal einen Winter ausbleibe, bekomme ich Ärger mit meiner Frau!"

Perkins kannte die Geschichte noch nicht und ließ sich staunend die Evakuierung von Fort Lisa erzählen. „Ihr habt den ganzen Winter gegen feindliche Indianer durchgehalten? Da hast du ja ganz schön was erlebt, mein Junge!", staunte er.

„Arnel auch!" Pierre deutete auf seinen Freund. „Unser anderer Freund ist immer noch bei Manuel Lisa … sie haben ein zweites Fort Lisa gebaut … im Gebiet der Omaha."

„Na, wenn das mal gut geht!", unkte Perkins.

Pierre sagte nichts, denn er hatte seit dem Frühjahr nichts mehr von Manuel Lisa oder Shorty gehört. Das würde warten müssen, bis er wieder in St. Louis war – oder länger. Etwas wehmütig blickte er Sullivan und der Miliz hinterher, die sich endlich in Richtung St. Louis in Bewegung setzte. Geordnet und mit ihren Waffen auf dem Rücken marschierten sie davon. Ein bisschen Sehnsucht hatte Pierre nun doch nach seiner Ehefrau. „Macht es gut!", rief er ihnen hinterher. Er hatte Sullivan einen Brief an seine Familie mitgegeben. Er hatte sich bemüht und schrieb in blumigen Worten von seiner Sorge um die Heimat und wie unabkömmlich er hier war. „Ich verzehre mich nach euch, doch ich bin Patriot und sehe meine Pflicht, bei meinen Kameraden zu bleiben."

Die nächsten Tage verschwanden er und Arnel immer wieder zwischen den Hügeln des Hochufers des Mississippi. Inzwischen mussten sie weitere Strecken zurücklegen, um Wild zu finden. Dabei verschwanden sie auch immer wieder in den Wäldern und Hügeln, um nach Flüchtlingen Ausschau zu halten. Einmal fanden sie eine französische Familie, die sich ein provisorisches Lager gebaut hatte. Erst als Pierre mit ihnen französisch sprach, ließen sie sich überreden, nach Prairie du Chien zurückzukehren.

„Aber die Amerikaner …!", vergewisserte sich der Mann.

„Dieses Gebiet gehört jetzt zum Illinois-Territorium", erklärte Pierre. „Also zu Amerika. Die Soldaten verteidigen nur ihren Anspruch auf das Land, das ihnen gehört. Die Briten haben hier nichts zu suchen."

„Müssen wir dann auch unser Hab und Gut aufgeben?", fragte der Mann erschrocken.

„Aber nein … ganz im Gegenteil. Es ist unsere Aufgabe, euch zu beschützen. Die Lage hat sich zugespitzt, weil dieser gewissenlose Dickson die Stämme hier aufgehetzt hat."

„Vraimont?" Man konnte sehen, dass der Mann diese Information mit gemischten Gefühlen aufnahm. „Wir hatten bisher keinen Ärger mit Dickson."

Es klang ein wenig patzig. Trotzdem folgte die Familie den beiden, was natürlich länger dauerte, als wenn die beiden einfach allein geritten wären. Pierre verbuchte es als Erfolg, als er endlich den kleinen Ort erreichte. Mit zusammengekniffenen Augen beobachtete er, wie die Familie in ihr verwüstetes Haus zurückkehrte. Selbst das Spielzeug der Kinder war teilweise zerstört worden. Irgendwer hatte sich hier ausgetobt. Er sagte nichts, als die Familie ihn und Arnel beschimpfte. Er wäre vermutlich genauso verärgert gewesen. Er dachte an Louise und hoffte, dass sie wirklich bei ihren Eltern in der Sicherheit von St. Louis lebte. Ob die Farm seiner Eltern wohl noch stand?

Zwei Tage später waren Pierre und Arnel wieder unterwegs – dieses Mal in nördlicher Richtung. Sie waren vorsichtig, denn dort befanden sich Indianerdörfer. Sie waren gewarnt worden, dass auf der anderen Seite des Mississippi die Dakota ihre Dörfer hatten. Die Mdewakanton unter ihrem Häuptling Wachpeda hielten vermutlich eher zu den Rotröcken. Pierre und Arnel hatten nicht vor, den Fluss zu überschreiten. Sie hatten Spuren von Gabelbockantilopen gesehen und wollten ihnen an einem Nebenarm, der sich wie ein See verbreiterte, auflauern.

Als sie Stimmen hörten, hielten sie die Pferde an und zogen sie sofort ins Unterholz. Vorsichtig hielten sie ihnen den Nüstern zu und warteten ab. „Sie kommen hierher!", flüsterte Arnel. „Zieh die Pferde weiter ins Gebüsch … Ich beobachte sie!"

„Sei aber vorsichtig! Wenn es die Briten sind, müssen wir Meldung machen!"

„Alles klar!", zischte Arnel beruhigend. „Mich sieht und hört man nicht!"

Pierre grinste über diese Selbstsicherheit, aber er vertraute seinem Freund. Vorsichtig zog er die beiden Pferde weiter in ein Tal und suchte Deckung hinter einigen Bäumen. Es musste mit dem Teufel zugehen, wenn sie hier entdeckt wurden. Jeder würde den Pfad am Fluss entlang ziehen, um zur Siedlung zu kommen.

Arnel spähte inzwischen die Ankömmlinge aus. Er erkannte Dakotakrieger, die einige Zivilisten in ihrer Mitte führten. Ob als Gefangene oder Verbündete, konnte er nicht genau sagen. Zumindest hatten sie Kriegsbemalung aufgelegt und machten einen kampfbereiten Eindruck. Die Frauen und Kinder waren verschreckt, aber nicht verängstigt, also nahm er an, dass die Indianer die Menschen aus der unmittelbaren Gefahrenzone herausbrachten. So ein Scheiß, dachte er grummelnd. Es sah so aus, als würden diese Indianer demnächst in den Kampf ziehen … und er wusste auch schon, gegen wen! Wütend kratzte er sich am Kopf. Er blieb in sicherer Entfernung und beobachtete, wie die Indianer den Mississippi überschritten. Das war gut, denn dann konnte er zu Pierre zurückkehren, und sie hatten Zeit, das Fort zu warnen. Ohne sich zu rühren, blieb er in Deckung und wartete ab, bis alle den Fluss überquert hatten. Es wunderte ihn, dass er keine britischen Soldaten sah. Ob die Dakota alleine das Fort angreifen würden? Er glaubte nicht daran. Nein, irgendwo würden diese vermaledeiten Rotröcke stecken und bereits das Fort auskundschaften. Vorsichtig bewegte er sich rückwärts, bis er sicher sein konnte, dass niemand ihn bemerkt hatte. Er wartete noch eine Weile ab, doch dann war er sicher, dass niemand ihm folgte. Im Dauerlauf kehrte er zu Pierre zurück und erstattete Meldung.

„Die Inyuns sind mit den Zivilisten über den Fluss! Aber ich nehme an, dass hier irgendwo die Rotröcke mit weiteren Verbündeten unterwegs sind."

„Merde!", fluchte Pierre zum ersten Mal seit langem wieder auf Französisch. „Ich habe nichts gehört oder gesehen!"

„Wahrscheinlich sind sie den Fluss entlang, während wir hier im Hinterland nach Wild gesucht haben."

Zweifelnd legte Pierre den Kopf schief. Er fühlte, wie plötzlich sein Herz klopfte. Von einer Sekunde auf die andere waren die Ruhe und der Frieden vorbei. „Und was machen wir nun?"

„Wir umgehen sie und warnen unsere Freunde!", schlug Arnel pragmatisch vor. „Unsere Verteidigung ist noch nicht ganz fertig. Wir müssen unbedingt die Tore schließen und die Palisaden bemannen."

„Und die Kanonen laden!", ergänzte Pierre mit grimmigem Gesicht. „Wir müssen vorsichtig sein, denn vermutlich wimmelt es hier überall von feindlichen Truppen."

„Kommen wir überhaupt noch durch?", überlegte Arnel.

„Ich denke, dass sie gar nicht damit rechnen, dass hier zwei Leute herumschleichen. Trotzdem müssen wir vorsichtig sein. Diese Inyuns bringen Frauen und Kinder in Sicherheit, also sind die anderen vor uns. Wir folgen ihnen und umgehen sie dann, ehe wir das Fort erreichen. Im Ort können sie uns eh nicht von den anderen Bewohnern unterscheiden."

„In unseren Uniformen?" Arnel hob leicht die Augenbrauen. „Da erkennen sie uns ganz sicher."

„Wir könnten uns über den Fluss bis zum Boot durchschlagen. Wenn wir dort einen Schuss abgeben, ist das Fort auch gewarnt."

Arnel überdachte den Plan. „Gute Idee!", stimmte er zu. „Wir ziehen die Jacken aus, lassen die Pferde laufen und schwimmen hin. Die Briten werden sich sicherlich erst formieren. Das gibt uns Zeit."

„So ist es!"

Pierre nickte ernst. Er reichte Arnel die Zügel seines Pferdes und saß auf. „Los!", rief er auffordernd.

Arnel schwang sich in den Sattel und ritt neben ihm her. Sie wechselten einen kurzen, besorgten Blick und machten sich dann auf den Rückweg zum Fort. Kurz galoppierten sie, dann wurden sie vorsichtiger und führten die Pferde im langsamen Schritt in Richtung des Forts.

Ihre Aufmerksamkeit war nach vorne gerichtet; umso mehr wurden sie überrascht, als sie plötzlich von hinten angegriffen wurden. Eine große Gruppe Krieger galoppierte auf sie zu und ging sofort zum Angriff über, als sie die beiden Männer in den blauen Uniformjacken überraschten.

„Schlag dich durch!", rief Pierre in höchster Aufregung. Jetzt ging es nicht nur darum, die Kameraden zu warnen, sondern die eigene Haut zu retten. Pierre hatte zum ersten Mal in seinem Leben Todesangst. Das Adrenalin pochte durch seine Adern, als er sein Pferd zum Galopp antrieb. Pfeile flogen ihm um die Ohren, als er im Zickzackkurs versuchte, den Indianern zu entkommen. Das Kriegsgebrüll hallte in seinen Ohren, und er wusste, dass es kein Entkommen mehr gab. Aus den Augenwinkeln sah er Arnel, der ihm einen verzweifelten Blick zuwarf. „Hau ab!", schrie Pierre. Dazu winkte er mit der Hand. Arnel wollte abdrehen, doch es war längst zu spät.

Pierre wurde von einer Kugel getroffen und stürzte vom Pferd. Kurz wallte der Schmerz durch seinen Körper – brennend und nicht auszuhalten – dann fühlte er trockenen Staub in seinem Mund, als er über den Boden rollte. Es ist aus, erkannte er ohne Bedauern. Dann sah er Louise in ihrem schönen blauen Kleid vor sich. Louise, dachte er noch, dann wurde es dunkel um ihn.

Arnel wurde fast gleichzeitig getroffen und stürzte neben Pierre in den Staub. Benommen richtete er sich auf und starrte auf die geballte Front aus Wut, die gegen sie anritt. „Pierre!", rief er nach seinem Freund. Dann waren die Indianer über ihm, und er hob verzweifelt die Hände. „Unshimala-pe!" – Habt Mitleid. „Ich kämpfe nicht gegen euch!"

Er sprach Dakota, und kurz hielten die Indianer verdutzt inne. „Ich kämpfe nicht!", wiederholte er. „Madakota!" Ich bin Dakota. Ein Krieger hielt neben ihm und stieß ihn mit seinem Fuß in den Staub. „Inila yanka yo!" Sei still! Es klang überhaupt nicht freundlich. Dann drängte sich ein weiterer Krieger vor, der ihn herausfordernd musterte.

Prairie du Chien
Sommer 1814

Wambli-luta hatte seine Krieger im Galopp zum Mississippi zurückgeführt. Zum dritten Mal an diesem Tag hatten sie den Mississippi überquert und sich nach Süden in Richtung Fort in Bewegung gesetzt. Die Gegend hatte viel Baumbewuchs, sodass sie völlig überrascht waren, als vor ihnen zwei Kundschafter der Amerikaner auftauchten, die offensichtlich auf dem Rückweg ins Fort waren. An den blauen Uniformjacken erkannten sie sofort, dass es sich um feindliche Soldaten handelte. Wambli-luta vermutete, dass sie seine Männer beobachtet hatten und nun Meldung machen wollten. Sie hatten nicht damit gerechnet, dass die Krieger noch am selben Tag zurückkehren würden. „Hokahey!", rief er den Angriffsschrei der Tituwan. Die beiden versuchten ihr Glück in der Flucht, doch wurden sie durch zwei gezielte Schüsse von den Pferden gerissen. Stöhnend wälzten sie sich am Boden. Die Pferde rannten davon, und einige Krieger preschten hinterher, um sie einzufangen. Wambli-lutas Männer wollten den Soldaten den Rest geben, doch der eine hob flehend die Hände und bat um Gnade. Verwirrt zügelten die Männer die Pferde, denn er sprach in ihrer Sprache. „Ich bin ein Dakota! Habt Mitleid", rief er verzweifelt. Der andere Mann lag ohne sich zu rühren am Boden, und der Mann kniete sich schützend vor ihn. „Tut uns nichts!"

„Du bist auf der falschen Seite!", knurrte Wambli-luta ohne großes Mitleid.

„Ja … nein!", versuchte der Mann sich herauszureden. „Meine Mutter war Yankton, aber mein Vater hat mich zu den Amerikanern mitgenommen. Ich bin nicht euer Feind!"

„Vielleicht bin ich dein Feind?", sagte Wambli-luta herausfordernd. Dann dachte er an die Worte des Colonels. Wahrscheinlich wäre es besser, die beiden gefangen zu nehmen und gegen Geschenke zu tauschen? Jedenfalls waren die beiden keine Gefahr mehr, und so konnte er großzügig sein. Beide waren verletzt, und der andere Mann sogar schwer.

„Lebt er noch?", fragte er ungeduldig.

Er hatte keine Lust mehr, wegen der beiden Zeit zu verschenken. „Ja, aber er braucht Hilfe!"

„Tuwale!" – Was du nicht sagst, höhnte Wambli-luta. Als ob er sich mit einem verwundeten Feind abgeben würde. Er traf seine Entscheidung und winkte nach Krummes-Bein. „Fessle die beiden, und bring sie ins Dorf. Wir werden später entscheiden, was wir mit ihnen tun."

Der junge Soldat seufzte erleichtert und ließ sich widerstandlos die Hände fesseln. Er blutete aus einer Wunde am Arm. Der andere hatte einen Schuss in der Schulter, also legten sie ihn bäuchlings über ein Pferd. Sie banden ihn fest, ließen ihn aber ansonsten in Ruhe. Wambli-luta beugte sich zu dem jungen Mann hinunter: „Mach keinen Ärger, sonst vergesse ich, dass du ein Yankton bist!"

Mit einer ungeduldigen Handbewegung erlaubte er, dass Krummes-Bein sich mit den beiden Gefangenen in Bewegung setzte. Er hatte keine Lust mehr, sich von irgendjemandem aufhalten zu lassen. Forsch setzte er sein Pferd in Galopp und sprengte mit seinen Kriegern davon. Immerhin hatte er bereits einen kleinen Kampf ausgetragen. Jetzt würde er sehen, ob sein Mut an diesem Tag noch ein weiteres Mal gefordert wurde.

Als sie das Fort erreichten, hatte der Kampf längst begonnen. William McKay hatte unter der weißen Fahne versucht, die Amerikaner zur Kapitulation zu bewegen, doch diese hatten abgelehnt. Also hatte McKay zunächst mit dem Beschuss des Kanonenbootes begonnen. Die Menominee hatten unter dem Kommando von Dickson inzwischen das Fort umzingelt, damit niemand heraus oder hinein konnte. Dort waren nur vereinzelt Schüsse zu hören. Wambli-luta schloss sich mit seinen Kriegern sofort dem Kampf um das Boot an. Er hatte so etwas schon am Bighorn getan und ritt nicht blindlings in das Kanonenfeuer, das vom Schiff kam. Er führte seine Männer um das Schiff herum und drang von der vom Ufer abgewandten Seite auf die Amerikaner ein. Die Kanonen waren nur auf das Land gerichtet, sodass die Amerikaner von der Wasserseite her schlecht geschützt waren. Als die Soldaten erkannten, dass die Indianer auch vom Wasser her kamen, stellten sie sich ihnen mit Gewehren entgegen. Außerdem wurden zwei Haubitzen in ihre Richtung gedreht.

Wambli-luta erkannte die Gefahr und rief eine Warnung. Blitzschnell ließ er sich ins Wasser fallen, sodass die Salve über ihn hinwegpfiff. Seine Stute aber wurde getroffen, und in Panik floh sie durch das Wasser, erreichte das Ufer und galoppierte davon. Die meisten Krieger hatten sich retten können, nur zwei waren getroffen worden und wurden nun von ihren Stammesbrüdern geborgen. Wambli-luta kroch hinter eine Sandbank und duckte sich tief, als die nächste Kugel neben ihm einschlug. Sand spritzte ihm ins Gesicht, und er rollte sich zur Seite. Hoh! Fast fühlte er sich wie in jener Nacht, als der Blitz neben ihm eingeschlagen war. Mit einer Hand tastete er über sein Gesicht, das mit dem gelben Blitz bemalt war. Konnten die Geister, die den Blitz lenkten, ihn nun gegen ihn verwenden? Wieso hatten die Weißen die Kraft des Blitzes gezähmt und verwendeten sie nun gegen ihn? Er musste hier weg! Entschlossen ließ er dasGewehr fallen, das nun nutzlos war, und griff nach seinem Bogen. Er legte einen Pfeil auf, richtete sich auf, zielte auf einen Mann an einer der Donnerwaffen und ließ los. Sein Pfeil fand das Ziel, und stöhnend brach der Mann zusammen. Wambli-luta ließ sich wieder fallen und rutschte hinter der Sandbank ins Wasser. Keinen Augenblick zu früh, denn eine weitere Salve schlug an der Stelle ein, an der er gerade noch gelegen hatte. Hoh! Er hatte sein Glück zur Genüge herausgefordert! Mit seinen Waffen tauchte er unter. Erst nach einer Weile tauchte er prustend auf und flüchtete an Land. Pulverdampf hüllte ihn ein und reizte ihn zum Husten. Vorsichtig sah er sich nach seinen Kriegern um. Er sah Ishta-hota, der ebenfalls an Land in Deckung gegangen war. Keuchend warf er sich neben ihn. „Mein Pferd ist tot!", sagte dieser traurig.

„Meines ist weg", erwiderte Wambli-luta. „Ich hoffe, ich sehe es wieder. Diese Donnerstöcke sind gefährlich!"

„Da kommen wir nicht ran", meinte Ishta-hota mit einem besorgten Kopfschütteln. „Wir würden zu hohe Verluste haben."

Wambli-luta gab ihm recht. Aber das war auch gar nicht nötig. Die Amerikaner hatten selbst bereits Verluste erlitten und lagen unter ständigem Feuer. Er konnte sehen, dass die Männer an

Bord Wasser schöpften. „Lange können sie das Boot nicht mehr verteidigen! Sieh nur!" Er deutete auf einen Soldaten, der sich vorbeugte und das Tau kappte, sodass sich das Boot langsam in Bewegung setzte. „Sie geben auf!"

„Sie hauen ab!", rief Ishta-hota erbost. Wie sollten sie da Beute machen?

Wambli-luta sprang auf und lief mit seinem Bogen am Ufer entlang. Auch andere Krieger erhoben sich aus ihren Verstecken und folgten ihm. Ein Pfeilhagel prasselte auf das Schiff, das langsam an Fahrt gewann. Es hatte etwas Schlagseite, denn es hatte ein Leck. Einige Männer kämpften mit Eimern gegen das Eindringen des Wassers, während andere die Indianer am Ufer unter Beschuss nahmen. Sie richteten keinen großen Schaden an.

Wambli-luta rief seine Krieger schließlich zurück. Das Boot hatte die Flussmitte erreicht und trieb nach Süden ab. Sie hatten ihr Ziel erreicht: Das Fort hatte nun keinen Schutz mehr! Es war nur eine Frage der Zeit, bis es ihnen in die Hände fiel! Für diesen Tag hatten sie genug gekämpft. McKay rief die Verbündeten zusammen und ließ ein Biwak aufbauen. Die Soldaten quartierten sich in leerstehenden Häusern ein, während die Indianer einfach Feuer machten und sich Decken geben ließen, die sie am Boden ausbreiteten. Es war warm, und so brauchten sie sonst nichts.

Wambli-luta erkannte einige Ho-Chunk und Menominee wieder und lud sie ein, bei seinen Kriegern zu sitzen. In Zeichensprache prahlten sie mit ihren Heldentaten, und Gelächter hallte über den Fluss, als die Krieger gut gelaunt ihr Essen verzehrten. Heute war ein guter Tag zum Kämpfen gewesen. Sie hatten keine Verluste erlitten, und es waren nur zwei Krieger verwundet worden. Ishta-hota jammerte über den Verlust seines Pferdes, doch die Rotröcke versprachen ihm ein neues.

Wambli-luta war froh, als am späten Abend seine Stute wieder auftauchte. Sie hatte nach ihm gesucht, und so umarmte er sie kurz am Hals. „Meine Schöne! Du bist wieder da!" Er sah, dass sie eine Wunde an der Schulter hatte, die aber schon verkrustet war. Er half ihr, indem er ihr einen Brei aus Kräutern auflegte.

Seine Freunde staunten, weil die Stute zu ihm zurückgefunden hatte. „Dieses Pferd ist wakan", murmelten sie. „Selbst im Donner der Gewehre ist es dir treu."

Wambli-luta zuckte mit den Schultern. Er hatte tatsächlich nichts getan, um sich diese Treue zu verdienen. Er hatte sie einfach nur gern. Die Menominee und Ho-Chunk hörten diese Geschichte zum ersten Mal, und so staunten sie nicht schlecht darüber, was der Krieger schon alles erlebt hatte. Voller Hochachtung musterten sie den Krieger und bewunderten das wertvolle Hemd, das Wambli-luta zum Trocknen aufgehängt hatte. Er hatte es während des Angriffs getragen, und so war es nass geworden, als er ins Wasser geflüchtet war. Er machte sich darüber keine Gedanken, denn das Hemd hatte die Funktion, ihn zu schützen. Er sah es als gute Medizin an, dass er heute nicht verwundet worden war.

Am Morgen bereiteten sich die Krieger wieder auf den Kampf vor. Sie boten Tabakopfer dar, flehten um Beistand, bemalten sich mit ihren Kriegsfarben und legten ihre Kriegsregalia an. Manche kämpften fast nackt, während andere Kriegshemden und Federschmuck trugen. Sie wollten gut vorbereitet zu den Ahnen gehen. Es gab ihnen Mut und Kraft, denn sie waren auf den Tod vorbereitet. Von allen Seiten näherten sie sich dem Fort und legten es unter Beschuss. Die Rotröcke hatten ihnen Munition gegeben, sodass sie aus sicherer Deckung auf jede Person schossen, die sich hinter den Palisaden zeigte. Einige Häuser standen nicht weit vom Fort weg, und es zeigte sich als großer Nachteil für die Amerikaner, dass sie die Häuser nicht abgerissen hatten. Die Menominee brachten Baumstämme auf die Dächer der Häuser, sodass sie dahinter in Deckung gehen konnten. Von hier aus konnten sie nun in den Hof des Forts schießen. Die Amerikaner sahen die Bedrohung und brachten ihrerseits zwei Geschütze in Stellung, mit denen sie die Häuser unter Beschuss nahmen. Wambli-luta erkannte die Gefahr, in der die Menominee schwebten, und brüllte ihnen zu, dass sie dort verschwinden sollten. „Iyaya-pe!" Haut dort ab! Er brüllte und schrie, bis er endlich ihre Aufmerksamkeit hatte und in Zeichensprache zu verstehen gab, dass es gleich einen großen Knall geben würde. Im letzten Augenblick sprangen die Menominee auf der vom Fort abgewandten Seite vom Dach, als auch schon eine Kanonenkugel einschlug. Ein Mann verstauchte sich bei dem Sprung den Fuß und konnte sich nur noch humpelnd in Sicherheit bringen. Schnell verschwanden die Krieger hinter weiteren Häusern und schnauften dann erleichtert durch. Das war knapp gewesen. Einer der Menominee legte Wambli-luta dankend die Hand auf die Schulter. Wambli-luta nickte nur freundlich. Er mochte diese Männer!

McKay wandte eine andere Taktik an: Er rief nach Sergeant James Keating mit seinem Dreipfünder. Sie hatten die Kanone samt Munition auf einer Karre bis hierher gezogen. Was hatten die Männer geflucht, doch nun leistete sie ihnen gute Dienste. Das Ding konnte über 1000 Yards weit schießen und würde erheblichen Schaden anrichten. Der Sergeant hatte ausgebildete Männer dabei, die sich sogleich an die Arbeit machten. Sie bauten die Kanone auf und legten das Fort unter Beschuss. Vor allen Dingen wollten sie die Gebäude in Brand schießen. Qualm und Rauch breiteten sich aus, als das Kanonenfeuer seine Wirkung zeigte.
Drinnen verteidigten sich die Amerikaner mit dem Mut der Verzweiflung. Sie löschten Feuer, verteidigten die Palisaden und bemannten ein Loch in der Verteidigung, sodass die verbündeten Indianer nicht durchschlüpfen konnten. Wambli-luta versuchte es, doch das Gegenfeuer war so schwer, dass seine Männer nicht bis an die betreffende Stelle vordringen konnten.
„Lasst das!", befahl Colonel McKay. „Wir schießen die kurz und klein. Nur Geduld."
Wambli-luta hatte keine Geduld. Er wollte endlich ehrenvoll gegen diese Amerikaner kämpfen. Einfach irgendwo zu warten und sich auf ein Donnerding zu verlassen, war in seinen Augen nur erbärmlich. Also versuchte er es von der anderen Seite. Seine Krieger schossen auf die Palisaden und frohlockten, als sie dort die Verteidiger in Deckung zwangen. Jedes Mal, wenn auch nur ein Kopf zu sehen war, flogen ihm die Kugeln um die Ohren. Es richtete keinen großen Schaden an, aber zumindest verhinderte Wambli-luta damit einen Ausfall. Die Amerikaner saßen fest.

Der Tag verging mit viel Krach und Lärm auf beiden Seiten. Dann schwiegen die Waffen, und jeder leckte seine Wunden. Die Rotröcke hatten zwei Verwundete auf Seiten der Ho-Chunk … und die Amerikaner mussten mehrere Brände bekämpfen. McKay grinste, denn er ahnte, dass im Fort das Wasser knapp wurde. Die Verbündeten verteilten sich an den Feuern rund um das belagerte Fort und kümmerten sich um das Essen. Sie hatten über sechshundert Mann zu versorgen, was nicht leicht war. Einige Indianer waren aufgebrochen, um nach Wild zu suchen, doch der Lärm hatte alles Wild in der Nähe vertrieben. Die Menominee und Ho-Chunk versuchten es mit Fischen – aber auch ohne großen Erfolg. Selbst die Fische schienen die Gegend zu meiden. McKay verteilte großzügig Vorräte und teilte für den nächsten Tag einen Versorgungstrupp ein. Die Männer sollten zur Jagd gehen und frisches Fleisch beschaffen. „Gibt denn es denn hier keine Bisons?", fragte er grummelnd. Er hoffte, dass er sich nicht auf eine lange Belagerung einstellen musste.

Am Abend sah er zu, wie die Krieger sich versammelten und einen beeindruckenden Kriegstanz aufführten. Ihre Gesichter waren bemalt, und sie hoben immer wieder herausfordernd die Waffen. Manchmal schossen sie auch in die Luft. Ihre stampfenden Bewegungen und ihre eingefetteten Körper boten einen schauerlichen Anblick. McKay saß mit seinen regulären Truppen abseits und ließ das Spektakel über sich ergehen. Er überlegte, was er tun sollte, wenn die Indianer anfingen sich zu langweilen. Er rief nach einem Unteroffizier und mehreren Männern, die die Aufgabe erhielten, die Bewohner in der Kirche zu sammeln und zu beschützen.
„Besteht denn Gefahr?", fragte Sergeant Keating.
Perkins zuckte mit den Schultern. „Kann man nicht wissen. Aber ich will auf jeden Fall einen Zusammenstoß vermeiden. Unsere Verbündeten sind uns zahlenmäßig überlegen. Keine Ahnung, was denen einfällt, wenn ihnen langweilig wird."
„Aye, Sir!" Keating kratzte sich am Kinn. „Aber ich denke, dass die Amerikaner das Fort nicht mehr lange halten können. Morgen schieße ich es zu Brei."

McKay lachte aufgekratzt. „Das wäre gut! Dann kann ich mit den Ho-Chunk und Menominee nämlich abziehen – ich meine, ehe sie irgendwelche Siedler rösten."

Keating lachte ebenfalls. „Die sind harmlos. Da mache ich mir mehr Sorgen wegen der Tituwan und Dakota. Wenn wir das Fort eingenommen haben, dann können die ruhig wieder auf die andere Seite des Mississippi – oder noch weiter."

„Wir dürfen nicht vergessen, die Siedler zu holen, die bei Wabash im Dorf sind. Wenn wir nicht aufpassen, vergessen diese Dakota, dass sie unsere Verbündeten sind, und verlangen Lösegeld."

„Uh ... Sie haben ja keine hohe Meinung von denen!", staunte Keating.

„Doch ... ich habe eine hohe Meinung von ihrer Kampfkraft, aber nicht so sehr von ihrer Loyalität. Wir werden sehen!" McKay schnäuzte sich und spuckte dann auf den Boden.

Etwas später setzte sich auch „Rothaar" Dickson zu ihnen. Er hatte sein Haus inspiziert und festgestellt, dass es nicht nur geplündert worden war, sondern dass auch brisante Papiere verschwunden waren. „Die haben in jeder Schublade herumgeschnüffelt!", schimpfte er aufgebracht.

McKay wackelte mit dem Kopf hin und her. „Irgendetwas dabei gewesen, das uns schaden könnte?"

„Uns nicht, aber mir!", grummelte er. „Die ganze Korrespondenz, die ich mit Montreal hatte ... die wissen jetzt genau, dass ich gegen sie spioniert habe! Wenn wir nicht siegreich sind, muss ich hier schnellstens verschwinden."

„Gut, dass Sie Ihre Frau in Fort Mackinac gelassen haben ...!" McKay nickte ihm besorgt zu.

Dickson schnaufte ungeduldig. „Wenn die Amerikaner den Krieg gewinnen, wird es hier ungemütlich für uns!"

„Nicht nur für uns ... Sie werden nicht vergessen, dass einige Nationen auf unserer Seite gekämpft haben", stellte McKay fest.

Dickson dachte an die Dakota, aber auch Menominee und Ho-Chunk. „Scheiße, ja! Dann wird es niemanden mehr geben, der die Siedlerströme aufhält. Diese Amerikaner werden das Land ohne Rücksicht auf Verluste in Besitz nehmen."

McKay und Keating nickten bedächtig. „Hoffen wir das Beste!

Morgen werden wir diesen Vögeln einheizen! An uns soll es nicht liegen, wenn der Krieg verloren wird. Wir schicken die Amerikaner bis nach St. Louis zurück ... und dann nehmen wir diese Franzosensiedlung auch noch ein!" Es klang zuversichtlich.

Der Kampf ging am nächsten Morgen mit ununterbrochenem Getöse weiter. Kanonenkugeln schlugen in die Palisaden ein, wobei Keating das Feuer auf das Tor konzentrierte. Die Amerikaner hatten das wohl vorhergesehen, denn es war verstärkt worden. Außerdem hatten sie dahinter eine zweite Barriere aufgebaut, um sich zu verteidigen, falls das Tor überrannt wurde. Auf der gegenüberliegenden Seite war die Palisade noch nicht ganz fertiggestellt worden. Auch hier hatte man alles Holz übereinander gestapelt, dessen man habhaft werden konnte. Stühle und Tische wurden zur Verteidigung übereinander geworfen und mit einer weiteren Barrikade verteidigt. Der Pulverdampf brannte in den Augen, und die Sicht zum Fort wurde trüb. Es war dermaßen in Rauchschwaden gehüllt, dass man nur ahnen konnte, ob ein Schuss Schaden angerichtet hatte oder nicht.

Wambli-luta führte seine Krieger wieder zur Rückseite des Forts und legte sich dort auf die Lauer. Der weiße Anführer befürchtete, dass die Amerikaner einen Ausfall planten, und wollte dem vorbeugen. Gegen Mittag, als die Schwaden undurchdringlich schienen, versuchten es die Amerikaner tatsächlich mit dem Mut der Verzweiflung. Sie rissen die Barrikaden nieder, legten die Gewehre an und rannten brüllend aus dem Fort. Wambli-luta ging sofort zum Angriff über. Zu Fuß stellten sie sich den Amerikanern entgegen und stießen ihre schrillen Kriegsrufe aus. Mit gezückten Waffen rannten sie auf die Feinde zu, die nach nur wenigen Schritten umkehrten und sich hinter die zweite Barrikade verzogen. „Anlegen!", rief ihr Kommandant.

Als die Verfolger über die Barrikade klettern wollten, kam der Schießbefehl. Eine Salve rollte den Tituwan entgegen, die sich geistesgegenwärtig zu Boden fallen ließen. Ishta-hota wurde durch einen Streifschuss verletzt und von einem anderen Mann in Deckung gezogen.

„Weg hier!", schrie Wambli-luta, der ahnte, dass sie hier erfolglos gegen die Barrikade anrennen würden.

Am Haupttor versuchten inzwischen die Menominee und Ho-Chunk, das Tor zu stürmen, doch die Amerikaner hatten es rechtzeitig besetzt. Auch dort wurde der Angriff durch eine Salve gestoppt, die zum Glück keinen Schaden anrichtete. Es war eine richtige Pattsituation: Die Briten kamen nicht hinein und die Amerikaner nicht heraus.

„Feuer legen!", befahl McKay mit ruhiger Stimme. „Kommt der Fuchs nicht aus dem Bau, muss man ihn eben ausräuchern."

Keating änderte also seine Taktik und nahm wieder die Gebäude unter Beschuss. Überall war Qualm zu sehen, und Schreie drangen aus dem Fort. Trotzdem wurde es Nachmittag, ehe über dem umkämpften Fort die weiße Fahne gehisst wurde. Vor den Toren brandete Jubel auf, denn die Briten sahen sich am Ziel.

McKay ging mit einigen Männern in Richtung des Tores und forderte den Kommandanten auf, zu ihm zu kommen, um die Bedingungen der Kapitulation zu erörtern. In Begleitung von zwei Soldaten trat ihm Perkins entgegen.

Die beiden Offiziere schüttelten sich die Hände und taxierten sich dann schweigend. Erst nach einer ganzen Weile räusperte sich Perkins und begann mit den Verhandlungen. Er war recht wortkarg. „Wir übergeben euch das Fort, wenn wir bei freiem Geleit abziehen können."

McKay grinste herausfordernd und deutete auf das Fort. „Da ist ja nichts mehr übrig, was ihr mir übergeben könntet. Warum sollte ich Sie also abziehen lassen?"

„Weil wir uns sonst bis zum letzten Mann verteidigen werden. Das bindet Ihre Kräfte. Ich fordere freien Abzug, und dann machen wir diesem Spuk hier ein Ende."

„Das könnte ich mir überlegen …", feilschte McKay, „Wenn Sie alles zurücklassen, was an Waffen, Munition und Vorräten vorhanden ist."

„Ich marschiere ganz sicher nicht unbewaffnet durch feindliches Territorium", weigerte sich Perkins.

Die Antwort gefiel McKay nicht, aber er beherrschte sich. „Wir garantieren freies Geleit!", versicherte er.

Dickson warf ihm einen überraschten Blick zu, schwieg aber zu diesem Angebot. Nur innerlich raufte er sich die Haare, wie er bei den verbündeten Stämmen ein sicheres Geleit durchsetzen sollte. Er räusperte sich lautstark, doch McKay ignorierte ihn.

„Bis wohin? Können Sie mir garantieren, dass die Sauk und Fox stillhalten? Oder die Tituwan? Bis St. Louis ist es ein weiter Weg!" Perkins pokerte hoch. Aber er wollte seine Leute in Sicherheit wissen.

McKay dachte darüber nach. Er wollte auch nicht zu schnell nachgeben.

Perkins hob herausfordernd die Schultern. „Wir können uns hier auch weiter prügeln ... ganz wie Sie wollen."

„Na schön", sagte McKay zögernd. „Ein Gewehr pro Mann, dreißig Schuss und Proviant für zwei Wochen."

„Drei Wochen ...", forderte Perkins. „Und mögliche Gefangene werden mir übergeben."

„Ich habe keine Gefangenen", beteuerte McKay.

„Doch ... wir vermissen zwei Kundschafter, die wir zur Jagd eingeteilt hatten."

„Ich werde mich erkundigen", meinte McKay mit ausdruckslosem Gesicht. Wahrscheinlich ging er davon aus, dass die beiden Kundschafter längst tot waren. Er seufzte kurz und gab nach.

„Also schön: Proviant für drei Wochen, und wir geben alle Gefangenen zurück, wenn sie noch am Leben sind." Wieder ignorierte er Dickson, der energisch den Kopf schüttelte und diese Garantie wohl für reichlich großzügig hielt.

Perkins nickte. „Ihr Wort genügt mir. Ich werde meine Männer zum Abmarsch bereitmachen."

„Warte Sie noch bis morgen. Ich muss erst meine Verbündeten informieren, dass Sie abrücken dürfen. Sonst kann ich nicht für Ihre Sicherheit garantieren." Er wechselte einen beredten Blick mit Dickson, der wenig begeistert auf seine Stiefel starrte.

„Soll mir recht sein. Ich warte auf Ihre Nachricht. So lange werden unsere Waffen schweigen." Perkins streckte dem Briten die Hand hin.

Nach einem kurzen Zögern ergriff McKay sie, und die Waffenruhe war besiegelt.

„Bis morgen!", verabschiedete sich McKay.

„Bis morgen!", wiederholte Perkins, dann drehte er sich auf dem Absatz um und verschwand mit seinen zwei Begleitern im Fort.

Dickson wartete kaum ab, bis er McKay mit Vorwürfen überhäufte. „Warum lassen wir die so einfach ziehen? Noch ein Tag, und wir hätten sie zu Brei geschossen."

„Unser Auftrag ist es, den Posten zu erobern – nicht ein Massaker zu veranstalten. Wenn wir weiter schießen, vernichten wir auch die gesamte Ausrüstung. Wie sollen wir das Fort dann halten? So viele Vorräte haben auch wir nicht dabei!"

„Stimmt!", musste Dickson zugeben. Das Fort war eh schon beschädigt genug … es würde Wochen dauern, ehe sie es wieder hergerichtet hatten.

McKay kehrte in Begleitung von Dickson zu seinen Männern zurück und erklärte, dass die Amerikaner abrücken würden. Lauter Jubel empfing ihn. „Hurra, wir haben gesiegt!", schrie Keating begeistert.

„Quasi!", dämpfte McKay die Euphorie. „Sie werden morgen das Fort verlassen und uns die Vorräte und Munition überlassen. Sie werden nur das Nötigste mitnehmen. Nun müssen wir unseren Verbündeten klarmachen, dass wir die Feinde ungeschoren abrücken lassen. Das ist eine Entscheidung, die sie vermutlich nicht verstehen werden."

„Nee … die kämpfen bis zum letzten Mann, weil es in ihren Augen eine Schande ist, dem Feind lebend in die Hände zu fallen."

Am Abend trat McKay vor die versammelten Indianer und ließ seine Worte von einem Dolmetscher übersetzen. Er versuchte, die Kapitulation der Amerikaner als Sieg darzustellen, als ruhmreiche Tat, doch die Indianer saßen mit versteinerten Gesichtern vor ihm und rührten sich nicht. Nach all den Kämpfen wollten sie Coups erringen, den Feind demütigen, Skalpe erbeuten, aber ihn einfach abrücken lassen? Das ergab für sie keinen Sinn.

McKay versuchte sie mit Beute zu locken. „Das Fort und alles, was sich darin befindet, wird uns gehören. Das ist ein großartiger Sieg. Jeder Krieger wird mit Beute heimkehren."

Das klang schon etwas besser. Misstrauisch wechselten die Indianer Blickkontakt, der deutlich zum Ausdruck brachte, dass sie nach diesen blumigen Worten auch Taten erwarteten. Um sie zu beruhigen ließ McKay aus den Beständen der Armee bereits am Abend Decken verteilen. „Seht, was wir unseren Verbündeten geben! Morgen werdet ihr noch viel mehr Geschenke erhalten."

Fürs Erste waren die Verbündeten zufriedengestellt. Mit ihren Decken setzten sie sich um die Feuer und berieten über den nächsten Tag. Einige wuschen sich die Kriegsfarbe von ihren Gesichtern und reinigten ihre Waffen, als würden sie schon bald den Heimweg antreten.

Wambli-luta wunderte sich und wandte sich an seine Freunde. „Diese Weißen sind sich sicher, dass der Kampf vorbei ist. Aber woher wollen sie wissen, dass dies nicht eine Falle ist?"

Ishta-hota nickte mit dem Kopf in Richtung des Ortes. „Sie bringen die Frauen und Kinder zurück. Würden sie dies tun, wenn der Kampf noch fortgeführt wird?"

Wambli-luta presste die Lippen zusammen. „Nein! Aber ich denke, es ist nicht ehrenhaft, den Feind gehen zu lassen."

Er wurde still, als der Anführer der Weißen mit einem Dolmetscher kam. Höflich machte er eine Handbewegung und erlaubte, dass die beiden zu ihm sprachen.

„Der weiße Anführer möchte fragen, ob ihr Gefangene im Dorf habt."

Wambli-luta verkniff sich ein Grinsen. Woher wollten die Weißen das wissen?

„Vielleicht!", gab er zu. „Wieso?"

„Die Amerikaner vermissen zwei ihrer Kundschafter. Habt ihr sie zufällig gesehen?"

Wambli-luta machte eine verächtliche Handbewegung. „Und wenn?"

„Nun, wir haben den Amerikanern versichert, dass sie freies Geleit bekämen. Das gilt auch für Gefangene."

„Hohch." Wambli-luta konnte seinen Unmut kaum verbergen. Dann zuckte er mit den Schultern. Diese Gefangenen bedeuteten ihm nichts. Sie waren verwundet, und er wollte sie ohnehin nicht mitschleppen. Warum sich also mit ihnen belasten? „Wir haben sie in unser Dorf gebracht. Einer ist schwer verletzt, der andere weniger. Ihr könnt sie haben."

„Das ist sehr großzügig!", übersetzte der Dolmetscher. „McKay wird deine Großzügigkeit belohnen."

„Das ist gut!" Wambli-luta nickte erfreut. „Ich werde sie dir morgen bringen.

Begegnungen
Im Dorf von Wabash – Sommer 1814

Mato-win saß mit Anpao-win und den Kindern vor dem Tipi, als Krummes-Bein mit den zwei Gefangenen zurückkehrte. Der eine saß gefesselt auf dem Pferd, während der andere mit dem Kopf nach unten über dem Sattel hing. Ein Menschenauflauf entstand, als die Dorfbewohner den Ankömmling begrüßten. Argwöhnisch musterten sie den Gefangenen, der mit abwesendem Blick fast hochmütig an ihnen vorüber ritt. Erste Schmährufe wurden laut, doch dann trat ein Würdenträger vor und hob die Hand, um Krummes-Bein zu begrüßen. Es war ein älterer Häuptling namens Harter-Stein. Die Menschen traten näher, um etwas von dem aufzuschnappen, was gesprochen wurde. Auch Mato-win trat näher und stutzte dann erschrocken. Sie kannte den Mann auf dem Pferd, der nun eine blaue Jacke der Amerikaner trug. Es war Arnel! Der Mann, der sie einst vor Scott beschützt hatte. Sie beobachtete, wie er wenig rücksichtsvoll vom Pferd gezogen wurde und erste Menschen wütend auf ihn einschlugen. Mit Feinden hatte man hier kein Mitleid. „Hiya!", rief sie mit lauter Stimme. „Er ist ein Freund!" Sie drängte sich durch die Menschenmenge, die erstaunt zurückwich.

Auch Harter-Stein unterband die Ausschreitungen und befahl mit ruhiger Stimme, den Gefangenen zu ihm zu bringen.

Krummes-Bein erzählte kurz, wie sie die beiden gefunden hatten, und wartete auf weitere Anweisungen. „Wambli-luta meinte, dass wir vielleicht Geschenke bekommen, wenn wir sie ausliefern", erklärte er zum Schluss. „Die Rotröcke geben Geschenke, wenn wir ihnen die Feinde bringen."

Mato-win stellte sich schützend neben Arnel und musterte die Erscheinung aus alter Zeit. Es fühlte sich seltsam an. „Er hat mir das Leben gerettet. Er ist ein guter Mann!"

Endlich erkannte auch Arnel die Frau und riss staunend die Augen auf. „Mato-wea!", flüsterte er fassungslos.

Es war so lange her, dass jemand sie mit diesem Namen angeredet hatte, und es weckte Erinnerungen in ihr. Sie zuckte zusammen und kniff die Lippen aufeinander. Könnte sie ihm helfen? Er trug den blauen Rock und war somit ein Feind. „Sei still!", flüsterte sie auf Englisch.

Wieder erhob sie die Stimme, um für sein Leben zu bitten. „Ich bitte für ihn, denn er ist ein guter Mensch. Zudem ist er Yankton … er ist euer Bruder!"

Einige Männer lachten ungläubig, doch Arnel bestätigte ihre Aussage. In der Sprache der Dakota erzählte er mit leiser Stimme, dass seine Mutter eine Yankton gewesen war.

Stille entstand, als die Menschen darauf mit Verunsicherung reagierten. Warum kämpfte er dann für die Blauröcke? Auf ein Handzeichen hin wurde er gepackt und zu einem Zelt gezerrt. Die Häuptlinge wollten in Ruhe darüber beratschlagen, was sie zu tun gedachten.

„Mato-wea", rief Arnel verzweifelt, „Kümmere dich um Pierre! Er ist schwer verletzt!" Seine weiteren Worte wurden unterbunden, denn er wurde grob in das Zelt geschubst.

Mato-win aber hatte die Worte gehört und wandte sich völlig verwirrt dem Packpferd zu, auf dem der zweite Gefangene lag. Pierre? Ihr Mann? Ihr Herz klopfte, als sie nähertrat und den Mann musterte, der dort regungslos auf dem Pferderücken hing. Sie erkannte die dunklen Locken und wusste sofort, dass es tatsächlich Pär war. Hunhunhe! Also war er nicht von den Pekuni getötet worden, sondern hatte überlebt! Sie stürzte in ein völliges Chaos und wusste nicht, was sie tun sollte. Warum tauchte er nun hier auf? Nach all der langen Zeit? Hatte er nach ihr gesucht? Was bezweckten die Geister damit? Sie hatte doch inzwischen einen neuen Mann! Anpao-win näherte sich ihr und fasste sie kurz am Arm. „Toka - he?" – Was ist los?

„Es ist Pär, mein erster Mann!", hauchte Mato-win erschüttert. „Der Vater von Hanhepi-win."

„Wambli-luta ist ihr Vater!", sagte Anpao-win mit Bestimmtheit. „Und er ist dein Mann."

Mato-win nickte vorsichtig. Ihre Schwägerin hatte recht. Dass Pär hier nun aufgetaucht war, änderte nichts. Ruhe überkam sie, als sie ihre Gedanken ordnete. Sie schuldete Pär nichts, trotzdem würde sie dafür sorgen, dass man sich um ihn kümmerte. Entschlossen wandte sie sich an die Umstehenden. „Der Gefangene ist schwer verletzt und muss versorgt werden. So will es mein Mann. Zudem ist auch er ein Freund aus meinem früheren Leben. Ich möchte nicht, dass ihm etwas geschieht."

Harter-Stein nickte und winkte mit der Hand, damit der Gefangene ebenfalls ins Zelt gebracht wurde. Mato-win sah, dass die Jacke von Pär mit Blut durchtränkt war, und schluckte schwer. Sie bat Anpao-win, die Kinder in ihr Zelt zurückzubringen, und folgte den Männern.

Arnel war bereits gefesselt und blickte auf, als Mato-win das Zelt betrat. „Bitte! Er ist mein Freund! Lasst ihn nicht sterben!" Er sprach Dakota, sodass alle ihn verstanden.

Harter-Stein erkannte, dass hier keine Gefahr drohte, und schickte die Krieger hinaus. Dann rief er nach dem Pezuta-Wakan, dem heiligen Mann. Mato-win kniete sich neben Pär und strich eine Locke seines Haares aus dem verschwitzten Gesicht. Sein Atem kam nur flach, und sie erkannte, dass er zu verbluten drohte. Sie öffnete die Jacke und zog dann ein Messer, um sie weiter aufzuschneiden. Darunter trug er ein Hemd, und auch das schnitt sie auf, um die Verletzung zu sehen. Es handelte sich um eine Schusswunde, aus der langsam das Blut sickerte.

Harter-Stein sah ihr zu und hob dann erstaunt die Augenbrauen. „Du kennst die beiden?"

Mato-win nickte. Sie presste die Lippen zusammen und überlegte, wie viel sie dem Mann erzählen sollte. „Mein Onkel hatte mich diesem Mann zur Frau gegeben. Er nahm mich mit in die Berge, um dort Biber zu jagen. Pekuni hatten mich geraubt, und ich glaubte, dass er tot wäre. Wambli-luta hat mich von den Pekuni befreit und in sein Dorf geführt. Dort wurde ich seine Frau."

„Und der andere Mann?"

„Er rettete mich vor einem weißen Mann, der mir Böses wollte. Er half mir sehr, denn er spricht auch Miwatani."

Harter-Stein lächelte kurz und warf dem jungen Mann einen nachdenklichen Blick zu. „Du sprichst Miwatani, Ingles und unsere Sprache?"

Arnel nickte bestätigend. „So ist es."

„Wie kommt es, dass du gegen uns kämpfst?"

Arnel schüttelte den Kopf. „Das wollte ich nicht. Wir wollten nur diesen Posten bauen und uns gegen die Rotröcke verteidigen, die in unser Land einfallen. Wir wollen den Frieden mit den Stämmen hier."

Harter-Stein musterte ihn durchdringend. „Hier ist unser Land!"

Arnel seufzte tief. „Das ist richtig, aber die Amerikaner sehen das anders. Sie haben für dieses Land bezahlt und sehen es als ihr Eigentum."

„Wie können sie etwas kaufen, was niemandem gehört? Hier leben die Dakota und ihre Verbündeten."

Harter-Stein machte eine unwillige Handbewegung und beendete das Gespräch. Der Pezuta-Wakan hatte das Zelt betreten und beugte sich über den Gefangenen. Sorgsam untersuchte er die Verletzung und legte den Kopf schief. „Ich kann ihn heilen, aber es wird dauern."

Harter-Stein gab sein Einverständnis und deutete dann auf Arnel. „Kümmere dich auch um ihn … Er spricht unsere Sprache, scheint aber ein wenig verloren zu sein."

Freundlich wandte er sich an Mato-win. „Kehre zurück in dein Zelt. Dein Mann wird entscheiden, was zu tun ist."

Mato-win gehorchte und war ganz froh, dass ihr die Entscheidung abgenommen wurde. Sie hätte nicht gewusst, wie sie sich verhalten sollte, und wollte zuerst mit Wambli-luta reden. Sie liebte ihren Mann und wollte ihn nicht in eine missverständliche Situation bringen. Pär wurde versorgt – und das war gut. Mehr konnte sie nicht tun. Sie war froh, als sie in ihrem Zelt verschwinden konnte, denn sie wollte den neugierigen Blicken entgehen, die ihr zugeworfen wurden. Die Tochter kletterte auf ihren Schoß und lachte sie mit ihren braunen Augen an. „Wie Pär!", dachte Mato-win fast ein wenig erschrocken. Wie würde er reagieren, wenn er das Kind sah? Seine kleine Claire?

„Geht es dir gut?", fragte Anpao-win.

„Nein", sagte Mato-win ehrlich. „Ich dachte, ich würde ihn nie wiedersehen … dass die Pekuni ihn getötet hätten … und nun …"

Anpao-win wedelte ungeduldig mit der Hand. „Mein Bruder ist dein Mann. Du gehörst nun zu uns."

Mato-win nickte gedankenabwesend. Für die Schwägerin war die Situation klar. Auch sie hatte sich in einer ähnlichen Situation befunden und wäre niemals zu dem Mann zurückgekehrt, der sie entführt hatte. Bei ihr lag es etwas anders, denn Pär war gut zu ihr gewesen. Verantwortungslos, aber freundlich. Was, wenn er sie zurückforderte? Sie wollte diesen Konflikt nicht. Und wie würde Wambli-luta reagieren? Würde er Pär als Nebenbuhler sehen? Nach drei Wintern wurde sie nun von ihrer Vergangenheit eingeholt. Sie musste das klären – ehe Wambli-luta zurückkehrte.

Als Pierre DuMont aus der Bewusstlosigkeit erwachte, fühlte er als Erstes ein unerträgliches Pochen in seiner Schulter. „Ich bin getroffen worden", war sein erster Gedanke. „Merde!" Seine Arme waren schwer wie Blei, und doch tastete er nach der Schulter und fühlte einen Verband. Das war kein schlechtes Zeichen. „Ich bin nicht tot", stellte er fest. Mühsam versuchte er die Augen zu öffnen. Er lag im Halbdunkel eines Tipis, dessen Wände die tanzenden Schatten des Feuers zeigten. Also war er von den Indianern erwischt worden! War ja klar, dass seine Glückssträhne irgendwann einmal abreißen musste. Aber warum gerade jetzt? An seiner Seite vernahm er eine leichte Bewegung, und so drehte er den Kopf. Über ihn gebeugt saß eine Frau und blickte ihn sorgenvoll an. Es war Mato-wea! Er war so überrascht, dass er kurz glaubte, alles nur geträumt zu haben. „Ma petite indienne!", flüsterte er heiser. „Wo warst du so lange?"
Ein weiterer Kopf beugte sich über ihn, und er erkannte Arnel. Auch er trug einen Verband, schien aber in besserer Verfassung zu sein. „Huh, was machst du denn hier?" Pierre war immer noch desorientiert.
Arnel grinste breit und freute sich offensichtlich, dass Pierre wieder unter den Lebenden weilte. „Willkommen zurück!"
„Was ist denn passiert … und wo kommt Mato-wea plötzlich her?"
Pierre blickte wieder verunsichert zu Mato-wea. Sie hatte sich verändert: Sie war ein kleines bisschen erwachsener geworden und trug die Kleidung der Tituwan. Ihre Haare lagen in strengen Zöpfen, und am Kinn hatte sie kleine blaue Tätowierungen. Sie

sah fremd aus. „Wo ist denn Claire?", fragte er voller Sehnsucht, aber auch etwas ängstlich.

„Es geht ihr gut", sagte Mato-wea ohne große Emotion.

Freute sie sich nicht, ihn wiederzusehen? Ihre distanzierte Art verunsicherte ihn.

„Wo ist sie?", fragte er hoffnungsvoll.

„Bei ihrer Tante. Du wirst sie später sehen", versprach Mato-wea.

Pierre schloss kurz die Augen und entspannte sich. Es war wie ein Wunder, dass die beiden noch lebten!

„Hör mal", wurde er von Arnel aus den Gedanken gerissen.

Pierre öffnete erneut die Augen, obwohl er schon wieder so müde wurde.

Arnel räusperte sich. „Du musst wissen, dass Mato-win nun hier verheiratet ist. Ihr Mann heißt Wambli-luta und ist ein großer Krieger. Er hat sie vor den Blackfeet gerettet. Er ist nun der Vater von Hanhepi-win."

Pierre musste diese Nachricht erst einmal verdauen. Verheiratet! Mato-wea gehörte also nicht mehr zu ihm. Auch das Kind nicht.

„Hanhepi-win!", krächzte er mühsam. „So heißt sie nun?"

Arnel nickte und sah seinen Freund mitfühlend an. „Aber sie leben, Pierre! Sie haben es hier gut."

Pierres Augen wurden etwas feucht. Es war Erleichterung, aber auch Enttäuschung. Es war seine Schuld gewesen! Er konnte ihr keine Vorwürfe machen, dass sie versucht hatte, zu überleben.

„Geht es euch gut?", wandte er sich direkt an Mato-wea.

„Es geht uns gut!", bestätigte Mato-wea. „Ich werde hier Mato-win genannt, und Wambli-luta ist ein guter Mann. Er liebt unsere Tochter und ist ihr ein guter Vater."

Pierre sagte nichts dazu. Er wäre Claire auch ein guter Vater gewesen. „Ich wollte sie mitnehmen … zu mir", flüsterte er traurig.

Mato-win schüttelte den Kopf. „Sie gehört zu ihrem Volk."

„Ich bin auch ihr Volk!", widersetzte sich Pierre.

„Nicht mehr!", stellte Mato-win klar.

Pierre schloss müde die Augen und ließ die Worte auf sich wirken. Hatte er wirklich alle Ansprüche verloren? Er dachte an seinen Sohn Jean-Pierre und an seine Frau. Auch er hatte inzwischen ein neues Leben. „Ich habe einen Sohn …", erzählte er bedrückt.

Über ihr Gesicht huschte ein Lächeln. „Das ist so schön!", freute sie sich. „Ein Sohn ist eine gute Sache."

Dann fiel ihm ein, in welcher Situation er sich hier befand. „Werde ich ihn wiedersehen?"

Sie machte eine beruhigende Handbewegung. „Du wirst ihn wiedersehen. Niemand wird euch etwas tun."

Pierre wechselte einen unsicheren Blick mit Arnel, als wollte er sich bei ihm rückversichern, dass sie hier mit dem Leben davonkamen.

Arnel grinste fröhlich und zeigte seine Hände. „Ich darf mich schon wieder frei bewegen. Sie wollen uns gegen Geschenke zurückschicken. Wobei Harter-Stein und Wabash, ihr Häuptling, alles daran setzen, dass ich bleibe!"

„Warum?"

Arnel zuckte mit den Schultern. „Weil ich von großem Wert für sie bin. Ich spreche die Sprache der Ingles, außerdem Miwatani. Das könnte ihnen helfen. Jedenfalls mästen sie mich zu Tode, und jedes Mal, wenn ich mich außerhalb des Tipis bewege, laufen mir die hübschesten Mädchen über den Weg." Er schien sehr zufrieden zu sein.

„Arnel!", sagte Pierre voller Trauer. „Du wirst doch nicht hierbleiben?"

„Vielleicht!", überlegte Arnel noch unentschlossen. „Jedenfalls fühle ich mich hier wohl."

„Oje!"

Am nächsten Tag erschien Mato-win mit ihrer kleinen Tochter an der Hand. Pierre sah sie mit seltsamen Augen an. Da war sie also: seine kleine Claire! Sie sah wie ein richtiges Indianerkind aus. Ihre Haut war bräunlich, ihre Haare standen in zwei kleinen Zöpfchen ab, sie trug ein knöchellanges Kleid mit Fransen und sah ihn mit dunklen Augen an. Sie lachte hell, als Arnel sich zu ihr hinunterbeugte und sie kurz kitzelte. Dann rannte sie hurtig aus dem Tipi, um mit ihrer Cousine zu spielen.

Mato-win setzte sich neben Pierre und sah ihn fragend an. „Wie geht es dir?"

„Es tut höllisch weh", seufzte Pierre.

„Die Wunde ist schwer … du darfst dich nicht bewegen!", warnte Mato-win.

Pierre nickte gehorsam und streckte seine Beine. „Dieser Quack-salber war wieder da und hat irgendein Zeug auf die Wunde geschmiert. Jetzt juckt es."

Mato-win verstand, dass er nicht besonders respektvoll über den Pezuta-Wakan sprach und hob drohend den Finger. „Du musst tun, was er sagt, sonst hilft die Medizin nicht."

„Ja, ja!", wischte Pierre ihre Bedenken zurseite. Dann hob er fragend die Augenbrauen. „Erzähl mir, was damals passiert ist", forderte er sie auf.

Mato-wea wischte sich über die Nase und wusste nicht recht, wo sie anfangen sollte. Sie erzählte von dem Überfall und wie die Pe-kuni sie entführt hatten, aber das hatte Pär ja selbst gesehen. „Wie aus dem Nichts haben uns dann die Tituwan überfallen. Wambli-luta nahm mich gefangen und ließ mich in sein Dorf bringen. Er hatte mich schon einmal bei einem Überfall auf mein Dorf gesehen und damals schon beschlossen, mich zu heiraten."

„Auf dein Dorf bei den Mandan?", fragte Pierre überrascht.

„Ja!"

Und nun bist du seine Frau?"

„So ist es!", bestätigte Mato-win.

Pierre lächelte leicht. „Ich habe nach dir gesucht, konnte dich aber nirgends finden. Dein Vater war sehr wütend, aber schließlich hat er mir Sisohe-wea zur Frau gegeben."

„Meine Schwester?" Sie blinzelte vor Überraschung. Es war das erste Mal seit langer Zeit, dass sie etwas von ihrer Familie hörte. „Wo ist sie nun?", fragte sie misstrauisch.

Pierre seufzte tief. „Weg! Wir hatten unser Fort in der Nähe eures Dorfes. Als wir den Posten aufgegeben haben, ist sie einfach verschwunden. Sie wollte wohl lieber bei ihrem Volk bleiben."

„Hunhunhe", flüsterte Mato-win überrascht. Aber sie verstand ihre Schwester. Wahrscheinlich wollte sie nicht das gleiche Schicksal erleiden wie ihre große Schwester. „Und dann?"

„Nichts!" Pierre machte eine leichte Bewegung mit der Hand „Ich bin nach St. Louis zurückgekehrt und habe dort eine weiße Frau geheiratet. Sisohe-wea wird längst einen anderen Mann haben."

„So wie ich", sinnierte Mato-win.

„So wie du!" Er schloss müde die Augen, und Mato-win verließ das Zelt, um ihn ruhen zu lassen.

Als die Krieger am Abend siegreich zurückkehrten, stand auch Mato-win trällernd am Rand und jubelte ihrem Mann zu. Der Einzug verlief spektakulär, denn die Männer hatten sich für die Parade ins Dorf herausgeputzt. Einzig, dass sie keine Beute oder Skalpe mit sich führten, erstaunte die Menschen. Die Krieger stellten sich auf ihren Pferden in einen großen Kreis und sangen ihre Lieder, um Wakan-tanka für die sichere Heimkehr zu danken. Es hatte keine Toten gegeben und das schien wie ein Wunder zu sein. Erst danach übergaben sie die Pferde den Knaben, die eifrig angerannt kamen, um diese zur Weide zu bringen. Sättel und Ausrüstung wurden den Männern bis zu den Zelten hinterhergetragen.

Wambli-luta und Wanata wandten sich an Wabash, um sich nach den Gefangenen zu erkundigen. Etwas erstaunt hörte der Häuptling davon, dass die Gefangenen ausgetauscht werden sollten.

„Habt ihr nun gewonnen – oder nicht?", fragte er ungeduldig. „Wo ist die Beute? Wo sind die Gefangenen? Habt ihr Coups errungen?"

Wanata wand sich verlegen, denn die Kriegsführung der Weißen erschien auch ihm seltsam. „Die Blauröcke werden sich morgen ergeben, und dann erhalten wir unsere Beute", versuchte er zu erklären.

„Ah ... und dann werdet ihr sie töten?"

„Nein! Die Blauröcke dürfen in Frieden abziehen. Wir erobern das Fort, und die Beute wird verteilt."

„Was ist daran ehrenvoll?", wollte Wabash wissen.

Wambli-luta grinste erheitert. Auch er fand das alles seltsam. „So ist eben die Kriegsführung der Weißen. Sie haben verhandelt, dass die Blauröcke abziehen dürfen, wenn sie uns das Fort übergeben. Das ist eine gute Sache. Wir haben keine Verluste und erhalten dennoch unsere Beute ... und die Weißen ziehen ab."

„Dafür bleiben andere Weiße!", schlussfolgerte Wabash etwas unzufrieden. „Wir werden sehen, ob das gut für uns ist."

Wambli-luta rückte nur ungern mit dem nächsten Anliegen heraus. „Die Blauröcke fordern auch die Gefangenen von uns. Wir sollen sie am Morgen übergeben … dann rücken sie ab."

Wabash zuckte mit den Schultern. „Den einen könnt ihr haben … der andere will vielleicht bei uns bleiben. Wir werden sehen." Der Häuptling grinste leicht. „Deine Frau kennt die beiden!" Er zwinkerte vergnügt, als er auf die Reaktion wartete.

Wambli-luta hatte sich gut im Griff und legte nur leicht den Kopf schief. „Meine Frau?"

„Ja, sie sagt, dass einer der beiden ihr früherer Mann sei." Der Häuptling hatte den Ausdruck eines gerissenen Fuchses, als er den Hemdträger beobachtete.

Wambli-luta hob leicht die Augenbrauen und dachte über die Nachricht nach. Dieser weiße Mann war also tatsächlich aufgetaucht! Er horchte in sich hinein, aber er war weder aufgebracht noch sonderlich erstaunt. Er würde hören, was Mato-win dazu sagte.

„Vielleicht solltest du ihn töten?", foppte ihn der Häuptling.

„Vielleicht sollte ich das!", stimmte Wambli-luta zu. „Aber das gefährdet den Frieden, und es wäre nicht gut für unser Volk."

Mit dieser Antwort hatte Wabash offensichtlich nicht gerechnet, denn nun lag es an ihm, erstaunt die Augenbrauen zu heben. Dieser Mann war ein wahrer Hemdträger. Es gefiel ihm. Gutmütig nickte er ihm zu. „Rede zuerst mit deiner Frau … Auch sie hatte mit dieser Begegnung nicht gerechnet."

Wambli-luta lächelte entspannt. „Das werde ich!"

Auf dem Weg zu seinem Zelt traf er auf Ishta-hota. Auch sein Schwager freute sich darauf, seine Frau und seine Tochter wiederzusehen. Während des Kriegszuges teilten sich die Frauen ein Zelt, und so gingen die beiden Männer gemeinsam dorthin. Wambli-luta bereitete seinen Freund darauf vor, dass es eine Angelegenheit zu besprechen gäbe. „Mato-win hat in einem der Gefangenen ihren weißen Ehemann wiedererkannt." Er sagte es ohne große Emotionen.

Ishta-hota dagegen reagierte verblüfft. „Diesen Trapper?"

„Ja!"

„Hoh … und was gedenkst du nun zu tun?"

„Nichts!", sagte Wambli-luta einfach. „Die Anführer der Weißen wollen, dass wir ihnen die Gefangenen übergeben. Also werde ich das tun!"

„Einfach so?", wunderte sich Ishta-hota.

„Ja!" Ohne weitere Worte schlüpfte Wambli-luta ins Zelt. Er sah seine Frau und erkannte sofort, dass sie etwas auf dem Herzen hatte. Er machte es ihr leicht und setzte sich zu ihr. „Ich weiß es schon!", sagte er sanft und nahm ihre Hand. Ohne Scheu suchte er den Blick in ihre Augen.

Sie seufzte tief und ließ es zu, dass ihr die Tränen hochstiegen. „Ich habe ihm gesagt, dass du nun mein Mann bist!", erzählte sie von Gefühlen überwältigt.

Er lächelte frohen Herzens, als er diese Worte hörte. „Das ist wahr. Du bist meine Frau."

Etwas unsicher schielte sie zu ihm auf. „Trotzdem möchte ich nicht, dass ihm etwas geschieht ... er ist schwer verletzt und ..."

Er legte ihr sanft den Finger auf den Mund. „Schsch ... ihm wird nichts geschehen ... Morgen bringen wir ihn zu den Rotröcken, und er wird aus unserem Leben verschwinden."

„Ja", hauchte sie erleichtert.

Am Morgen machten sich die Krieger bereit für den Ritt zum Fort. Sie fieberten der Übergabe entgegen und hofften auf reiche Beute. Sie holten auch die beiden Gefangenen, um sie wie vereinbart zu übergeben. Arnel machte klar, dass er zwar mitkommen würde, aber nur, um sich von seinem Freund zu verabschieden. Er stützte Pierre, der sich kaum auf den Füßen halten konnte, unter dem Arm.

Pierre sah Mato-win in der Nähe stehen und winkte sie herbei. Mato-win wusste nicht, wie sie sich verhalten sollte, und zögerte kurz. Dann ließ sie ihre Tochter bei Anpao-win und ging mutig auf Pierre zu. „Ich wünsche dir Glück", flüsterte sie. Dann gab sie ihm zum Abschied – ganz wie sie es gelernt hatte – ein flüchtiges Küsschen auf beide Wangen. Er gab die Geste zurück und drückte ihr noch einen Kuss auf die Stirn. „Leb wohl, ma petite indienne! Pass gut auf unsere Tochter auf." Er schaute sehnsüchtig zu dem Kind, das ahnungslos bei der Tante stand. Er vermied weitere Gesten und ließ sich von Arnel auf das Pferd helfen. Er stöhnte vor Schmerzen, und sein Gesicht wurde aschgrau. Der Pezuta-Wakan schüttelte den Kopf, denn er hieß es nicht gut, dass Pierre sich überhaupt bewegte. „Er wird sterben, wenn er nicht ruht!", mahnte er.

Wabash und Wambli-luta nahmen darauf keine Rücksicht. Die Blauröcke würden entscheiden, was mit dem Gefangenen geschehen sollte. Sie hielten sich an die Abmachung. Langsam und ohne Eile, alle in vollem Kriegsschmuck, machten sie sich auf den Weg zum Fort. Dort wurde in einer feierlichen Zeremonie das Fort an die Briten übergeben. Die Flagge wurde eingeholt und zusammengerollt, dann verließen die Amerikaner das Fort. Colonel McKay bot an, dass Pierre sich erst erholen sollte, doch Pierre lehnte dankend ab. „Ich möchte lieber nach St. Louis zurück. Meine Frau wartet dort schon … Wer weiß, wie lange ich hier sonst festsitze!"

McKay schüttelte den Kopf und zeigte auf die verletzte Schulter. „Das ist doch Unsinn! Bleiben Sie hier … Mein Arzt wird sich um Sie kümmern, und ich werde sie wie einen Gast behandeln."

Als Pierre sich weiterhin weigerte, ließ McKay einen Karren holen, auf dem Pierre transportiert werden konnte. „Sie sind mindestens zwei Wochen unterwegs, ehe sie St. Louis erreichen!", warnte er. „Überlegen Sie es sich gut!"

Pierre grinste nur frech und ließ sich auf dem Karren ein Lager bauen. Zufrieden ließ er sich darauf nieder. „Das geht schon!", sagte er optimistisch. Dann verabschiedete er sich von Arnel, der tatsächlich bei den Mdewakanton bleiben wollte. „Lass dich mal nicht erwischen! Nicht, dass du als Verräter aufgehängt wirst."

Arnel zuckte mit den Schultern. „Mein Vertrag ist erfüllt. Ich bin ein freier Mann. Ich will mich hier für den Frieden einsetzen. Irgendwann wird es einen Sieger geben, und dann wird es gut sein, wenn jemand für mein Volk sprechen kann."

Pierre drückte Arnel fest die Hand und nickte ihm zu. „Mach's gut!"

„Du auch!"

Arnel lächelte tapfer. Auch ihm fiel der Abschied schwer. Er sah zu, wie die Amerikaner nach Süden abrückten und nach einer

Weile hinter einer Biegung verschwanden. Dann wandte er sich den Rotröcken zu, die ihrerseits die britische Flagge hissten. Das Fort wurde in Fort McKay umgetauft und sofort von den Soldaten in Besitz genommen.

Wambli-luta und die anderen Verbündeten betraten ebenfalls das Fort und stießen schrille Siegesschreie aus. Es war ein leichter Sieg gewesen! Zufrieden sahen sie auf die Beute, die großzügig verteilt wurde. Sie erhielten Munition, Decken und Lebensmittel, alles aus den Beständen der Amerikaner. Nur Feuer legen durften sie nicht, weil die Briten den Posten halten wollten.

Nachts kamen die Krieger wieder in ihr Dorf zurück und zeigten in einer Parade die Beute, die sie erhalten hatten. Die Menschen standen zu beiden Seiten da und jubelten ihnen entgegen. Es wurde gefeiert und getanzt, wobei die Krieger immer wieder von ihren Heldentaten erzählten oder ihre Taten in Siegestänzen aufführten. Die Frauen schleppten Unmengen an Essen herbei, das die Krieger mit Heißhunger verschlangen. Es wurde spät, ehe die Menschen in ihren Tipis verschwanden.

Auch Wambli-luta schlüpfte in sein Zelt und strich kurz über die zerzausten Haare seiner kleinen Tochter. Dann kroch er zu seiner Frau unter die Decke. Er nahm sie in die Arme und blies ihr mit seinem Atem ans Ohr. „Huh …", sagte sie kichernd.

Er richtete sich etwas auf und sah ihr streng in die Augen. „Sag, was das war!"

„Was?", wunderte sie sich.

Er spitzte den Mund und machte mit spitzen Lippen einen Kuss in die Luft. „Das!"

Sie kicherte verlegen. „Das ist ein Willkommensgruß der Weißen. Es hat nichts zu bedeuten."

„So, so … es hat nichts zu bedeuten?"

„Nein, nein …!", versicherte sie.

„Also bin ich dir nicht willkommen?", fragte er ein wenig beleidigt.

„Aber natürlich!", versicherte sie schnell.

„Aber ich bekomme keinen Willkommensgruß?" Er bot ihr demonstrativ die Wange dar.

Völlig verdattert hauchte sie ihm einen flüchtigen Kuss auf die Wange. „So?", fragte sie sanft.

Mit dem Finger deutete er auf die andere Wange. „Hier!"

Wieder drückte sie ihm ein Küsschen auf die Wange, und er erschauerte leicht, als sie ein wenig sein Ohr streifte. Mato-win kicherte hell und nahm sein Gesicht in ihre Hände. „Die Weißen haben noch eine andere Angewohnheit. Wenn sie sich sehr lieben, dann machen sie es so." Forsch drückte sie ihre Lippen auf seinen Mund und küsste ihn innig.

Im Hintergrund des Zeltes raschelte es, als Ishta-hota und An-pao-win sich schleunigst erhoben und fluchtartig das Tipi verließen. Wambli-luta lachte leise. „Endlich!", flüsterte er mit rauer Stimme. Schwungvoll schob er seinen Körper auf den ihren und versuchte nun ebenfalls einen Kuss. „So?", schnurrte er.

„Genau so!", lobte sie mit einem Zittern in ihrer Stimme. Sie stöhnte lustvoll, als sie sein Geschlecht zwischen ihren Beinen spürte. Sie tastete nach seinem jungen Körper, spürte die Narben des Sonnentanzes auf seiner Brust und ergab sich ganz den kräftiges Stößen seiner Männlichkeit. Er war ihr wahrer Mann! Nur er!

Epilog

Wambli-luta kehrte mit seinen Kriegern siegreich in sein Dorf zurück. Sie fühlten sich als Sieger und die Herren des Landes. Ihre Jagdgründe gehörten ihnen, und sie verteidigten sie gegen alle Feinde, die es wagten, ihnen zu nahe zu kommen. Er blieb noch mehrere Jahre Hemdträger, ehe er Jahre später zu den Wakincun gerufen wurde. Seine Frau schenkte ihm im Sommer nach ihrer Rückkehr einen Sohn, den er „Wanata" – Angreifer – in Erinnerung an seinen Kriegszug nannte. Es blieb das einzige Kind, das Mato-win ihm gebar. Hanhepi-win aber wuchs zu einem wunderschönen Mädchen heran, das bald von einem angesehenen Krieger geheiratet wurde. Sie erfuhr nie, wer ihr wahrer Vater war.

Pierre DuMont sollte St. Louis nie wiedersehen. Seine Freunde zogen den Karren und kümmerten sich um ihn, doch die Verwundung war zu schwer. Es befand sich kein erfahrener Arzt unter den Männern, und so entfernten sie das „abscheuliche" Zeug, das der Medizinmann zur Heilung auf die Wunde getan hatte. Nach Tagen breitete sich die Infektion aus, und Pierre fiel in einen fiebrigen Dämmerschlaf. Es war gut so, denn die Schmerzen waren unerträglich. Einmal noch versuchten die Männer, die Wunde auszubrennen, doch die Entzündung lag längst zu tief. Es stank, als das verfaulte Fleisch verbrannte. „Hört auf!", schrie Pierre, als der Schmerz ihn aus seiner Bewusstlosigkeit riss. „Oh, hört doch auf. Mein Gott, hab doch Mitleid!" Er starb zwei Tage, ehe sie nach St. Louis zurückkehrten. Seine letzten Gedanken galten nicht Louise oder seinem Sohn Jean-Pierre, sondern einem kleinen Mädchen mit kurzen Zöpfen, das ihn kurz mit braunen Augen gemustert hatte. Claire! Kurz vor seinem Tod summte er „claire de la lune" und fantasierte von seiner kleinen Tochter.

Seine Kameraden begruben ihn am Ufer des Mississippi und stellten ein kleines Kreuz auf, das nicht einmal seinen Namen trug. Sie überbrachten der Witwe die traurige Nachricht, die voller Gram zu ihren Eltern zurückkehrte. Bereits im Jahr darauf heiratete sie einen reichen Händler, der ihr ein Leben in Luxus ermöglichte. Sie erzog Jean-Pierre zu einem ruhigen jungen

Mann, der schließlich Jura studierte und die erste Rechtsanwaltskanzlei in St. Louis eröffnete. Seine beiden jüngeren Schwestern heirateten in wohlhabende Familien in St. Louis ein. Jean-Pierre erfuhr nie viel von dem Leben seines Vaters, obwohl er manchmal Fragen stellte. Aber seine Mutter vermied das Thema, weil es sie traurig machte. „Ihm war die Wildnis lieber als das Leben bei uns!", wehrte sie das Thema ab. Erst nach ihrem Tod fand Jean-Pierre die Skizzen, die sein Vater einst gezeichnet hatte. Sie zeigten ihm ein Leben, das er selbst nie gekannt hatte und das seine Fantasie beflügelte.

Fort McKay stand nur bis zum Frühjahr 1815. Dann kam die Nachricht, dass der Krieg vorbei sei, und die Truppe zog sich auf kanadischen Boden zurück – nicht ehe sie Fort McKay dem Erdboden gleichgemacht hatten. Der Friedensvertrag stellte den Status vor 1812 wieder her, sodass das Missouri-Territorium, aber auch Illinois und der Oberlauf des Mississippi – und damit auch Prairie du Chien – wieder den Amerikanern zugesprochen wurden. Für die verbündeten Stämme bedeutete es, dass der Traum von Souveränität und Freiheit ausgeträumt war, denn sie unterstanden nun den Entscheidungen des Kongresses. Ab 1815 überfluteten Pelzhändler und Siedler ihre Territorien. William Clark blieb bis 1820 Gouverneur des Louisiana-Territoriums, bis im Jahr 1820 der Staat Missouri gegründet wurde, und er bei den Wahlen Alexander McNair unterlag. Er blieb jedoch der Superintendent für Indianerangelegenheiten, vergab Handelslizenzen und engagierte sich für den Frieden mit den indigenen Nationen. Jedoch glaubte er fest daran, dass die Indianer sich anpassen mussten, und war an dem Umsiedlungsakt von Präsident Andrew Jackson beteiligt, der die unabhängigen Nationen aus ihren angestammten Gebieten vertrieb. Der berüchtigte „Trail of Tears" fällt unter diese unrühmliche Umsiedlungspolitik. Clark starb am 1. September 1838 in St. Louis.

Manuel Lisa heiratete tatsächlich Mitane, die Tochter des Omaha-Häuptlings, und hatte zwei Kinder mit ihr. In dieser Zeit war er immer noch mit Polly verheiratet. 1815 verstärkte Lisa den Handel mit den Indianern und lud allein in diesem Jahr 43 Häuptlinge nach St. Louis ein und bewirtete sie großzügig. Nach dem Tod seiner ersten Ehefrau im Jahr 1817 heiratete er erneut und nahm seine junge Ehefrau auch nach Fort Lisa mit. Mitane schickte er zu ihren Leuten zurück, damit seine neue Ehefrau nicht eifersüchtig wurde. Er wollte die beiden Kinder, die er mit Mitane hatte, in St. Louis erziehen lassen, doch Mitane gab ihm nur Rosalie mit. Sie überlebte als einziges seiner Kinder bis ins Erwachsenenalter. Lisa starb 1820 in St. Louis. Er hinterließ jedem seiner Kinder den gleichen Anteil, aber es gibt keine Aufzeichnungen darüber, ob seine beiden Kinder mit Mitane je etwas davon erhalten haben.

Und die anderen? Arnel hielt es nicht lange bei den Yanktonai aus. Er nahm sich ein Pferd und überquerte den Missouri, um sich Wambli-luta anzuschließen. Dort heiratete er die Schwester von Ishta-hota, die sehr an Ansehen gewann, als sie einen Mann heiratete, der drei Zungen sprechen konnte. Arnel hatte immer ein Auge auf die kleine Claire – oder Hanhepi-win, wie sie nun genannt wurde. Er wunderte sich, warum Pierre nie auftauchte, um das Kind für sich zu fordern, und ahnte, dass er wohl nicht mehr unter den Lebenden weilte. Bei seinen Handelsreisen traf Arnel einmal auf Shorty, der mit seiner indianischen Frau inzwischen sieben Kinder hatte. Es wurde ein lustiger Abend, bei dem viele Erinnerungen ausgetauscht wurden. Die Missouri Company hatte nach dem Krieg wieder expandiert, und so wurde Shorty ein gut bezahlter Scout und Expeditionsleiter, der mit vielen Stämmen guten Kontakt hielt. Auch er musste miterleben, wie immer mehr Siedler ins Land strömten und die Jagdgründe der Indianer überrannten. Nach und nach wurde den Stämmen das Land weggenommen, bis die einst stolzen Stämme in kleinen Reservationen dahinvegetierten. Aber dies ist eine andere Geschichte.

Nachwort

In diesem Buch steht die frühe Geschichte der Trapper am Oberen Missouri im Mittelpunkt. Ausgangspunkt war ein Gespräch mit Ernie LaPointe, der erzählte, dass sein Urgroßvater Sitting Bull bei seiner Flucht nach Kanada (nach der Schlacht am Little Bighorn) Hilfe von den Kanadiern erwartet hatte, weil die Hunkpapa im Krieg von 1812 auf Seiten der Briten gekämpft hatten – damals noch mit dessen Großvater Thimahel-okile – Looks for him in a tent.

Wie bekannt ist, erhielt Sitting Bull die erwartete Unterstützung seitens Kanadas nicht. Grund dafür durfte wohl gewesen sein, dass die Briten damals kaum unterschieden, wo die einzelnen Gruppen der Krieger in ihren Hilfstruppen herkamen. Ich fand diese Geschichte interessant genug, um daraus eine Story zu entwickeln: die ersten Pelzhandelsposten am Oberen Missouri, die damals noch mächtigen Mandan und die anderen Völker, die am Oberen Missouri gelebt haben, unter ihnen die Tituwan, Blackfeet und weiter am Yellowstone – die Apsalooke.

So entstanden drei Perspektiven: Die Tituwan-Hunkpapa mit dem Protagonisten Wambli-luta, die Mandan mit dem Mädchen Mato-wea, und die Trapper mit Pierre DuMont. Hier habe ich wieder lange recherchieren müssen: Da viele der Ereignisse und Personen nicht fiktiv sind, war es eine Mammutaufgabe, all die Quellen und Fakten auszuwerten und zu einer spannenden Geschichte zu formen. Noch nie zuvor bin ich dabei auf so viele widersprüchliche Informationen gestoßen. Mir war schon bei den Recherchen zum Buch „Wie ein Funke im Feuer" aufgefallen, dass selbst die Aufzeichnungen von Lewis und Clark mit Vorsicht zu genießen sind, da Willam Clark erst Jahre später seine Aufzeichnungen zu einem „Journal" zusammengefasst hatte. Hierbei kam es offensichtlich zu Ungenauigkeiten oder sogar Übersetzungsfehlern. Trotzdem sind diese Aufzeichnungen ungeheuer wertvoll – nur muss man sie eben aus der Zeit heraus betrachten, und vielleicht das eine oder andere mit den Überlieferungen der verschiedenen Stämme abgleichen. Ein Beispiel ist die Lage des Mandandorfes: Laut neuester Forschung stand es zum Zeitpunkt meiner Handlung am Knife-Fluss – andere Historiker geben einen anderen Ort an. Ich beziehe mich auf das Buch „Encounters at the heart of the World" von Elisabeth A. Fenn, das dem heutigen Stand der Wissenschaft entspricht.

Als Romanautorin muss ich mich irgendwann entscheiden, welche Informationen ich übernehme … beziehungsweise mir am besten in die Handlung passen. Auch um den Tod von Sacajawea, der berühmten Frau der Shoshone, die bei der Lewis und Clark Expedition dabei war, ranken sich viele Mythen. Laut Aussage von Manuel Lisa, der sie persönlich gekannt hatte, starb sie 1812 in Fort Lisa. Andere Quellen berichten, dass sie erst viel später bei ihrem Volk gestorben sein soll. Das ist eine schöne Idee, die auch schon in einem Roman erzählt wurde – doch betrachte ich sie als wenig glaubhaft, wenn man sich die historischen Quellen ansieht. Hier würde wirklich nur eine DNA-Probe Gewissheit bringen, denn sowohl das Grab der angeblichen Sacajawea als auch das ihres Sohnes sind bekannt. Das Grab der vermutlich „echten" Sacajawea wurde durch einen Staudamm überflutet.

Bei den Aufzeichnungen der verschiedenen Expeditionen der Pelz-Company bin ich darauf gestoßen, dass oft Teilnehmer nicht genannt wurden. So findet sich bei den Tagebuchaufzeichnungen eines Trappers genaue Beschreibungen der Abläufe und Personen, sodass ich zu der Ansicht kommen musste, dass eine andere Person wohl nicht mit dabei war – und in einer anderen Perspektive taucht ebendiese Person dann doch auf. Hier sieht man mal wieder, wie selektiv die Wahrnehmung ist.

Aus diesem Grund musste ich mein Buch mehrfach ändern, weil Quellen dann doch belegt haben, dass eine wichtige Person mit vor Ort war – und eine andere eben nicht – oder die Quellen hierzu nicht eindeutig genug sind. Für mich als Schriftstellerin war das kein Problem, da es sich ja nicht um die Hauptprotagonisten meines Romans handelt – dann schreibe ich eben einen Dialog um, sodass mein Held sich mit jemand anderem unterhält.

Ich stand jedoch mehrmals vor dem Dilemma, möglichst akkurat zu recherchieren – und dennoch vielleicht nicht akkurat genug zu sein. Jeder Historiker hat hierzu seine eigene Meinung, die möglicherweise nicht den Darstellungen dieses Buches entspricht. In Deutschland kommt hinzu, dass oft der Wissensstand nicht aktuell ist.

Ein Beispiel ist das durch Karl May geprägte Bild des stoischen Indianers, der immer todernst, ohne die Miene zu verziehen gegen seine Feinde zieht. Meine indianischen Freunde amüsieren sich darüber immer. Sie wissen, dass Indianer unter sich gerne Scherze machen – früher wie heute. Männer, die wochenlang unterwegs sind, haben etwas anderes zu tun, als ständig mit sauertöpferischer Miene durch die Gegend zu reiten. Natürlich albern sie herum und machen Scherze. In jeder Primärliteratur von Trappern der damaligen Zeit steht das auch genau so beschrieben. Ich erinnere an die Bücher von James Willard Schultz, der mit den Blackfeet gelebt hat.

Es ist auch nicht so, dass es Elitesoldaten gewesen waren, die getan haben, was der „Anführer" verlangt hat. Im Gegenteil: Indianer waren und sind ausgesprochene Individualisten. Sie folgten einem Anführer nur so lange, wie er ihnen Erfolg versprach. Selbst dann gibt es genügend Beispiele, wo Angriffe fehlgeschlagen sind, weil ein Heißsporn eben nicht den Befehl abgewartet hat – ein Beispiel dafür sind Angriffe unter der Führung von Crazy Horse, die oft genug misslangen.

Ich möchte betonen, dass dies ein Roman ist und kein Fachbuch. Ich will eine spannende Geschichte schreiben, und hierzu ist es manchmal nötig, Ereignisse zusammenzufassen, um den Spannungsbogen aufrecht zu erhalten. Beispielsweise ist nicht genau dokumentiert, ab wann der kleine Pomp (Sohn von Sacajawea) tatsächlich nach St. Louis kam. In meiner Version war es aber notwendig, dass Pierre DuMont ihn kurz trifft, und sich darüber auch Gedanken macht. Viele Anekdoten waren erzählenswert, und so versuchte ich, sie in meine Geschichte zu integrieren.

Interessant war auch die Anekdote um John Colter: Ich fand Aufzeichnungen, in denen sein „Colters Lauf", also die Flucht vor den Blackfeet, nach dem Verlassen von Fort Henry stattfand. Andere Quellen zeigen, dass dies vorher stattgefunden hat. Wem also glauben? So ist das eben mit historischer Recherche: Es gibt nicht die eine Wahrheit, sondern viele Perspektiven und Bewertungen. Hinzu kommen überholte Veröffentlichungen, die immer wieder zitiert und weiterverbreitet werden, bis sie sich als Wahrheit in unseren Köpfen festgesetzt haben. Es ist schwer, sich von liebgewordenen Erkenntnissen zu trennen, und sich für ganz neue Tatsachen zu öffnen.

Am hartnäckigsten hält sich in Deutschland natürlich das „Bild", das von Karl May verbreitet wurde. Ich lese immer noch Manuskripte, in denen alle Indianer zu Manitou beten und die Blutsbrüderschaft praktiziert wird. Dieses Bild hat sich so verfestigt, dass es inzwischen gerne als „wahr" angesehen wird. Auch die blumige Sprache mit „mein Bruder" findet sich darin. Indianer, die scherzen und anzügliche Witze machen, passen nicht in dieses von Winnetou beeinflusste Bild.

In diesem Buch verwende ich auch häufiger das Wort „Squaw" – was ich sonst eher tunlichst vermeide. Es ist dem Perspektivenwechsel des Buches und der damaligen Ausdrucksweise geschuldet. Es hat sich leider in der Kultur des „Western" oder „Karl May-Lesers" eingebürgert. Inzwischen ist dieses Wort jedoch ein Schimpfwort, und so möchte ich davor warnen, es zu verwenden.

Es ist generell eine Herausforderung, der damaligen Denkweise eines indigenen Volkes gerecht zu werden. Das Töten – auch von Feinden – gehörte zur Normalität. Würde ich es so hart darstellen, wäre es jedoch schwierig für meine Leser, Sympathie für meine Protagonisten zu entwickeln – sei es für die „indianische" oder „weiße" Seite. Die Zeiten haben sich eben geändert und damit auch, was wir als moralisch oder unmoralisch empfinden. Natürlich waren „Indianer" keine mordenden Bestien, aber viel darüber nachgedacht haben sie auch nicht. Es gehörte einfach zu ihrem Leben. Sie wurden dazu erzogen, tapfere Taten zu vollbringen, und das setzt sich bis in die heutige Zeit fort: Soldaten und Veteranen werden von ihnen besonders geehrt – für uns ist das manchmal nur schwer nachzuvollziehen.

Als deutsche Autorin versuche ich, den historischen Ereignissen näher zu kommen. Meine Vorbilder der indianischen Protagonisten lehne ich realen Menschen an. Bei jedem Bild überprüfe ich, woher ich es habe – ist es ein Wunschdenken aus meiner Kindheit, oder entspricht es wirklich meinen Erfahrungen, die ich inzwischen bei zahlreichen Begegnungen mit indianischen Freunden machen durfte. Außerdem ist mir die Rücksprache mit den verschiedenen Völkern wichtig: Im Austausch mit Stammeshistorikern oder mit „Elders" erfahre ich viel Neues – und durchaus Informationen, die nicht der gängigen Geschichtsschreibung entsprechen. Früher hieß es von weißen Wissenschaftlern oft, dass der mündlichen Überlieferung der „Indianer" nicht zu trauen sei – inzwischen weiß man längst, dass diese Aussagen und Überlieferungen durchaus akkurat sind. Also ist es wichtig, auch diese Überlieferungen als Quelle zu nutzen. Nur so kann eine einseitige ethnozentristische Betrachtungsweise vermieden werden. Ich hoffe, ich werde den Menschen und Völkern gerecht, über die ich schreibe.

Auch an diesem Roman haben wieder viele Menschen mitgewirkt: Besonders liebevoll bedanken möchte ich mich bei meinem Mann Bruno, der unverdrossen an meiner Seite steht.
Ich bedanke mich bei Wade Fernandez und Mitch Walking Elk für unzählige Gespräche und für die vielen kleinen Hinweise und Anekdoten, die meine Bücher bereichern.
Ich danke all den Menschen, die mir mit Rat und Tat zur Seite stehen, wie Martin Krueger, Robert Götzenberger, Annette und Ralf Springsguth - sowie Mario Koch vom Amerindian Research und Dietmar Kuegler vom Magazin für Amerikanistik.

Mein besonderer Dank gilt all meinen Lesern, die meine Bücher toll finden und weiterempfehlen! Eure Rückmeldung gibt mir die Kraft, weiter in diesem so schwierigen, aber auch so schönen Thema zu schreiben.

Eure Kerstin
Hohenthann im Januar 2020

www.traumfaenger-verlag.de

Die Handlung ist frei erfunden, basiert jedoch auf historisch belegten Ereignissen.

Aktionsgruppe Indianer & Menschenrechte e. V.

Die Aktionsgruppe Indianer & Menschenrechte e.V. (AGIM) ist eine Organisation, die sich im Rahmen der Menschenrechtsarbeit der politischen und kulturellen Unterstützung indianischer Völker in Nordamerika widmet. Von indianischen Organisationen ausdrücklich beauftragt, unterstützt AGIM diese Völker in ihrem Kampf um Selbstbestimmung und Anerkennung als souveräne Nationen. Die Aktivitäten der AGIM erfolgen in enger Zusammenarbeit und gegenseitigem Austausch mit den indianischen Völkern selbst.

Seit Jahrhunderten wurden die indigenen Völker ihrer Lebensgrundlagen und ihrer Rechte beraubt – bis heute. Wir müssen uns daher unserer Verantwortung gegenüber diesen Völkern stellen. Die Tätigkeitsfelder der AGIM umfassen politisches Engagement, kulturelle Unterstützung sowie Öffentlichkeitsarbeit. Wichtiges Instrument ist dabei die 2007 verabschiedete UN-Deklaration der Rechte der indigenen Völker, die diesen erstmals auf höchster Ebene Anerkennung gewährt.

Das von AGIM herausgegebene Magazin „Coyote", das vierteljährlich erscheint, ist die einzige Periodika, die sich im deutschsprachigen Raum ausschließlich nordamerikanischen Indianern widmet. Die Aktionsgruppe Indianer & Menschenrechte e.V. (1986 gegr.) ist ein anerkannt gemeinnütziger Verein.

Aktionsgruppe Indianer & Menschenrechte e.V.
Frohschammerstr. 14, 80807 München
Tel. 089 / 35 65 18 36
E-Mail: post@aktionsgruppe.de
www.aktionsgruppe.de

Sunka Wakan Na Wakanyeja Awicaglipi Incorporation
Lakota Horsemanship Organisation

>>We are Lakota. We are not Cowboys, we are Horsemen.<<

Die Sioux bzw. Lakota gelten als die besten Reiter sowie Pfeil- und Bogen-Schützen. Beides ist in ihrer Tradition tief verankert. Die Arbeit und das Zusammenleben mit den Pferden sowie das Aufleben alter traditioneller Werte sollen den jungen Indianern zur Wiederfindung ihrer eigenen Identität verhelfen.

Ziel dieser Organisation ist es, Kindern und Jugendlichen durch verschiedene Programme die Rückführung zur eigenen Kultur zu ermöglichen und sie dadurch vor Alkohol- und Drogenmissbrauch zu bewahren.

Jedes Jahr werden verschiedene Workshops mit den Kindern und Jugendlichen durchgeführt sowie mehrtägige Wilderness Camps. Während der Wintermonate werden Workshops gehalten z. B. zum Halfter anfertigen, Bilderrahmen aus Holz basteln u.v.a.

Repräsentantin der SwnWA Inc. in Deutschland:
Grit Nierlich
E-Mail: grit.nierich@lakota-indianer.com
Weitere Infos unter:
https://www.lakota-indianer.com/projekte/swnwa

Spendenkonto in Deutschland:
Förderverein für bedrohte Völker (GfbV)
IBAN: DE89 2001 0020 0007 4002 01
BIC: PBNKDEFFXXX
Postbank Hamburg
Verwendungszweck: „Pferdeprojekt" (bitte immer mit angeben!)

Lila Pilámaya – Vielen Dank

UNSERE NEUERSCHEINUNGEN

Die Tränen der Rocky Mountain Eiche

Historischer Roman
von Charles M. Shawin

16,90 € ISBN 978-3-941485-72-3

Comanchen Mond

In den Plains

Historischer Roman
von G.D. Brademann

16,90 € ISBN 978-3-941485-77-8

Als der Mond zu sprechen begann

Rückkehr zu den Ojibwe

Historischer Roman
von Tanka Mikschi

16,90 € ISBN 978-3-941485-78-5

Sheloquins Vermächtnis

Kanada-Roman
von Brita Rose-Billert

9,90 € ISBN 978-3-941485-73-0

Highway der Tränen

Eine wahre Geschichte über
Rassismus und Gewalt an indigenen
Frauen und Mädchen

Sachbuch
von Jessica McDiarmid

19,80 € ISBN 978-3-94148579-2

Es musste getan werden

Die Navajo Code Sprecher
erinnern sich an den
Zweiten Weltkrieg

von Stephen Mack

19,80 € ISBN 978-3-941485-80-8

Besuchen Sie unsere Homepage:
www.traumfaenger-verlag.de

WEITERE ROMANE

Donnergrollen im Land der grünen Wasser

Historischer Roman
von Kerstin Groeper

16,90 € ISBN 978-3-941485-55-6

Wie ein Funke im Feuer

Eine Lakota und
Cheyenne Odyssee

Historischer Roman
von Kerstin Groeper

16,90 € ISBN 978-3-941485-60-0

Der scharlachrote Pfad

Eine Sioux-Saga

Historischer Roman
von Kerstin Groeper

16,90 € ISBN 978-3-941485-23-5